有爱的青春陪伴者

图书在版编目（CIP）数据

全世界都知道我爱你 / 鹿随著. -- 石家庄：花山文艺出版社，2022.12
ISBN 978-7-5511-6234-0

Ⅰ．①全… Ⅱ．①鹿… Ⅲ．①长篇小说－中国－当代 Ⅳ．①I247.5

中国版本图书馆CIP数据核字(2022)第146063号

书　　名：	**全世界都知道我爱你**
	QUAN SHIJIE DOU ZHIDAO WO AI NI
著　　者：	鹿　随
责任编辑：	董　舸
特约编辑：	娄　薇
责任校对：	郝卫国
美术编辑：	王爱芹
装帧设计：	刘　艳　椰　椰
封面绘制：	蔚蓝Blue_tree
出版发行：	花山文艺出版社（邮政编码：050061）
	（河北省石家庄市友谊北大街330号）
销售热线：	0311-88643221
传　　真：	0311-88643225
印　　刷：	长沙鸿发印务实业有限公司
经　　销：	新华书店
开　　本：	880mm×1230mm　　1/32
印　　张：	11.5
字　　数：	438千字
版　　次：	2022年12月第1版
	2022年12月第1次印刷
书　　号：	ISBN 978-7-5511-6234-0
定　　价：	42.80元

（版权所有　翻印必究·印装有误　负责调换）

目/录

第一章 / 001
烟火的烟

第二章 / 035
她的唇

第三章 / 061
热烈的她

第四章 / 089
我想要这个

第五章 / 120
她的少女时代

第六章 / 146
别再离开我

第七章 / 175
原来是你，原来是我

第八章 / 209
她来了

第九章 / 235
一颗糖

目 / 录

第十章 / 257
我们有多配

第十一章 / 280
都是你的

第十二章 / 306
烟火余烬

番外一 / 335
那些比风温柔的日子

番外二 / 340
一弯彩虹

番外三 / 343
落入凡尘的仙女

番外四 / 345
与他的春夏秋冬

番外五 / 351
嫁给他

番外六 / 356
甜蜜的小时光

第一章
烟火的烟

下雨了。

蒋烟坐在车里，无聊地用手指戳着车窗外的水珠。嘴里含着的一颗水果糖，被她嚼得只剩一小半。

耳机里的音乐声有些大，她摸出手机调小一些，看到一条未读信息，是蒋彦峰五分钟前发来的：转机时注意安全，到那边给爸爸打个电话。

蒋烟一口咬碎剩余的一点糖块，细碎的糖果颗粒慢慢融化。

一点也不甜。

她没回信息，收起手机扭头看向窗外。

她不到十四岁就被送到国外念书，好不容易回来一次，整个假期蒋彦峰都很忙，很少有时间陪她，本来说好今天送机，又被一个电话叫走，生意永远比她重要。

什么都比她重要。

蒋烟早习惯了。

这条通往机场的路她很熟，上次是两年前回国休假，走时也是晚上的航班，说来也巧，那次也下了雨，道路被冲刷得很干净，空气也清新。

天彻底黑了，车已经出了市区，这个段路有些偏僻，过往车辆很少。

前方遇上红灯，车缓慢停下。蒋烟看向车窗外不远处，路灯陈旧，斑驳的灯罩摇摇晃晃，昏黄的光线洒落在石阶上。

空空荡荡的石阶。

这地方有些眼熟。

她还没有细想，视线便被另一辆车挡住。

黑色越野车，磅礴大气，一看就是花大价钱改装过。蒋烟虽不是内行，但只看外表，也能看出车主非常有品位。

越野车停在旁边的车道，两辆车并排一同等红灯。

蒋烟的视线无意识地扫过越野车车主，随后两三秒，她整颗心猛烈跳动,似乎不敢相信。她的身体贴紧车门,手掌扒在车窗上,再次看过去。

驾驶座的男人目不斜视,表情淡淡,似乎等得有些不耐烦,手臂搭着窗沿,指腹摩挲着方向盘。

那张英俊的脸一闪而过,很快陷入阴影中,眉峰硬朗,眼神清明锐利,是她无数次梦到的模样。

绿灯亮起,车队缓缓移动,蒋烟想看得更清楚一些,但那辆越野车在开出几米后,右转拐进一条小路。

蒋烟紧紧盯着那辆越野车,下意识地抓住副驾驶座的靠背:"周叔右转,右转!"

司机老周跟了蒋彦峰很多年,从小看着蒋烟长大,把她当亲闺女一样疼。他说:"烟烟,时间来不及,别误机了,怎么了?"

说话间,车已经开过那条小路。

这里不能掉头,也不能停车,蒋烟趴在椅背上,从后窗中可以看到那个路口越来越远,最后融进夜色,消失不见。

直到抵达机场时,蒋烟都有些心不在焉。周叔以为她还因为爸爸没送她不高兴。他从车后备厢里拎出行李箱,说:"董事长特意叮嘱我,平安把你送到机场,让你到那边不要乱跑,直接去学校报到。"拍了拍她的肩膀,"董事长很关心你。"

蒋烟低着头接过箱子,没有说话。

安检后,周叔离开,蒋烟一个人进了候机室。她没有去登机口,随便找了个空位坐下。

装衣服和生活用品的大箱子已经托运,她随身只带了一个放证件、钱包和一些重要物品的黑色双肩包。她将背包放在膝间,抱在怀里,脑子里全是刚刚一闪而过的那张脸。

十年了。

那年蒋烟才八岁,和爸爸、弟弟在外旅游。地震了,爸爸下意识先去抱弟弟,再想回来时,蒋烟已经被压在废墟深处,小小一团缩在碎石缝隙中,空气粉尘长久不落,她几乎不能呼吸。

黑的,四周全是黑的。

她不记得时间过了多久,不知道有没有人在找她。没有光明,没有希望,只有疼痛、绝望,她以为自己一定会死。

她还那样小。

是他冒着生命危险扒开塌陷的石板爬进来,把手伸向她,让她过来,让她别怕。

那少年的眼神她永远都不会忘,坚定,倔强,干净,也温柔。

好像他来了,把光也带来了。

这么多年过去,所有人都以为蒋烟早已忘记当年的事。

没有人知道,无数个黑夜,她从噩梦中惊醒,房子塌陷那一刻,爸爸抱着弟弟的背影,永远是梦的开始。

　　人有相似,只刚刚那一眼,蒋烟并不敢完全确定他就是当年那个少年。可就算只有一点点希望,她也不想错过。

　　蒋烟清楚地记得,他奋力爬向她时,领口被钢筋钩破,露出左肩侧青色的文身。

　　蒋烟坐在那里许久,直到机场广播提示她的航班即将起飞,她才回过神来。登机牌被她紧握在手里,已经有些褶皱。

　　她发了一会儿呆,起身往登机口走过去,跟着人群排队。

　　队伍很长,她排在队尾,黑色的双肩包单肩挎着,拽到胸口抱着,帽檐压得很低,遮住泛红的双眼。

　　队伍缓慢前行,前面只剩两个人时,蒋烟的手指隔着包触摸到里面那本硬硬的画册,她用力地捏了捏。

　　几秒后,蒋烟忽然转身离开,路过垃圾桶时,她毫不犹豫地将登机牌丢进去。

　　她跑出航站楼打车,直奔记忆中那个路口。

　　出租车行驶了大约四十分钟,终于到达目的地。那条路很长,不知道尽头通往哪里,沿街有些不起眼的店铺,招牌陈旧,再往里是几栋老旧的居民楼。

　　路面有些坑洼,不太好走,又下着雨,司机问蒋烟在哪里停。

　　蒋烟扫了一圈前方的路,有好几个岔路口,也不知那车拐到哪里去了。她摸出包里的伞,说:"就这儿吧。"

　　她本以为不太好找,意外的是往前走了几十米,第一个转弯就看到了那辆越野车。

　　车停在一栋房子前,看起来是个门脸房,大门敞开,里面空间不小,举架高,正中间停了一辆摩托车,旁边横七竖八散落不少零件,地上依稀有些油渍。

　　是个车行。

　　这车行看着哪哪都普通,最惹眼的就是正对大门那面墙壁前的玻璃隔断里,那两辆拉风又炫酷的摩托车。

　　有点镇店之宝的意思。

　　这会儿屋里没人,里面的灯都关了,只剩门口这一盏,似乎到了关门的时间。

　　蒋烟在门口站了一会儿,小声地开口:"有人吗?"

　　没有一会儿,左侧的工具房里走出来个年轻男人,二十出头的样子,平头,小眼睛,手里拎了把半新的扫帚。看到门口是个漂亮的小姑娘,他有些意外,来这地儿的基本都是些玩车的老爷们儿,女的少,小姑娘更少。

　　"小眼睛"朝蒋烟点了下头,问:"有事?"

蒋烟犹豫一下，转头看到墙上的照片，都是改装过的摩托车，她"嗯"一声，说："改车。"

"小眼睛"从上到下审视蒋烟。女孩儿是标准的美人坯子，长发过肩，脑袋上扣了顶鸭舌帽，身材娇小，皮肤嫩得能掐出水儿，怎么看都不像玩车的。

"你玩车？"

蒋烟点头。

"你成年了吗？"

"成年了。"

"有车本吗？"

蒋烟又点头，说："有。"

行吧。

"小眼睛"放下手里的扫帚，问："车呢？"

蒋烟回答："今天没开，我就先问问。"

"小眼睛"把放下的扫帚又拎起来，说："得先看车况，明儿把车开过来再说吧。"

蒋烟提了一下肩上的包，装作无意间看到门口的车，问："你们这也能改装越野车吗？"

"小眼睛"看了眼那车，说："能改，但一般不接活，这是我们老大自己的车，改着玩的。"

"哦。"她随口问，"他在吗，我的车是他改还是你改？"

"小眼睛"眯起眼睛，心中了然，说："小妹妹，你不是圈里的吧。"

蒋烟奇怪地看着他。

"小眼睛"笑了，说："这地儿这么偏，能摸过来的都是圈子里的熟脸，要么也是谁介绍，你连我们这儿的规矩都不知道——"他走到墙角把扫帚随手一扔，"烬哥不轻易接活，要么是绝版好车，要么是行家高手，他才有兴趣。"

他把门口的一把椅子踢到旁边，抬手往下拉卷帘门，说："明儿你带车过来吧，我给你看看。"

蒋烟撑着伞后退一步，不死心地问："那他现在在吗？"

"小眼睛"有些不耐烦，说："不在。你明儿来吧，关门了。"

看样子，"小眼睛"不住这里，门口的灯关了，卷帘门一拉，里面应该没人。蒋烟在门口站了一会儿，想起"小眼睛"刚刚的话。

Jin 哥。

不知道是哪个 jin。

"小眼睛"关完门就走了，蒋烟愣神几秒，随后回到原来那条路。

这里虽然偏僻，好在路灯没坏，街边还有不少店铺没关门。雨渐渐小了，蒋烟伸手在伞外试了试，毛毛雨。她收起伞，钻进一家小旅馆。

这几年蒋烟在国外念书,虽然蒋彦峰给了她足够多的钱,但这个世界上不能用钱解决的事太多了。蒋烟早就磨炼出来,一点不娇气,胆子大,也不认生,什么环境都能适应。

这地方的小旅馆条件不会太好,她有心理准备,洗漱用品都在大箱子里托运走了,她凑合着用了旅馆里的,胡乱洗了把脸就钻进被窝。

九月底的天气早晚温差大,她把空调打开,调了个适宜的温度,整个人蒙进被子里,连头都没露出来,一觉睡到大天亮。

蒋烟早上醒来做的第一件事就是给发小江述打了个电话,让他帮忙弄辆摩托车过来。

江述有些蒙,说:"什么意思,你不是应该在飞机上吗?"

蒋烟说:"我没走。"

江述:"……"

蒋烟没跟江述提那件事,只说自己还有点事没办完。

"你胆子太大了,学校那边怎么办,你爸这边怎么交代呢?"

"江述。"蒋烟从床上坐起来,揉了一把乱糟糟的头发,"你先别问了,你到底能不能帮我弄辆摩托车?"

江述马上说"能",又说:"地址发我,中午之前我过去。"

江述家在岳城也有些名号,江述与蒋烟从小就认识,革命友谊深厚。

蒋烟收拾完一直等到上午十点,江述说还有半小时到,她退了房,又去了昨天的车行。

跟昨晚一样,车行大门敞开,门口的地被扫过,还洒了些水。

那辆越野还在门口停着。

屋里依旧没人,蒋烟绕过地上的车轴支架、散碎零件,走到玻璃隔断前,看了一会儿里面摆着的两辆摩托车。

旁边有扇门,门虚掩着。

这似乎是间休息室,有张单人床,左边一整面墙的铁架子,上面摆了不少摩托车零件,中间夹杂着几个奖杯。奖杯放得特别随意,有一个还倒了,静静地躺在一堆轴承中间。

架子对面有张小沙发,年头有些久,边缘已经磨破了皮。

男人就躺在沙发上,闭着眼睛,似乎睡着了。他一条长腿屈起,搭在沙发靠背上,另一条腿搭在扶手上。

蒋烟远远地看了他一会儿。

心跳不受控地加速,她深吸一口气,侧身进来,悄声走到他身边,蹲在沙发旁。

这样近的距离,她看得更清楚。

太像了。

蒋烟几乎已经可以肯定,眼前的男人就是那个救她的少年。

她掌心撑着下巴盯着他看,嘴角不自觉弯起来。

这男人长得真好。跟以前相比,他褪去了脸上的少年气,变得更刚毅,有棱角。他睡着的时候眉头微微蹙着,有些严肃,看起来有些冷,但蒋烟清楚记得,他将手伸向她时,怕她害怕,对她温柔地笑,让她伸手抓住他。

蒋烟调整呼吸,做足心理准备,指尖轻轻捏住他左侧领口的边缘,一点点拉开。

敞开的领口越来越大,她紧张起来,下意识地屏住呼吸。没等她拉到文身的位置,眼前的男人忽然睁开眼睛。

他的眼神清明,哪有一丝睡意。

他抬手握住颈侧拉扯他领口的小手,语气无波无澜:"你干什么?"

余烬毫不犹豫地推开蒋烟,起身整理衣领。

蒋烟本就紧张,这一下更紧张了,站在那里有些局促,也不知该怎样解释自己刚刚的行为。

毕竟一个陌生女孩上来就掀人家衣领确实不是什么光彩的事。

还没等蒋烟找好理由,昨天那个"小眼睛"忽然推门进来,看到蒋烟和余烬面对面站着,一时有些摸不清状况。他犹豫着走过来,把新买的两瓶水递给余烬一瓶,喊了声:"烬哥。"

待看清蒋烟后,他"哎"了声,说:"是你啊,你怎么还进来了?这后屋是私人空间,你到前面去,车带来了吗?"

余烬拧开盖子喝了几口,看了"小眼睛"一眼,示意蒋烟,问:"雷子,哪儿来的小孩?"

雷子说昨晚蒋烟来过一趟,要改车。

蒋烟插了一句:"我不是小孩,我已经满十八岁了,都快十九了。"

余烬没再理她,低头翻看小茶几上刚刚打印出来的房屋出租广告,抽出一张递给雷子,说:"贴外头吧。"

雷子接过来瞅了一眼,问:"你隔壁的人搬走了?"

"嗯。"

余烬租住的公寓房东是个老太太,常年一个人生活,就靠这两套房子的租金养老,平时有事余烬也愿意帮忙。

昨天老太太托他弄几张招租广告在人来人往的车行门口贴一下,他答应了。

余烬说完就坐回沙发,拿了一本汽车相关的杂志看。

雷子赶紧示意蒋烟,两人先后出了房间。

蒋烟跟在雷子身后,问:"他就是你老大吗,他叫什么名字?"

"余烬。"雷子踢走地上碍事的零件,"你的车呢?"

"一会儿就到。"

雷子指了指旁边的椅子,说:"你在那儿坐着等吧,我忙会儿。"说完他便绕到大厅中间那辆摩托车后头,弯腰从地上捡起一块侧板,比画着安装。

蒋烟回头看了眼那扇门,不知什么时候被余烬关上了。

她没坐，走到门口等江述。

这小子说半小时到，快十一点才来，骑着辆拉风的摩托车，戴着黑色头盔，过来的时候引擎轰隆隆，气势汹汹。

江述摘了头盔夹在身侧，伸手捋一下头发，小跑着溜到蒋烟身边，说："我没迟到吧？"

两人昨天才见面，蒋烟黑了江述一顿昂贵的离别饭，没想到隔天又见，江述说早知道你不走，昨天吃碗米线得了。

他抬头看了眼招牌，现在才想起问："你要车干吗？"

蒋烟去推那车，说："你从哪儿弄的，还挺酷。"

"从朋友那儿借的。"

车太重，蒋烟细胳膊细腿儿，推着吃力，方向也把握不好。江述看她如此费劲，捏着车把接过来，说："看你笨得，给我。"

车行空间很大，车推进去也不显拥挤。雷子绕着这车转了两圈，眼光晦涩不明，再次打量蒋烟和江述，最后目光落在蒋烟身上，说："这是你的车？"

蒋烟觉得雷子的眼神有些不对，但这会儿也只能点头。

雷子斜靠在椅背上，拆了片口香糖丢进嘴里，说："行，你们俩在这儿等着。"

说完，他转身进了后面那间小屋。

余烬正站在架子旁翻找配件，雷子关上门，说："烬哥，外面那两人不大对劲。"

他过来时身上携了股淡淡的香味，跟刚刚那女孩身上的味道一模一样，大概他们站在一起说话，他身上也沾染了几分。

余烬想到不久前，他躺在沙发上闭目养神，有人进屋，没一会儿周身便弥漫起那股淡淡的香味，有点像花香，也有点像奶香，混合在一起萦绕在空气中。

余烬讨厌香水味，讨厌陌生的气味，但莫名地，他并不排斥那股味道。

他睁开眼，猝不及防地与那女孩四目相对，她像是受到惊吓，小嘴微张，说不出话。

余烬淡淡地问："怎么了？"

雷子说："他们说要改车，可拿来的车是两个月前张弛那辆，你亲手捣掇的，那女孩还说是她的车。"雷子跟着余烬走到窗户边，"这小丫头昨晚就来过一趟，一看就是外行，今儿又搞了辆别人的车说是自己的，别是来找碴的，要不我推了吧？"

余烬指腹间捏了颗钢珠，来回碾了几圈。他想了一下，说："不用，她要怎么弄，先应着，车扣下，回头给张弛打个电话，问问怎么回事。"

雷子点头，说："好嘞。"

再出来时，雷子的表情比刚刚好不少，他给两人倒了杯水，说："你准备怎么改？你简单说下，我听听。"

蒋烟根本不懂，早上在网上找了几个视频突击了解一下，像模像样地说了几个地方，随后问雷子大概需要多少钱。

雷子粗略算了下，给她列了张单子。

蒋烟一看，将近十二万。

早听说改装车烧钱，还真是这么回事。这车是江述借的，自然不能给人乱改，蒋烟做出一副惊讶的样子，说："这么贵。"

雷子看蒋烟一眼，说："光两个碳纤维的轮毂就得好几万，这还只是零件的价格，不包含改装费。"

蒋烟说："我暂时拿不出这么多钱，要不先做个保养吧。"

本来雷子的目的也是让她把车留下，赚不赚那笔改装费无所谓。他痛快地点头，说："行，车先放这儿，三天后来取。"

临走时，蒋烟又看了眼那间小屋，门依旧关着，余烬再没露面。

出了车行，蒋烟没地方去，本来还想在昨晚住的那家小旅馆开间房，但江述一看那旅馆的招牌，嫌弃得不行，硬把她拉到市区里找了家酒店暂时住下。

进了房间，蒋烟随手把背包扔到床上，自己也摔进大床里，她的脸埋在纯白柔软的被子中，一声没吭。

江述跟在后头，把房卡塞进取电槽里，对她那副懒样子见怪不怪。他靠在电视柜上，伸脚踢了踢床沿，说："你别装死，现在能跟我说了吧，搞这一出是什么意思？"

蒋烟又赖一会儿，随后爬起来盘腿坐着，低着头说了昨晚的事。

江述半天才反应过来，说："你的意思是，他就是当年救你那个人？"

蒋烟仔细地想了想，说："我不确定。"

她顿了一下，又说："但我有预感，就是他。"

江述无语道："你为了个不确定的人，连学都不上了？"

"不是。"蒋烟有些烦躁，"我本来也不想读了，我早就说过想回国，是我爸非要我去。他就是不想我留在岳城，能把我扔多远就扔多远。"

江述说："这话说得，你爸对你够好了，谁不知道蒋董事长最疼你这个宝贝女儿。前阵子那么大颗红宝石，好几百万你随手送人，他都没说你一句，还想怎样。"

蒋烟没好气地说："那为什么不送我弟出国？"

江述失笑道："就你们家那个小魔王，送到国外没人管还不翻天了，要我我也不送。"

说到后来，江述绕回原来的话题说："就算你没认错人，你想怎样？上演电视剧的经典桥段，报恩，以身相许？"

蒋烟白他一眼，说："怎么了，也不是没可能。"

江述没搭理她，溜达到窗前把半掩的窗帘拉开，回头说："学校那边怎么交代？"

"我先请假，能瞒多久瞒多久吧。"

江述点头，说："行吧。那你这段时间也不能总住酒店，要不你住我那儿吧，我最近都住学校，那房子空着呢。"

蒋烟摇头，从包里翻出一张纸拍在床上。

江述疑惑地捏起那张纸看了一眼，念着："房屋出租，此房位于——"他抬头，"这是什么？"

"余烬隔壁。"

"你怎么搞到的？"

"早上我去时招租启事刚贴门口，临走时我给撕下来了。"

江述彻底没话，这架势，说什么都拦不住了，随她吧。

他手腕一扬，那张纸重新落在蒋烟膝间，说："你不觉得你这恩人有点奇怪吗？"

蒋烟问哪里奇怪。

江述想了一下，说："说他有钱吧，他住那么个破地方；说他穷吧，那辆越野车我估摸改装费都比车贵。"

蒋烟没想那么多，她此刻在思考另一件事。琢磨了一会儿，她换了张笑脸，冲江述伸手，说："你还得借我点钱。我手头没多少现金，在国内刷卡我爸肯定会知道。"

江述啧啧两声道："真想找面镜子让你好好欣赏下自己这副嘴脸。"

他无奈地翻出手机，点开微信给蒋烟转了几千块钱，说："我上辈子是不是欠你全家的，这辈子遇见你。"

蒋烟笑眯眯地把钱收了，说："还你还你，连本带息地还。"

三天后，蒋烟按时把车取走。雷子之前给车主打过电话，车主说车没丢，借一朋友了，都信得过，让他放心。

雷子这就有些看不透了，谁有毛病啊借车不骑还白给人花钱保养一回。

他扭头问余烬："烬哥，你说那小丫头到底什么意思？"他眼珠转了转，咧嘴笑了，"她脑子要是没毛病，八成是看上你了，故意找机会接近你。"

说完，他好像破案了一样，越想越觉得是这么回事。

这种事也不是头一回发生，余烬这人虽然一向待人冷淡，脑子里根本没有七情六欲那根弦，但那张脸摆在那儿，架不住女人主动往上扑。他嫌麻烦，懒得处理这种事，一般看苗头不对就把小屋的门一关，让雷子看着解决，能打发走就行。

雷子心下感叹，这小丫头道行挺深，之前他压根儿没往那方面想。

余烬躺在沙发上，交叠着腿，把一本杂志盖在脸上，没接话。

几天后的傍晚，车行没什么事，余烬提前回家。

他住的地方离车行不远,走路十分钟,那地儿不好停车,所以他的车基本都停车行这边。

老小区没有大门,临街的胡同拐进去就是,走到二楼就听上面传来嘈杂声,他习惯了,这两天隔壁搬来新邻居,一直在折腾家具,收拾房子。

到了三楼,余烬拿钥匙开门。五楼的阿姨拎着两提纸上楼,跟他打招呼:"小余回来啦?"

余烬答应一声,那阿姨看了眼隔壁虚掩的门,说:"这家人还没搬完呢。"

余烬看了那边一眼,说:"不清楚,没见过。"

阿姨说"我见过",用手比画着:"一对小情侣,小姑娘可娇气了。那天我路过,听到她跟男朋友打电话,窗帘颜色深了不行浅了也不行,家具都要欧式的,墙壁都重刷了一遍,要求可多呢。"

她一边上楼,一边念叨:"现在的年轻人,这么小就出来同居,也不知家长知不知道……"

余烬在她絮絮叨叨的声音中把门关上。

最近很忙,家里已经几天没收拾,沙发上散落几件衣服,余烬都给收起来扔到洗衣机里,接着把冰箱里过期的食物丢进垃圾桶,下楼扔垃圾。

一开门便看到拎着两大袋东西,气喘吁吁的蒋烟。

蒋烟也有些意外,立刻把东西放在脚下,笑得很甜,说:"你好,你还记得我吗?我在你的车行改过车。"说完,她觉得有些不准确,纠正了一下,"保养过车。"

她手上有些汗,下意识地往身侧抹了抹,朝余烬伸过去,说:"我叫蒋烟,烟火的烟。"

蒋烟刚刚拎了很多东西,似乎很累,这会儿气还没喘匀,前额的刘海被风吹散,胡乱地贴着光洁的皮肤。

余烬注视一会儿,伸手握住她,说:"余烬。"

他握了一下便松开,蒋烟笑得眼睛眯起来,好像特别高兴,说:"以后我们就是邻居了,还请多多关照。"

余烬目光停顿一秒,下意识地看向隔壁那扇虚掩的门。门口还有两双一模一样的毛绒拖鞋,一大一小,摆放整齐。

他语气淡淡道:"你住这儿?"

蒋烟点头道:"刚搬来。"

门口的声音似乎惊动了屋里的人,那扇门被打开,江述探出头,看到蒋烟,说:"回来了。"他低头看那两个大袋子,"买这么多,我就说你等会儿,我跟你一起去。"

蒋烟把袋子递给江述,说:"你又不知道我想买什么。"

两人说了几句话,蒋烟回头时,余烬已经下楼。

江述把新买的拖鞋递给她,说:"你先在这儿站着,拖完地再进来。"

蒋烟低头换鞋,说:"你还给自己买了一双。"

江述随手把拖布立在门口的墙角,换上大号那双,说:"买一赠一,不要白不要。"

这套房子是一室一厅,蒋烟把客厅里房主的沙发、家具全都塞进卧室,买了和国外那边租住的公寓款式差不多的床和桌子,窗帘也选了同款颜色,甚至还在网上淘到了以前出镜率最高的一款喝水的杯子,布置了很久,总算可以在视频里以假乱真。

爸爸那边好说,奶奶最疼她,每周有固定的时间视频,要聊很久,老太太精明了一辈子,耳不聋眼不花,记性好得很,不好糊弄。

江述翻了翻袋子里的东西,锅碗瓢盆油盐酱醋,要什么有什么。

"你还真打算在这儿过日子了。"

两人忙了半天,把东西各归其位,该放厨房的放厨房,该放浴室的放浴室。

蒋烟一个人在瑞士生活,时常想念中国菜,外面买不到合心意的,就学着自己做,厨艺已经很不错。不过她懒,除了自己,没人尝过她的手艺,家人甚至不知道她会做菜。

江述虽然知道,但他软磨硬泡了一个假期也没吃上一口。

收拾完外面天都黑了,江述走到露天阳台往下看,说:"临街房子这么吵,晚上你能睡着觉吗?"

蒋烟跟过来,说:"哪有那么多毛病。"

她睡觉不怕吵,越有声音她睡得越踏实,太安静还要放些音乐当背景音。

江述扭头看向左边,隔壁余烬家的阳台就在眼前,晾衣架上的东西都看得清清楚楚。他皱眉,说:"这阳台隔得也太近了吧,他都能一脚迈过来,太不安全了。"

蒋烟说:"他才不会,你还是祈祷我别迈过去吧。"

江述一脸鄙夷道:"你好歹是个女孩子,能不能矜持点,别逮个人就花痴,小心被人骗。"

蒋烟不爱听,说:"你怎么还不走?"

"嗯?过河拆桥是吧,我舍掉假期帮你忙了好几天,我晚上连口饭都没吃!"

"我也没吃。"蒋烟说,"点餐吧,我也饿了。"

余烬那边的格局跟蒋烟这边一样,客厅房间完全对称。收拾完屋子,余烬去厨房下了碗面,几分钟就吃完了。

刷碗时,他接到一个电话,里面的人开口叫他烬哥,聊了几句后说了个地址:"听说她以前在这儿待过,离开没多久就跟了在哥。那店的老板娘没换,没准儿能联系上她。"

手机放在洗碗池旁,开着免提,余烬关了水,扯了张纸巾擦手,说:"知道了,我这两天抽空过去看看。"

电话那头的人叹了一口气,道:"烬哥,在哥走了三年了,要不咱别找了?中国这么大,她故意躲着咱,我们上哪儿找?没准她现在过得比咱都好,不联系咱,也是不想记起以前的事。人总要向前看。"

余烬闷声不语,把洗过的碗放进橱柜里,拿着手机走到阳台,摸出根烟点着,吸了一口,说:"我知道。"

那边似乎早猜到他会这样,又说了几句就挂了电话。

天彻底黑了,路灯亮起,余烬指尖的烟已剩小半,烟头闪烁,忽明忽暗。

他背靠着露天阳台的围墙,身体微微倾斜,手肘搭在防护栏上,缓缓吐出灰白的烟,目光瞥向隔壁。

这一片的楼房都是这种结构,露天阳台,有些人重新装修,喜欢把阳台用玻璃封起来,做成生活阳台,家里的使用空间变大。

这两套房子没有改过格局,还是老样子。

蒋烟那边已经拉上窗帘,里面隐约透着光,还有隐隐约约的交谈声。

以前住这里的是一对中年夫妻,两人在附近开了个早餐店,每天起早贪黑,很辛苦,也没有闲情逸致打理阳台。那时阳台堆满了杂物,偶尔也有几棵白菜,一筐土豆。

蒋烟住进来后,阳台变了样,杂物没了,多了张木头桌子,上面摆了几盆不知道是什么品种的花,挂了几串小彩灯。之前一直在墙角落灰的编藤椅子也擦得干干净净,摆在阳光最充足的地方。

隔壁的灯熄了。

窗帘再透不出光线,显得颜色暗沉。

余烬收回视线,沉默地吸完手里的烟,将烟头摁进烟灰缸里。

忽然停电,蒋烟吓了一跳。江述摸黑找到手机打开手电筒,抬头看了眼那摇摇欲坠的灯,说:"这房子真破,哪哪都破。"

时间太短,也没办法彻底重装,只能照顾到摄像头能扫到的视野,灯也就没换。

今天还修了浴室里的水龙头。

真破。

江述一边不满地抱怨,一边走到厨房那边摁了下灯开关,没跳闸,那就是灯泡坏了。

"下面的超市应该有吧,我去给你买个新的,你敢不敢一个人待着?"

蒋烟说:"敢。厨房和卫生间的灯都打开,能借点光。"

江述下楼不到十分钟就回来,楼下有个小超市买东西还挺方便。他个子高,站椅子上就能够着,要是蒋烟,得站桌子上。

客厅里终于恢复光明,时间也不早了,江述临走前再三嘱咐蒋烟关好门窗,有事给他打电话。

认识十几年，蒋烟头一回觉得江述这么靠谱。

送走这位靠谱的发小，蒋烟回头看了眼客厅。

客厅已经被改造成客卧一体，床、桌子、小沙发，通通挤在这里，显得空间有些局促，这倒跟蒋烟在瑞士那边住的房子差不多。

瑞士的留学生大多自己在外租房，蒋彦峰给蒋烟弄了套大的，又找了阿姨照顾她的生活起居。但她不干，自己跑到学校附近租了套小公寓，也不要人跟着，什么都自己来。

其实家里有条件，谁不愿意过得舒服些，但蒋烟就是不想让蒋彦峰如意。他想怎样，她偏不怎样，一再踩蒋彦峰的底线，他从不发火，什么都依着她。

真是个好爸爸。

可蒋烟知道，他不过是心里有愧。

蒋烟关了大灯，换上睡衣，坐在书桌前打开台灯，从包里拿出她的画册。

画册已经使用过半，她一页页地翻阅，少年的脸清晰地印刻在她脑海里，也落在她笔尖。

蒋烟为他学画。

画中的少年面庞倔强青涩，小小年纪眉宇间已初露霸气，她曾不止一次地想过他现在的模样，但想不出，真见到了，她又觉得他就该长成这样。

蒋烟把画册翻到新的一页，起稿，勾线，笔尖娴熟地在纸上跳跃。

他躺在破旧的沙发上，闭着眼睛，一只手臂随意地搭在头顶，他手也好看，他哪儿都好看。

这幅画终于不再是十几岁的他。

蒋烟偏头看向阳台，画笔在指尖转了几圈，掉在桌上。她起身拉开窗帘，推门走到阳台上，歪头看向隔壁。

隔壁窗帘没拉，客厅隐约有人影晃过，一件黑色的上衣被丢在沙发上，是余烬今天穿的那件。蒋烟奋力踮脚探身，整个身体扒着阳台，想看看他到底有没有文身，可这个角度怎么看也只看得到靠窗那半截沙发。

余烬猝不及防走到阳台，跟来不及退后的蒋烟撞个正着。

这人走路都不带声音的。

他脖子上套了件短袖睡衣，还没完全穿上，一只胳膊正往袖口里塞，整个腹部全露在外面，一时间两人谁都没说话。

空气中透着尴尬。

蒋烟只看了一眼便不敢再看，整个脑袋探出阳台，死命盯着楼下那块大石头，恨不得立刻跳下去。

余烬很快恢复神色，默不作声地把衣服穿上，说："你干吗呢？"

蒋烟磕磕巴巴道："我找东西。"她硬着头皮，"我晾的袜子掉下去了。"

余烬听了，也走到阳台边往下看。蒋烟怕露馅儿，逃也似的跑了，边跑边说："我下楼去捡！"

做戏做全套，她认命般地换鞋下楼，兜里还藏着一只袜子。

晚上天气怪凉的，蒋烟在楼下转悠了一分钟，拎着袜子上楼，脑子里不由自主地回忆起刚刚那个画面。

有腹肌有腹肌。

啊。

到三楼想开门时，蒋烟傻了，她没带钥匙。

她叹了口气，越发觉得今晚自己的表现实在不怎么样，说好的留学多年自强自立的小超人呢？怎么到他跟前完全发挥不出来？

她手机也没拿，在风口站了一会儿，最终深吸一口气，敲开余烬的门。

"那个，余烬。"她说，"我没拿钥匙出来，能不能麻烦你帮我找个开锁师傅？"

余烬目光打量蒋烟。女孩头发披散着，有些凌乱，穿着睡衣，手里提溜一只浅粉色的袜子。

他看向隔壁那扇紧闭的门，问："家里没别人？"

蒋烟摇头。

"跟你一起那个男生呢。"

"他回学校了。"

楼道卷进一股风，蒋烟下意识地缩了缩肩膀。余烬把门打开一些，侧身让路，说："先进来吧。"

蒋烟看向客厅，余烬家竟然意外的整洁干净。

之前去车行，除了雷子没见过别人，估计两个大男人比较糙，也不怎么打理，东西能找到就行，所以有些乱。

这里倒是不一样，不像单身男人住的地方。

蒋烟心里有种不太好的预感，她藏在衣袖里的指尖抠了抠手心，说："方便吗，会不会打扰你跟你女朋友？"

她没敢看余烬的眼睛，垂着头盯着自己的鞋尖。

余烬看了蒋烟一会儿，抬手按住门板，说："我没有女朋友，进来吧。"

蒋烟抬起头飞快地看了他一眼，又匆匆收回目光。

莫名地，她心里一块石头落地。

蒋烟默默松了口气，潮湿的掌心抹了抹身侧。

余烬让她去沙发那边坐，随后拉开电视柜下面的抽屉，翻出一摞名片，找了半天，从里面抽出一张，按照上面的电话打过去，说了地址，挂掉后看向蒋烟，说："开锁师傅半小时到。"

蒋烟规规矩矩地坐在沙发上，双手放在膝盖上，乖得不成样子。

她这辈子都没这么淑女过。

余烬给她倒了杯水，说："温的。"

蒋烟接了，说："谢谢。"

她没说话，余烬也没说话，客厅里只有墙上挂着的钟表嘀嗒作响。余烬似乎并没有跟客人客套一下聊聊天的意思，靠在沙发另一侧随手翻阅一本杂志。

蒋烟连续喝了几口水，终于在杯子快要见底时找到话题："你在这里住了很久了吗？"

余烬淡淡地"嗯"了一声，一个多余的字都没有。

蒋烟又说："我以前从没来过这一片。"

说完，她就后悔了。

果然余烬抬起头看她，问："是吗，那你怎么找到这儿的？"

蒋烟手指捏着杯子，脑子里疯狂组织语言："我……跟家里吵架了，也没去学校，我爸爸在这边没有熟人，我就来了。"

余烬卷起手中的杂志，问："你是哪个学校的？"

"我在瑞士读大学。"

"瑞士。"余烬重复一遍，"很美的地方。"

蒋烟抬起头看他，问："你也去过吗？"

"我妹妹在那边。"

余烬的妹妹余笙，是他父亲和第二任妻子的女儿。余笙从小体弱多病，父亲和第二任妻子离婚后，继母带着余笙去了瑞士疗养，一直没回来。

余烬忽然想起，前两天收到余笙寄来的明信片，她还问说好去看她，为什么一直没有去。

余烬似乎信了蒋烟那套"离家出走"的言论，或许也是因为事不关己，他不感兴趣所以没有继续追问。

他好像对别人的事都不怎么感兴趣，刚刚能问那一句，没准儿都算破例。

余烬看到蒋烟一直盯着他手里的旅游杂志，抬手扔给她。

蒋烟接了，漫无目的地胡乱翻了几页，随口问道："你也喜欢旅游吗？"

余烬说还好。

蒋烟慢慢将话题引过去："我以前跟着爸爸去过很多地方，乌镇、大理什么的，还有封武。"她停顿一下，"封武你去过吗？很美的一个小地方，我很小的时候去过一次，至今印象深刻。"

余烬目光微动，抬眼看向蒋烟，他还没有开口，电话忽然响起，是开锁师傅打来的，说已经到了这栋楼下面，不知道具体哪个门。

余烬一边跟他通话，一边走去开门。

两分钟不到，一个戴着帽子的中年大叔背了个单肩包大步跨上楼。

开锁的过程异常简单，简单到蒋烟还没反应过来，那大叔拿着一块长条形状，顶端带个拐弯的塑料板塞进门缝，上下划几次门就开了，前后不到十秒钟。

蒋烟看得有点儿愣，余烬给师傅转了五十块钱，人家乐呵呵地走了。

"这么快？"蒋烟说。

余烬检查了一下门锁，没有被破坏，说："这种锁芯款式比较老，有时间可以换个新的，比较安全。"

余烬说完转身要走，蒋烟忽然拉住他衣角，说："你等我下。"

她飞快跑进自己家，拿了钥匙和手机，没多久又跑出来，朝他摇了摇手机，说："加一下微信吧，我把钱还给你。"

余烬不在意道："不用了。"

蒋烟摇头，说："要的，已经很麻烦你了。"

余烬没再说话，掏出手机，两人加了微信。

余烬转身，蒋烟再次叫住他："还有个事。"

他回头。

蒋烟说："我想问一下，你车行缺人吗？我能不能去打打下手，干点杂活儿什么的。"她声音有些小，"我不能在国内刷我爸的卡，身上的现金又不多了，我想——"

"不缺人。"

余烬丢下这句话，转身进了门。

他关门时带起一阵风，把蒋烟的刘海都给吹飞了。

她微微地瞰了瞰嘴，要拒绝也不要这么直接啊，我不要面子的吗？

回家后，蒋烟迫不及待地点开余烬的对话框。

他的微信名字是一个字母"Y"，蒋烟理所当然地理解成余烬的余，他的头像是把卡通伞，画风明亮，跟他那张整天阴郁的脸实在不搭。

蒋烟转了个五十块红包过去，余烬没收，也没说话。

等她洗完澡出来，他还是没有一点动静。

第二天早上余烬和往常一样出门，路过早餐店随便吃了点，八点多到了车行。

他站在门口，有点不敢进去。

太干净了。

车行从开业第一天到现在，从没这么干净过，门口的玻璃闪闪发亮，地也拖得干干净净，原本随意散落的零件也按大小摆放整齐，工具柜里的东西也被归置过，但一眼就能看出整理的人外行，只按大小摆放整齐，看着好看，没有按照类别区分。

从外面进来的雷子也吓了一跳，说："这是哪家的田螺姑娘来了？"

里侧卫生间有声音，余烬和雷子走过去，看到一道忙碌的纤细身影。

蒋烟洗完手里的抹布，正准备擦洗手池，看到余烬，立刻扬起笑脸："老板早上好。"

余烬皱眉，说："你怎么在这儿？"

"我来上班啊。"

"我答应你了吗？"

余烬把蒋烟从卫生间里拎出来，她手里还捏着刚洗好的抹布，说："你这么大的车行，只有两个人怎么忙得过来。我来好几回了，回回厅里都没人，万一丢东西怎么办？"

余烬瞥了雷子一眼，雷子觉得火好像要烧到自己身上。果不其然，余烬阴森森地问："你刚去哪儿了？"

雷子举双手投降，说："冤枉啊老大，上周进的一批轴到货，我去货站了，轴还在门口呢。"

"那你怎么不关门？"

"平时这点儿也没人来，我看你钥匙放在小屋没带，怕你进不来，再说这片儿谁敢偷咱家东西啊，这不是找死嘛。"

蒋烟垂着手站在那里，又乖又委屈，就差掉眼泪，说："我真的没地方去了，这里我只认识你，你不收留我，过几天我没钱交房租，就要露宿街头了。

"我很安静，绝对不打扰你们。我什么都会，收拾屋子，端茶倒水，别的也行，只要你说，不会的我可以学。"

隔了一会儿，余烬开口："你男朋友呢，你没钱，男朋友不管吗？"

蒋烟把头摇得像拨浪鼓，说："没有男朋友，我没男朋友！"

"那天你家那个男生不是你男朋友？"

"不是不是，他是我发小，就帮我收拾一下房子。"蒋烟死命黑江述，"他穷得很，还很小气，指望不上。"

雷子小声跟余烬嘀咕："烬哥，我看她挺诚恳的，要不咱就收了她吧？"

余烬转身进了小屋，坐在沙发上，摸出兜里的烟。雷子把打火机丢过去，他点燃吸了一口："你就想让她来，自己好偷懒。"

平时打扫的活儿确实都归雷子。

雷子笑得心虚，绕到沙发那头坐下，说："烬哥，我是那样的人吗？你看咱们车行就你和我，天天大眼瞪小眼，阳气过盛。有个漂漂亮亮的小姑娘天天在眼前晃来晃去不是挺好，养眼又下饭。"他作势给余烬捶腿，"再说我还单着呢，你就算为员工的个人问题考虑，也得招个女生不是。"

余烬瞥他，这一眼比刚刚还阴沉。

雷子笑个不停，说："开玩笑开玩笑，你别动气。"

余烬动了动腿，把雷子的手抖开，说："人家才十八岁，小孩一个，你别瞎逗，吓哭了我不管。"

他走到门口，透过门缝看出去。

蒋烟在原地站了一会儿，似乎有些难过，但没有多久便伸手捏了捏自己的脸，让自己看起来高兴一些。她深深舒了口气，看向小屋。

两人目光碰上，她没躲，冲余烬笑了笑。

余烬觉得自己越来越看不透这个女孩。

她能在瑞士留学，家境应该不错，却放弃学业跑到这么偏的地方租房住。

邻居阿姨说她娇气，她却愿意来车行打工。

车行这种地方，一不小心摸一手油，哪是她这种娇生惯养的小姑娘待的地方。

白白净净的小女孩，要体验生活也该去咖啡馆、书店那种地方。

最终余烬没说同意，也没说不同意，蒋烟就权当他同意，连续来了两三天。

余烬忙自己的，不怎么理她，她也不介意，倒是跟雷子玩得很好。两人整天嘻嘻哈哈，平时安静的车行闹腾不少，有时吵得余烬头疼。

临近中午，擦完那面隔断玻璃，蒋烟拎着抹布静静地注视隔断里陈列的两辆摩托车。

看了一会儿，雷子走过来，说："酷吧？"

蒋烟点头，问："这是余烬的吗？"

雷子说："左边那辆是烬哥的，右边这辆是他一个朋友的。"他有些替那位朋友惋惜，"是个名门少爷来着，很多年前出了车祸撞伤了腿，一直坐轮椅，这车就再用不上了。"

蒋烟目光落在左边那辆车上，好一会儿才想起问："他的车怎么放这里，他不骑吗？"

玩摩托车的谁没有两三辆爱车，可余烬平时似乎只开一辆越野车。

雷子说："烬哥从不骑摩托车。"

蒋烟有些奇怪，问："为什么，他不试车吗？"

"烬哥改的车都是我给他试。"雷子挠挠头，"具体我也不清楚，自打我认识他到现在，就没见他骑过摩托车。"

雷子也一直想不通，早听说余烬不仅车改得好，车技也好。他以为跟了余烬能开开眼，可都三年过去了，也没见余烬上过一回路。

不过这事他也只能自己想想，不敢问余烬，问了，余烬也不会说。

雷子看了眼墙上钟表的时间，说："我订个饭去。"

刚说完门口就有外卖员过来，蒋烟早已订好，她把抹布塞进雷子手里，说："我去叫余烬。"

此刻余烬坐在里屋的小破沙发上，掌心的手机屏幕亮着，上面是那天通完电话，哥们儿给他发来的地址。

他嘴里咬着一根烟，正要点上，蒋烟忽然探进个小脑袋，说："余烬，出来吃饭。"

打火机在他手里转了两圈，最终还是放下。余烬觉得蒋烟在这里好不方便，连烟都不能随意抽。

他拿了车钥匙起身，说："你们吃吧。"

蒋烟推开门，问："你要出去吗？"

"嗯。"

"去市区吗？"

余烬往外走，说："嗯。"

蒋烟小跑着跟在他后头，说："我也想去。我想买个东西，你去哪儿，能不能顺路送我去策群街？"

余烬脚步没停，说："不顺路。"

余烬打开车门，无意间看到小姑娘站在车行门口，眼巴巴地望着他，可怜兮兮。他无奈地叹了口气，歪头示意她上车。

蒋烟瞬间阴转晴，往这边跑，跑了两步，她又掉头回去，说："等我一下！"

没两分钟，她又跑出来，戴了顶鸭舌帽和一个黑色口罩，全副武装，整张脸只露出两只黑亮的眼睛。

越野车踏板高，蒋烟几乎是爬上去的。余烬看她那副狼狈样子，一时没忍住，低笑一声。

蒋烟扭头看他，问："你笑什么？"

他收起表情，说："没什么。"

蒋烟要去的地方还真挺顺路，余烬把她放在那条街上，说："你买完东西在附近逛逛，我办完事给你打电话。"

蒋烟乖巧地点头。

她跳下车，看见余烬打着方向盘掉头，很快消失在视野中。

蒋烟是来买画笔的。她有特定使用的牌子，岳城只有这里有店，她现在出来一趟不容易，一口气买了不少。

这里毕竟是她以前常常出没的地方，多少有些做贼心虚，怕碰见熟人，她压低帽檐，走到下面那条街随便溜达。

这条街上有不少小吃，她边走边吃，还给余烬带了一些。不知道余烬办事要办到什么时候，她也没有什么目标，索性沿街随意走，等着他来接。

不知道走了多久，眼前的地方已经不熟悉，蒋烟刚想原路返回，忽然发现余烬那辆越野车就停在前面不远处。

她挺高兴的，小跑着过去。

车停在一家店铺门口，店门花里胡哨，大白天窗户还拉着一层白色的纱帘，看不清里面。

蒋烟抬起头，看到这家店的招牌。

丽姿按摩院。

余烬刚一进门，就被屋里浓重的香水味呛到。

他皱眉屏息，拳头抵在鼻间试图遮挡。

这家店规模不大，前厅很小，正对门有张皮质沙发，左手边是个小吧台，上面有台饮水机，墙上挂着价目表。

项目几经调价，上面覆盖了好几层新价格。

门旁有铃铛，余烬一进来里面的人就知道，很快有人掀帘子从后屋出来。

是个烫着大波浪的年轻女人，美艳有余，气质不足，穿着条暗红色的连衣裙。她走近时，身上的味道很杂，有香水味、药油味，也有烟味。

"帅哥眼生，没来过？"她倚在吧台旁笑着招呼，下巴示意墙上的项目表，"泰式还是精油，或者来个全套？我们这儿的女技师手艺都不错。"

余烬摸出兜里的烟，还剩半盒，他从中抽出一根咬在嘴里点燃，熟悉的香烟气味冲散了一些他不喜欢的味道。

"不按摩，我找人。"

老板娘挑眉，用手抚了下鬓发，走到余烬身边，拿过他手里的烟盒，从中取出一根也点燃，娴熟地吞云吐雾，目光直白大胆，从上到下打量余烬，似乎对他的模样很感兴趣。

"哦？我店里的员工可不少，你找哪个？"

她把烟盒还给余烬，他没碰，问："苏禾，认识吗？"

余烬没接，女人也不尴尬，随手将那半包香烟扔到吧台上，转身坐进沙发里，跷起腿，夹着香烟吸了一口，说："她啊，认识。"女人抬眼，"你找她？"

余烬问："最近你有苏禾的消息吗？"

女人摇头，说："几年没见过了，她不是跟了个混混吗？听说那混混对她还不错，怎么，她失踪了？"

余烬瞥了眼通往后屋的帘子，问："有路子找到她吗？"

女人有些好奇，问："你跟她什么关系？"

"这跟你没关系。"余烬从钱夹里拿出一摞钱，大概一千多的样子，丢到女人面前的小茶几上，"我有点事找她，不是找麻烦，帮个忙。"

女人看了眼桌上的钱，夹着烟没说话。

余烬耐心地等待。

过了会儿，女人将烟蒂摁进烟灰缸里，收起茶几上的钱，说："苏禾的老家是上龙镇的。"

"这我也知道。"

女人扬眉，说："那你知道上龙镇只是她爸妈家，她小时候常在小西山的姥姥家住吗？"

"地址。"

"这我不清楚，不过小西山那地方很小，一打听就知道了。"

余烬转身就走，手刚碰到门把手，身后的女人轻笑两声，说："帅哥，烟不要了？"

余烬没回头。

蒋烟抱着几个装小吃的纸袋蹲在跟余烬分开的路口旁，越想越委屈。

按摩院？

余烬可真能耐。

那路过的老婆婆都说了,小姑娘家家离这种地方远点,这是男人来的地方。

前后左右都是美容会馆、按摩院,还发展成特色一条街了,他倒是挺熟悉,不知道来过多少次!

蒋烟不停地看手机,这都多长时间了,还不回来!

能干什么好事!

余烬开车回来时,看到蒋烟蹲在马路牙子上,小小一团,低着头嘴里不知道在念叨什么。

他按了几下喇叭,小姑娘抬头看到他,表情严肃,脸臭臭的。

蒋烟一上车就闻到他身上的香水味,脸更黑了,看都没看他一眼,把几袋小吃塞进前面的储物箱里,安全带扣得咔咔响。

余烬看她一眼,觉得她心情好像不是很好,没准儿刚刚遇到什么烦心事。

他没哄过女孩,也不知道怎么哄,索性不开口,小女孩嘛,气一气就过去了。

车开了一会儿,两人一直没说话。前面的红灯一百多秒,余烬等得无聊,储物箱里的小吃散发出阵阵香味,他中午没吃饭就出来了,早饿了,伸手过去想看看是什么吃的。

结果他还没碰到袋子,蒋烟忽然把东西拿走抱在怀里,说:"不是给你买的。"

语气挺冲,余烬下意识地皱眉,这丫头每次见他都笑得跟朵花一样,从没对他这种态度过。他扭头看她,问:"你怎么了?"

"没怎么。"

"我惹你了?"

"没有。"

余烬还想说话,蒋烟只看着前面,说:"绿灯了。"

余烬只好开车。

直到晚上关门,蒋烟都没理余烬,把带回来的东西全给了雷子。雷子感动得够呛,也没顾上余烬,自己全给吃了。

这天晚上,蒋烟早早躺进被窝。

她没拉遮光窗帘,只拉了纱帘,月光渗进客厅里,银白的一层,浅浅地笼罩着床上那团鼓鼓的被褥。

过了许久,蒋烟觉得有些憋闷,脑袋从被子里探出来,瞪大眼睛盯着天花板。

脑子里两股势力在打架,搅得她头疼:

"他快三十了吧,也没个女朋友,有生理需求也正常。"

"没女朋友可以找啊,长那么帅,还怕追不到一个女朋友吗?"

"男人都图新鲜,他只是犯了所有男人都会犯的错。"

"那也不能去那种地方啊,不怕得病吗?"

"还有,是谁总结出这样的结论,是人都喜欢新鲜,男女都一样,管不住自己就不要找那么冠冕堂皇的借口。"

"可能他真的是去按摩,干这一行总弯腰,他腰是不是不好?"

"现在国家管控得这么严格,应该没有那种不正当的行业了吧,不怕被抓吗?"

"他是你的救命恩人,有谁规定救命恩人就非得是正经人了。"

"他还不一定是你的救命恩人呢,你看到他身上有文身了吗?没准儿就是长得像。"

"蒋烟,你清醒些,人家干什么跟你有什么关系啊。"

"明天起床就去问他,你去没去过封武,有没有救过一个小女孩。真是他,就给笔钱当作感谢,或者给他开个更大的车行什么的;不是赶紧走人,学校那边不知道能瞒多久,万一他们给老爸打电话就完蛋了……"

蒋烟不知道自己什么时候睡着的,反正睡着前"它们"还没吵完。

蒋烟一连几天都没去车行,余烬也没找她。

本来她都打好草稿,如果余烬问她为什么不去,她要怎么说。她想得好好的,可他什么都不问,弄得她很憋屈。

周末江述来了,看蒋烟精神萎靡直打蔫,以为她病了,给她买了不少零食水果,熬了一大锅粥,看着她吃完才走。

蒋烟在床上懒懒地躺了一下午,实在不爱动,但还是勉强起来换衣服,有件比较紧迫的事需要解决,必须去趟超市。

她每月的月经来得特别准时,一天不差,今天就是正日子,小腹隐隐有些感觉,家里又没有准备卫生用品。

江述虽然是认识多年的发小,但这种事她还是不好意思让他帮忙去买。

超市就在楼下,麻雀虽小,五脏俱全,基本日常生活用品都能买到。

蒋烟常用的牌子这里没有,她只好挑了个别的牌子,顺便往购物小筐里扔了几包湿巾。

她站在最里侧的过道,想再拿一提纸巾,可那东西被老板放在货架最上面,又堆了好高,她踮脚蹦了两下,依旧没拿到。

蒋烟正想让老板过来帮忙,身后忽然有人靠近,一股熟悉的气息逼近,还没等她回头,那人便越过她头顶,轻松抽出一提纸,低沉而清冽的声音在她耳边响起:"是这个吗?"

蒋烟回头,意外地看到余烬。

今天虽然是周末,但他平时比较随意,不管星期几,白天几乎都在车行待着。

过道狭窄,两人离得很近。

虽然住同一层,但余烬早出晚归,蒋烟又没怎么出门,两人已经几天没见。

蒋烟垂下眼睛,接过那提纸,"嗯"了一声。

余烬看了她两眼,没说什么,去了食品区那边。

蒋烟的筐里有两包卫生巾,不想让他看到,飞快地跑到收银台结账,偏这会儿有人排队,等排到她时,余烬正好也过来结账。

蒋烟硬着头皮装袋,不小心弄掉了一包在地上。余烬弯腰捡起递到蒋烟手边,蒋烟接过来,飞快地说了声谢谢。

等余烬从超市出来时,蒋烟早跑得没影儿了。

回家的路上,余烬走得很慢,脑子里不自觉回想起刚刚蒋烟窘迫的样子。

到底还是小女孩,他低头淡笑一下。

晚上余烬随便吃了点东西,把换下的衣服丢进洗衣机,随后拿了包烟走去阳台。

他低头点烟,打火机随手放在烟灰缸旁,目光瞥向隔壁,那边已经拉上窗帘,里面有亮光。

余烬眯起眼睛,咬着烟好一会儿才想起吸一口。

那丫头大概找到新工作了吧,挺好,省得他在车行抽烟还得顾及她在不在。

他丢掉烟头,把装满的烟灰缸倒掉。

他很早就开始吸烟,这两年烟瘾更甚,带他入行的师父每次都要念叨他,他也没怎么放在心上。

洗过澡,余烬裸着上身,裹着一条浴巾出来,打开衣柜翻找衣服。

没有多久,他的手停在箱底,目光落在一把折叠伞上。

奶白色的遮阳伞,干干净净的颜色,零星点缀着金色的爱心。

他拿起那把伞,指尖在灰色的伞柄上缓缓划过。

这应该是把定制伞,伞柄下端刻印了一个字母"Y",旁边还有一颗心。

两年前的一个晚上,狂风骤雨,是兄弟的忌日。

他心情很差,碰巧又遇见几个不长眼的小流氓找碴,那一架打得很痛快,解决掉麻烦,他坐在路口的石阶上,任凭雨水拍打自己的身体。

他脸上挂了彩,领口还沾了一丝血迹,狼狈不堪,垂着头坐在那里,路过的人吓得绕道走。

不知过了多久,他听到一阵脚步声,视线里忽然出现一双纯白色的运动鞋。下一秒,他手里就被塞进一把伞。

他抬起头时,女孩的身影已跑远,她戴着帽子,手撑在头顶遮雨,匆忙上了一辆黑色宾利。

雨水模糊了双眼,他伸手抹了一把,那辆车已经开远。

陌生人的关心,往往更能戳中内心深处。

他十岁离开那个家，从那以后再没感受过多少温暖关爱，即便是离家前，也没得到多少。

人心凉薄，他只有比别人更凉薄，才护得住自己那颗心。

年少时他混过社会，抽烟喝酒，打架闹事，后来认识师父，跟着师父学手艺，性子才慢慢定下来。师父说，他这个人性子倔，又狂又傲又不服管，不找个人压一压，将来是要出事的。

十岁以后，他再也没哭过。

但他拿着那把伞，莫名红了眼眶。

他没有用那把伞，带回家后仔细擦干净，一直小心存放。

余烬把伞放回原位，找了件衣服穿上，临睡前打开微信，划了几下列表，看到蒋烟的账号时停了一会儿，又划走。

他把手机扔到一旁，关灯睡觉。

第二天早上他出门下楼，正碰见蒋烟从外面回来，她手里提了一杯豆浆，一屉小笼包。

两人对视一眼，两秒后，余烬侧身让出一条路。

蒋烟低着头上楼，擦肩而过时，余烬忽然问："你找到工作了？"

蒋烟脚步停下，过了会儿，摇了摇头。

她站的地方比余烬高一个台阶，但依然没有余烬高。他目光停留在她脸上，问："那怎么不来上班？"

蒋烟指尖戳着豆浆热热的盖子，说："你不是不缺人嘛。"

"是不缺，你来了三天，干了雷子该干的活，把他惯懒了，你不来，他也不干活。"余烬停顿一下，"现在车行的地都没人拖。"

蒋烟不说话，余烬看了她一会儿，目光瞥向别处，说："你要是没找到别的工作，就过来吧。"

蒋烟小声嘟囔："你给我多少钱啊？工资提都不提，想让我白干活吗？"

他低笑一声："你想要多少？"

"当然越多越好。"

"行了，"余烬说，"给你开工资，你会满意，来吧。"

蒋烟的到来，完全改变了余烬的生活习惯。

其实余烬这车行开得挺随意，算上老板才两人，没事开门做生意，有事大门一关，再多的钱都不赚。上个月雷子他妈生病，他请了几天假，余烬直接关门，跑到乡下陪师父住了几天。

余烬是圈里公认的改装大神，任何车经过他的手，能直接拿去参赛。他开的价格高。

所以敢点名让他出手的玩家也少，点了名能入他眼的更少。车行的生意大多还是雷子动手，雷子是余烬调教过的，技术不错，在圈子里也得别人信任。

两人闲时闲死，忙时忙死，忙的时候一天都吃不上一顿饭，更没有时间收拾屋子。男人本来就糙，工具配件大多随手一放，能找到就行。

余烬对雷子不错，没活儿的时候也不怎么管他。雷子偶尔散漫，懒得打扫卫生，余烬也不在意，过得去就行。

现在蒋烟来了，车行大厅干净得像摩托车展览厅，小屋里的沙发和床被她挪了位置，显得宽敞不少。茶几上多了个透明玻璃瓶子，里头插了几枝百合花。

两支花花绿绿的笔和一个粉嫩嫩的本子摆在花瓶旁边，蒋烟平时用来记东西。

一到中午蒋烟准时订餐，盯着余烬和雷子吃完，她在的这几天，他少有的一日三餐按时吃饭。

雷子说，有女人就是跟没女人不一样。

再小的女人，她也是女人啊。

一切都挺好，只是余烬觉得隔壁一些商铺的年轻小伙越来越爱上车行溜达。余烬平时不爱交际，也不喜欢闲聊，很严肃，他们不敢找他，只往雷子身边凑，有意无意打听这么水灵的小美女哪儿来的，是不是谁家亲戚，有没有男朋友。

余烬烦车行人多嘴杂，把蒋烟赶去小屋对账，不许出来。

说好的打杂，没有几天余烬就把对账的活儿也交给她。他本就懒得管账，雷子又是个半吊子，让雷子摆弄车可以，一看数字雷子就头疼，所以之前一直是余烬自己管。

车行的账目不复杂，没人敢欠余烬的钱，所以差不多只有库存零件的一进一出，每辆车的改装费用明细，交车日期留底什么的，很好弄。

蒋烟只花了半天时间就把之前的账捋顺，换了个格式记，比之前看着更清晰明朗。

余烬靠在沙发这头，长腿跷着，手臂随意地搭在侧边的扶手上，嘴里咬着一根没点燃的烟，歪着头看蒋烟整理账本。

蒋烟的字很秀气，一笔一画透着干净，跟她这个人一样。

余烬看了一会儿，起身出门。

蒋烟立刻抬起头，问："你干什么去？"

余烬把咬着的烟夹在指尖，冲她晃了晃。

自从蒋烟来了，虽然她没有说过，但余烬和雷子都挺自觉，想抽烟的时候就躲到外面去。

他没关门，蒋烟看到外面大厅里有两个陌生人，雷子正跟他们聊天。

蒋烟听了几句，大概是来取车的，他们挺满意的，问雷子试车没有，雷子说："那必须的，你自己出去溜一圈。"

那人说不用，信得过。

付尾款时，其中一个戴棒球帽、一身嘻哈风打扮的年轻男人问另一个：

"过阵子余家老爷子摆寿宴,你知道吗?"

另一人扭头,问:"哪个余家?"

"还有哪个余家,城南余家。"

那人摇头,说:"不知道,通知你了?"

"棒球帽"愁容满面,说:"通知了我,我还愁什么。我爸最近到处找门路想搭线呢,难。据说今年余老爷子不想张扬,请的人不多。"

雷子已经帮忙把车开出去,"棒球帽"付完款,一边往外走一边说:"哎,你不是认识他儿子吗?能不能替我递句话,能把贺礼收下就成。"

另一人说:"范哲珂?他算哪门子儿子,他是老爷子资助长大的孤儿,撑死算个养子,人家有正经太子爷。"

"棒球帽"挺惊讶,说:"我怎么从没听说过?"

"听说他从小就送去国外培养,现在定居在国外,不怎么回来,也没人见过。"

"棒球帽"说:"养子也是儿子,你帮我问问……"

两人越走越远,声音也越来越小。

蒋烟收回视线,继续整理手里的东西。

她在外面上了几年学,岳城这些大户人家她不太了解,大多是假期回来时跟一些富二代的狐朋狗友小聚时听他们说过几句。

但她也不怎么感兴趣,通常局没散就拉着江述撤。

城南余家,蒋烟听说过。

据说小半个新区的房地产业都是余家投资的楼盘项目,比蒋家底盘还稳,如今余家正值鼎盛时期,他家老爷子寿宴,远的近的肯定都想凑个热闹,混个脸熟。

余烬靠着越野车抽烟,从车行里出来时,那两人说的话他听了一半,临走时"棒球帽"跟他打招呼,余烬只微微点头算作回应。

他的手机里有条未读信息:烬哥,我们中午吃饭碰上崔良那伙人,嚣张得很,还说要找你,你这两天小心点。

余烬回了仨字:知道了。

没有一会儿,余烬手机来电,备注"大森"。

电话一接通,大森粗犷的声音传过来:"烬哥,要不我们过去几个人在你那儿待几天?崔良那货阴得很,你一个人肯定吃亏。"

余烬嗤笑,语气轻蔑,根本没放心上:"就他也配,我等着他来找我。"

大森说:"当初让你跟我们开洗车行你不来,非一个人跑那么远开车行。你瞅瞅现在,你在城东我们在城西,见你一面跟横跨大西洋似的。"

厅里传来哗啦响声,似乎什么东西掉地上,伴随着蒋烟一声惊呼。

余烬下意识地起身回屋,说:"知道了,我得空去看你们。"

进去一看,蒋烟站在卫生间门口,脚下一堆玻璃碎片。

余烬走过去,蒋烟一双眼睛又亮又无辜,说:"对不起,我不小心把花瓶摔碎了。"她挠了挠脸蛋儿，"我想洗洗来着。"

余烬目光在她手上扫了一圈，很干净，没受伤。他淡淡地"嗯"了声，说："没关系，买新的就好了。"

蒋烟刚露出笑脸，余烬又开口："二十块。"他伸手在她脑门儿上一点，"从你工资里扣。"

他说完就走。

蒋烟愣了几秒，赶紧小跑着跟在余烬身后，碎碎念："真扣？你别这么小气嘛，一个花瓶而已——"

余烬突然转身，蒋烟的头撞他胸口上，他也不扶，就么眼睁睁地看她踉跄一步。蒋烟揉着脑门儿，说："我没钱。"

"所以从你下个月的工资里扣，没让你现在就赔。"

蒋烟一副愤愤的样子，余烬想笑，也真的笑了一下，但很快恢复神色，朝工具房喊了声："雷子。"

"哎！"雷子出来，喊了声，"烬哥？"

余烬说："昨儿你不是说阿姨的病有些反复，给你几天假，你回去看看。"

这两天活儿多，雷子忙说："我妹在家照顾呢，没事。"

"让你去就去。"余烬从口袋里摸出钱夹，拿出几百块钱，"给阿姨买点水果。"

雷子不收，说："不用烬哥，你之前都给过。"

余烬把钱塞他手里，说："去吧，天晚了没车。"

雷子家在附近的小县城，再晚一会儿确实没车了。余烬向来说什么是什么，雷子只好收了，说："那我后天回。"

"不着急，你可以多住几天。"

雷子走后，余烬从外头进来，看到蒋烟正拿着扫帚扫地上的玻璃碎片。他几步过去把扫帚接过来，说："你也回家吧。"

蒋烟乖巧地站在一旁，说："嗯？还没下班呢。"

"我说下班就下班。"余烬示意她后退一步，把她脚底的玻璃碎碴也扫净，"我是老板。"

行吧，你是老板。

蒋烟收拾自己的随身小包包，余烬又说："这两天你也不用来了，放假，带薪。"

蒋烟觉得奇怪，问："为什么？"

"我有事，关门歇业。"

蒋烟在原地站了一会儿，想问余烬有什么事，又觉得他肯定不会告诉自己。

余烬把玻璃碴丢掉，回来看到她，问："你怎么还不走？"

蒋烟仰起头看他，说："你不走吗？"

"我一会儿回去，你先走吧。"

蒋烟回到家，把随身包包扔到沙发上，先赖了一会儿，随后起来给自己做了碗面吃，期间一直留意隔壁的动静，余烬没回来。

她觉得他今天有点奇怪，可又说不出哪里奇怪。

晚上八点，蒋烟换下今天穿的外套，连同之前换下的衣服一起丢进洗衣机里。

房东配的洗衣机不是全自动，左边洗衣右边甩干，洗完了还得放在盆里自己清洗一下洗衣液的泡沫，之后才能放进右边甩干。

蒋烟没用过这种，却也不觉得麻烦。

一个人在外这么多年，比这麻烦的事她碰到太多了，从焦虑着急到后来的平静接受，想办法解决问题。蒋烟觉得要让一个人脱胎换骨，就把他丢到一个人生地不熟，语言还不通的地方，什么脾气都能给你磨干净。

她正在清洗自己的白色衬衣，搓洗袖口时格外小心。

蒋烟从不给蒋彦峰省钱，从小到大，除了故意跟他对着干那些事，她吃穿用度都是最好的，很多衣服都是私人定制。这件衣服袖口处有一块人工刺绣，很精致，不能用力揉。

之前她没登机，按照机场的规定，人不上机，行李也不能，所以她的行李箱当天就被甩下飞机，后来还是江述去给她取回来的。

晚上九点整，她把屋子里的灯全部打开，弄出白天的效果，躺在床上跟奶奶视频。

瑞士时间现在应该是下午两点，奶奶又念叨她，怎么没课大白天还躺在床上，不出去透透气。

蒋烟撒娇道：“我昨晚跟同学出去玩了嘛，累死了不想出门。”

她心里惦记余烬，没聊多久就说饿了，要出门吃饭，又哄奶奶早点睡觉，才挂断电话。

之后的时间里蒋烟一直翻来覆去睡不着，直到快十一点，她听到隔壁开门的声音，才把头埋进被子里，慢慢睡过去。

第二天余烬一个人在车行玩了一天《贪吃蛇》，无事发生。直到第三天下午，天都要黑了，那帮孙子还没来，大概只是说说而已，并没有胆子上来。毕竟之前交手过那么多次，他们一次便宜都没占到，这次估计看余烬没跟大森他们在一起，才借着酒劲儿口出狂言。

余烬闲着没事，索性从工具房里抱出一堆工具，坐在大厅中间，拿个抹布擦工具。

天黑没多久，蒋烟忽然进门。

余烬微微皱眉，说：“你怎么来了？”

"我路过。"蒋烟说，"你不是说要出门办事吗？"

余烬看了门口一眼，除了偶尔路过几行人，其他并无异样。

"办完了。"

蒋烟拿了个小板凳坐在他对面,也擦起工具来,问他这是什么,那个怎么用。

余烬还算耐心,她问什么说什么,但多一句也没有。

蒋烟手背撑着下巴,认真地看他,说:"余烬,你是不是觉得几个字几个字地往外蹦,这样说话很帅?"

余烬干自己的活,头都没抬,说:"你话那么多,不累吗?"

蒋烟故意气他,说:"不累呀。"

余烬终于抬起头看她一眼,说:"明天立条新规矩,话多扣钱,一次一百元,上不封顶。"

"黑心老板,就知道扣钱。"蒋烟手里把玩着一个不知道是什么用途的工具,目光一直在余烬脸上转。

过了会儿,蒋烟忽然说:"余烬,你也三十好几了,赶紧找个女朋友吧,省得成天上火。"

余烬正喝水,听了这话差点没呛到。他像看神经病一样看蒋烟,不知道这小丫头怎么忽然提起这事。

见他不说话,蒋烟又指了指他的脑门儿,说:"你看,这里长了颗痘痘,不是上火憋的吗?"

余烬抬手在她脑袋上撸一把,说:"你年纪不大懂得却不少,整天胡说八道。"

蒋烟伸手抓了抓头发,把他弄乱的地方捋顺一些,说:"真的,你这种人我理解,毕竟大家都是年轻人,但那种地方不能再去了,容易伤身。万一被抓了,以后你还要不要开门做生意了。"

余烬越听越糊涂,见蒋烟说完就要起身,他一把拉住她的手腕,将人扯到自己身边——你说痛快了,把我一个人扔这儿,那怎么行。

"蒋烟。"他说,"第一,我今年二十八岁,没有三十好几;第二,你盐吃多了管我有没有女朋友?第三……"他把人拉近一些,盯着她的眼睛,气势逼人,"我是哪种人?"

余烬靠得太近,蒋烟甚至能清楚地看见他眼睛里的自己。

他身上有淡淡的烟味,也有一种他身上独有的,属于男人的味道。

人是有磁场的,这个人吸引你,他什么都不用做,也会让你很心动。

蒋烟忽然就不想确认什么文身了。

她有一瞬间恍神,身子有些僵硬,小凳子本就不稳,被他一扯更加向前倾斜,最后一刻终于绷不住直接倒了,蒋烟直直朝余烬身上扑过去。

余烬本能去接,大手揽过蒋烟的肩膀,牢牢撑住她。

同时门口忽然有人阴阳怪气道:"几年不见,原来烬哥躲在这儿,温香软玉在怀,怪不得乐不思蜀,不管你那些兄弟了。"

余烬目光扫向门口,除了刚刚说话的崔良,他身后还跟了三四个人,有两个眼熟,以前应该见过。

余烬松开蒋烟，语气随意："崔良，三年不见，你一点长进都没有。"

崔良挑眉道："哦？"

"还是那么不自量力。"

崔良的左耳旁有一道几厘米的疤，眼睛小，面相凶。他脸色变了变，但马上又笑出来，说："烬哥还是这么不肯吃亏。不过我今天不是来找碴的。"他偏头示意同伴，后头一人推进来一辆摩托车。

崔良含笑说："你开车行，我早该来照顾你生意，一直没得空，今儿有时间，正好过来。"他看了眼那辆破得都要报废的摩托车，"让我们也长长见识，看看你的技术怎么样。"

他话音落下，身后几个人笑起来，挑衅意味十足。

拿辆破摩托车过来侮辱人，蒋烟一股火蹿上来，她忍不住上前，余烬轻轻握住她的手腕，把人拉到自己身后，用身体挡住她，说："真不巧，本店今天歇业，不接活。你这破烂可以送到垃圾站，没准儿他们连人带车一起收了。"

这话不好听，崔良面子挂不住，咬牙说："余烬，我今天好心给你送生意，你别不知好歹。你还当是以前呢？潘在死了，他还能从坟头儿跳出来帮你不成？现在，此时此刻，谁能帮你？城西那帮废物吗？"

从听到"潘在"这两个字开始，余烬的眼神就变了。蒋烟从没见过这样的余烬，浑身透着愤怒、狠戾。他目光锐利得像一把嗜血的刀，一字一句地道："你再说一遍。"

崔良嚣张的态度不减："我说，潘在死了，你兄弟死了，烧成灰了。"

蒋烟能感受到余烬握住她手腕的手越来越用力。

他在忍。

但他一个字都没说。

崔良似乎有些意外，说："余烬，你现在可以啊，这都能忍，我倒小看你了。"

这伙人千方百计用语言刺激余烬，就是想让他先动手，若要闹大，自己也占理。没想到他今晚这样克制，照他以前的脾气，绝不可能。

崔良忽然看向余烬身后的蒋烟。

刚刚他没有注意她，这会儿才发现，她一直被余烬护在身后。

崔良若有所思，说："这位小妹妹是谁，烬哥不给我们介绍一下吗？"

空气有一瞬间的凝固。

余烬平静的眼中忽然泛起一丝波澜，他抬眼看向崔良。

这一眼阴鸷至极，太有威慑力，崔良一时间竟不敢与他对视。

"滚。"余烬声音冷得像冰，"马上滚，别等我反悔。"

崔良愣了一下，更添疑惑。他偏头看向余烬身后，想看得更清楚一些。余烬敏锐地捕捉到崔良的目光，眼睛微微眯起，忽然发狠一脚踹在崔良胸口。崔良整个人飞了出去，重重摔在地上。

这一下似乎打开了早已松动的阀门，所有人一拥而上，余烬一把将蒋烟推向门口，说："走！"

蒋烟撞在玻璃门上，再回头时，两边已经动起手。余烬身手极好，干脆利落，几个小混混根本不是他的对手，连他身都近不了。

地上的工具成了那几个人的武器，那么尖锐的东西招呼在余烬身上。蒋烟生怕余烬吃亏，急得大叫："余烬小心身后！"

她甚至捡了把扳手握在手里，眼睛一直盯着余烬。

她的手在抖，她不知道自己拿着扳手做什么。她没打过架，但如果余烬被他们伤到，她也许真的会把扳手砸向那些人的后脑勺。

蒋烟的提醒惊动了崔良，他毫不犹豫地折身走向蒋烟，轻松夺走她手里的扳手丢在地上，扬起手里的半块砖。

蒋烟被逼得后退几步，直到身体抵在墙上，退无可退。她吓得抱住头闭上眼睛，余烬毫不犹豫地冲过来把蒋烟推向墙角，一手撑着墙壁，一手扣住她后脑，将她牢牢护在自己怀里，他的整个身体挡在她前面，那块砖狠狠砸在他左肩。

余烬闷哼一声，蒋烟慌了，从他怀里抬起头，紧紧抓住他衣领，问："余烬，你伤到了吗？"

余烬踹开小屋的门，把蒋烟推进去，随后从外面把门关上，说："别出来。"

蒋烟不停地拍门，但没有人理她。外面依然有打斗的声音，那伙人的叫骂声，东西摔在地上的声音，就是没有余烬的声音。

蒋烟急得直掉眼泪，拿出手机要报警。她的手依旧在抖，还没有拨出去，外面忽然安静下来。

她丢下手机，耳朵紧紧贴在门板上听外面的动静，叫余烬的名字。

没有人回应。

慌乱间，蒋烟回头看到沙发后头的窗户，她来不及想太多，在架子上随便拿了块铁片，砸碎玻璃跳出去。

后窗很高，她一屁股摔坐在地上，手摁在一片玻璃碎片上，划出了血。

伤口不大，她略皱了下眉便拍拍屁股站起来，一刻也没耽搁，绕到大路往正门跑。

那些人已经不见踪影，大概打不过余烬跑掉了。

车行里，只剩下听到小屋玻璃破碎的声音，再次把门踹开进去找蒋烟的余烬。

两人一个站在大门口，一个站在小屋门口，气都没喘匀，同时发现对方。

余烬松了口气，这才觉得肩膀疼。他下意识地动了动左肩，忍不住皱眉。

他这样能抗的人都觉得疼，估计伤得不轻。

蒋烟小跑过来扶住他,说:"余烬你怎么样,要不要去医院?"

余烬没说话,用脚尖把倒了的小凳子钩起来扶正,坐在上面。蒋烟顺势蹲在他身边,问:"你干吗把我关起来?"

余烬偏头看她,说:"我不把你关起来,你就挨揍了。"

"我可以帮你啊,总比你自己一个人强。"

"你不给我添乱就不错了。"他目光没离开她,语气有些玩味,"你不老实在里面待着,还砸我玻璃。"

余烬还想说话,蒋烟抢先开口:"你要是敢提玻璃钱,我就跟你翻脸。"紧接着又说,"敢提扣工资,我也翻脸。"

余烬有点想笑,一笑肩膀又疼,阴霾了一晚上的心情好了大半。

他指使蒋烟,说:"去把药箱拿过来。"

蒋烟听话地跑进小屋,拿了药箱又颠颠地跑回来,说:"你真的不用去医院吗?会不会伤到骨头?我看你动都不敢动。"

余烬说不用,他单手打开药箱,在里面翻找纱布和碘酒。

蒋烟盯着他看,忍不住问:"他们是什么人,为什么找你麻烦?"

余烬没抬头,似乎不愿多谈,说:"以前有些过节。"

"咱们报警吗?"

余烬思索一会儿,说:"算了。"

他懒得跟那些人掰扯,今天他们没占到什么便宜。他也没有时间,这两天还要出门。而且蒋烟也在这里,闹大了,他们以后可能会盯上蒋烟。

今天也不知是怎么了,明明知道那些人是故意激他,他应该控制自己情绪的,可是崔良问到蒋烟时,他心里莫名蹿出一股火,压都压不住。

蒋烟身上的衣服已经脏了,索性盘腿往地上一坐。她把药箱放在腿上,帮余烬拿棉签,拧开碘酒瓶,余烬目光落在她手上。

蒋烟的手很小,细皮嫩肉的,指甲只涂了一层透明的亮油,干干净净。

他看着那双小手动来动去,忽然发现右手里侧有道口子,伤口不深,血迹已经干涸。

他捏着她手腕拉过来看,问:"这怎么了?"

他不说,蒋烟差点忘了这茬儿,说:"被玻璃划的。"

余烬瞥了蒋烟一眼,把蒋烟手里原本准备递给自己的棉签接过来,先替她处理伤口。

蒋烟想拒绝,右手下意识地缩了缩。

余烬动作停下,抬眼看她,问:"疼?"

其实还好,但他握着她的手,那句"不疼"在舌尖绕了几圈,最终被她咽下,她可怜巴巴地道:"疼。"

余烬淡笑一声。

娇气的小姑娘。

他手上动作轻了一些，淡淡地开口："你还没回答我。"

蒋烟正盯着他愣神儿，说："什么？"

"我是哪种人？"

他还记得这事，蒋烟想到那天看到的，心里就有些不舒服，小脸儿垮了垮。

余烬抬眼看着蒋烟，也不催，等着她说。

蒋烟低着头，声音很小道："你带我去市区那天，我看见你去按摩院了。"她愤愤然道，"大白天还拉窗帘，一看就不是正经按摩院。"

余烬目光动了动，回想那天，怪不得回来的路上蒋烟一脸不高兴，原来她以为他是去干那事。

蒋烟越想越气，把手从他掌中抽出，说："我知道这是你的自由，跟我没关系，但那种地方是正经人去的地方吗？你要是，你要是想——"蒋烟说不下去了，脸红了红，"你可以找个固定的女朋友，正经谈恋爱。我是把你当朋友才好心提醒你，要是一不小心得了什么病……"

余烬见她越说越离谱，再不制止，她不知道要扯到哪里，抬手弹了她脑门儿一下，说："行了，你小小年纪脑子里整天想些什么乱七八糟的东西。我是去找人，不是干那档子事。"

这一下他用了些力，蒋烟吃痛，捂着脑门儿看他。

余烬拎起药箱，起身走去小屋，他坐在那张单人床上，脱了外套，露出里面的短袖 T 恤。

蒋烟半天才反应过来，心里有些高兴，又有些迷糊，跟进小屋，说："你真是去找人的？找什么人，男的女的？"

"跟你没关系。"他扯自己短袖 T 恤的下摆，"你要么回家睡觉，要么帮我上药。"

余烬脱掉短袖 T 恤，露出紧实健康的肌肤。蒋烟吓得捂住眼睛，忙不迭地背过身，说："你干吗，我好歹是个小姑娘，你脱衣服都不打招呼的。"

余烬没料到蒋烟反应这么大，说："我告诉你我要上药了，不脱衣服怎么上药。"他有些好笑，"你现在记起你是小姑娘了，你脑子里想那些乱七八糟东西的时候怎么不记得自己还是个小姑娘。"

蒋烟不是害羞，只是有些紧张。

如果他没有文身，要怎么办。

离开吗？

如果余烬不是那个人，他们就一丝牵连都没有，她没理由留在这里。

可就这么走了，她心里又有些不舒服。

余烬以为蒋烟不好意思，说："算了，你回去吧。"想了一下又说，"太晚了，你去外面等我，一起走。"

蒋烟垂在身侧的指尖动了动。

她闭起眼睛好一会儿,准备了许久,最后深吸一口气,似是终于下定决心。

　　她转过身,睁开眼睛。

第二章 / 她的唇

蒋烟的眼睛慢慢地睁大,视线牢牢地定在余烬身上。

余烬正转身去拿桌上的小镜子,他的伤在左肩上,自己看不到伤处,上药确实不方便。

他整个背部都落在蒋烟眼里。

余烬的背部竟然文了一头狼。

图案只有狼的头部,几乎铺满背部的左上方。那狼的眼神凶猛,野性,骇人。蒋烟当年看到的肩头那一点文身,只是冰山一角,只是修饰这头狼的图腾花纹。

蒋烟呆呆地愣在那里,许久没有说话。

余烬转身看到她,问:"你怎么还不走?"

蒋烟回神,说:"啊,我帮你吧。"

余烬觉得她神色有些古怪,但没说什么,把纱布递给她,背过身。

莫名地,蒋烟的眼睛红了。

一大颗泪珠滑过她脸颊,落在衣服上,一直悬着的心也终于落下。

她望着余烬的背部,说不清心里什么滋味,有些酸涩,又暗自庆幸。

大千世界,她没有丝毫有关他身份的信息,只凭记忆中的模样,根本无从寻找,何况过了这么多年,人的相貌也会有所改变。

她曾以为他只会出现在她的画中。

可他现在就在她面前,真真切切。

蒋烟一直没有动作,余烬偏过头,她忙说:"别回头。"

余烬便没再动,问:"你怎么了?"

蒋烟无声地抹了下眼睛,将眼泪擦干。余烬沉默一会儿,问:"害怕?"

他以为她看到文身有些害怕,蒋烟摇了摇头,说:"没有。"她又抹了抹眼泪,"我就是……高兴。"

余烬低笑一声,说:"我伤成这样,你还高兴,什么逻辑?"

蒋烟仔细地帮他消毒。

余烬一声不吭，蒋烟不敢碰他，说："你疼就说啊，不要忍着。"

余烬声音很平静，好像伤的不是他，说："没事，你弄你的。"

蒋烟帮他处理好伤口，贴上纱布，用医用胶布固定好。

余烬自己穿上衣服。

蒋烟往旁边靠了一点，声音很低："你的文身很特别。"

余烬套上外套，瞥了眼空荡荡的后窗，问："你不觉得怕？"

蒋烟咬着唇，说："怎么，有别的女人也见过，说害怕吗？"

余烬扭头想说两句，发现她眼睛有点红。

"哭了？"

蒋烟避开眼神，说："没有。"想了一下又说，"刚才吓的。"

余烬的目光停留在她脸上，说："怕你还跑出来。"

蒋烟没吭声。

外面大厅看着一片狼藉，其实损坏的东西并不多，只是乱一些。两人简单收拾一下，蒋烟怕余烬看到那辆破摩托车不高兴，弯腰使劲儿地把它拽起来，费力推到外面打算丢掉，正好门口路过收废品的老大爷，蒋烟索性白送给他。

余烬出来把门锁了，蒋烟小跑跟在他身边，问："后窗怎么办？"

"明天再说吧。"

"会不会有小偷跳进去偷东西？"

余烬看蒋烟一眼，说："要不你现在去买块玻璃安上？"

蒋烟立刻说："那还是算了，雷子哥说没人敢来你车行偷东西。"

两人很快走回家，余烬去了趟楼下超市，蒋烟就在门口等。出来时他手里拿了两包挂面，两人一同上楼。

到了门口，余烬拿钥匙开门，蒋烟叮嘱他："这几天你的伤口先别沾水。"

余烬"嗯"了一声。

他开了门，听到身后蒋烟忽然小声说："晚安。"

余烬握着门把的手顿住，过了会儿，他低声道："嗯，晚安。"

进门后，余烬在空荡荡的客厅站了一会儿。时间已经很晚，他晚上没吃饭，本来买了挂面准备凑合，现在也不想吃了。

他去浴室洗了把脸，冰冷的凉水拍在脸上，顿时清醒许多。

余烬双臂撑着洗手台，看向镜中的自己。

崔良那些话重重碾压在他心口，让他久久不能平息。

他闭上眼，一辆摩托车冲入脑海，他不停追赶，两辆摩托车在飞扬尘土中疾驰，直到前车突然失控，连人带车掉进河里，再没出来。

余烬猛地睁开眼，额上已经出了一层细汗。他重新洗了脸，从抽屉里拿出一盒烟，走去阳台吸烟。

熟悉的烟草味道窜入鼻息，他的心绪才稍平静一些。

已经快十一月了，夜里很凉，余烬只穿一件薄衫，靠在阳台的栏杆上。过往车辆不多，行人也不多。街角一盏路灯坏了，昏黄的灯光忽明忽暗，灯泡被灯罩护着，看不清里面。

隔壁有声音，蒋烟忽然推门出来，她换了家居服，手里拿着两个快递包装盒。

她一眼就看到余烬，说："你都受伤了，还抽烟。"

余烬懒散地靠着，手臂搭在栏杆上，看蒋烟把两个快递盒子放在墙角，说："这两件事有什么关联吗？"

蒋烟想了一下，说："反正不好，不受伤抽烟也不好。"

一阵风刮来，蒋烟将手缩进袖子里，两只手像猫爪一样搭在左侧栏杆上。她问："你穿这么少，不冷吗？"

余烬没说话，指尖夹着烟又吸了一口。

蒋烟没回屋，过了会儿，余烬偏过头，发现她一直盯着自己，问："你看什么？"

"没什么。"蒋烟拢了拢外套，"你吃饭了吗？我在做菜，要不要过来一起吃？"

余烬的指尖在烟灰缸上方点了点，弹掉一点烟灰，淡淡地笑道："你还会做菜？"

蒋烟点头，说："你过来吗？别吃挂面了，没营养。"

余烬低头盯着烟灰缸，烟还剩半截，他直接摁灭丢进去，说："行。"

余烬还是第一次来蒋烟家。屋子被她收拾得很干净，余烬发现她竟然在客厅里摆了张床，虽然显得空间小了点，但布置得很温馨。

余烬没有乱看，也没往床那边走，就坐在餐桌旁。

桌上只有一包纸抽和几颗糖，花花绿绿的包装纸，各种水果味的。她好像很喜欢吃糖，兜里随时都能翻出两三颗。

这个位置可以看到蒋烟忙碌的背影。

余烬有些意外。蒋烟年纪不大，还在上学，厨房里的事竟也做得有模有样。她系了条嫩绿色围裙，头发随意绾了个小团子，像个小媳妇。

厨房飘出阵阵菜香，她置身其中，烟火气十足。

余烬忽然有些饿了。

没有多久，蒋烟端上几道菜，椒盐虾仁、脆皮豆腐，还有一道冬瓜汤。她帮他盛了一碗饭，说："冰箱里只有这些食材了，会不会素了点？"

余烬把手边的筷子分她一双，说："不会，很好了。"

他拿起筷子，见蒋烟没动，问："你怎么不吃？"

蒋烟坐在余烬对面，说："你先吃。"

余烬夹了一只虾送进嘴里，蒋烟期待又紧张，问："好吃吗？"

余烬细细品尝，不是敷衍，也不是客套，是真好吃。他又一次对她刮目相看，之前还以为她只是表面功夫，对菜的味道，他其实没抱太大期望。

他点了点头，说："嗯。"

蒋烟松了口气，这才拿起筷子。

其实余烬对吃一直没什么讲究，只是例行公事，填饱肚子就行，很多时候都是随便凑合。可今天这顿简单的饭菜让他特别舒服，胃暖暖的，汤全都喝光了。

余烬努力回想，发现已经记不起上一次吃到这样舒服的一餐饭是什么时候了。

饭后他要洗碗，蒋烟不让，他示意她手上那点伤，说："我来吧，你的手别沾水。"

蒋烟歪着头靠在门旁看余烬洗碗。

余烬真的长得很好，侧颜轮廓硬朗英俊，肩宽背挺，双腿笔直修长，身上一丝赘肉都没有，精壮结实，一看就能打。

他还有文身，不知道他以前是做什么的。

"你的文身是什么时候文的？"蒋烟随意问。

余烬嗓音淡淡道："很多年了，不记得了。"

蒋烟想起地震那年，余烬应该才十八岁，那时就有文身，看起来野野的，痞痞的，个子没有现在高，也比现在瘦很多。

她被救出后，爸爸马上冲过来抱住她。医护人员和其他救援人员也围住她，为她检查伤处。

蒋烟还没来得及跟余烬说上一句话，他就走了。她只远远看到他的背影，她喊哥哥，他没有回头。

没有多久，那背影就消失在混乱中，她再也没见过他。

余烬把厨房收拾干净，又洗了手，准备回去。他在门口换鞋，弯腰时一张纸片从兜里掉出来，蒋烟捡起看了一眼，发现是张火车票。

明天下午五点多的卧铺票。

她还给余烬，问："你要去小西山吗？"

余烬接过来，"嗯"了一声。

"去做什么，什么时候回来？"

余烬只回答她后面那个问题："大概两三天吧，也可能更久。"

蒋烟犹豫一下，问："还是找人吗？"

隔一会儿，他"嗯"了一声。

蒋烟没再说话。

临走时，余烬想了一下，回头说："这几天我不在，雷子也不知道哪天回来，你就先别去车行了。"

蒋烟点头，说："我知道了。"

余烬走后，蒋烟去洗了澡，躺在床上久久不能入睡。

她翻来覆去折腾到十二点，拿过手机给江述发了一条信息：江述，你睡了吗？

不到一分钟，江述回：没，怎么了？

蒋烟翻了个身，又发了一条信息：我今天确认了，就是他。

江述直接打来电话："什么意思？"

蒋烟说："我确认了，余烬就是当年那个救我的人。"

"你怎么确认的？"

蒋烟半边脸压着枕头，一根手指卷着自己的长发，说："反正我有办法。"

电话那边的人沉默一会儿，然后问："那你想怎么样，你告诉他了吗？"

蒋烟盯着天花板，说："还没。"

"怎么不说？"

"不知道怎么说。"

就算要说，她也想挑一个重要的、有纪念意义的日子来说。蒋烟心里默默盘算一些事情，没有注意电话那头江述说的话，她回过神，问："你说什么？"

江述忍不住吐槽："你现在满心都是你那救命恩人，还管我说什么。"他没好气重复一遍，"问你还有没有钱，我真是闲得没事替你操这心。"

"有。"蒋烟得意地说，"我现在是有工资的人。"

她之前跟江述提过，已经成功混进余烬的车行。

江述哼了一声，说："行，你有工资你了不起。你还有事没事，没事挂了，我打游戏呢。"

挂掉电话，蒋烟翻身趴在床上，脑袋歪向窗口，盯着窗帘缝隙透进的月光看了一会儿，然后抬手把被子扯到头顶，闷头睡觉。

第二天上午余烬先去建材市场弄了两块玻璃把后窗修好，随后一直在车行待到下午三点，拿了早上就带过来的黑色背包直接打车去火车站。

小西山是个小县城，离省会的机场很远，也没有直达的动车，只有普通绿皮车，一晚上的卧铺，早上五点到。

车站环境嘈杂，余烬进了候车室四处看了一圈，挑了个人最少的角落待着。出行的人大多心急，有的提前半小时就去检票口排队。余烬没凑热闹，到最后检票检得差不多的时候才慢慢挪到队尾。

余烬的车厢位置很远，要走很久，最后站台已经没有多少人了，他才匆匆迈上车。

他是下铺，他找到自己位置的时候看到有个女孩坐在他床铺靠窗的那头，手掌撑着脑袋，歪头看窗外的站台。

一般卧铺车厢是这样的，没到睡觉的时候，中铺和上铺的人不会整天躺在床上，会下来走走，或者坐在对应的下铺。余烬没说什么，在床铺靠外的位置坐了，将背包放在身边。

没有多久车开了，外面天色渐暗，渐渐地已经看不清飞驰而退的建筑。

余烬身边的女孩忽然转过头，笑眼弯弯，说："晚上好啊，余老板。"

余烬愣在那里，好一会儿没说话。

缓过神儿后，他不可置信地看着蒋烟："你——"

蒋烟赶在他说话之前堵住他的话："我觉得，作为一个优秀的员工，我有责任和义务替老板分担所有事。你带着我，我可以帮你跑个腿什么的。万一你找的人又跑了，我还可以跟你分头包抄。"

还包抄，港剧着实看多了。

余烬瞪着蒋烟，说："我不需要，谁让你来的？"

"我让我来的。"

"你知道我去几天吗？你这是旷工。"

蒋烟理直气壮道："你昨晚亲自放我假的，你忘了？再说你这还受着伤呢，自己换药都够不着，我来照顾你，你还这种态度，我应该算出差，没跟你报销差旅费已经很不错了。"

余烬拿她没办法，车都开了也不能把她赶下去。他瞥她一眼，问："你哪个铺？"

蒋烟给他看自己的票，就在这个车厢的尾部，也是下铺。

余烬下逐客令："那你还不走，一会儿地方让人占了。"

蒋烟往窗口挪了挪，说："我手里有票怕什么。还没到睡觉的时间，一个人回去多没意思，我还想吃碗泡面呢。"

余烬从包里拿出瓶水拧开喝了一口，随手把水瓶放在小桌板上，说："刚上车就吃，在家没吃？"

蒋烟说："吃了一点，没吃饱。"她趴在桌上，脑袋偏向余烬的方向，"你不要嫌我麻烦，"她声音小了些，"到了那儿，如果还需要去按摩院之类的地方，我替你去，省得你被人家误会，这不是很好吗？"

余烬不想跟她说话。

后来蒋烟还是在这儿吃了桶泡面才拎着包回自己的床铺。

晚上九点多，余烬靠坐在窗边，两条长腿搭在床边，看手机里小西山的地图。

小西山镇总共就四条街，三面环山，有条河从城镇中央穿过，找人应该不难，只是可能要花费一些时间。

蒋烟忽然发来一条信息，问余烬吃不吃小鱼干。

余烬耐着性子回了句不吃。

没有多久，她又发一条：中铺的大叔好烦，一直不去睡觉，在我旁边吃花生喝啤酒，还话痨。我真的对他的发家史没有兴趣。

后面还跟了好几个抓狂的表情。

余烬嘴角不自觉地扬了扬，没有回她。

他觉得这女孩简直有"毒"，自从她第一次出现到现在，几乎没离开过他的视线，白天在车行她在他眼前晃，晚上又住他隔壁，现在他出个门她也要跟着。

余烬忽然想起蒋烟刚来时，借别人的车拿来店里保养，雷子说过一句话——

"她脑子要是没毛病，八成看上你了，故意找机会接近你。"

余烬有些出神，对面铺位的小男孩突然笑得很大声，打断了他的思绪，他扭头看过去。

小男孩似乎在看什么好玩的动画片，他妈妈低声提醒，公共场合要保持安静。

男孩很听话，乖乖地闭上嘴。

余烬起身往车厢尾部走过去。

其实也没隔多远，大概走了六七个铺位后就看到蒋烟。她身边果然坐了个中年男人，膀大腰圆，留着很短的寸头，后脑勺存了好几个褶。他面前的桌子上摆了三罐啤酒，已经打开两罐，四周都是酒气，旁边的人大概看他面相比较凶，也不敢说。

那男人身体一直往蒋烟那边凑，她已经被挤到靠窗的角落位置，小小一只，皱着眉摆弄桌上的手机，也不理他。

余烬继续往前走，先去了趟卫生间，出来时碰到蒋烟，她紧锁的眉头在看到他那一刻便舒缓不少，还逗他："好巧呀，余老板。"

余烬侧身让蒋烟过去，回头看了眼，直到门把手显示了红色的"有人"后，他才转身。

蒋烟故意在卫生间磨蹭了一会儿才出来，祈祷那个讨厌的大叔赶紧上去睡觉。

她琢磨着要不要去余烬那边待一会儿，过道上有推着小货车的阿姨路过，她侧身让路。回到自己铺位的时候，她愣了愣。

那个大叔不见了，桌上的啤酒和花生也已经被收掉。余烬靠在窗边，半躺在她的铺位上，脚边放着他的黑色背包。

他手里卷了张报纸，看到蒋烟，仰头示意中铺，说："你睡上面还是下面？"

蒋烟依旧蒙蒙的，一根手指挠了挠眼尾，她走到铺位旁边倚着栏杆看他，问："你怎么在这儿，那个大叔呢？"

余烬语气随意道："我跟他换了位置。"

他用自己的下铺跟那个人换中铺，人家当然愿意。

蒋烟心里痒痒的，小声"哦"了一声，把自己的包挪到上面，脸压在中铺边缘，遮掩自己快要隐藏不住的笑意。

余烬看桌上还有两包小鱼干，忍不住说："这么晚还吃。"

蒋烟难得听话，说："不吃了。"

她爬上中铺，终于可以躺下伸伸腰。她身材娇小，睡中铺也没觉得不舒服，倒是余烬，他个子那么高，睡中铺肯定伸展不开。

没有多久，蒋烟探身看下面，余烬身子已经滑下去，正儿八经躺好，一条腿蜷起靠在墙边，一只手臂横在额头上，身体略倾斜，应该是避免扯到肩伤。

蒋烟看了一会儿，翻身躺好。

没有多久，车厢的灯熄了。列车好像正穿过哪座城市，夜色下灯火璀璨，晃得车厢内忽明忽暗。

蒋烟忽然想起一件事，探出脑袋小声叫余烬。

余烬睁开眼睛，问："干吗？"

"你今晚没换药呢。"

"明早再说吧。"他像是懒得折腾，说完重新闭上眼睛。

蒋烟看了余烬一会儿，回来重新躺好。过了许久，她睡不着，又翻身看了下面好几眼。余烬还是那个姿势，好像一直没有动过，呼吸平稳，睡得很沉。

有余烬在，蒋烟一颗心安定下来，把被子扯过头顶，慢慢睡着。

蒋烟从没睡过这种硬卧，以前出游，要么坐飞机，要么自驾，在瑞士那边也都是和同学一起，忽然和这么多陌生人睡在一个空间，她有些不习惯，总觉得没有安全感。

好在余烬换过来了。

这趟列车清晨五点到小西山，提前一小时就有列车员挨个提醒快要到站，不要睡过头。余烬早就醒了，在床上躺了一会儿。亮灯后，他翻身坐起，上面一点动静都没有。他起身看了眼，蒋烟整个头都埋进被子里，只有一小撮头发露在外面，垂在床沿。

她的身子蜷缩起来，只占了半张床的位置。

余烬皱了皱眉，这样睡觉不闷吗？

他把被子扯开一些，露出蒋烟的脸。

她的头枕在自己的手臂上，小嘴儿被挤得嘟起来，嘴角隐约有些水迹。

余烬："……"

没心没肺，睡得真香。

被人偷走都不知道。

列车员说话蒋烟都没听见，如果他不在，说不定会睡到终点去。

蒋烟睡得头发凌乱，有一些贴在脸颊上。

余烬看了两眼，抬手将她脸上的发丝弄到后面去。

蒋烟醒了。

两人互相看了一会儿，余烬先移开目光，坐回下铺，说："起来洗把脸，快到了。"

蒋烟迷迷糊糊地爬起来，趴在床上看外面，天依旧是黑的。

"几点了？"

"凌晨四点多。"

那是快了。蒋烟揉着肩膀坐起来，睡着的时候不觉得，醒了就有感觉，这硬卧睡得她腰酸背痛。

对面铺位的几个人早就起来了，中铺的大哥看着斯文，呼声震天响，蒋烟半夜被吵醒一回，好久才又重新睡着。

余烬睡觉就没有声音，好像也没被别人影响，翻身都极少。

清晨五点零五分，列车准时到达小西山。

余烬带的东西不多，包瘪瘪的。倒是蒋烟的背包鼓鼓囊囊，不知道塞了什么东西进去。

两人最后才下车，余烬几乎一下就被外面的风吹透。这边的天气比他想象中要冷一些，他只穿了件略厚的风衣，领口立起勉强能遮一些冷风。

余烬走了几步发现蒋烟没跟上，回头看了眼，发现她在几步外停下，低着头在包里翻找东西。没有多久，就看到她拽出一条黑灰条纹相间的围巾。

她倒是准备充分，一点不委屈自己，余烬站那儿没动等她戴好。

可蒋烟没有戴，继续翻包，竟然又拿出条一模一样的围巾。她挺高兴的，抱着还没拉好拉链的背包跑过来，递给他一条，说："还好昨天查了天气预报。"

余烬垂着头看那条围巾，又看她。

蒋烟催他："快点啊，我好冷。"

等他接了，蒋烟这才整理自己手里这条围在脖子上，说："多买了一条，本来准备带回去送朋友的，新的没人戴过，便宜你啦。"

余烬心口晃了晃，好像有什么东西倾覆过来，暖暖的。

他没有说话，默默戴好围巾。

两条围巾一模一样，打眼一看两人像对小情侣。蒋烟低着头，把自己大半张脸都埋进围巾里，小脸儿红红的，说："快走，好冷。"

她往前走，余烬拉住她，把她的包接过来拉上拉链，之后没有还给她，自己拎着。他说："走吧。"

时间还早，天刚蒙蒙亮。小西山总共也没多大，他们没有去别的地方，直接就在车站附近找了家看起来环境相对不错的宾馆。

前台昏昏欲睡，余烬连叩两下桌子人才醒，前台拍了拍脸，说："身份证。"

两人把身份证递给她。

前台看了两人一眼，同款围巾，男的还帮女的拿包，问："住几天？"

蒋烟看向余烬，余烬说："先住两天。"

前台收了押金，探身在电脑前操作，敲了几下键盘，又刷了卡，说："三楼左边倒数第二间。"

她把两张身份证还给余烬，随后递过来一张房卡。

蒋烟偷偷瞥了眼那张房卡，低头将脸埋得更深，宽大的围巾几乎遮掉她大半张脸。

余烬手握成拳头在唇边抵了下,说:"两间。"

前台看了看余烬,又看蒋烟,知道自己误会了,有些抱歉道:"不好意思,我以为……我再给您开一间。"

"没事。"余烬把桌上的房卡和蒋烟的身份证递给她。

蒋烟接了。

前台说还得再交一间房的押金,余烬补了,从她手里接过房卡看了眼,也是三楼。他道了声谢,示意蒋烟上楼。

三楼总共也没几间房,余烬的房间就在蒋烟的斜对面。本来他想让蒋烟先睡一会儿,可蒋烟坚持给他上完药才回去。

小姑娘自以为动作很温柔,殊不知已经碰疼他好几次。余烬忍着没吭声,心里默念崔良那浑蛋下手真够狠。这也就是他,如果砸在蒋烟身上,她细胳膊细腿儿,骨头不砸碎了才怪。

终于上完药,余烬穿上衣服,看蒋烟拎起自己的包,说:"你困了就睡会儿,待会儿再出去。"

蒋烟点头往门口走,刚摸到门把手,想了一下又回头,说:"你不许一个人出去,要带着我。"

余烬目光在她疲惫的脸上扫了一圈,"嗯"了一声。

其实折腾到这会儿已经快六点,余烬早没了困意,但还是在床上躺了一会儿。休息到七点半,他起身简单收拾一下,在宾馆附近的小吃街转了转,买了一份豆浆和油条、一份小米粥和鸡蛋饼,顺便跟早餐摊的大叔打听附近有没有姓苏的人家。

这样问其实等于大海捞针,但没有办法,余烬实在没有别的信息可提供。

大叔说不知道,但给余烬指了一条路——

"沿着这条街走到头就是河边,沿河有家报刊亭,开了几十年,老板在这一片年头久了,兴许认识的人多。"

余烬道谢,又买了两瓶水。

回到宾馆已经八点多,余烬拎着早餐在蒋烟的房门口徘徊一会儿,最终没有敲门,先回自己房间。

他把东西放桌上,低头给蒋烟发信息:醒了过来拿早餐。

本以为要等一会儿蒋烟才醒,没想到一分钟不到,蒋烟就已经来敲门。余烬看她穿戴整齐,显然早就准备好,随时可以走。

他侧身让她进来,问:"怎么没多睡会儿?"

蒋烟直奔桌上那两袋早餐,说:"睡不着。你买了什么?"

"自己看。"他转身去浴室洗手,出来时看到蒋烟已经坐下捧着小米粥喝了。

他随手把她挑剩下的油条拿过来,一边吃一边看手机。雷子发了条信息说今晚回来,他单手打字:知道了。

想了一下,他又说:我和蒋烟出门办事,大概两三天后回,你自己看好店,下午可以早点走。

雷子发了个问号,估计没琢磨明白他俩能有什么事需要一起出去办,还得两三天。

余烬没回,把手机放到兜里,抬头看到蒋烟眼睛瞄他手里的油条,他揪了半截没碰过的油条递给她。

蒋烟立刻笑了,馋猫一样,说:"谢谢老板。"

她吃得很香,好像很饿,问:"余烬,我们一会儿去哪儿?"

余烬想了一下,说:"先随便走走吧。"

说是随便走走,其实余烬目的明确,顺着这条街直奔河边。倒是蒋烟一路东张西望,好像对这里很感兴趣,带了些游山玩水的心情。

沿河这条路很繁华,应该是这个小镇的中心位置,聚集了不少饭店和小超市。那个报刊亭很好找,在一个丁字路口。

报刊亭一看就有些年头了,铁皮包着木板,有些地方已经生锈,摊位一小半的位置放了几摞报纸,其他都是时尚娱乐杂志,一部公用电话压在上头。

旁边的小架子上摆了《意林》《故事会》之类的杂志,还有不少汽车杂志。

满满当当的书报后头坐着个老大爷,头发花白,看起来年纪不小,怎么也有七十岁,正戴着一副老花镜看报纸。

余烬挑了两本汽车和摩托车相关的杂志,问老大爷多少钱。

老大爷没抬头,说:"一本十二块,两本二十块。"

余烬拿出钱包,顺手把蒋烟随意翻看的一本娱乐杂志的钱一并付了。他问:"大爷,我想打听一下,咱们镇上有户姓苏的人家,您知道住哪儿吗?"

老大爷这才抬了一下头,黑溜溜的眼珠透过镜框上方瞧他,说:"姓苏的好几家,你问哪家?"

余烬说:"他们家有个女儿叫苏禾,二十五岁左右,前几年一直住在岳城。"

老大爷上下打量他,问:"你有什么事?"

老大爷不清楚余烬的底细,明显带了防备心。余烬耐心地解释:"我们是苏禾的朋友,苏禾离开岳城后没了消息,我们来找她。"

老大爷收回目光,抖了一下手里的报纸,说:"我倒不知谁家女儿叫什么,不过沿着这条河往北走有家双全超市,他们家是姓苏的,你可以碰碰运气。"

两人道了谢,顺着老大爷指引的方向走。

蒋烟回头瞅了眼,小声对余烬说:"这老爷爷真酷。"

"酷?"

"嗯,说话爱搭不理的样子,跟你真像。"

余烬偏头瞅了蒋烟一眼,问:"我有吗?"

蒋烟点头,语气特别认真:"有啊。你经常不理人,一张脸冷得好像刚刚从冰窖里拿出来,还冒着凉气儿……"

见余烬还在看她,她立刻捂住嘴:"我不说了。"

"晚了。"余烬扭头看前面,"话多一次罚一百元,记一次。"

蒋烟气得跺脚,说:"你说我今天是放假来着!"

"是你说今天算出差加班。"

"那给加班费吗?"

余烬冷酷地说不给。

蒋烟狠推他一把,说:"黑心老板,我要举报你。"

两人这样闹着,很快找到那家超市。老板说余烬找的苏姓人家不是自己家,家里亲戚也没人叫苏禾。

中午两人一人拿着一瓶水,坐在河边的大石头上休息。

白天的温度已经上升很多,不像早上那样凉爽。蒋烟手里握着瓶身,在手心里滚了几圈,犹豫地问:"余烬,这个苏禾是你什么人啊?"

"朋友。"

"很好的朋友吗?"

余烬想了一下,说:"算是吧。"

他的电话突然响起,他起身走远几步接电话,回头嘱咐蒋烟:"一会儿去吃饭,想想吃什么。"

电话里传出一道温柔甜软的女孩声音:"哥,你还没吃饭吗?"

"嗯,一会儿吃。"余烬走到护栏边站定,眼前就是清浅的小河,河水看着不深,透着股凉气,"你怎么这么早就醒了?"

瑞士那边现在应该是早上五点左右,余笙说:"我睡不着。"

余烬问:"怎么了,又不舒服?"

"没有,就还是老样子,吃了药有时会失眠。"余笙停顿一会儿,问,"哥,爸过几天生日,你回去吗?"

余烬沉默一会儿,说:"不回。"

余笙似乎早料到他会这样说,劝道:"爸爸只有你和我两个孩子,我不能回去,你又不回去,他会很难过的。"

余烬指尖在冰凉的栏杆上划过,倒刺刮手,说:"他不是有儿子嘛。"

余笙着急地说:"那又不是爸爸的亲生儿子。是你一直不回家,爸爸身边没有可信任的人,才把他弄到公司帮忙的。反正我就只认你这一个哥哥。"

余烬很小就离开家里,其实跟这个同父异母的妹妹相处时间并不长,大概血浓于水,余笙很黏余烬,虽然这个哥哥一贯严肃,很少给她笑脸。

余笙常常跑去找余烬，时间久了，余烬对她的态度也缓和不少。

后来父母离婚，余笙被母亲带去瑞士养病，一直没有回来。

有一年她病情严重，余烬去过一次，那之后便再没去过。

算算时间，他们也有三四年没见了。

余笙见余烬不愿提这件事，笑着转了话题："你最近怎么样，有没有好消息，我什么时候能有嫂子？"

余烬下意识地看向蒋烟，小姑娘正低着头，无聊地用脚尖踢地上的小石子。

"你有闲情操心这个，不如趁时间还早，再睡一觉。"

余笙"喊"了一声，说："转移话题。"她有些忧愁，"哥，你这样子不行，要学会主动，不要见谁都冷着一张脸。就算人家对你有意思也会被吓跑的，我可不想看你孤独终老。"

这个妹妹比师父还操心他的终身大事。

余烬叮嘱余笙按时吃药，好好休息后赶紧挂了电话，不然她不知道又要念叨多长时间。

吃过午饭，余烬和蒋烟又在这一片转了转，没打听到什么消息。晚上回到宾馆，蒋烟总算能好好躺下休息一会儿。

其实早上她很困，但还是坚持洗漱早早收拾好自己，就怕耽误余烬办正事，又怕他嫌她慢一个人先走。

她躺在床上，两条腿晃荡了一会儿，翻身趴着给余烬发信息：晚上吃什么？

没有多久，余烬回：都行。

蒋烟发来信息：刚听楼下的老板说沿河那条街晚上有夜市，就我们白天去过的那条街。

她兴致勃勃地发消息：我想吃烤串。

余烬：行。

蒋烟把脸埋进被子里笑了一会儿。这样简单的对话让她有种错觉，好像他们不是出来办事，是单纯在旅行。不过，余烬看起来不太像喜欢旅行的人，他对什么都一副无所谓、不太关心的样子。

晚上七点多，两人一同出了门，又来到沿河那条街。

这条街晚上要比白天热闹许多，两岸摆满了小吃和日用杂货摊位，还有些扎气球、飞镖之类的游戏摊位。

蒋烟战斗力极强，从街头吃到街尾，想吃的东西都吃过一遍，基本也就饱了。

余烬想不通，她这么能吃，怎么还这么瘦。

回到宾馆，蒋烟跟余烬回房帮他上药。

时间还早，余烬打开电视挑了部电影看。蒋烟去浴室洗手，出来后看了眼电视，是她很喜欢的一个演员主演的电影。

余烬把遥控器扔到床头，说："一起看吗？"

蒋烟手指绕了绕裙边，说："好啊。"

余烬靠坐在床头，蒋烟走去窗边的单人沙发上坐下。

这是部警匪片，偶尔会有追逐枪战的情节，很激烈。

两人很安静，房间里只有电视的声响。

蒋烟偶尔看一眼余烬，他有时在看，有时低头摆弄手机，一条长腿屈起，手臂随意地搭在腹部。

她又想起刚刚给他换药那一幕。

虽然之前已经见过几次，蒋烟看到余烬脱掉衣服还是有些脸红。

女人也是视觉动物，他的身体真的让人无法抗拒，会不自觉联想一些其他的事情，比如……

啊，蒋烟你在想什么。

快停下！

蒋烟在余烬注意到她之前收回目光，重新看向电视。但接下来电影里在演些什么，她一点都没记住，对这部电影也彻底失去兴趣，却又不想这么早回去。

她盯着电视里的人跑来跑去，躲避，尖叫，渐渐有些犯困。

电影快结尾时，余烬去了趟浴室，再出来时看到蒋烟靠在沙发上，已经睡着了。

她身材娇小，两条腿蜷起来都窝进沙发里，四周还有富余。余烬微微皱眉，这样睡不难受吗？

他走过去，压低身子看了看，尝试叫醒她。但她睡得很沉，似乎累坏了，一点反应都没有。

也是，昨晚她睡得肯定不舒服，白天又跟着他走了一天。

余烬站在沙发旁犹豫一会儿，最终还是弯下腰，手从她肩背和腿窝慢慢穿过，小心将她抱起。

蒋烟在落入余烬怀中那一刻，便像小猫一样缩进他怀里，一只手搂住他的脖子。顷刻间，空气中满是女孩身上那股淡淡的香味。

她依旧沉睡，脑袋蹭了蹭，在他怀里找了个舒服的姿势，柔软微凉的唇瓣轻轻印在他脸上。

余烬的身体僵硬一瞬，抱着蒋烟的手也不自觉握紧了，但很快便克制地松了松，怕弄醒她。

她靠得太近，他的呼吸间全是女孩温软香甜的味道，余烬将脸转到另一侧，稍离开一些，深深舒了口气，平复自己起伏的心绪。

余烬一路将人抱回房间，他没有空余的手插卡，房间是暗的，窗帘只打开一小半，光线淡淡地倾洒在那张大床上。

床的一侧有些散乱的衣物，黑乎乎的一团，看不清是什么。

蒋烟忽然在他怀里动了动，极小声地哼唧了一下，似乎在说什么。

余烬微微低头靠近,听到她轻声呢喃:"哥哥。"

余烬微愣,温淡的目光落在她脸上。

蒋烟依旧睡得昏昏沉沉,并没有清醒,她在说梦话。

不知道她在叫谁,反正不是他。

蒋烟从没管余烬叫过哥,刚到车行的时候,雷子就教育她,要叫烬哥,小小年纪没大没小,差了十岁怎么能直接叫名字。

蒋烟不管,每天余烬余烬地叫他。

余烬心底隐隐有些不快,走到床边不怎么温柔地把她扔到床上。女孩柔软的身体陷进蓬松的被褥中,微微弹起一些,又重新陷进去。

他扭头想走,走到一半又折回来,没好气地扯开被子往她身上一丢。

蒋烟睡得迷迷糊糊,手摸索到被角抓紧,翻了个身把自己裹进去,像只白白的蚕蛹。

她翻身时把床那侧的东西碰落地上,余烬走过去弯腰捡起,发现是她的内衣。

小巧精致,底部还带着一圈蕾丝花边。

余烬有些不自在,没有多看,把那件内衣扔回床上。

这一次他走得头也没回。

第二天两人约好在楼下餐厅吃饭,余烬先到,五分钟后蒋烟从楼上下来,看到余烬碗里的粥已经要见底,有些不满道:"你怎么不等我?"

桌上摆着两根油条和一碗豆腐脑儿,蒋烟昨天早上只吃了余烬给的一小半,一副没够的样子,这是最后一份,被余烬买到。

两人安静地吃了一会儿,蒋烟小口喝着豆腐脑儿,偷偷瞄了余烬好几眼。

他神色如常,蒋烟憋不住了,一只手撑着下巴,出声:"余烬。"

余烬抬眼看她一下,没有说话。

蒋烟说:"昨晚我怎么回房间的?"她声音里有藏不住的小窃喜,"你抱我回去的吗?"

余烬一口把剩下的粥喝光,说:"你自己回去的。"

蒋烟不信,问:"真的?我怎么没印象?"

"那要问你自己了,是不是吃太多撑晕了。"

蒋烟有点失望,又瞪他,说:"干吗又说我吃得多?"

余烬点头,说:"嗯,不多,不过才十串牛肉,五串鸡肉,烤面包,土豆片,一碗麻辣面,鸡排,煎饺……"

蒋烟眨眨眼,说:"有那么多吗?"

余烬瞥她,说:"吃那么多也不见你长个。"

这话戳到蒋烟的痛处,两人站一起,她勉强只到余烬下巴。他确实有资格说这话。

蒋烟哼一声,把最后一截油条塞进嘴里,说:"我吃完了。"

余烬起身结账。

今天天气还好，没有昨天风大，但两人还是围了围巾，蒋烟跟在余烬身后，踩他走过的脚印。

上午他们去了另外一条街，把打听到的两户苏姓人家都问过一遍，但都不是余烬要找的人。

不远处有家小超市，余烬去买水，顺便再问问，让蒋烟在原地等。

蒋烟蹲在一块大石头边，捡了根树枝在地上乱画，不知不觉写了"苏禾"两个字。

余烬这样大费周章地找她，应该不是普通朋友这么简单，可昨天问他，他又说"算是很好的朋友"，听起来也不是特别亲近的样子。

也不像前女友，雷子说余烬没长七情六欲那根弦，平时见到女人正眼都不看。

正胡思乱想，头顶忽然传来小小的一声："小姨。"

一个小男孩穿着一双小小的运动鞋，踢得深蓝色的鞋上都是泥土，黑溜溜的眼睛盯着她看。

蒋烟觉得他挺可爱，抱着手臂微微仰起头，说："小朋友，你叫谁小姨？"她一板一眼地纠正，"我有那么老吗？来跟着我叫，姐姐——"

小男孩指了指地上的名字。

蒋烟愣了愣，随即反应过来，问："你小姨叫苏禾吗？"

男孩点头。

蒋烟特别兴奋，好像立功一样着急地把余烬叫回来。两人跟着小男孩回家一问，对方竟真是苏禾的亲人，她的表姐。

余烬本以为要花费一些时间才能找到，没想到这样顺利。

苏禾的表姐三十多岁，看起来精明干练，开一家杂货铺。听说他们要找苏禾，她叹了口气，说："实话讲，我也不知道她在哪儿。"

她顿了顿，说："她一年前确实回来过，带着个一岁多的孩子。你知道，我们这种小地方，没结婚就生孩子，说起来不好听。邻居们背后指指点点，姥姥心疼她，给她带孩子，不让她出门听那些闲言碎语。可没多久她还是偷偷走了，谁也没告诉，也没回老家，没人知道她去了哪儿。"

蒋烟看向余烬，他很平静，似乎对苏禾有孩子这件事一点都不意外。他问："没有其他方式能联系上她吗？"

女人摇头，说："如果有，我早去找了。她走后，姥姥还病了一场。"

余烬沉默一会儿，抬起头，问："现在呢，老人家病好些了吗？"

女人说："好多了，只是她也闲不住，在北山小学外头卖糖人呢。我跟她说了多少次，家里不缺她那点钱，也不听。"

店里来了客人，女人忙着去招呼，蒋烟拉住余烬的袖子，两人走到外面。

这一趟虽然找到苏禾的家人，但依旧没有结果。蒋烟以为余烬会很低落,但看他的表情好像也还好,似乎已经习惯了。

她试探地问:"我们要去北山小学吗?"

余烬看了眼时间,说:"先吃饭吧。"

两人沿着河岸慢慢走,细碎的石子有些硌脚。

路过一个卖蛋糕的小吃摊,昨晚逛夜市时好像也看到过这种蛋糕,那会儿她手上有别的东西,顾不上,就没有买。这会儿一看,蛋糕奶白色的外皮,看起来就很好吃的样子。摊主说这蛋糕是这里的特产,蒋烟买了半斤,用小袋子装着,递给余烬一块。

余烬不想吃,她把那块塞进自己嘴里,口感软糯香甜。她不死心地又拿了一块给余烬,说:"你尝尝,可好吃了。"

她两腮塞得满满的,好像小仓鼠,吃得特别香。余烬瞧了她一会儿,总算接过来。

小蛋糕不管饱,余烬带她正儿八经地吃了顿饭,两人才往北山那边去。

这小地方打车到哪儿都五块,不到两分钟的工夫,屁股还没坐热,就到地方了。

这会儿刚刚过了午休,小学门口人不多,一些摊主早早撤了,准备放学前再过来,余下的三两个摊位中,就有个糖人摊。

一位头发花白、慈眉善目的老人家安静地坐在摊位后面,手里捧个冒着热气的红薯。红薯飘着香气,已经吃掉一半。

余烬远远地看了一会儿。

路上的车开过,他和蒋烟穿过马路走到糖人摊位前,亮黄色的糖人精致漂亮,花样繁多,蒋烟弯腰细看。

老人家笑得和蔼,说:"丫头喜欢哪个自己挑,没有喜欢的也可以现做。"

蒋烟忙挑中一个小兔子图案的糖人,说:"我喜欢这个。"她扭头问余烬,"你要哪个?"

余烬随手拿了个帆船图案的糖人,问:"多少钱?"

老人家说:"两个一共二十块。"她示意木板角落的鞋盒,"钱搁那里就行。"

余烬拿出钱夹放了二十块,又趁老太太没注意,往一摞零钱底下塞了几百块。

回来的路上两人没打车,蒋烟手里拿着小兔子的糖人看,舍不得吃,余烬把那个帆船图案的糖人也给了她。

蒋烟一手一个,在他前面倒着走,问:"我们接下来怎么办?"

余烬说:"回家。"

是该回去了,已经没有留在这里的必要。

前方路面不平,蒋烟绊了一下,身子刚晃了晃,余烬便眼疾手快地抓住她往自己身边一扯。蒋烟半边身子落进他怀里,紧握糖人的手抵在他胸口。

蒋烟低呼一声,惊魂未定,心跳得很快。

她偷偷抬起头看余烬,余烬也正低头瞧她。过了会儿,他说:"小心。"

蒋烟从他怀里出来,下意识地啃了一口糖人,难得安静。

他们买了第二天早上的火车票,晚上到岳城。

下午两人在沿河那条街逛了逛,买了一些特产准备带回去。蒋烟又买了一斤那个奶白色的小蛋糕,打算在火车上吃。

晚上洗完澡,蒋烟早早躺在床上。这儿条件一般,没有小夜灯,关了床头灯房间一片漆黑。她开了电视,调出昨晚在余烬房间看的那部电影,重新看了一遍。

快十点的时候,蒋烟昏昏欲睡,手机忽然响起,她迷糊着摸到电话,看到屏幕上跳跃着几个字。

是奶奶的视频通话请求。

蒋烟一下就精神了。

今天不是约定视频的日子,但奶奶偶尔想孙女了,也不管星期几,就会发来视频,聊不了几句话,只看看她也行。

现在瑞士那边是下午三点左右,天还没黑。

蒋烟摁掉视频,发过去一句语音:"奶奶,这么晚了您怎么还不睡觉?"

没有多久,那边回过来一句,却不是奶奶的声音,是她那个小魔王弟弟蒋知涵:"姐,你接啊。奶奶睡一觉又醒了,说想你,就一小会儿,快快快,我还打游戏呢。"

奶奶不会调视频,每次都要找孙子帮忙。

蒋烟没有办法,只得说:"那等一会儿,我找个安静的地方。"

她放下电话跳起来穿衣服,头发也来不及弄,用手随便抓几下,虽然把所有灯都打开,把房间弄得很亮。但看到房间里的床头和柜子很容易就能猜出是在国内,她只好把单人沙发推到墙角,坐在沙发上,后头什么都不敢露,只有一整面白墙。

其实奶奶也没什么话好讲,跟平常一样,问她有没有按时吃饭,晚上要早些回家。

看到她手上贴的创可贴,奶奶一脸担忧,问:"你的手怎么了?"

蒋烟忙把手放下,挪出镜头外,说:"不小心蹭到了,没事。"

奶奶有些责备,说:"也不注意点。"

蒋知涵在镜头后面晃来晃去。

没多久,小男孩脑袋伸过来,说:"姐,我那球鞋你给我寄回来没有,都一个多月了!"

他看上一款全球限量的球鞋,国内没有卖,蒋烟答应给他买了寄回来。

蒋烟支支吾吾道:"过两天,我最近忙。"

"你别忘了!"

蒋烟巴不得他赶紧消失,弯腰捡掉在地上的充电线,说:"忘不了,都几点了你还不睡觉,明天不上学了?"

蒋知涵晃过镜头,两秒后又退回来,盯着屏幕看了一会儿,问:"姐,你在哪儿呢?"

蒋烟神经紧绷,说:"我在学校啊,还能在哪儿。"

蒋知涵今年初二,毛头小子皮得很,人精一样。他盯着镜头看了一会儿,眼珠一转,什么都没说。

没有多久,蒋烟以有同学在等为由挂掉电话。

她趴在床上深呼一口气,觉得撒谎对她来说还是有点儿难,下次直接找理由不接好了。

第二天一大早两人就收拾好东西踏上回岳城的火车,白天比晚上要难熬一些,也不能一整天都睡觉,两人的铺位挨在一起,还是上下铺。

不睡觉的时候,蒋烟就跟余烬挤在他的下铺,吃东西、聊天。

余烬依旧话不多,大多都是蒋烟在讲话,他安静地坐在那里,偶尔答一句。

下午蒋烟睡了一觉,醒来时看到手机有两个未接来电,是蒋知涵打来的,估计又是催他的鞋,蒋烟没回。

傍晚天刚擦黑,火车准时到达岳城。

出了车站,余烬在路口停下,把两人买的特产分开,将蒋烟的那份递给她。

蒋烟接了,问:"你不回家吗?"

余烬回答:"嗯,去师父那儿看看。"

给师父带的烧鸡,过了今晚就不新鲜了。

他站在路边打车,蒋烟蔫蔫地跟在后头,问:"那你什么时候回来?"

余烬说:"明晚吧。"

"哦。"

一辆出租车停下,两人上车。余烬把蒋烟送到家附近的一个路口,出租车还要继续往前开。

蒋烟提着袋子下车,弯腰看向里面的余烬,问:"那我明天就去车行上班了?"

余烬的眼睛隐匿在暗处,他"嗯"了一声。

蒋烟直起身子刚想说拜拜,忽然瞥见不远处开过来一辆黑色宾利,熟悉的车牌号让她瞬间心跳漏了几拍。

她想也不想重新钻进车里,压低身子催促司机:"师傅,麻烦快点开车,开快点!"

司机师傅虽然有些奇怪,但也没说什么,踩了一脚油门,很快驶离这里。

后座很安静。

余烬没有说话,垂着眼睛看去而复返的蒋烟。

此刻她早已丢掉手里的袋子,正双手遮面,趴在他的腿上。

直到车开出很远,蒋烟才小心翼翼抬起头往外瞧,确认已经看不到那辆宾利才松了口气。

她重新低下头,缓了许久才慢慢平复心跳。

指尖的触感陌生,她下意识地摩挲两下,睁开眼睛,猛然意识到自己身在何处。

她的手此刻正压在余烬腿上,这姿势尴尬,她不敢动,更不敢转头。

蒋烟的脸热热的,小心地从余烬腿上起来,整个人紧紧贴着车门坐,转头看向窗外,不停用手背贴着脸降温。

她一离开,余烬紧绷的身体才放松一些。

两人有一会儿没说话。

直到过了前面的红灯,余烬才淡淡地开口:"碰到熟人了?"

蒋烟轻轻"嗯"了一声。

之前蒋烟说过,她是跟家里吵架,赌气没有回学校,这么久了家人似乎还不知道。

那时他没有细问,也不感兴趣。

余烬沉默一会儿,问:"你跟家里还没和好吗?"

蒋烟回头看余烬,余烬目视前方,脸上没什么表情,手随意垂在腿上,脚边有两袋特产和其他食品。

蒋烟微微坐直身子,不再紧贴车门,说:"我爸还不知道我在这儿。"

余烬指尖动了动,目光落在她脸上,问:"你打算在这儿住多久?"

蒋烟也去看他,两人目光碰上,她抿了下唇,说:"不确定。"她手指揪着裙边,"顺利的话,也许就不走了。"

余烬没懂,问:"什么意思?"

蒋烟却不说话了,手撑着下巴扭头看向窗外,偷偷笑着。

出租车已经开上高速,不能停车,也不能掉头,蒋烟没办法下车,余烬只能把她一道带去师父家。

余烬的师父纪元生,很早就开始玩摩托车,几乎是最早一批接触改装的玩家,真正的技术流,改装大神,余烬是他唯一的徒弟。余烬在圈子里出名后,他便渐渐隐退,后来身体不太好,一直住在乡下。

纪元生无儿无女,跟余烬十几年师徒感情,拿他当亲儿子看。

余烬雇了保姆照看纪元生,自己也时常回来陪他。

出租车下了高速,继续行驶半小时左右,很快到了纪元生所住的地方。

这里早已不是几十年前的老旧模样。现在是水泥路,二层小楼,院子里种着花草,空气新鲜,小猫小狗,生活惬意,很多城里人都在这边买房子,偶尔会过来住段时间,当作度假。

两人在院门口下车,暗红色的大铁门紧闭,但没有锁,余烬一推就开。

他摁着门让蒋烟进去。

院子很大，左边一小片菜地，右边是个小花园，不过现在已经十一月，叶子掉光，只剩下一些光秃秃的枝丫，看不出什么品种。

中间有段路支起拱形门，是个葡萄架。

看得出纪元生是个很热爱生活的人。

余烬拎着袋子走在前头，蒋烟有些紧张，路过葡萄架时抓住他衣角，问："我一会儿怎么叫人？"

余烬说："随便。"

"我也叫师父吗？"

余烬瞥了蒋烟一眼，蒋烟立刻说："还是叫伯伯吧。"

"随你便。"

两人走到门口，迎出来的是保姆陈姨，她笑着接过余烬手里的东西，说："怎么这么晚过来，正要开饭。"

余烬看了眼屋里，说："买了只烧鸡怕坏，想着赶紧送来，师父呢？"

"在西屋。"陈姨看到余烬后面的蒋烟，微微愣了下，有些意外。

这么多年，余烬从没带姑娘来过这里。

她拎着烧鸡，不知如何称呼，下一秒，陈姨听到蒋烟大大方方地打招呼："阿姨好。"

余烬介绍："蒋烟，"顿了下，"我朋友。"

"啊……你好。那什么，坐吧，一会儿一块儿吃饭，我去把烧鸡装盘。"陈姨虽然好奇，却也不好多问，转身回厨房，走到门口还回头看了一眼。

余烬把其他东西放在茶几上，带蒋烟去见师父。

两人刚走到门口，纪元生忽然打开门，他急匆匆出来，似乎要找什么东西。

余烬刚要开口介绍，纪元生先一步看到他身边的蒋烟。

纪元生表情有明显的变化，有些焦急，又有些担忧，上前拉住蒋烟的胳膊，说："阿枝，你怎么才来？是不是你爸又不让你出门？"他拉她进去，献宝一样地说，"上次你说喜欢那个蓝色的燕子风筝，我做出来了，你看看。"

蒋烟被纪元生拉着，有些蒙，下意识地看向余烬。

余烬忙阻止纪元生，说："师父，她不是阿枝，是我的朋友，您先松开她。"

纪元生盯着蒋烟看了一会儿，说："哦，是阿烬的媳妇。"他有些责备地瞥向余烬，"上次你不是说没女朋友？净骗人。"

余烬低声对蒋烟说："抱歉，我师父身体不太好，有时有些糊涂，记不清人，你别介意。"

蒋烟没有料到是这种情况，忙摇头，说："没关系。"她冲纪元生甜甜地笑了一下，"纪伯伯好，我是蒋烟。"

纪元生特别高兴，让蒋烟去沙发那边坐，给她拿吃的、拿喝的，像看儿媳妇一样，越看越满意。

"丫头多大了？"

蒋烟乖巧地回答："十八岁。"

纪元生连连点头，说："十八岁好，我家阿枝也十八。你跟我们阿烬什么时候结的婚？也不提前通知一下，我好准备准备……"

"师父。"余烬忍不住打断，"她是我的朋友，您别乱说。"

纪元生微微愣了一下，随后似乎清明一些，说："你看我，老糊涂了，丫头别介意。我去看看开饭了没有，在家吃饭。"说完便起身去了厨房。

蒋烟看向余烬，出声："纪伯伯……"

"阿尔兹海默症。"余烬说。

蒋烟意外道："怎么会呢，纪伯伯看起来还不到七十岁。"

余烬把桌上的橘子剥开一半递给她，说："得这个病的年龄界限没有那么绝对，五六十岁的人得的也很多。"他偏头睨着蒋烟，"师父常常认错人，有时连我也不认识，偶尔也会觉得自己活在几十年前，但把旁人认成阿枝，还是头一回。"

蒋烟有些好奇，问："阿枝是谁？"

"是师父年少时的恋人。"余烬看了眼厨房那边，陈姨已经端了盘撕好的烧鸡去了餐桌，"据说当时阿枝的家人不同意他们在一块儿，硬生生把两人拆开了，后来阿枝嫁给名门望族，我师父一直没有结婚。"

蒋烟睁大眼睛，问："师父一辈子都没结过婚吗？"

"嗯。"

蒋烟很钦佩，说："师父一定是个专情又深情的人。"

悲剧的爱情故事总是让人忍不住难过，她愣愣地盯着前方许久，连手里的橘子都忘了吃。

余烬拍她脑袋一下，说："过来吃饭。"

这顿饭蒋烟吃得很舒服，纪元生把桌上的好东西都给了她，还说如果不着急可以在这儿多住几天，他可以带她去放风筝，他的阿枝特别喜欢风筝。

这栋房子有两层，纪元生和陈姨都住一楼，楼上两间房，余烬一间，另一间一直空着。

饭后没多久纪元生就把蒋烟带到余烬的房间，说："阿烬媳妇，不知道你来，也没提前准备，你先凑合住。等以后你们结了婚，我把这屋重新装修一下，你别嫌弃。这小子一向性子'燥'，脾气急，压不住。他要是欺负你，你告诉我，我给你撑腰。"

跟在两人身后的余烬有些无奈。

师父糊涂时也不知道自己在说什么，只好随他。

纪元生下楼后，余烬和蒋烟站在房间里，窗边只有一张双人床，余烬扫了眼床上，确定没有遗落他贴身的衣物，手握住门边，说："你住这儿，我去隔壁，有事叫我。"

蒋烟低着头,"嗯"了一声。

余烬从柜子里拿了一床被褥,把床上原来的那一套换掉,说:"这套是新的没睡过。"

"嗯。"

余烬抱着自己的被子出门。

蒋烟走到床边坐下,环视这间房。

大概因为余烬不常住这里,所以房间里陈设很简单,只有一张床、一张木头书桌,还有个同色系的衣柜。

书桌上摆了个小台灯,几本汽车杂志、水杯,还有个透明玻璃的烟灰缸、一包打开过的烟盒。

蒋烟捏了捏包装盒,里面还剩小半包。

灰色床单很符合余烬的审美,他就喜欢这种黑漆漆、灰扑扑的东西,他身上的衣服都没见过除了黑白灰以外的其他颜色。不像蒋知涵,如果不是学校不允许,蒋知涵大概连头发都要染成花里胡哨的颜色。

蒋烟忽然想起蒋知涵要的那双鞋,虽然没回去,但她还是托那边的同学把鞋买了,一直放在同学那里。

没有按时回瑞士,那边隔几天就有人打来电话问怎么回事,问她还回不回,什么时候回。

有同样是中国过去的留学生,也有当地的同学。

还有一些对她有好感,正在追求她的男生。

蒋烟有些电话接了,有些没接,这种情况下不接电话,对方大概也就死心了。

她给那边的同学打了电话,拜托对方帮忙把鞋寄回来。

挂了电话,蒋烟趴在床上,拿了窗台上几张过期的旧报纸,随意在上面涂鸦。她刚画了一颗小心心,手边的电话又响了,是蒋知涵打来的。

蒋烟吓了一跳,不小心按到接听,手机那头蒋知涵的声音传过来:"姐,姐?哈喽?"

他嘀嘀咕咕:"没人说话呢,没挂啊……"

蒋烟轻轻咳了一声:"喂。"

蒋知涵忙说:"你在啊姐,我以为信号不好呢。"

"有事?"

蒋知涵说:"看你说得,没事我还不能找你了,姐弟情这么凉薄吗?"

说多错多,这小子可不好糊弄。蒋烟翻了个身,说:"你有什么事快说,我还忙呢。"

蒋知涵嘿嘿一笑,说:"姐,你现在在哪儿呢?"

蒋烟心跳了一下,说:"在家啊。"

今天她没课,这会儿没别的安排应该在租住的公寓里。

蒋知涵不信,说:"那你开个视频,我看看。"

蒋烟从床上坐起来,说:"开什么开,不开。你是不是又要你那破鞋,我明儿就给你寄出去。"

"先不提鞋,姐。"蒋知涵也不绕弯子,"你说我还是不是你亲弟了,你瞒他们也就算了,连我也一起瞒?昨晚奶奶在我都没戳穿你,你那头天也是黑的吧?你根本没在瑞士,你是不是背着爸逃课偷偷玩去了?"他数了一些瑞士周边的地方,"德国,法国,意大利?不对啊,这些地方时差都差不多……"

蒋知涵忽然深吸一口气,有些不敢相信自己的猜测:"姐,你不会还东八区吧,你别告诉我你还在国内。"

蒋烟:"……"

成绩不怎么样,地理倒是很好。

话说到这份上,蒋烟只能承认。

那头蒋知涵都惊呆了,说:"蒋烟你行啊!爸还说我比你能闯祸,你可比我厉害多了!这么大的事敢骗爸?"

蒋烟气死了,说:"你小点声,让人听见。"

蒋知涵说:"没事。我就怕家里眼线多,我出来了。"

他又问:"那你现在在哪儿呢,还在岳城吗?"

"嗯。"

"岳城哪儿?"

蒋烟说了个小区名,说:"你别瞎咋呼,要是把爸引来我跟你没完。"

"知道知道,我跟你一伙的,你就放心吧。"外面风不小,听筒里传出呼呼的声音,小男孩又问,"姐你跑那儿干吗去了,怎么不回学校?以后都不回去了吗?"

他的话太多,蒋烟已经有些不耐烦,说:"你问这么多干吗,赶紧去睡觉。"

"喊!"蒋知涵不大高兴,倒也没再追问。

临挂电话前,蒋烟问他怎么看出来的。

蒋知涵得意地说:"我是谁啊,宇宙超级无敌推理小能人,你那屋光线那么暗,一看就不是自然光,太阳公公多温柔啊,墙上影子的角度也证明光源在头顶,这么简单的道理还要我解释吗?"

"……"

就这?

蒋烟说:"那就不许是阴天,我开灯吗?你少扯没用的,说实话。"

蒋知涵笑了一阵,说:"其实是你的镜头不小心晃了一下窗户,我看到了,外头黑漆漆的……"

蒋烟愤然挂掉电话。

她脱了衣服,只留贴身的那一件钻进被窝。

这房子暖气开得很足,一点都不冷,被子蓬松柔软,带点洗衣液香香的味道。蒋烟把脸埋进去,特别舒服地伸了个懒腰。手机"叮"一声响起,蒋知涵发来一条信息：姐，这事儿除了我没人知道吧？

蒋烟回复：江述也知道。

这几个字像捅了马蜂窝，那边连续发来好几条六十秒的语音消息控诉她。

"蒋烟，你太过分了，他竟然比我早知道，到底他是你亲哥，还是我是你亲弟，你说清楚！"诸如此类的话。

蒋烟只听了一条就忍不住笑了，后面没再管，丢开手机睡觉。

第二天吃过早饭，余烬和纪元生下象棋。

蒋烟坐在纪元生旁边，两人嘀嘀咕咕，合伙坑余烬。

余烬也不介意，任由他们耍赖。连输三盘后，他站起来，说："欺负人，不玩了。"

纪元生也不留他，指着对面让蒋烟坐，说："他不玩，咱们玩。"

蒋烟立刻坐过去。

她只懂皮毛，哄师父开心还是够的。

余烬走到窗边，把窗子打开一点，靠在那里点了一根烟。

不远处两个人玩得不亦乐乎，纪元生一边下棋，一边给蒋烟讲余烬小时候的事。

"那会儿他才十二三岁，一句话不对就梗着脖子跟你呛声，问他长大以后想做什么，他说想当警察。"纪元生哼一声，"还警察呢，一副混混模样，小痞子似的，我不管他，他就走歪路了。

"高中那会儿他不爱看书，天天跟着我鼓捣摩托车。我揍他，他还瞪我。不过他确实有天分，学得很快。

"那会儿他可招女孩喜欢了，一放假就有漂亮小姑娘跑家里来对题，天知道他那个比脸还干净的作业本上能对出什么题！

"一有小姑娘找他，他就躲进库房，宁可对着一堆破铜烂铁也不愿意出来。我都替他愁得慌，这么个性子，以后怎么找媳妇。"

相比下棋，蒋烟对余烬小时候的事更感兴趣，听得津津有味。她胡乱走了一步，纪元生立刻指着那里，说："错了错了，阿枝，告诉你多少次，马走日，象走田。"

又糊涂了。

蒋烟人又乖巧嘴又甜，哄得纪元生心情舒畅，把家里的好吃的全摆出来，说她瘦，要多吃一点。

余烬悠闲地靠在窗边，姿态慵懒随意，眯起眼睛吸烟，灰白色的烟雾顺着窗口飘出去。

他的目光落在蒋烟脸上。

师父夸她长得好看时，她笑得最开心。

下午三点多，两人准备离开，纪元生装了满满一兜零食给蒋烟。

陈姨把余烬叫到厨房，给他装了两瓶自家做的酱菜，说："你也老大不小了，是时候该找个女朋友。这丫头虽然年龄小了点，但挺懂事，以后你多带她来，你师父能高兴。"

余烬顿了顿，说："陈姨，您误会了，我们不是……"

陈姨把两瓶酱菜塞给他，说："现在不是，以后说不准。看得出那丫头很喜欢你，眼睛一直黏在你身上。陈姨是过来人，你要把握住机会，这年月这样的姑娘不好找。"

余烬没再说话。

两人走时手里的东西比来的时候还多，纪元生看着蒋烟，语重心长道："阿烬媳妇，多吃点好的补补身体，养胖点，以后生了孩子抱过来，我给你们带。"

余烬把人推进屋里，说："好了师父，天冷，回去歇着吧。"

纪元生探出脑袋，问："你什么时候再过来？"

余烬说："过两天，有空就来。"

"嗯，带着你媳妇。"

余烬把门关上。

蒋烟的身份多变，一会儿是"阿枝"，一会儿是"阿烬媳妇"。师父叫她"阿烬媳妇"时，余烬也没反驳，大概知道师父糊里糊涂，反驳也没什么意义。

蒋烟细细品味这个称呼，不自觉地咬着唇。她的唇色是自然的红色，没有涂口红，这会儿已经被咬得更加红润娇艳。

余烬的目光在她唇瓣扫过，很快收回视线，接过她手里的袋子，说："走吧。"

到家时天已经黑了，两人没有去车行，直接回家。

走到三楼，蒋烟把在车上就分好的一袋吃的递给余烬。

余烬看了一眼，说："师父给你的，你吃吧。"

"太多了，我一个人吃不完。"

余烬接了，说："不够来我这儿拿。"

"嗯。"

她拿钥匙开门，门打开那一刻，身后的余烬忽然叫她的名字："蒋烟。"

蒋烟回头看他。

余烬指尖触碰脖子上的围巾，问："这个，要还给你吗？"

第三章

热烈的她

蒋烟也戴了。

两条一模一样的围巾。

她捏紧手里的袋子。

"不用了。"她小声说,"送你了。"

这一句她说得很快,好像怕余烬拒绝,又像后面有人追她,说完也没等余烬反应,立刻跑进家里关上门。

进屋后,蒋烟靠着门板深呼一口气。

她有些烦躁,好像每次面对余烬,都会变得不像自己。

她会不自觉脸红,讲话会小声,很在意他每一瞬的表情和反应,这一点都不酷。

蒋烟从没有过这种感觉。

阳台的拉门似乎没关严,屋子很冷,蒋烟把满满一袋吃的东西放在餐桌上,走到阳台那边把门关好。房间还有一会儿才能变暖,她没有脱外套,洗过手后坐在书桌前,翻开她的画册。

她脑海中朦胧出现那一幕。

火车上,她趴在上铺看下去,男人的手臂遮住眉眼,鼻梁高挺,薄唇微抿,呼吸平稳。

他无论在多么喧闹嘈杂的环境里,都一副静默出尘、不受干扰的模样。

他即便不说话,也是人群中最引人注意的那一个。

蒋烟花了一个半小时完成这幅画,有些细节不太满意,又修改了很久。

直到肚子有些饿,她才想起晚上还没吃饭。她合上画册,有些懒怠做饭,又不想点外卖,准备从纪元生让她带回来的一堆吃的中挑几样当晚餐。

袋子里的东西摆了满桌,她把酱菜放进冰箱,又拆开一盒酥饼,还没咬上一口,放在小沙发上的手机就响了。

她把酥饼塞进嘴里,用手接着碎渣,跑到沙发那头看了一眼。

是蒋知涵。

这小浑蛋不知道又搞什么鬼,他一打电话准没好事。

蒋烟接起来,嘴里的酥饼还没吃完。

"你又怎么了?"

蒋知涵的声音伴着呼呼的风声传过来:"姐,我现在在——"他似乎在努力辨认,"什么桐胡同,你在哪儿呢?"

蒋烟差点呛到,咳了几声,拍拍胸口顺气,说:"你什么意思,你说你在哪儿?"

蒋知涵说:"我在你说的那个小区附近,我找不到地方了!这什么破地方拐来拐去的!"

后悔。

真的后悔,早该猜到蒋知涵可能会来凑热闹,昨天就不应该告诉他。

现在说什么都晚了,蒋烟在电话里指挥了一通,蒋知涵还是没找到,她只好换鞋跑去楼下接他。

五分钟后,蒋烟看到路灯下瑟瑟发抖的蒋知涵。

这小浑蛋这么冷的天只穿一件薄外套,肯定是趁家里不注意溜出来的,不然奶奶不会放他走,必须里三层外三层裹上才安心。

他顶着一张倍儿精神的小脸,笑嘻嘻地冲蒋烟招手,喊:"姐!"

蒋知涵自作主张找来这里,蒋烟在带他回家的路上就用武力明确表达了自己的态度。

都说打弟弟要趁早,蒋烟常年不在国内,回来一次他个头就要蹿一蹿,现在马上就要超过她,此时不打,更待何时。

蒋知涵只抱头防护,并不还手,还贱兮兮地笑,问她是不是很惊喜。

蒋烟冷着脸上楼,说:"有惊没喜。"

她开门让弟弟进屋,蒋知涵一边换鞋,一边环视客厅,说:"姐,你这房子还没咱家厕所大。"

蒋烟在后头推了他一把,说:"你快进去吧。"

蒋知涵这儿摸摸那儿瞅瞅,看着房间里跟瑞士那边公寓相似度百分之八十的床和桌子,还有窗帘、台灯,冲蒋烟竖起大拇指,说:"还是你厉害,这是下血本了,我之前愣是没看出来。"他回过头,"你放着好好的学不上,跑这儿来蜗居,图个啥?是不是藏了野男人?"

蒋烟瞪他,说:"我看你像野男人,再胡说还揍你。"

蒋知涵往沙发上一歪,拽了个抱枕抱在怀里,说:"姐,我正经问你,你为什么不去瑞士?是不是做好决定要跟爸对抗了?"

之前蒋烟说过几次不想出国,全家都知道。

小男孩眼睛贼亮,说:"要真是这个原因,那我绝对支持你。咱爸太专制了,老管咱俩,没有压迫就没有反抗。你先起义,我紧随其后,实在不行我也出来住……"

蒋烟听得头疼，打断他滔滔不绝的话："你这么晚过来，一会儿回家都没车了。"

蒋知涵说："我跟爸说今天在同学家住。"

"你的意思要住我这儿？"

"不行吗？"

蒋烟斩钉截铁地拒绝："不行，我这儿就一个屋怎么住啊，你赶紧回家。"她威胁说，"回去给我老实点，让爸知道我饶不了你。"

蒋知涵指着那边一扇门，说："那不是有房间吗？"

"那房间里堆满东西，住不了人。"

蒋知涵跑去看了一眼，房间里堆了一些老家具，确实没什么下脚的地方，床上还有一些杂物，只剩一半地方。他扭头说："乱是乱点，不过我不嫌弃，够躺就行。"

他这一来，蒋烟感觉自己多了八百个活儿，又要给他收拾床，又要准备洗漱用品，又要给他订餐。这小崽子对吃特别讲究，一顿饭都不凑合，非要正儿八经吃大米饭和菜，小酥饼打发不了他。

作为回报，蒋知涵答应蒋烟带她打游戏上分。

对于这种对战游戏，蒋烟属于又菜又想玩那一挂，打赢不容易，打输还闹心，拖后腿又自责。蒋知涵只有在游戏里才能扬眉吐气，光明正大地骂他姐菜，骂完了还得帮她打回来。

一墙之隔的另一边。

余烬回家后就一直给自己找事做，做了饭，收拾了客厅，抽了两根烟，又打开电视看了一会儿电影。

当他意识到自己的视线已经不知道第几次落在沙发扶手上搭着的那条围巾上时，忍不住暗骂一句，捞起围巾进卧室，直接将其塞进衣柜最里面。

电影不好看，也没其他事情做，余烬打开手机玩游戏。

几局下来，心底那股怪异的感觉也没消散多少，他手指无意识地在游戏好友列表里划过，意外地发现蒋烟也在线。

他用微信号玩，里面的好友会自动成为游戏好友。

以前他没有注意过，原来她也玩这个游戏，一直觉得她那样的小姑娘应该不会喜欢这种对战游戏。

他正出神时，界面忽然弹出窗口。

"恶势力"邀请您组队匹配。

余烬看了一会儿那个张牙舞爪的头像，不禁笑了一下，点击接受。

跟平时不同，游戏里的蒋烟人狠话不多，出手干脆利落，跟队友配合得也好，一看就是行家老手。这让余烬有些意外，于是第二局时，他便开始认真起来，不再随意发挥。

余烬认真打游戏时跟改车时的状态差不多,进攻性极强,毫无人性可言,对方被打得落花流水,队友激动得嗷嗷叫。

蒋烟最兴奋,在对话框里连续刷屏:

啊,大神!

啊,大神带我!

大神看我看我!

啊!

大神,我爱你!

余烬盯着满屏的彩虹屁,心情变好,带着几个人又赢了几局,本以为会收获新一轮夸奖,谁知蒋烟不声不响地下线了。

没过几分钟,有陌生人邀请余烬组队,他没了心情,随手点了拒绝。

他将手机扔一边,关灯睡觉。

蒋知涵忽然从沙发上跳起来,跑到书桌那头,喊:"姐!"

蒋烟立刻用双手挡住翻开的画册,说:"你干吗一惊一乍,就不能老实会儿?"

蒋知涵瞥了眼那本被捂得严严实实的画册,说:"哎呀,别藏了,不就是个小帅哥嘛有什么好看的。"

他老早就看过,只不过还没来得及细看就被蒋烟抢走了。

他不感兴趣,觉得女孩都一个样,就知道花痴。

这会儿他有另外一件更重要的事,说:"你把那个'阎王'的微信推给我呗,我想加他好友,让他带我打游戏。"

"什么阎王?"

蒋烟打开游戏,蒋知涵给她指了一个人。

蒋烟坐直身体,问:"你跟他玩了?"

蒋知涵点头,说:"他太牛了,没见过这么牛的,我必须得跟他混。姐,他是谁啊,你同学吗?"

蒋烟翻了翻历史战绩,成绩太耀眼,是她做梦都没打过的纪录。

自从来了这边,她还没玩过,就点进去观战两回,看看热闹,也没有注意到游戏好友列表。

原来余烬打游戏也这么厉害……

蒋知涵还在嚷嚷,蒋烟脸一冷,收起手机,说:"加什么加,别骚扰我朋友。"

"姐——"小男孩开始撒娇。

蒋烟不吃这套,说:"我要睡了,你快进屋,不许出来吵我。"

蒋知涵有些不甘心,顺走她桌上唯一一颗水果糖,回屋前还愤愤地回头瞪了她一眼。

第二天是假期,蒋知涵上午休息,下午才补课。听说蒋烟要去车行,他非要跟去开开眼界,蒋烟只好把他带去。

到车行时余烬和雷子都在,雷子蹲在一辆摩托车的后轮那里,余烬正指导他操作。

见到蒋烟,余烬说一半的话停下,几秒后垂下眼睛继续。

雷子热情地打招呼:"来啦!"

蒋烟应着,带蒋知涵进去。

车行已经打扫干净,不知是他们俩谁收拾的。她把弟弟介绍给两人,余烬点了下头,雷子看蒋知涵对他面前那辆车感兴趣,招手让他过去看。

不知道是不是男生生来就对这种酷酷的机车有好感,蒋知涵绕着车转两圈,眼睛睁得大大的,不住地感叹:"这车太帅了。"

没有多久,两人已经混熟,蒋知涵说等他十八岁时一定让老爸也给他买一辆。

蒋烟站在余烬身边。

余烬偏头看她,嗓音低沉:"家里知道了?"

蒋烟摇头,说:"只有我弟知道。"

余烬重新将目光投向那辆车。

雷子有个地方弄不好,余烬亲自上阵。

已经观摩过墙上照片的蒋知涵对余烬起了强烈的崇拜之心,看他的眼睛直放光。

蒋烟附在蒋知涵耳边说了一句话。

蒋知涵再一次惊呆了:"他就是阎王?"

至此余烬已经在短短时间里成功收获一枚铁杆"粉丝"。

蒋知涵不知道要怎么称呼余烬才好:"所以你二次元三次元都是大神!"他不顾廉耻,"大神哥哥,我能加你微信吗?昨晚我就想加,我姐不让!"

余烬问:"昨晚?"

蒋知涵点头,说:"昨晚我拿我姐的游戏账号跟你玩,后来我用自己的号拉你,你拒绝我了!"

说这话时,他还有些委屈。

余烬蹙眉看向蒋烟,问:"昨晚是他用你的号?"

蒋烟有些茫然,不知他为什么忽然有些严肃,于是"嗯"了一声。

余烬沉默不语。

所以彩虹屁什么的都是这小子发的。

最终余烬同意加好友,蒋知涵特别兴奋,完事后余烬示意蒋烟,说:"库房里左边架子第二排的分离车把给我拿一对。"

蒋烟乖巧地点头,跑进库房。过了会儿,她站在库房门口,扬了扬手里的东西,问:"是这个吗?"

余烬看了眼,说:"黑色的那个。"

"哦。"她又跑回去。

蒋知涵不可思议地看着蒋烟跑来跑去,看到她将东西送过来转身又去倒水。

这还是那个整天对他吼来吼去的蒋烟吗?

这会儿只有两个人在,蒋知涵挪动脚步,蹲在离余烬近一些的地方,问:"大神哥哥,我姐怎么那么听你话啊?"

余烬没抬头,说:"我是她老板。"

蒋知涵斩钉截铁道:"不是这个原因,我姐才不会因为你是老板才屈服。她厉害着呢,整天凶巴巴的,怎么跟你说话像小猫似的。你怎么治的她?教教我,你不知道我的苦,她在我面前就像只母老虎。"

余烬:"……"

有那么夸张吗?

"没有吧。"余烬说,"你姐挺好的,很勤快,也很听话,做菜也很好吃。"

蒋知涵简直不敢相信自己的耳朵,说:"虽然在别人面前这么说我姐不太好,但你确定你说的是我姐吗?听话?做菜好吃?她连鸡蛋都没炒过!"

余烬没有说话,目光定在某处,有些愣神,不知道在想什么。

蒋知涵虽然小,但对某些事还是比较敏感,连他自己都收到过漂亮小姑娘的小字条,不是什么都不懂。

他没有铺垫,冷不丁地冒出一句:"我姐不会喜欢你吧。"

话有些直白,余烬手指停顿一瞬,没有看蒋知涵,只说:"你别胡说。"

旁边的蒋知涵忽然没了声音。

余烬看过去,发现小男孩正盯着自己的脸看。

他的目光有些探究,有些疑惑。

过了会儿,蒋知涵说:"大神哥哥,我怎么觉得你有些眼熟啊?我好像在哪里见过。"

余烬还在想蒋知涵之前那句话,随口应付:"可能我是大众脸吧。"

蒋知涵说:"大神哥哥您太谦虚了,您要是大众脸,那别人都没法儿活啦。"他努力回想,依旧记不起在哪儿见过,"可能在电视里吧,估计跟哪个明星长得像。"

余烬伸手拿不远处地上的一块护板,蒋知涵给他递过去,说:"不过,我姐就算真喜欢你,你也得三思。人生大事好好考虑,多多观察,看清本质,不要被她的美色迷惑……"

余烬忍不住笑了一下。

小丫头一个,还美色。

蒋知涵不乐意了,说:"你笑什么。我姐很美的好不好,在学校很多人追我姐的。"

"是吗?"

"是啊,我姐长得好看,学习也好,还跳过级,虽然她只有十八岁,但还有两年大学就毕业了。上回她休假回国,那个北京的瑞士留学生还来岳城找她来着,我都看见了,可帅了。她还会弹钢琴,会打碟!我见过她打碟的视频,超酷!"

余烬低头调试,看不出表情,说:"你不是说让我别被她的美色迷惑,怎么又说她这么多好处?"

蒋知涵说:"我的意思是你别光看她长得好看,也要了解她内在,我姐真的超好!"他嘿嘿笑着,"你要是成了我姐的男朋友,那就是我姐夫,那你带我上分不是理所应当。"

岂止理所应当,老姐要是能把这个大神拿下,他在整个游戏区都可以横着走,想想就美。

"什么上分?"蒋烟端了一杯咖啡过来,"你脑子里除了游戏还有什么,你是不是快期末考试了?"

蒋知涵被噎了一下,说:"你不要总是这么扫兴,除了学习还能跟我说点别的吗?"

"你才初中,就应该是学习的时候。"

蒋知涵顶嘴:"那你现在是干什么的时候,谈恋爱吗?"

蒋烟匆忙瞥了眼余烬,有些心虚,扬起手臂作势要揍蒋知涵。

蒋知涵下意识抱头躲在余烬身后,说:"你看!她平时就这样!你不要被她的温柔表象骗了!"

大战一触即发,蒋烟非要揍蒋知涵一顿不可。

余烬挡在中间,左右不是,他抬手握住蒋烟的手腕,说:"别闹。"

这一句低缓温和,无比耐心,蒋烟印象中从没听过他这样讲话。

她有些愣神,蒋知涵趁机溜掉,喊:"我去厕所!"

剩下两人,蒋烟抽回被余烬握住的手腕,那地方有些发烫。她往旁边挪蹭,坐在小板凳上,说:"他整天胡说八道,没有一句正经的,你不要理他。"

"嗯。"

"他刚刚跟你说什么了?"蒋烟祈祷这小子不要口无遮拦,破坏她形象。

余烬扔下手里的东西,回答:"没说什么。"

他站起来,蒋烟跟在他后面,说:"余烬,我想请一会儿假。"

余烬停下脚步,问:"做什么?"

"送一下我弟。"

"打车吗?"

"嗯。"

余烬把工具收到架子上,问:"送去哪儿?"

"他补课的地方,在市区,挺远的,我有点不放心。"

余烬看了一眼墙上的时间,问:"现在走吗?"

"嗯。"

"我送他吧。"余烬说。

蒋烟没反应过来:"啊?"

"我要出去一趟,顺路。"

蒋烟问:"你要去哪儿?"

"城西。"

"哦。"蒋烟想问他去做什么,又觉得问多了他可能又要嫌她烦,他那么惜字如金的人,多一个字都不愿意说。

余烬却先开了口:"我在城西有几个朋友开洗车行,好久没见,去看看。"

蒋烟茫然地盯着他,似乎对他这样解释自己的行踪有些不适应,于是"哦"了一声。

余烬去里间拿车钥匙,出门启动车。

临上车前,蒋知涵把蒋烟拉到一边,小手一伸,说:"姐,能给点零花钱不?"

蒋烟嗅觉敏锐,问:"怎么,爸又停你的卡了?"

蒋知涵的卡额度很高,一般情况下不会刷爆。

小男孩一脸不服,说:"他一天天好像更年期,一点小事也要生气,生气就生气吧还停我零花钱,没有零花钱我怎么在江湖上立足?"

蒋烟抬手拍他脑袋一下,教训:"没大没小,怎么说话呢?"

蒋知涵捂着脑袋,说:"打我干吗,你不是也烦他吗?是你先不听他话,跟他对着干的!"

"我可以,但你不可以。"

蒋知涵哼一声:"只许州官放火,不许百姓点灯。"

蒋烟拿出手机给他转了一些钱,说:"你省着点花。我现在也没多少,我卡里的钱动不了。"

蒋知涵乐呵呵地收了,说:"好嘞姐!我就知道你最好,等我解封就来支援你,下个月你生日我给你买个大蛋糕!"

余烬已经等很久,蒋烟把蒋知涵赶上车,越过副驾驶座的门看余烬,问:"你什么时候回来?"

"不一定。"

到那儿免不了喝酒,大概会留宿一晚。

余烬把蒋知涵送到补课的学校,蒋知涵下了车,又扒着车窗说:"大神哥哥,以后我找你组队,你接受一下呗。"

余烬"嗯"一声:"去吧。"

小男孩乐颠颠地跑了。

余烬沿着那条路继续向西,半小时后开出市区,到了西郊。

这边比东边稍繁华一些,有自己的小商圈,车从火锅一条街穿过,右转再开三百米,在一家洗车行门前停下。

门口的人认识余烬，冲他招了招手，又回头喊屋里的人。

很快从里面出来四五个年轻小伙，有的穿着防水裤和雨靴，有的手里拿着擦车布，看到余烬，他们都挺惊喜，纷纷喊"烬哥"。

为首的大森迎过来，招呼："你过来怎么没提前说一声？我还想给你打个电话呢。"

余烬轻车熟路地往里走，说："有事？"

大森说："听说前两天崔良那浑蛋真去找你了，还没占到什么便宜，回来的时候狼狈得不行。"

余烬坐在沙发上，大森给他点了根烟，问："你怎么样，没事吧？"

余烬夹着烟吸了一口，眼睛眯了眯，说："没事。最近生意怎么样？"

大森旁边穿黄衣服的人说："还行，不过没去年好。"

余烬说："有困难找我。"

"哎，知道了。"

聊了一会儿，旁边几个小兄弟你推我我推你，谁都不愿出头。余烬看他们一眼，说："有话就说。"

"黄衣服"用手肘顶了顶大森，大森干笑几声，说："其实也没什么事，就是听到些小道消息。"

"什么消息？"

大森说："烬哥，你最近是不是有喜事？"

余烬没懂，问："什么喜事？"

"我们是不是有嫂子了？"

余烬皱眉，问："你们听谁说的？"

"黄衣服"说："崔良那伙人私下说的，说看见你跟一女的在一块儿，小姑娘长得可嫩——"

余烬心底隐隐不快，问："他们还说什么了？"

"说你可护着了。"

余烬沉默地吸完手里的烟，将烟蒂摁在烟灰缸里，说："没有的事，不要乱传。"隔了会儿，"替我盯着点儿崔良，有什么动静告诉我。"

大森点头，说："行。"

晚上，大森叫两个人出去买蔬菜和肉，大家在里屋支了张桌子涮火锅。

"黄衣服"又在隔壁超市搬了几箱啤酒回来，每次余烬来大家都要痛快喝一顿。

火锅煮开后，屋子里的温度很快升上来，一桌人边吃边聊，热气腾腾的火锅让大家胃口大开，迅速消灭掉几盘肉。"黄衣服"把桌上的空酒瓶撤掉，又摆了十来瓶，说："酒管够，都敞开了喝，不够再去隔壁搬。"

大森脸都喝红了，晃晃悠悠地给余烬倒了杯酒，说："说实话，我是真怀念从前的日子。在会所那会儿咱哥儿几个多风光，这一片谁不给咱点面子，哪像现在，天天伺候人。一个个开个十几万的破车牛得以为自己开玛莎拉蒂,我想抽人不是一回两回了。"

余烬弹了弹烟灰,说:"过安稳日子不好吗?"

大森说:"那也太安稳了,哪有以前刺激,这样的日子像白开水一样,年复一年,什么时候是个头。从前有你,有在哥,崔良那种货色我压根儿不放在眼里,你看现在……"他想起一事,"对了,你去那家店了吗?"

余烬把杯中酒喝净,说:"去了。"

"怎么说?"

"找不到。"

大森低着头叹了口气,旁边几人也渐渐安静下来,酒桌上的气氛有些沉闷。过了会儿,大森狠狠摔了手中的杯子,说:"要是让我知道谁是条子的线人,通风报信搞垮会所,害了在哥,我弄死他!"

余烬咬着烟,偶尔吸一口,缭绕的烟雾迷了双眼。他轻轻吹了一下,没有说话。

他的脑子里忽然闪过一张明艳灵动的脸,问他什么时候回家。

只一闪而过,便消失不见。

有人给余烬倒酒,他掩住杯口,说:"不喝了。"

那人问:"今晚住这边吗,屋子给你收拾出来。"

余烬摁掉还剩半截的烟,说:"不住,回去。"

大森扭头,说:"这么晚还折腾,每回不都住一晚?明儿再回吧。"

余烬站起来,说:"还有事,过阵子再来。"

大家把余烬送出门外,他的车已经被他们洗过,干净得跟新的一样。

十分钟后代驾过来,余烬上了副驾驶座,对外面的人说:"回吧,收拾收拾早点关门。"

大森扬了扬头,说:"放心吧,你到家知会一声。"

余烬摆摆手,升起副驾车窗。

绕城高速跑起来很快,这个时间车也不多,一个小时就到了城东。车停在车行门口,余烬步行回家。

今晚余烬喝得有点多,头昏昏沉沉,吹了一会儿风清醒了不少,走到家楼下,他下意识地抬头看向隔壁那扇窗。

暗的,没开灯。

他没急着上楼,在小路对面的木头椅子上坐了一会儿。直到快十二点,身子也有些冷,他才起身回家。

这一晚余烬睡得不是很踏实,做了很多梦,早上醒来一个都不记得,余烬摸过床头的手机看了一眼,已经上午十点多。

他简单收拾了一下自己,没吃早餐,去了车行。

大厅靠墙那一侧挤了两三台改装车,都是雷子这两天接的活儿。

余烬只管自己,雷子接什么,不接什么,都是雷子自己做主,反正接得多提成多,接得少赚的就相对少一些。

以往雷子受余烬影响，并不多接，活儿在精不在多，也习惯了轻松的工作强度。

最近他不知怎么了，不挑活儿，来者不拒。

这会儿，雷子蹲在大厅中间那辆改了一半的摩托车旁，身边站了个瘦高的陌生女孩，两人低声说话。

看到余烬，雷子站起来，喊人："烬哥。"

余烬目光扫了一圈屋里，没看到其他人。

雷子介绍身旁的年轻女孩："这是我表妹卢宁，来岳城找工作，今天没事，我带她来车行看看。"他拉了一下卢宁，让她打招呼，"我们老板余烬，叫烬哥。"

卢宁大大方方道："烬哥。"

余烬点了下头，目光只在女孩身上停留一瞬便转到雷子那边，问："蒋烟呢？"

雷子说："她刚出去，不知道跑哪儿去了。"

余烬转身回了小屋。

卢宁看了那边一眼，小声说："他好酷啊。"

雷子蹲下继续干活，说："烬哥就那样，不爱说话，不是冲你。"

没有多久，蒋烟从外面进来，手里拎了一袋女孩喜欢吃的小零食和几样水果。

卢宁是雷子的表妹，是客人，这里没有什么东西好招待，她便出去买了一些。

余烬站在小屋门口，喊："蒋烟。"

蒋烟跑过去，问："什么事？"

"去趟银行。"

现在多数人用手机支付，但还是有人喜欢使用现金，尤其享受一摞钞票甩出去的感觉，所以隔段时间就需要整理一下现金存银行。

余烬第一次带蒋烟去。

纸币装在一个不透明的纸袋里，满满一袋，大概二十几万的样子。余烬随手将纸袋扔到后座，蒋烟在后门和副驾驶之间徘徊了一下，说："我坐后面吧？"

保护一下小钱钱。

"不用。"余烬坐上驾驶位，"你到前面来。"

蒋烟打开副驾驶的门，依旧艰难地迈上车，腿儿再短点估计真的要爬上去才行。

她表面淡定，什么都没表现出来，坚决不给余烬丝毫机会嘲笑她矮。

蒋烟不知道余烬要去哪家银行，反正车一直往市区开。她对这一片并不熟悉，只觉得商场和餐馆好像越来越多。

余烬在附近找了个停车位停好车，拿了后座的纸袋，两人进了路左侧的一家银行。

这会儿没人排队，余烬可以直接办业务。他示意蒋烟去等候区那边坐，自己过去存钱。

蒋烟坐在空荡荡的椅子上，两手撑在身侧，歪着脑袋盯着他的背影看。

余烬是个对金钱欲望不强的人，他改车只凭自己喜好，他若不愿意，别人出多少钱都不行。

蒋烟来了这么久，好像没见过他正儿八经接什么单子，只偶尔帮雷子处理一些棘手的问题，每天清闲自在，最常做的事就是躺在那张小破沙发上，脸上盖着本杂志睡觉。

他多数时候都不是很接地气，脸上大多时候没有表情，待人冷漠疏远。可蒋烟清楚记得，他愿意冒着生命危险救一个素不相识的小女孩。

他有一颗最热烈、最温暖的心。

蒋烟忽然觉得有些看不透余烬。

是什么样的成长环境让他变成现在的样子，他的冷漠更多像在自我保护。

除了师父，除了身边的雷子，她没见过余烬对谁亲近，除了一个远在瑞士的妹妹，也没听他提起过其他家人。

他总是下意识地远离人多的地方。

蒋烟想得入神，忽然听到有人叫她。

她抬起头，余烬示意门口，说："走了。"

蒋烟跟上去，说："这么快？"

"存个钱能有多久。"他推开玻璃门摁着没动，等蒋烟过去。

本以为要回家，可余烬没去开车，问："中午了，你想吃什么？"

蒋烟问："我们不回去吃吗？"

"我饿了。"

附近不少餐馆，蒋烟环视一圈，视线被其中一家牢牢吸引。她小心地问："想吃什么都行？"

余烬点头。

蒋烟指着对面一家炸鸡店，说："我想吃炸鸡。"

余烬目光停顿几秒，"嗯"了声："走吧。"

蒋烟特别高兴。他们住的那一片实在偏僻，很多连锁快餐店都没有分店，她已经好久没吃过这家香喷喷的炸鸡了。

进店找地方坐下，蒋烟轻车熟路地点了套餐和小食，又问余烬吃什么。

他似乎兴趣不大，说："你看着点，我什么都行。"

蒋烟又点了一些。

几分钟后，她满足地吃到第一口炸鸡，唇齿间都是那股浓浓的香味。

太香了。

余烬比蒋烟文明许多，蒋烟教他："你要大口吃才香。"

余烬吃自己的，不搭理她。

蒋烟吃到一半才后知后觉地发现这趟出来存钱,她好像没有发挥任何作用。难道是他觉得存钱需要带个人,壮壮气势,有安全感?

应该不是,敢打他钱主意的人大概还没出生。

所以她单纯是个小跟班吗?

蒋烟往嘴里塞了根薯条,跟班就跟班吧,就当出来玩。

蒋烟点了不少,留出一些给雷子他们带回去。余烬把车钥匙给她,让她先上车,转身进了旁边一家便利店。

几分钟后余烬回来,手里多了包烟。他把烟扔进副驾驶前面的储物箱里,随手丢给蒋烟两颗糖,说:"没找零。"

蒋烟下意识地接住。

两颗阿尔卑斯奶糖,一颗焦香原味,一颗草莓牛奶味。

包装纸上还有一丝余温,是余烬指尖残留的温度。

蒋烟紧紧捏着这两颗糖,没有说话。

六岁那年,妈妈生了很严重的病,隔几个月就要住一次院,每次去医院前,妈妈都会给蒋烟买她最爱吃的阿尔卑斯奶糖,摸着她小脑袋说,不许多吃,每天一颗,吃完这袋糖,妈妈就回来了。

那次妈妈也是这样说,可糖已经吃完好久,妈妈还没有回来。

后来蒋烟才知道,妈妈永远都不会回来了。

从那以后,她再也没吃过这种糖。

毫无预兆地,一大滴眼泪落下来,蒋烟慌忙扭头冲着窗外,迅速抹了一下眼睛,但还是被余烬看到。

余烬有些无措,不知道她为什么忽然掉眼泪,问:"怎么了,不喜欢吗?我以为你爱吃。"

蒋烟常常吃糖,兜里随时都能像变魔术一样摸出一两颗。他看到过好多次,所以刚刚老板说没有零钱时,他几乎没有思考便拿了两颗糖。

没想到把她弄哭了。

蒋烟哭起来没有声音,像在忍着,有些可怜,有些委屈,让人忍不住心软。

余烬从没哄过女孩,也没处理过这样的状况。他的手无意识地抬起,盖在蒋烟头顶,想揉一揉她的头发。指尖碰到她发丝那一刻,他蜷起手停在空中,几秒后还是收回来,安静地坐在她身边。

他没有开车,静静地等她哭完。

没过多久,蒋烟低着头,轻轻拆开其中一颗糖的包装纸,含住那颗糖,说:"谢谢你。"

余烬望着她。

蒋烟把第二颗也吃掉。

余烬没有问她为什么哭。

蒋烟偷偷把糖纸攥在手心。

回去的路上两人都很沉默，蒋烟很少这样安静，一直靠在椅背上盯着外面飞驰而退的房子。快到家时，她好像好了不少，跟他说了几句话，还笑了。

余烬第一次领会到女孩多变的情绪。

哦，应该是第二次，第一次也是她，那时她忽然变了脸，后来才知道她是误会他去做那种事。

两人回到车行时，有些意外地看着大厅。

房子整洁干净，显然被用心打扫过，雷子还在忙，卢宁站在工具柜前面，正在整理里面的工具。

上次整理还是蒋烟刚来时，她不懂这些东西的用途，按大小排好，后来就一直保持这个顺序。

卢宁好像很懂，将工具打乱了顺序，重新按照功能用途整齐摆放。

雷子抬头，招呼："回来了。"

见余烬和蒋烟都盯着卢宁，雷子说："她闲着没事，我让她帮忙收拾一下。"

余烬虽然有些不悦，但没说什么，径直进了小屋。

蒋烟把带回来的炸鸡递给雷子，雷子拨开纸袋，有些惊讶，说："你们中午吃的这个？"

蒋烟点头，说："怎么了？"

雷子说："烬哥出息了，他以前从来不吃这些油炸的东西。"

蒋烟怔了怔，下意识地看向小屋，门已经被余烬关上。

卢宁连续来了好几天，有时上午来，有时下午来，据说她面试了几家，都不太满意。

蒋烟发现她对机械方面好像很懂，能看懂雷子在做什么，也能听懂他的一些专业术语。余烬和雷子说话时，她也能跟着讨论几句，发表意见。

蒋烟插不上话，在几人旁边站了一会儿，默默走了。

余烬回小屋时没看到蒋烟，卫生间的灯暗着，门口也没有人影。

库房的门半开，里面亮着灯。

余烬走过去，看到蒋烟蹲在地上，手里拿着一本翻开的零件书，地上摆了几排大大小小的配件。

她很认真，翻阅纸张时小心翼翼，生怕手上的油蹭到书上。

余烬轻叩一下门，问："在做什么？"

蒋烟抬起头看他，几秒后又低下头，说："学习啊。"

他走进来，半蹲在她身旁，问："学什么？"

蒋烟晃了晃手里的书。

余烬拿过书翻了几页，目光重新落在她脸上，问："学这个做什么？"

蒋烟的指尖在一根链条上轻蹭，说："我好歹也是车行的人，总不能什么都不懂。"

她微微皱着眉,很郁闷的样子,小声嘟囔:"这东西怎么跟书上画得不一样啊。"

余烬看了蒋烟一会儿,随手把零件书扔到一边,说:"更新换代了,书是旧版的。"他靠近一些,"你想知道什么,直接问我。"

蒋烟想了一下,说:"我就想知道它们叫什么,有什么用。"

余烬笑了下,说:"那你要学很久了。"

"我很聪明的。"

余烬"嗯"了一声,说:"听你弟说了。"

"他怎么说的?"

"说你学习好,还跳过级。"

"他还说什么了?"

余烬不理她。

蒋烟摇他的手臂,一直问。

蒋知涵那张嘴,她才不信他只说这么点儿。

余烬淡淡地瞥她一眼,说:"他还说有很多人追你。"

蒋烟:"……"

没事说这个干吗?

她支支吾吾道:"没有啊……"

余烬盯着她眼睛,问:"没有吗?"

空气安静。

蒋烟无意识地触碰地上的零件,低着头小声说:"有我也没答应啊。"

余烬嘴角翘了翘,很快恢复神色,指着地上一堆东西,说:"谁让你乱动了,摆回去。"

蒋烟呆呆地说:"你不是要教我?"

"教也不从这里教,你没有基础,先学简单的。"

"哦。"老板发话,蒋烟只能听话地照做。

她一趟趟地折腾,余烬就站在一边,抱着手臂看她搬,也不帮忙。

好不容易全部折腾回去,余烬却转身走了,丢下两个字:

"下班。"

蒋烟小跑着跟在余烬后头,喊:"你不教我了?"

"我不喜欢加班,明天再说。"

行吧。

今天哭了一场,蒋烟没有胃口,到家后没吃晚饭,倚在那张小沙发上,盯着天花板发呆。

妈妈走得早,她早已过了最伤心的那段时间,只是如果触碰到那个点,她还是会有些控制不住。

小时候她很羡慕别人有妈妈,她常常想,如果地震时妈妈也在,妈妈会怎么选。

弟弟那时年龄更小一些，蒋烟同样不希望他有事，只是作为被丢下的那一个，她还是忍不住难过。

这些年，她吃穿用度都是最好的，可以任性，可以胡闹，交想交的朋友，接受最好的教育，那么多人羡慕她。

可她心里就是迈不过那道坎。

有时，她宁愿不记得。

胡思乱想许久，肚子也有些饿了，她懒得动，去厨房煮了碗速食面填饱肚子。

刷碗时，她无意间看向窗外，发现余烬和雷子正在小区的篮球架那边打球。

小区老旧并没有专门的场地，这破篮球架不知是哪个学校淘汰下来，被人放在一小片空地旁，偶尔有人在这边玩一下。

蒋烟迅速刷碗，收拾好厨房后随便套了件衣服下楼，到那边才发现，卢宁也在。

卢宁坐在旁边的石阶上，身边放着两部手机和两瓶水，应该是余烬和雷子的。

看到蒋烟，卢宁招手叫她："过来坐。"

蒋烟走过去在卢宁身旁坐下。

余烬进攻，雷子防守，他跳起投篮，同时看了蒋烟一眼。小姑娘安静地坐在石阶上，外套敞开，里面穿一件纯白色的毛衣，两只手交叠放在膝盖上，特别乖。

一瞬的分心并没影响他发挥，球进了。

卢宁兴奋地鼓掌，眼睛一直盯着余烬。

雷子不满道："你到底跟谁一伙？"

卢宁说："你技不如人，不要恼羞成怒。"

蒋烟安静地看球。

她从没见过这样的余烬，朝气，专注，有力量，又热血，少年感十足。

他一跃而起，手腕一带，轻松地进球，好像不费一点力气。

连路过的女孩都忍不住驻足看他。

打了一会儿，余烬有些热，脱掉外套走过去。卢宁伸手想接，不知余烬是没看到还是怎么，直接把衣服隔空扔给蒋烟，说了一句："大冷天出来干什么？"

蒋烟接住衣服，一把抱进怀里，嘀咕："你不是也出来了。"她看了眼他身上仅剩那一件单薄的衣服，"你不冷吗？"

"热了。"

他又跑回去。

余烬很少玩这么久，今天似乎兴致很高，而且发挥特别好，一直在进球。

雷子叫苦连天道："烬哥，给点面子行吗？边上俩美女看着呢，让我也进一个？"

余烬只笑了笑，并不通融，雷子折腾半天连球都摸不到。

卢宁看得来劲，把身边的包包、手机一股脑儿塞给蒋烟，说："替我看一下。"

她跑过去，说："哥，我来帮你！"

她一去，场上从一对一变成一对二。

雷子来劲了，指着余烬身后，说："给我堵！"

余烬面对两人的围追堵截不慌不乱，利落地侧身闪躲，顺利突出重围，又进一球。

蒋烟特别激动，忍不住鼓掌，笑得很开心。余烬匆忙看她一眼，分神的工夫球被卢宁夺走，他重新将注意力集中在场上。

卢宁有意表现自己，运球姿势漂亮专业，球在她身侧迅速移动。余烬有意避开两人的身体接触，手在她周围试探几次，都没能成功地将球夺走。

蒋烟看着场上两个人，嘴角不知何时就没了笑意。

她低着头不再看前面，怀里抱着衣服和几部手机，身边还有卢宁的包和两瓶水。

她忽然想回家了。

蒋烟把余烬的衣服小心地折好放在石阶上，手机压在上面，起身打招呼："我先回去了。"

余烬回头看她。

他们住的那栋房子离这儿很近，这里可以直接看到家里的窗户，蒋烟走得很快，半分钟不到便消失在楼道门口。

余烬手掌下压，将到手的球用力拍向地面，弹起时并没去接，任由它慢慢滚到角落。

他微微喘着气，注视家的方向，没有说话。

雷子小跑着把球捡回来，说："哎，你想什么呢？"

余烬走到旁边拿起自己的衣服往身上套，又拎起地上的水喝了几口。

雷子走过来，问："不玩了？"

余烬像是忽然没了兴致，说："歇会儿。"

两人一起坐在石阶上。

余烬捏着手里的瓶子，拧开盖子，又拧回去，折腾好几次，不知在想什么。

雷子看了他一眼，说："烬哥，你有没有发现蒋烟那小丫头有点不对劲。"

余烬目光动了动，问："什么不对？"

"眼神。"雷子说，"刚你打球，她的眼神就跟着你走，别处一眼也不看。"他靠过来，声音小了些，"她是不是对你——"

余烬打断他:"你球技那么臭,不看我看你吗?"

雷子还想说话,余烬岔开话题:"阿姨最近怎么样?"

提到老妈,雷子的情绪降下去一些,说:"老样子,反反复复。"

余烬说:"有需要帮忙的地方告诉我。"

雷子点头:"现在还好,有我妹在家陪她,邻居也常去照看。"

他是家里的顶梁柱,母亲病重后,需要花钱的地方越来越多,他已经加大了自己的工作量,没有时间回家。

余烬悄悄地给他提了工资,又时常拉他出来打球,放松一下。

精神紧绷久了,人的身体也吃不消。

两人聊了一会儿,余烬起身,说:"我回去了。"

雷子也站起来,回应:"那我们也走了。"

上了三楼,余烬拿钥匙开门,下意识地看向旁边那扇门,里面安安静静,一点声音都没有。

他握着把手的手指停顿几秒,随后开门进屋。

另一边,蒋烟早早躺下,玩了一会儿游戏,熬到十点多准备睡觉。

但翻来覆去,怎么都睡不着,她爬起来点了一根香薰蜡烛。

从前偶尔失眠,她都会点一会儿,这会儿只剩两根,造型很特别,是晶莹剔透的蓝色冰山。火焰从冰山山顶开始燃烧,带一点淡淡的清香,凝神静心。

她重新躺下,睁大眼睛盯着那处小火苗,越看越精神。

她叹了口气,拿过手机,找到江述的聊天界面:江述。

不到两分钟江述回:干吗?

蒋烟:你有篮球吗?

江述:有,怎么了?

蒋烟:能不能借我几天?

江述打来电话:"要篮球干什么,你又不会打。"

蒋烟悻悻地趴在床上,电话压在耳朵上,说:"不会我就不能学吗?"

江述忍不住笑,认识十几年,蒋烟什么样他最了解。

"就你,能坐车绝不走路,跑两步就喘,运动细胞基本为零,你别为难自己了。"

蒋烟一下从床上坐起来,说:"我有那么差吗?我说了我可以学。"

她忽然来劲,江述愣了愣,随后不再逗她,说:"行行行,想学就学吧。什么时候要?"

"我明天去你那儿取。"

"不用。"江述说,"明天晚上我给你送去。"

挂了电话,蒋烟重新躺下。

香薰蜡烛很快燃烧到底,冰山只剩一点,火苗微弱。

蒋烟伸手过去,指尖在火焰顶端扫过,逗弄几下后,轻轻将它吹灭。

江述是第二天傍晚到的，蒋烟已经从车行回来，一个人在篮球架旁坐着等他。

没过多久，江述手臂下夹着个篮球，慢悠悠地从路口那边拐进来。

蒋烟冲他招手。

江述小跑两步过来，手腕一松，篮球掉在地上，他顺手拍几下，丢给蒋烟。

"你最近怎么样？也没个动静，跟你那救命恩人进展如何？"

蒋烟抱住篮球，说："哪有什么进展。"

江述压低身子，与她平视，他仔细研究了一会儿，发现她情绪不高。

"怎么了，他欺负你，还是表白被拒绝了？"

"不是。"蒋烟转身走向篮球架，"胡说什么，谁表白了？"

"那你为什么不高兴？"江述拽了她一把，让她离篮球架远一些，"过来一点，靠那么近你要扣篮吗？你够得着吗？"

蒋烟没有像往常一样吵他，也没凶他，只说："江述，你教我打球吧，我保证认真学。"

江述看了她一会儿，问："又是为他吧？"

蒋烟没有说话。

他有些无奈，说："想学就学吧，皱巴巴的脸丑死了，别把你那救命恩人吓跑了。"

江述教了蒋烟一些基本规则和专业术语，又让她练习拍球。

蒋烟学得很快，只是体力有些跟不上，跑一会儿就气喘吁吁。

江述摇头，说："你看，我说什么来着。"

篮球要慢慢练，速成班也不是一天就能学会。天已经黑了，江述嚷嚷着饿了，两人去附近的小饭馆简单吃了顿饭，蒋烟问江述怎么来的。

江述低头吃面，回答："开车。"

"你们学校不是不让开车吗？"

江述没好气道："我先回家取的车，这破地方我打车过来都不知道能不能有车回去。"

蒋烟有些心虚，把小菜往他那头推了推，说："不好意思啊，你多吃点，这顿我请。"

江述白她一眼，说："当然你请，我又跑腿又当老师，我容易吗。"

江述的车就停在饭馆门口，两人吃完出来，江述要送她回去。

蒋烟怀里抱着篮球，说："不用，就几步路，我溜达回去。"

江述点头道："行，那你一个人小心。过阵子你生日我和涵涵再来找你。"

说完，他弯腰钻进车里。

蒋烟目送江述的车开远，一回头发现余烬站在身后不远处。

他还穿着白天那件黑色外套，手里拿着一盒口香糖、一个打火机，看样子刚从旁边的超市出来。

蒋烟跑过去,问:"你怎么在这儿?"

"我去了趟车行。"余烬目光看向江述那辆车消失的方向,"你朋友?"

蒋烟点头:"嗯。"

余烬有些印象,蒋烟第一次去车行就是那人跟着。

蒋烟刚搬到这里时也是那人帮忙整理,楼上的阿姨还误会那人是蒋烟的男朋友。

蒋烟躲着家人住在这儿,连蒋知涵都是后来才知道的,那人却一开始就知道。

余烬转身往小区方向走。

蒋烟跟在他旁边,问:"余烬,你回车行干什么,有事吗?"

"嗯。"

"你晚上吃饭了吗?"

"嗯。"

"'嗯'是指吃了还是没吃?"

余烬注意到蒋烟怀里的篮球,问:"你的?"

蒋烟一手抱着篮球,一手拍了拍球,回答:"我朋友的。"

"你会吗?"

蒋烟想了一下,说:"算会吧,今天刚开始学。"她有些小得意,"我还投进去一个球。"

余烬紧抿着唇,问:"他教你的?"

"嗯,他还挺厉害的。"

余烬忽然停下脚步,蒋烟扭头看他。

他似乎不太高兴,说:"你不是要学车,现在又学篮球,你到底想学什么?"

蒋烟怔怔地看他,说:"两个不冲突啊,我白天跟你学车,晚上学篮球。"

余烬拐进小区,说:"不行,只能学一样。"

蒋烟紧紧跟在他身边,问:"为什么?"

"没有为什么。"

两人上到三楼,楼上有人在讲话,声音很大,有些吵,隐约听到似乎谁家漏水漏到楼下了。

很快从四楼下来两个人,蒋烟眼熟,是二楼右侧的住户。

那个阿姨嘴里还在念叨,看到蒋烟站在门口,说:"丫头回来了,你快回家看看吧,楼上水管爆了,水都流到我们家了!大冷天这么潮,觉都没法儿睡……"

蒋烟和余烬对视一眼,赶紧掏钥匙开门。

看到屋里的惨况,蒋烟心都凉了大半截。

四楼漏水,她正对那家楼下,首当其冲。老房子棚顶都是板子,一漏水跟水帘洞一样，刷墙之前棚顶和墙壁就有水印，大概以前也漏过。

地上全是水，没办法换鞋，两人直接走进去。

屋里一片狼藉，床、沙发、书桌，无一幸免，被子湿了大半，地上漂着一只拖鞋。

蒋烟忽然想起什么，突然丢掉篮球冲到桌子旁，猛地拉开抽屉。

篮球砸在地上，溅起一片水花，余烬稳住篮球，皱眉盯着她背影。

"你慢点，地滑。"

看到完好无损的画册，蒋烟长长地舒了口气，像宝贝一样将其护进怀里，心跳得很快。

余烬反手把门关上，说："你检查一下，损坏什么东西没有。"

蒋烟查看了一下，床头浸湿了大半，木质的桌椅、沙发套和被子、几件衣服也都湿了，有污渍和水锈的痕迹。另外，还有一些生活用品和几本书。

墙是蒋烟住进来之前刚刷的，现在被水浸得不成样子。

房东的损失也不小，地板全部被泡，大概很难恢复原样。

画册没事，其他东西蒋烟不太在意，也不想去找楼上，觉得很麻烦。但余烬还是把楼上的邻居叫下来，一同查看房屋受损情况，商量给蒋烟的赔偿金额。房主的损失他们自己谈，他不管。

余烬利落地帮她处理好一切，又给房主打了电话，说明情况。

蒋烟一直乖乖地站在余烬身边，听他像个家长一样跟人交涉。

以前在国外，她也遇到过这样的情况。楼上的邻居很凶，她年龄小，个子也小，气势上就输了一大截，只能挺直腰板，硬着头皮跟人理论。

今晚，蒋烟有种被人保护，有人撑腰的感觉。

邻居走了，余烬回过头，看到蒋烟愣愣地盯着他看。他往前走了几步，说："你别傻站着，赶紧收拾。"

蒋烟低下头，小声说了句"谢谢"。

余烬看了她一会儿，抬手把她推到一边，说："还磨蹭，明早起不来，迟到扣钱不要找我哭。"

两人收拾了许久，桌子擦净，沙发套和床单被罩都拆下来，直到地上的水也弄干净，时间已经过了晚上十点。

蒋烟看着湿了大半的床和沙发，有些发愁。

她只有这一床被子，没有多余的备用，而且床垫也湿了。

这怎么睡？

她转身看向余烬。

余烬正在拧抹布，注意到蒋烟的目光，他抬起头。

两人对视一会儿。

余烬问："你看什么？"

"老板……"蒋烟说。

余烬有种不好的预感，每次她叫他老板时，都没好事。

隔了几秒,蒋烟说:"你的员工无家可归了,你能不能收留我一晚?"

这是蒋烟第二次来余烬家。
房间依旧干净整洁,东西不多,空荡荡的显得有些冷清。
余烬扔过来一双拖鞋。
"随便坐吧。"
蒋烟低头看了看,还是她上次穿的那双,深灰色的男款,最简单的款式。
拖鞋很大,她的小脚塞进去,后面富余好大一块地方,前面也不合脚,晃来晃去。
余烬先进了趟浴室,把晾衣架上他的内裤和袜子收走,出来时看到蒋烟在厅里站着,拎着她装洗漱用品的小袋子和一套浅粉色的家居服。
他随口问了句:"你要不要洗澡?"
问完,余烬就有些后悔。大晚上的,孤男寡女,这样的话很容易让人引起误会,联想到别的事。
果然,他看到蒋烟的表情有些变了,耳朵也有些红。
这丫头联想能力很强,他以前就领教过,这会儿她不知道又在想什么乱七八糟的东西。
余烬转身走回自己房间,说:"你随意吧,有热水。"
关上房间的门,他在门口站了一会儿。
半分钟不到,外面就传来拖鞋踢踢踏踏的声音,浴室的拉门打开,又关上。
余烬打开床头柜的小台灯,换了身睡觉穿的衣服,靠到床头,随手翻阅一本机车改装相关的书,准备等蒋烟用完浴室再去洗澡。
十几分钟过去,书一页都没有翻,他一个字都看不进去。
浴室里的水声不断涌进余烬的耳朵,他身体下滑,把书扣在脸上,有些烦躁。
以前他怎么没发现这房子隔音这么不好。
又过了十分钟,声音还没停。
他叹了口气,抓起床头柜上的烟和打火机,走到窗边打开窗子,点了一根。
烟雾缭绕,余烬眯起眼睛,盯着楼下破旧的路灯,缓缓地舒了口气,勉强压下心中那股莫名的烦躁。
一根烟抽完,水声停了。
他窗子大开,散了散房间里的烟味,随后换了床单,打开衣柜抱出一床被子丢在床上,又随手把自己的被子卷几下夹在腰间,打开房间的门。
他出来时正碰到蒋烟从浴室里出来,小姑娘的脸庞白白净净,已经换了浅粉色的家居服,面料柔软,领口宽大舒适,露出白皙的脖颈和漂亮的锁骨。

一绺头发从她耳侧垂下，滑进领口里。

余烬喉结滚了滚，避开目光，转头看向别处，说："你睡床，我睡沙发，床单已经换了。"

蒋烟正用毛巾擦拭头发，她愣了一下，随后立刻说："不用，我睡沙发就可以了。"

余烬抱着被子走去客厅，蒋烟挡在他前面，说："真的不用，已经很麻烦你了。"

"沙发那么小，你个子那么高，睡着不会舒服的，"她伸伸胳膊腿，"我睡正好。"

余烬忍不住低笑一声，细胳膊细腿儿，还挺得意。

他没再坚持，回房换了给蒋烟准备的那套被子，铺在沙发上，又拿出来一个枕头，指了指厨房那边，说："渴了自己找水喝。"

蒋烟点头："嗯。"

蒋烟的吹风机进水坏掉了，余烬家里没有，她只能用毛巾擦到半干的状态。

她走到厨房看了看，厨房里更干净，一看就不经常用。冰箱里除了啤酒就是水，她拿出一瓶水拧开喝了几口。

蒋烟的头发很长，发质柔软顺滑，半干的发丝披散在肩上，干净清爽。她整个人缩在沙发一角，裹着被子，两只脚丫探到外面，像一条海滩上的小美人鱼。

头发没那么容易干透，她有些无聊，打开电视随便换台。

恰巧电影频道正在播放她和余烬在小西山宾馆里看过的那部警匪电影，那时她看到一半睡着了，后面没有看完。

电影刚刚开始，她津津有味地看起来，里面有个男演员特别有型，她很喜欢。

蒋烟出来不久余烬就进了浴室，没有多久，里面传出哗哗的流水声。

蒋烟看了五分钟，什么都没记住，拿起遥控器点回放，倒回去重看。

她把声音调大不少。

十分钟后，余烬洗完澡出来，一开门就感受到电视声音的冲击。他走到客厅那边看了眼沙发上的蒋烟，说："不吵吗？"

蒋烟忙把声音调回去。

她飞快地瞥了眼余烬，衣服穿得整整齐齐，整个人捂得严严实实。

小说里不都说，男人走出浴室都只裹着条白浴巾吗？女主角视觉受到了强烈的冲击，想要躲开，男人不让，他眼睛还会着火，说要把女主角吃掉什么的。

全是假的。

碰到个这样的，这么正直、诚实、善良有原则，美女躺沙发上眼睛都不转一下，也是不容易。

不知道是不是该夸他。

余烬去厨房拿了瓶水出来，蒋烟在沙发上坐直一些，问："一起看吗？"

余烬没回应，但也没回房，走过来坐在沙发另一侧。两人一个在左，一个在右，中间隔了好大一块地方。

两人安静地看电影，谁也没说话。过了会儿，蒋烟轻声问："你伤好了吗？"

余烬回答："没事了。"

余烬发现这电影有些眼熟，上次跟蒋烟在一块儿，看的好像也是这个。

那个男演员一出来，蒋烟就特别兴奋，说他又高又帅，拿枪的姿势特别酷，对女朋友霸道又温柔，捞过来就亲。

余烬想说你睡着了没看到，后面两人反目成仇，他还拿枪指着女朋友来着。

想到这里，余烬忽然记起电影快结尾的时候，男女主角解开误会，滚了床单。

画面拍得香艳刺激，沙发差点没翻。

上次两人同在一个房间，一起看这样的剧情，他有些不自在，转过头才发现那丫头早就睡着了。

电影很快演到后半段，男女主角一同遭遇了地震，那座城市顷刻间变为一片废墟，患难见真情，他们在余震中紧紧相拥。

电影拍得很真实，余烬想起多年前，他还不到二十岁的时候，跟随师父去外地办事，途经一个小镇，也遭遇了地震。

他们很幸运，地震发生时在室外，没有受伤。

他和师父帮忙救人时，看到有个男人疯了一样去扒那些压得死死的砖石，崩溃地说自己的女儿在里面，跪在地上求人去救她。

大家努力了很久，只清理出一条很小的缝隙，但没有人进得去。

那时余烬十几岁，很瘦，身体也没现在壮，自告奋勇地爬进去。

现在他还能记起那小女孩的模样。

灰头土脸，根本看不清长什么样子，只有一双眼睛又黑又亮，可怜兮兮地盯着他看。

女孩的腿似乎受了伤，不能动，他把手伸过去，叫她不要怕。

她紧紧地抓住他。

余烬在香艳的画面播出之前离开客厅，回到自己房间。

时间已经不早，但他一点都不困。客厅里电视的声音被调小了些，他睁着眼睛盯着天花板，心中有种异样的感觉。

这感觉以前从未有过，最近却频频出现。

他不能确定这是什么。

余烬睡了一会儿，但睡得不踏实。不知过了多久，他摸到床头的手机看了眼，已经半夜一点多，他起身去厨房喝水。

他路过客厅时,看到蒋烟已经睡着,她整个人缩进被子里,小小一团挤在沙发里侧,一根发丝都没露出来。

余烬微微皱眉,印象中她不是第一次这样睡觉。

上次在火车上也是这样,她好像很喜欢把脑袋藏进被子里。

不觉得闷吗?

余烬走到沙发旁,手臂撑在靠背上,压低身子,轻轻掀开被子。

蒋烟呼吸平缓,似乎没有什么不适。

他垂着眼睛看了一会儿,下意识地伸出手,轻抚她的长发。

蒋烟忽然睁开眼睛。

两人四目相对。

余烬心猛地跳了下,表情还算淡定,不动声色地将手移开,说:"没睡呢。"

光线很暗,蒋烟的眼睛很亮,她反应过来后,立刻双手护在胸前,说:"你干什么,你是不是要对我不轨?"

余烬有些想笑,也确实笑出来。他控制了一下自己的表情,一本正经地回答她:"你搞清楚,这是在我家,想对你不轨还用等到现在。"

"还有,我对你这种——"他视线往下,瞥了眼被蒋烟捂得严严实实的地方,"小孩,没什么兴趣,我只是想看看你有没有被闷死。"

说完这句话,余烬扯了一把被子,重新蒙在她脑袋上。

蒋烟把被子拽下去时,余烬已经回房了。

她长长地舒了口气,拍了拍胸口,好一会儿才平复心跳。

余烬刚刚那话是什么意思,小孩?

哪里小,年龄,还是别的?

她低头看了看自己,虽然……但也不算小吧。

她忽然烦躁起来。

作为女人,难道她对余烬一点吸引力都没有吗?

蒋烟一直胡思乱想,不知什么时候睡着的,再睁眼时天已经亮了。

也是奇怪,她本以为在沙发上睡不好,可这一晚她睡得格外安心,后面甚至没有蒙着头睡。

这是那次地震后落下的毛病,她很怕睡着睡着,头顶会掉下东西砸到她。

她揉着脑袋从沙发上坐起来,厨房那边有声音,余烬大概已经起来了。

她去浴室收拾自己,换了衣服,把洗漱用品收起,装进小袋子里。她出来的时候,余烬端了两碗粥放在餐桌上,转头看她,说:"吃完再走吧。"

蒋烟眨了眨眼睛,说:"好啊。"

早餐很简单,两人十分钟吃完。

蒋烟出门时余烬跟在她身后,说:"床单洗不干净不要了,白天给你假,去买一套,衣服送干洗店吧,看看有没有办法处理干净。"

房顶渗出的水很脏,有锈迹,一些地方洗不掉。

蒋烟点头,说:"知道了。你现在去车行吗?"

余烬"嗯"了一声。

去车行的路上,余烬接到了范哲珂的电话。

范哲珂是余烬的父亲余清山资助长大的孤儿,毕业后就被安排进公司帮忙。

说起来范哲珂看着更像余清山的亲儿子,他很听话,也很尊敬余清山这位养父,余清山说什么便是什么,让他做什么便做什么,是再好不过的帮手。

如果是余烬,绝对做不到。

第一次余烬没接,范哲珂又打一次,他接了。

"什么事?"

范哲珂说:"阿烬,你很久没回家了,爸惦记你,你什么时候有空回来看看吧。"

余烬推开车行的门,说:"我很忙,再说吧。"

余烬想挂电话,范哲珂急忙开口:"昨天爸的生日宴会,你没有来,他心情不是很好,晚上回家就不太舒服,医生说是心病。"

余烬沉默一会儿,说:"他不是对外说我在国外吗,那就当我在国外好了。"

范哲珂说:"他年岁大了,需要你。"

"不是有你吗?"

"我代替不了你。"

雷子在干活,余烬走到小屋关上门才继续说:"我早说过,牢笼一样的生活我不喜欢,我不回家,也不会去公司。"

茶几上有昨天蒋烟看过的一本零件图册,书本摊开,图案旁有蒋烟用铅笔写的几行小字。

余烬没有再听对方说什么,挂断电话。

他靠在沙发上,拿起图册看了一会儿。蒋烟学得很认真,听到余烬说一些里面没有的内容时,会记笔记。

她的字干净整洁,写得很轻,轻到随时可以擦掉,不留痕迹。

过了会儿,余烬拿出电话,拨给余清山的私人医生。

问过病情,得知并不严重,余烬道谢。

谭医生有些无奈,说:"这么多年了,你们父子就不能好好谈谈?"

余烬没说什么,挂了电话。

被子晒一天就干了,但床垫很厚,没那么容易干,墙壁和地板也很潮湿,所以第二天晚上蒋烟依旧在余烬那里睡。只是余烬没再让她睡沙发,把卧室让给了她。

接下来的几天,蒋烟把自己的时间安排得很满。

除了车行里她分内的工作，其余时间她都泡在库房学习，一到下班时间就跑。余烬看着她匆忙离开的背影，没有问她，也没跟她一块儿回家。

晚上余烬在厨房煮面，锅里的水咕嘟咕嘟冒着热气，他扔进一把挂面，用筷子搅拌几下。

他忍不住看向窗外。

不远处的篮球架下，果然有人。

那抹小小的身影跟着球跑，像模像样地拍几下，跳起来投篮。

余烬盯着那里许久，锅里沸腾的水溢到外面，他忙关了火，再次看过去。

蒋烟不是有人教吗，怎么一个人在玩？

余烬随手拿了个盖子盖在锅上，套件衣服下楼。

蒋烟现在已经打得有些像样，拍球运球都难不倒她，偶尔走运也能进个球。

她双手托住篮球，手腕用力，投出去的瞬间看到余烬从不远处走过来，她手一抖，篮球偏离路线，连篮筐都没碰到。

余烬跑了几步，拍起地上的球，单手随意往上一扔，球进了。

他瞥了眼蒋烟，说："不是有人教你，就学成这个样子？"

蒋烟嘟嘴说："我才学几天。"

余烬指尖转动，球灵活地在他手中转了几圈，说："你来抢我的球，不用管规则。"

蒋烟怔了怔，他是要教她吗？

余烬已经准备好。

不用顾及规则，蒋烟原本觉得这很简单，就是耍赖也抢到了，可好半天过去，她连球都摸不到。

蒋烟有些急了，蹦起来去拽余烬的手臂。余烬半边身子倾斜，躲开她的突袭，她手里一空，身子不稳，直接扑向他，他伸手抱她。

她稳稳地挂在他身上。

两人的身体紧紧贴在一起，余烬搂着蒋烟纤细的腰，才发现她这么瘦。平时她喜欢穿宽松的衣服，不是很明显。

余烬垂着头看蒋烟，蒋烟脸红了红，松开他的衣服，从他怀里退出来。

余烬拍了几下球，问："还玩吗？"

蒋烟点头。

两人又玩了一会儿，余烬教了蒋烟一些小技巧，蒋烟学得很快。

没有多久，雷子和卢宁过来了，也加入进来。

雷子有些惊讶，说："蒋烟，你可以啊，进步神速。"

球在蒋烟手里，她运球还不太稳，很快被卢宁夺走，卢宁进了个漂亮的三分球。

卢宁很高兴，下意识地看向余烬。余烬没什么反应，走到一旁接电话。

卢宁有些失望，但很快打起精神继续玩。

电话是大森打来的，没什么事，纯粹闲聊。

两人聊了一会儿，没有多久，那边突然有人惊叫。余烬看过去，发现蒋烟站在篮球架不远处，低着头，用右手捂着左眼，雷子和卢宁一脸紧张地围在她身边。

余烬立刻挂掉电话快步走过去，问："怎么了？"

卢宁很着急，担心又愧疚。她扔的球砸到蒋烟的眼睛，连说几次对不起，讷讷道："我不是故意的。"

余烬没有理她，只看蒋烟。

他皱着眉，握住蒋烟的手腕，说："手拿开，我看看。"

蒋烟只觉左眼酸涩，眼泪无意识地流下来。余烬轻碰了一下那里，问："怎么样？"

她低着头，说："睁不开眼睛。"

余烬没有犹豫，单手护住她后脑勺，手臂下滑，直接揽住她肩膀，说："回家。"

他把蒋烟带到自己家，让她坐在沙发上，随后去冰箱拿了瓶纯净水，又洗了条干净的毛巾缠住瓶身，轻轻贴在她微肿的眼睛上。

凉丝丝的毛巾碰到蒋烟细嫩的皮肤，她下意识地躲了一下。

余烬握住她肩膀，说："你忍一忍，一会儿就好。"

他直接坐在蒋烟面前的茶几上，抬手帮她扶着瓶子。

两人靠得很近。

蒋烟睁着一只眼睛看余烬，样子有些滑稽。余烬忍不住笑了下。

蒋烟伸脚踢他一下，生气道："你还笑！"

余烬板起脸，说："好端端地跑去学什么篮球，你会了吗就敢上场，球都躲不开。"

蒋烟看了他一会儿，接过瓶子自己拿着，微微垂着头，小声说："我不想在场外给你看东西，我也想跟你……"她顿了一下，"跟你们一起玩。"

余烬没有说话。

蒋烟安静一会儿，喊："余烬。"她放下手里的毛巾，"你有没有觉得，像卢宁这样的女孩，又懂车，又会打篮球，跟你们有共同语言，能跟你们玩到一起，还挺好，挺招人喜欢的？"

她声音很轻，语速很慢，小心翼翼，说完便低下头，不敢看余烬的眼睛。

余烬长久地看着她，心底似乎隐隐明白她话里的意思。

蒋烟有些紧张，手紧紧攥着微凉的瓶子。

过了会儿，她头顶传来他低沉的嗓音——

"我没觉得。"

他拿起毛巾，重新敷在蒋烟的眼睛上，说："不是随便什么人都能招我喜欢。"

第四章

我想要这个

　　余烬又给蒋烟冷敷两分钟,随后把瓶子塞给她,说:"敷一会儿再睡觉。"他扳着蒋烟的肩膀把她推到她家门口,"回去吧。"

　　蒋烟还没从他那两句话里琢磨出什么意思,就被赶回家,不满道:"你急什么,我又不会赖在你这里不走。"

　　什么人啊,好不容易有点单独相处的时间,都不知道珍惜。

　　她捂着左眼转身就走,关门的时候用了些力,"砰"的一声,声音很大。

　　余烬没有在意这个,一边往阳台走,一边摸出兜里的手机,调出一个号码拨过去。

　　天有些冷,他指尖触碰到冰凉的栏杆,在上面轻蹭。

　　电话接通,那头传来一道沉稳的男人声音。

　　"喂。"

　　余烬捻了下指腹上的灰,问:"最近怎么样,你在哪儿呢?"

　　罗曜说:"在北京,怎么想起给我打电话?"

　　余烬笑了笑,问:"没事不能找你?"

　　车行的两辆镇店之宝,全都是绝版名车,其中一辆属于余烬,另一辆的主人就是余烬这位多年好友罗曜。

　　罗曜是名门长子,人生本顺遂无忧,春风得意,可一场车祸让他失去了行走能力,只能永远坐在轮椅上。

　　那辆他曾经最爱的摩托车也再不能骑。

　　他将它放在余烬的车行,偶尔会来看看。

　　余烬离家之前就认识罗曜,两人已经相识十几年。

　　聊了一会儿,余烬说:"有个事,你公司有没有多余的位置,帮我安排个人进去。"

　　罗曜有些意外,以余烬的性格,他从不管这些闲事。他问:"是什么人?"

"雷子的表妹。"

罗曜见过雷子，他"嗯"一声，问："什么专业？"

余烬说了。

罗曜斟酌一会儿，说："我公司岳城分部那边应该没有合适的位置，不过我倒认识几个相关方面的公司，可以引荐。"

"都行。"

"嗯。"罗曜说，"你把我秘书的联系方式留给她，让她明天直接打电话。"

余烬答应了。

罗曜探究地问："这女孩跟你——"

余烬干脆地说："没关系，少瞎想。"

罗曜笑了，说："行吧。"

他没再多问，两人又聊了一会儿，罗曜那边有人找他，大概公司有事，余烬挂了电话。

第二天一早余烬写了个电话号码给雷子，让他转交给卢宁。

雷子拿着那张字条，有些不敢相信。

罗氏在岳城非常知名，不亚于城南余家，只不过大本营近些年挪到北京，这边变成了分部，有这家公司老板的引荐，介绍的公司也不会差。

雷子很感激余烬，道谢后又说："还有曜哥，替我谢谢他。"

他见过罗曜几次，不算熟，没想到罗曜愿意帮这个忙。

余烬点了下头，说："去吧。"

这天过后，卢宁没有再来车行。蒋烟有天问余烬："卢宁最近在忙什么，几天没见了。"

余烬坐在小屋的沙发上，跷着腿翻阅杂志，说："怎么，想她了？"

蒋烟搬了个小马扎坐在茶几另一侧，说："随便问问。"

余烬没有抬头，说："人家有自己的事，大概找到工作了吧，还能总来。"

蒋烟停下记账的笔，说："是吗？没听卢宁说呢，什么公司？"

"不清楚。"余烬合上杂志，"你弄完没有？"

蒋烟说："还差一点点。"

"弄完去库房，新到一箱货，点数，做清单，完事后摆架子上。"

"哦。"

余烬觑着她，说："什么态度，不愿意？"

"愿意愿意。"蒋烟有些不耐烦。

她现在胆子已经很大，常常跟余烬顶嘴，他扣钱那一套已经吓唬不了她，他一次都没有扣过，还多给了一些，说是什么奖金。

蒋烟也不知道自己到底做了什么贡献居然有奖金拿，反正在她断粮前这笔钱正好救了她，不然她可能又要找江述借。

进入十二月，雷子请假的频率越来越高，据说他母亲病情严重，岳城的医院都不太有把握，建议他转院去北京。

这天中午，三人围坐在一起吃饭。

往常雷子话多，和蒋烟你一句我一句很热闹，今天却很沉默，愁容满面。

余烬看了他一眼，问：“怎么了，阿姨不太好吗？”

雷子语气有些沉重，说：“嗯，说让转去北京。”他抬起头，"烬哥，如果真转院，我可能要一起过去，一时半会儿回不来，车行这边——"

"你放心去，这里有我。"

雷子伸手揉了揉太阳穴的位置，很疲惫。自从母亲病情加重，需要长期住院，他的工作量就比以前大很多，一些从前看不上的活儿也都接了。

流水一样的钱花出去，母亲的病也没有好转的迹象。

雷子靠在椅背上，肩膀有些松垮，说：“医生的意思，去北京也只是试一试，并不敢保证结果。对这种病据说只有瑞士一家医疗机构研制出了特效药，还没有普及，没有门路，根本联系不到那边，有钱也拿不到药。”

蒋烟听了这话抬起头，问：“瑞士哪里，哪家医院？”

名字拗口，雷子记不住，他拿起手机翻了翻，点开那家医院简介的界面递给蒋烟。

不是蒋烟所在的城市，但也不远，她听过这家医院的名字。

蒋烟把手机还给雷子，说：“我爸好像认识这家医院的医生，你等一下。”

她没有耽误时间，拿起手机，一边打电话，一边往外走。

蒋烟的话让雷子燃起希望，他后知后觉地想起蒋烟确实是在瑞士留学，懊恼怎么没早点想起问她。

他频频看向门口，神色焦急。

余烬没跟雷子提过自己的家人，雷子不知道余烬有个妹妹在瑞士。

余烬看了眼手机，默默计算余笙起床的时间，打算待会儿打个电话问一下，也许她有门路也说不定。

他看向雷子，问：“你钱够不够？”

雷子回头，说：“够，我有一些积蓄，我妈自己也有。”

他家里什么情况，余烬多少知道一些，父亲死得早，母亲生病之前做保洁，还有个刚上大学的妹妹，能有多少钱。

余烬起身去了小屋，出来时递了张卡给雷子，说：“这里大概还有八万多，你先拿去，不够我那儿还有。”

雷子慌忙站起来，说：“不用，烬哥，你已经帮我不少了，我不能再要你的钱。”

余烬把卡塞进他手里，说：“这时候你就别客气了，阿姨的身体重要。”

雷子紧紧握着那张卡，眼眶有些酸涩。

余烬性子冷，对人一直淡淡的，可遇事从不含糊，没人比他靠得住。

蒋烟从外面进来，说：“雷子哥，我今晚回家一趟，一定帮你要到那个医生的联系方式。"

雷子再三感谢,已经不知道说什么好。蒋烟宽慰他:"你别着急,我在那边有很多同学,就算我爸这里不行,我也能找别人。"

余烬眉头紧皱,问:"你要回家?"

蒋烟点头,说:"阿姨的病不能耽误,早点联系比较好。"

"那你还回来吗?"

这话问得有些奇怪,但蒋烟一下就听懂了。她说:"我爸带我弟出门了,这两天都不在家,要不我就让我弟去找了。"

她又说:"家里只有奶奶和照顾她的阿姨,我偷偷回去,她们不会发现。"

余烬沉默一会儿,说:"我跟你去。"

蒋烟点头:"嗯。"

晚上七点多,余烬驱车带蒋烟回她家。

车停在一栋别墅院外。这里地处城市最繁华的地带,闹中取静,环境很好,别墅恢宏大气,一看就造价不菲。

余烬曾猜测蒋烟家境很好,但没想到这样好。

而且这里他熟悉。

余烬转头看蒋烟,问:"你是蒋彦峰的女儿?"

蒋烟解安全带的手顿了顿,有些意外,问:"你认识我爸爸?"

"不认识。"余烬说,"杂志上看到过这栋房子。"

蒋彦峰生活中不算低调,他愿意接受媒体的采访,常常登上各种企业家杂志。记者们对他的私生活很感兴趣,他也愿意跟人分享自己和一双儿女的相处之道。

这一点,跟余烬的父亲余清山不太一样。余清山很少接受采访,家庭成员和背景也比较神秘,关于他前后两任妻子和一双从未在大众面前露过面的儿女传言颇多,很多人感兴趣,盯了许久,却挖不出一点料。

蒋烟推门下车,余烬忽然说:"你小心点。"

蒋烟回头,疑惑道:"啊?"

他顿了一下,说:"别被人发现了。"

蒋烟怔怔地望着他,几秒后忽地笑道:"嗯。"

余烬盯着蒋烟的背影,直到她消失在别墅右侧角落的落地玻璃门里。

这栋房子有三层,老太太和蒋烟姐弟俩都住二楼,三楼是蒋彦峰的卧室和书房。

阿姨在厨房准备明天的食材,奶奶已经上楼休息。

蒋烟猫着腰悄悄上到二楼,从走廊那面墙上挂着的超大风筝下路过,径直上了三楼。

蒋彦峰的书房有单独的门锁,密码蒋烟偷偷看过,0812,是妈妈的生日。

自从有一次蒋知涵偷跑进来，不小心摔坏了桌上蒋彦峰最喜欢的钢笔，这间书房就成了姐弟俩的禁地，谁也不许进。

蒋烟进了书房，从里面悄悄把门关上，这才松了口气。

这里隔音很好，一点动静外面都听不到。

以前她可以自由出入时，常常过来找书看。蒋彦峰有一整面墙的书架，几乎已经摆满书，后来被蒋知涵连累，她想看什么只能提前申请。

桌子最醒目的位置摆放了他们一家四口的全家福和一张妈妈的单人照。

照片里蒋烟和蒋知涵都很小，夫妻俩一人抱一个，蒋彦峰抱着蒋烟，搂得紧紧的，还逗她，拽她的羊角小辫。

那时她笑得特别开心。

妈妈的那张单人照她也有一张，是妈妈很年轻的时候，大概还在上学，穿着宽大的校服，脸庞干净，笑容灿烂温柔。

这张照片是蒋彦峰拍的，他们当年是同班同学。

蒋烟摸了摸照片上妈妈那张漂亮温柔的脸，用袖口擦了擦相框的镜面，轻放回原位。

她在抽屉里翻翻找找。印象中，蒋彦峰有一个烫金的名片盒，普通人的名片他几乎不收，通常由秘书代管，能直接递到他手里的，要么是身份尊贵的，要么是各界顶级精英。

她刚到瑞士的第二年，蒋彦峰曾去看过她，但不是特意去，是在邻近城市有跨国合作医疗项目。

他和那个医生就是在这个项目中认识的，后来慢慢成为朋友，蒋烟记得那人的名字。

这里外人进不来，那东西也不是什么顶级机密，蒋烟很快就找到了。

她快速翻了几下，顺利找到医生的名字，也没时间细看那一长串头衔，用手机拍下来，赶紧放回原位。

她趴在门板上听外面的动静，确定走廊没人，轻轻拧开门把手，侧身出去。

书房角落里，小小的摄像头亮着暗红色的光。

蒋烟原路返回，发现大门已经被锁上，她有些意外，平时阿姨都是九点以后才锁门。

这下有些麻烦，她出不去，别墅也回不去，阿姨就在客厅。

蒋烟没有办法，只能沿着墙边蹲在草丛旁给余烬打电话。

只响了一声那边就接起来，声音有些严肃："怎么了？"

蒋烟小声说："我在院子里，大门锁了我出不去，怎么办？"

电话那边传来越野车关门的声音，余烬沉声道："你在哪儿？"

"大门左边。"

没有多久，她听到院外有脚步声靠近，余烬的声音传过来："这里吗？"

"嗯。"蒋烟有些着急，"你能不能想想办法，让阿姨出来把门打开？你装作路过，随便问个什么事引开她的注意力，我再偷偷溜出去。"

"不用那么麻烦。"余烬说。

他话音刚落，蒋烟就觉得头顶有风，她还没反应过来，一道身影便从墙头翻越，衣摆掀动，干脆落地。

她抬起头，看到余烬已经稳稳站在她面前。

蒋烟："……"

翻墙什么的，她想都没想过。这墙比她高很多，她跳起来都摸不到墙头。

这人会飞吗？就这么轻飘飘地跳进来，都不带喘一下的。

蒋烟怕余烬被发现，伸手拽他，想让他也蹲下。

余烬就着她的力道直接反手把她从地上拽起来，说："凉不凉？"

蒋烟慌忙捂住他的嘴，提示："你小点声。"

女孩的手白净细嫩，带一股淡淡的香味。

余烬没有躲，目光在她黑亮的眼睛上扫过，说："好歹是你自己家，吓成这样。"

他说话时唇瓣微动，碰到她柔软的掌心。

男人的气息温热，蒋烟手心有些痒，她脸红了红，缩回手背在身后，说："我让你救我出去，你怎么也进来了？现在好了，两个人都被关在这儿。"

余烬淡淡地瞧她，说："没看到我怎么进来的？"

蒋烟跺脚，说："你可以，我呢？我又爬不上去！"

余烬没说什么，把她拉到墙边，示意她往上看，说："看到那里没，突出的地方？"

蒋烟抬起头，问："哪里？"

刚说完，蒋烟觉得身子一轻，余烬忽然从身后抱住她的腰，将她往上托。

蒋烟下意识地扒住墙面，低呼："余烬！"

"你再大点声，最好把你的家人都引过来。"

蒋烟赶紧闭上嘴，爬了上去骑在墙头。她有些紧张，从这个角度看下去，感觉比在下面看的时候还要高。

等她坐稳，余烬往后退了两步做缓冲，纵身一跃，手臂撑着墙头，轻松地跳到墙的另一侧。

他拍了拍手上的灰，张开双臂，说："下来。"

蒋烟摇头："我不敢。"

他怀抱敞开，掌心向内拢了拢，安抚她："没事，我接着你。"

声音大概惊动了别墅里的阿姨，她开门出来，借着月光看向墙头，喊："谁在那里？"

蒋烟顿时慌了，什么都来不及想，心一横，闭着眼睛跳下去。

耳边刮过一阵风,蒋烟落入男人宽厚结实的怀抱。

余烬稳稳接住她。

蒋烟紧紧搂着余烬的脖子,眼睛都不敢睁,姿态依赖又信任,但依旧掩饰不住紧张和害怕。余烬能感受到她猛烈的心跳。

他在原地站了一会儿,随后放下她,伸手拍了拍她的背,想让她松开自己。

大门忽然开了。

阿姨的警惕性很高,没有走过来,隔着一段距离问:"你们俩干什么的,这么晚在我家门外干什么?"

余烬反应很快,直接把蒋烟的头摁在自己怀里,不让阿姨看到她的脸。他说:"抱歉,我女朋友调皮,想看看这么好的别墅里面什么样。"

他低下头,有些宠溺,又有些责备:"说了以后给你买大房子,现在急什么,被人看到了吧。"

蒋烟埋着头不敢吭声。

她的脸压在余烬胸口,睁开眼睛就是他温暖的怀抱。

她伸出手,抓住他的衣服。

阿姨没有起疑,但也不太高兴,说:"那也不能翻墙。"

余烬点头,道歉:"是,我们错了。"

他态度很好,阿姨没再说什么,把大门关上,门口重新陷入安静。

夜深了,风很大。

余烬松开蒋烟,蒋烟从他怀里出来,往后退了一步。

余烬看着她,问:"拿到了?"

蒋烟点头。

"走吧。"

"嗯。"

两人回到车行时已经是晚上十点多,雷子没走,一直在这边等。

蒋烟把照片发给他,说:"你就说是蒋彦峰给的联系方式。"

雷子有些不知从何下手,问:"万一他问你爸呢?"

蒋烟也担心这一点,但现在没有别的办法,说:"问了再说。最坏的结果就是我跟他回家嘛,他又不能把我怎么样,阿姨的病比较重要。"

余烬转头看了蒋烟一眼。

雷子心头热热的,眼睛也有些酸涩。

他知道蒋烟在这里一直是瞒着家里的,如果因为他的事让她暴露,他会很内疚。

他看着照片里那串不认识的文字,有些为难,说:"我怎么说,用英语吗?"

蒋烟刚刚也想到了这个问题,瑞士是个多语言国家,说德语的多,说法语和意大利语的也不少,同时这个国家英语程度也很高,在一些主要城市和旅游胜地,英语基本可以保证日常交流。

雷子就算懂英语，也讲不明白那些关于病情的专业术语。

蒋烟想了一下，说："这样吧，我先打，我出面更好说话，然后让两边的医生对话，阿姨的病咱们这边的主治医生应该能说得更清楚一些。"

她拿起手机出门，大概通话了五六分钟，回来时面色轻松不少。

"说完了，他说明天让这边的医院直接联系他。"她有些开心，"我拜托他不要告诉我爸爸，他答应了。"

雷子说过多次感谢，现在已经不知道要说什么好。

其实自从蒋烟来这里，他一直拿她当妹妹，脏活重活从不让她碰，很照顾她。

蒋烟同样感谢他。

接下来的几天，雷子一直守在医院那边，偶尔传回消息，说两边医生沟通得很顺利，大概很快就能定下新的医疗方案。

蒋烟终于放了心。

余烬已经闲了几个月，终于想起自己还是个车行老板，有两个员工要养。

一个家里有病人，以后可能需要他的帮助；另一个，断粮就要饿肚子。

他翻了翻最近联系过他的通话列表，接了个活儿。

车的主人是个老手，两人以前就认识，他最近新入手一辆车，让余烬帮着改改。

定好方案，余烬便着手订购一些缺少的零件。蒋烟现在已经认识很多东西，也大概了解了一些行业规则。

那天余烬不在家，车行只有蒋烟一个人，来了一伙人要求颇多，其中一些地方比较敏感，法律不允许改动。蒋烟义正词严地拒绝，还劝他们不要冒险，更不要拿法律和自身安全不当回事。

那些人看蒋烟是个小姑娘，没把她放在眼里，说话不太客气，后面几句正好被刚回来的余烬听到，他皱了皱眉，以为出了什么事，立刻走过去挡在蒋烟前面，把那几个人隔开，问："怎么回事？"

蒋烟把他们的要求说了一遍。

面对余烬，那几个人立马客气起来，其中一人递给他一根烟，说："烬哥，有事好商量，我们也不上路，就郊区没人的地儿跑跑。"

余烬不接，只看蒋烟，问："中午吃什么？"

那人有些尴尬，拿着烟的手递也不是，收回也不是。

蒋烟愣了一下，随后说："饺子。"

"嗯。"余烬示意她进屋，"去吧，我马上过去。"

蒋烟走后，余烬才看了眼递烟的人，说："你应该听说过我的规矩，不合规我不干，走吧。"

那人干笑两声，还想争取一下，余烬忽然看向他旁边的小个子男人。

刚刚就是他冲蒋烟嚷嚷了两句。

余烬眼神阴冷，看着让人心里发怵。他说："以后说话嘴巴放干净点，别让我再看见你。"

那些人只听说过余烬的脾气和开车行之前的一些经历，从没见识过，今天一见，果然不是什么善茬儿，说不做就不做，一点商量的余地都没有。

圈子里都说，没两把刷子别去招惹余烬，他是头狼，发起狠来不要命，从没见他怵过谁。

打发走那几个人，余烬回到小屋，蒋烟已经把订好的饺子摆在桌上，怕凉一直没有打开盖子。看到余烬，她冲他招了招手，喊："快点，我好饿。"

余烬出去洗了个手，回来坐在她对面，说："以后饿了自己先吃。"

蒋烟递给他一双筷子，说："自己吃没意思。"

余烬打开餐盒，问："什么馅儿？"

"三鲜。"她好像确实饿了，迫不及待地往嘴里塞了一个。

蒋烟吃东西时嘴巴塞得满满的，像只小仓鼠，看着特别香。余烬想起师父说这样的女孩有福气，招人喜欢。

余烬也夹了一个饺子蘸了酱油和辣椒，说："以后再碰到这种人，不用客气，让他们走。"

"他们生气打我怎么办？"

"他们不敢。"

"哦。"

余烬瞥蒋烟一眼，说："你还挺厉害，知道什么能改什么不能改。"

这一句很像夸奖了，蒋烟有些得意，说："名师出高徒。"

余烬问："我什么时候答应收你当徒弟？"

蒋烟有理有据："你天天教我，不是我师父？"

"连杯茶都没敬。"

蒋烟立刻给他倒了杯水，说："以水代茶，现在是了。"

余烬低头吃饺子，唇边挂着一抹笑。

蒋烟立刻说："你笑了，是不是算答应了？"

余烬没说话。

过了几秒，两人同时笑出来。

余烬很少这样笑，很放松，很温和，和平常的他很不一样，蒋烟盯着他看了很久。

两人安静地吃饭，似乎谁都不想打破这么好的气氛。

桌上蒋烟的手机忽然响了，她瞥了一眼，是江述。

接通后，里面却传出蒋知涵的声音："姐！"

蒋烟又看了眼号码，确实是江述的，问："你们在一起呢？"

小男孩咋咋呼呼："江述哥带我来滑冰了。"

"滑冰你就滑吧，打电话干吗？"

蒋知涵很不满，说："你什么态度，亏我们还想着你的生日。"

余烬抬头看了蒋烟一眼。

那边似乎已经换人,一个年轻男人的声音传过来:"明天你生日,打算怎么过?"

蒋烟偷偷看余烬,他垂着眼睛吃饺子,没什么表情。

她摩挲着杯沿,说:"不想过,好麻烦。"

江述说:"不麻烦。今年情况特殊,不通知别人,就咱们仨吃个饭,到时我和涵涵去接你。"

蒋知涵在那头嚷嚷:"我还想看电影!最近出的那个科幻片,爸不让我去看!"

蒋烟犹豫一下,说:"到时再说吧。"

整个下午余烬都很忙。他做事时很专注,不喜欢被人打扰,蒋烟远远地坐在一边,两只手撑着下巴,眼睛随着他的动作转来转去,开始还看那辆被拆下许多零件的摩托车,看地上等待更换的新零件,看他喝掉一半的水,最后只看余烬。

他换了套便于施展的黑色工作服,没有戴手套,蹲在车前压低身子操作。

他微抿着唇,下颌线条绷紧,工作服的袖口卷起,露出结实的手臂,连他偶尔用力的闷哼声都很性感。

他和身前的摩托车如此契合,蒋烟觉得他天生就属于这一行。

余烬注意到蒋烟的目光,抬眼看过去,说:"发什么呆?"

"啊?"蒋烟回神。

"过来。"

蒋烟小跑过去,余烬指挥她,说:"抓住这里。"

蒋烟赶紧照做,余烬就着她的力道把镶嵌在盖板里侧的东西拆出来,说:"别松手。"

蒋烟盯着他的侧脸看了一会儿,忽然问:"余烬,你明天有时间吗?"

余烬的手顿了一下,问:"怎么?"

"明天江述和我弟找我吃饭,你要一起吗?"

"江述是谁,教你打篮球的那个男生?"

蒋烟点头。

余烬没有抬头,过了会儿,说:"我可能没空,要赶工。"

蒋烟有些失望,问:"一顿饭的时间都没有吗?"

余烬起身去工具柜找东西,说:"嗯,你去玩吧,给你假。"

之后的时间,他重新投入工作中,再没说过一句话。

隔天下午,江述和蒋知涵准时来车行接蒋烟,余烬那会儿没在家,蒋知涵没看到他,还挺失落,嘀咕:"我还想着带大神哥哥一起去来着。"

蒋烟关好车行的门,坐进车里。

江述看她情绪不太高,问:"小寿星怎么好像不高兴?"

蒋烟倚着车窗,一只手撑着下巴,看着外面逐渐后退的老旧楼房,说:"没有啊,你哪只眼睛看到我不高兴。"

江述说:"我两只眼睛都看出你不高兴。"

蒋知涵插嘴:"还有我的两只。姐,是不是大神哥哥没过来,所以你不高兴?"

蒋烟连瞪他的兴致都没有,说:"你懂什么。"

蒋知涵"嘿嘿嘿"笑道:"我什么都懂。"

江述开车带蒋烟和蒋知涵回到市区,停在一家新开的饭店门口。这家店他听别人提过,据说菜做得不错。

蒋知涵对吃兴趣很大,不客气地点了好几样。

江述把菜单递给蒋烟,说:"看看喜欢吃什么。"

蒋烟翻了几下,看到一道余烬爱吃的菜,她点了那个,说:"其他的随便吧,我都行。"

以前过生日,只要她在国内,都是一帮富二代狐朋狗友一起庆祝,今年只有三个人,冷清了些,但她也没觉得不适。

哪些朋友是真心的,哪些朋友是因为她的背景刻意接近讨好,她分得清。

很多时候她更喜欢安安静静地吃一顿饭。

江述打了个响指,服务生推来生日蛋糕。蛋糕不大,很精致,是蒋烟最喜欢的巧克力水果蛋糕。蒋知涵是气氛组,拉着江述给她唱《生日歌》,吹蜡烛时比蒋烟还来劲,欢快地鼓掌,问:"姐,你许了什么愿?"

蒋烟难得地跟他好好说话,说:"告诉你就不灵了。"

蒋知涵很得意,说:"你不说我也知道,你想跟大神哥哥谈恋爱嘛。"

蒋烟在桌子底下踢他,说:"就你废话多。"

江述切蛋糕,递给蒋知涵一块,说:"堵上你的嘴。"

他把水果最多的那一块给了蒋烟。

蒋知涵塞了一大口奶油,说:"姐,其实你不用心烦,我之前替你试探过,我觉得大神哥哥对你也有点儿那个意思。"

蒋烟猛地抬头,说:"什么试探,你跟他说什么了?"

蒋知涵没想到她反应这么大,吓了一跳,说话也磕巴起来:"没……没说什么。"

蒋烟吼他:"你快点说!"

蒋知涵吓得往后缩了缩,说:"就我第一次找你那回,我说你平时特凶,一点都不淑女,他挺护着你呢,说你挺好的,听话还勤快。后来我说我姐好像喜欢你,他——"

蒋烟再次炸毛,吼道:"你有毛病吗?跟他说这个干吗?"

蒋知涵双手护在身前,怕挨揍,委屈道:"那我说的是实话啊。不喜欢他你瞒着爸住那破房子,连学也上不了,跟他说话像小猫似的软绵绵的,当我看不出来呢。再说你看我一提他你就炸,你敢说你不喜欢他?"

蒋烟泄了气，觉得浑身都没劲儿，说："你可真是我亲弟，我看你不是来给我过生日，纯粹来给我添堵的。"

江述把话题岔开："听涵涵说你前几天偷摸回了趟家？"

蒋烟说"是"，她瞪了蒋知涵一眼，又说："还不是因为他不靠谱，想找他帮忙的时候不在家。"

蒋知涵直呼冤枉，说："那我也不会算卦，谁知道你要找什么东西。"

江述说："你胆子够大的，不怕被逮？东西拿到了吗？"

"拿到了。"

蒋烟简单说了几句雷子母亲的病情。

江述跟雷子只在车行见过一次，不算认识，但他说以后有需要帮忙的地方也可以找他。

这顿饭的后半段，蒋烟心不在焉，饭也没吃几口，不知在想什么。

蒋知涵提议的晚场游乐园和看电影蒋烟也没兴趣，江述只好提前把她送回家。

晚上八点多，天已经黑了，蒋烟站在楼下往上看，余烬的窗子暗着，他应该还在车行。

她没有上楼，转身走到篮球架那边，坐在冰凉的石阶上，给余烬打了个电话。

没有人接。

蒋烟低着头，指尖轻点几下，发了条微信过去。

随后她把手机揣兜里，两只手也塞进去。

小区人来人往，有很多刚刚下班回家的人，也有些调皮的小朋友跑来跑去。

她等了很久，浑身凉透。院子里已经没有人，她看了眼手机，干干净净的界面，什么都没有。

其实今晚余烬一点都不忙。

主要的零件还没到，他无事可做，又不想回家，闲着无聊把蒋烟学过的零件图册全都翻了一遍，又躺在小沙发上打游戏，后来不知什么时候睡着了，再醒来已是深夜。

手机掉在地上，他捡起来，看到有蒋烟的未接来电和一条信息。

余烬点开那条信息：我回来了，在篮球架这儿等你，你忙完能过来一下吗？

他微微蹙眉，信息显示晚上八点四十五分，现在已经是十一点五十分。

他捞过手边的外套，冲出车行。

余烬只花了几分钟就跑回小区，看到篮球架下，依旧等在那里的蒋烟。

旁边只有一盏昏黄的灯，光线很暗，小姑娘抱着肩膀，头埋在膝盖上，把身体蜷缩着取暖。

余烬觉得身体里有什么东西裂开了。

他走到她面前站定。

听到声音，蒋烟抬起头，看到余烬那一刻，她立刻露出笑脸，轻声说："你来了。"

她单薄的身体在冷风中发抖。

余烬垂着眼睛看她，说："我刚看到信息。"

蒋烟依旧在笑，说："嗯，我知道你看到一定会来。"

"你怎么不多打几个电话？"

"你说你忙嘛，我怕打扰你。"

余烬垂在身侧的拳头微微攥紧，问："你找我什么事？"

蒋烟犹豫许久，小声说："其实，今天是我的生日。你能不能跟我说一句生日快乐？"

余烬的目光落在她漂亮的眼睛上，说："不是有人给你过生日吗？"

蒋烟有些意外，抬起头看他，问："你听到了？"

他"嗯"了一声。

蒋烟的手指揪着衣摆一角，说："可我想跟你一起过。"

余烬安静地看着她。

过了会儿，蒋烟看时间，还有几十秒到零点，她有些着急，说："你快祝我生日快乐。"

见余烬没有反应，她用力抓住他手臂，说："来不及了，今天马上就过完了。"

倒数几秒时，余烬盯着蒋烟的眼睛，轻声说了句："生日快乐。"

时间刚刚好。

蒋烟松了口气，像得到糖果的孩子，特别满足。

余烬心口有些酸涩，视线落在她细嫩的耳垂上，那里已经冻得泛红。

他问："你等了这么久，就为了听我跟你说这句话？"

"嗯。"蒋烟抿着嘴角轻轻点头。

"我来晚了，你不生气吗？"

她摇头。

余烬沉默一会儿，说："生日礼物呢，想要什么？"

蒋烟又摇头，说："你能来我就很高兴了。"

似乎有什么话呼之欲出，但两人谁都没开口。

过了会儿，余烬脱掉外套裹在蒋烟身上，说："回去吧。"

转身的瞬间，蒋烟忽然拉住他袖口，喊："余烬。"

他脚步停下，听到身后女孩软绵绵的声音："我有话跟你说。"

夜已深，风越来越大。

今晚没有月亮。

破旧的灯罩摇摇晃晃，光也跟着晃。

身上余烬的衣服是唯一的温度。

蒋烟盯着地上余烬的影子，讲出今晚一直闷在心里的话："我弟是不是跟你说什么了？"

余烬转回来，目光重新落在她脸上，说："说什么？"

蒋烟攥紧他的外套，说："说我喜欢你。"

余烬看了她一会儿，说："嗯，是说过。"

蒋烟紧抿着唇，说："那你……"

"小孩说的话，我不会当真，你放心。"

蒋烟觉得有什么东西憋在心口，特别难受。她不想再忍，闭了闭眼睛，用尽全部力气和勇气，直视他的眼睛，说："他没有说错，我是喜欢你。"

野猫在墙头蹿过，风干的落叶沙沙响了几声，有几片落在墙边的泥土上。

不知是谁的篮球落下，滚到篮球架后面，被掉在地上的树枝挡住。

蒋烟说完这句话，整个人都轻松了，忽然觉得告白也不是件很难的事。两秒钟就够了。

她从没跟人告白过，也没有喜欢过谁，初入少女时期唯一做过的有关男人的梦，里面全是十八岁的余烬。

梦醒后，她就想，要是能见他一面就好了。

厚厚的云层散开，躲了一晚的月亮终于露面，淡淡的月光洒在两人身上，蒋烟就在这时说："余烬，我想当你女朋友。"

一阵冷风吹来，她裹紧了他的外套。

蒋烟忽然想起最初来到这里，她只是单纯想见余烬一面，圆她多年的愿望也好，对他说句迟来的谢谢也好。

后来渐渐地，她越来越不满足，想要的越来越多，想每天看到他，想时时刻刻跟在他身边，想抚平他习惯性蹙紧的眉头，想逗他开心，让他天天都笑。

偶尔她也会生出冲动，想告诉他，是我啊，我就是你当年救过的小女孩。

这想法被她压下，她想如果有一天，他也喜欢她，他们相爱了，那时再说，他会不会特别意外和惊喜。

好像有种宿命感，他们天生是一对，早晚要相见。

蒋烟等了许久，也没有听到余烬的回应。

她有些怕，又紧张，小声催促他："你说话呀。"

过了会儿，余烬终于开口："你太小了。知道你多大我多大吗？"

蒋烟点头，说："知道，我十八岁，你二十八岁，我不嫌弃你。"她像是忽然想起什么，"我刚刚过完十九岁生日，那我们现在是不是可以算只差九岁？"

想法很幼稚，又难能可贵。

余烬经历过很多这样的事，曾对他有过好感的女人，温柔似水，情话绵绵。

她们成熟,有风韵,胆子大,也漂亮。可他没有任何感觉,拒人于千里之外,从不拖泥带水,也不给人留一丝希望。

唯独面对蒋烟,他说不出口。

这个比他小近十岁的女孩,纯洁得像一张白纸,青涩稚嫩,却很勇敢。

至少比他勇敢。

这一晚,直到两人分开,他也没有给她答案。

半夜两点,余烬没有睡觉,穿着单薄的衣服靠在阳台的栏杆上,指尖夹着一根点燃的烟。

虽然很冷,但风让人清醒。

隔壁那扇窗隐隐透着微弱的光。

蒋烟应该也没睡吧。

余烬忽然想起幼年,他还没有离开那个家的时候。

其实从小到大,他并没得到过多少家庭温暖,父母是商业联姻而在一起的,母亲根本不爱父亲,他们每天无休止地争吵、互相伤害。两公司之间的纠缠、拉扯,没有尽头。

没人在意他的感受,他看着母亲抑郁症越来越严重,看着父亲口口声声说爱母亲,却在她去世不久就娶了第二任妻子。

爱情这个东西对他来说,是伤人的利器,是刀,是匕首。

它一下下割在身上,经年累月,直到遍体鳞伤。

传说中美好的爱情,他没有见过,也不相信。

就算是师父和阿枝年轻时那样真挚的感情,也没有好结果。

阿枝心里有师父,可还是嫁给了别人。师父相信爱,一辈子没走出来,他可以忘记所有事,唯独忘不掉他的阿枝。

余烬从没想过,爱情这种东西,会对他例外。

直到遇见蒋烟。

有时他觉得蒋烟很熟悉,像认识许多年,对她不像对别人,需要很长时间才能熟悉接纳,对她一次又一次破例。

车行从不招女孩,蒋烟来了。

他的越野车从不让人随便碰,她坐过副驾不止一次。

他的家从没让女人进去过,她进了,还住了。

她也是唯一一个被带到师父家的人。

很多个第一次。

余烬有时又觉得蒋烟很陌生,让人看不透。

她年轻、灵动,时而乖巧,时而气人。她的心思,所有人都看得出来,包括他自己。

可他还没有准备好,不知如何开始一段感情,也不知道自己是否有能力经营好这段关系。

前车之鉴太多,他不敢草率开始,这对她不负责。
可蒋烟先开了口。
这让他心里很难受。
她像被架在独木桥上,前进一步,怕失败,后退一步,自己舍不得,又怕伤了她。
他们相识的时间太短,她为什么这样急?

余烬本以为蒋烟第二天不会来车行,没想到她来了,而且比平时都来得早。
除了早上打个招呼外,她没有再问他,两人像最普通的老板和员工,工作以外,没有任何多余的话。
这样的蒋烟已经算是反常,她以前最喜欢跟着余烬,余烬去哪里,她就去哪里。
雷子看出不对了,悄悄问余烬:"你和小丫头怎么了,你惹她了?"
余烬情绪也不好,说:"没怎么。"
雷子说:"人家一个小姑娘,有什么不对的地方你让着点儿,别欺负人家。"
余烬皱眉,说:"我什么时候欺负她了?"
"那她怎么不跟你说话,中午吃饭也没进小屋。我看她说话声音都不对,她是不是生病了?"
余烬也发现蒋烟声音有些哑,上午还咳了几声,整个人蔫蔫的,没有精神。
昨晚那么冷的天,她在外面等了他三个小时,不生病才怪。
余烬想问问,可每次他一靠近,蒋烟似乎都能感知到,会提前离开那个地方,去做别的事,好像很怕他会说什么她不想听的话。
她从没有这样过,以前一看到他,总是笑得很甜,每天"余烬余烬"地叫。
下班后蒋烟没有像往常一样等余烬,一个人回了家。
余烬没有心情吃饭,无所事事地在家里转了几圈,最后没有忍住,拿起烟去了阳台。
虽然他现在不想吸烟,但还是点了一根。
他的目光不自觉地落在隔壁那扇窗上。
本没抱期望,可他一眼就看到了蒋烟。
她的窗帘似乎被不小心扯掉一截,她正踩着椅子踮脚挂上去。
她个子不高,很吃力,椅子也摇摇晃晃,后来不知是不是被窗帘挂钩上的刺扎到,她缩回手,将左手食指的指尖含进嘴里。
余烬目不转睛地盯着蒋烟。
没有预兆地,蒋烟忽然蹲在椅子上,脑袋埋进膝盖里,掉了眼泪。
余烬心里一动,立刻摁灭烟头想去找她。

门外走廊忽然有声音，有人敲她的门。

蒋烟抹了一把眼泪，跑去开门。

没有一会儿，江述走到窗口，把蒋烟没挂完的窗帘弄好。

余烬沉默许久，最终没有出门。

自昨天到现在，蒋烟一直在忍。

昨晚回家的路上她问余烬，你这样是不是就算拒绝我了？

他只说让她早点回去睡觉，没有说别的。

蒋烟把这个理解成善意的宽慰，他大概不喜欢她，又不忍心拒绝得太明显。

她挺难受的，又倔强地装作无事发生，不想让他觉得她可怜。

直到刚刚，窗帘掉了，手也被扎破，好像所有事都不顺，跟她作对。

情绪在一瞬间爆发，她的眼泪忍不住掉下来。

人生中第一次告白呢，她鼓起了好大勇气的。

有人敲门，蒋烟抹了把眼泪去开门。江述站在门口，看到她泪眼汪汪的样子吓坏了，问："你这是怎么了？"他回手关门，"白天打电话时我就听出不对，这会儿没事过来看看。"

蒋烟蔫蔫的，说："我没事。"

声音沙哑，像喉咙发炎。

江述这才注意到，蒋烟的脸也有些红，唇瓣干裂。他抬手摸了摸她脑门儿，皱眉问："怎么发烧了？昨天下午不还是好好的。"他把蒋烟推到里面去，"穿衣服去医院。"

江述过去把窗帘挂好，回头看到蒋烟还站在原地没动，说："你想什么呢，快点儿。"

蒋烟低着头，声音掩饰不住地难过，说："我昨晚跟余烬说了。"

江述拎着椅子的手顿了下。

说什么，不用问也知道。

蒋烟这个样子，结果不言而喻。江述在原地站了会儿，放下椅子，拿起沙发上的外衣让她穿上，说："那也得看病，等下烧傻了。"

沙发上还有件男人的外套，江述瞥了一眼，没有问她，把她带出家门。

医院离这里有些距离，开车要二十分钟，江述挂了急诊，医生说没大碍，给蒋烟打了退烧针，再挂点滴消炎，两三天就能好。

蒋烟这会儿烧得有些严重，江述索性申请了一个床位，今晚就住这里，有什么事找大夫也比较方便。

单人病房只有一张床，江述就在门口走廊那排椅子上凑合了一夜。

第二天上午余烬没看到蒋烟，问了雷子才知道蒋烟请了假，在医院。

雷子摇了摇头，说："还说你俩没吵架，那蒋烟怎么请假跟我说不跟你说？"

余烬没有心情跟雷子说这些，放下手里的活儿开车赶去医院。

医院附近车位紧张，余烬把车停到很远的地方，跑着来住院部。

这一层有十几间病房，他挨个儿房间看过去，终于在走廊最里面那间看到病床上的蒋烟。

她面色有些苍白，原本红润的唇瓣没了颜色，看上去很没精神。床边的金属架上挂了两大瓶点滴，瓶子已经空了。

江述坐在床边，手里端了碗粥，似乎在跟她说着什么，她抱着膝盖，垂着眼睛不说话。

余烬看了一会儿，没有进去，顺着走廊找到医生办公室，打听蒋烟的病情。

负责蒋烟的医生刚查完房回来，正在补记录，他抬起头，说："哪个床？"

余烬说："最里面那间，蒋烟。"

医生很专业尽责，听到名字就知道了，也没看记录，直接说："没事，今早退烧了，再挂两天水巩固一下就好。"

余烬问得很细，医生让他放心，说："就是着凉了，又有点上火，退烧就没事了，不用担心。"

着凉，上火。

余烬沉默许久，觉得心里那片柔软的地方被反复碾压。

医生看了他一眼，说："这些今早我都跟她男朋友说过了，你可以自己问一下。"

余烬隐隐不悦，说："那个不是她男朋友。"

医生倒挺意外，他没有问过，但看昨天一整夜都是江述陪着，就默认对方是蒋烟的男朋友。

余烬没再听医生说什么，道谢后转身离开。

病房里，江述已经没辙了，说："小姑奶奶，粥都快凉了，你能不能喝一口？"

蒋烟抱着膝盖，脑袋歪在上面，说："我不饿。"

她一直盯着自己的手机，但上面没有任何消息。

从小到大，江述最怕蒋烟这个样子，她一犯倔，什么都听不进去。

江述比她还愁，说："不吃饭你的病怎么好呢，我可没时间天天陪你啊，我还要上课呢。"

蒋烟把脑袋转到另一侧，说："那你回去吧，不用陪我，我都不烧了。"

江述叹了口气，拿她一点办法都没有，说："你真是我祖宗，你不就想让余烬来看你吗？把粥喝了，我给你找去，行不行？"

蒋烟闷闷地说："他又不会来。"

"不来也得来，我给你把他绑来，成吗？"

最后蒋烟还是喝了半碗粥，江述又逼着她吃了半个苹果。

蒋烟这种情况不用住院，今天就可以回家，明天再过来打针就好。

上午十一点多，江述去办手续，蒋烟一个人在病房。

她把自己的东西收拾好放进包里，又把纯白色的枕头和被褥稍微叠了一下，来巡查的护士见了，说："那里不用管，我们来收拾就好。"

蒋烟笑了笑，说："没关系，顺手的事。"

护士见她精神好了很多，问："你没事了吧？"

蒋烟点头，说："好多了，谢谢您。"

昨晚就是这个护士值班，隔一小时来看一次，不知道为什么白班她还在，大概是替别人顶班。

护士收走架子上的两个空瓶，说："开的药别忘了吃，还有一些注意事项，医生都跟你们说了吧？"

蒋烟走到床尾，给她让出地方，回答："还没有，我朋友一会儿回来再去找医生。"

护士有些奇怪，说："没有吗？那会儿我看有人找医生来着，我以为那个也是你朋友。"

蒋烟愣了愣，问："什么时候？"

护士回忆了一下，说："大概一个多小时前吧，高高帅帅一男的，穿着黑衣服，没进你屋，他问医生时我在办公室，问得可细致了，特别担心你。"

江述回来时看到蒋烟站在窗口发呆。

他把病历、小票之类的东西折好塞进她的包里，说："走吧，送完你我回去上课，明天上午再过来。"

蒋烟回神，说："不用了，你过来太远了，明天我自己打车来。"她想了一下，"看情况吧，好了我就不来了，吃药就行。"

蒋烟属于能硬挺绝不吃药，能吃药绝不打针的人，昨晚她心情不好，整个人恍恍惚惚，也确实烧得难受，才答应来医院。

江述知道她这毛病，也不勉强，反正到时来接她，不走也得走。

江述下午还有课，把蒋烟送到家就急匆匆地走了。蒋烟无事可做，不想去车行，也不想画画，躺在床上一直睡到天黑。

后来也不知是几点，她被饿醒，晚上的药也没有吃，脑袋昏昏沉沉。

她不想做饭，家里也没什么食材可用，于是穿着拖鞋，套了件大衣去楼下超市买了两个红枣面包和牛奶，又买了几瓶矿泉水。

她买了双份，连明天早饭都准备了。

拎着袋子回家的路上，蒋烟接到同学的电话，说她请假实在太久，再不回去，学校那边就准备联系她的紧急联络人了。

她的紧急联络人是蒋彦峰。

挂了电话，蒋烟心情更不好了。这么久没去学校，如果蒋彦峰知道，大概不会像以前一样纵容，生一场大气是免不了的，可能还会伴随失去人身自由和停卡之类的惩罚。

蒋烟心不在焉地闷头往前走，没有注意脚下的路，不小心摔了一跤。

这一下有些严重，她皱眉揉了揉左脚踝，好像扭到了，袋子里的食品也散落一地。

她叹了口气，最近可能比较倒霉，乌云一来就阴天，没好事。

她抬起头，发现更大的一片"乌云"过来了。

余烬正巧从楼里出来，不知要去哪儿。蒋烟不想让他看到自己狼狈的样子，忍着疼站起来，装作无事般地拍了拍身上的灰。

余烬看到地上散落的面包，还有她裤脚上没来得及拍掉的灰，说："怎么了？"

蒋烟弯腰一样样地将东西捡起来，说："没拿稳。"

余烬把滚到脚下的一瓶水捡起递给她，目光望向她手里的袋子，说："晚上就吃这个？"

蒋烟沉默一会儿，低着头接过那瓶水，说："我先走了。"

两人擦肩而过时，余烬注意到她走路姿势有些不对，微微蹙眉，伸手握住她手臂，问："你的脚怎么了，扭到了？"

蒋烟挣了一下，说："没有。"

余烬知道她还在别扭难过，没有细问，默默跟在她身后，手臂虚护着她的身体，把人送回家。

蒋烟坐到家里的沙发上，抬头发现余烬没走。他蹲在她面前，握住她那只伤了的脚，将裤脚挽上去。

蒋烟下意识地往回缩了缩，问："你干什么？"

余烬没松手，说："别动，我看看。"

他把蒋烟的袜子褪掉一半，露出她纤细白净的脚踝，那里微微有些发红。他手掌轻揉伤处，问："疼吗？"

蒋烟咬牙忍着，说："不疼。"

余烬没说什么，起身回了趟家。不到两分钟他又回来，拿了瓶治跌打损伤的药油，倒了一点儿在手上，涂抹在她的伤处，掌心轻揉擦拭。

药油凉丝丝的，他的手掌却是温热的。

蒋烟脚踝上方，是个像小树杈一样的伤疤，不大，时间很久远的样子，虽然痕迹已经很淡，但还是看得出来。

余烬抬头看了她一眼。

她的脚往旁边躲了一下，那是当年地震留下的伤痕。

余烬继续手上的动作。

蒋烟怔怔地望着他，余烬那么认真专注，像对待他的摩托车。

她忽而开口："余烬，你今天是不是去医院看我了？"

余烬手掌停顿两秒，随后继续按揉。

蒋烟小声说："你是不是也有点担心我？"

等了片刻，余烬嘴角终于动了动，说："蒋烟。"

"算了，你还是别说了。"蒋烟有点不敢听，"说了我也不一定爱听，我知道你去过就好了。"

她推开他的手，想拉下裤脚。余烬没动，掌心重新落在她伤处。沉默许久后，他沉声开口："你说喜欢我，你喜欢我什么。"

蒋烟不动了。

余烬没有抬头，说："我们才认识多久，你了解我吗？知道我的家庭，我的背景，我经历的过去吗？你什么都不知道，就敢喜欢我。"

蒋烟眼睛酸涩，说："我是什么都不知道，可我知道你是好人。"

余烬抬起头，两人四目相对。

过了会儿他说："你还小，做事全凭冲动，眼睛看到的未必是事实，我可能没你想得那么好。你家境优越，没见过我这样的野路子，可能一时新鲜，那股劲儿过去就淡了。"

"我不是一时冲动。"蒋烟执拗地说，"我也不是小孩，你能不能不要总把我当成小孩，我成年了，有自己的判断力。你是什么样的人我很清楚，我也……"她急于辩解，也有些哽咽，"我也不是一时新鲜，我知道我在做什么。"

余烬擦完药油，拉下蒋烟的裤脚，抚平褶皱，随后松开手。他想说点什么，又不知道该说什么。

他从没见过这样固执，又这样热烈的女孩。

让他招架不住，难以抗拒。

他目光瞥向沙发上那两个面包，问："晚上就吃那个？"

蒋烟扭头看向别处，说："不吃了。"

又是气话，余烬叹了口气，说："你的病不是还没好吗？"

"你又不在乎。"

"鸡蛋面，吃吗？"

"不吃。"

余烬没听蒋烟的，回隔壁做了碗鸡蛋面端过来。

蒋烟睡了一下午，早就饿了，看着这碗香喷喷的面，心里有些挣扎，觉得自己很没出息，刚硬气一下，半小时还没到，就去吃他做的面。

余烬看透她的小心思，没有在这里等她吃，转身回家。

他的手刚放在门把手上，身后的蒋烟忽然问："余烬，我以后还能去车行吗？"

大概余烬自己都没意识到脸上的笑意，他没有回头，说："我什么时候说过不让你去了。"

关门声响起，余烬消失在门口。

那碗面很香，蒋烟吃光了，连汤都没剩。

这个晚上蒋烟依旧很晚才睡着，只是心情不太一样，她想了许久，觉得好像摸透了一点余烬的性格。

他就是这样的人，冷惯了，独立惯了，改变现状很难，接受一个人更难。

师父说,余烬不会轻易让人走进他的生命里,一旦他的心对谁敞开,那便永远都不会变。

这是那天纪元生说过的唯一一句清醒的话。

余烬不讨厌她,蒋烟感觉得到。

但喜不喜欢她,她真的看不出来。

第二天一早,蒋烟把自己收拾得漂漂亮亮,吃了昨天买的牛奶和面包。出门前照镜子,她想了一下,又把自己好不容易编好的小辫子弄乱一些,擦掉唇上的一点口红,让自己显得没那么有气色。

去车行的路上,她接到江述的电话,江述说开完系里的会就过来,接她去打针。

蒋烟精神气十足,说:"不用过来了,我好了。"

江述觉得她心情不错,说:"你倒好伺候,这病来得快去得也快。怎么,不是昨天为爱绝食的时候了?"

蒋烟听出他笑话自己,也不生气,说:"谢谢你,江述。"

两人从上幼儿园就认识,这么多年打打闹闹,互相拆台,互相嫌弃,没事吃吃喝喝,有事二话不说往前冲,早习惯了,没谁说过谢,用不着。

"你好像有毛病。"

蒋烟乐了,说:"你最近这么靠谱,我很感动。你放心,我的漂亮女同学都给你留着,你看上哪个,我给你牵线。"

江述骂了句神经病就把电话挂了。

蒋烟走到车行门口,看到两辆拉风的摩托车,其中一辆有些眼熟,不知在哪儿见过。

她进了大厅,看到雷子正和两个陌生人在一辆新车前研究改装计划。

小屋门没关,余烬和另一个陌生男人坐在小沙发上聊着什么。

蒋烟放下包,一瘸一拐地走到饮水机那边倒了两杯水给小屋里的两人送过去。

余烬手里夹了根烟,但没点燃。看到蒋烟,他的视线先落在她脚踝上,问:"你的脚怎么样了?"

有外人在,蒋烟没有矫情,大大方方地说:"好多了。"

沙发另一侧的陌生男人没见过蒋烟,问:"这位是?"

"蒋烟。"余烬只说了她的名字,没有介绍她身份,他又示意旁边,"张弛,我朋友。"

名字有些耳熟,蒋烟一边跟人打招呼,一边飞速地运转大脑。直到出了小屋,她才猛然记起,当初江述帮她弄的那辆摩托车,车主好像就是叫张弛。

怪不得门外那辆车那么眼熟。

蒋烟有些心虚,一个人跑到库房假模假样整理零件,祈祷张弛那辆车不是在余烬这里改的。如果是,那岂不是一开始就露馅了,余烬应该早就知道那不是她的车。

想到这里，蒋烟忽然意识到自从住到这里，她从没骑过摩托车，最开始还那么外行，什么都不懂。余烬也从没说过什么，没有表现出任何疑惑。

她一直想着这件事，直到外面的人陆续都走了，大厅安静下来，她才探出脑袋。

余烬好像还在小屋，雷子送人还没回来。

她跑出去，正巧余烬从里面出来，两人互相看了一下。

他表情没什么异样，蒋烟稍稍松了口气。

余烬的目光扫过她淡淡的唇色，看着好像还是很没精神的样子，问："今天你还打针吗？"

一句"不打"已经在嘴边，硬被蒋烟压下，说："打。"

"什么时候去？"

"一会儿。"

"你朋友送你？"

蒋烟摇头，说："他没有时间，我自己去。"

余烬没说什么，招手叫雷子过来，交代了一点事情，随后回小屋拿了车钥匙出来。

蒋烟抿着唇，问："你要送我吗？"

余烬说："这里不好打车。"

说完，他就往外走。

蒋烟挠了挠眼角，乖乖地跟在余烬身后。

一路上两人都没怎么说话，快到医院时，路遇红灯，蒋烟望向窗外。路边有家蛋糕店，橱窗里的巧克力水果蛋糕吸引了她的视线。

生日那天她心不在焉，蛋糕也没吃几口。

她最喜欢吃巧克力蛋糕。

余烬越过蒋烟头顶看向那家店，目光又转回她身上。

她已经低头翻昨天的病历卡了。

这次没去病房，开药后两人去了输液大厅。冬天了，感冒生病的人不少，大厅里几十个位子多半有人。

余烬找了个角落让蒋烟过去，这边相对安静，没有人走来走去。

他坐她对面。

护士过来给蒋烟扎针，不知她是没经验下手没轻重，还是经验太多没把这细皮嫩肉的小手当事儿，上来就将针头用力戳进去，一点都不温柔，疼得蒋烟手一抖，忍着没叫出来，但表情明显是难受的。

余烬起身过来，站在那小护士旁边看着她粘胶带。

不知是被他严肃的表情吓到还是怎么，他一过来，小护士的力道就轻了不少。

"换药拔针按这个钮。"小护士说完就走了。

蒋烟松了口气,说:"再用点力血管都要被戳破。"

余烬看了眼她的手背,针口周围有些泛青,大概皮肤太细嫩,力道稍微大一些就能留下痕迹。

"疼要说出来,不要忍着。"

蒋烟抬起头看余烬。

他又坐回去。

墙上的电视正播放一部动画片,几个小朋友脸上挂着泪珠,嘴里塞着饼干,看得津津有味。

一对小情侣坐在斜对面,男孩给女孩剥橘子,喂给女孩一瓣,女孩撒娇说还要,男孩很有耐心,又喂了她几瓣。

蒋烟忽然觉得自己好可怜。

她有点不满似的,说:"你离我那么远干什么?"

余烬看过来。

蒋烟动了动左边的胳膊,说:"你坐过来,你讲话我都听不清楚。"

余烬只好坐过来。

座位狭窄,两人的身体挨得很近,只要稍稍一动就能碰到对方。

余烬腿长,坐姿豪放,蒋烟在他旁边只占据小小的一块地方。

他们就这样安静地待在一起,不说话,也没有玩手机。

没有多久,蒋烟有些困了。

昨晚睡得太晚,她昏昏沉沉的,有些坚持不住,脑袋轻轻地靠在他肩上。

失去意识前蒋烟想,这个人可千万别把自己推开啊。

这么多人,怪丢人的。

不知睡了多久,蒋烟醒来时,余烬还是原来的姿势,好像没有动过。可头顶的药水已经换到第二瓶,打针的左手本来因为药水的关系很凉,现在也暖洋洋的,是余烬把自己大衣的一角扯过来盖在她手背上。

他膝间放着一个方形的小蛋糕盒。

蒋烟一下清醒过来。

她下意识地用左手去揉眼睛,余烬眼疾手快地摁住她,说:"做什么?"

她怔了怔,反应过来后换成右手。

他松开她手腕。

"几点了?"

"快中午了。"

蒋烟偷偷瞄那个纸盒,余烬递给她。

她打开盒子,看到里面是一块草莓奶油蛋糕。

蒋烟愣了一下。

她很意外,偏头看他,问:"你什么时候买的?"

"刚刚。"他随意说，"你不是一直盯着，不是想吃？"

余烬以为她在看这块。

蒋烟没有戳穿他，心里有点高兴，又隐隐担忧，不知道自己是不是在自作多情。她点点头，说："想吃。"

她拿起小勺挖了一块蛋糕，但左手打着针，用不上力，盒子一直跟着动。

余烬伸手拿过盒子替她端着。

蒋烟低着头，小口小口地吃。

草莓奶油蛋糕香甜，蒋烟从来不知道，草莓蛋糕也这样好吃。

过了会儿，她小声说："余烬，这样好像你在给我补过生日哎。"

余烬淡淡笑了下，说："哪有人在医院过生日。"

蒋烟认真地说："你陪我，在医院我也愿意。"

余烬隔着很近的距离凝视她。

蒋烟微微仰起头，说："你给我准备生日礼物了吗？"

余烬目光没有移开，说："你不是说不要。"

蒋烟有些撒娇的语气，说："你不懂，女生说不要就是要。"

"是吗？我是不太懂。"

他问："那你想要什么？"

蒋烟脸庞红红的，说："什么都行吗？"

余烬"嗯"了一声。

蒋烟没有说话，过了会儿，她放下手里的东西，声音软绵："我想要这个。"

她倾身靠近，沾了奶油的柔软唇瓣轻轻印在他唇上。

回到车行，两人一个钻进小屋，一个跑去库房。

雷子左看看，右瞧瞧，摸不清状况，最终选择去骚扰蒋烟。他把库房门关上，有些八卦地问她："烬哥怎么了？"

蒋烟看起来心情很好的样子，翻阅她一直学习的图册，说："没怎么啊。"

"烬哥怎么好像心不在焉，我叫他都没听见。"

"想事儿吧。"

"想什么事儿？"

蒋烟岔开话题："对了，我一直没顾上问你，阿姨最近怎么样？"

提起母亲，雷子的表情明显比之前松快许多，说："她的病情已经平稳，虽然还没有好转，但没继续恶化已经很不容易了。昨天我听医生说，过两天瑞士那边正好有医疗队来中国考察，应该是去北京，不知会不会到岳城。如果不过来，我准备带我妈去北京看看。"

蒋烟点头，说："这是正事，你先打听着，我也问问那个叔叔，他们最好能过来一趟，阿姨还是不适合坐飞机，挺折腾的。"

雷子只顾感谢蒋烟，已经把刚刚余烬的异样抛到脑后。

余烬躺在那张小破沙发上，一本杂志盖在他脸上。

他心口有些躁，猫挠一样。他活了二十八年，外人都捧着他，好像很了不起的样子，今天让一个小丫头亲了。

亲完，蒋烟好像还很得意，她还问自己是不是第一个亲他的人。

书没拿开，余烬睁开眼睛，长长的睫毛扫在光滑的纸张上，眼前一片灰蒙，只有书的底部透出一点光。

女孩的唇柔软、温热，带一点草莓奶油的味道。

"我想要这个。"

他脑子里不停回想这句话，和她靠过来的那个瞬间。

余烬忽然觉得，好像之前一直担心纠结的那些东西，都是浮云。为什么要为还没发生的事放弃人生中的一些可能。

他活了二十八年，才碰到这样一个女孩。

如果她没有耐心，什么时候不喜欢他了，跑掉了，他会难过吗？

应该会吧。

师父打来电话，问他什么时候过去。

余烬打开小屋的门，大厅里只有雷子。

他说："过几天。等我手里的活儿交了就去。"

纪元生叮嘱："带着你媳妇。"

余烬顿了一下，说："好。"

余烬那辆车所需的零件到齐后，他便投入忙碌的工作中，连续两天都很晚回去。雷子也有自己的事情做，只有蒋烟，不用加班还陪他们待在车行，晚上六点多给两人准备吃的。

有一回她特意回家做了两个菜，雷子简直受宠若惊，说："这待遇太好了，想不到你做菜这么好吃！"

蒋烟偷偷看了眼余烬，两道都是他爱吃的菜，他吃了很多。

她又给他盛了一碗饭，他接了。

本来一切都好好的，只是雷子渐渐觉得余烬有些不对劲。

余烬的习惯，干活时不喜欢旁边有人打扰，更不能吵他，盯着他看。

可蒋烟这小丫头眼睛都快黏在余烬身上了，余烬也没说一个不字。她甚至搬了个小凳子就坐在余烬旁边，手掌撑着下巴光明正大地看。

余烬知道蒋烟在看他，没有排斥，没有像以前对别人那样露出不耐烦的表情，看起来好像还很享受她略带崇拜的目光。

他偶尔还抬起头看蒋烟一眼。

不对劲，不对劲。

雷子觉得，一定有什么自己不知道的事情发生了。

蒋烟一直觉得，改车时的余烬最有味道，有时需要调整很低的位置，他会平躺在地上，仰面面对车底，恰到好处的身体线条加上那张略带痞气的脸,和偶尔用力的闷哼声。

这些都十分性感。

二十八岁,介于男孩与男人之间最好的年龄,别人有的他有,别人没有的,他也有。

蒋烟的目光太直白,余烬瞥她一眼,手在她眼前晃了晃。

蒋烟回神,问:"什么?"

"水。"

她立刻小跑着给他拿来一瓶水,都忘了自己的脚还没完全好。

余烬喝掉一半,看了眼时间,已经快十点了。

他抬起头,说:"很晚了,你先回去吧。"

蒋烟摇头,说:"我跟你一起。"

余烬没说什么,低头继续弄。

过了大概十分钟,他放下手里的工具,起身去卫生间洗手。雷子偏头看他,喊:"烬哥?"

"今天到这儿吧。"余烬把地上的工具往旁边踢了踢,清理出一条路。

雷子愣了愣,说:"可是你这车明天……"

"明天再弄,来得及。"

雷子只好也收拾东西去洗手。

蒋烟回小屋把自己的小包拎出来,跟着余烬往外走。雷子最后出来锁门,他住在相反的方向,打了招呼自己走了。

余烬和蒋烟并排走在回家的路上。

今天比平时都冷,蒋烟戴了那条黑灰条纹相间的围巾,余烬依旧穿得很少,他好像不怕冷一样,身上永远热乎乎的。

到了家门口,蒋烟像往常一样跟他道晚安,余烬低声"嗯"了一声:"晚安。"又补了一句,"早点睡。"

"嗯。"蒋烟仰起头看了他一眼,伸手摸了摸身上的围巾,"明天……我还戴这个。"

说完这句话,她没有等余烬说什么,转身跑回家。

余烬回家后没有换衣服,也没去洗漱,一边往阳台走,一边摸了根烟出来,靠在栏杆上的同时点燃那根烟。

他很沉默,烟灰落在衣服上。

他目光望向自己家的客厅,盯着墙上那座老旧的钟表,那是房东奶奶留下的,他一直没有搬走,每天整点敲钟。

直到隔壁的灯熄灭,窗帘再透不出光,余烬才熄了烟回到客厅,悄声拧开门锁,重新回到车行。

这一晚他忙到半夜两点多,总算结束了,明天可以按时交活儿。

以前他忙到这样晚,通常都不会回家,直接在小屋那张单人床上睡了,可现在不行,早上还有个"小闹钟"准时等在门口跟他一起上班。

余烬回家收拾完躺在床上时,已经快凌晨三点。

他睁着眼睛盯着天花板,没有睡意。过了会儿,他起身打开衣柜,左下方的格子里只放了那把伞和蒋烟的围巾。

余烬把围巾拿出来,对着镜子,在自己脖子上绕了两圈。

围巾质地柔软,暖和又舒适。

他欣赏了一会儿,摘下折好,放在明天要穿的衣服旁。

余烬的生物钟很准时,不管晚上几点睡,早上都会准时醒。七点半,他已经洗漱收拾完毕,走到阳台那边拉开窗帘。

外面一片雪白,银装素裹,光线有些刺眼,他眯了眯眼睛。

下雪了。

今年的初雪。

外面像是换了个世界,白得亮眼。雪的味道清新,一丝凉意隐隐从细小的窗缝钻进来。

余烬看着天空依旧飘落的雪花,脸上没有任何表情。

走廊有声音,没有一会儿,蒋烟过来拍他的门,声音很急促,像是发生了什么事。

余烬过去开门,蒋烟笑得很开心,说:"余烬,下雪了,你看到了吗?"她有些兴奋,"好大的雪,特别漂亮,你收拾完了吗?我们一起下楼,雷子哥那天还说等下雪要堆个雪人呢。"

余烬很平静,脸上没有笑意,甚至有些冷。

蒋烟觉出不对,小心问他:"余烬,你怎么了?"

余烬走到沙发旁捞起那件黑色的毛呢大衣套在身上,说:"我不喜欢下雪。"

他先出门,蒋烟回头看了眼沙发上那条被他落下的围巾,心里隐隐有些失落。

余烬的心情好像不好,蒋烟安静地跟在他身边。

一整天余烬都很沉默,自己在小屋待着,他的朋友过来取车他也没说几句话。

蒋烟不知道他不高兴的原因是什么,也没有问。中午吃饭时,她给他送了一份面,随后默默退出房间,没有打扰他。

下午蒋知涵打来电话,说明天要过来玩,说:"大神哥哥答应要教我几招,这绝好的机会可不能错过。"

蒋烟问余烬什么时候答应的。

蒋知涵说前几天。

蒋烟心想那是前几天,现在余烬可能没有那个心情教你怎么打游戏。

下午余烬提前离开车行,不知道去哪儿了。

蒋烟和雷子一直到下班时间才走。

冬天白天时间短,现在外面已经擦黑,雷子说今天没倒出空儿,明天再堆雪人。

蒋烟一个人回家，雪下了一整天，到现在还没停。

地上的雪很厚，踩上去咯吱咯吱。不知是哪个爱玩的小朋友团了几个雪球堆在地上，蒋烟不小心踢跑一个，雪球被压得很实，滚了好远也没碎掉。

进了小区，蒋烟意外发现余烬斜斜地靠在楼道旁。

他手里拎了一提罐装啤酒，整张脸隐在暗处，看不清表情。如果不注意，可能都不会发现那里有人。

看到蒋烟，他站直身子。

两个人都没说话。

蒋烟走近了，余烬开口，嗓音很低："对不起，早上我语气不好。"

蒋烟轻轻摇头，说："你心情不好，我没有生气。"

余烬抬了抬提着啤酒的手，问："能喝吗？"

蒋烟点头。

他手掌撑着门板，等她进去，说："陪我喝一点吧。"

余烬把她带回家。

天黑了，家里窗帘没拉，外面的夜色比往常亮一些，大概是因为下雪了。

余烬把啤酒搁在茶几上，脱掉大衣随手扔到一旁，径直坐在沙发前的地板上，拆开塑封打开一罐啤酒，说："随便坐吧。"

蒋烟没有去坐沙发，也跟着他坐在地板上。

余烬扔给她一个小垫子。

蒋烟垫在地上，坐在他旁边。

说是让她陪他喝一点，但他没给她酒，把桌上一罐没开过的可乐递给她。蒋烟接了，却没打开。

他习惯性地摸出一根烟咬在嘴里，想起她在，便想放下。

可蒋烟已经先一步拿起桌上的打火机，摁出火苗，送到他嘴边。

她太乖了，余烬隔着摇曳的烟火凝视她，偏头凑过去，点燃那根烟。

今天他很反常，蒋烟犹豫许久，还是小心地开口："余烬，你是不是有心事？"

余烬的指尖在烟灰缸上轻点，目光落在前方某一处，许久没有说话。

蒋烟握着那瓶可乐，反复在膝上碾压，问："是因为我吗，是不是我给你压力了？"

余烬偏头瞧了她一会儿，抬手在她脑袋上揉了揉，说："跟你没关系。"

动作亲密，蒋烟心口晃了晃。

余烬收回手，淡淡地说："我不喜欢下雪。"

这已经是他今天第二次说这话。

蒋烟没有插嘴，如果他想倾诉的话，会自己说出来。

过了会儿,余烬说:"我妈死在下雪天。"

蒋烟意外又震动,想到早上她因为下雪兴高采烈的样子,她很快道歉:"对不起,我不知道。"

"没事,她已经去世二十多年了。"

二十多年,那么久远的过去,那时余烬才几岁吧,还很小。

蒋烟心里有些难受,声音也不自觉低柔起来:"阿姨一定很爱你。"

余烬嘴角扯了扯,自嘲般地笑了笑,说:"也许别人的妈妈是吧,但她不是。"

"她不爱我。"余烬几口将手里的啤酒喝完,将易拉罐捏扁,扔在一旁,"你信吗?她曾几次想杀掉我。"

蒋烟怔怔地望着他,眼睛里透着不可思议和震惊。

在那段没有爱情的商业联姻里,余烬的母亲无时无刻不想离婚,在她终于下决心离开时,却发现自己怀孕了。

她恨这个孩子,觉得是他把自己捆绑在这个家里。她曾几次偷偷去医院准备流掉他,有一次甚至已经上了手术台,最终却被家人发现,及时阻止了。

生下余烬不久,她患上抑郁症。

那几年间,她一次都没有抱过余烬,直到去世。

余烬从没体会过什么是母爱。

他曾想自己到底哪里不好,母亲会这么讨厌他。后来长大一些,隐约知道了原因,他又想,他们还不如离婚,那样母亲的病也许会好,对他的态度也许会改变。

幼儿园发小红花,别人第一时间献宝一样给爸妈看,告诉他们自己得到了夸奖。

余烬不能给母亲看小红花,父亲整天在外忙工作,常常见不到人,他只能悄悄把小红花压在书包底下。

没人知道他有多优秀,没人知道他的书包底下压了多少小红花。

余烬望着窗外茫茫的白雪,声音压抑又克制:"我又恨她,又想她。"

蒋烟忍不住靠近,抱住他的头,把他搂进怀里,用自己小小的身体暖着他。

她没有说任何劝慰的话,只安静地抱他。

这样的余烬让人心疼。

也许他母亲的人生是不幸的,但余烬没有错。

好险啊,差一点就没有余烬了。

余烬闭上眼睛,环住蒋烟纤瘦的腰。

两人拥抱许久。

余烬平静一些后,蒋烟松开他,两人稍稍隔开一点儿距离,都在压制内心隐隐的躁动。

他又打开一罐啤酒。

隔了会儿,他问:"你呢?"

蒋烟的思绪被打断,疑惑地问:"什么?"

"给你糖,你为什么哭?"

蒋烟愣了愣,想起那次在他车上发生的事。

"没什么,我只是也想到妈妈了,我妈妈去世前也曾给我买过那种糖。"

蒋烟没有说得太细致,她的故事跟余烬刚好相反,她的妈妈特别爱她。但这个时候不适合说出来。

余烬也没有再追问。

雪停了,天上没有月亮。

路上行驶的车速度很慢,行人也走得很慢,整个世界好像都慢下来了。

余烬一个人喝了三四罐啤酒,蒋烟也没有回家,两人就这样坐在地上,靠在沙发旁睡着了。

早上余烬先醒。

几罐啤酒也还好,没到宿醉的地步,但头也有些昏沉。

他垂下眼睛,看到身上的蒋烟。

小姑娘好像很冷,整个人缩成一团窝在他怀里,脸颊贴在他胸口,睡得很沉。

他的手搂着她的身体。

不知最开始是谁先靠近。

余烬凝视着怀里的女孩,她姿态放松,好像特别信任身边的人,把自己整个人都交给他。

她睫毛比他的还长还密,像漂亮的洋娃娃。

她的红唇水润,让他想起那个带着草莓奶油味的浅吻。

余烬伸手将贴在蒋烟脸上的几根头发拨到后面去。

蒋烟醒了。

发现自己躺在余烬怀里,蒋烟下意识地起身离开,但余烬的手控住她后脑,不让她动。

两人对视一会儿。

余烬的目光落在蒋烟的眼睛上,慢慢下移,直到她的唇。

蒋烟心跳得厉害。

他指尖动了动,身体倾覆过来。

第五章

她的少女时代

两人之间的距离越来越近,已经可以感受到彼此的呼吸。

余烬想吻她,很想吻她。

蒋烟闭上眼睛。

两人的唇瓣就快碰上时,桌上余烬的手机突然响起,节奏被打乱,蒋烟慌忙退后。

那天她主动亲他已经耗尽所有的勇气,现在他这样靠过来,她真的忍不住紧张起来。

余烬怀里忽然空了,他隐隐皱眉,看了眼那通不合时宜的电话。

是雷子打过来的,一般这个时间余烬已经快到车行,没有重要的事他不会打电话。

余烬点了免提,问:"什么事?"

雷子的声音传过来:"烬哥,邵阳来了。他那车好像出了点儿问题,你什么时候到?"

"你解决。"

雷子有些为难,说:"我看了,我搞不定。"

余烬压下不悦,说:"那就让邵阳等着。"

挂了电话,他没再靠过去。

蒋烟低着头,抓了抓怀里的抱枕,说:"你先去吧,别耽误车行的事。"

过了会儿,余烬轻轻"嗯"了一声。

他起身去浴室洗了把脸,出来时看到蒋烟还坐在那里。

"你今天别去了,"他停顿一下,"在家等我,我很快回来。"

蒋烟乖乖地点头。

余烬走到门口,蒋烟忽然站起来,喊:"余烬。"

余烬回头,蒋烟说:"你早点回来,我还有事想跟你说。"

他看了她一会儿,答应了。

余烬到了车行，里头好几个人在等他。那车是几个月前他改过的，按理说，不会出现问题。

检查一番后，他问了车主几个问题。

车主支支吾吾，最终说了实话。是他自己操作不当，也没有听余烬叮嘱的注意事项，有些进口零件性能跟国产的不太一样，使用的环境和条件也不一样。

这人属于半吊子，刚入圈，什么都觉得新鲜，也不太懂。余烬一般不爱接这种活儿，操心，但对方是一个老顾客介绍来的，余烬给了面子替他改，却改出这么多麻烦事。

车主有些慌，说："这车不会废了吧，麻烦您再给想想办法。"

余烬不想浪费时间，挥手让他去别处转转，说："两个小时后来取。"

余烬脱掉大衣，换上工作服，挽起袖子站在车前。

他动作麻利，想快点结束。

家里还有人在等他。

没过多久，蒋知涵来了。小男孩依旧咋咋呼呼，围着车转，搬了个小凳子坐在余烬旁边看热闹，小样儿跟他姐一模一样。

"我姐怎么没来上班？你应该扣她工资，太没规矩了。"蒋知涵咬了一口蒋烟留在这里的半袋薯片。

余烬拆下严重磨损的零件，说："你姐知道你这么说她吗？"

"她知道了，我也不怕。"蒋知涵有些不满，"你不能因为她是你员工就向着她吧，那我还是你员工的弟弟呢，我还是你徒弟呢。"他没忘自己这回来的目的，"大神哥哥，你什么时候能忙完？"

余烬没抬头，说："一个小时吧。你无聊可以先回家，你姐在家。"说完，他忽然想到，蒋烟可能还在他家，被蒋知涵知道大概又要咋呼一番，不得清静。

他指了指小屋，说："那边有沙发有床，茶几上的零食和水果你也可以吃，去那边等。"

蒋知涵脑袋摇得像个拨浪鼓，说："我就在这儿待着，看你修车也挺有意思。大神哥哥，要不你也教我修车吧，我也想学。"

小男孩总是对这种东西感兴趣。

余烬说："你现在的主要任务是学习。"

蒋知涵嘟囔："你这口吻跟我姐一模一样。咱们都是年轻人，不要这么死板嘛。修车也是门技术活，万一以后我老爸的公司倒闭了，我也不至于饿死。"

小孩子口无遮拦，余烬笑了笑，说："你老爸的公司还不至于这么快倒闭。"

蒋知涵摇着小凳子，说："你知道我老爸？"

余烬身体压低，虚伏在地上反手伸进机器的空隙中，不知在拽什么东西。

蒋知涵盯着他,脑子里忽然有什么东西闪过。

这个角度看过去,余烬真的很眼熟。

余烬叫蒋知涵去卫生间接半盆水过来,蒋知涵去了,没一会儿端了一盆水放在他旁边。就在这个时候,蒋知涵终于想起为什么一直觉得余烬眼熟。

"大神哥哥,你跟我姐画册里的小哥哥长得好像啊。"

余烬的手顿住,他抬眸看向蒋知涵,问:"你说什么?"

"画册啊,我姐的画册。"蒋知涵好像发现新大陆似的,有些激动,"我姐有个画画的本子,她可宝贝了,都不让我碰。我以前偷看过,里面全是小帅哥。"他好像很了解女生一样,"她们女孩都一个样,花痴,看到小哥哥就迷得不行,不过我姐画的那个确实挺帅。"他隔着一段距离比画余烬的脸,"眉毛眼睛都很像,但小哥哥看着比你小多了,可能是我姐同学吧,没准儿我姐暗恋他。"

蒋知涵说话时还没觉得怎么,但看余烬的表情有些不对,他心里一跳,猛然记起他姐现在喜欢的可是面前这位。

虽然不知道他们两人现在发展到什么地步,但蒋知涵还是很清晰地意识到自己闯祸了。

他硬着头皮往回圆,说:"我仔细想想你们好像也不是很像,也有可能是什么动漫人物吧。"

接下来的时间里,余烬没再说一句话,蒋知涵如坐针毡,想跑路,又觉得跑了好像显得很心虚。

好在余烬先开口:"你如果有事,我们改天再学。"

蒋知涵巴不得,立刻说忘记自己还要补课,那就改天来学。

从车行离开后,蒋知涵先去了趟蒋烟住的小区。他在楼下转了几圈,琢磨着要不要把这事儿告诉蒋烟。

他左思右想,还是没有这个胆子,蒋烟如果知道,大概会把他揍个半死。

最终他也没敢上楼,给蒋烟发个信息说有事,改天再来。

小男孩走后,余烬发了会儿呆,工作还剩一点,他做完后叫雷子过来,说:"一会儿他们来了你接待,我还有事,先走了。"

雷子答应了,又问:"蒋烟今天怎么没来,这丫头是不是又生病了?"

"我回去看看。"

余烬到家后发现家里没人,沙发和茶几已经恢复原样,易拉罐也收拾干净。

他敲了敲隔壁的门,蒋烟开门时有些狼狈,穿着粉色格子的小围裙,额头鼻尖都是面粉,两只手也有,她看到余烬就笑了。

"这么快,我还以为要下午你才回来。"她扬了扬手臂,"我在做小蛋糕，你随便坐。"

说完，她又跑回厨房，她不擅长做蛋糕，在网上找了好多视频跟着学。

余烬关门换鞋，走到客厅中间，先看了眼厨房那边。

她背对着他，正在揉面。

这里余烬来过不止一次，墙上还有上回泡了水的痕迹，床单被罩都换了，小沙发上除了两个抱枕什么都没有，她的房子干净整洁。

余烬的目光落在写字台上的一摞书上。

他走过去。

最上面是几本专业书，人体结构、风景速写、大师鉴赏之类。

他把那几本书拿开，露出最下面的画册。

余烬忽然记起，这画册他曾见过一次，上次房子被水淹，蒋烟着急跑过来，看到画册无恙才放心。

余烬翻开其中一页。

画中的确是个男人，准确来说应该是少年。

少年只有十七八岁的样子，年龄与蒋烟相仿，眉眼确实与他有些相似。

画中少年坐在教室的窗口，手里拿着一本书，望向窗外。

下一页，少年坐在餐桌对面，桌上是香酥可口的全家桶炸鸡，他笑得很开心。

再往后，有他爬山的，滑雪的，走在街角的，坐在咖啡馆的场景。

许许多多的场景，有些男孩的目光是看过来的，有些角度像抓拍。

每幅画下都标记着日期，有三年前或两年前的。

余烬没有再往下看。

他心里隐隐发闷，好像有什么东西堵在那里。

他把画册放回原位，没有打招呼，推门离开。

听到声音，蒋烟从厨房出来，看到余烬不在客厅，以为他回自己家了。她没觉察出异样，转身继续做小蛋糕。

余烬这一走，整个下午都没回来。

他把车开去江边，打开车窗，坐在车里想了许久。

冷风不断灌进来，昨天下的雪已经被踏平，雪很厚实，江面结了冰。

余烬把蒋烟第一天出现到现在所有发生过的事都在脑子里过了一遍，忽然觉得之前一直想不通的地方被串成了线，一切都那么合情合理，有迹可循。

两人第一次见面，她在沙发旁偷偷看他，眼睛里透着惊异与欢喜。

那不是第一次见到一个人应该有的眼神。

她借别人的车来做保养，又莫名其妙成了他的邻居。她那么紧张那本画册，在小西山的宾馆里，她睡在他的怀里，嘴里还在叫哥哥。

她让他跟她一起吃炸鸡，给他冲咖啡。

她费尽心思接近自己，只因为他和那个男孩长得像吗？

也许情侣围巾也不应属于他。

这让人难以接受。

余烬觉得自己很可笑,活了这么多年,第一次尝试对一个人敞开心扉,第一次对一个人动心,竟是这样的结果。

爱情这个东西果然对他没有例外。

手机上显示着一个小时前蒋烟打来的几通电话,他没有接,蒋烟发来消息:小蛋糕做好了,你去哪儿了?

他盯着那行字看了很久,把电话扔到一旁,开车回家。

他油门踩得很猛,开得很快,不到半小时就到了楼下,他直接去敲蒋烟的门。

天已经黑了,蒋烟联系不上余烬,一个人坐在沙发上,有些担心。

有人敲门,她下意识地飞奔过去。开门看到余烬时,她心里顿时轻松不少,问:"你去哪儿了?我给你打电话你也没接,蛋糕都做好了。"

余烬似乎走得很急,呼吸有些重,他站在门外没有进来,说:"我问你一句话。"

他声音有些严肃,蒋烟不知道发生什么事了,但还是点了下头,说:"嗯,你问。"

余烬嗓音里带着隐隐的克制,一字一句地说:"你最初来这里,是不是刻意接近我?"

蒋烟愣了一下。

余烬盯着她的眼睛,说:"你之前见过我,所以才来这里,是不是?"

蒋烟没有想到他忽然提起这个。

当年她那么小,就算脸上没有脏兮兮的泥土,他也不可能认出她,不知道他为什么忽然这样问。

本来今晚她就打算告诉余烬,既然他先提起,蒋烟没有犹豫,说:"是。"

空气瞬间凝固。

余烬心里那一点点的侥幸落空了。

藏在心底许久的秘密绕在唇边,蒋烟忽然不知如何开口,她微微低着头,盯着余烬大衣上的扣子,说:"在车行那天,确实不是我们第一次见面……"

余烬此刻脑子很乱,满心都是她那一句"是",根本没听进其他的话。

他多希望蒋烟说一句不是。

骄傲如他,怎么可能受得了。

余烬闭了闭眼睛,攥紧垂在身侧的拳头,出声:"蒋烟。"

她抬起头。

余烬说:"我们的事算了吧。"

蒋烟愣了愣,不可置信地看着他,以为自己听错了,说:"你说什么?"

余烬的眼神已经恢复成最初的冷漠,他说:"我说我和你,我们两个的事，算了吧。"

蒋烟有些不知所措，眼睛瞬间蒙上一层水雾，问："余烬，你怎么了？"

"我们不合适。"他说。

"可是早上你还——"

"不管我们之前在哪儿见过，都不重要，我不是你要找的那种人，我这个人刻板无趣，不浪漫不会哄人，不爱喝咖啡，不喜欢炸鸡，我不会学谁，也不会像谁。"

他语气很硬，蒋烟被他说得眼泪都快掉下来。

余烬看她那个样子，到底不忍心，声音放软了一些："你年轻、爱玩，想找什么样的人都有。"他顿了顿，"我没时间，也没兴趣。"

说完这句话，余烬没有再看蒋烟，转身下楼，很快消失在楼道里。

蒋烟在风口站了许久，直到冷得受不了，才关上门。

她坐在沙发上，脑子到现在都是蒙的。

她不明白余烬为什么忽然说这样的话，她从没觉得他刻板无趣，也没有要求他像谁。

明明早上他还那么动情，想要吻她。

她以为他也喜欢她了。

时钟已经指向晚上八点，蒋烟在沙发上呆坐许久，手机安静，没有人打来电话，连一条信息都没有。

她一直在流眼泪，脸已经哭花，眼睛肿了，有些难受，她起身想去洗一下，忽然有人敲门。

她急匆匆地跑去开门，期望是余烬回来了，可当她看到门外站着的人那一刻，整颗心都掉到谷底。

她仓皇地后退几步，下意识地跟那个人保持距离。

走廊上站了三个穿黑衣服的男人，表情有些严肃，被他们簇拥在正中间的中年男人面露愠色，沉声斥责："蒋烟，看来我以前对你太纵容了。"

蒋彦峰跨进房间，蒋烟再次退后两步。

她有想过爸爸迟早会发现她没去瑞士，但没想到他竟然能直接找到她的住处。

他带了这么多人过来，想必今晚是一定要把她带回去的。

蒋烟两手背在身后，紧紧握着手机，问："你怎么找到这儿的？"

蒋彦峰对蒋烟一贯纵容溺爱，这次是真的生气了，说："你见了爸爸就是这种态度，惯得你无法无天，没有礼貌。"

蒋烟咬着唇，挺直身子，忍着没有吭声。

蒋彦峰环视客厅，家居和陈设与瑞士的房子无二。

"这两个月你就住在这儿，"他宽厚的手掌扣在桌边，力道不轻不重，"如果我不来，你准备住多久？"

他回过头，厉声道："准备一辈子瞒着我？"

蒋烟垂着眼睛，说："我有事。"

"有事就可以逃学，瞒着家里一个人住在这种地方，你出事怎么办，我找都找不到你！"

蒋彦峰怒不可遏，示意站在门口的秘书。

秘书会意，上前没收了蒋烟的手机。

蒋彦峰转身坐在沙发上，说："替小姐收拾东西。"

秘书后面的两个人听了这话侧身进屋，一言不发地拿过蒋烟的行李箱，开始往里装东西。

蒋烟眼角的泪痕还在，她攥紧拳头，说："别碰我东西！"

那两人手停下，看向蒋彦峰。

蒋烟沉默了会儿，说："我自己收拾。"

她只把衣服和一些必需的生活用品放进箱子，在这边添置的东西一样没带。

箱子还没有来的时候满，空出的地方准备放那两条厚厚的围巾。

她到底舍不得，还是把自己那一条折好放进去。

箱子拉上拉链，黑衣男人替蒋烟拎着。

蒋彦峰站起来往外走，另外两个人跟在蒋烟身后。

关门时，她最后看了一眼那个房子。

隔壁那扇大门紧闭，余烬没有回家。

蒋彦峰的车开过车行的路口时，蒋烟整个身体趴在车窗上。车行门口空空，他的越野车不在，卷帘门已经拉下，门缝里没有光。

蒋彦峰注意到她的视线，但没说话。他闭目养神，用拇指和食指按压眉心，似乎特别疲惫，说："收起你的花招，上飞机之前你哪儿都去不了。机票已经买好，明天让你周叔叔亲自送你。"

这个"送"，显然不止送到机场。

蒋烟猛地回头，说："我不去！"

她带着哭腔，低声央求蒋彦峰："爸爸，我求你了，我真的不想回瑞士，我在国内也可以上大学，你在国内帮我找个学校好不好？"

蒋彦峰无奈地叹了口气，说："烟烟，你要听话，只剩不到两年时间，等毕业了，你想留在那里或是回国，爸爸绝不拦你，但现在，你必须听爸爸的。"

蒋烟突然回家，奶奶和蒋知涵都很震惊，尤其是蒋知涵，不停地使眼色问蒋烟怎么回事，怎么这么不小心被发现了。

一家人围坐在客厅里。

蒋烟一直在流眼泪，奶奶心疼地把她搂在怀里，瞪了一眼儿子，说："孩子不想去就不去，中国那么多学校还不够你挑的，非要把孩子送到地球那头儿去，我想见一面都难，把孩子逼得自己跑到那种地方躲着，出了事看你后不后悔！"

蒋彦峰有些头疼，说："妈，就是您平日这么惯着她，她才胆子越来越大，敢跟学校撒谎生病，两个月不去。我再不管，她以后不知道还要做出什么事。"

老太太冷哼一声，说："就我惯，你没惯？出了事倒推得干净。"

蒋彦峰不跟老太太争辩这个，转头问蒋烟："你偷跑到我的书房，翻我的名片盒，要找谁？"

蒋烟身体僵硬一瞬，愣在那里。

老太太有些惊讶，问："你回来过吗？我天天在家，我怎么不知道？"

原来是这样。

蒋烟早该想到，精明谨慎如蒋彦峰，书房那种地方怎么可能没有摄像头。

以前她光明正大地进出，没有留意过这个事情。

蒋烟没有说话，老太太问蒋彦峰怎么找到蒋烟的。

蒋彦峰说了。

一直坐在蒋烟旁边没说话的蒋知涵一下从沙发上跳起来，气急败坏地冲老爸吼："什么？你跟踪她？你凭什么跟踪我？讲不讲道儿上的规矩！你找她就找她，你坑我干什么！你这样让我以后怎么有脸见我姐，怎么在江湖上混？"

蒋彦峰淡淡地瞥了他一眼，说："你安静地滚到一边去，你的事我还没找你算账，你最好想清楚怎么跟我交代。"

蒋知涵瞬间蔫了，他最近有把柄落在蒋彦峰手里，一直活得小心翼翼，不敢惹蒋彦峰。

前几天他在学校跟人打架，老师找家长，蒋彦峰百忙之中抽空过去，一问竟然是因为个女孩。据说两人关系还挺好，蒋知涵还扬言要跟人家考一所高中。那女孩被人欺负，蒋知涵二话不说挽起袖子就冲上去。

蒋彦峰打击起儿子毫不手软，说："就你那个成绩，还想跟人家一起上重点高中，别指望我花钱送你进去。"

蒋知涵嚷嚷："我地理满分你怎么不说。"

蒋彦峰冷漠地说："数学和英语都没及格你也没提。"

家庭会议开到现在有些跑题，老太太怕孙女受委屈，试探着问："都这个时候了，要不就在家过完年再送回去？"

蒋彦峰立刻说："不行。我已经让人订了明天的机票，老周直接把她送到学校。"

老太太有些不满道："这么急？"

蒋彦峰语气坚决，没有商量的余地："妈，这事您就别管了。她学校那边不能再拖，我已经打过电话了。"

之后的时间，蒋烟一直没有说话。

奶奶送蒋烟上楼，在她房间门口握着她的手，心疼地说："要不今晚跟奶奶一起睡？"

蒋烟摇了摇头，声音有些小："您好好休息吧，我没事。"

奶奶摸摸她的脑袋，说："你爸也是为你好，不许生气。"

蒋烟轻轻地点了下头。

回到房间，蒋烟躺在她那张又大又软的双人床上，眼睛直直地望着天花板。

今晚发生太多事，她到现在脑子还一团乱麻。

余烬还不知道她被爸爸带回来，如果他回来找不到她，会担心吗？

蒋烟的泪滴滑过眼角，落在质地柔软的床单上。

余烬说了那么多让人难过的话，走时头也不回，还会找她吗？

蒋知涵偷偷溜进蒋烟的房间，一脸郑重地赌咒发誓："我真不知道咱爸跟踪我，如果知道我肯定不上你那儿去。"

蒋烟没有怪他，蒋彦峰想找她，没他带路也能找到。

"先别说这个，把你手机给我。"

蒋知涵把两个衣兜翻出来，比脸还干净，说："爸早猜到你要找我借手机，把我手机也没收了。"

蒋烟问："奶奶呢？你去把奶奶的手机偷过来。"

"奶奶的手机屏幕坏了，拿去修还没送回来。"他看着蒋烟红肿的眼睛，"姐，你是不是想找大神哥哥？要不我偷溜出去把他给你叫来。"

蒋烟摇了摇头，说："他不在家，也不在车行。"

蒋知涵跟着发愁，说："那咋办啊？"

蒋烟悄声走到一楼，院门早已紧闭，客厅没人，蒋彦峰大概在书房。

厨房里，阿姨正在准备明天早餐的食材。

她的手机就放在旁边的餐桌上。

蒋烟弯腰躲过阿姨的视线，蹲在桌子底下，摸到阿姨的手机。

她的手有些抖，按出那串烂熟于心的电话号码。

她没有刻意记过余烬的号码，只在第一次录入时看过，却依然记得清清楚楚。

电话拨出去好久也没有人接，蒋烟一边祈祷余烬快一些接，一边偷偷观察阿姨，急得直掉眼泪。

阿姨端了一盆切好的水果从厨房出来，蒋烟躲在桌子底下，抱着膝盖，一声不敢吭。

视线里是阿姨的一双腿，她站在桌前分盘，随后端了两盘上楼。

走到楼梯口时，阿姨忽然停下，回头看了眼餐桌那边，最终没说话，转身上楼。

蒋烟继续给余烬打电话。

而另一边，余烬的手机躺在郊区师父家客厅的茶几上，孤独地响着。

客厅里没有人，余烬待在师父的房间里，陪纪元生下棋。

他每次回来几乎都会陪师父下棋，但不会刻意输给纪元生。

纪元生很喜欢下棋，越难赢越起劲，赢了会得意很久。如果故意输棋被他看出来，他就会生气。

今天余烬状态很不对，下错好几处，完全不是以往的水平。

纪元生抬眼瞧他，说："你怎么没带你媳妇来，不是特意叮嘱过你。"

余烬情绪很低落，薄唇微微抿着，默默地把一枚棋子往前推了一格，说："她不会来了。"

纪元生往上推了推老花镜，问："吵架了？"

余烬垂着眼睛，神色黯然，说："师父，我今天心情不太好，"他嗓音很低，"我们只下棋，不说话，好吗？"

纪元生没有看他，往前挪了一步，说："我和阿枝第一次吵架时，我可生气了。那个娇小姐，我只不过忘记给她买核桃酥，她就不高兴。"

"我们三天没有说话，我凭什么道歉？我又不是故意的。"他说这话时，还隐隐有些气愤，好像自己还是当初那个年轻的小伙子。

"后来还是我忍不住先去找她，她一下就消气了，还说我要是第一天就去找她，我们第一天就和好了。"

余烬没有说话。

纪元生抿了口茶，说："后来我们该吵架还是会吵架，但我认错很快，阿枝原谅得也很快。"

茶凉了，纪元生冲门口喊："阿枝，换杯热茶。"

没有人回应。

他嘟嘟囔囔，说阿枝不知道又跑到哪里贪玩去了，自己重新给自己倒了杯热茶。

余烬没有再去碰那局象棋，说："不一样。"

"哪里不一样？"

"阿枝喜欢你，她……"余烬心里隐隐难受，"她心里有别人。"

纪元生瞧着他，说："你媳妇跟你说的？"

余烬抿着唇，说："我看见——"

纪元生打断他："我问你有没有问过她，她有没有亲口说过心里有别人？"

余烬沉默不语。

纪元生摇了摇头，说："你还是不懂。"

"看事情怎么能只用眼睛看，"他将手放在自己心口的位置，"要用这里看。"

余烬眼睛慢慢红了。过了会儿，他低低地开口："师父，我对她说了很多很过分的话，她会不会哭？"

也许，蒋烟现在正躲在被子里哭。

纪元生的注意力已经转移到桌子上做了一半的风筝上，说："尾巴怎么是红色的？阿枝说要青色的来着。"他一拍自己的脑袋，"幸亏想起来，不然做错了，待会儿她又要生气。"他放下下了一半的棋，走到桌子前继续做风筝。

余烬一个人在那里坐了一会儿，起身回到客厅。他拿起自己的手机，发现上面有几通未接来电，是陌生号码。他拨过去，响了很久也没有人接。

纪元生叫他进去帮忙，他放下手机又进了屋。

蒋宅里，阿姨在楼上照顾老太太吃药，她的手机依旧放在一楼餐桌上。

蒋烟之前那几通电话没有打通，阿姨很快就会下楼，她匆忙给余烬发了两条短信，删掉通话记录和已发信息，已经离开那里。

没有人听到来电。

回到房间后，蒋烟没有换衣服睡觉，也没有收拾明天要带的行李。她关了灯，拉开窗帘，坐在冰凉的大理石飘窗上，抱着膝盖，眼睛紧紧盯着院子里那扇大门。

余烬看到信息，应该会来吧。

时间一分一秒地过去，那扇门安安静静，蒋烟的视线转向旁边那堵墙。不久前，余烬就是从那里跳进来，带她出去的。

那时他特意叮嘱她要小心，不要被家里发现，她心里其实是很高兴的。这代表他不想让她回家，其实他也很舍不得她吧。

等待的过程是煎熬的，时间越久，蒋烟的心越慌，可再久一点，慢慢地就不怎么慌了。

今晚天气特别好，月亮很美，蒋烟觉得好像一种讽刺，这样美的月亮，应该在告白那天出来才对，怎么反过来了。

窗口刮过隐隐的风，她身体很快变得冰凉。

她没有回到床上去，依旧固执地等在那里，也许下一秒，余烬就会从那个墙头跳进来，像上次一样，把她带走。

但他一直都没有出现。

蒋烟一动不动地倚着窗口，睁着眼睛煎熬至天亮。

早上七点多，阿姨过来敲门，要带走的东西她昨晚已经帮忙收拾好，上午十一点的飞机，要早一点出发。

房间里没有人回应，她把门打开一道缝隙，看到床上是空的，蒋烟坐在窗台上，整个身体蜷缩成一小团。

阿姨赶紧过去，说："你怎么睡这儿了？快下来。"她握住蒋烟的手臂，发现凉凉的，赶紧把蒋烟扶下来，"你这孩子，这样折腾自己的身体，生病怎么办？"

蒋烟没有任何反应，任由阿姨摆弄，给她披衣服，让她喝热水。

早餐前，阿姨偷偷将这件事告诉了蒋彦峰。

蒋彦峰没想到蒋烟抵触出国到这种地步，倔脾气跟她母亲年轻时一模一样。

吃饭时，他看着唇色发白的蒋烟，到底心疼，说："你如果实在不想去，就晚一些，过完年再——"

"我去。"蒋烟说。

她低着头，掩藏自己哭红的眼睛，说："我去。"

蒋知涵特别意外，小声地喊她："姐！"

蒋彦峰顿了顿，观察女儿的神色，好像也没有赌气的意思，以为她想通了，就说："那好，待会儿我送你去机场。"

直到上了车，蒋烟也没再说一句话。

蒋彦峰知道女儿的脾气，没有打扰她，径自打开笔记本电脑在一旁处理工作邮件。

他们的车行驶在那条通往机场的必经之路上。

蒋烟看着窗外飞速倒退的枯树和建筑，心一点点地坠下去。

快到那条小路时，她忽然掉下眼泪，说："爸爸，让我跟朋友道个别吧，我保证再也不跑了。"

蒋彦峰看了她一会儿，没说什么，示意前面的司机听她指挥路线。

车拐进小路，很快开到车行门口。

蒋烟跳下车跑进车行，里面只有雷子一个人，蒋烟哭着问："雷子哥，余烬呢？"

雷子看她这个样子吓坏了，说："烬哥不在啊，昨晚他就去师父那儿了，怎么了？"

蒋烟抹了一把脸上的眼泪，说："他带手机了吗？"

雷子愣愣地看着她，说："带了啊，昨晚我还给他打电话了。"

"那他说什么了吗？"

雷子摇头，说："没有，就说今天不一定来店里，让我好好看店。"

他看了眼守在车行门口穿黑衣服的男人，小声问蒋烟："那是谁？你是不是有麻烦？"他摸出手机，"要不我给烬哥打一个电话？"

蒋烟沉默几秒，伤心地摇了摇头，说："不用了，谢谢你。"

她转身离开，走到门口时停下脚步，回头看了眼屋里的几盆绿植。

是生命力极其旺盛的绿萝，在两个糙男人的看护下已经快枯死，经常一个月不浇水，蒋烟来了后，精心照料，长得越来越旺盛，其中两根枝丫已经长了好长，被雷子挂在墙上当装饰。

"雷子哥，别忘了给绿萝浇水。"蒋烟说。

雷子下意识地点点头，说："嗯。"

他眼睁睁地看蒋烟上了那辆车，司机对她很恭敬，替她开车门，手背挡在车沿上，怕她磕到。

直到他们离开这里，雷子才反应过来，跑到门口冲蒋烟喊："哎！你去哪儿啊？"

没有人回应他，那辆车很快消失在路口。

余烬跟师父聊过后,一整夜都没怎么睡,翻出冰箱里之前留下的几罐啤酒,靠在窗口打开一罐。

窗外的月亮很美。

他想起早上他们还靠在一起,蒋烟睡在他的怀里,那么依赖信任他。

还有那个未完成的吻。

师父说,看事情不能只用眼睛看,要用心。

蒋烟看到他受伤会流眼泪,误会他去那种地方会生气,有别的女孩靠近,她会紧张,小心翼翼地试探他的想法。

她学车,学篮球,这些她没有说过,但余烬知道,都是为他。

生日时,她在寒风中等了他那样久,只为听他说一句生日快乐。

她抛掉女孩的矜持主动吻他。

这样一个满心满眼都是他的女孩,被他那几句话说得快要掉眼泪。

余烬忽然意识到只要碰到蒋烟,他就很难保持冷静,那次被崔良挑衅是这样,这次还是这样。

余烬就在这样混乱的思绪下喝掉了几罐啤酒,也没有脱衣服,就这样靠坐在窗口昏沉地睡过去。

早上醒来时已经快九点,他还坐在窗台上,那里有风,他浑身冰凉,头也有些疼。

他用指尖按压额头,让自己清醒一些。

他已经冷静很多,师父说得对,不管怎样,他要听到她亲口说出来。

昨天他被激了一下,没有控制好自己的情绪,她那么爱哭,没有人哄,这一晚不知道要怎样难过。

余烬收拾好自己准备下楼,顺手拿了桌上剩下的半包烟和打火机。

眼前有什么东西晃过。

那包烟下面压着几张旧报纸,上面有一些灰色铅笔的痕迹。

简简单单的简笔画,像小女生的随意涂鸦。

上次是蒋烟住这儿,她没有弄乱房间,早上起来还叠了被子,所以陈姨没有特意过来收拾,应该是蒋烟留下的。

余烬盯着重复最多的那个图案,心口突突地跳。

那是一个大写的字母 Y,后面还跟着一颗小小的心。

跟两年前那个狂风骤雨的夜晚,陌生女孩递给他的那把伞上的图案一模一样。

余烬不可置信地看着那个熟悉的图案,心底隐隐有种猜测。

但他不敢确定,这图案也许并不止一人知道,两年前那天晚上的一幕再次冲击他的大脑,那女孩的背影也越来越清晰。

是她吗?

他的手掌无意识地抓住那张报纸,陷入茫然混乱的思绪中。

如果是蒋烟,那她说的以前曾见过他,也许是那一晚。

原来他们那么早就已经见过了吗?

余烬把涂鸦的那一块报纸撕下折好放进兜里,匆匆下楼。

纪元生和陈姨正在包饺子,他招手叫余烬:"过来帮忙,还跟小孩一样,睡到太阳晒屁股才起。"

余烬没过去,径直走向门口,说:"师父,我有急事先走了,过几天再来看您。"

这句话的后半段飘在半空中,余烬早已消失在门口。

他急速跨上越野车,准备启动出发,雷子忽然打来电话。他一边扣安全带,一边匆忙接起,问:"什么事?"

雷子声音有些急:"烬哥,刚才蒋烟来了,她哭得很厉害,说要找你,我要给你打电话她还不让。你们怎么了?我怎么觉得出事儿了呢。"

听到"哭得很厉害"这五个字的一瞬间,余烬的心狠狠一揪,手指紧紧攥着方向盘,问:"什么时候的事?"

"就刚才。"雷子有些担心,"蒋烟身后跟了辆豪车,还有穿黑衣服的人看着她,对她还挺客气的。"他有些疑惑,"而且她很奇怪,还让我记着给绿萝浇水,好像她不回来了一样。"

余烬已经猜到那些人是谁,他从没有这样慌张惧怕过,声音隐隐有些抖,问:"他们往哪儿走了?"

雷子想了一下,说:"我不确定,大概是机场那边。"

余烬没有再听他说什么,挂了电话启车。但这辆越野车就像跟他作对一样,不知出了什么问题,怎么都发动不了。

他给蒋烟打电话,她的手机一直处于关机状态。

他狠狠将拳头砸向方向盘。

几秒后,余烬将目光落在院子里纪元生的那辆摩托车上。

那辆车是纪元生当初最喜欢的一辆,后来他身体不好,搬到郊区疗养,也只带过来这一辆。虽然之后他再没骑过,但还是会定期保养,依旧跟新的一样。

余烬跳下越野车走过去,一把掀开罩着车身的保护套,跨上去,握紧车把。

熟悉的触感袭来,余烬忍不住紧闭双眼。

潘在连人带车冲进河里那一幕再次充斥他的大脑,他眉头紧锁,身体微微发抖,额头也冒了一层虚汗。

他心跳得很快,弯腰趴在车头上缓了许久。

那件事后,他再也没骑过摩托车。午夜梦回,潘在的脸常常变成他自己,他随车掉下深渊,怎么都落不到头。

那个雨夜,是潘在去世一周年。

是那个陌生女孩的伞,替他遮住狂风骤雨,温暖了他那颗冰凉的心。

"我想要这个。"

他脑子里忽然冒出蒋烟的声音。

余烬睁开眼睛。

他深呼一口气,重新坐直身体,调整自己的状态。确定油箱里的油能跑的公里数,仪表盘刹车一切正常后,他拧紧车把,冲了出去。

纪元生站在门口,双手背在身后,叹了口气。

"阿枝,这小子终于开窍了,希望不要太晚。"

机场大厅。

蒋彦峰把蒋烟送到安检口,说:"你周叔送你过去,到那边直接搬去之前给你准备的房子里,也雇了保姆照顾你。你安心念书,等毕业,你想怎样爸爸都依你。"

蒋烟面无表情,说:"怎么,还派了人监视我。"

蒋彦峰皱眉,说:"不是监视,是照顾。"

蒋烟没有说话。

蒋彦峰身后的秘书上前,把没收的手机还给她。

蒋烟静默几秒,伸手接了,紧紧握在手里。

蒋彦峰说:"到了那边给爸爸报个平安。"

蒋烟转身走向安检口,几步后忽然停下。她转过身,说:"爸爸,我去你书房是想找 KEN 叔叔的联系方式,我朋友的妈妈生病了,他的医院可能有办法。"她声音很低,"如果你方便,跟 KEN 叔叔打个招呼,让他想想办法,无论如何帮帮我朋友。他们已经联系过,KEN 叔叔知道我朋友。"

蒋彦峰没想到她去书房是为了这样的事,盯着她看了一会儿,说:"我知道了,我会打招呼。"

"还有,费用方面,我朋友家境不是很好。"

蒋彦峰点头,说:"我会安排,你放心吧。"

蒋烟没有再说什么,转身走进安检口。

这个时间安检的人不多,她把随身包包和外套脱掉放进小筐里,回头看了一眼,蒋彦峰还在注视着她。

直到安检完毕,蒋烟走进候机室,蒋彦峰才离开。

蒋烟没有注意自己的登机口是几号,漫无目的地走在等候区椅子旁边的宽敞过道上,身后周叔跟上来,说:"烟烟,咱们在三十三号登机口。"他指了一个方向,"在那边。"

蒋烟却忽然停在一个垃圾桶旁。

两个多月前,就是在这里,她毫不犹豫地将她的登机牌扔进这个垃圾桶。

现在好像什么都不一样了,她怔怔地望着空气中那片虚无的地方,以后应该也不会再梦到余烬了吧。

蒋烟的手紧紧攥着她的手机,指尖在开机键上摩挲许久,最终没有按下。

她伸出手,将手机悬在垃圾桶上方。

周叔惊讶地喊她:"烟烟?"

蒋烟松开手。

手机掉进垃圾桶。

随之一起消失的,还有年幼时便开始萌芽,贯穿她整个少女时代的朦胧初恋。

青春大概就是这样吧,有人圆满,有人遗憾,不是所有的爱情都是双向奔赴。

那天,余烬没有找到蒋烟。

他站在机场大厅,不知何去何从。岳城没有直达瑞士的飞机,只能去北京或上海转机,也有可能先飞到其他国家,再转去瑞士。

可能的路线太多,余烬盯着大屏幕上那些亮得晃眼的航班信息,终于意识到一个问题。

他好像要错过她了。

他在机场停留许久,直到天黑才回家。

雷子刚关了车行的门走到路口,就看到骑着摩托车疾驰而过的余烬。

他惊得张大嘴巴:"烬……烬哥?"

他从没见过余烬骑摩托车。

余烬没有注意到雷子,到家后迅速上楼,取了那把伞折回楼下。他一边跨上摩托,一边给蒋知涵打电话,问他在哪儿。

他还是第一次给蒋知涵打电话,小男孩有些兴奋:"我在家!大神哥哥你——"

余烬没等蒋知涵说完,挂了电话直奔蒋家。

他们约好在别墅外的路口见,蒋知涵看到余烬有些激动:"大神哥哥,你昨天去哪儿了?我姐找你找不着,都哭了!"

余烬拿出那把伞给他看,问:"你认识这个吗?"

蒋知涵看了一眼,说:"认识啊,我姐的,它怎么在你那儿?"

余烬心口微微发紧,说:"你确定。"

蒋知涵斩钉截铁道:"就是我姐的。"

"这是我奶奶送她的,她可喜欢呢,还在伞柄上印了图案。"他指着伞柄那里,"喏,那不是嘛。"

余烬指尖在伞柄上碾过,嗓音已经比刚刚低许多:"这图案有什么含义吗?"

蒋知涵"嗨"了一声:"能有什么含义,Y嘛,烟的拼音首字母。她们女生不就喜欢弄这些有的没的,我姐还有个印章呢,也是她自己画的这图,没事这里戳一下,那里盖一下,宣示领土归属权一样。"蒋知涵有些奇怪,"我姐的伞怎么在你那儿,她落到那里了吗?"

他想拿走,却抓了个空。余烬把伞收回去,问:"你姐去哪儿了?

她学校在哪儿?"

蒋知涵脸色严肃了一些,说:"我还想问你呢,你是不是欺负我姐了,她昨晚哭了一宿,早上眼睛都肿了。"

余烬无可辩驳,嗓音很低:"嗯,我惹她生气了。"他抬起头,又问了一遍,"她在瑞士哪里?"

蒋知涵说:"我姐不让说。"

余烬看着他。

蒋知涵后退一步,说:"你看我也没用,我姐说如果我跟别人透露她学校,就跟我绝交,一辈子不理我。"

"我是别人吗?"

"她说尤其是你。"

蒋知涵一脸认真,说:"对不起了大神哥哥,如果要在你和我姐中间选一个,那我还是选我姐。就算你把游戏里所有的绝招都教我也没用,我不会背叛我姐的。"

他又补充:"你也别找江述哥,江述哥也不会告诉你。"

蒋知涵回去后,余烬望向别墅那几个漆黑的窗口。

不知哪个是蒋烟的房间。

他心底隐隐有些空虚,有些害怕。

怕他们就这样分开,怕以后再也见不到她,他还有话没有跟她说。

余烬回家后,看到蒋烟的房子大门敞开。他皱了皱眉,进去看到房东在收拾屋子。

房东挺高兴的,蒋烟留下不少好家具,墙壁也是新刷的,她准备把里屋那些老旧家具都搬出去,将客厅的床挪到里面,重新布置一下,再租出去。

余烬拦住她,说:"您别动这里,这房子我租了。"

房东不太理解,问:"你一个人住得了两间房吗?"

余烬没有解释,只问需要付多少钱。

房东觉得余烬有些奇怪,但没多问,收了跟余烬那边一样的房租。

余烬直接交了一年的房租。

房东走后,余烬一个人待在这个房子里。

这里到处是蒋烟生活过的痕迹,沙发上剩下的半盒纸抽,餐桌上几袋没开封的小鱼干,书桌上那些花花绿绿女生喜欢的小东西。

余烬走到床边坐下,翻看床头那本零件图册。

怪不得最近都看不到这本,原来被蒋烟带回家了。他翻阅图册,里面她做了很多笔记,她真的很认真地在学。

忽然从里面掉出两张糖纸。

余烬弯腰捡起,发现是那次他给蒋烟买的两颗阿尔卑斯糖的糖纸。

她一直留着。

抽屉里只剩一个冰山香薰,还有废弃的画纸上,那上面有许许多多他的名字。

余烬。

到处都是她爱他的痕迹。

余烬从没有这样失落懊悔过。

两年前那把伞不知给过他多少安慰和力量,可她就在身边,他却没有认出她。

他介意的画中男孩出现得更早,可那又怎么样,也许那是她的过去。

他没有给她机会辩驳申诉,就对她说了那样严重的话。

她心里不知该多难过。

厨房的操作台上还摆着昨天她做的小蛋糕。

她似乎做了好几次,有的成功,有的失败。余烬就站在那里,一口一口将那些蛋糕全部吃完。

余烬在三天后发现了手机里蒋烟的短信。

现在已经没有人发短信,他的手机里隔几天就会积攒几十条广告信息,他从没看过。

那天清理时,他看到这样两条信息。

——余烬,我爸爸明天就要把我送出国,你快来我家找我。

——你一定要来,我还有话要跟你说,求你了。

那晚余烬一夜没睡,点燃了一根又一根烟。

之后的一段时间里,余烬尝试过很多方法打听蒋烟的学校,可问了许多人,翻遍媒体的报道,提到蒋彦峰的女儿时,信息都只到瑞士,具体哪个城市、哪所学校,没有人提过。

他后来又找过蒋知涵,小男孩嘴很严,什么都问不出来。

余烬在这样焦躁的状态中度过了这一年的春节。

直到第二年春暖花开时,余烬依旧没有蒋烟的消息。

雷子的母亲得到特殊照顾,已经好转许多,出院回家继续休养。雷子为方便照顾,重新租了大一点的房子把母亲接到岳城生活。

这天余烬放了雷子的假,让他带母亲去复查。

余烬一个人坐在车行门口擦拭工具。

有陌生的车路过,停在车行门口,驾驶位的年轻男人探出头,说:"哥们儿,洗个车。"

余烬没抬头,说:"洗车前头。"

那人有些不满,看了眼门口的水枪,说:"那不有水枪嘛,给我冲一下怎么了,有钱也不赚?我多给你十块钱行了吧。"

余烬擦拭工具的手停下,抬头看了对方一眼。

他最近心情不怎么好,正愁没处撒火。

他眼神阴狠,那人只跟他对视一眼便有些胆怯,意识到这位不太好惹,很快驱车离开了这里。

余烬扔下手里的毛巾,起身回屋。

放在小屋茶几上的手机已经响了许久,是余笙打来的。

两兄妹已经有段时间没联系,余笙最近身体状态还不错,讲话也欢快许多。

她兴致勃勃地跟余烬讲了不少有趣的事,照顾她的阿姨最近添了个小孙女,小宝宝特别可爱,她抱过两次。

花园里的花今年长得不太好,妈妈说要请人来修剪一下。

听着电话里妹妹欢快的声音,余烬有些出神。

以前蒋烟就喜欢这样,跟在他身边唠唠叨叨,讲一些他并不感兴趣的话题。

有时他故意不出声,蒋烟就一直问,一定要他发表意见。

现在耳根清净不少,他反倒有些不自在。

电话里,余笙有些生气,说:"哥,你有没有在听我说话?"

余烬回神:"什么?"

"我问你到底什么时候来看我,说了一次又一次,总不兑现。"

余烬再次出神,就在余笙认为没戏,准备说别的话题时,余烬忽然说:"去。"

余笙愣了愣,问:"你说什么?"

"我去。"余烬说,"我安排一下时间,尽快过去。"

余笙住的地方在阿尔卑斯山脚下的一个小镇。

这里的生活简单舒适,到处都是绿草青山。

余笙和妈妈所住的房子前面不远处就是一汪清澈的湖泊,闲暇时坐在湖边吹风,看着胖胖的大叔牵着纯白色的大狗在湖边散步,有种时间停滞的静默感。

余笙的妈妈邱岚,是个美丽温柔的女人。

她也是世家出身,跟余清山结婚时才二十三岁。

年轻的女孩家境优越,又嫁了自己喜欢的男人,每天憧憬着美好的爱情。可没有几年她便要求离婚,一个人带着体弱多病的余笙来到瑞士,外人都说她任性冲动,她一句都没有解释,再也没回国。

在那些短暂相处的日子里,邱岚对余烬很好,余烬对她没有敌意。

但他清楚邱岚和余清山并不是和平分手,也许她不愿跟余家的人有过多来往,所以以往那些年,他没有常来打扰,只在余笙病情严重时来过一次。

余笙虽然表面不高兴,但从没有真生余烬的气,她知道,来一趟瑞士不是像国内旅行那样简单。

平时能跟余烬通个电话,或者视频一下,她就很满足了。

邱岚提前几天就买好了许多当地特色和一些中国菜的食材,准备招待余烬。

她笑得很温柔，说："一路很累吧，你先休息一下，我准备晚餐。"

余烬对她很尊敬，说："您别太折腾，我吃什么都行。"

余笙在小花园那边，已经迫不及地喊余烬过去。几年不见，她有好多话要跟哥哥说。

余烬把随身背着的一个黑色背包放下，推门进了房子前面的小花园。

余笙戴着遮阳帽，长发披在肩上，发尾微卷，坐着轮椅，膝上搭了一块奶白色的小毯子。她冲余烬招手，笑得很甜，喊："哥！"

余烬绕过花坛走到她身边，抬手拍了拍她的帽子，说："不是已经好多了，怎么还用上轮椅？"

余笙有段时间身体虚弱，平日出行需要轮椅，后来好一些，轮椅已经撤掉，不知什么时候又用了。

余笙着急地解释："不是，我可以走的，就是有时很懒，用这个方便一些。"她怕他不信，站起来原地转了一圈，"你看。"

"行了。"余烬拉了她一把，让她坐回去。

余笙仔细瞧他，笑着说："哥，你又帅了。"

她今年才二十岁，性格随母亲，温柔恬静。

余烬淡淡笑了笑，他这个妹妹每次都不遗余力夸他，不知是真是假。

余笙说完又摇头，说："就是脸色不太好，是不是飞机坐久了太累了？"

余烬靠在墨绿色的木头椅子上，阳光打在他脸上，他伸手揉了揉眉心，说："嗯，是有些累。"

余笙有些抱歉，说："如果我身体好一些，就可以回国看你了，不用你这样来回折腾。"

余烬说："你要是活蹦乱跳，没准儿赖在国内不回来。"

余笙想了一下，说："也是。"她有些发愁，"这里好没意思，每天除了我妈就是家里的阿姨，要不就是医生护士，看都看腻了。"

余烬推着轮椅转了个方向，让余笙面向夕阳，说："怎么不多出去走走，交交朋友。"

余笙低着头，有些失落，说："我这个样子，爬不了山，划不了船，跟人家一起出去玩也是累赘，谁会愿意跟我做朋友。"

听了这样的话，余烬心里不太舒服。他抬手揉了揉她的脑袋，说："谁说没人愿意做你的朋友，你没有尝试怎么知道人家不愿意。"

晚餐已经准备好，邱岚做了很多余烬爱吃的东西。

三人吃过饭，余烬推余笙出去散步。

他走得很慢，话也不多，余笙坐在轮椅上，几次回头看他。

过了会儿，他们在湖边停下。

余笙从轮椅上站起来，走到湖边伸了个懒腰，说："好多天没过来，今天空气真好。"

余烬站在她旁边，目光落在远处的湖心岛上。

余笙转头看了他一会儿，说："哥，你这次来，我觉得你有心事。"

余烬眼里全是清澈见底的湖水，心情也舒缓了许多，说："你倒厉害，什么都看得出来。"

他没多说什么，余笙也没有追问，说："反正你有事得告诉我，别一个人闷在心里。"

两人沿着湖边走了一会儿，余烬怕余笙累，让她坐回椅子上推着她。

夕阳西下，湖面镀上一层金色的光，草坪上一对情侣在热吻，不远处的小路上，洋娃娃一样漂亮的小女孩留下一路七彩的泡泡。

这里的生活安逸平静，但余烬心里依旧很空。

晚上余笙已经休息，余烬在房间里躺了一会儿，有些睡不着，准备下楼去花园里待一会儿，意外发现邱岚一个人坐在客厅沙发上。客厅只在靠墙处亮了一盏壁灯，自落地窗渗入的月光落在她身上，显得整个身影单薄瘦削。

看到余烬，邱岚笑了下，问："睡不着吧？"

余烬点了下头，说："您还不睡。"

邱岚示意自己对面，说："过来坐吧。"

余烬走过去，坐在她对面。

"房间还舒服吗？缺什么告诉我。"邱岚说。

"什么都不缺，谢谢您。"

两人沉默一会儿，邱岚开口："你父亲还好吗？"

"还好。"

"你还没回家？"

"不常回。"

邱岚轻叹，说："你父亲也五十多岁了，你该多回去看看。"

余烬没有说话。

光线不算太亮，邱岚盯着余烬的眼睛看了一会儿，忽然说："有没有人告诉你，你的眼睛跟你母亲很像。"

余烬抬眼看她。

其实邱岚已经很久不去回想以前的事了，但今天看到余烬，那些往事便不受控制地涌入脑海，怎样都止不住。

"我认识你爸爸时，你母亲已经过世了，我只见过她的照片。"她捋了一下耳边的碎发，"你母亲真的长得很美。"

"笙笙问过我多次，为什么要跟她父亲离婚，我没有告诉她。那时她年纪很小，我不知道怎样跟她解释感情这回事。"邱岚唇边带着淡淡的笑意，似乎已经看开往事，"其实，我选择离婚，是因为你父亲的心里，只有你母亲。"

余烬目光微动，眼尾带着微弱的诧异。

邱岚的表情有些苦涩,又无可奈何,说:"没有一个女人可以忍受自己的丈夫爱着别人。我跟他结婚七年,从没走进过他的内心。即便你母亲已经再也回不来,我也没办法接受,所以我选择离婚,结束这样煎熬的日子。"

她苦笑一下,说:"我花了七年时间,也没有打败你的母亲。"她看着余烬,"你心里一直怨你父亲,觉得他当初利用婚姻困住你母亲,才导致你母亲郁郁而终。可他也为此付出了沉重的代价,他失去了他最爱的人,失去了你这个儿子,也因此失去了第二段婚姻。

"作为丈夫,他确实不合格,但作为父亲,他即便不算优秀,也远不至于到现在这个地步。你知道,站在我的立场,我没有必要为他讲话,但我清楚记得,你离开余家那晚,你爸爸书房的灯亮了一夜。"

时间已经很晚,邱岚起身准备回房,临走前她最后看了余烬一眼,说:"你已经长大,我没有资格要求你做任何选择,我只是想说,上一辈人的事,就应该结束在他们的人生里,你和你父亲的关系,跟他是不是个好丈夫没有任何关系,每个父亲都爱自己的孩子。"

说完这些话,邱岚便离开了客厅。

余烬一个人在沙发上坐了许久。

房间很安静,只有花园里隐隐传来树叶的沙沙声。

从余烬记事以来,父母就是分房睡,母亲生病怕吵,一个人住在卧室,父亲一直睡在书房。余烬几乎看不到母亲笑,可他不止一次看到父亲默默注视母亲的背影,深情且专注。

所以当母亲去世不久父亲就娶了别的女人时,余烬不能接受。

父亲不是很爱母亲吗?怎么能那么快就忘了她?

当初余清山为何做出那种选择,已经不重要。也许是另一桩交易,也许有别的原因,余烬不想知道,也不愿知道。

那个家不再是他的家,是父亲和另一个女人的家。

后来有了妹妹,余烬更觉得自己多余。所以他离开那个让他窒息的地方,在外面过怎样的日子都好,只要能呼吸新鲜自由的空气。

原来父亲心里一直有母亲吗?

可这样,等于又害了一个女人。

邱岚又有什么错。

余烬此刻真切地意识到人是多么复杂的生命体,没有人能完全被解读,也没有人愿意向世人展示他的所有。

余烬在这个小镇陪了余笙三天,随后开始了一个人的旅行。

上次来他只在这个小镇转了转,并没去别的地方。这一次,他依旧没有目标,这处走走,那处逛逛,只是转来转去,最终都不自觉地停留在各所学校门口。

他努力回想蒋烟曾说过的话,想寻找一些校内的标志,但都没什么结果。

他也问过许多人，但没有人认识蒋烟，他不确定他们是不是不知道蒋烟的中国名字。

余烬的英语只够日常交流，并不精通，而在这里生活的人语言复杂，英、法、德都有，他有时沟通得不是很顺畅。

而且蒋烟学画，他不确定她是在某个大学，或是其他艺术学院。

瑞士确实是个很美的地方。

每一帧都像一幅画，余烬走在美丽的大学校园里，目光追寻着每一个像蒋烟的背影。

这里不太像大学，倒像一所庄园，年轻的学生们或抱着书本，或挽着同伴，三三两两聚在一起，走向各个方向。

这里可以看到很多国家的留学生，各种肤色都有。

一个亚洲面孔的女孩跟余烬擦肩而过。

女孩在打电话："烟，你什么时候回来？"隔了会儿，"那行吧，你们在那边好好玩，回来给我带好吃的哦，到时我去接你。"

那边传出一道温和柔软的声音："知道了，真啰唆，我要去吃饭了。"

挂了电话，蒋烟站在街角，目光落在不远处的阿尔卑斯山上。

那里常年覆盖着冰雪，远远看去，很像她之前用过的那款冰山香薰蜡烛。

当时只剩下一个，她没有带走，也许现在早已被房东扔掉了。

回瑞士已经快半年，以前的事她不常想起，也没有再梦到过那个救过她的十八岁少年。只是每每落笔作画时，她总会下意识勾勒出一个熟悉的轮廓，她会出一会儿神，随后擦掉重画。

身后有人匆忙路过，不小心撞到蒋烟，她手里的几个纸袋掉在地上。

蒋烟俯身去捡，对面的女孩同时弯腰帮她，嘴里不停用英语道歉。

蒋烟说没关系。

女孩愣了一下，抬起头看她，表情有些欣喜："你也是中国人？"

蒋烟点头，刚刚她一眼就认出女孩的国籍，虽然亚洲面孔很相似，但这女孩是典型的中国人面孔，温温柔柔，没有攻击性，看着很舒服。

女孩看起来年龄比蒋烟稍大一点，她把手里的东西递给蒋烟，不远处有同伴叫她："颜颜快点！"

女孩答应一声，回头冲蒋烟笑了笑，说："再见。"说完，她便转身匆匆跑远，追上她的同伴。

蒋烟盯着她离开的方向，莫名觉得她很亲切。

大概因为都是中国人吧。

"她们好像是附近城市的学生，也是来这边玩的。"买完东西走过来的同学说。

蒋烟收回视线，接过同学递来的小零食，说："这个看起来好像很好吃。"

"你尝尝,我吃过了,还不错。"

两人边吃边聊,渐渐融入熙攘的人群。

余烬在瑞士待到旅游签证快到期才走,临行那天,余笙说什么都要去机场送他,邱岚没有办法,只好带她一起。

到了机场大厅,邱岚跟余烬去办手续,余笙一个人在不远处人少的地方等。

她低头翻看手机,这段时间余烬陪她逛了不少地方,拍了很多照片,她特别满足,也很舍不得余烬。

但他能在这里停留这么久已经很不容易,国内那边一定还有不少事等他处理。

余笙的手机不小心掉在地上,她坐着轮椅,本想起身去捡,却有另一双手先她一步,捡起手机递给她,说:"拿好。"

余笙抬起头,对上一双温柔明亮的眼睛。

年轻的男人微微俯身,面带微笑。金色的阳光笼罩在他身后,修饰他侧脸的轮廓。

他手还保持那个姿势,示意余笙接下手机。

余笙伸出手,接住的同时,两人指尖相碰。

余笙的心晃了一瞬。

男人冲她笑了笑,很快离开这里。

余笙盯着他离开的方向,直到那道背影消失在电梯口。

江述下到一层,在接机区找了好久才看到蒋烟。

蒋烟已经有些不耐烦,问:"怎么这么久?"

"去卫生间了。"

江述的箱子已经被同行人带走,他一身轻松,帮蒋烟提着新买的画具。

两人往停车场走,蒋烟说:"不是有人接你,非要折腾我。"

江述有些不满道:"怎么了,接我一下这么不乐意,我现在可是到了你的地盘,你不招待我?"

两人坐上车,蒋烟转头问他,说:"你爸公司跟瑞士这边合作的项目竟然派你来,他也真放心。"

江述瞪她一眼,说:"我怎么了,我专业第一好吧,再说我现在正找地方实习,给他打工总比给别人打工强。"

"这趟大概待多久?"

"三个多月吧。"江述拍拍她肩膀,"你抓紧时间做好攻略,我还没来过瑞士呢。"

"你是来实习还是来旅游的?"

"都有。"

两人的车很快驶离机场,消失在暮色中。

生活还在继续。

余烬回到岳城后，日子跟以前一样过得散漫，不怎么接活儿，只是他的车行还保留着蒋烟在时的一些习惯。

工具柜里的工具按大小摆放，他说这样比较好找，小屋的桌子上时常摆放一束鲜花，花瓶还是蒋烟买的。

那时她砸碎了旧花瓶，余烬说要扣她工资，可到了发工资那天，不但没少，还多了。

蒋烟问是什么钱，他说是奖金。

鬼知道她那个职位有什么奖金，不过是那天他听她随口抱怨，刷不了自己的卡，过几天要喝西北风，大概还得去找发小。

余烬后知后觉地发现原来在那个时候，他就已经不想让她去找别人。

蒋烟的房子一年租期到期后，余烬又续交了一年。

他偶尔会去那边打扫一下灰尘，在她的小沙发上坐着发一会儿呆。

她的厨房用品比余烬那边全，余烬常常去那边做饭吃。他水平一般，总是想起蒋烟给他做过的几道菜。

椒盐虾仁，脆皮豆腐，还有冬瓜汤。

他尝试做这几道菜，总是做不出蒋烟的味道。

期间也有女人对余烬感兴趣，听说车行以前招过女孩，也想过来试试，想着离得近一些，时间久了，总能打动他。

可余烬看都不看，比以前还要冷漠无情。

雷子隐约猜到两人之间发生了什么，闲聊时偶尔也会提起蒋烟。每次听到她的名字，余烬就会沉寂许久，时间长了，雷子就不敢提了。

他的生活很单调，除了家和车行，就只偶尔去师父家和城西的洗车行，几乎没有其他轨迹。

每次师父让他多出门走走，他总是说没兴趣，还不如在家睡觉。

转年的秋天，余烬回了趟家。

余清山这一年的生日连宴会都没办，只是家里人在一起吃了顿饭。

余烬能回去，余清山很高兴，精神也好了很多。他想让余烬留下住，余烬没有同意，开车回了家。

到家时差不多晚上六点多，时间还早，余烬换了身衣服，准备去车行把手头剩下的一点工作做完。房东打来电话，提醒他过几天蒋烟那边的房子就要到期，问他还要不要续租。

余烬有些恍惚，又要到期了吗？

原来已经快两年了。

房东又问了一遍，余烬回神，说："续，明天我给您打过去。"

挂了电话，他打开家门准备下楼，迎面碰到一个外卖员上了三楼，直接去敲蒋烟的门。

外卖员敲了几声没有回应，余烬说："那边没人，你看看地址是不是错了？"

那人看了一眼，说："地址没错啊。"他给那边打电话，更觉得奇怪，"怎么是个空号？"

余烬走过去，说："我看看。"

那人手里拎着个蛋糕盒子。余烬知道那家店，以前蒋烟很喜欢吃她家的一款慕斯蛋糕。

他拿过小票，视线往下，看到这张订单的联系方式。

他目光停滞一瞬，呼吸似乎也停滞了。

电话号码后四位那样熟悉，是他拨了两年都没能拨通的数字。

号码上方是加粗的黑色字体，清晰印着客人的姓名。

蒋小烟。

第六章

别再离开我

余烬紧紧攥着白色小票,嗓音压抑克制,几乎在发抖:"是什么时候下的单子,还有别的联系方式吗?"

外卖员觉得他的反应有些奇怪,说:"四十分钟前下的单子。"他挠挠头,也觉得有些棘手,"只有这一个号码,也许留错了,一会儿收不到东西,可能给我打过来。"

他话音刚落,手机铃声适时响起,他接起电话。

余烬紧紧盯着外卖员。

"对,我在你家门口。你那个号码怎么是空号啊,你在家吗?"

那边传出一道清脆的女孩声音,背景很嘈杂,她几乎是在喊:"不好意思,我地址忘改了,您能帮我送到ONE酒吧吗?"

余烬心口一滞,是蒋烟的声音。

那个酒吧离这里很远,外卖员有些不愿意,说:"那不行啊,我手头还有别的单子要送,要不我先点送达,送完别的再给你送。"

蒋烟有些抱歉地说了句什么,余烬没有听清。

外卖员挂了电话,抱怨说:"这么远,油钱都不够。"

余烬立刻说:"在哪里,我帮你送。"

那人看了他一眼,问:"你是她什么人?"

余烬很急,又怕他不给,说:"我是她男朋友,我惹她生气了,她不理我了。"

怕人家不信,余烬还指着隔壁那扇门,说:"那也是我家,我有钥匙,我可以开门向你证明。"

他这样子不像撒谎,外卖员正愁那地方远,巴不得有人代劳,于是把盒子递给他,说:"那给你吧,我点送达了。"

"点吧。"

余烬迫不及待下楼,比外卖员还快一步。

他的车就停在小区外面，他一步跨上车，把蛋糕盒子放在后座，很快驱车离开。

那家酒吧已经开了很多年，很多人都知道，离这里很远，开车也要半个多小时。

余烬只花二十分钟就到了。

他下车很急，连蛋糕也忘了拿。

他不常来这种地方，一进去就被里面轰隆隆的音乐声震到。

这里太吵了，两个人面对面说话都听不清楚。

余烬穿梭在人群中，寻找蒋烟的身影，但光线很暗，并不好找。

许多座位空着，大家都挤到最前面，那里最热闹。

余烬不断寻觅，一直往里走。

终于在人群尽头看到阔别两年的蒋烟。

她还是那样明艳漂亮，站在 DJ 台上，穿着宽大的连帽卫衣，扎两根蓬松的小辫子，戴一顶黑色的鸭舌帽，单手操作复杂的按钮，另一只手指向天空，身体随着节奏摆动。

她不像部分 DJ 女孩一样故意扭出妖娆的姿态，身体摆动幅度并不大，但就是有那个魔力，可以让台下的人跟着欢呼，随着她的节奏舞动跳跃。

所有人的目光都追随她。

她那样耀眼。

余烬从没见过这样的蒋烟。

他认识的蒋烟，乖巧安静，一见他就笑，跟他讲话时轻声细语，温温柔柔。

蒋知涵说，蒋烟会打碟，他想象不出什么样子。

原来她也有这样外放张扬的一面。

余烬长久地望着她，不舍得移开一秒。

一曲劲爆的音乐结束，蒋烟玩够了，跳下 DJ 台，换原本的 DJ 小哥哥上去。小哥哥没有继续打碟，放了一首舒缓的音乐。

众人渐渐散去。

蒋烟走到不远处一张沙发上坐下，喝了口桌子上的鸡尾酒。同行几人都是岳城有头有脸的富二代，蒋烟刚回国没多久，他们嚷嚷着聚一下，为她接风。

余烬悄声走到后面的沙发上，与蒋烟相背而坐。

很快有侍者过来问他需要什么，余烬抬手止住侍者的话，声音很低："果汁，谢谢。"

侍者很快上了一杯果汁。

余烬握着透明的玻璃杯，唇在杯口轻碾，偶尔抿一口。

身后几人聊得很热闹。

这帮富二代聊天的内容无非那几样，哪里新开了家娱乐会所，哪个品牌商又送了新款式，哪个女明星又约他吃饭，家里的老爸好烦，整天安排相亲，好像他们是一群废物，只有娶个世家千金才能废物利用最大化，没白养一回一样。

蒋烟懒懒的，话不多，偶尔回一句。有人忽然问她："你是不是还单着呢，我听说你一回国你爸就给你安排相亲，有这回事吗？"

余烬握着杯口的手顿了下。

蒋烟好像不想多说这个，只说："谁知道他呢，不知道在急什么。"

"你爸也太着急了，你才二十岁，法定结婚年龄刚到就想把你嫁出去。"

几人笑起来。

话题说到这里，坐在蒋烟对面的男人提起几分兴趣，他平时不怎么在蒋烟这个圈子里混，但大家都认识，今天不知道被谁带来的。

他穿一件暗灰色卫衣，外面套件皮衣，寸头，长得很精神。他笑着看蒋烟，说："我好像一直没听说你交男朋友，你喜欢什么样的？说来听听，我要是有认识的，给你介绍一个。"

旁边几人都在起哄，一定要蒋烟说个标准。

蒋烟想了一下，说："其实我的要求不高，温柔的，不凶的就行。对了，最重要年轻，比我大十岁那种不行。"

余烬："……"

小丫头够狠，路堵得死死的，一条没留，就差念身份证，直接说不要我不就得了。

他有些郁闷，一口喝掉大半杯西柚汁。

坐寸头边上的男人借势推了推旁边的人，说："这儿不就有一个现成的，游浩啊，温柔体贴，脾气又好，二十五岁，完全符合你要求，我看你俩正合适。"

游浩笑了笑，说："卫西别胡说。"

蒋烟没有接这个话题，说："我的慕斯蛋糕怎么还没到，我去门口看看。"

她起身离开，没多久另一个人接到家里电话，有事先走了，他女朋友也跟着一块儿走，位子上只剩游浩和卫西。

余烬一口喝光剩下的果汁，准备起身，忽然听到身后一人说："能成吗，不会出什么事吧？"

余烬顿了下，身体重新靠回椅背上。

那个叫卫西的一看就是纨绔子弟，一脸吊儿郎当的样子，说："没事，就一点安眠药，不会伤着她。"

游浩说："别惹上麻烦，我看还是算了。"

"哪儿来的麻烦。今天江述不在，没人护着她。"卫西看了眼门口的方向，声音很低，"我跟你说，像蒋烟这样的小丫头，看着厉害，实际就是纸老虎。天真无邪,思想单纯,一次就老实了,以后保证对你服服帖帖,到时你让她往东,她不会往西,她在蒋家那么受宠,你想要什么资源没有。"

游浩问:"你说她没谈过恋爱,我怎么听说她以前被人甩过?"

卫西说:"不是。她以前看上过一个玩摩托的,小女生嘛,觉得玩摩托的酷,不过人家压根儿没理她。像她这样的女孩在感情中缺爱,稍微对她好一点就对你死心塌地,所以她最好搞定。你放心,药量不大,一会儿她困了你送她,明早都推给酒,谁知道怎么回事。"

他更小声地说:"没准儿还是个处女……"

余烬眼睛微微眯起,已经隐隐透出阴鸷骇人的目光。

他左右活动手腕,动了动脖子,整个人气压极低,寒气笼罩在他周围。

他起身朝外面走去。

蒋烟在门口没看到外卖员,打过去电话是忙碌的状态。她使用软件登陆了以前的账号,忘记改地址和电话,把人家折腾到那么远的地方,已经很抱歉,不好再催促,于是转头去了卫生间。

洗手的时候,她就觉得有些不对劲,又困又疲惫。她用力揉了揉眼睛,往脸上拍了一些凉水,让自己清醒一些。

回到座位上时,看到只剩游浩和卫西两个人,她问:"他们呢?"

卫西示意游浩,游浩起身坐到蒋烟身边,把她喝了半杯的酒推过去,说:"他们有事先走了,咱们接着玩。"

蒋烟摇头,说:"我也想回家了。"

她手掌撑着额头,觉得眼皮很重,很累。

游浩扶着她肩膀,说:"那我送你回家?"

蒋烟已经没有反应,游浩扶她起身,搀着她往外走。

他们的车就停在门口的停车位上,而此刻其中一辆的车头上坐了个男人。

男人一条长腿屈起,踩着前杠,眯着眼睛低头点烟。

游浩喊了一声:"干什么的,怎么坐人车上?"

余烬抬了抬眼皮,目光落在此刻晕乎乎,半靠着游浩的蒋烟身上。

他舌尖舔了舔下唇,声音冷得像掺了冰,说:"把人放下。"

卫西皱眉,说:"你谁啊?"

话音刚落,他忽然发现那辆卡宴的前盖上,压了块暗红色的砖头。

他顿时觉得不太妙,这人是专门来找麻烦的。

余烬不想废话,指指蒋烟,说:"把人放下,马上滚,不然今天谁都别想走。"

卫西看出余烬不好惹,但还是有些挣扎,不想落荒而逃那么难看,说:"我们不认识你,把蒋烟给你我不放心,我们送她回家。"说完就要带蒋烟上另一辆车。

余烬动作利落,瞬间反手捞起那块砖头朝他们狠狠砸过去,砖头准确地砸在游浩脚下,顿时四分五裂。

两人被逼停，一步也不敢动。

余烬已经没有耐心，把烟头摁在卡宴上，车盖顿时烧出一块疤痕。

他几步过来，强硬地把蒋烟从游浩那儿扯过来搂进怀里，说："少废话。"

蒋烟头晕晕的，但没有睡得很沉，感知有人在抱她，她皱眉挣扎了一下，余烬抬手轻轻了揉她的脑袋。蒋烟很快安静下来，脸颊贴在他胸口，很依赖的样子。

余烬把人搂得更紧了。

游浩也是众星捧月长大的，哪吃过这种亏，挽起袖子往上冲，吼："你是谁啊，就要把人带走，我要报警了！"

余烬冷笑，他还敢报警。

余烬只用一只手就把游浩挡住甩开，游浩根本近不了他的身。

他一把将人横抱起来，走向自己的黑色越野车，说："随便，告诉警察我是余烬，江述知道我地址。"

余烬没有再管那两个人，把蒋烟轻放进副驾驶座，然后帮她把安全带扣好。

她脸上有不正常的红晕，不知道除了安眠药是不是还喝了其他东西。

刚刚抱她上车，那样晃都没醒，不敢想象今晚他不在，她会被怎样对待。

余烬心里的火越烧越旺，丝毫没有减弱的趋势。他回头看向那两人，他们没有上车，转身进了旁边狭窄昏暗的小巷，里面还有不少小店。

余烬脱掉自己的大衣裹在蒋烟身上，抬手摸了摸她的脸，说："等我一下，马上回来。"

他关上车门，毫不犹豫地走向那条小巷，顺手在旁边的绿化带里捡了根成年男人手腕粗细的木棍。

五分钟后，余烬一个人从巷子里出来。

他两手空空，拍了拍手上的灰尘，面无表情地走向自己的黑色越野车。

他上了驾驶位，探身看了眼依旧沉睡的蒋烟，把滑下的大衣重新替她盖好，启车离开。

越野车很快开到小区楼下，余烬一路把人抱上楼，进了自己家。

他把蒋烟放在床上，一只手臂撑在她身侧，压低身子轻拍她的脸，试图叫醒她："烟烟。"

蒋烟没有反应，余烬只好帮她把外套和鞋都脱掉，将被子盖好。

她这个情况，大概要睡到明天早上。

余烬洗了条干净的毛巾替她擦脸降温，随后关了灯，就坐在床边安静地看着她。

他不敢离开，也不敢去睡觉，很怕明天早上醒来，她又消失不见。

近两年时间，不长，也不短。

时间没有冲淡余烬对蒋烟的思念，反而越加强烈。

他这辈子做过的所有事，包括年少离家，从没后悔过，唯独后悔那一晚。

在那个没有月亮的晚上，她那样勇敢，说想做他的女朋友。

如果再给他一次机会，他一定狠狠拥抱，狠狠亲吻这个女孩，不让她伤心。

可世界上没有如果。

直到今天他才知道，以前那些事，经别人的口演变成什么样子。

无形中，他对蒋烟的愧疚和伤害又多了一层。

蒋烟是第二天早上醒的。

她的头依旧昏沉，撑起身子坐起来，迷迷糊糊地环视眼前的陈设，有那么一瞬间的恍惚。

这地方有些眼熟。

当她终于想起这是哪里时，一下就精神了。她下意识地往床头缩，心也怦怦直跳。

她想了许久也记不起自己到底怎么会跑到余烬家，还睡在他的床上。明明昨晚她是跟几个朋友在一起。

她缓了好一会儿才爬下床，光着脚悄声走到门口，侧耳听外面的动静。

客厅很安静，只有那座老式钟表嘀嗒的声音。

她把门打开一道缝隙，小心翼翼地走出去。

客厅空荡荡的，沙发上放着她的大衣和鸭舌帽，茶几上摆着她昨晚点的慕斯蛋糕，门口的入户地毯上放着她的皮靴，已经被擦拭干净。

她呆呆地站在原地许久。

阳台的拉门被打开，蒋烟转过头，看到衣着单薄的余烬。

他眉眼疲惫，似乎一夜没睡，手里还握着半包烟和打火机。

两人目光碰上，余烬喉结滚了滚，嗓音沙哑："醒了。"

蒋烟没有想到回国不久就看到他，也没有做好见他的心理准备。她注视着余烬，他似乎没有变，还是印象中的样子，挺拔、帅气。

但又好像有哪里不同，具体是什么，蒋烟说不出来。

看到余烬，蒋烟就会不自觉地想起两年前那个晚上，他说了那样冷漠的话，也没有来找她。

她等了他一整夜。

蒋烟现在还清楚地记得那晚的滋味，是层层叠加的失望和伤心，越临近天明，心里越平静。

她是带着气走的，不甘又无可奈何。

蒋烟下意识地后退一步。

她对自己这样生疏，余烬心里很难受。他没有说什么，走到卧室拿出为她准备的拖鞋，单膝跪在她面前，握住她纤细的脚踝，将她冰凉的小脚抬起，温柔地替她穿好。

他没有立刻起身，也没有抬头，蒋烟看不到他的表情。

他的手还握着她的脚踝，嗓音低沉又克制："什么时候回来的？"

客厅里许久没有人说话。

蒋烟没有回答余烬的问题，只是再次后退一步，挣开他的束缚，问："我怎么会在你家？"

余烬的手悬在空中几秒，指尖微动，随后他站起来，微微低着头看她，说："我昨晚去了酒吧。"

"你喝多了，我不放心。"他没有跟她说昨晚发生的其他事。

蒋烟的目光再次注意到桌上的慕斯蛋糕，似乎有些明白余烬为何会忽然出现在那儿。

"我有朋友一起，谢谢关心。"她转身拿起沙发上的大衣和帽子，准备离开。

余烬蹙眉握住她手腕，说："烟烟，我们谈谈。"

蒋烟挣开他，说："我们没什么好谈的。"

余烬不松手，还想说什么，忽然有人大声急促地敲门，听声音是江述，蒋烟立刻跑去开门。

看到她完好无损地站在那里，江述松了口气。昨天公司有事，他出差在外，听到卫西的消息马上连夜赶回来。

卫西把事情说得特别严重，那个叫余烬的男人把自己和游浩打伤，硬把蒋烟抢走了，蒋烟喝了很多酒，不知道会不会出什么事。

江述一脸警惕地看着余烬，伸手把蒋烟拉到自己身边，问："你没事吧？"

蒋烟摇了摇头，说："没事。"

江述面色不是很好，语气也不善，他盯着不远处的余烬，说："你已经伤过她一次，麻烦以后离她远点儿。"

蒋烟低头扯了一下江述的袖子，说："别说了，我们走吧。"

江述也不想留在这里，侧身让她先走。

蒋烟换鞋离开后，余烬忽然叫住江述："让你那些狐朋狗友离蒋烟远一些。"

江述皱眉，说："什么意思？"

走廊里，蒋烟叫江述，说："走吧。"

两个男人对视一眼，江述转身离开。

送蒋烟回家的路上，江述一边开车，一边看了眼安静地盯着窗外的蒋烟，问："昨晚怎么回事，余烬怎么也去了？"

蒋烟情绪不好，说："不知道。"

"他没怎么你吧？"

蒋烟把衣领往上扯扯，遮住半边脸，说："没有，你想什么呢。"

路遇红灯，江述踩刹车停下，转头看她，问："昨晚都有谁去了？"

蒋烟说了几个名字。

江述说："以后我不在你别喝那么多酒。"

蒋烟有些烦躁，觉得他话多，说："我没喝多少，半杯都不到。"

江述回想余烬刚刚那句话，心里有些疑虑，但没有多说什么。

蒋烟回到别墅，客厅里蒋知涵正陪奶奶下象棋，她刚进门就听他在那儿嚷嚷："奶奶！马走日，象走田，跟你说多少次了也记不住。"

老太太当年结婚早，生孩子也早，现在不过六十几岁，一辈子没吃过什么苦，保养得好，心态又年轻，跟孙子孙女像朋友一样相处，从不摆长辈的严肃架子，两个孩子也愿意跟她玩。

看到蒋烟，蒋知涵热情地招手，喊："姐！过来过来，你教教奶奶。"

两年过去，蒋知涵的个头蹿了一大截，已经比蒋烟高不少，并且成功考上重点高中，跟他的小青梅分到一个班。

虽然分数只是擦边险胜，那也够他得意许久了，缠着蒋彦峰给他买了一套超贵的架子鼓。

蒋烟昨晚夜不归宿，本想偷偷溜上楼躲开奶奶，被蒋知涵这么一叫，只能硬着头皮走过去，她随意看了眼棋局，给奶奶指了一步，说："走这里。"

老太太正愁不知怎么走，乐颠颠地听了她的话。

蒋知涵被吃了一枚重要棋子，不满地哼了一声："观棋不语真君子。"

蒋烟说："不是你让我教奶奶吗？"

"那我也没让你帮着下啊。"

老太太偏头看了蒋烟一眼，说："下回去同学家住要提前说，昨天晚饭给你炸了黄花鱼，没吃着吧。"

蒋知涵舔了舔嘴唇，说："可酥了，你真没口福。"

蒋烟没听懂："啊？"

蒋知涵说："不是你给我发信息说你去同学家住，不回家睡吗？"

蒋烟挠了挠耳侧，没有说话。

她默默靠后坐了坐，打开自己的微信，看到昨晚蒋知涵问她什么时候回家，她确实给他回了一条信息。

蒋烟正纳闷这件事，对面蒋知涵的手机叮叮当当响个不停，他划开手机看了一眼，脸色立马变了，着急忙慌地站起来往外跑，说："姐你先替我一会儿！"

蒋知涵的微信来了三条信息，都是余烬发的——

以后别来车行了。

满十八岁让你开我车这条作废。

好友互删。

蒋知涵发去一条：？？？

界面显示：Y开启了朋友验证，你还不是他(她)的朋友……才能聊天。

最后几个大字：发送朋友验证。

蒋知涵：……

他火急火燎地打去电话："亲哥，我又哪儿招你了？你这是要跟我绝交的节奏啊。"

余烬语气平静："你姐回来不告诉我。"

蒋知涵愣了一下，问："你怎么知道，你看见她了？"他赶紧立定发誓，"哥，这真不赖我，她回来还不到半个月，不告诉你她行踪这条禁令也没解除，我是真的进退两难……"

余烬说："那以后别找我了，不用你进退两难。"

他说着就要挂电话，蒋知涵赶紧求饶："你真是我亲哥，亲的！别闹别闹，我什么都听你的还不行嘛！"

余烬沉默了一会儿，问："你姐现在有没有男朋友？"

就知道他要问这个，蒋知涵立刻说："没有。"

"真没有？"

"我发誓。"

"你爸是不是要给她介绍男朋友？"

蒋知涵这次真的惊呆了，说："哥你消息够灵通啊，这个都知道。"

余烬懒得废话，问："她见过吗？"

蒋知涵想了一下，回答："那倒没有。我爸贼挑，家世相貌人品都过得去才能入他眼，最近好像看中了一个，说过几天安排他俩见面呢。"

余烬安静好一会儿，说："他们什么时候见面提前告诉我。"

"得令！"

蒋知涵讨好地说："你要不要我姐的电话号码？我可以给你，不过你要答应我一个条件——"

"不需要。"

说完这句话，余烬挂了电话。

蒋知涵瞪着手机，觉得不可思议，说不通啊，这么好的机会都不珍惜？本想借此机会要挟一把，让余烬把橱窗里那辆宝贝摩托车也借他玩玩的。

他忽然想到什么，赶紧点开手机重新加了余烬好友。

没有反应。

他讨嫌地又打电话过去："亲哥，咱俩都和好了，你微信通过一下啊。"

"看我心情。"

"那我考完驾照还能开你车吗？"

"看你表现。"

"……"

余烬挂了电话,指尖轻点几下,调出一个界面,他看着上面那个刚存的号码出神。

昨晚蒋知涵问蒋烟什么时候回家,那时她正昏睡,如果送回家里,她家人一定会担心,他索性用蒋烟的指纹打开手机,替她回了一条。

知道她清醒时一定不肯给号码,余烬顺手用她的手机给自己打了一个,存了她的电话号码。

犹豫许久,余烬还是给蒋烟打了一个电话。

电话响了很久才被接起,接通时还能听到那头蒋知涵说话的声音,她应该到家了。

蒋烟一直没有说话,余烬听着她细微的呼吸声,嗓音很低:"是我。"

那边安静了一会儿,随后传来窸窸窣窣的声音,她大概跑到别的房间去了。

过了足有半分钟,蒋烟才开口:"你怎么有我电话?"

余烬没有回答这个问题,怕她挂电话,直接说重点:"你落了一些东西在原来的房子里,有时间过来取吧。"

蒋烟沉默一会儿,说:"有用的都拿走了,剩下的我不要了。"

余烬在她挂电话之前快速说了句:"是很重要的东西,来不来你自己决定。"

他比蒋烟抢先一步挂电话,以他对蒋烟的了解,他笃定她会来。

如果不来……

只好再想别的办法。

之后一连三天,蒋烟都没有来,余烬三天没睡好觉,守在家里,连车行也不去,就怕错过她。

隔一会儿他看下手机,明知她不会打来。

就在他即将放弃时,蒋烟来了。

她还有那个房子的钥匙,但没带在身上,她以为那个房子早就租给别人了。

她敲了余烬的门。

余烬正窝在沙发上盯着手机发呆,听到声音立刻弹起来快步走去开门。看到蒋烟,他似乎松了口气,整个人都轻松起来,手臂撑着门板,侧身让她进屋。

蒋烟站在门口没动,说:"不用了,我拿东西就走。"

余烬好像早猜到她会这样,盯着她的眼睛看了一会儿,随后回到客厅拿了茶几上的钥匙,走到隔壁把门打开,说:"进来吧。"

余烬有隔壁的钥匙,这让蒋烟有些意外。他没有等她,伸手揽过她肩膀,把人推进去。

房子和两年前一模一样,没有丝毫改变,她的家具都在,那些没有带走的东西也在。

沙发上有一条临时用的小毯子,没有折好,随意堆在角落,餐桌上还有一罐没开封的啤酒和半瓶辣椒酱。

这里好像有人在住。

身后余烬轻声说："房子我一直租着。"他顿了下,"我想,也许有一天你会回来。"

在这儿生活的那段时间,蒋烟每天提心吊胆,怕被家里发现,可她很幸福,天天都能看到余烬,感知他的喜怒哀乐,也为他们关系的细微改变而窃喜,估算着她在他那里是不是又得到了什么别人没有的特殊待遇。

一晃近两年过去了。

蒋烟有些怔然。

她鼻尖酸涩,用力眨了眨眼睛,憋回那一点泪意,她回头看他,问:"我到底落了什么重要的东西?"

余烬走到里面,把摆在书桌上的纸盒递给她。

蒋烟接过翻了一下,盒子里全是她以前的东西,冰山香薰、发卡和头绳、掉了的扣子,还有一些零零碎碎。

蒋烟皱眉,觉得自己被骗了,说:"就这些吗?"

她翻看的同时,余烬一直安静地注视着她,问:"这两年你过得还好吗?"

那天她走得那样急,都没能好好跟她说说话。

蒋烟低着头,怀里抱着盒子,说:"挺好的。"

"这次回来,还走吗?"

隔一会儿,她说:"走。"

余烬的心沉了沉,问:"还回瑞士?"

蒋烟没有犹豫,"嗯"了一声。

"毕业了为什么还回去?"

"工作。"蒋烟没了耐心,"你找我来到底什么事,没事我走了。"

她转过身,余烬忽然说:"我没看到那两条信息。"

蒋烟的脚步停下。

余烬盯着她的背影,说:"你走后几天我才看到,如果早看到,我会去的。"他克制着自己的情绪,"烟烟,我会去找你的。"

空气很安静,蒋烟没有回头。

余烬没有催促,默默等她回应。

过了会儿,蒋烟转过身,脸上挂着淡淡的笑,说:"没关系,都过去了,我没那么在意了。"

她语气轻松,好像真的已经不在意。

余烬心头酸涩,上前握住她双肩,低垂着眼睛注视着她,说:"那我呢?我也过去了吗?"

他忽然靠近,蒋烟有些抗拒,试图挣开他的束缚,说:"你先松开我。"

余烬不放手,一定要她的答案。

蒋烟低着头，手还抵在他胸口，不让他靠近，说："是你说我们不合适。是你说你没有时间，也没有兴趣。"

她对他说过的话，记得这样清楚。

余烬握住她的手摁在自己心口，说："我的错，是我没有想清楚。"

蒋烟沉默一会儿，最终还是慢慢收回自己的手，说："可我想清楚了。"她抬起头，漂亮倔强的眼神跟以前一模一样，"余烬，我现在不喜欢你了。"

从那栋楼里跑出来，蒋烟躲在无人注意的角落里，紧绷的身体终于放松。她泄了气，用手背抹了一下湿润的眼睛。

再见到他，还是会紧张，但蒋烟时刻提醒自己要保持清醒。

这两年，她已经接受余烬不喜欢自己的事实，虽然偶尔想起还是会很难受，但她也在努力忘记他，她不想让自己变成那种拿得起放不下的人。

她不喜欢那样，一点都不酷。

也许是因为那时她走得太仓促，他们没有一个完整的结束，余烬没有及时看到那两条信息，心中愧疚，所以再见到她，才会是这样的反应。

如果他喜欢她，当初不会对她说那样的话，她不想自己是他生命里的勉强、将就。

她也不允许自己再轻易掉进去，患得患失的感觉太难受。

说出那句"不喜欢你"，蒋烟心里好像松了一口气，似乎到现在为止她才对少女时代有个了断。

可内心深处，很深很深的地方，她还是隐隐难受。

说不清是什么感觉。

蒋烟晃了晃脑袋，决定不再去想这件事。

手机里还有甲方的催稿消息，她还在上学时就已经在接一些工作，有些知名品牌看到相关案例，特意联系想让她帮忙画新一季的平面广告。

那些广告会分成好多系列，线上网站，线下大街小巷，全面推广。

有段时间网络上特别火爆的一款零食就是她的作品，那个案例让她的身价涨了不少，吸引了好多广告商。

毕业后回国，还有一些小尾巴没有处理完，最近她就在忙这个。

晚上九点多，蒋烟打开电脑，清理好桌面，冲了一杯牛奶放在旁边，开始今天的工作。

她喜欢晚上画画，没人打扰，世界清明。

她眼睛盯着屏幕，握着笔在板子上修改细节。

在画画方面，蒋烟有些强迫症，一条线为了达到满意的弧度，她常常要重画几十次。

蒋知涵敲了两下门，悄悄探头进来，问："姐，忙着呢？"

蒋烟没理他。

蒋知涵笑嘻嘻地端了一盘水果放在桌上，坐在旁边的矮凳上，仰着脸看她，说："啧，这么严肃，没灵感啊？"

蒋烟用牙签扎了一块哈密瓜，说："有话快说，有——"

"停。"蒋知涵打断她，"文明人，咱们是文明人。"他瞥了眼电脑，"又是吃的，你天天画吃的不饿啊？"

蒋烟目不斜视，说："饿啊，所以你要给我做宵夜吗？"

蒋知涵笑得特别夸张，说："你敢吃我做的宵夜啊，不怕中毒？"

蒋烟扭头看他，说："你不是很会吗？听说还给人家做什么爱心薯条，浪费家里多少土豆。"

蒋知涵的脸腾一下红了，讲话也结巴起来："哪、哪有，阿姨也真是的，不就几个土豆嘛，到处说……"他把话题扯到别处，"姐，明天平洲哥那什么摩托车大赛，你去看吗？"

蒋烟说："去。"

蒋知涵拉着长声道："啊，去啊，我还以为跟摩托车有关的活动，你不会去呢。"

蒋烟瞥他一眼，说："摩托车怎么了？"

"不是因为那个谁嘛。"

"他又不去参赛我为什么不去？"

蒋知涵"哦"了一声："我可没说是谁。"

蒋烟扬起手，说："你找打是吧。"

蒋知涵躲了一下，说："野蛮的女人。"他低头摆弄手机，"几点开始啊？"

"九点。"

蒋知涵说："哦，那得七点多就出发吧。"

蒋烟喝了一口牛奶，说："怎么，你明天不是要上课？你要是敢逃课我就告诉爸。"

蒋知涵翻了个白眼，说："你们女生除了告状还会什么，我的意思是这什么大赛怎么不周末办啊。我还想开开眼呢，我大神哥哥教我那些……"

蒋烟说："出去。"

"哦。"

蒋知涵好脾气地站起来，临走时还把盘子里最后一颗樱桃也顺走。到了门口他又回头，笑得意味深长，说："亲爱的姐姐祝你明天过得愉快哦。"

"神经病。"

第二天早上蒋烟起晚了，急匆匆从楼上下来，拎着她的随身小包，早饭都来不及吃就跑出去。

她还没有考驾照，家里司机有事不在，她约的车刚刚打过电话，还有两分钟就到。

蒋烟打开大门，意外发现不远处停了辆黑色越野车。

余烬懒散地靠着车头，手里正把玩一只银灰色打火机，眼睛盯着前面那堵墙，不知在想什么。

听到声音，他转头看向门口的蒋烟，立刻收起打火机走过来。

蒋烟愣愣地看着他，问："你怎么在这儿？"

余烬看她眼睛，说："去哪儿？我送你。"

蒋烟还是没弄清楚他的意思，说："你大早上在我家门口干什么？"

"昨天有话没说完。"

蒋烟觉得自己已经说得很清楚了，不知道余烬还想怎样，说："你有话快说，我赶时间呢。"

她从没用这样的语气跟余烬说过话，余烬盯着她看了一会儿，叹了口气，说："坐我的车，我们边走边说。"

蒋烟不愿意，从他身边绕开，说："我不坐你的车，我约的车马上就到。"话音落下，不远处驶来一辆出租车，停在别墅门口。

蒋烟刚走一步，余烬忽然一把将她横抱起来走向自己的越野车。蒋烟大惊，在他怀里不停挣扎，喊："余烬你干什么！"

余烬把人塞进副驾驶座，他手掌摁着她肩膀不让她乱动，拽下安全带替她扣好。他身体压得很低，蒋烟可以闻到他身上清冽熟悉的味道。

系好安全带，余烬手臂搭在她身后的椅背上，注视她的眼睛，说："你教过我，女生说不要就是要。"

蒋烟气得用包砸他胸口，说："那是以前，我现在说要就是要，说不要就是不要，你放我下去！"

余烬笑得很痞，说："不放。"

他锁了车门，走到出租车那边递给司机一张粉红色的纸币，说："辛苦，我们不坐了。"

他回来直接上了驾驶位，启车开走。

蒋烟狠狠地瞪他，说："余烬，你现在怎么这么——"剩下的话她没说出口，她还是不习惯用这样的词形容他。

余烬倒是接得快："不要脸，是吗？"

蒋烟小声嘟囔："你知道就好。"

余烬淡淡地"嗯"了一声："以前要脸，可我把你弄丢了。"他偏头看她一眼，"脸和你之间，我觉得还是你比较重要。"

昨天蒋烟走后，余烬一个人在房间待了很久。

他一直在想蒋烟那句"已经不喜欢你了"。

当时听到那句话，他心里很慌，在想如果蒋烟说的是真心话，要怎么办。

后来又觉得，他现在的状态大概跟两年前的蒋烟一样，不过是在经历她曾经历过的事。

那时她应该比他更难受。

蒋烟扭头不看余烬，觉得他很奇怪。

从他们重逢到现在，每次见面他都很奇怪，说些莫名其妙的话，还叫她烟烟。这么亲密的称呼，男人里只有爸爸和几个长辈这样叫过她。

不是不喜欢吗？不是不合适，没时间，没兴趣吗？

搞得好深情，很受伤一样，好像当初被抛弃的人是他。

越野车已经开上绕城高速，蒋烟猛然想起自己要去干吗，气势汹汹地朝他喊："你往哪儿开呢，你知道我要去哪儿吗？你快放我下车！"

余烬没理她。

渐渐地，蒋烟发现，他开车的方向正是赛车场的方向。

那里是郊区，原本人不多，但因为这场赛事，邻近的一段路比较堵，余烬好像对这里很熟悉，另辟蹊径，挑了一条很少人走的小路穿过去，很快到了车场大门外。

车一停下，蒋烟几乎在车停下的同一时间打开车门跳下去。

余烬也下了车，蒋烟整理自己的衣服，语气不怎么好："你怎么知道我要来这儿？"

余烬帮她把压在包链下的一绺头发拉出来。

蒋烟拨开他的手，说："你能不能不要老是动手动脚的。"

余烬有些无奈，说："你怎么跟个小炮仗一样，一点就着。"

"那你别点啊。"蒋烟忽然想起什么，"是不是蒋知涵告诉你的？"

余烬没否认。

蒋烟快要气死，说："小崽子找死。"

她恨恨的，说得咬牙切齿，余烬没忍住，笑了一下。

蒋烟立刻问："你笑什么？"

余烬温柔地看她，说："你弟说你脾气不好，对他很凶，那时我不信。"

那时他确实不信，蒋烟在他面前乖得很，像只小花猫。

可小花猫也有亮爪子的一天。

蒋烟仰起头，说："现在你知道了。我就是很凶，脾气也不好，你趁早离我远点儿。"

余烬嘴角含笑，伸手揉了揉她的脑袋，说："很可爱。"

蒋烟像看神经病一样看他。

她转身就走，余烬拉住她，说："看完比赛早点出来，我在外面等你。"

蒋烟甩开他，说："不要。"

余烬伸手抓蒋烟，蒋烟已经跑进安检口。保安拦住余烬，说："不好意思先生，没有邀请函不能进。"

蒋烟站在里面得意地摇了摇手里的邀请函，说："再见啦。"

她没有再管余烬，转身跑掉。

余烬有些无奈地看着蒋烟的背影，觉得蒋烟这次回来变化很大，不再是以前那个只会跟在他身后的小尾巴，好多事都不在他掌控范围内，这让他有些焦虑。

门口的保安尽职尽责，一点放水的可能都没有。

余烬只好拿出手机拨通一个号码。

十分钟不到，从里面出来个工作人员，看到余烬特别热情，亲自把他请进去，说："烬哥，你怎么有空过来？赵哥说你不来呢。"

余烬一边往里走，一边四处看，说："闲着没事，过来看看。"

余烬在这个圈子里地位很高，很多人认识他，很给他面子。这场大赛的举办者本想邀请余烬做颁奖嘉宾，但他对这种事情不感兴趣，没有答应。

工作人员让他先到后台休息，余烬没去，说："你忙吧，我随便转转。"

那人答应一声，说："行，那你溜达溜达，有事叫我。"他还有别的事要忙，很快走掉了。

这里是个很大的室外场地，有专业的赛道，多少米直道多少个弯道都有标准，四周安全范围内添置围栏，隔出观赛区供观赛者使用。

比赛即将开始，选手已经在起点等待，很多人聚集在围栏外。

余烬穿梭在人群中寻找蒋烟。观赛区是沿着赛道安排的，线路很长，很多人会走到很远的地方等着选手路过，那里人少，观看位置也好。

看起来好像不太好找，但余烬一下就看到蒋烟了。

蒋烟那个小丫头，哪儿有热闹往哪儿凑，找人多的地方就对了。

起点那里人最多。

余烬侧身进去，果然看到蒋烟站在最前面，两只手扶着快赶上她个头高的围栏，踮脚往赛道看。

她身边挤满了人，都是高高壮壮的小伙子，她夹在中间，像个小萝卜头。

余烬悄声站到她身后，手臂越过她身体握住那侧的围栏，将她整个人护在身前，与拥挤的人群隔开。

蒋烟觉察到了异样，以为陌生人靠近，刚想挪地方，头顶传来一道低沉熟悉的男人声音："别动，是我。"

蒋烟转过头，看到竟然是余烬。

她惊了一下，问："你怎么进来的？"她皱眉，"你又翻墙了？"

旁边的人看了眼余烬，余烬低头觑着她，说："你再大点声，待会儿所有人都听到，工作人员过来把我赶走，多丢人。"

蒋烟转头不看他，说："活该，谁让你总翻墙。"

话虽这样说，但她声音小了很多，也没有再提这件事。

余烬靠得很近，后面还有人不断往前拥，蒋烟扭了几下，想把他挤开。余烬抬手在她脑袋上轻拍一下，说："老实点。"

蒋烟不动了，说："你到底还有什么话没说完？"

余烬盯着起点已经准备好的一排选手，说："你说不喜欢我了，我不信。"

蒋烟扭头看他。

余烬凝视她的眼睛,说:"我想了一下,这个好像也在女生比较喜欢说反话的范畴内。"

蒋烟避开他目光,视线重新落在场上,说:"你不要胡乱地举一反三,自作多情。我说了,我现在说是就是,说不是就不是。"

余烬淡淡"嗯"了一声,似乎早猜到她会是这样的反应,说:"这个可能我也想过,不过没关系,我们时间还很多,我可以慢慢让你重新喜欢我。"

"烟烟。"他低声叫她的乳名,"以前是我不好。你再给我次机会,我补偿你,好不好?"

余烬说话时微微低了头,唇瓣靠近蒋烟耳侧,热热的呼吸裹挟着她。他身体还环着她,这样的情景,任谁看都觉得他们是一对甜蜜的小情侣。

蒋烟纤细的手指紧紧攥着栏杆,紧抿着唇,没有说话。

她闷了一会儿,开口想说什么,余烬嘘了一声:"开始了。"

蒋烟看向场内,裁判已经举枪,倒计时三秒后,"啪"的一声,所有参赛摩托车同时冲了出去。观赛区顿时沸腾起来,好多人下意识地跟着参赛的摩托车移动,但仅仅几秒,那些车已经到达第一个弯道。

蒋烟赶紧挤出去跑到第一圈终点等。

余烬跟过去。

赛场内,引擎轰隆声不断,阵势浩大,蒋烟第一次现场看这种比赛,很兴奋,不停张望最后那个转弯。

没有多久,几乎是同一瞬间,三辆车并排压弯疾驰而来,车身倾斜,几乎贴到地面,看得人不自觉跟着紧张起来,心脏似乎都快跳出来。

余烬倚着围栏,对这些并不感兴趣,饶有兴致地看着蒋烟脸上崇拜的目光,问:"喜欢吗?下次带你兜风。"

蒋烟说:"你不是不骑摩托车。"

余烬轻笑一下,说:"这你也知道?"

第一组结束后,广播通报成绩,第二组选手很快上场。

几圈后,余烬发现蒋烟并不是在看热闹,她有特定关注的选手,每次那个一号摩托车过来时她就兴奋尖叫,加油欢呼,震得余烬耳朵痒痒。

他有些不爽,问:"认识?"

蒋烟不理他,眼睛紧紧盯着一号选手的摩托车。

每次那车过来,蒋烟都像啦啦队一样跳起来给他加油。

最终那个一号选手得了小组的第一名。

选手下场时,蒋烟挤进守在终点的人群里,冲那边使劲儿地挥舞手臂,喊:"平洲哥!"

一号选手摘下头盔,用手胡乱抓了抓压乱的头发,是个二十几岁的年轻男人。

看到蒋烟,他眼睛亮了一下,跟旁边的人打了个招呼,随后夹着头盔小跑过来,亲昵地拍了拍蒋烟的脑袋,说:"哪儿冒出来的,刚我找你没找着,以为你没来呢。"

蒋烟笑得很甜,说:"我早来了,等着你拿冠军蹭饭吃。"

蒋平洲是蒋烟的表哥,常年混迹在京圈,家里开着连锁商超,也是位有名有姓的主儿,最近为了这场比赛特意回岳城待一段时间。

蒋平洲笑说:"你可别给我压力,不拿第一也请你吃饭。涵涵呢?"

"他上学,来不了。"

蒋平洲笑了两声,说:"他还能忍住?你就找吧,肯定在哪个旮旯藏着呢。"

蒋烟四处张望,说:"不会吧,我没看到啊。"

两人聊了好一会儿,蒋平洲终于注意到蒋烟身旁还站了个人。

他示意蒋烟,问:"这位看起来不太高兴的帅哥是?"

蒋烟瞥了余烬一眼,随意说:"不认识,不太熟。"

余烬脸更黑了。

蒋平洲乐了,说:"到底是不认识还是不太熟?"

蒋烟说:"不认识。"

余烬阴森森的目光盯着她,说:"你跟谁来的,这么快忘了。"

蒋烟仰起头刚要说话,蒋平洲忽然摁住她脑门儿把她推到一边去,说:"你等会儿。"

他有些疑惑地看着余烬,说:"我怎么觉得你有点眼熟啊。"他一拍脑门儿,"我想起来了,你是不是余烬?那个改装界的大神。"

余烬目光在蒋平洲脸上扫过,没印象,应该没见过,只说:"大神不敢当,我是余烬。"

蒋平洲特别兴奋,说:"真是你啊,我在老赵那儿见过你照片和你改过的车。"他冲余烬竖起大拇指,"哥们儿,你牛,给老赵改那车绝了。"

老赵就是这次大赛举办单位的一个领导,想找余烬当颁奖嘉宾的。

余烬没有太大反应,偏头示意蒋烟,问:"你是她?"

蒋平洲说:"我是她表哥。"

知道只是表哥,余烬脸色缓和不少。蒋平洲拿出手机,说:"哥们儿,留个联系方式,有机会帮我也改改。"

蒋烟立刻说:"大神很高冷的,一般不随便给人留电话,也不随便接活儿。"

"谁说的。"余烬瞥她一眼,接过蒋平洲的手机把自己的号码输进去,"随时都可以,我最近都有空儿。"

蒋平洲把手机接过来,扭头嗔怪蒋烟:"人家好好的名声就是被你们这样传坏的,多随和一哥们儿,哪有你们说得那么冷冰冰。"

随和。

蒋烟真是见了鬼，第一次听到有人夸余烬随和。

蒋平洲有些抱歉地看着余烬，说："不好意思，我妹从小被惯坏了，口无遮拦，你别介意。"

余烬淡淡"嗯"了一声："习惯了。"

蒋平洲的视线在两人中间转了一圈，说："不过，你们两个是？"

余烬说："我们——"

他刚说了两个字就被蒋烟打断："我们不是很熟。"

余烬偏头觑着她，并不反驳。

蒋平洲觉得两人之间的气氛有些奇怪，但没时间多想，他后面还有其他项目，跟余烬甩了句常联系就赶紧回去了。

蒋平洲走后，余烬才睨着蒋烟，说："我们不熟吗？"

蒋烟转身想走，余烬握住她手腕把人推到角落，手臂撑在她身侧，垂着头看她，说："我记得我跟你一起吃过饭，一起打过架，睡过上下铺，你在我怀里睡着不止一次，"他顿了下，"你还亲过我两次，这样还不算熟？"

蒋烟炸毛一样，嚷嚷："谁亲你了！"

"医院一次。"

那个草莓蛋糕味儿的吻，他至今记得滋味。

蒋烟脸红了红，说："那也只有一次。"

余烬抬手摸了摸她脸颊，把不知道什么时候蹭脏的地方擦干净，说："在小西山那晚，你在我房间睡着了，我抱你回去。"

他的拇指还停留在她脸上，蒋烟觉得他碰到的那一片皮肤越来越热。

那晚她记得很清楚，说："你说我自己回去的。"

余烬重复一遍："我抱你回去的。"他点了点自己脸颊靠近嘴角的地方，"你亲了这儿。"

蒋烟伸手推他，说："我睡着了，我不知道。"

余烬的手臂重新撑在她身侧，说："你占完便宜不认账，没有这样的好事。"

蒋烟挣扎许久，余烬像铜墙铁壁，纹丝不动。她放弃了，身体紧紧贴着墙壁，跟他隔开一点距离，说："那你想怎样？"

余烬的拇指蹭了蹭她耳甲，目光下移，落在她红润的唇瓣上。

"我要讨回来。"

他没有像上次一样犹犹豫豫，偏头吻下去。

蒋烟伸手捂住自己的嘴。

余烬吻到她手背。

余烬睁开眼睛，下一秒，蒋烟狠狠踩了他一脚。余烬吃痛，手上松了劲儿，蒋烟一把推开他，头也不回地跑了。

余烬站在原地缓了半天脚还疼，这丫头真舍得下狠手。

他靠在墙壁上，拇指轻蹭唇瓣，想起刚刚蒋烟窘迫的样子，痞气地笑了笑。

小钢炮一样，脾气涨了不少，现在说不得惹不得，但他像着了魔，越看越喜欢。

直到整场比赛结束，余烬也没看到蒋烟。他回自己车里等，散场时看到蒋烟跟着蒋平洲上了另一辆车，同行还有几辆车，浩浩荡荡先后开走了。

他没有跟过去，一个人开车离开。

这天晚上，蒋平洲把蒋烟送回家，被留下吃晚饭。

蒋彦峰也在家，他让阿姨多做了几个菜，蒋平洲陪着喝了几杯。

蒋烟和蒋知涵只顾闷头吃饭，不像往日话多。

蒋彦峰表情凝重，似乎有什么事。蒋平洲多少知道一些，说："小姨夫，如果有需要，我家那边——"

蒋彦峰使了个眼色，不让他说下去。

蒋彦峰把话题岔开："我要有你这么个儿子就省心了。"

桌子那头的蒋知涵不乐意了，说："瞧您这话说得，我招您惹您了，您要愿意我也可以陪您喝两杯。"

"小小年纪喝什么酒。"蒋彦峰一听他说话就来气，"你今天干什么去了？"

蒋知涵快把头埋进碗里，说："上课啊，还能干什么。"

蒋彦峰怒视他，说："上课？那是谁上完第二节课翻栅栏跑出学校，被你们教导主任抓个正着。"他冷哼一声，"逃课都逃不明白，还能干什么。"

蒋彦峰说完，把视线转向一直安静吃饭的蒋烟身上，说："上次跟你说的事——"

"我不去。"蒋烟皱眉，"爸，我才二十岁，刚毕业，你就这么着急把我往外推，你要烦我就直说，我搬出去住，不在你面前碍你眼。"说完，她连饭也不吃了，起身上楼。

餐桌上的气氛不太好，蒋知涵迅速扒完碗里的饭，一抹嘴，说："我也吃了，上楼看奶奶去。"老太太今天不太舒服，饭菜已经送到楼上。

蒋平洲给蒋彦峰倒了一杯酒，说："您别担心，也许没有那么严重。"

蒋彦峰抿了一口，说："别跟他们两个说，帮不上忙跟着瞎着急。"

"哎，知道了。"

蒋烟回到房间，把自己摔进那张大床里，随手拽了被子盖在脑袋上。

她睁开眼睛，眼前一片黑暗。

柔软的布料贴在她脸颊上，余烬的指尖似乎还在她耳侧摩挲。

她烦躁地翻了个身，拽了枕头压在头上。

过了会儿，一只手从被子里伸出来，摸到床头柜的抽屉，从里面拿出一本画册。

黑暗中，蒋烟把那本画册抱进怀里，一滴眼泪掉下来，很快融进粉色的床单里。

自从回到瑞士，她再没画过他。

画册里的第一幅，是废墟中，他从缝隙中钻进，朝她伸出手。

阳光就在他身后。

后面的每一幅，都是她的想象，想象他读书的样子，吃饭的样子，想象他做的每一件事，想象跟他在街角的咖啡厅门口偶遇。

后来他就在她身边，再也不用想象。

她画了很多真实的余烬，他在那张小破沙发上睡觉，脸上喜欢盖一本杂志，去小西山的火车上，他躺在下铺，肩上的文身露出一点。

他打篮球，他改车。

最后一张，是在医院的那个中午，他买了草莓蛋糕给她吃，她主动吻了他。

很浪漫。

这也是唯一一幅画中有蒋烟自己的身影。

余烬那天有些慌张，这很不像平日一贯严肃的他，蒋烟后来偷偷笑话他很久。

他太讨厌了。

她一腔热血时，他不理她；现在她好不容易静下心，他又来招惹她。

曾经那么期待他说一句喜欢，可今天他那样放低姿态，要她给他机会，她心里却只有酸楚。

蒋烟努力控制自己的情绪，不想让余烬看出她被他的话影响。

凭什么啊。

你说要就要，你说不要就不要。

这样想着，蒋烟心里就有些气，把画册丢出被子外面，闷头睡觉。

过了会儿，她迷迷糊糊地又伸出手，把画册拽进去。

月亮升起，她有些困了。

之前蒋平洲说想让余烬帮忙改车，余烬以为他随口说说，没想到两天后他真的找上门，还把他的宝贝摩托车也一并带过来。

余烬当时在外面，接到电话说很快回来，让雷子好好招待。

蒋平洲坐在小屋的沙发上，雷子给他倒了杯水。

蒋平洲道谢："你们这儿可是够偏的。"

雷子笑了笑，说："我们烬哥喜欢清静。"

"他清静不了吧，估计不少人找他。"

雷子说："找烬哥的人是挺多，但烬哥这两年不怎么接活儿了，除了认识的老朋友能帮着拾掇拾掇，其他人能推都推了。"

外面来了两个人，雷子过去招呼，说："您先在这儿等，烬哥马上回来。"

蒋平洲点头道谢。

他环视这间休息室，靠墙那排架子上摆了几个奖杯和奖牌。他走过去看了眼，有赛车的，有改车的。

这履历还真是好看，怪不得圈里人都捧着他。

蒋平洲觉得有些奇怪，外人都传余烬这人比较冷，性格也很独断，很少与人交往。他车行的小弟刚也说了，现在他除了朋友其他人的活儿都不怎么接。

那怎么这么痛快就答应帮自己改车。

他们才只见过一面而已。

没两分钟，余烬从外面回来，见了蒋平洲，他指着沙发，说："坐。"

两人一同坐了。

余烬风尘仆仆，像是从什么地方匆忙赶回来。蒋平洲有些抱歉，说："不好意思啊，我应该提前跟你打个招呼。"

余烬说："没事。你想怎么弄，有想法吗？"

蒋平洲简单说了一下自己的要求，余烬在细微的地方做了改动，一些蒋平洲没想到的地方他都写上了，很快做出一个大致的方案。

蒋平洲看了一眼那张纸，指着一个地方，说："速度能达到吗？"

余烬说能。

蒋平洲现在才觉得余烬是真的牛。

正事很快结束，两人闲聊一阵，蒋平洲很期待最终效果，问："大概什么时候能取车？"

"最多一星期。"

"成。定金怎么交？"

余烬把那张纸放桌子上，说："不用了，改完再说。"

蒋平洲愣一下，说："这不好吧。"

按规矩定金必不可少，何况余烬还要先行垫付价格不菲的配件款。

"没关系。"余烬随意说，"你是蒋烟的哥哥，信得过。"

这话显得他跟蒋烟的关系不一般，蒋平洲又有了比赛那天种不对劲儿的感觉。

桌上余烬的手机响了，他拿过来看了一眼，是蒋知涵第 N 次添加好友的申请。

备注：我姐明天要跟人相亲，据说对方高大帅气、年轻英俊、家世显赫，还是搞游戏的，我姐最喜欢玩游戏了，欲知详情，请点通过。

余烬盯着那行字看了一会儿，眉头紧锁，心情一下就不好了。

蒋平洲问了句什么，余烬没有注意，低头点了通过，迅速给蒋知涵发了一句：什么情况？

蒋知涵很快回复：哥，你终于肯加我了，看来还是我姐好使。

余烬抬起头，问蒋平洲："抱歉，你刚说什么？"

蒋平洲又说了一遍："我是说，你跟我表妹，你们两个……"他总觉得他们关系不一般,但又觉得不太可能,蒋烟常年待在国外,两人的生活圈子和专业领域八竿子打不着,年龄还差那么多,根本不可能有什么交集。

没有等蒋平洲想好措辞,余烬直白地说:"我在追她。"

蒋平洲:"……"

他有些不可置信,好像听到了什么了不得的事,说:"你追她?我表妹,蒋烟?"

余烬平静地注视他,说:"对,有什么问题吗?"

蒋平洲缓了一会儿,还是不太能接受这个劲爆的消息,问:"你们两个是怎么认识的?"

余烬目光落在桌上那个花瓶上,过了会儿,他说:"你如果感兴趣,可以去问你表妹,问过后记得告诉我,她提起那些事时是什么表情。"

蒋平洲一听就懂,所以这位大神不仅在追那个小丫头,而且那丫头好像还不太乐意。

蒋平洲心里有些不是滋味,印象中蒋烟还是个小姑娘,每次见到他都吵着要好吃的,要他陪她玩,不知什么时候偷偷长大了,变成了漂漂亮亮的大姑娘。

还有人追。

蒋平洲暗自打量余烬。圈里人人敬着的人,长相没得挑,一看就是蒋烟喜欢的类型,家世不清楚,但看这车行的规模,估计好不到哪儿去,不过蒋烟应该不在意这个。

人品方面,通过这两次接触感觉还不错。

小丫头不答应,估计年纪还小,对感情还没开窍。

他发散思维,又默默回想了一下蒋彦峰给蒋烟选未婚夫的标准,觉得这位大神除了长相过关,其他好像都不怎么达标。

这哥们儿的路还很长。

蒋平洲走后,余烬直接给蒋知涵打了电话:"你姐答应见面了?"

蒋知涵说:"答应了。不过你放心,我姐就是应付差事,嫌我爸烦,她对那个帅哥不感兴趣。"

余烬很不爽,应付差事不还是要跟人家吃饭。

"很帅?你见过?"

蒋知涵想了一下,如果说很帅,他这位脾气不怎么好的亲哥大概又要拉黑他;说不帅吧,人家确实又很帅。思虑再三,他选择先挑别的重点说:"帅不帅先放一边,据说这人条件相当不错,是我爸精挑细选出来排第一位的,大学刚毕业,跟我姐年龄特别合适,又自强不息单枪匹马在北京创业做游戏。他没去他们家公司上班,他们家公司也可大了,好像叫什么罗氏……"

蒋知涵絮絮叨叨列举对方那么多优点,好像两人特别般配。余烬早就听得不耐烦,听到关键信息立刻喊停:"罗氏?"

蒋知涵说:"对呀。那男的姓罗,好像叫罗迹,本来在北京来着,回岳城给他奶奶过生日,被我爸眼疾手快摁下,约上了。"

听到这个名字的一瞬间,余烬的心放下一半,整个人也轻松了不少。

他还以为是谁,原来是那个臭小子。

罗迹就是他那位多年好友罗曜的弟弟,以前他们在一块玩时,罗迹总是跟着罗曜,和余烬混得很熟,前阵子还让人把以前骑过的那辆摩托车送到他这里让他帮着调一调。

那小子也是倔脾气,八成也是被家里强迫的。

余烬问:"明天几点,在哪儿?"

蒋知涵声音很小,好像不方便说话。

"具体时间、地点我还没有打探到,你等我消息。"

"不用了。"余烬说,"我自己问。"

挂了电话,余烬没有耽误时间,直接联系罗曜,问他今晚有没有时间见面。

罗曜把地点定在一家私人会所。

这家会所只对会员开放,入会门槛不低,罗曜喜欢安静,对环境和食物的品质要求也很高,他很喜欢这里。

余烬到时,罗曜兄弟两人已经等在里面。三人许久未见,互相调侃了一会儿,余烬发现罗迹整个人的状态比前几年好很多,大概已经走出漫长的失恋阴影。

罗迹问余烬那车什么时候能拿走,余烬说后天。

罗曜按了一下轮椅扶手上的按钮,操控轮椅移到墙边的酒柜旁,慢条斯理地挑选葡萄酒。

余烬看向罗迹,问:"你明天是不是要见一女孩?"

罗迹有些意外,说:"你怎么知道,这事儿我都是今天才知道。"

"是蒋家的?"

罗迹点头:"我奶奶他们瞎张罗,我有女朋友了。"

这下轮到余烬意外了,之前一直听说罗迹对高中时那个初恋女友念念不忘,分手时打击不小,整个大学都没缓过来,没想到一毕业就有女朋友了。

罗迹看出他的疑惑,说:"还是以前那个。"

余烬恍然,原来如此。

他有些郁闷,看看人家。

人家好歹轰轰烈烈谈了一场,虽然中间遗憾地分开几年,好歹现在有了好结果。

他呢?

如果要明确分析起来,其实他和蒋烟从没开始过,更谈不上结束。

他连前男友都不算。

在那短暂相处的两个月里，可供他回味的美好回忆太少，他唯一一次主动亲吻最后也没有完成。

余烬看罗迹，问："有女朋友你还答应？"

罗迹说："我可没答应，我给推了，是我奶奶自作主张以为定了时间我就会去。"他懒散地靠在沙发靠背上，"要不是等我那车，明天我就走了，女朋友还在家等呢。"

余烬说："你那老古董一身毛病，还要求那么高。"

"要求不高也不找你。"

余烬想了一下，说："明天那事儿你别推，就说你去。"

罗迹没明白，说："什么意思？"

不远处的罗曜拿了一瓶挑好的葡萄酒过来，指腹摩挲着瓶身，仔细打量，似乎很满意，说："时间地点告诉他。"

罗迹看了哥哥一眼。

罗曜示意对面那个明显不在状态的人，说："你明天要是去，那位大概会跟你绝交。"

罗迹有些明白了，很意外，说："什么时候的事，没听说呢。"

余烬有些烦闷，说："别问了。"

他随手翻看价目表，想吃点东西压压心口那股烦躁劲儿，说："有没有什么败火的东西？"

罗迹忍不住笑道："苦瓜败火，要不要来一盘？"

余烬说："生吃都没问题。"

玩笑过后，罗迹不再逗他，说："你放心吧，时间、地址待会儿给你发过去，不过你可不要只顾自己谈恋爱，我后天要准时拿车的。"

"耽误不了你的事。"

三人一起吃过晚饭，又聊了一会儿，余烬一个人开车回家。

车开到车行门口，余烬没下车，打开车窗，点了一根烟。

已经快要入冬，天气有些凉，呼呼的风灌进来，烟头那一点亮光忽明忽暗。

算算日子，离再次见到蒋烟也没有多久，但余烬总是觉得，好像已经过了很久。记忆中那个女孩依旧明艳漂亮，只是再也不像从前一样，一见他就笑。

每次见他，都像小钢炮一样，又凶又厉害。

手机进来一条信息，是罗迹发来明天见面的时间和地点。

余烬看了眼，是个高端又浪漫的咖啡厅。

两家长辈为了撮合他们真是煞费苦心。

余烬摁灭烟头，把车留在车行这边，一个人走回家。

第二天上午将近十点，余烬提前到达那家咖啡厅，坐在一个不起眼的角落，背对门口，但通过墙壁上的装饰玻璃可以清晰地看到门口。

没有多久，蒋烟来了。

她好像精心打扮过，穿得很漂亮，皮肤白皙滑嫩，他指尖曾短暂触碰过。

她以前不喜欢化妆，但今天好像涂了一点淡淡的口红，显得肌肤特别有气色，整个人从里到外青春焕发。

余烬暗暗生气。

不是没兴趣，敷衍她爸吗？用得着打扮这么好看？

蒋烟坐在这里已经十分钟。

她不太高兴，不是说对方年轻英俊人品又好吗，第一次见面就迟到，什么人啊。

她有些无聊，低头摆弄手机，玩了两局游戏。

对面椅子被拉开，有人坐下。

蒋烟收起手机抬起头，正想扬起一个礼节性的微笑，忽然发现对面坐着的男人是余烬。

一个脸臭的余烬。

她呆呆地望着他，不知道他怎么会莫名其妙出现在这里。

她环视咖啡厅周围，也没有别的男人出现。

"不用找了，他不会来了。"余烬说。

听这意思，余烬似乎已经跟那个男人见过，还不知道用了什么办法说服人家不来了。

蒋烟气鼓鼓地看着他，觉得他最近出现的频率似乎有点高。

余烬抿唇盯着她，问："相亲好玩吗？"

蒋烟喝了一大口面前的咖啡，说："这不是还没相就被你搅和了，我哪知道好不好玩，下次试完告诉你。"

余烬气得太阳穴突突地跳，说："还有下次。"

"当然有，我爸列了张表呢，一个个来，总有合适的。"

余烬看了蒋烟一会儿，闭了闭眼睛，深吸一口气，觉得自己早晚有一天会被她气死。

偏偏打不得骂不得，一句重话也不能说。

他耐着性子开口："以后的事以后再说，今天你就别想了。"他转头看向吧台的透明玻璃柜，"想吃什么，我去买。"

"不想吃。"

柜子里第二排都是蛋糕西点，余烬的目光落在正中间那一块，说："草莓蛋糕，吃吗？"

余烬是故意的。

蒋烟放在膝间的手指微微攥紧，说："不吃。"

她扭头看向窗外，闷闷地看了一会儿对面商场的大屏幕。

商场旁边的一排小店生意红火，蒋烟指着右手边第二家，说："我想吃炸鸡。"

记得余烬曾说过不爱吃炸鸡,蒋烟莫名就是想激他,看他能忍多久。

果然,余烬的脸色有些变了。

不知道炸鸡怎么他了,他好像特别不喜欢这个东西。

他紧抿着唇盯着蒋烟看了许久,最终认命一般泄了气,说:"好。"

他没有再说别的,起身出去。

十分钟后,他带回满满一袋东西,炸鸡翅、炸鸡腿、炸鸡块、鸡肉卷、鸡米花,各式各样,香气四溢。

蒋烟看着一桌东西有些发愣,这怎么吃得完?

余烬把东西都推到她面前,说:"吃吧。"

蒋烟警惕地看着他,问:"你不吃?"

"我看着你吃。"

蒋烟拿起一块鸡米花塞进嘴里,她没有抬头,但能感受到余烬的目光一直没移开。

被他这样盯着吃,她觉得自己可能会消化不良。

蒋烟只吃了几块就不吃了,余烬又递给她一杯可乐。

蒋烟接过来,余烬顺势握住她的手,说:"烟烟,以后你想吃什么都可以,但你要跟我一起。"

他说完便松了手。

蒋烟把那杯可乐放在桌上,没有喝。

过了会儿她站起来,说:"他不来我就走了,你慢慢坐吧。"

余烬跟出去,他步子大,几步就走到蒋烟前面,牵了她的手径直走向自己的车。

蒋烟被他攥着,甩又甩不掉,吼道:"你又要干吗?"

没有走多远余烬便停下,蒋烟看到几步外停着的那辆摩托车。

是车行橱窗里余烬那辆摩托车,蒋烟转头看他。

余烬还牵着她的手,目光向下,落在她略带诧异的脸上,说:"上次不是说带你兜风。"

他嗓音低柔,蒋烟和他对视几秒,低下头,避开他的目光,手用了些力,想从他掌中挣脱开。

余烬没有松手,反而握得更紧,说:"烟烟,我对你说过的话,都会兑现。"

他没有犹豫,直接把她抱上车,替她戴上专门为她准备的粉色头盔,随后自己也迈上去,拉住她的手环住自己的腰,说:"抱紧我。"

蒋烟不太情愿,缩回手,说:"我不想兜风,我要下去。"

余烬已经握紧车把,说:"晚了。"

他故意耸了一下车身,蒋烟摇摇晃晃坐不稳,一下扑到他背上。她气得狠狠捶他一下,又怕他再使坏,只能抱住他紧实劲瘦的腰。

余烬的声音从头盔中透出,显得闷闷的:"想去哪儿?"

她冷冷地说:"想回家。"

余烬低笑一下,将油门踩到底,摩托车一下蹿出去。

蒋烟好久没有这样痛快的感觉了。

耳边除了呼呼的风,听不见任何声音。

她眯起眼睛,两旁的建筑迅速倒退,她像在飞,身体的全部支撑只有余烬。

她渴望刺激,又有些怕。

但抱着余烬,她好像又不怎么怕,安全感十足。

除了最开始那一下,后面余烬骑得又快又稳,也没有再故意使坏吓她。

蒋烟将头靠在他背上。

雷子说,从没见过余烬骑摩托车,她也没有见过。这辆车好像已经放在橱窗里好几年了,不知道他当初是不是发生过什么事,现在又为什么可以骑。

余烬曾说,她不了解他。

现在蒋烟觉得,她好像真的不太了解他。

余烬没有送她回家,载着她在这座城市的大街小巷里穿梭,最终停在江边。

上次他知道她画册里满满都是别的男人,就是把车开到这里停留许久。

那时他脑子很乱,杂七杂八想了许多,成功地把自己绕进了一个死胡同,还对她说了那么多绝情的话。

现在余烬依旧不能确定她心里是不是还想着那个人,但他很想为自己争取一下。

他也在赌,赌他和那个男人谁在蒋烟心里的分量更重一些。

蒋烟跳下车,摘了头盔,抬手整理自己的头发。

余烬伸手牵她,牵了个空,她已经一个人走到前面去了。

他没有打扰她,两人站在江边静静吹风。

余烬觉得这样安静地跟她待在一起很舒服,也很难得。以前他工作时她也喜欢这样待在他身边,那时他并没意识到,美好的时光那样短暂。

有人给蒋烟打电话,她听了几句,随后说:"我的那个行李箱很大,能装好多东西,够用的。"

余烬偏头看她。

蒋烟往旁边走了几步,脚尖轻踢江边的小石子,说:"嗯,我到时早一点去机场。"

余烬的脸色渐渐变了。

蒋烟又和那边说了几句:"晚上七点别忘了,不许迟到。"

挂了电话,蒋烟抬起头,发现余烬紧紧盯着她看。

还没有等她说什么,余烬上前一步,握住她的手腕,说:"烟烟,你去机场做什么？"他小心地试探，"你要回瑞士吗？"

蒋烟注视他的眼睛，没有说话。

她在他眼睛里看到他从未有过的情绪——紧张，慌乱，不安。

眼睛不会骗人，他好像真的很怕。

余烬伸手把蒋烟搂进怀里，低了头，他的脸颊贴着她耳侧，哑声叫她的名字："烟烟，你别走行吗？

"你可以冲我发脾气，可以打我，凶我，随你怎么考验我，我都能接受，但你别走。

"别再离开我。"

第七章

原来是你，原来是我

余烬抱得很紧，蒋烟几乎不能呼吸。

她脸颊紧紧贴在他胸口上，他毛呢大衣上的纤维蹭着她的脸，有些痒，有些疼。

她眼睛湿润，悄悄地蹭在他的大衣上，伸手推他，说："你先松开我。"

余烬埋着头不放手。

蒋烟叹了口气，说："我不走。"

余烬睁开眼睛。

蒋烟说："是我同学要出国，我送机。"

余烬抱着她的手臂有些松动，蒋烟顺势从他怀里退出来。

他注视她的眼睛，说："那行李箱呢？"

"她箱子不够大，我以后用不到大箱子了，就把我的送给她了。"

余烬紧绷的身体终于放松下来，觉得自己好像有些反应过度。他喉结滚了滚，问："那你是不是以后都不走了？"

蒋烟"嗯"了一声。

余烬刚要说什么，蒋烟认真地看他，说："我不走，是我早就做好的决定，跟你没有关系。"

余烬没说话。

之后的时间，两人没有去别的地方。

蒋烟说要回家，余烬乖乖送她回去，但在她家门口他还是没有轻易放她进去，硬是逼着她通过了自己的微信好友申请。

蒋烟说他赖皮，他无所谓，只要能通过就好。

蒋烟进门后，余烬站在原地摆弄手机，把她的昵称改成"小钢炮"，随后戴上头盔，跨上摩托车，抬头看了一眼二楼东侧那个窗口。

那个窗台角落摆了个棕色的小熊玩偶，应该是女孩的房间。

他看了一会儿，窗子里没有任何动静。几分钟后，他握紧车把，踩油门离开。

蒋烟没有上楼。

蒋烟一会儿还有活动,那个要出国的同学后天就走,今晚两个小姐妹约好出去玩,为她送行。

蒋烟特意打扮得漂漂亮亮,想着跟罗迹应付差事喝杯咖啡后,还能去附近的商场逛逛,晚上直接去约好的酒吧。谁知碰上余烬,被他弄到江边转了一圈,现在搞得时间上不上下不下,如果直接去酒吧,他又要问东问西,所以她先回了家。

她看着微信里余烬的头像,还是以前那个画风明亮的卡通伞。

她觉得余烬现在跟以前一点都不一样,喜欢赖皮,脸皮还很厚,怎么凶他都不生气,也不像以前一样动不动就板着一张脸。

蒋烟躺在沙发上出了一会儿神,随后点开手机,把他的昵称改成"余点火"。

晚上七点,蒋烟准时到达约好的酒吧。

这家酒吧也在酒吧一条街上,和上次那家 ONE 酒吧离得很近。

没过多久,小姐妹钟雪来了。两人是初中同学,后来都听从家里的安排出国,一个去了瑞士,一个去了英国。这么多年两人也没断联系,只要都在岳城,就会一起出来聚一下。

钟雪准备留在英国发展,这次过去不知道什么时候才能回来,所以两人今晚准备好好玩一玩。钟雪最近在家憋坏了,看到什么都想试一下,拉着蒋烟去舞池跳舞,转头又去看调酒小哥哥表演。

两人坐在高高的吧台上,一人面前一杯蓝色海洋。

钟雪一边看表演,一边嘬着吸管,很快喝掉大半杯。蒋烟看了一眼她的杯子,说:"你慢点喝,那是酒,不是饮料。"

钟雪又喝了一口,咂摸咂摸滋味,说:"应该没事,雪碧味儿很足,甜丝丝的。"

她扭头问蒋烟:"你以后不回瑞士,就留在岳城了?"

蒋烟点头,说:"应该是。"

钟雪说:"真好。你爸还是疼你的,你想回来就回来了,不像我爸,根本不问我意见,天知道我对金融一点兴趣都没有。"

在外人眼里,蒋彦峰对蒋烟是非常好的,给她最好的生活,最优质的教育,支持她学喜欢的专业,现在长大了,又替她挑选最优秀的男人。

蒋彦峰眼光很高,并且十分看重人品,能入他法眼的人不多。

很多人都羡慕蒋烟,生在人们奋斗的终点,一辈子顺遂无忧,什么都不用管。

蒋烟低头看杯子里的蓝色液体,用吸管轻轻搅拌里面的冰块,有些出神。

钟雪忽然摇她手臂,示意吧台另一侧,说:"哎,那不是卫西吗?"

这个圈子里的小孩几乎都认识，蒋烟抬起头，看到卫西和游浩并排坐着，两人情绪都不太高，愁容满面，不知在说些什么。

两人脸上都带了点伤，但已经结痂，应该快好了。

蒋烟看过去的同时，卫西和游浩也注意到了她。

蒋烟冲卫西招了招手，想问问他脸上的伤怎么回事，谁知他们俩见了蒋烟跟见了鬼一样，立马起身离开，躲得远远的，很快消失在她的视线里。

钟雪压下蒋烟的手，说："你叫卫西干什么，你们不是闹掰了吗？"

蒋烟听得有些蒙，说："什么闹掰，没有啊。"

"没有吗？那我怎么听说卫西得罪你，被江述收拾了呢。现在他家都愁死了，供货渠道都断了，你不知道吗？我之前还想问你来着。"

这消息实在奇怪，蒋烟拿了手机走到酒吧外面，找了个安静的地方给江述打过去，问他怎么回事。

江述先问："他们找你麻烦没有？"

蒋烟摇头，说："没有，他们见着我就走了，好像在躲我。"

江述放了心，说："你就别问了，总之以后见到他们离远点，他们要敢找麻烦你就来找我。"

他不想细说这件事，但蒋烟不依不饶，一定要他说清楚。

江述被她磨得没办法，只说聚会那天卫西和游浩想趁她喝醉欺负她，没有提下药的事。

那天余烬说，让蒋烟离那些人远一些，江述就觉得不对劲，后来查过才知道怎么回事。江述不常生气，但那天他异常愤怒，游浩就算了，卫西一直跟他们走得很近，没想到卫西会对蒋烟做出这种事。

江述利用家里的关系断了他们两家公司的供货渠道，这等于扼住整个公司的命脉，非常严重。卫西和游浩找到江述，认错道歉，想亲自给蒋烟赔罪。江述没让，他不想让蒋烟知道这样下流又恶心的事，留下心理阴影，只说让卫西两人以后离蒋烟远一些，再也不许出现在她面前。

蒋烟听了这些话，震惊许久。

原来在她不知道的那些时间里，还发生了那么多事。

人心难测，一起玩了许久的人是那样的人，她一点都不知道，也没有任何警觉。

她心跳得有些快，特别后怕，说："谢谢你，江述。"

江述低声笑了下："跟我还说谢。"

蒋烟说："要的。你是不是还打了他们？我看他们脸上还有伤呢，你受伤没有？"

江述没说话。

蒋烟心口热热的，说："江述，真的谢谢你。"

两人打打闹闹这么多年，蒋烟还是第一次这样郑重谢他。

江述那边还有事，一直有人在催他，蒋烟说："你先忙吧，改天我找你。"

挂电话的前一秒，江述忽然叫住她。

蒋烟听到声音，又把手机放在耳边，问："怎么了？"

江述静默一会儿，还是说出口："我没有打他们。"

"我只是用家里的关系给了他们一点教训，没有做别的。"他停顿一下，"是余烬。"

蒋烟脚步停下。

江述说："你差点出事那晚，余烬就动手了。他很在乎你。"

挂了电话，蒋烟在酒吧门口那个超大的啤酒瓶上靠了很久。

其实在江述说这件事时，她就已经猜测到当晚的情形。余烬看到她喝醉，不放心，从卫西他们手里把她带走。

但她真的没有想到余烬会为了她跟人动手。

他那么不爱管闲事的人，平时多看别人一眼都不乐意。

而且后来他也没有跟她提起这件事，没有拿来邀功，让她感谢他。

她低头盯着手机里余烬的微信界面，打了几个字，删掉，又打了一行字，又删掉。

这样来回几次，她有些烦躁，关掉手机界面，回到酒吧找钟雪。

门口有人一起进入，她慢了一步，想让那人先进去，对方摁着门没撒手，声音里透着意外和惊喜："蒋烟？"

蒋烟转过头，发现竟然是雷子。

回来这么久，她没有去过车行，也没有见过雷子，她挺高兴的，说："雷子哥，好久不见。"

雷子特别激动，问："你什么时候回来的？"

"有一阵了。"

看来余烬还没有跟雷子提过她回来的事。

雷子身边还跟着一个朋友，以前去车行找过他，蒋烟见过两次。

几个人堵在门口不太好，雷子摁着门让蒋烟先进去，随便找了个空位坐下，说："真是太巧了，我最近常来这家，你一个人吗？"

蒋烟指了一下吧台那边，说："我还有一个朋友。"

雷子点头，说："把她叫过来大家一起玩，我请客。"

钟雪过来后，雷子重新给两人点了喝的东西，大家都是年轻人，很快熟悉起来。

蒋烟问雷子："阿姨还好吗？"

说起这件事，雷子特别感激蒋烟，说："全好了，已经很久没有复发了，她想当面谢谢你，我还说你不在呢。"

酒来了，雷子一边招呼大家喝酒吃小食，一边低着头偷偷给余烬发信息。

——烬哥你快过来！

——重大发现！

——我看见蒋烟了!
——她回来了!
——就在我上次来的那家酒吧!
——我给你稳住了!她暂时不会走!
——你快来!

余烬收到这一连串信息时,刚从浴室里出来。
他一边用毛巾擦头发,一边皱眉看手机。
下午他不是刚把她送回家,怎么又跑酒吧去了?
上次那件事还让他有些后怕,对酒吧那种地方印象太差。
她真不让人省心。
他匆忙将头发擦个半干,随便套了件衣服,开车赶去雷子说的那家酒吧。
谁知刚走到一半,又接到雷子的电话,雷子有些心虚,说:"烬哥,那什么,不用来酒吧了。"
余烬眉头蹙起,问:"怎么了,你们出来了?"
"嗯。"
"蒋烟还在吗?"
隔几秒,雷子说:"在。"
余烬松了口气,说:"你们现在在哪儿,我过去。"
雷子干咳两声,说:"派出所。"
余烬:"……"
雷子也没想到有生之年还能进趟派出所。
起因是隔壁桌一男的想请钟雪喝酒,钟雪不干,那几个人就有些生气,故意找碴儿。蒋烟护着自己的小姐妹,挡在钟雪前面,结果人家发现这个小姑娘比刚才那个还水灵,注意力全都转移到蒋烟身上。
雷子一看这不行啊,他家烬哥的心尖宝贝,哪能在他面前让别人给欺负了。
他跟了余烬四五年,脾气跟余烬越来越像,话不多说,谁冲蒋烟来,他直接上去把人给撂倒了。
跟他一块儿来的哥们儿也不是吃素的,两伙人很快招呼起来,整个酒吧乱成一团,最后有人报了警。
所有相关人员一起被带回派出所问话,两边一共九个人,都关在一个大房间里,一个个被叫出去问话。
房间里椅子不够,蒋烟他们几个就在墙边靠着。
问话很慢,一个人出去好久才回来,蒋烟等得有些累,索性蹲在那里。
旁边雷子也蹲下,有些抱歉道:"不好意思啊,我太冲动,连累你了。"
蒋烟一副无所谓的样子,说:"说这个干吗,你是为我们两个出头,再说我也想揍他们。"

她说着话还狠狠瞪了对面那个男人一眼。

刚刚就是他先起的头，还来拉钟雪，真想把他"爪子"剁了。

钟雪有些紧张，紧紧靠着蒋烟，说："要不我给我爸打个电话吧。"

蒋烟赶紧拦住她，说："别打，你爸知道没准儿告诉我爸，我可不想招他。刚才不是说了嘛，问完话要是没事估计就能让咱们走了。"

"可是咱们先动的手，他们能同意和解吗？"

"不同意就深究啊，反正是他们先惹咱们。不是还有监控嘛，别怕，他们理亏，不会不同意。"

门又开了，回来一个人，这次轮到蒋烟出去。

说实话，对面坐着个穿制服的男人，她多少还是有些紧张。

她没有添油加醋，问什么答什么，她回来后换钟雪出去。

余烬赶到派出所时已经快晚上十点，他问了一下具体情况，派出所的人说没事，性质不严重，以批评教育为主。

余烬问他们有没有受伤。

对方说就两个男的额头有轻伤，两个女生没事。

余烬问："那我现在能领人吗？"

民警带他走到那个房间门口，透过门上的小窗口看进去，问："里面哪个是你的人？"

余烬目光在屋里搜了一圈，最终落在站在最里面的角落，此刻正在无聊地玩自己头发的小姑娘身上。

他伸手一指："那个。"

那人打开房间的门，招了招手："里面那个小姑娘，出来一下。"

蒋烟抬起头，看到门口的余烬。

之前雷子给余烬打电话，她就在旁边，知道他要过来。

也许正是因为这个，刚刚她心里才那么有底，不像钟雪那么慌张。

她潜意识里认定，余烬会帮她摆平一切。

蒋烟拍了拍钟雪的手，安抚她："没事，等我一下。"

她走到门外，余烬的目光在她身上扫了一圈，干干净净，没有受伤，他把蒋烟拉到自己身边，问："没事吧？"

蒋烟摇了摇头。

余烬问他们什么时候能走，民警说办完剩下的手续就能走。

蒋烟忙说："我还有一个朋友，还有雷子哥和他一个朋友。"

余烬看了她一眼，抬手摸摸她头顶，说："知道。"

剩下的事都是余烬以亲友的身份帮忙处理的，提前把他们四个人接出来。

雷子早就看出不对劲，这两人的状态根本不像两年没见，他悄悄问余烬："你知道蒋烟回来了？"

余烬点头。

"也见过她？"

余烬"嗯"了一声。

雷子一下来劲了，说："那你不告诉我？看把我激动得，打字手都抖。"

余烬拍拍他肩膀，说："明天跟你细说，你先回去吧。"

雷子远远地跟蒋烟打了个招呼，让她有时间去车行玩，随后跟他朋友先走了。

余烬看向门口蒋烟和她的小姐妹。

蒋烟拉着钟雪从他面前路过，走到前面去。

余烬安静地跟在她身后。

钟雪挽着蒋烟的胳膊，偷偷回头看了余烬一眼，小声问蒋烟："这人是谁啊，好帅，比那个调酒小哥哥还帅。"

蒋烟没有回头，说："有吗？不觉得。"

钟雪有些激动，说："这还不帅什么才叫帅？"她摇蒋烟的胳膊，"他是谁啊？多大了？有没有女朋友，给我介绍一下呀。"

蒋烟没好气，说："他三十多快四十岁了，孩子都能打酱油了，你就死了这条心吧。"

钟雪又回头看了一眼，说："快四十？看着不像啊，挺年轻的，像二十多岁。"

"年龄大也挺好的，有男人味，会照顾人，"她有些遗憾，"可惜结婚了。"

两个小姑娘在前面叽叽咕咕，说的话余烬全听见了。

他嘴角隐隐含笑，心情不错，没有打扰她们。

走到越野车旁边，余烬叫住蒋烟："烟烟。"

蒋烟回头，余烬示意旁边他的车，说："我送你们回家。"

蒋烟看到他头发还没有完全干透，大概刚洗完澡，或是还没有洗完就接到电话，匆忙赶过来了。

她摇了摇头，说："不用了，我们自己去前面打车。"

余烬没有听蒋烟的话，打开副驾驶的门，说："上来吧，先送你朋友。"

蒋烟这个人，不管她怎样别扭生气，在外人面前都不会故意为难，让人下不来台。

她转头看钟雪，问："行吗？"

钟雪点头，看向余烬，说："谢谢你。"

两个女孩上了车，余烬把提前备好的一件外套扔给蒋烟，又问钟雪家的地址。

钟雪说了，余烬启车离开。

一路上蒋烟都没有说话，扭头看窗外的灯火。余烬偶尔在等红灯时看她一下，把被她放到一旁的外套抖开盖在她腿上。

车很快开到钟雪家小区门口，蒋烟跟她一起下车，把人送到侧边小门那里,问:"你东西收拾完了吗?"

"差不多了。"

"明天我让人把我的箱子给你送过来。"

钟雪点头,她看了眼等在那边的余烬,小声说:"那个人看你的眼神有点不对劲,他是不是在追你啊?你不是说他有孩子吗?"她为她的小姐妹担忧,"烟烟,你可不要想不开,跟已经结了婚的男人搅和不清啊。"

蒋烟有些脸红,不知道该怎样解释,把她推进小门,说:"行了,别胡说八道。"

钟雪一步三回头,蒋烟冲她招手,说:"快回去吧,后天我去机场送你。"

直到钟雪走到转角处时,蒋烟才转身回来,余烬靠在副驾驶车门旁等她。

两人对视一会儿,蒋烟先移开目光,手握住车门把手,被余烬按住,她抬起头,问:"干什么?"

余烬盯着她眼睛,语气有些玩味:"快四十了,孩子都能打酱油?"

蒋烟有些窘,说:"怎么了,开玩笑都不行。"

余烬心情好像很好,说:"行。你说什么都行。"

蒋烟要上车,他摁住她肩膀,说:"等一下。"

蒋烟还没弄清楚余烬的意思,就看到余烬在她面前蹲下了。

她吓了一跳,下意识地后退一步,被他握住脚踝。

余烬低着头,他骨节分明的手指帮她把松了的鞋带重新绑好。

风吹过脸颊,一绺头发被吹散,蒋烟怔怔地望着他。

他那样耐心专注,好像与她有关的一切都特别重要。

余烬整理好她的裤脚,起身发现蒋烟一直盯着他看。

他没有回避,与她对视,问:"怎么了?"

"余烬。"

"嗯。"

"上次在酒吧的那个晚上,你是不是跟卫西他们动手了?"

余烬目光动了动,躲闪片刻,又重新看向她。

"你知道了?"

蒋烟点头。

余烬沉默一会儿,说:"是。"他眼眸深沉,"我不会让别人欺负你。"

蒋烟低着头,眼睛酸酸的,问:"那你怎么不告诉我?"

余烬看着她眼睛,说:"告诉你有什么用,你会心疼我吗?"

蒋烟闷闷道:"你又没受伤,我干吗心疼你?"

"谁说我没受伤。"

蒋烟抬起头,回忆那天早上,好像没有看到他有什么伤处。

"那你哪里受伤了?"

余烬身体微微前倾,压低身子跟她平视,眼睛和嘴角都是笑意,说:

"你的意思是，如果我受伤，你就会心疼我，是吗？"

蒋烟发现自己掉进了他的语言陷阱，扭头不看他，哼道："谁要心疼你。"

余烬笑开了，抬手摸了摸她的脑袋，说："放心吧，就凭那两个人还能让我受伤，再来十个也不怕。"

蒋烟拨开他的手，说："别总碰我。"

余烬也不恼，问："下星期车友会组织的野营活动，你去吗？"

蒋烟知道这件事，蒋平洲说他回北京之前在这边有个活动，玩车的这帮人要去山里露营，再不玩就要到冬天，到时一下雪地就冻上了，睡帐篷也冷。

蒋平洲问蒋烟去不去，蒋烟还没有最后决定，她和那些人只在摩托车大赛那天吃过一次饭，还不太熟。

蒋烟抬起头，说："你不要告诉我你也去。"

余烬说："你去我就去。"

她立刻说："那我不去。"

"那我也不去。"

蒋烟咬着唇，说："你知不知道'阴魂不散'这四个字怎么写。"

余烬笑得很痞，说："你不会吗？我教你。"

他拉起她的手放在掌心，指尖在她手心一笔一画地写下那几个字，写完也没有松开她的手，问："会了吗？"

蒋烟说不过他，有些生气，用力抽出自己的手，说："我要回家。"

时间已经很晚了，余烬本来也没打算做别的。他打开车门让蒋烟上车，侧板很高，蒋烟上车依旧很艰难，余烬也没有提前打招呼，在后头搂住她的腰直接把人提上去。

蒋烟慌张扒住副驾驶的靠背，"哎"了一声。

坐稳后她回头，余烬已经把门关上了。

蒋烟今天折腾一天，晚上又进了趟派出所，几乎一上车就困了。这条路红灯很多，车走走停停，她脑袋歪到窗口那一侧，没有多久就迷迷糊糊睡了过去。

余烬把自己的外套盖在蒋烟身上，没有忍住，用手背轻轻蹭了蹭她的脸颊。

她这样安安静静的真好。

一醒来就跟个小炮弹一样，不知道哪句话就会惹到她。

接下来的路，余烬开得很慢，蒋烟睡得很安稳。

半小时后，车开到蒋家别墅门口，余烬熄了火，没有叫她。

别墅外还有两辆车，不知道是蒋家的车还是有什么客人。

十五分钟后，蒋烟醒了。

她转头看向余烬，他靠在驾驶位的靠背上，闭着眼睛，也睡着了。

他跟以前一样，睡觉时会不自觉蹙起眉头，好像总是睡不安稳。

蒋烟盯着余烬看了一会儿，无意识地伸出一根手指，想碰碰他，但指尖在他脸颊旁停留片刻，还是收了回来，打开车门，轻轻下车。

黑暗中，余烬睁开眼睛。

蒋烟的背影消失在别墅门口。

蒋烟进门后，发现蒋彦峰竟然还没休息，大厅沙发那边还有两个中年男人，三人表情凝重，不知在研究什么事。

那两个人蒋烟见过，是公司的高层，元老级别的人物。

能让他们三个深夜聚在一起，应该不是小事。

她礼貌地跟蒋彦峰和两位伯伯打了招呼，准备上楼。

蒋彦峰叫住她："怎么这么晚才回来？"

蒋烟停下脚步，回答："跟钟雪出去玩了。"

"白天见罗家那个男孩怎么样？"

蒋烟想了一下，那个罗迹能被余烬说服不来，大概也不愿相这个亲，肯定不会跟家里说实话。她也不想让蒋彦峰问个没完，索性说："不合适。"

蒋彦峰放下手里的报表，问："哪里不合适？"

蒋烟不想多说什么，只敷衍说了句没感觉就上楼了。

好在蒋彦峰有别的事需要处理，暂时没有追问。

接下来的几天，蒋烟很忙。

过阵子就要到元旦，有个很知名的网站找到蒋烟，希望能合作，由她来画元旦当天的开屏封面。蒋烟接了这个工作，连续忙了几个晚上，现在初稿已经交了，在等那边的意见。

蒋彦峰对她喜欢做的事没有任何意见，也没有指望她能画出什么名堂，就当赚个零花钱，只要她喜欢就好。

蒋平洲后来又问蒋烟去不去参加那个露营活动，她最终还是决定去。

临出发前一晚，她去超市买了一些露营用品和零食，在楼下客厅里整理登山包。

蒋知涵和奶奶在拼风筝模型。模型是蒋知涵买的，样子是老太太挑的。老太太是个风筝爱好者，屋子里收集了好多风筝，二楼她房间对面的走廊上还挂了一个超大的风筝，两个孩子小时候常常跟着她一起放风筝。

蒋知涵这次特别反常，以前碰到这样的活动，他最积极，这次蒋平洲问他，他都不去，说档期很满，没有时间游山玩水。

蒋烟都懒得戳穿他，一定又是陪他那个小青梅。

老蒋家的孩子好像都喜欢早恋。

这跟基因大概也有关系，父母谈恋爱也很早，十七八岁的纯真爱情，很深刻，以至于蒋烟的妈妈去世这么多年，蒋彦峰这样的身份地位，也没有再找别的女人。

第二天早上八点，家里的司机送蒋烟到达集合地，那里已经聚集了很多人。

蒋烟在浩浩荡荡的车队里看到那辆熟悉的黑色越野车。

余烬依旧离人群很远,挺拔的身躯靠在越野车车头,手里夹着一根点燃的烟。

蒋烟先去蒋平洲那边,蒋平洲一指余烬,说:"你坐他的车。"

蒋烟问:"你的车呢?"

"我的车坐满了。"

他忙着往后备厢装帐篷,没有时间理她。

蒋烟回头看了一眼余烬,余烬也在看她。

蒋烟走过去。

余烬把烟熄灭。

蒋烟在余烬面前站定,余烬笑得很温柔,说:"我知道你会来。"

"我是在家无聊。"

他"嗯"了一声:"你怎么说都行,来了就行。"

蒋烟打开后座的门,想把登山包放进去,看到后面堆了很多东西,帐篷包、毛毯、急救包、一袋袋的零食。

他准备充分,好像特别期待这次露营。

前面已经有人张罗出发,余烬把蒋烟的登山包放进去,打开副驾驶的门,说:"带了你喜欢的小鱼干,路上吃。"

蒋烟握住车门把手,想像以前那样迈上去,忽然发现原本的侧板下多了一个小踏板,高度刚刚好,她一踩就能轻松上车。

蒋烟心口微动,转头看向余烬,那人笑得很随意,问:"不喜欢吗,还是你更喜欢我抱你上去?"

他手臂搭在车门上,懒懒地靠着,蒋烟莫名觉得他身上有股闲散少爷的气质。

蒋烟上了车,余烬替她关上副驾驶的门。兜里的手机响,他一边接电话,一边绕到另一侧上车。

电话那边不知说了什么,余烬的脸色变了变,拉安全带的手停下,问:"严重吗?"

过了会儿,他语气严肃:"我马上回去。"

挂了电话,余烬沉默片刻,说:"烟烟,我不能陪你去了。"

蒋烟直觉有事,问:"怎么了?"

他紧抿着唇,说:"师父病了,又不肯去医院,我得回去。"

前面车队已经陆续出发,余烬给蒋平洲打电话,让他原地等着。

他开车把蒋烟送到蒋平洲车旁,蒋平洲打开车窗,问:"什么情况?"

余烬透过副驾驶的车窗看过去,说:"我有事,去不了了,烟烟坐你的车。"

蒋平洲听了便下车,过来把蒋烟分量不轻的登山包搬到他车里,让蒋烟坐了副驾驶。

车里除了后座一点食物和水,根本没别人。

他看余烬的眼神里还带了点遗憾,白白给你创造这么个好机会。

蒋烟上车前回头看了余烬一眼。

余烬捕捉到她的目光,一瞬间有些恍惚。他好像又看到以前那个蒋烟,看他的眼神里没有抗拒,没有疏远,只有担心和牵挂。

余烬唇瓣微动,说了句什么。

蒋烟看懂了。

他说:"等我找你。"

余烬等蒋平洲的车走远才准备掉头,可他刚发动车,还没来得及开走,忽然发现前方蒋平洲的车靠边停下了。

蒋烟从车上下来,怀里抱着她的登山包,朝他跑过来。

余烬目不转睛地盯着她越来越近的身影,握着方向盘的手渐渐攥紧。

她打开副驾驶的门,缓了好久气都没喘匀:"我也想去看看师父,行吗?"

余烬心口燥热,与她对视许久。

他发现蒋烟现在不管做什么,都能轻易搅乱他的心绪。

她还问行不行,怎么可能不行?

余烬没有下车,解了安全带直接探身到副驾驶那边,朝她伸出手,说:"上来。"

蒋烟握着他的手被他拉上车。

登山包被扔到后面。

余烬替蒋烟扣好安全带,他靠得很近,热热的气息包裹着她:"坐稳了。"

蒋烟轻轻"嗯"了一声。

这里离师父家很远,开车也要两个小时,余烬怕蒋烟饿,让她拿后面的零食包,里面有为她准备的食物和饮料。

蒋烟吃不下,她心里同样担心师父。

唯一的那次见面,纪元生对她那么好,像最亲的长辈一样,把他认为最好吃的东西都给她带走。

十点多时,车终于开到师父家。两人匆匆进门,客厅里没有人,纪元生房间的门开着,陈姨端着一杯水从里面出来,看到余烬,她像遇到救星一样:"快劝劝你师父,烧糊涂了也不肯去医院,药也不吃,一直在念叨以前的事。"

看到余烬身旁的蒋烟,陈姨一开始没认出来,仔细看才发现是两年前来过的那个小姑娘。

之前只隐约听说小姑娘走了,没有跟余烬继续发展下去,她还很遗憾,说这个小姑娘挺好的,可惜了。

余烬已经进房,蒋烟礼貌地跟陈姨打了招呼,也跟进去。

余烬一手撑着床边,压低身子轻唤纪元生:"师父。"

纪元生没有反应,余烬伸手摸纪元生的额头,滚烫。他赶紧轻拍纪元生的脸,喊:"师父,醒醒。"

纪元生迷糊地睁开眼,看了余烬一眼,又闭上眼睛。过了会儿,他又看余烬一眼,嗓音沙哑虚弱:"你是谁啊?"

余烬红了眼睛,轻声说:"师父,我是阿烬。"

纪元生喘了几下,说:"阿烬啊,放学了?"

余烬强忍眼泪,想扶他起来,说:"师父,我们去医院。"

纪元生拨开余烬的手,说:"我不去,一会儿阿枝回来,找不到我。"

余烬哄着他:"一会儿她回来,我告诉她你在哪里。"

纪元生摇了摇头,说:"那个娇小姐,最怕麻烦,万一不去找我怎么办?"

蒋烟靠在床边,声音轻柔:"纪伯伯。"

纪元生目光转向她,眼睛瞬间亮了,手抬起来,有些激动:"阿枝,你回来了?"

蒋烟赶紧握住他的手,说:"纪伯伯,我是蒋烟,您还记得我吗?"

纪元生略显苍老的眼睛含着泪水,说:"阿枝,他们说你要嫁人了,我不信,你说除了我谁也不嫁的,你怎么这么长时间没来找我?你是不是后悔了?"

他握着蒋烟的手很用力,蒋烟不知道该怎么办,抬头求助余烬。

余烬微微摇了摇头。

蒋烟会意,也轻声哄他:"纪伯伯,我们去医院好不好?"

"那你还走不走了?"

蒋烟立刻说:"不走了。"

纪元生好像松了口气,微微挺起的身子也松垮下来,躺回床上。余烬赶紧将他搀扶起来,弄上车送去医院。

年岁有些大的人免疫力低,小病也不太容易好,加上送医比较晚,医生说最好留院观察几天,高烧可能引发其他炎症。

余烬去办了住院手续,又买了一些生活用品,回来时看到蒋烟还守在纪元生床边,用手捂着有些凉的点滴管。

纪元生是醒着的,蒋烟一直在给他讲笑话,陪他聊天。小女孩的声音软软糯糯,特别好听,他脸上一直挂着笑。

余烬拎着一个盆、一提纸,还有一些水果进来。纪元生看了余烬一眼,眼睛里透着陌生,小声问蒋烟:"阿枝,他是谁啊?"

蒋烟回头看余烬,他好像已经习惯纪元生时常不认识他,径直走到病房里面,把手里的东西放在台子上,随后进了卫生间。

蒋烟说:"纪伯伯,他是余烬呀。"

"不认识。"

蒋烟耐心地解释："他是您的徒弟。他改摩托车特别厉害，都是您教的，他常常去看您，刚刚也是他送您来的，您想起来了吗？"

余烬从卫生间里出来，拿出一个拖布，把门口的地拖干净。纪元生一直盯着他看，忽然好像又认识了，说："是阿烬啊！"

余烬站直身子，喊："师父。"

纪元生有些生气，说："你这臭小子，昨天不是说今天期末考试，怎么不去考试？"

余烬说："考完了。"

纪元生蒙蒙地说："考完了吗？"他努力回想也没有想起余烬什么时候去考的试，最后只能凶凶地瞪余烬，"那你考得怎么样？"

余烬老老实实地说："师父，我考了第一，您忘了？"

纪元生这才罢休，说："这还差不多。阿枝，今晚吃鱼吧，那个臭小子喜欢吃鱼。"

蒋烟答应着，抬头看了眼点滴瓶，按铃让护士过来换药。

护士很快来了。

蒋烟退到后面去，余烬走到她旁边，低声说："烟烟，谢谢你。"

蒋烟两只手背在身后，没有看他，说："你骗师父。"

"我骗他什么了？"

"你说你得了第一。"

余烬笑了笑，说："我确实拿过第一。"

蒋烟扭头看他，说："师父说了，你作业本比脸还干净。"

余烬注视她眼睛，说："他什么时候说的？"

"上次去说的。"

"那么久的事你还记得。"他抬手抚平她有些褶皱的领口，"不做作业，不代表成绩不好。"

蒋烟眼睛亮亮的，说："这么说你上学的时候成绩很好？"

余烬低笑一下，说："你如果想知道我以前的事，我们找个时间坐下慢慢说，我都告诉你。"

蒋烟咬着唇，说："谁要知道你以前的事。"

余烬偏头盯着她看，满眼笑意。

下午五点多，陈姨来送饭，她也带了余烬和蒋烟的那份。蒋烟陪着纪元生吃过饭后，准备回家。

纪元生一下就不高兴了，怎么都不肯放蒋烟走。

他这个小孩脾气，如果蒋烟强行走掉，他大概又要拒绝打针吃药。

蒋烟没有办法，只得答应他，说不会走。

她这样说，纪元生也还是不太放心，休息时隔一会儿就睁开眼睛，看不到就要找她。

余烬觉得不能这样惯着他,也怕蒋烟在医院睡得不舒服,把她拉到窗边低声说:"待会儿他睡着,我送你回家。"

蒋烟不放心,说:"不行,他醒了看不到我闹脾气怎么办。"

"你不用管这个,我有办法。"

蒋烟想了一下,还是没有同意:"今晚我还是守在这儿吧,我爸以为我去露营了,不会问的。"

余烬垂着头看她,握住她手腕,说:"那我待会儿在对面的酒店给你开间房。"

蒋烟低着头,指尖动了动,还是轻轻挣开他,说:"不用了,这房间里好几张床,我就睡在这儿,照顾师父也比较方便。"

余烬看了她许久,又说了一遍:"谢谢你,烟烟。"

这间病房有三张床,只有纪元生一个病人,余烬让蒋烟睡最里面那张,自己在中间,另一侧是纪元生,晚上照顾他起夜也方便。

九点多时,睡了好几个小时的纪元生醒了。蒋烟听到声音,赶紧过来,问他要不要喝水。

纪元生点头,蒋烟给他倒了一杯温水。

纪元生说:"阿枝,我新给你做的那个风筝,你看到了吗?你说要青色的尾巴,我差点做错,幸好想起来了。"

蒋烟眼睛有些湿润,心里很难受。

师父心心念念的,只有他的阿枝,那个婆婆不知道在哪里,知不知道师父等了她一辈子。

她温柔地说:"看到了,我很喜欢。"

纪元生笑得很开心,像个小孩子。

余烬从外面回来时,看到纪元生已经睡了。蒋烟趴在他床边,手边有一架餐巾纸折成的纸飞机。

他们不知又聊些什么,她用纸飞机哄纪元生睡着,顺带把自己也哄睡了。

余烬轻轻走到蒋烟身旁,弯腰将她抱起来,轻放到最里面那张床上,替她盖好被子。

走廊的灯透过窗口照进来,映在蒋烟白皙的脸颊上,她眼角隐隐还有些泪痕。

余烬抬手抚摸她的脸,无比温柔。

他从没见过这样善良纯真的女孩,对她的一腔爱意越发忍不住。

他不知道该怎样爱她才好,怕自己太心急,惹她厌烦,又怕她不知什么时候又会跑掉,让他找不到。

余烬躺在床上,枕着自己的手臂,静静看着蒋烟的睡颜。

过了会儿,蒋烟无意识地将被子扯过头顶,闷在里面睡。

余烬还记得她这个习惯,她就喜欢这样闷在被子里睡。他悄悄起身,把被子掀开一角,让里面的空气流通起来,她也不会那么难受。

这一晚,余烬睡得很安心。

纪元生在医院住了两天,蒋烟陪了两天。第三天傍晚出院时,纪元生问蒋烟跟不跟他一起回家。

余烬看了蒋烟一眼。

蒋烟点了头,说:"纪伯伯,只要您乖乖吃药,我就送您回去。"

纪元生举手发誓:"我保证按时吃药。"

谁知一到家,纪元生又不认识蒋烟了。

余烬只好重新介绍:"师父,这是蒋烟,以前来过的,这两天也是她照顾您,您不记得了?"

纪元生盯着蒋烟看了一会儿,说:"哦,阿烬媳妇。"

他有些埋怨:"你这丫头没有良心,这么久不来看我,是不是跟阿烬赌气了?你别生他的气,他就是那个臭脾气,心不坏,是好孩子。"

一旁陈姨见两个小年轻都没说话,忙解围,拉着蒋烟去那边坐:"你们歇一歇,晚饭马上好。"

余烬把纪元生送回房间。

出来时没看到蒋烟,他去厨房那边看了一眼,只有陈姨。

他走到窗口,看到蒋烟站在院子里,弯腰研究那片小花园。

两次来都是这个时候,只剩下几根枯树枝,她都没见过这里开满鲜花的样子。余烬心里暗暗决定,等明年春暖花开,一定再带她过来看看。

吃过晚饭,蒋烟看着纪元生吃了药,坐下陪他聊天,纪元生翻出家里的老照片给她看。

里面有好多余烬十几岁时的照片,蒋烟看了许久,照片里的他比她最初认识的那个十八岁的余烬还要小,但眼神一模一样。

他从小就那么倔,谁都不服的样子。

纪元生给她讲,这张是什么时候拍的,那张是什么时候拍的。

蒋烟拿过另一本,随便翻了一页,看到里面有张合影,是纪元生和一个陌生男人。

照片老旧,那时的纪元生还很年轻,跟旁边的男人很亲近,关系很好的样子。照片的背景是一家修理厂,两人身后有一辆摩托车。

蒋烟莫名觉得那个男人有些眼熟,但又想不起在哪里见过。

她指着那张照片,问:"纪伯伯,这个人是谁?"

纪元生看了一眼,随口说:"阿山。"

说完,他好像想起什么,嘴里念念叨叨,把那本相册压到最底下,打开另一本。

蒋烟的视线很快被余烬其他照片吸引了。

过了会儿,她手机进来一条信息,余点火发来一条:出来。

蒋烟看了一眼窗外,天已经黑了,这个时候看不到什么东西。她站起来,说:"纪伯伯,我出去一下,一会儿回来。"

蒋烟走到客厅，推门出去。院子里没开灯，余烬站在葡萄架另一侧的空地上冲她招手："烟烟，过来。"

蒋烟走过去。

她越走越近，看清余烬身旁的东西时，有些惊住了。

余烬竟然在院子里搭了顶帐篷。

那是个双人帐篷，拉链是打开的，里面垫了毛毯。帐篷旁边有一盏充电的小灯，散发着淡黄色的光。

帐篷前面铺了一张小席子，上面摆满零食和水果。

余烬站在那里，淡淡笑着："野营没有去成，但东西我都准备了，总不能浪费。"

他把蒋烟拉坐在毛毯上，为她披上自己的外套，隔绝凉风，说："这里勉强也算野外吧。"

今晚的天气不是很好，天空灰蒙蒙的，蒋烟盯着那堆食物里的小鱼干发呆。

她以前很喜欢吃这种小鱼干，去小西山的路上带了，她临走前家里好像还有一些没吃完。

余烬还记得。

牌子都一模一样。

余烬看着她，问："这两年你在国外过得好吗？"

这话他以前问过，她说挺好的。

他注视她，说："我想听实话。"

蒋烟抱着膝盖，唇瓣压在手背上，遮住半张脸，没有说话。

余烬也没有追问，自言自语道："我过得不太好。"

他说："我很想你。"

没有得到蒋烟的回应，余烬没有催促，他学会了等待。

过了会儿，蒋烟小声说："最初那段时间确实不太好，后来就习惯了。"

那样难过的两年，她只用这样一句话就叙述完，好像很轻松。

余烬没有说话。

两人这样安静许久，直到余烬眼前落下一片白色的晶莹。

一片接一片，越来越多。

他抬头望向天空，下雪了。

今年的初雪来了。

蒋烟伸手接住一片洁白的雪花，触感清凉，雪花瞬间融化在指尖。

她转头看向余烬。

他目光深远，盯着雪花出神。

蒋烟想起余烬以前说过，母亲在雪天去世，他不喜欢下雪。

她闷了一会儿，低声说："你心情不好，我们回去吧。"

她想起身，余烬忽然按住她的手，说："我没有心情不好。"

他沉声说:"我只是在想,那年那场大雪,我好像还有事没有做完。"

蒋烟沉默一会儿,问:"什么事?"

他望着她,嗓音很低:"吻你。"

话音落下,余烬俯身过来,捧住她的脸,用力吻下去。

余烬忍了很久,不愿浅尝辄止,用力吮住她湿软的唇瓣。

片刻后,蒋烟松了齿关,他毫不犹豫地深吻下去。

这个炙热的吻,经过漫长岁月的等待,终于寻到归宿。

男人的吻和小女孩的吻实在不同,那个草莓奶油蛋糕味儿的吻,蒋烟只是轻轻触碰几秒,并不敢深入。

余烬不同,他等待许久,忍耐许久,一旦突破了那层壁,便来势汹汹,抵挡不住。

蒋烟紧紧攥住铺在地上的毛毯,被他控住身体,无法后退,呼吸几乎停滞。

不知过了多久,余烬才松开她,抵着她的额头,闭着眼睛平复自己。

蒋烟喘得厉害,推开他,两人隔开一点距离。

雪越下越大,两人身上也落了不少。

余烬知道自己今晚有些冲动,但不后悔,他握住她的手。

"烟烟。"

蒋烟没有等他说完,抽出自己的手,抱住膝盖,脑袋埋进去,说:"你先不要说话。"

余烬看着她蜷缩成一团的身体,很心疼。

他懂她的纠结,也懂她的不安。他再次深刻意识到,以前对她说的那些话,对她来说,有多严重。

她在乎他才没办法接受那些伤人的话。

蒋烟肩膀隐隐颤动,偷偷把眼泪蹭到衣服上。

余烬将她小小的身体搂进怀里,下巴搁在她头顶。

过了会儿,蒋烟抬起头,唇瓣依旧压在手背上,说:"余烬,我明天想回家了。"她声音很小,"这段时间,你能不能先不要找我?我要想一想。"

余烬注视着她的眼睛,她长长的睫毛上落了几片雪花,晶莹剔透,眼角湿湿的,刚哭过。

他抬手抚掉落在她头发和肩头的雪,轻声答应:"好。"

晚上蒋烟还是睡在余烬的房间,余烬睡在隔壁。纪元生早早休息,余烬从他房间出来,看到陈姨端着一杯牛奶站在楼梯口。

她把牛奶递给余烬,示意楼上:"给丫头送去。"她叹了口气,"既然丫头回来了,你就好好把握,别再犯倔脾气。你都三十岁了,想要什么自己心里应该清楚,我看得出来,小丫头心里还有你。"

余烬看着那杯牛奶,没有接,说:"您去吧。"他有些泄气,"她现在应该不想见我。"

陈姨抬手在他胳膊上招呼一下,看他像看自己家不争气的儿子,说:"就是这样你才要去,小女孩就是要哄的,什么都不懂。"她把牛奶杯子塞到他手里,"赶紧去。"

余烬端着杯子上楼,蒋烟房间的门紧闭,门缝里没有光,她应该已经关了灯。

他知道她现在一定没睡,他在门口徘徊许久,最终还是没有敲门。

她说要想一想,余烬想给她时间,不想弄得她太紧张。

他把牛奶放在她房间旁边的窗台上,随后给她发了一条信息:烟烟,门口有牛奶,趁热喝。

点了发送,他转身离开,进了隔壁房间。

他没有开灯,靠在门板站着,过了一会儿,隔壁开门的声音传过来,他松了口气。

余烬活了三十年,认识蒋烟之前,从没想过有一天,他会这样喜欢一个女孩。

喜欢到不忍心逼她,不想让她有一点儿难受。

但她现在所有的烦恼又都是因他而起。

爱情这个东西真的很折磨人。

蒋烟靠在床头,双手捧着那杯热牛奶,小口小口地喝。

她唇齿间都是牛奶醇香的味道,还有余烬的味道。

今晚蒋烟确实有些放纵自己,但放纵过后,她又有些难受,她生自己的气,明明已经决定不理他的,可每次见到他,还是会很心动。

那是余烬啊。

是她藏在心里多少年的人,太难割舍,每次想到都很难受。

除了余烬,她从没喜欢过别人。

她想起最初回到瑞士的那几个月,几乎每天都在想他,想他说的那些话,想他冷漠的眼神和离去的背影。

那时她就发誓,再也不要理他了。

她把自己的时间安排得很满,不上课时也在画画,或是出去玩,强迫自己忘掉他。

后来她好像真的已经忘掉他,也曾经有很长一段时间不再想起他。

可这些努力,从再次看到他那一刻就被轻易瓦解。

她觉得自己很没用,拿不起又放不下。

喝完那杯牛奶,蒋烟缩进被子里,只露出两只眼睛。

这床被子不是上次那床,应该是余烬自己的被子,被套刚洗过,有股淡淡的洗衣液香味,蓬松柔软,像睡在他怀里。

夜色朦胧,蒋烟闭上眼睛,有些困了。

第二天上午,余烬送蒋烟回家。

临走前，纪元生很不高兴，一直问她什么时候再来。

他的病还没彻底好，还有炎症，需要吃药，蒋烟哄着他："纪伯伯，您按时吃药，等你好了我就来看您。"

纪元生伸出手，说："那说好了，不许赖账。"

蒋烟跟他击掌："不赖账。"

这一次，陈姨依旧给蒋烟装了好多好吃的，还有昨晚她说喜欢的酱菜，装了满满一罐让她带走。酱菜是纪元生做的，知道蒋烟喜欢，他特别高兴。

余烬帮她提着这些东西，拦住纪元生不让他出门："外面冷。"

纪元生瞪余烬，说："以后不许惹你媳妇生气，下回她不来，你也别进家门了。"

余烬没有反驳，说知道了。

余烬把蒋烟送到家门口，他下车帮她把登山包和满满一袋食品拿下来，放到大门口。

两人心照不宣，没有提昨晚的事。蒋烟打开大门，身后余烬说："烟烟，我给你时间，你想多久都可以。"

蒋烟推门的手顿住，她犹豫一下，还是说了句："你开车慢点。"

余烬目不转睛地望着她，"嗯"了一声。

余烬等蒋烟进了别墅大门才走。

这天开始，一连过了很多天，余烬都没有打扰蒋烟。

他晚上睡前会给蒋烟发一条信息，说晚安。蒋烟有时回复，有时不回，回复时也只有晚安两个字。

余烬为了这两个字，时常等到快睡着。

那场初雪正式宣告冬天的到来，车行进入淡季，雷子的活儿不多，整日闲得无聊，几次让余烬把蒋烟叫来玩，每次余烬都说，再等等。等到什么时候，他没说。

元旦那天，余烬看到那个知名网站上的开屏封面，蒋知涵说是蒋烟画的。

余烬截了图，存到自己的手机里。

蒋烟的画风偏柔，色调清新，看着很舒服，跟她这个人一样。

余烬第一次看到蒋烟在自己喜欢的事业上发光，虽然她只是一个小小的插画师，甚至那幅作品上都没有她的名字，可余烬就是觉得，她很厉害。

元旦那天还发生了一件事，余烬得到消息，罗迹乘坐的那架飞机出了故障，在机场上空盘旋许久，庆幸的是最后惊险落地。他给罗迹打电话，没有人接，他又给罗曜打过去。

罗曜说没事，让他不用担心。

余烬放了心，问他现在在北京还是岳城，想约他出来坐坐。

罗曜那边很安静，隐约有女人在说话，声音小小的，很温柔。罗曜轻声回应："马上。"

他对电话这头的余烬说:"在北京,回去找你。"

说完这句,罗曜便挂掉电话,余烬听着话筒里的忙音,有些意外。这个时间家里有女人,罗曜又不是那种随便的男人,那么只有一个解释,就是罗曜谈恋爱了。

这种千年的铁树也开了花,余烬没有心情为好兄弟高兴,反倒很担忧自己。

那个小丫头不知道还要考虑多久,别下次聚会,人家都是成双成对,只有他一个人。

那天余烬去了城西洗车行,洗车行去年换了新招牌,门脸大了,也新增了不少项目,生意比以前好很多。

哥几个陆续谈恋爱,有了女朋友,还有一个马上就要结婚。大森笑说,一步晚,步步晚,烬哥再不找老婆,过两年没准儿会有几个小孩儿抱着他的大腿要糖吃。

酒桌上,余烬一个人闷闷地喝了好几杯。

大森知道余烬最近在追一女人,还是个小姑娘,他有些恨铁不成钢:"烬哥,不是我说你,那么个小丫头就把你拿住了,你以前那威风劲儿哪儿去了,在会所那会儿多少女人投怀送抱你看都不看,这小丫头到底好在哪儿?"

旁边一哥们儿笑说:"一报还一报,大概以前伤了太多女人的心,这不自己也得尝尝这滋味。"他转头看余烬,"要不要我们帮你?比如劫一下,你英雄救美什么的。"

余烬弹了一下杯子,说:"少扯那些歪门邪道。"

"来吧,借酒浇愁愁更愁,哥几个陪你一起愁。"大森给余烬倒酒,"你尝尝这个,前阵子我们去看在哥,多买了几瓶,在哥生前最爱喝这个。"

余烬指尖碾着杯沿,透明的小烧在杯中微微晃动,酒香清冽甘醇。

时间过得很快,一眨眼,潘在已经走了好几年。

这帮兄弟也已经走了正路,不再是人见人怕的混混,很快都会成家立业,安稳生活。

自从那年他跨上摩托追去机场找蒋烟,突破了那层心理障碍,他再也没梦见过潘在,没有梦到过从空中坠落,也没有再执着于寻找苏禾。

苏禾现在也许已经在某个地方开始了自己的新生活,他没必要非要找到她,让她想起以前那些不太愉快的往事。

他的愧疚,也只能藏在心底。

酒喝到后面,桌上响起此起彼伏的手机铃音。

哥几个纷纷接受审查,报告行踪:

"马上完事,很快到家。"

"跟烬哥喝酒呢。"

"宝贝再等一会儿。"

"没事,我没喝多少,嗯,不开车。"

余烬杯子一摔:"走了。"

大森赶紧摁住他,说:"我们错了。"他指着桌子,"赶紧的,手机都放下,静音,谁也不许碰。"

余烬低头握着自己安静的手机,心里一阵空落。

他点开蒋烟的聊天界面,最后一条是昨晚他发的一句晚安。

他指腹在蒋烟的头像上摩挲一会儿,指尖轻动,发了几个字:烟烟,在做什么?

等了好一会儿都没有回复,他锁了屏,把手机扔回兜里。

这一晚他没回家,在洗车行这边睡了。

这之后一连两天,蒋烟都没有消息,余烬隐隐觉得有些不对,直接给蒋知涵打了电话:"你姐最近在做什么,她已经几天没理我了。"

蒋知涵声音低低的,像是怕被谁发现,说:"我姐生病了。"

余烬皱眉,问:"怎么病了,严重吗?"

电话那边有呼呼的风声,蒋知涵好像已经跑到外面。

"别提了,我姐前天跟我爸大吵了一架,太吓人了,他们从没吵过这么凶过,我都不敢说话。"

"因为什么吵架?"

蒋知涵说:"还不是我爸,又给我姐安排啥公司董事长的儿子见面,我姐死活不干,这不就僵住了。"他也有些想不通,"你说我爸急个什么劲儿啊,我姐还小呢,又不是老姑娘愁嫁,干吗这么着急把她嫁出去。没准儿真像我姐说的,要拿她联姻换啥项目。我爸真烦人,我都开始烦他了,我姐都气哭了,当天晚上就开始咳嗽。"

余烬沉默一会儿,说:"我想见你姐,你有没有办法?"

蒋知涵琢磨一下,说:"我姐现在天天把自己关房间里,谁也不见,奶奶和阿姨都在家,这事不太好办啊。"他有些为难,"你要真想见她,那只能等我爸哪天不在家,晚上我奶和阿姨都睡了,我再偷偷开门放你进来。但你也只能待一小会儿,你要被发现我就惨了!"

余烬说:"可以,你帮我安排。"

蒋知涵虽然提了这么个建议,但心里还是不太有底。他还是怕蒋彦峰,要是被蒋彦峰知道他偷偷放进来个男人找他姐,估计会被扒一层皮。

但为了他姐的幸福,他也只能豁出去了,他姐心里喜欢谁,他最清楚。

他们通电话的当天晚上,蒋彦峰正好不在家。蒋知涵早早通知了余烬让他在外面等着,到了晚上快十点的时候,阿姨伺候老太太吃完药,收拾了一下厨房后,也回了自己房间。

蒋知涵等了十几分钟才敢露头,悄悄出去把大门打开一条缝隙,放余烬进来,把他领到二楼蒋烟房间门口,千叮咛万嘱咐:"就给你十分钟,你可快点啊,别害我!"

余烬没有耽误时间,轻轻推门进去。

房间很大,蒋烟侧躺在床上,背对门口,似乎睡得很熟。

余烬绕到床的另一侧,坐在床边,压低身子看她。

光线很暗,其实看不太清蒋烟的样子,但余烬能感觉到她不是很舒服,她额头上似乎出了些汗,几绺碎发贴在脸颊上。

他抬手轻碰她的脸,温柔触摸,很怕弄醒她。

已经很多天没有看到她,现在看到这样的蒋烟,余烬忽然就不想给她什么时间了,只想紧紧抱着她,吻她,跟她说我很想你。

他俯身轻吻她额头。

离开时,他看到她枕下压了什么东西。

他轻轻抽出来,发现是她的画册。

那本画了很多别的男人的画册。

余烬微微愣住,手也僵在那里。他不知道心里是什么滋味,只觉得拧着疼,很难受。

她到现在还这样珍视这些画,连睡觉也要放在枕边。

余烬在她床边坐了很久,自虐般地又翻开那本画册,再次看到那个坐在教室里的少年。

他心口似乎堵着什么东西,用力合上画册。

隔了一会儿,他终究还是没有控制住自己的好奇心,再次打开。

这一次,他翻到画册的第一页。

碎石尘埃,一片废墟。

少年从狭小的石头缝隙中挤进来,伸出手,他身后笼罩着一层温柔的光。

余烬看着这幅画,心底隐隐有种异样的感觉。

这画面很熟悉,像藏在内心深处,封尘许久。

他脑子里有什么东西一闪而过,忽然想起多年前那场地震,那个脏兮兮的小女孩。

他心跳越来越快,迅速往后翻,越过那些曾见过的篇幅,直接翻到后面。

他愣住了。

那些场景,他无比熟悉。

车行的小沙发上,他与蒋烟"初见",小西山的火车上,他睡在下铺,他打篮球,他改车,他的文身,那个草莓奶油蛋糕味儿的吻。

每一幅,每一幅,都是他。

第二天早上八点多,蒋烟被一个电话叫醒。

曾合作过的品牌商想与她再次合作,找她画新产品的包装。她哑着嗓子,咳嗽还好,听了几句,电话那边还是之前负责跟她沟通的那个人,两人合作得很愉快。

他说已经把要求和报价发到她的邮箱里，她答应了，说一会儿就看。

蒋烟现在没有挂靠任何工作室，都是自己接工作，自己报税，自由度比较高。她不缺钱，感兴趣的单子才会接，有些画风要求太诡异，她都没有接过，怕掌控不好，无法达到品牌商的要求。

她现在的风格还是比较单一，最近也在研究一些以前没有尝试过的画风。

蒋烟洗漱完，没有换衣服，穿着睡衣下楼，看到奶奶和蒋知涵还在吃饭。

今天周末，蒋知涵没课，他眼睛贼亮，招手叫她，说：'姐快点过来喝粥，今天这个香菇鸡肉粥绝了，贼好吃。'

他一惊一乍，蒋烟觉得像神经病，阿姨常常做这个粥，以前没听他喊绝。

蒋彦峰不在，自从父女俩吵架，蒋彦峰就早出晚归，避免两人见面再吵起来。

虽然他心疼女儿，但也没改变想法，父女俩谁都没吵赢。

奶奶给蒋烟盛了一碗粥，说：'还热着，快吃。'

蒋烟今天精神好了不少，前两天都没有下楼吃饭，所以早餐没等她一起吃。

蒋烟接过来，说：'谢谢奶奶。'

蒋烟从师父家带回来的酱菜，老太太特别爱吃，说年轻时曾吃过味道差不多的，外面卖的都没这味儿。

一瓶酱菜已经见底，奶奶之前还问能不能让家里的阿姨跟蒋烟那位朋友学一学。

蒋烟不太有心情说这个，胡乱答应了。

蒋知涵坐在她对面，也不好好吃饭，两只眼睛盯着她看，问：'姐，你今天气色不错，昨晚睡得好吗？'

蒋烟低头喝粥，说：'你又想说什么？'

蒋知涵'嘿嘿嘿'笑道：'没什么，随口问问。'他小声嘟囔，'以后别忘了谢我就好。'

蒋烟抬起头，问：'谢你什么？'

蒋知涵将筷子一放，说：'我吃饱了，出去了啊，午饭晚饭都别等我。'他站起来朝厨房喊，'阿姨，我的东西呢？'

阿姨从里面出来，手里拎了一个保温饭盒。蒋知涵接过来，说：'谢了。'

蒋烟回头看他往门口蹦跶，问：'你拿什么了？'

'贼绝的粥啊。'

阿姨笑说：'他大早上就缠着我，让我多做点，估计是要给那个他送爱心薯条的小丫头。'

全家人一起看向门口。

蒋知涵本来都出去了，又探进一个脑袋，指着蒋烟："你，不许告密。"他又看向老太太，"还有您，阮绫枝同志，不许告诉您儿子。"他又看向阿姨。

阿姨没等他说话，手在唇边比画一下，做了个拉上拉链的动作。

蒋知涵很满意，说："阿姨你最好了，晚上回来教我做寿司，拜拜。"

说完这一车话，他消失在门口。

蒋烟终于能安静吃一会儿饭了。

老太太看她脸色好像确实比昨天好很多，说："一会儿吃完饭，别忘记吃药。"

蒋烟有些出神，不知道在想什么。

老太太说："你们父女两个，脾气一个模子刻出来的，有话不能好好说，非要吵架。"

蒋烟心里有火，说："是他专制不讲理，我不会妥协的。"

老太太叹了口气，似乎也有些无奈，说："这种事情在我们这样的人家不少见，大户人家出来的孩子，看似风光，其实身上背负的东西也比普通孩子多。"

蒋烟低着头，说："那就要逼我跟不喜欢的人在一起吗？"

老太太面色和蔼，说："奶奶当然希望你能跟自己喜欢的人在一起，但你现在也没有喜欢的人，就跟他说的人见一面，当多个朋友也好。也许见了你喜欢也说不定，那不是皆大欢喜吗？"

蒋烟放下筷子，安静好久，小声说："可是我已经有喜欢的人了。"

老太太有些意外，片刻脸上扬起笑意，说："是吗？我们烟烟已经有喜欢的人了。"她摸摸蒋烟的脑袋，"我的孙女长大了。"她像朋友一样跟她聊天，"那个男孩是做什么的，是什么样的人？"

蒋烟认真地说："他是开车行的，他改摩托车特别厉害，在他们那个圈子里，别人都叫他大神呢。他人也特别好，很细心，很孝顺。"

她说这话时，眼睛里都在发光，很为余烬骄傲。

老太太点点头，好像对男孩普通的家世也没有太在意，问："他多大了？"

蒋烟说："三十岁。"

"大了点儿。"

蒋烟赶紧说："不大的，他一点都不像三十岁的人，很年轻，很帅的。"

老太太笑着说："看来我们烟烟真的很喜欢他。"

蒋烟低下头，说："奶奶，您能不能跟爸爸说说，不要再给我介绍别人了，我一点都不想去见别人。"

老太太想了一下，点了点头，说："好，奶奶答应你。"

蒋烟欣喜不已，问："真的吗？"

奶奶目光温柔绵长，像在对孙女说，也像自言自语："能跟自己喜欢的人在一起，是很幸福，也很幸运的事，不是吗？"

吃完早餐，蒋烟没有出门的计划，回到房间开电脑查收邮件，看完后给对方回复了信息，接了这个工作。

随后她又在床上赖了一会儿，半趴在枕头上，打开手机，点开她和余烬的聊天界面。

上面最后一条还是两天前余烬发的：烟烟，在做什么？

那个时候，她刚和爸爸大吵一架，看到他的信息，就特别想哭。

蒋烟有时会想，她到底是不是蒋彦峰亲生的，十几岁那么小就送到国外，毕业刚回来就要把她嫁出去，那么不喜欢她待在身边，为什么要生下她。

那天的吵架以蒋烟的一句"我讨厌你"结束，蒋彦峰没有再说别的，上楼进了书房，整晚都没出来。

蒋烟闭着眼睛眯了一会儿，手习惯性地摸到枕下，却摸了个空。

她睁开眼睛又摸了摸，随后掀开枕头，什么都没有。

昨晚明明把画册塞在枕头底下的，她床上床下翻了好久，又翻床头柜，还是没找到。

蒋烟在床上坐了一会儿，拿过手机给蒋知涵打了个电话。

那头好久才接，蒋烟直接问他："你拿了我的画册吗？"

蒋知涵愣了一下，说："没有啊。"

蒋烟不信，家里除了蒋知涵，没人会动她东西。她说："你拿了赶紧还我，你别给我弄坏了。"

蒋知涵冤枉死了，说："我真没拿。"

他大脑飞速运转，难不成昨晚让余烬拿走了。

那时他在门外，里头什么情况他一点都不知道，他战战兢兢地说："姐，有个事，我说了你别生气。"

蒋烟压着心里那股烦躁劲儿，说："什么事？"

蒋知涵说："你好几天没理大神哥哥，他担心你，找我来着，我就答应让他来家里看你了……"

蒋烟愣了一下，问："什么时候？"

"昨晚。奶奶和阿姨都睡了，他待了不到十分钟就走了。"

"你怎么不早告诉我？"

"他不让说啊。那时候你都睡了，他说让你好好休息，他看你一眼就走。"

蒋烟有些愣神儿，蒋知涵后来说什么她都没有听到，只说知道了便挂掉了电话。

她一个人在床上坐了一会儿，窗台上那只棕色的大狗熊瞪着眼睛盯着她看。

以前没注意，它眼睛里还有一颗小心心。

蒋烟把狗熊抱到床上跟她面对面坐着，盘起腿，掐着它毛茸茸的脸蛋，说:"谁让你偷偷来看我了。

"说好不找我的。

"也不怕被我爸发现。"

她踩躏了小熊一会儿,随后拿起手机,调出余烬的电话号码,备注跟微信里一样,余点火。

她犹豫许久,还是拨过去。

电话只响了一声那边就接起来,好像一直在等一样。

余烬低低的嗓音传过来:"烟烟。"

蒋烟轻咳一声,兴师问罪一样:"你说话不算数。"

他没有辩解,好像早猜到她要这样说。

"嗯。"

"你是不是拿了我的画册?"

"对。"

"你干吗拿我东西,还我。"

余烬说:"你来车行,我还你。"

她揪着小熊耳朵,说:"我不去,你送过来。"

他笑得很坏,说:"你不来我就没办法了。"

他无赖的时候,真的很欠揍。

蒋烟愤愤地挂掉电话,随便从衣柜里翻出一套衣服换上,打车去车行。

那场初雪后,气温骤降,好像一下从秋天变成冬天,连个过渡都没有,外面吹着干冷的风,走在路上直刮脸,蒋烟忽然意识到自己好像穿少了。

几天没怎么出门,对外面的天气变化不太了解,人家都穿着厚实的羽绒衣,只有她穿了件相对单薄的毛呢大衣。

她将大衣领子竖起来,遮住半边脸,从出租车上下来。

车行门脸跟以前一模一样,没什么变化。大厅里没有人,有只不知道哪里来的小花猫懒洋洋地趴在会客沙发上,见了蒋烟连叫都没叫一声,转了个方向继续睡。

蒋烟目光落在那个工具架上,上面的工具依旧是她以前摆放的顺序。

好像什么都没有变过。

她走去小屋,推开门,看到坐在沙发上,跷着腿翻阅杂志的余烬。

他似乎看得很认真,听到声音抬起头,目光在蒋烟单薄的衣服上扫过,眉头微微蹙了蹙,说:"你生着病,还穿这么少。"

蒋烟刚要说话,忽然发现他手里拿着的不是杂志,而是她的画册。

两人互相看了一眼。

蒋烟站在门口不肯进去,说:"快点还我,无赖,随便拿人东西。"

余烬目光一直没离开她,说:"不急。"

他翻过画册,将正在看的那一页展示给蒋烟,说:"告诉我,这是谁?"

蒋烟看向那幅画,是画册的第一页,上面的人是那年地震时十八岁的余烬。

画中少年的肩头还有他的文身，特征明显，无从抵赖。

她咬着唇不说话。

余烬静静地望着她，过了会儿，他朝她伸出手，说："烟烟，过来。"

蒋烟不动，他就一直伸着手。

片刻后，蒋烟慢慢磨蹭到他身边，还没等她说话，他便扯住她的手臂往前一拽。她下意识单膝抵在沙发上保持平衡，双手撑在他肩头，差点掉进他怀里，她有些着急，说："你干吗？"

她想站起来，余烬没有给她机会，搂紧她的腰扣在自己身上，两人身体紧紧相贴。

他注视她的眼睛，说："那女孩是你吗？烟烟。封武那场地震，我救过一个小女孩，是你，对吗？"

余烬后知后觉地想起那年蒋烟刚搬来时，还问过他是不是去过封武，可那时他并没有留意这句话。

往事忽然被提及，蒋烟心中五味杂陈。

他救过她，这是不能改变的事实，她没办法否认这件事。

她整个人被困在他怀里，挣不开，跑不掉，只好放弃挣扎，脑袋垂在他肩上，闷闷的，不说话。

余烬只要稍稍偏一下头，就能吻到她耳侧。

他抬手摸了摸她的头发，问："你早知道，为什么不告诉我？"他的声音有种蛊惑人心的魔力，"是不是想赖账？"

隔了一会儿，蒋烟轻轻地说："我想说的，是你不听。"

余烬想起他们分开的那个晚上，她确实说过在车行不是他们第一次见面。

那时他以为她是在某个他没留意的场合见过他，后来又以为她在说几年前那个狂风骤雨的夜晚，她把自己的伞给了他。

原来，他们真正的初见，是十二年前那场地震。

原来他们的渊源那样深远。

余烬此刻真切相信世界上有宿命这种东西存在。

在过往的时光中，他们有过两次交集，错过两次。

第一次，他救了她；第二次，她暖了他。

第三次，她主动来到他身边。

也许在那些未知的时间里，他们也曾擦肩而过，只是他们两个都没有发现。

好在她现在回来了。

余烬抱紧怀里的姑娘，低声说："烟烟，我很高兴。"

蒋烟有些抗拒地推他胸口，说："你瞎高兴什么，你先放开我。"

余烬像没听见一样，大手紧紧地扣着她细软的腰。

大厅里有声音,是雷子回来了。

蒋烟有些着急,使劲儿推他,说:"你放开我,一会儿雷子哥看到……"

余烬毫不在意,说:"随便看,反正他知道我们的关系。"

蒋烟瞪他,说:"我们哪有什么关系,你不要胡说。"

余烬忽然收起笑意,严肃起来,说:"先不要说别的,我问你,我救过你的命,"他点点她鼻尖,"你要怎么报答?"

蒋烟手还撑着他胸口,回答得很干脆:"你有什么要求,随便提。"

她只想他赶紧松开她,这样撑着真的很累,稍不留意就会扑到他怀里。

余烬眯起眼睛,问:"什么要求都行?"

蒋烟点头。

余烬扣住她后脑,把人拉近一些,说:"以身相许,干吗?"

蒋烟的脸腾一下红了,怕外面的雷子听到,压低声音:"相什么许,你不要太过分,乘人之危。"

余烬有些无辜,说:"是你说什么要求都行。"

"换一个。"

余烬想了一下,说:"做我女朋友。"

蒋烟拧他胸口,像对待她房间里的那只大棕熊,说:"这有什么区别吗?"

她力道不大不小,像挠痒痒一样,弄得余烬有些受不住。他捉住她乱动的小手,说:"你也太没诚意了,这也不愿意那也不愿意,有你这么报恩的吗?"

门外的脚步声越来越近,雷子好像要进来,蒋烟赶紧从余烬身上起来,余烬不撒手,蒋烟求饶一样望着他,眼神可怜兮兮。

余烬心一软,在雷子进来的前一秒松开了手。

蒋烟逃也似的从他身上弹开,一时没有收住力度,膝盖砰地撞在茶几一角,一下滚到旁边的沙发上。

这一下磕得不轻,蒋烟忍不住皱眉叫了一声,抱着膝盖身体蜷缩起来。余烬吓了一跳,赶紧俯身过去拢住她的腿,防止她乱动再次磕到。他气死了,沉声道:"让你小心点,磕疼没有?"

所以雷子进来的那一刻,看到蒋烟躺在沙发上,半个身子都在余烬身下,两条腿被他抱在自己怀里摁着不让动。

雷子呆滞两秒,怀里还有那只看起来不怎么听话的猫。他立刻举起那只猫挡住自己的眼睛,说:"我可什么都没看见。"他背过身,摸索着把门关上,"你们继续,继续。"

蒋烟要被余烬气死,狠狠推开他,气哼哼道:"你看!被人看到了吧!"

余烬有些无奈,又心疼她的腿,想挽起裤子检查,说:"让你不老实。"

蒋烟挣开他,爬到沙发最边上,离他八丈远。

余烬叹了口气,拿她一点办法都没有,说:"你过来,我看看磕坏没有。"

"不用你看。"蒋烟指着沙发另一侧,"你坐那边,别过来。"

余烬只好依着她挪过去。

蒋烟缓了一会儿,膝盖依旧隐隐作痛。她揉着那里,看向余烬,说:"刚刚说的事,除了你说那两样,别的都行。"

余烬懒散地靠在沙发上,手臂搭着沙发靠背,说:"那不太巧,目前除了这两样,我对其他事都不怎么感兴趣。"

蒋烟试探地问:"你就没有什么物质上的要求吗?比如车啊、房子什么的。"

余烬干脆地说:"我不缺钱。"

蒋烟没好气,小破公寓还是租的,好意思说自己不缺钱。

他改车倒是挺贵,但是这车行被他开得那么随意,接什么生意全凭心情,赚点钱估计也都搭在他那辆宝贝越野车上了,江述之前说过,他那越野车改装费都比车贵,他能存下什么钱。

余烬手里把玩着一个银白色的打火机,摁出橘黄色的火苗。他指尖在火苗上逗弄几下,说:"我好歹也救过你的命,你就算不以身相许,至少也得答应我五六……七八个要求吧。"

蒋烟警惕地看着他,说:"几个?"

"几个你还要计较,几个你不都得答应。"

"那你不能没完没了吧。"

余烬收了打火机,说:"没诚意。"

蒋烟长长地舒了口气,说:"行,那你说说你那五六七八个要求都是什么。"

余烬想了一下,说:"我还没想好,想好告诉你。"

蒋烟站起来,说:"那我走了,你慢慢想吧。"

"等等。"余烬站起来,顺手拿过沙发靠背上搭着的那件黑色大衣披在她身上。

他低着头认真地为她整理衣领,把她裹得严严实实,对上她漂亮的眼睛,说:"我想到了。"

"第一个要求,我要你陪我吃一顿饭。"他停顿一下,"在我家,我做给你吃。"

他声音那样温柔,蒋烟听得有些出神,说:"我报恩,你给我做饭啊。"

余烬"嗯"了一声。

他也不管她同不同意,牵着她的手走出去。

雷子还在大厅逗猫,看到两人出来,小手牵得紧紧的,他忍不住笑道:"烬哥,我是不是得改口叫嫂子了?"

本是一句玩笑,谁知余烬挺认真地看了蒋烟一眼,说:"我没意见,你问她。"

雷子张了张嘴,一时有些说不出话。

蒋烟恨不得把脑袋埋进衣领里,手也跟着较劲,哼道:"你不要胡说。"

余烬笑意很深,任她怎么挣都不松手。

外面风很大。

两人并肩走在回家的路上,余烬牵着蒋烟的手,感觉好像又回到了从前。那时他偶尔忙到很晚,蒋烟也不走,陪他熬到深夜,给他准备夜宵,陪他在冷风中回家。

昨晚余烬一整夜都没怎么睡,反复回想这两年过的这些日子。

他别扭了这么久,较劲了这么久,每次想到蒋烟心里有别人,就算是曾经有别人,也烦躁得不行。

那股醋意经久不消,折磨着他。蒋烟回来后,他对她的占有欲越发强烈,她看别的男人一眼,都让他难受。

昨晚看到她还那么珍视那本画册,他整颗心都坠下去,凉得彻底。

原来"醋"了一场空。

这么久以来,他到底在做什么啊。

不管怎样,知道蒋烟一直以来喜欢的都是自己,余烬心里踏实不少。她一直不肯松口,无非是还在委屈,有小女孩的脾气。那他哄着她,依着她就好,只要她能顺过这口气,他怎么都行。

两人走到小区门口,余烬先去超市买了一些水果和蔬菜,又往购物筐里扔了一袋冰糖。蒋烟也不跟他一起逛,就站在门口。

这小超市还是原来那么大,但品种多了不少,以前只有生活用品,现在还多了些少量的生鲜、水果。

余烬问她吃不吃草莓,她摇头。

他还是往购物筐里扔了一盒。

蒋烟本以为余烬是要去自己家,没想到他直接开了她原来那个房子的门。

余烬看她疑惑,解释说:"这边厨房的东西齐全一些。"

蒋烟被他拉进去。

这里跟上次来的时候一样,没什么太大变化,余烬把蒋烟推到沙发那边,说:"你坐着等。"

他把两袋食材拿到餐桌那边一样样取出来,有些暂时用不到的东西放到一旁的置物架上,剩下的拿进厨房。他轻车熟路地从橱柜里拿出一个不锈钢小盆,把草莓倒进去,接上水,用小苏打泡了一会儿,洗净后端给蒋烟。他像哄小朋友一样,就放在她膝上,说:"吃吧。"

随后他回到厨房,先切了个水晶梨,连同冰糖放进汤锅里煮,一边等一边处理新鲜的虾和蔬菜。

这套工序他做过很多次,已经很熟悉。

蒋烟捧着那盆草莓,低头看了一会儿,拿起一颗放进嘴里。

草莓口感清甜,很新鲜,绿叶部分被余烬细心摘掉,她一口能吃一整颗。

她看向阳台,之前房主留下的藤椅还在,一切都是原来的样子。

没过多久,余烬从厨房端出一个热气腾腾的大碗,说:"烟烟,过来。"

蒋烟抱着草莓盆儿走过去,看到是一碗冰糖雪梨汤。

她看向余烬。

余烬示意她坐下,说:"你不是还咳嗽,这个止咳很管用,以前师父常常熬给我喝。"他把小勺也放进碗里,"菜马上好。"说完又转身回去。

蒋烟坐在餐桌旁,看到厨房里余烬的背影。

以前她觉得余烬总是冷冰冰的,活在云端。原来他愿意的时候,也可以这样温柔体贴,充满烟火气。

余烬做了三道菜,椒盐虾仁、脆皮豆腐、冬瓜汤。

蒋烟记得,那时她第一次给余烬做菜,就是这几样。

余烬盛了两碗饭摆在桌上,说:"我做过很多次,好像都没有你做得好吃。你尝尝味道,差在哪里?"

蒋烟觉得余烬就是故意的,总是弄些以前的东西勾起她的回忆,让她心软。

她故意不接话茬儿,也不说好不好吃,一个劲儿地低头扒拉碗里的饭,好像很着急一样,想尽快结束这顿饭。

余烬静静地看着她,不时递来一张纸巾,说:"你慢点。"

蒋烟很快吃完,把筷子一放、碗一推,说:"我吃完了。"她一副完成任务的语气,"第一件事做完了。"

余烬也不恼,慢条斯理地夹菜,说:"我还没吃完。"

"那你快点。"

余烬摇头,说:"吃快了不消化。"

蒋烟偷偷瞪了他一眼。

她想起一件事,说:"我奶奶很喜欢纪伯伯做的那个酱菜,陈姨会吗?能让我家阿姨跟她学一学吗?"

这是小事,余烬拿过手机把陈姨的电话号码发给蒋烟,说:"陈姨也会,你让她们通电话就好。"他看向蒋烟,"其实不用这么麻烦,奶奶喜欢吃,我让陈姨多做一点送过来。"

蒋烟坐直身子,说:"是我奶奶,跟你很熟吗?叫得那么亲。"

余烬笑了笑,说:"行,你的,又不跟你抢。"

蒋烟不耐烦道:"你能不能吃快一点?"

这顿午饭被余烬磨蹭到两点多才吃完,他信守承诺,送蒋烟回家。

车开到蒋家别墅外,余烬熄了火,转头看她,说:"第二件事我还没想好,你随时待命,不许不接我电话。"

蒋烟瞪他一眼,说:"那麻烦你快点。"

余烬觉得自己好像有毛病,她瞪他,他都觉得好看。

他一直注视蒋烟进了大门才离开。

客厅里没人,但门口有男人的鞋子,蒋彦峰应该在家,蒋烟上了二楼,看到奶奶的房门紧闭。她回到自己房间,趴在门口听动静,没有一会儿,奶奶房间的门被打开,蒋彦峰的声音传过来:"妈,我今晚飞北京,您早些休息。"

走廊的脚步声消失后,蒋烟悄声开门,看到奶奶的房门虚掩着。

她透过门缝看进去。

老太太的表情不是很好,蒋烟心沉了沉,猜想她大概跟蒋彦峰说了她的事,两人谈得不是很愉快。

连奶奶出面都不管用。

蒋烟心里默默做好准备,大不了以后让她见谁就去见,完事她说一句不喜欢交差就好。

这之后的两天,蒋烟都在忙着画初稿,她心里很烦,连带着影响到画画的情绪,总是觉得有不满意的地方,还没等交稿,自己就先毙了好几版。

下楼喝水时,蒋烟看到阿姨在厨房跟人讲电话,一边记配料,一边指着桌上一盘切好的菠萝让她吃。

蒋烟指了指电话,问她是不是在学做酱菜。

阿姨点了点头。

第二天晚饭时酱菜腌制好了,阿姨端到饭桌上,蒋烟上楼叫奶奶。

老太太在房间的浴室里,蒋烟敲了敲门,喊:"奶奶,吃饭了。"

老太太回应:"知道了。"

蒋烟想等奶奶一起,走到床边坐着。

她无意识地转头,看到床头柜上散落着一些东西,是老太太的存折、银行卡,还有往年生日时别人送老太太的金条。

老太太平时也用不到什么钱,不知道把这些东西折腾出来做什么。

浴室的门开了,老太太走出来,往里面看了一眼,喊:"烟烟。"

"哎。"蒋烟过去挽住奶奶的手臂,"阿姨做了你喜欢吃的酱菜,你尝尝味道,她特地跟我朋友学的。"

两人下了楼,看到蒋知涵已经忍不住尝了一块,阿姨问蒋知涵怎么样,蒋知涵竖起大拇指,赞道:"一样的。"

老太太也尝了一块。

她仔细品味,虽说配菜都一样,但总觉得味道跟上回有些不同。

如果她说味道不对,阿姨没准儿又要辛苦研究,她点了头,说:"挺好。"

吃饭时,蒋烟的手机进来一条信息。

余点火:六点我来接你,我们去看电影。

蒋烟盯着那行字看了一会儿,回复:算第二个要求吗?

没有多久,余烬说:如果算你就来,那就算。

蒋烟在心里小小地哼了一声,放下手机,继续吃饭。

六点整，蒋烟准时出门，看到余烬那辆黑色越野车已经停在不远处的树下，她走过去。

余烬看到她，脸上不禁露出些笑意。

他忽然觉得当救命恩人挺好的，毕竟他想做什么，她都会答应。

这么一想，他以前好像错过了好多行使权利的机会。

他提前下车，手背在身后，站在副驾驶门旁等她。

蒋烟走到他面前站定，扬起小脸，说："提前说好，我们可不是约会。"

"是什么都行。"余烬"嗯"了声。

他忽然像变魔术一样从身后拿出一束花，嗓音低柔："送你。"

蒋烟微微怔住，看向那束花。

是火焰玫瑰。

火红色的花瓣，鲜艳夺目，热烈奔放。

蒋烟的心再一次被什么东西倾覆。

火焰玫瑰的花语，用我的热情抚平你受伤的心，愿你此生无忧无虑，也代表热烈的情感。

余烬静静地凝视她，说："花店老板问我想送给谁，我说送我喜欢的女孩，但她还在生我的气，他推荐了这个，说很适合我。"余烬笑了笑，"他说的花语我也记不太清，但花还是很好看的，是不是？"

蒋烟眼睛有些发酸，说："都说了不是约会，你还要送花。"

余烬说："你收下，算第三个要求。"

蒋烟抬起头看他。

他好不容易争取来的几个要求，就被他这么随便用掉。

蒋烟接了这束花，余烬替她打开车门。

余烬选的片子是小女孩喜欢看的爱情片，也买了爆米花和可乐。两人进场时，灯已经关了。

他很自然地牵住蒋烟的手，说："小心。"

这一次，蒋烟没有甩开他。

这部电影好像很火，看的人很多，座位几乎满了，余烬订票很早，位置不错，在中后排中间。

他让蒋烟抱着爆米花，自己膝上放着她的大衣。

其实余烬对这种电影不太感兴趣，但蒋烟好像很喜欢看。

他们前面是一个年轻男孩，二十出头的样子，穿着黑色的羽绒衣，戴着鸭舌帽，帽檐压得很低。

蒋烟无意间看到他的侧脸，觉得有些眼熟。

她歪着脑袋又看了几眼。

还没有看清楚，身旁余烬忽然伸出手臂绕过她身体，捂住她的眼睛。他把人往自己身边拢了一下，压低声音在她耳边说："第四个要求，不许看别的男人。"

第八章
她来了

余烬的手热热的,轻轻地覆在她眼睛上。

蒋烟眼前一片黑暗。

她脸红了红,拨开他的手,小声说:"你就用吧,最好今天把次数都用光,以后就不用烦我了。"

余烬的手并没收回去,环在她身后,指尖轻轻蹭着她小小的耳垂,偏头瞧她,问:"我烦人吗?"

蒋烟觉得痒,缩了一下肩膀,吐出一个字:"烦。"

余烬低低笑着,并没说话。

电影很快进行到后半段。

一些小情侣开始按捺不住,脑袋悄悄凑到一起亲来亲去。

蒋烟最初还能保持镇定,目视前方当没看见,可后来渐渐就有些不自在了。

太过分了,没完没了。

旁边还坐着余烬,她眼睛盯着前方大银幕,悄悄地舒了口气。

余烬忽然开口:"烟烟。"

蒋烟立刻说:"你别说话。"

余烬:"……"

他只是想问问她还要不要可乐,这丫头怎么了?

电影散场后,两人都不愿意跟着人群挤,选择最后走。余烬拎着蒋烟的小包,她走在前面穿羽绒衣。

前方不知发生了什么事,一堆人挤在一起,声音嘈杂,有女生喊着一个人的名字。

隐约听到有人说,有个明星来了。

听到那个名字,蒋烟突然激动起来,抓着余烬的袖口,说:"是他哎!"

余烬一头雾水,问:"谁?"

蒋烟拉着他快步往前走,说:"坐我们前面那个人,我说怎么觉得眼熟,是那个演员。"

她说了一部电视剧的名字,余烬没听过,但看样子应该是个青春剧,甜甜蜜蜜谈恋爱那种。余烬扯住她,问:"你干什么去?"

蒋烟注意力全在前面热热闹闹的人群中,说:"我想看看,他可帅了。"

余烬皱着眉,一把将人捞回来,半抱着往侧门走,不满道:"凑什么热闹,回家了。"

他把人拉出去,站在路口等红灯,车停在对面的停车场。

蒋烟一点都不配合,一直在乱动,说:"你干什么,我还没看见他呢。"

余烬捏她下巴,说:"你忘了第四条要求,不许看别的男人,救命恩人的话不听?"

蒋烟完全被拿住,没有办法反驳,赌气地扭头看向别处。

现在已经快晚上九点了,一些来看晚场电影的人刚到,陆续走进商场,门口也逐渐安静,那个明星好像已经坐车走了。

有路过的小女生还在讨论,嘻嘻哈哈说好帅,比电视上还帅。

余烬有些不太理解那些追星的小女生,看得见摸不着,有什么好?

实实在在在眼前的不好吗?

他偏头注视蒋烟,说:"怎么,你还在想呢?"他压低身子,对上她的眼睛,"我还不够你看,还要看别人。"

蒋烟抿着唇,气哼哼地道:"谁要看你。"

"我帅还是他帅?"

蒋烟毫不犹豫地说:"他帅。"

余烬扣住她后脑,把人拉近一些,说:"重说。"

蒋烟双手抵着他胸口,说:"哎,你能不能不要老是动手动脚。"

余烬看了她一会儿,低头笑了。他忽然觉得这样的日子很真实,她在他身边叽叽喳喳,跟他拌嘴,闹着小脾气。

余烬目光向下,落在她柔软的唇瓣上。

他喉结滚了滚,压低声音:"我的那个要求,可以用来吻你吗?"

蒋烟立刻捂住自己的嘴,讲话声含混不清:"不可以。"

余烬笑意更浓。人行道变成了绿灯,他准备带她过马路,忽然从路左侧冲过一辆私家车,那车速度很快,路线偏离正轨,刹车声音刺耳,像是失去了控制。

余烬迅速搂过蒋烟的腰闪身躲开,那车惊险地从他们刚刚站着的地方开过去,冲上路旁的石阶,撞到一个装饰雕塑上。

响声巨大,所有人都看过来。

街上顿时乱了,人们渐渐围聚到车旁,有人打电话报警,叫救护车,里面那个司机已经失去知觉,不知道有没有生命危险。

余烬抱着蒋烟摔在地上,他下意识地用手掌护住她的头,两人连续在地上滚了两三圈,直到被街边的绿化花坛挡住。

余烬的脚踝重重地磕在花坛旁的铁架上,他闷哼一声,把蒋烟的头护进自己怀里。

蒋烟缓了几秒后,立刻从他身上爬起来。

"余烬,余烬你没事吧?"她声音里带着哭腔,好像吓坏了。

余烬勉强支撑着从地上坐起来,靠在花坛上,说:"我没事,别怕。"

蒋烟扶着他手臂,想让他站起来。

余烬稍一动,脚踝便钻心一般地疼。他摁住蒋烟的手,说:"烟烟,别动我。"

蒋烟慌忙蹲下,问:"怎么了?"

余烬伸手把裤脚拽上去,露出脚踝。那里不知被什么尖锐的东西划破,有几厘米长的伤口,鲜红的血液顺着皮肤流到袜子和鞋上。

余烬在看到血迹的那一刻便立刻把裤子扯下去,遮住伤口。

蒋烟慌了神,说:"你干什么,我看看。"

他摁住她的手,说:"没事,不严重。"

"流血了!"

她不听他的话,重新查看伤口,除了那道划痕,四周还有青紫的瘀血,一定很疼。

她眼睛渐渐湿了。

余烬安静地看她,有些动容,抬手用拇指擦掉她的泪珠,说:"我都说不疼了,你哭什么。"

救护车来了。蒋烟抬头看过去,所有人都在忙那边,说了可能也顾不上,而且只来了一辆车,大概坐不下,如果再派车,还不如自己去医院比较快。

她扶住余烬的手臂,说:"你能站起来吗?我们打车去医院吧。"

余烬现在已经缓过来一些,他手臂撑着花坛的台阶,只用那只没受伤的腿使力,靠着蒋烟小小的身体,勉强支撑。

这会儿疼痛感已经不像刚刚那么强烈,有些酥酥麻麻的感觉,他心里有数,应该外伤居多,看着吓人,实际没有伤到骨头和筋。

两人缓慢移动到路旁,蒋烟招手拦下一辆出租车,小心地扶余烬进去,随后自己也上了车,说:"师傅,去最近的医院。"

她一直很紧张,遇到红灯就坐直身体看前面的路况,还好这个时间不是高峰期,没有堵车。

余烬觉得自己有些因祸得福,他好久没在蒋烟眼睛里看到这样紧张的神色了。

今晚不知哪里出了事故,急诊的病人特别多,蒋烟和余烬在走廊上等了很久,期间只有一个医生过来简单看了一眼,问了名字,随后回到诊室,开出一张单子,让他们先去拍片,说这样比较省时间。

蒋烟拿着单子下楼缴费。

余烬一个人在走廊上坐着,没有多久过来一个小护士,直接给他推来一个轮椅。

余烬想,倒也不用这么夸张。

他看了眼电梯那边,说:"不用了,我女朋友看到会被吓到,我自己走过去。"

说完,他就想撑着椅子站起来,被护士拦住,说:"不行,你现在左脚不能落地,最好还是用这个。"

正说着,蒋烟从电梯里出来,看到轮椅也愣了一下。护士跟蒋烟解释一番,蒋烟点头,说:"行,我来推。"

余烬只好坐上去。

负一楼拍片的地方人倒是不多,很快轮到余烬,里面有医生和护士帮忙,蒋烟怀里抱着他的羽绒衣,就等在门口。

她脸上的担心太明显,一直盯着余烬看。

里面的医生是个五十几岁的大叔,他有意找话题聊,想转移余烬的注意力,拍伤脚需要稍微挪动一下,寻找不同的角度,问:"你女朋友?"

余烬看了门口一眼,"嗯"了一声。

"小伙子挺有福气。"

余烬笑道:"我也这么觉得。"

他又看了门口一眼,目光跟蒋烟碰上。

蒋烟不知道余烬在笑什么,用口型问他怎么了。

余烬摇了摇头,示意走廊那边,说:"你去那边坐着等。"

蒋烟没动,她低头拿出手机看了一眼,已经十点多,一会儿还要等片子,还要送他回家,不知道要弄到几点。

她抬起头,摇了摇手机,说:"我去打个电话。"

负一层没有信号。

医生动了余烬的脚一下,他下意识地皱眉,"咝"了一声,但还是尽量控制自己脸上的表情,不想让蒋烟担心。他冲她笑了一下,说:"去吧。"

直到拍完片蒋烟还没回来,余烬坐在走廊里等她。

他看了眼自己坐的轮椅,觉得有些无奈。

看个电影也能看到轮椅上去,果然爱情是个伤人的东西。

他拿出手机对着自己的脚踝和轮椅拍了一张照片给罗曜发过去,等了好一会儿也没有看到发送成功的消息,他才想起这里没有信号。

几分钟后蒋烟回来了。两人回到楼上,先打了一针破伤风针,随后一起坐在走廊等片子。

蒋烟说:"我跟奶奶说了,今天晚一点回去。"

余烬偏头看她,说:"你要陪我回家吗?"

"不然呢,你如果自己能走,我就不跟……"

"不能。"

余烬那条信息终于显示发送成功，没有多久收到罗曜的回复。

罗曜：怎么，向我看齐？

余烬：咨询一下，坐着这玩意儿，在女朋友那里能享受到什么特殊待遇。

余烬：说仔细点，这决定我的脚伤三天好还是三个月好。

罗曜：谁告诉你我有女朋友？

过了会儿他又发来一条：你有女朋友了？

余烬：别啰唆，时间紧迫。

隔了会儿罗曜说：倒也没什么，大概就是温柔呵护，轻声细语，吵架也舍不得对你大声，晚上还有人给你放洗澡水，按摩伤处。对了，轮椅记得换个大一点儿，结实一点儿的，这样抱她上来的时候不会很挤。

余烬盯着手机屏幕看了好一会儿，第一次觉得坐轮椅好像也没有那么让人难以接受。

蒋烟扭头看他，问："怎么了？"

余烬回神，说："没事。"他看了蒋烟一下，"烟烟。"

"嗯？"

"我这脚大概一时半会儿好不了，最近应该不能去车行了。"

蒋烟"嗯"了一声。

"大概也不能下楼，不能自己做饭，不能洗衣服。"

蒋烟转头看他，问："所以呢？"

余烬指尖点点轮椅扶手，说："作为你的救命恩人，你看我现在这个样子，是不是得有点表示？"

蒋烟看着他。

余烬说："比如说，住到我家，二十四小时贴身照顾什么的。"

其实蒋烟有想过余烬这段时间的生活问题，也在考虑要不要来照顾他。毕竟刚刚他是为护住自己才受的伤，以余烬的身手，只他自己一个人一定能平安躲开。

她清楚地记得，危险到来那一刻，是余烬第一时间护住她的身体，他把自己当肉垫，她连摔都没摔到。

算上重逢那晚，他不知救过她多少次。

可她现在住在家里，好几天不回家不知道该怎样解释，而且，跟他一起住……他不知道又要提出什么奇奇怪怪的要求。

蒋烟忽然意识到，不知从什么时候开始，她已经没有办法拒绝余烬。跟他吃饭，跟他看电影，接受他的花，跟那什么五六七八个要求一点关系都没有。

但蒋烟不会告诉余烬这些。

她脑子里想着这些乱七八糟的事，没有第一时间回答他。

余烬忽然"哟"了一声。

蒋烟回神,看到他眉头紧紧蹙着,很难受的样子,她有些紧张,问:"怎么了?"

余烬抿着唇,说:"疼。"

蒋烟赶紧蹲下去检查,看到他的伤,埋怨道:"片子怎么这么慢出来啊。"

余烬看着她心疼的样子,脸上有微不可察的变化。他拉她起来,让她坐在旁边的椅子上,说:"夜间急诊是这样的,会先处理一些比较严重的患者。"

正说着,有护士拿了片子来,招呼两人:"进来吧。"

蒋烟推余烬过去,值班医生又配合片子重新检查了他的伤,说:"问题不大,轻微挫伤和外伤,没有伤到骨头,给你开外伤药和口服消炎药,你按时服用。"

他一边在电脑上开单,一边说:"这几天别沾水,别使力,过个三五天伤口愈合,能下地就好了。"

余烬皱眉,问:"三五天就能好?"

医生笑道:"怎么,嫌快?"

余烬没说话。

护士帮余烬处理了伤口,没多久雷子来了。

余烬的车还停在商场那边,蒋烟不会开车,雷子来取钥匙,把车开过来,送两人回家。

看到余烬,雷子忍不住笑道:"烬哥,你看场电影牺牲也太大了。"

余烬被糗,难得不恼,看了眼蒋烟,说:"太晚了,先送你回去。"

之前蒋烟说要陪余烬回家,但已经快十二点,她家里应该很惦记。

蒋烟点了头,先让余烬上车,随后自己也跟进去。

后座还有那束火焰玫瑰,热情的颜色让人无法忽视。

雷子先送蒋烟回家,看到那栋别墅时,他有些惊讶,直到现在才真切意识到蒋烟是真正的富二代,天之骄女。但他从没在蒋烟身上看到过那些富家子弟的坏习气,她不娇气,不摆架子。那年临走前,她还特意叮嘱医院关照雷子的母亲,连医药费也减免了不少。

雷子想起一件事,说:"我妈那天还说让你去我们家吃饭呢,她说想亲自感谢你。"

蒋烟忙说:"不用,我也没做什么。"

"去吧,我妈说好几次了。"他扭头看余烬,"等烬哥伤好了你俩一起去,我给你们露一手,我这两年做菜也还行。"

蒋烟开门下车,身后余烬忽然叫住她。

蒋烟回头,看到他手上的那束火焰玫瑰。她的手塞在羽绒衣宽大的兜里,攥成拳头,说:"那个你先拿回去吧。"

余烬皱眉,喊:"烟烟。"

车里光线很暗，蒋烟看着他被夜色笼罩的脸庞，说："明天我想想办法吧，无缘无故几天不回家，我爸和我奶奶都会问的。"

她这样说，就是同意去照顾他了。

余烬神色轻松许多，说："嗯，我等你。"他补了一句，"到时我让雷子来接你。"

蒋烟点了下头，余烬说："你先进去，我再走。"

蒋烟又看了他一眼，转身走向大门，两步后又回头，弯腰看驾驶位，叮嘱："雷子哥，你开车慢点。"

"哎。"雷子眼睛都快笑没了。

蒋烟走后，雷子还在笑，余烬用那只没受伤的脚踢了一下靠背，说："笑什么。"

雷子说："你俩这依依不舍的，酸不酸？"

余烬看着窗外斑驳的夜色，没有说话。

过了会儿，他忽然开口："明天给我弄个轮椅来。"

雷子打转向灯将车驶上主路，说："用得着吗？医生不是说不严重，弄副拐得了。"

余烬说："轮椅。"

雷子心里明镜似的，觉得余烬为了追蒋烟也是豁出去了，现在这副样子哪还有什么大神气质。遇到心尖儿上的人，什么神也得下凡尘。

他拉着长声："行——轮椅就轮椅，谁让你是老板，你说什么就是什么，过几天发年终奖别扣我就成。"

余烬又恢复了往日那副冷酷样子，说："再啰唆取消年终奖。"

雷子乖乖闭嘴："得，我惹不起你。"

雷子把人送回家，临走时有些不放心，说："你一个人行不行啊，要不我今晚别走了，明天直接接蒋烟来。"

余烬摆手，说："不用，你回家吧。"

他身体素质极好，医生说三五天，其实对他来说根本不用那么久，他现在扶着墙都能走，只是重心在右侧就好。

雷子走后，余烬去浴室洗了把脸，回到卧室，换衣服时才觉得确实有些不方便。他直接把换下的裤子折两下放在床头柜上，关了灯躺在床上。

窗帘没拉，他也懒得去拉，外面二十四小时便利店开着灯，把窗子映得亮堂堂。

余烬躺了一会儿，伸手摸到床那侧的手机，点开浏览器，搜索了一个人名。

这个男演员长得确实不错，影视片段里，举手投足都很帅气，也很会利用眼神。

网友还说什么来着？一月男友。

余烬特地搜了一下什么意思，原来这个月他有一部戏正在热播，小女孩们正在兴头上，嚷嚷着非他不嫁什么的。

余烬看了几张他的照片，真没觉得他哪里比自己帅。

余烬对自己这张脸还是很有信心的。唯一让他不舒服的一点是，这男明星的才二十三岁，整整比他小了七岁。

喜欢小的是吧。

他隐隐生气，摁灭手机丢在一旁，身子滑下去，闭上眼睛睡觉。

第二天上午九点左右，蒋烟发来消息，说已经搞定家里。余烬心情很好，让雷子先把车行那个花瓶送过来，再去接蒋烟。

雷子来送花瓶，顺道把不知道从哪里搞到的轮椅也搬上来。

是那种老式的轮椅，需要人力推动，没有电子屏幕，雷子说："你就用三五天，买新的没必要，我在别人那儿借的。"

余烬点头，说："都行。"

他接过花瓶，让雷子灌了半瓶水进去。雷子走后，他就坐在轮椅上，慢条斯理地往瓶子里插花。

起初他从那束花里一枝枝地抽出来插进花瓶，后来觉得不太好看，又把那几枝花抽出，解开绑带，直接一整束塞进去。

他左看右看，挺满意，把花瓶摆在茶几上。

他这房子租了几个年头，头一回见着花长什么样。

从这天开始，蒋烟住进了余烬的家。

起初蒋烟想在隔壁自己原来租的房子住，但余烬不同意，说万一自己半夜想去卫生间怎么办，蒋烟说那你不会少喝点水？

余烬慢慢呼吸，平复自己，耐着性子说："这种事我怎么控制得了。"

"你可以给我打电话，我过来。"

余烬摇头，说："走廊冷，我怕你感冒。"

蒋烟说不过他，只能住在这边。余烬是伤员，自然不能睡沙发，好在他家沙发很宽敞，蒋烟又瘦，占不了多大地方。

蒋烟带了很多东西过来，洗漱用品，两件换洗衣服，她那些瓶瓶罐罐，还有一台笔记本电脑，一块手绘板子。

余烬坐在轮椅上，看着她在屋子里转来转去，收拾东西。

家里到处都是蒋烟的气息，洗手台上有她的牙刷，茶几上放着她的笔记本电脑，这里变成了她的临时工作室。

那束花被她放在笔记本旁边，她随时能看到。

花还很新鲜，老板说好好养，能开一个多星期。

晚饭后，蒋烟刷了碗，随后坐在沙发上盘起腿。她将笔记本电脑放在膝盖上，对着电脑敲敲打打，偶尔拿起手机不知道跟谁语音，余烬听了几句，应该是跟工作有关的事。

他盯着蒋烟看了一会儿，第一次觉得，这里像个家了。

他无意识地开口："烟烟。"

蒋烟抬起头。

余烬顿了一下，说："我忘记要说什么了。"
蒋烟重新将视线转移到电脑上。
余烬又说："想起来了，我想喝水。"
蒋烟没动，操作鼠标翻阅资料，说："你忍一会儿吧，待会儿一起喝。"
余烬以为自己听错，惊道："什么？"
"省得去卫生间。"
余烬："……"
说好的温柔呵护，轻声细语呢？
骗人。
蒋烟嘴里那样说，几分钟后还是站起来，去厨房给他倒了杯水。她站在他面前看着他喝完，收回杯子，然后问："你什么时候睡觉？"
"怎么了？"
"你这样看着我工作不无聊吗？"
"不无聊。"
蒋烟走到余烬身后，推着轮椅往卧室走，说："你早点睡吧，早睡早起身体好，你年龄大了，需要休息。"
余烬手掌撑在卧室门旁的墙壁上，他力气很大，轮椅被迫停下，他偏头用侧脸对着蒋烟，说："谁老？"
"你。"
"我老吗？"
"你不是三十多岁了？"
余烬压着气，说："我三十岁，没有三十多岁。"
"区别很大吗？"蒋烟故意气他，"我爸才四十多岁，只比你大十几岁，在外面你见了我爸都能叫哥，这么算你还是我叔叔辈的呢。"
如果不是这会儿腿不方便，余烬真想把蒋烟拽过来摁在床上好好欺负欺负。
胆子越来越大。
以前她哪里敢这么跟他说话。

这晚直到深夜，蒋烟终于修完初稿，用邮箱发给品牌商。她坐在沙发上伸了个懒腰，看时间发现已经十二点了。
虽然已经很晚，但她还是坚持洗了个澡，换上家居服。
她带来这件睡觉穿的衣服还是以前在这里住的时候穿过的那件，浅粉色，宽松舒适。
她一边擦头发，一边看了眼余烬的房间。
房间的门虚掩着，里面很安静，没有声音，有昏黄的光线从缝隙中钻出。
蒋烟轻轻推开那扇门，看到床头那盏台灯还亮着，余烬已经睡着，手里摊开一本金融杂志。那杂志她知道，以前刊登过蒋彦峰。

她悄声走过去，把杂志从他手中抽出，放到床头柜上，关掉台灯。

不知是不是他的脚碰到床会疼，他躺得不是很平整，微微侧着身体，灰色的家居服衣领宽松舒适，跟她穿的款式很像。

他肩头露出一点青色的文身。

蒋烟盯着那个文身看了一会儿，随后目光向上，落在余烬脸上。

他还跟以前一样，睡着时眉头微微蹙着，好像睡不安稳一样。

蒋烟无意识地抬起手，轻碰他好看的眉毛。

余烬忽然睁开眼睛。

蒋烟吓了一跳，下意识地后退。

余烬一把抓住她的手，把人往自己身前一拉。

蒋烟手腕撑在他身侧。

余烬望着她的眼睛，嗓音低沉诱惑："烟烟，你知不知道，深夜进一个男人的房间，是很危险的事。"

蒋烟被迫趴在他身上，挣又挣不开，急得掐他，故作生气道："装睡是不是，骗子。"

那里是余烬的禁地，一掐就痒得不行，他目光更深，说："大半夜你来我房间做什么，不是想让我这样对你？"

"对你个头，不是说让我照顾你，睡觉灯也不关，浪费家里的电。"

余烬忍着笑，说："知道替我省钱了。"

蒋烟使劲儿挣扎，说："你放开我。"

余烬抬手摸摸她脸蛋儿，说："你自己数数，从我们见面到现在，你说了多少次放开。"

她凶他道："谁让你总抓我。"

"我怎么不抓别人呢。"

蒋烟没好气道："那谁知道呢。"

余烬非但没松开她，反而用另一只手去搂她的腰，把她整个人摁在自己身上，说："因为我喜欢你啊。"

这一句话直白赤裸，蒋烟听得耳朵都红了。

她低着头不敢跟余烬对视，说出的话依旧很冷："我告诉你，你不要趁机耍流氓，你要是敢欺负我，明天我就回家，再也不来了。"

余烬低垂着眼睛看了她一会儿，忽然微微抬起头，在她额头上印了一个吻。

他松了手，说："走吧，再不走，我可能真要对你做点什么了，才对得起现在的气氛。"

蒋烟一恢复自由，立刻从他身上爬起来，拿起旁边的枕头狠狠砸了他肚子一下，愤愤地朝他喊："骗子，流氓！"

她跑得头也不回，门被重重摔上。

余烬苦笑着捂了一下腹部，随后抬起手搭在眼睛上，沉沉地舒了口气，她软软的身子似乎还在他怀里。

他身上已经有些难受，需要很久才能平复。

这个死丫头，跑慢一点，他大概真的会忍不住。

蒋烟跑回客厅，钻进沙发上的被窝里。

她的脸很烫，觉得余烬好像越来越不正经，跟两年前在车行见到他的时候完全不同。

那时他冷冷的、酷酷的，不怎么笑，也不会看人脸色，好难接近的样子。

她问车行缺不缺人，他冷漠地说不缺。

那时她满心期待，希望他能对自己好一点，跟别人都不一样的好。

大概是晚上睡得比较晚，第二天上午八点多蒋烟还没醒。余烬实在躺不住，想偷偷出来看看又怕被发现，只好躺在床上跟蒋知涵打游戏。

三局游戏后，蒋烟终于醒了。她好像也意识到自己醒得有点晚，赶紧去卧室看余烬，说："你是不是饿了？我现在去弄吃的。"

余烬挺认真地看她，说："烟烟，我觉得现在有件更紧迫的事，比吃饭还重要。"

"你能不能先送我去下卫生间？"

蒋烟猛然反应过来他的意思，赶紧跑到床边把他扶上轮椅，说："对不起对不起，你怎么不叫我。"

"你现在这么厉害，又凶又会拿枕头砸人，我哪敢叫你。"

他还敢提昨晚，蒋烟不接这个话题。

两人洗漱后，蒋烟把早就定时熬好的粥盛出来，又煎了两个鸡蛋，还下楼买了以前住这里时常常吃的豆浆和油条，又盛了一些小咸菜，弄了满满一桌。

余烬吃得很饱，印象中好像很久没有吃过这么丰盛的早餐。

他隐隐有些担忧，这样被蒋烟喂几天，等她走了，他会不会不习惯。

吃过早餐，蒋烟收拾完厨房，坐在沙发上，抱着膝盖看余烬给自己上药。

他手法娴熟，好像以前常常做这种事。

蒋烟看了一会儿，问："余烬，开车行之前，你是做什么的？"

余烬拿棉签的手顿了一下，随后淡淡地笑了笑，说："怎么忽然问这个？"

蒋烟手背搭在膝盖上，撑着下巴，说："我就是觉得，你打架这么厉害，又会包扎伤口，又有那么大个文身，好像古惑仔。"

余烬将药水一点点地涂在伤口上，没有看她，说："港剧看多了吧？还古惑仔。"

"不回答就是默认喽。"

余烬随便说："没什么正经工作，瞎混。"

他目光向下，注意到她脚踝上那个小树杈一样的伤疤。

这伤疤他以前见过，当初她扭伤了脚，他帮她擦过药。

蒋烟注意到他的目光,下意识地收拢双腿,手拽了一下裤脚,遮住那里,说:"地震留下的。"

余烬没有说什么。

那年他把蒋烟从废墟里救出来,她马上被家人和医护人员包围救治。师父还在别处救人,他着急跟师父会合,很快离开那里,并没继续关注被救的小女孩。

蒋烟望着余烬,脱口问出:"丑吗?"

余烬宠溺地说不丑,他指着自己脚踝上的伤,又说:"这不我也有了,咱们两个一对儿。"

蒋烟以前没有注意,现在才发现,这两个伤处好像在同一个位置。

她脑袋歪在手背上,声音很轻:"谁要跟你一对儿。"

蒋烟在这里住了一个星期,第四天她就让余烬尝试下来走走。可他脚一落地就说疼,根本没办法走路。

到了第七天还是这样,蒋烟担心道:"医生不是说三五天就好吗?是不是那个片子拍得不准啊,要不我们换个医院再看看吧,别是伤到骨头了。"

余烬说不用,再养养看。

那天余烬接到大森的电话,大森知道他在家养伤,要带着兄弟们过来看看。

起初余烬不让,但大森没听,说反正现在不忙,下午就过来。

余烬坐在沙发上,拿着手机沉默一会儿,随后看向钟表旁边那面镜子前的蒋烟,她在整理头发。

这几天他已经看过好多次,她梳头发不用木梳,纤细的手指插进柔顺的发丝里,慢慢梳通,漂亮又自然。

余烬不想让大森他们见到蒋烟,想找个理由让蒋烟出去一下,还没有想好,发现蒋烟已经开始穿外套了。

他看着蒋烟拉羽绒衣的拉链,问:"你要出去吗?"

蒋烟"嗯"了一声。

"去哪儿?"

"市区,跟江述吃饭。"

余烬目光动了动,问:"就你们两个?"

蒋烟把随身小包挎在身上,说:"是啊,怎么了?"

余烬没说话,蒋烟已经收拾完,走到门口换鞋,说:"对了,水果放茶几上了,你想吃可以拿,累了就在沙发上休息一会儿。"她想了一下,"用不用我现在把你弄到卧室里去?躺在床上舒服一点。"

余烬语气不太好:"不用了,你早点回来就行。"

蒋烟点点头,转身出门。

门刚关上,余烬就起身走到阳台那边去,没有一会儿就看到蒋烟出现在街口,打了一辆车离开。

他现在已经能走路,只是稍微慢一些,伤口一碰还是会疼,但在他的承受范围内。

他在屋子里收拾了一下,把蒋烟的东西都收到柜子里。

他从没跟他们提过蒋烟,大森知道他在追一女孩,还是那次去车行听雷子说的。

没过多久,大森他们到了。余烬在这里住了几年,大森他们来的次数屈指可数。这帮人感情好得跟亲兄弟一样,做什么都喜欢一起行动,每次来看余烬都一大帮人,浩浩荡荡,吵吵闹闹,余烬怕吵到邻居,很少让他们过来,他去城西那边的次数更多一些。

当年潘在是他们老大,余烬是后加入的,他很讲义气,身手又好,很快跟他们打成一片。

余烬愿意的时候,很轻易就能俘获人心。

大森他们带了一大堆营养品和水果,大包小裹地挤进客厅,本以为会看到一个乱七八糟的房子,余烬凄惨地坐在那里,瘸着腿束手无策。谁知房间干净整洁得跟新的一样,连点灰尘都摸不到。

余烬跷着那只缠了绷带的脚,悠闲地坐在沙发上打游戏。

大森说:"烬哥,我寻思你一个大龄单身男青年一个人在家养伤挺可怜,过来慰问一下。看这样子你好像不需要慰问?怎么受个伤还容光焕发的,脚上有啥穴位吗,打通任督二脉了?"

余烬扬了扬下巴,示意那头的沙发,问:"坐。路好走吗?"

前两天刚下了场大雪,地面结冰,很滑。

一个穿棕色棉服的男人说:"还行,开得慢。"他把带过来的营养品和水果挑了一些堆到桌上,又把包装打开,"烬哥,你尝尝这个,相当补。去年我腿骨折那回,天天吃,现在好得跟什么似的。"

大家有段时间没见,聊得火热。余烬有一搭没一搭地听着,不时看一眼手机。

蒋烟到了约好的那家饭店,江述已经点好蒋烟爱吃的菜等她。

每次来这家,她都会点金枪鱼饭团和炭烧鳕鱼。

蒋烟匆忙进了大厅,江述冲她招手:"这里。"

见她有些喘,好像刚跑过,江述皱眉,说:"你急什么,我又没催你。"

蒋烟坐在他对面,倒了一杯免费的大麦茶,一口喝掉一大半,喘气道:"堵车了,我在街口提前下的。"

那天在酒吧门口通过电话后,两人就没见过,期间蒋烟找过江述一次,但他忙着帮家里筹建北京分部,一直不在岳城。

他利用自家的人脉收拾那两个坏蛋,其实也等于多给自家树了两个敌人。蒋烟知道,这在商场很忌讳,一般人不愿蹚这浑水。

她再次认真地对他说了句谢谢。

这次江述没再像平日那样玩笑，定定看了蒋烟一会儿，忽然说："我对你好点儿，以后你就不会随便被别人骗走了。"

两人对视一会儿，都笑了。

蒋烟眼神清澈，一丝杂念都没有，认识江述十几年，她早已拿他当亲人一样对待。

江述问："找我什么事，这么着急？"

蒋烟看着他，说："我记得你认识一个权威的骨科医生，能不能介绍给我？我有个朋友受了点儿伤，好多天也没好，不知道是不是骨头摔坏了，去的那家医院也没查出来。"

菜来了，江述把筷子递给蒋烟，问："你什么朋友，我认识吗？"

蒋烟支支吾吾，说不出口。

江述的手顿住，过了会儿，说出一个名字："余烬？"

蒋烟抿了抿唇，点点头。

江述望着她，问："你跟他在一起了？"

蒋烟摇头，神情变得有些低落。她有点想倾诉，又不知道怎么开口。

江述一直没说话，默默吃饭，等她说。

过了会儿，蒋烟开口："我有点不敢。"

江述抬起头，问："为什么不敢？"

"不知道，就是心里不踏实。他最近对我真的很好，比以前我想象的那个他还要好，我觉得很不真实。"

一腔热血时，她可以什么都不顾，只要当下热烈的情感。

错过一次后，她再没了以前的胆量，瞻前顾后，犹犹豫豫。

江述没有说话，盛了一碗汤递给她，说："喝一点，这家店的招牌，以前没点过。"

蒋烟接了，小口小口地喝。

江述说："一会儿我把那个医生的电话发给你，我会提前打招呼，他是我二叔的朋友，医术不错，应该能帮上忙。"

"嗯。"蒋烟点点头。

蒋烟的手机进来一条信息，她打开看了一眼。

余点火：[图片]

是蒋烟点过的那个慕斯蛋糕。

余点火又发来一条：上次你在酒吧点的那个被我吃了，我刚点了个一样的，快回来吃。

蒋烟没好气，催催催，绑到你家了，一出门就催。

跟江述分开后，蒋烟先去以前那条街买了几盒笔，随后打车回家。

蒋烟一进门就看到门口堆了一堆东西，茶几上也放了不少。

"家里来人了？"

余烬靠在沙发上,手里拿着一本书,回答:"嗯,几个朋友。"

蒋烟手里拎着两个打包餐盒,说:"给你带了两个菜,我热一下给你吃。"

余烬看了眼那两个餐盒,没吭声。

蒋烟一看那眼神就知道他什么意思,说:"后来点的菜,不是剩的。"

余烬嘴角隐着笑,很快恢复神色,指了指桌子上的蛋糕,说:"你尝尝是不是以前那个味道。"

蒋烟弯腰用小勺挖了一块吃掉,说:"差不多。"

余烬吃过晚饭,蒋烟把桌子上的营养品和水果之类的东西分类归置到储物架上,出来的时候看到余烬开了电视,在找电影看。

他示意旁边的沙发,说:"一起。"

蒋烟随手拽了一个抱枕抱在怀里,坐在沙发那头。

余烬把遥控器递给她,说:"你选吧,我看什么都行。"

蒋烟翻了半天也没有想看的,最后随手点了一个几年前比较火的片子,她和余烬都没看过。

这片子前半部分还好,后半部分就有些悲情,主角遇到了地震,画面真实惨烈,坍塌的楼房,尘土飞扬,代入感极强。

蒋烟似乎勾起一些不好的回忆,紧紧抱着膝盖,眼睛一动不动盯着屏幕。

余烬注意到,直接拿过遥控器关掉电视,说:"很晚了,进去睡吧。"

最近这几天,余烬一直以想看电视为由睡在外面,让蒋烟睡卧室。

她脸上没有表现出什么,也没有回应他,只是走的时候,把抱枕也一并带进房间。

她走后,余烬也没再打开电视,就那么躺在沙发上,手背搭在眉间,盯着天花板出神。

看来当年那场地震,对蒋烟的伤害还没有完全消退。

那时她太小,已经留下心理阴影。

他后知后觉地意识到她喜欢蒙着头睡觉,大概也是这个原因。

她很缺乏安全感。

余烬一直在想她,后来眯起眼睛,渐渐睡过去。

不知过了多久,大概已经深夜,忽然从卧室传来一声惊恐的叫喊,余烬猛地睁开眼睛,迅速起身跑进卧室,看到蒋烟整个人蜷缩在被子里,隐隐发抖。

他两步迈上床,半跪着将她抱进怀里,拉下被子一角,看到蒋烟额头上都是虚汗,脸上有泪痕,一直不停小声重复:"地震了。"

余烬心里狠狠一揪,抱紧她,用力吻她湿潮的额头,低声轻哄:"冷静点烟烟,是梦,没有地震,没有地震。"他把她的头摁在自己胸口,轻拍她的背,"我在呢,就算地震了,我也替你挡着,伤不到你。烟烟乖,不怕……"

余烬安抚了好久,蒋烟才慢慢镇定下来,意识到自己做了噩梦。

那梦太真实,她再一次看到爸爸抱起弟弟冲出即将坍塌的房间。

她脸颊贴在余烬结实的胸膛,心里渐渐踏实下来。

余烬稍稍松开一些,用手掌抹掉她额间的虚汗,低着头看怀里的姑娘,哄道:"没事了。"

蒋烟抬起头,两人目光碰上,余烬还紧紧抱着她,抬手摸摸她的脸,轻声问:"还热吗?要不要喝水?"

蒋烟恍惚着点头。

余烬松开她,把松软的被子围在她身上,出了汗着凉容易感冒。

他快步走去厨房,从保温杯里倒出半杯水,试了试温度,有些热,又用碗来回倒腾两下才拿回房间递给她,说:"温的。"

蒋烟两手捧着杯子,一点点地喝,问:"几点了?"

余烬手机没在身边,看了眼她的手机,说:"十一点多,你再睡会儿,我就在外面,有事叫我。"

蒋烟没有说话,把杯子里的水全都喝光,然后将杯子递给余烬。

余烬接了,蒋烟却没松手。

他低头看她,喊:"烟烟?"

蒋烟的眼睛愣愣地盯着他笔直的双腿,左脚踝那里还缠着绷带。

她缓缓地抬起头,问:"你脚好了?"

余烬也愣住了。

刚刚他听到蒋烟的声音,神经瞬间紧绷起来,根本没有时间思考脚伤的问题。

他脑子飞速运转,在想该怎么解释他忽然能走了这件事。

可蒋烟已经反应过来,用力推开他,生气地说:"你早好了是不是,你又骗我!"

她刚从那场噩梦中脱离出来,心绪还没有完全恢复,又知道这件事,心里顿时委屈起来,连拖鞋都没有穿就从床上跳下来,被余烬拦腰抱回去,按在床上。

余烬俯身压上去,手肘撑在她身侧,把一旁的被子拽过来盖在她身上,说:"你刚出了汗,也不怕感冒。"

蒋烟真的恼了,胳膊和腿都不老实,结结实实地招呼在他身上,说:"骗我很好玩是不是!"

余烬控制住她双手,摁在自己心口,哄道:"嘘。"

蒋烟喘着气看他。

余烬眼眸深沉,望进她眼睛里,说:"我有一个朋友,多年前遭遇车祸,从此只能坐在轮椅上,他的女朋友不离不弃,温柔呵护,对他特别好。"

他另一只手环在她头顶,拨开她潮湿的刘海,说:"我想知道,如果是我,你会怎样。"

蒋烟失神几秒，随即挣开他的束缚，说："我告诉你，我照顾你是因为你救过我，没有别的原因，我一点都不喜……"

余烬忍不住伸出一根手指抵住她唇瓣，诱哄道："这张小嘴儿，每天说些我不爱听的话，歇歇。"

蒋烟拨开他的手，嚷："我不——"

余烬低头堵住她的嘴。

蒋烟瞬间身体紧绷，唇齿间都是他的味道。

她被他缠住，呼吸都困难。

她的手慌乱地在他衣服上抓着，两人都乱了气息，房间越来越热。

不知过了多久，余烬终于松开蒋烟，偏头抵在她瘦削的肩膀上，平复自己。

蒋烟被欺负得泪眼汪汪，余烬微微抬起头，看到她眼角的泪，愣了一下。他温柔地为她擦掉泪，无奈道："落下毛病了，怎么一亲你就哭？"

蒋烟鼻子一酸，眼泪流得更多，声音里也带着哭腔："知道我多担心你吗？"

"知道。"余烬低声道。

"那你还骗我。"

他把人搂进怀里，说："我想让你对我好一点儿。烟烟，这几天，我很高兴。"

蒋烟闷了一会儿，还是推开他，说："你出去，我不想看见你。"

"还生气吗？"余烬握着她肩膀。

"明天我要回家。"她从床上爬起来。

"回家干吗？"余烬跟着起身。

"你都好了我还在这儿干什么。"

"你出去，我要睡觉了。"她这次乖乖地穿了拖鞋，下床拽他起来。

余烬被她推到门口，他撑住门边，问："明早我给你做早餐，想吃什么？"

蒋烟想说什么都不想吃，还没开口，客厅里他的手机铃音急促地响起来，这么晚不知道谁会找他。

余烬转身去拿手机，蒋烟发现他走路不是很快。

客厅的灯被打开，蒋烟看到他脚踝的绷带上有一点红色，似乎是从里面渗出的血迹。

余烬好像并没留意到，从沙发上捞起手机看了一眼，是陌生的座机号。他接起来，那边问他是不是叫余烬。

他说："是。您哪位？"

那边说了几句话，余烬表情严肃了一些，眉头紧蹙，说："我马上过去。"

挂了电话，他转头看了蒋烟一眼。她站在卧室门口，身上穿着单薄的睡衣，刚刚吻她时，她的头发被蹭乱。

余烬走过去，抬手为她梳理头发，手法学她，指尖插进发丝里，慢慢滑下去，说："烟烟，我可能要出去一下，你一个人在家不要怕，有事给我打电话。"

蒋烟微微抬起头，问："是不是出什么事了。"

他轻轻"嗯"了一声，并不想瞒她，说："我城西洗车行的几个朋友出了点事，我得过去一下。"

余烬伸手握住她手臂，慢慢下滑，牵住她的手："烟烟，如果我明早还没回来，你能先别回家吗？等我一会儿。"

蒋烟眼睛盯着他脚踝的伤处，透着一点点红色，晚上看电影的时候还没有。

不知是不是刚刚他跑进房时太过用力，伤口又被撕裂。

她小声说："你要回来得晚，我就不等了。"

她能这样说，余烬已经很满足，好像一下轻松不少，说："我尽快。"

他穿了外套走到门口换鞋，叮嘱："门反锁一下。"

蒋烟"嗯"了一声。

大森他们下午从余烬这儿离开，回到城西，晚上吃宵夜时在小吃街又碰到崔良那帮人。

两伙人本就不对付，互相看不顺眼已经很多年，偏偏崔良又是个不省事的，言语挑衅不断，大森的脾气一点就炸，两伙人很快动了手。

因为人数众多，已经算是聚众斗殴，有人报了警，所有人都被带去派出所。

余烬赶到时，派出所门口和走廊聚集了好多人，还有记者和媒体在，不知道发生了什么大事。他找到一位值班民警，说明来意，那人带他去了一个房间门口。

余烬透过窗子看到里面的大森。

看到余烬，几个人围过来。

"烬哥。"

余烬问："怎么回事？"

大森旁边的小弟骂了几句，把事情原委说了一遍。

余烬问："谁先动的手？"

"崔良他们。"

余烬心里已经有数，看向那头儿乱糟糟的人群，问："出什么事了吗？"

大森说："好像是一伙聚众赌博的人起了内讧，闹出人命了，一晚上都在处理那头儿的事，没人管我们。"

余烬点了下头，让他们少安毋躁，先在这里委屈一晚，他来解决。

离天亮只有几个小时，余烬在旁边的酒店开了间房临时休息，第二天早上七点多就退房下楼，准备再去一趟派出所。

刚进那栋楼，迎面碰到一个熟悉的面孔。

双方都有些意外，一时间谁都没说话。

对面是个身材魁梧的中年男人,身穿制服,庄重正气。

片刻后,余烬先开了口:"熊队。"

熊队的表情本来很严肃,似乎手头有什么棘手的事,看到余烬时脸色缓和不少,说:"好久不见。"

走廊尽头有人叫熊队,他摆了摆手,让那边稍等,随后转头问余烬:"怎么跑这儿来了,有事吗?"

余烬说有几个朋友惹了点事,在里头。他顿了下,说:"是大森他们。"

熊队目光微敛,看了眼时间,示意外头道:"出去说。"

余烬转身跟他出去。

两人走到不远处的花坛停下,熊队问怎么回事。

余烬把事情原封不动地转述一遍,又说:"他们本性不坏,以前也没参与过那些事,只是听老板的话做事而已。现在几个人开了家洗车行,已经过上正常的生活。"

熊队拿起手机打了个电话,挂掉后说:"我问过了,对方那伙人常年惹是生非,是这里的常客,早有案底,这次又是先动手的一方,问题不大。待会儿我去看看,没什么事下午应该就能放人。"

余烬沉声说:"谢谢。"

熊队看了余烬一会儿,觉得他跟以前比似乎变了不少,眼睛里有光,也不像从前那样冷。

熊队有些感慨:"你是我最好的线人,没有之一。"

余烬目光瞥向花坛里枯萎的枝丫,说:"可我害死了潘在。"

熊队看着他,说:"潘在拒捕,不慎掉进河里,这件事跟你一点关系都没有,已经过去这么多年了,你还放不下?"

余烬紧抿着唇,说:"他拿我当兄弟。"

熊队嗓音深沉厚重:"法律面前,没有所谓兄弟,他犯了法,应当受到惩罚。阿烬,你没有错。"

潘在从小无父无母,吃百家饭长大,性格刚烈,眼里容不得沙子,高中没毕业就辍学进了社会,吃过很多苦,受过很多罪,有一回跟人打架,被几个人揍得半死,是一个会所老板救了他。从那时起,潘在就跟了会所老板。走上那条路,不是他所选,但命运安排如此,他只能走下去。

如果当年他没有拒捕,以他的罪行,最多只判几年而已,远没有达到失去生命的地步。

余烬知道,潘在只是想赶去见未婚妻苏禾一面。那时她刚刚怀孕两个月。

苏禾是小地方来的姑娘,初到岳城,无亲无故,被中介诓去按摩馆,她还以为是干杂活,第一天就碰到潘在去那儿找人收账。潘在把她带走,从那以后再没让她离开过自己身边。

也许余烬骨子里并没外表那样冷漠,他重感情,有温度,惩奸除恶的同时,也不能免俗,对那个真心拿他当兄弟的人起了恻隐之心,也对那个刚刚怀孕就失去孩子父亲的女人心怀愧疚。

这份沉重压在他心头多年,至今未能消散。

熊队有事先行离去,余烬坐在走廊的椅子上等消息。

直到坐下,他才觉得脚踝有些疼。昨晚用力过猛,已经结痂的伤口又裂开,他没顾上看,今早又一直折腾到现在。

他靠在椅子上,有些疲惫。从昨晚到现在,几乎一夜没怎么睡,他拿出手机想给蒋烟打一个电话,发现手机已经没电了。他琢磨着借一下谁的电话,那边忽然有人叫他,不知又有什么流程,他赶紧过去。

蒋烟早上七点多就醒了,余烬没有回来,她一个人吃了饭,又刷了碗,收拾屋子,把能做的事都做完,已经将近十点。

她闷闷地坐在沙发上,抱着膝盖。电视里正在播一个综艺节目,里面的人乱哄哄地闹成一团,她觉得有些心烦,关掉电视。

余烬说要她等他,可到现在也没有消息。

她又不想给他打电话,好像很担心他,盼着他回来一样。

昨天他骗她那事还没完,不能这么轻易放过他。

蒋烟昨晚没有睡好,歪在沙发上迷迷糊糊又睡过去,再醒来已经是下午。

她睁开眼睛,最先映入眼帘的是茶几上那束火焰玫瑰。

一星期前盛放的那束花,已经七七八八凋零不少,如今只剩三枝还在坚挺地开着,只是花瓣边缘微微有些卷曲,颜色也深了一些,估计也撑不了多久。

蒋烟有些无聊,随意翻看手机。她的指尖在屏幕上滑了一会儿,目光停留在一则本地新闻上。

她一下从沙发上坐起来。

新闻里说,昨夜城西发生一起恶性事件,事态严重,还出了人命。

她心里有些慌,没有再多想,直接给余烬打了电话。

关机。

她顿时紧张起来,脑子里开始放小电影,猜想会不会是余烬的那些朋友。

如果是,那出事的时候余烬是不是已经赶到那儿,他有没有受伤?

如果没事,为什么不联系她,为什么关机呢?

想到后面,蒋烟已经坐不住,很快换衣服出门。

直到上了出租车,人家问她去哪里,她才发现自己并不知道去哪里。

蒋烟想了一下,让司机师傅将车开到城西洗车行最多的地方。

很多行业都比较喜欢扎堆开店,这样有利于吸引客流。出租车司机把蒋烟送到一个地方,指着那条街,说:"那边很多修车洗车养护的。"

蒋烟道了谢,付钱下车。

这一片蒋烟从没来过,感觉好像比城东余烬住的那个地方杂乱很多。

她沿着这条街走过去,碰到洗车行就问一下,没有人认识余烬,也没听说昨晚哪里出了事。

天气很冷,路又滑,没有多久蒋烟浑身就已经冻透。她搓着手,将手放在唇边取暖,穿过十字路口,往下一条街深处走去。

大森他们在派出所耗了一天,直到晚上才被放出来。

这已经是最好的结果了。众人都松了口气,一直嚷嚷着晦气,要去洗个澡,汗蒸一下。

余烬着急回家,不准备跟他们走,开车把他们送到洗车行门口。

众人下了车,余烬说:"以后离崔良他们远点儿,别逞一时口舌之快,你们一个个都快成家了,别给自己找麻烦。"

大森应道:"哎,我知道了,以后注意。"

他问余烬:"你找谁了?说话还挺好使,要不估计我们还得在里头待两天。"

余烬语气随意:"我没找谁,是他们动手在先。"

他转身准备上车,忽然听一哥们儿说:"哎?对面那女孩谁啊,怎么一直盯着咱们看?"

余烬顺着他的目光看过去,发现马路对面的电线杆下站着个女孩。

她好像已经在外面冻了很久,脸颊和耳朵都红红的。

她小小的身子微微颤抖,眼睛湿润,一动不动地望着余烬。

余烬不可置信地望着蒋烟,她眼睛清澈明亮,在夜色中也那样好看。

她只穿着那件羽绒衣,没有戴帽子,也没有围围巾。一辆车从两人中间穿梭而过,留下一阵风,吹乱了她额间的碎发。

余烬慌了神,迅速脱掉外套跑过去,把衣服严严实实地裹在她身上,一把将人搂进怀里,问:"烟烟,你怎么找来了?"

蒋烟脸颊贴在他胸口,一直含着的眼泪被挤压滚落,浸湿了他的衣服。她声音里带着哭腔,生气又委屈:"浑蛋为什么不开手机,我还以为你死了。"

余烬不知道她为什么会有这种想法,但现在没时间想那么多。他眼睛有些发酸,窝心又自责,哑声说:"我还没追到你呢,舍不得死。"他把外套上的帽子也给她戴好,回头甩了一句,"烧点热水!"

洗车行门口看呆了的几人回神,立刻有个人答应了一声,转身跑回去烧水。

他们简直不敢相信自己的眼睛,认识这么多年,从没见过余烬对哪个女人这样。

大森旁边的人捣了捣他手臂:"这女孩是谁啊?烬哥这么紧张。"

大森扬手拍他脑袋一下,说:"笨死了,烬哥的女朋友啊,还能是谁。"

蒋烟浑身冰凉,没有一丝热乎气。余烬略一弯腰,手臂穿过她腿窝,一下把人横抱起来,走向洗车行,几个人赶紧让路,帮着开门。

余烬直接进了自己每回住的那个房间,把蒋烟放在床上,脱掉她的鞋和袜子。

意料之中摸到她冰凉的脚。

余烬一阵心疼,毫不犹豫地掀开衣服下摆,把她的脚塞进去,贴着自己的皮肤,用身体暖着她。

蒋烟下意识地缩回脚,被余烬摁住,说:"别动。"

他身体很热,几乎是一瞬间,一股暖流从脚底涌入,她能感觉到他腹部紧绷了一下,应该是太凉激到了。但他什么都没说,只是把她拢得更紧,想快一点让她的身体回温。

这样的余烬让蒋烟很难受,那两年的委屈悄然翻涌,搅得她心口酸涩。她目不转睛地盯着他,说:"我讨厌你。"

余烬"嗯"了一声,问:"还冷吗?"

"你浑蛋。"

"嗯。"

她掉了眼泪,委屈道:"你为什么不早点儿喜欢我啊,非要等我走了才这样。"

余烬低垂的目光顿住,几秒后他抬起头,眼睛盯着她,语气是从未有过的认真:"我一直喜欢你。"

蒋烟根本不信,嘟嘴道:"骗人,是你说要跟我算了的。"

"记仇了,我说的话都记得。"余烬低笑。

"一辈子都记得。"

"我是生气。"他握住她的手,跟她对视。

"你气什么?"

"我以为你心里有别人。"

"哪有别人啊。"蒋烟更委屈了。

对于当初那场误会,余烬心里也很懊恼,说:"总之是我不好,是我没有弄清楚。烟烟,你原谅我,我补偿你,好不好。"

蒋烟说话瓮声瓮气:"你怎么补偿我?"

他无比郑重、无比虔诚地说:"把我这辈子都赔给你,够诚意吗?我一辈子所有的时间,都归你支配,都是你的。"

蒋烟怔怔地望着余烬许久,余烬起身靠近她,将人搂进怀里,让她的脸贴在他身上。

过了会儿,蒋烟缓缓伸出手,环住他的腰,微微抱紧,咕哝说:"余烬,我讨厌你。"

他没有说话。

蒋烟不停地宣泄委屈,说:"我在国外生病了你不在,我被人欺负你也不在,我过生日你也不在,我想你了你还不在。"

他抱紧她,下巴抵着她头顶,真诚道:"对不起,以后不会了。"

他捧住她的脸,低下头,吻住她柔软的唇瓣。

不同于前两次的霸道深入,这一次他很轻柔,细细研磨,温柔抵舐。蒋烟也没有再像以前那样抵触,只是还是不太会换气,没多久就轻轻推他。

余烬松开蒋烟。蒋烟微微喘着,脸庞还是红红的,但现在已经不是因为冷。

余烬把她眼睛上的泪珠也亲掉。

有人轻轻敲门,小声说:"烬哥,热水好了。"

余烬答应一声,伸手揉了揉蒋烟的脑袋,说:"等我一下。"

没有一会儿,余烬端进一盆热水,里面浸了一条干净的毛巾。

他搬了两张椅子在床边,一个放水盆,一个自己坐。他把热毛巾拧干,牵住她的手,仔细擦拭,说:"冻久了不能直接用太热的东西,温毛巾比较好,等你暖过来,我们回家。"

她轻轻"嗯"了一声,任由余烬摆弄。

她这样听话,余烬还有些不习惯,换了另一只手擦,又把她的腿放在自己腿上,擦两个脚丫。

他指尖无意间触碰到她脚心,蒋烟忍不住缩了一下,说:"痒。"

她声音很轻,跟小猫一样,余烬又想起从前那个只会对他笑的蒋烟。

他丢下毛巾,扣住她的脑袋,再次偏头吻下去。

两人在房间厮磨许久才出来,余烬牵着蒋烟的手。

外面大厅几个人都没走,见了蒋烟,整齐划一地喊:"嫂子好!"

蒋烟有些脸红,悄悄地拽余烬的袖口。

余烬握紧她的手,看向那头儿,说:"别把人吓着。"

大森笑得欢快,说:"规矩还是要有的。"

见余烬手里拿着车钥匙,大森说:"现在走吗?"

余烬点头。

天晚了,大森也没留人,说:"行,过两天你再带着小嫂子过来,咱好好撮一顿。"

蒋烟礼貌地跟他们道了别,跟着余烬走出去。

余烬把副驾驶座的门打开,让蒋烟上车,替她扣好安全带,随后自己也上车,很快离开了这里。

两人到家已经很晚,余烬让蒋烟先去洗个热水澡,随后去厨房煮了一锅姜汤。他还是很怕她生病,不知道她在外面冻了多久。

蒋烟出来时,余烬正好把姜汤端出来,他示意餐桌那边,说:"过来。"

蒋烟一边擦着湿漉漉的头发,一边走过去,两人面对面坐着。

"喝了。"余烬用汤勺给她盛了一碗姜汤。

蒋烟双手捧着,热热的汤,碗也热乎乎的,她低着头一下喝了小半碗。

"慢点儿,别烫着。"余烬温柔地看她。

他问蒋烟:"你怎么找到那儿的,找了多久?"

提到这件事,蒋烟还愤愤的,说:"我走了好几条街呢,找了好久!"

她抬起一只脚从桌下穿过去，蹬在他膝盖上，"脚都没有知觉了！"

她委委屈屈控诉的小模样弄得余烬心里痒痒的，他顺势握住她的脚丫搁在自己腿上，温柔道："我给你揉揉。"

蒋烟想缩回来，却被余烬按住，动都不能动。

她挣了两下，余烬忽然说："烟烟。"

他语气正经，蒋烟停下乱动的脚，应了一声："嗯。"

余烬看着她，说："有件事你要记得，以后你在外面，如果碰到大森他们，离远一点儿，尤其我不在的时候。"

蒋烟不太明白，问："为什么，他们不是你的朋友吗？"

余烬看着她把最后一点姜汤也喝完，又给她倒了一碗，说："没为什么，你听我的就是了。"

"我只在刚刚匆匆晃过一眼，都没有看清他们长什么样子，下次见到能不能认出还不一定。"蒋烟点头，觉得这也不是什么很重要的事。

余烬低低地"嗯"了一声，又示意她面前那只碗，说："快喝。"

蒋烟喝了两碗姜汤，身体热乎乎的。余烬让她先回卧室，自己去洗澡。

出来时，他看到卧室的门敞开着，蒋烟已经钻进被窝，只露出一个小脑袋，两只圆溜溜的眼睛盯着门口看。

余烬刚刚洗过澡，一身清爽。他眉眼生得极好，走在路上就算冷着一张脸也会有很多女孩多看他几眼，何况现在这副刚出浴的模样。

蒋烟看得有些入神。

她把脑袋缩回被子里，不自觉地想起今天他亲她的那两次，还有之前的几次。

他嘴唇很软、很热，舌尖也很有力量，总能亲得她没办法呼吸。

她深深地舒了口气，觉得有些闷，往下扯了扯被子，露出两只眼睛，忽然发现余烬不知什么时候站到了床边。

蒋烟吓了一跳，咕哝："你干吗走路不出声？"

余烬把擦头发的毛巾扔在床头柜上，蹲在床边，抬手揉了揉她的脑袋，说："我出声了，是你没听到，想什么呢？"

"没想什么。"蒋烟悄悄红了脸。

"今天累了，早点睡，我在外面，有事叫我。"余烬握住她搭在枕边的手，探身在她额头上吻了一下，"晚安。"

余烬想起身，手刚松开一点，蒋烟就攥住他一根手指。他有些好笑，又重新蹲下去，柔声问："怎么了？"

蒋烟静静地盯着他，也不说话。

"不想我走？"

蒋烟点头。

"想我留下？"

蒋烟摇头。

他耐心十足地说："那我陪着你，你睡了我再走。"

蒋烟点点头。

她身子扭了几下，往里挪了一点位置。

余烬躺在蒋烟身边，隔着被子把她搂进怀里，让她枕着自己的手臂，拇指在她白嫩的脸蛋儿上蹭了蹭，说："睡吧。"

蒋烟脑袋往他怀里缩了缩，找了个很舒服的姿势，安心地闭上眼睛。

余烬回手关了灯。

房间里光线很暗，两人的心跳渐渐跳成相同的节奏。

过了会儿，蒋烟小声说："余烬，我睡不着，你跟我说说话。"

他"嗯"了一声，问："说什么？"

"说什么都行。"

余烬想了一下，说："你说你在国外被人欺负，谁欺负你？"

蒋烟没想到他会问这个，在国外那些日子，难免会遇到一些不太讲理的人，她不是忍气吞声的性格，也有朋友在帮她，事情早已解决，她不想复述那些事让他担心。

她的手悄悄探出被子，攥住余烬胸前的衣料，说："早都过去了，我都回来了，说了你还能去瑞士找人家算账不成。"

他捏住她下巴，微微抬了一下，对上她的眼睛，说："怎么不能，在我这儿，谁都不能欺负你。"

两人对视一会儿，好像有了默契，蒋烟闭上眼睛，余烬翻身压上来，用力吻下去。

接吻这个东西好像会上瘾，亲过了，就再也不能忍受对视。

一看她就想亲。

不知过了多久，蒋烟忽然想起什么，一下推开余烬从床上坐起来，说："昨晚你伤口是不是流血了？我差点忘了。"

她爬到床尾去检查他的脚踝，已经结痂的地方果然又有了裂口，而且刚刚他还洗了澡，那里被泡软，好像更严重了一些。

蒋烟顿时有些生气，说："医生不是说不能沾水，你从来都不听。"

"已经快好了。"余烬拉住她的手。

她甩开他，说："那不是还没好嘛。"

以前这样的伤，余烬从来不当一回事，蒋烟这样放在心里，让他很受用。他用了些力，把人重新拉进怀里，扯过被子盖住她，说："我知道了，以后注意。"

蒋烟趴在他怀里，指尖一点点蹭着他胸口的衣料，磨磨蹭蹭地问："余烬，你为什么会以为我喜欢别人啊？"

那年她对他那样好，满心满眼都是他，实在想不通他怎么会有那种误解。

余烬沉默一会儿，把那天发生的事，他听到什么，看到什么，都告诉了她。

蒋烟一下从被子里坐起来，快要气死，哼道："蒋知涵那张破嘴整天胡说八道，等回家我非要狠狠揍他一顿！"她爬到床头拿起手机，点开微信，直接拉黑蒋知涵，"你不要拦着我，这次我一定要'大义灭亲'，给他点颜色看看。"

余烬已经平静很多，他淡淡地"嗯"了一声，说："我不拦着你。"

他去客厅拿回已经充满电的手机，轻车熟路地操作一番，把蒋知涵拽进黑名单，说："我们一起拉黑他。"

办完这件大事，两人重新躺回床上，余烬把灯关掉。

时间已经很晚，余烬轻拍蒋烟的背，哄她入眠。

蒋烟心里还是很怄，越想越难受。余烬不停地安抚她："都过去了，你现在不是又回到我身边了。"

"可我们白白浪费了两年。"

余烬把她小小的身体摁进怀里，说："烟烟，我们以后还有很多个两年，不要再想过去的两年了。"

"我一定要揍他。"

"嗯，使劲儿揍。"

想到昨晚蒋烟说要回家，余烬心里有些不情愿，问："你明天真要回家吗？"

听他提起这个，蒋烟忽然想起一件事，说："余烬，我想跟你说件事。"

"怎么了？"余烬低头看她。

蒋烟有些心虚，声音小小的："明天我得去见一个人，是我爸爸安排的。"

"又来？"余烬皱眉。

蒋烟着急解释，语速很快："是好几天前就定好的，我推不掉。我就随便去一下，走个过场。"

虽然余烬知道不是她自愿，可心里还是有些不舒服，说："你都跟我在一起了，还要去见别人。"

她搂住他的脖子，安抚他："我不跟他吃饭，就打个招呼，马上就走。"

已经这样，余烬不好说什么，只能说："那我明天送你，你跟他说清楚就出来。"

她立刻说："行。"

"对方是谁啊？"余烬还是很不爽。

蒋烟想了一下，说："我也没太细问，好像是城南余家的儿子，他爸爸是那个很有名的房地产商，余清山。"

第九章

一 颗 糖

第二天一早,蒋烟在余烬怀里醒来。

她吓了一跳,连忙从床上爬起来,使劲儿推他,喊:"余烬,余烬。"

余烬睡觉很轻,一碰就醒。他翻了个身,手臂拢过去,只摸到她的腿。他睁开眼睛,看到她气呼呼地跪坐在他旁边,他稍一用力,把人重新拽进自己怀里,脸颊蹭了蹭她毛茸茸的脑袋,说:"还早,再睡会儿。"

也是奇怪,余烬生物钟向来很准,到点儿就醒,可抱着蒋烟,他总觉得有些犯懒,不想起。蒋烟又爬起来,说:"余烬,昨晚你不是说等我睡着就走吗?怎么睡这儿了?"

余烬无辜道:"这要问你了,是你一直抓着我不放,拽都拽不开。"

蒋烟瞪着眼睛,说:"胡说,我怎么可能……"

"那这是什么,哪只小猫抓的。"余烬指了指自己胸口皱巴巴的衣料。

蒋烟无可辩驳,又拽被子,说:"那你怎么还进来了,谁让你跟我盖一床被子的。"

"是你说怕我冷,非要我进来。"

蒋烟完全没印象,说:"我怎么不记得。"她一脸警惕地盯着他,"你有没有趁机耍流氓?"

余烬故意逗她:"什么行为算耍流氓,亲你,抱你,还是——"

"你别说了!"蒋烟用枕头捂住他的脸。

余烬脸上都是笑意,从没这样放松过。他搂住她的腰,连带被子一同裹进怀里,翻身压住她,低头亲了亲她的唇,嗓音中有清晨起床时独有的暗哑:"我是想对你做点儿什么,但忍住了。"

第一天有了女朋友,偏还是这么个不知危险的小丫头,拿他当抱枕,也不怕点火。

天知道,昨晚他忍得有多辛苦,又不敢轻举妄动,怕吓到她。

大早上就被他亲,蒋烟一下没了脾气,脸庞红红的,眼睛盯着他下巴上的一点胡楂看。她忍不住伸手摸了摸，有点扎，说："昨晚还没有。"

"嗯。"

"每天都要刮吗？长得好快。"

"烦躁的时候就长得快。"余烬意有所指，他有一下没一下地捏着她小巧的耳垂，"昨晚就很烦躁。"

蒋烟听懂他话里的意思，用手背遮住自己的眼睛，说："你起来。"

"你先去洗漱，我做早餐，你想吃什么？"余烬撑起身子坐起来，顺道搂着蒋烟的腰把她也带起来。

两人身上只穿了薄薄的一层家居服，这样紧密地抱在一起，什么都感受得到。

余烬身体不受控地紧绷了一瞬，下意识地捏紧她的腰。

她太瘦了，一手就能搂过来。

蒋烟有些不自在，很快推开他跑去外面，说："我先洗脸。"

吃过早餐，余烬站在客厅里看蒋烟转来转去收拾东西。

之前散落在屋子各个角落属于她的东西都被收到一个小号的行李包里。

"真要走？"余烬不大高兴。

蒋烟把笔记本电脑和手绘板也塞进去，说："我骗家里说同学病了我去照顾，现在已经快十天了，我奶奶问了我好几次了。"

余烬过去帮她把拉链拉上。

蒋烟松了手，站在旁边看他弄，说："而且快过年了，我总不能在这里过年，是不是？"她想起什么，"过年你怎么过，去师父那里吗？"

余烬有些心不在焉，随口"嗯"了一声。

这些年他一直跟纪元生一起过年，陈姨那几天会放假，他跟纪元生一起做年夜饭，陪纪元生住几天，年年如此。

蒋烟搂住他的脖子，踮脚亲他，说："我只是回家住而已，又不是见不到了。我白天可以过来玩啊，可以去车行找你。"

她很依赖地挂在余烬身上，余烬心里舒服不少，搂住她的腰，问："约了几点？"

蒋烟说："十二点。"

余烬"嗯"了一声，说："我跟你一起去。"

蒋烟点头，发誓般地说："我保证，三分钟之内出来。"

"我的意思是，我跟你一起进去。"余烬拨开她额头上一点碎发。

放她一个人去跟别的男人见面，余烬做不到。

而且，他很想会会那位"余家的儿子"，余清山是什么样的人他很清楚，余清山能同意两人见面，大概也确实看中了蒋家的一些资源和人脉。

他不出现，蒋烟推不掉。

"你也去？"蒋烟愣了一下。

她有些担心，余烬这样的性格，平日被人捧惯了，那边是富家公子哥，大概也是习惯了高高在上，如果两人言语有冲突，不知道会不会出事。

"你就在外面等我好不好？"她不想让余烬去，伸出一根手指，"我一分钟就出来。"

余烬知道她心里想什么，拿过沙发上的羽绒衣披在她肩上，说："放心，我不打他。"

蒋烟把胳膊伸到袖子里，看着余烬给她拉上衣服拉链，说："我以前就听说过他们家，好像挺有势力的，你到时好好说话。"她想了一下，"你别说话了，我来说。"

"怎么，担心我得罪人家？"余烬笑着捏了捏她下巴。

蒋烟认真地点头。

她没有明说，怕余烬心里不舒服。

事实上，他们那样的人家生意能做那么大，背后势力肯定不小，水也深。有人巴结，有人记恨，董事长出门随行的人，说是秘书、助理，其实也是保镖。

就连蒋家也是这样，她不懂生意场上的事，也不感兴趣，但从小耳濡目染，多少知道一些。

如果余烬为了她得罪那些人，以后大概也会有麻烦。

他身后只有一个生病的师父，没什么背景，只他自己，怎么跟人家抗衡。

蒋烟心里这样想，但不会说出来。余烬是男人，需要维护他的尊严和面子。

十二点整，两人准时到达那家高级餐厅。

包间在顶楼的旋转餐厅，有专人负责引领两人上去，余烬一路都牵着蒋烟的手，大步走在前面，一点都不顾及别人的目光。

从电梯里出来，余烬才发现，整个顶层空荡荡的，只有靠近玻璃窗，视野最好的那张桌子旁坐了个男人。

还包场，看来余家对这桩婚事很重视。

蒋烟悄悄地挣了挣，想让余烬松开自己，余烬故意捏她的手，说："老实点。"

餐桌旁的男人礼貌地起身，迎接蒋烟。当他看到蒋烟身旁的余烬时，脸上的神情明显是意外的。

他目光下移，注意到两人紧紧牵着的手。

蒋烟最终还是挣开余烬，说："您好，我是蒋烟。"

男人极有涵养，说："范哲珂。"

蒋烟对男人的姓氏并没表现出意外，之前她已经知道，这男人并不是余清山的亲生儿子，是养子。但他从小在余家长大，又一直替养父打理公司，分量很重，跟亲儿子也差不多。

如果是无关紧要的角色,蒋彦峰不会安排给她。

而且蒋烟并不在乎这个,他是不是余家的亲生儿子,跟她也没有关系。

两人短暂地握了手,范哲珂看向旁边的余烬,蒋烟十分抱歉,说:"对不起,他是——"

余烬面色平淡,声音里带着疏离与冷淡,伸出手,说:"余烬,她男朋友。"

范哲珂与余烬对视几秒,意识到女孩似乎并不知道余烬的身份。

"您好。"片刻后,范哲珂微笑着伸出手。

范哲珂跟余烬同岁,只比余烬大几个月,他从小便很能认清自己的身份,从不敢逾越,不管余烬是否认余清山这个父亲,余家永远是余烬的。

他很清楚这一点。

这么多年,他对余清山唯命是从,做余清山的左膀右臂,从没违背过余清山的意思。

这次也一样,即便他知道自己只是个工具,也依旧遵从余清山的意思,来见蒋烟。

他戴一副细边眼镜,西装革履,目光炯炯,举手投足间流露出极好的教养与气质。

他含笑望着蒋烟,语气里带一丝疑问:"恕我冒昧,蒋小姐应该知道我们今天的来意,"他示意余烬,"那这是——"

蒋烟很真诚,再次道歉:"对不起,是我的问题。我家里并不知道我在谈恋爱,才闹出误会。我今天来就是想亲自跟你道歉,也希望余伯伯不要生气。"

范哲珂若有所思,审视两人许久。就在蒋烟以为他要生气时,他终于开口:"原来如此。"他看了余烬一眼,"实不相瞒,我也是不敢违背家父的意思,既然蒋小姐已经有男朋友,那我也不便再打扰。但是,"他示意侍者在对面加了把椅子,"菜已备好,不如一起吃顿饭,也算交个朋友。"

他这样明理,蒋烟不好推脱,她征求意见般看了眼余烬,本以为余烬不会答应,但很意外,余烬竟然同意了。

两个男人客气地交谈几句,余烬拉开里侧的椅子让蒋烟坐下。

蒋烟不知道余烬是真的不介意还是顾及她的想法才留下,反正这顿饭意外地和谐融洽,她逐渐放了心,心思也渐渐被餐桌上丰盛的食物和外面的景色吸引。

快结束时,蒋烟起身去了卫生间。

她一离开,餐桌上的气氛便悄然改变,余烬敛起轻松神色,看向对面,说:"离蒋烟远一点。"

范哲珂并不介意余烬的语气,耸了耸肩道:"你知道,我只是遵从爸的意思,但我真没想到蒋烟竟然是你的女朋友。"

余烬语气强硬,不容反驳:"我不管你遵从谁的意思,总之以后不要再找蒋烟,你们那些乱七八糟的事不要把她扯进来。"

范哲珂看了他一会儿,觉得眼前这个余烬跟他认识的余烬不太一样。原来那样一个不近人情冷冰冰的人,也会如此维护一个女孩。

他笑道:"其实也不用这样麻烦。不如你回来,你娶了她,这样你们两个有情人终成眷属,余家和蒋家也达到他们想要的目的。而且你是爸的亲生儿子,你娶她比我娶她更有分量,这不是很好吗?"

余烬抬眼看范哲珂,神色冷峻道:"我会娶她,但无关交易,没有任何前提,她不是货物,不是筹码,她干干净净,我不让任何人利用她。"

他拎起蒋烟的羽绒衣和随身包包,站起来。

蒋烟正巧回来,问:"要走了吗?"

"范先生还有事。"

蒋烟看向范哲珂,对方朝她笑了一下,说:"是,我一会儿还有事。"

蒋烟穿上外套,余烬帮她整理领口,牵住她的手,说:"走吧。"

蒋烟被余烬拉着,回头摆了摆手,匆匆道别。

这一路余烬都走得很快,蒋烟觉得他好像有些不高兴,但没有说话,任由他牵着回到车里。

关上车门,余烬瞬间压过来,大手探进她柔顺的发丝中,扣住她后脑,咬住她的唇。

蒋烟没有心理准备,呜呜几声,后来便渐渐安静下来,伸手搂住他的脖子。

亲了一会儿,余烬松开她。

蒋烟气息有些不稳,抵在他肩上,说:"你干吗啊?"

"以后不许答应这样的事。"余烬掌心滑下去,捏捏她的腰。

"知道了。"蒋烟乖乖地点头。

他好像满意了,伸手揉揉她的脑袋。

"今天的事他应该会告诉他爸爸吧。"她揪着余烬衣服上的扣子。

"可能吧。"

"那我爸爸应该也很快知道我们的事了。"

"不想让你爸知道我吗?"余烬偏过头,目不转睛地看着她。

蒋烟摇头,说:"不是。我只是在想,如果我爸知道你是当年救过我的那个人,会怎样谢你。"

余烬笑着说:"说不定会把你嫁给我。"

蒋烟靠在他肩上,心里莫名有些忧愁。

蒋烟回到家,看到奶奶和阿姨在厨房那边,不知道在忙什么,蒋知涵在客厅看电视。

蒋烟一看蒋知涵心里就来火,她压着心底那股气,叫他过来,说:"你跟我上楼,我有好东西给你。"

一听有好东西,蒋知涵赶紧乐颠颠地跑过来,殷勤地帮她拿旅行包,跟着她一起上楼，说："姐，你那小伙伴病好了？你这十指不沾阳春水的人还去照顾别人，也是难为你了。"

姐弟俩进了蒋烟房间的门，蒋烟随手把门关上。

几秒后，房间里传出蒋知涵的阵阵惨叫，哀号声不断，没有多久又变成可怜兮兮的求饶。

声音持续将近五分钟，门终于开了。

蒋知涵捂着肚子从里面走出来，扶着墙直不起腰，愁眉苦脸，一个人慢慢走下楼，一边走一边还絮絮叨叨，不知道在说些什么。

蒋烟躺在床上，眼睛盯着天花板。

刚刚"运动"了一会儿，这会儿觉得心里舒服多了，旅行包被她随手扔在地上，现在也懒得收拾。

她忽然觉得心里有点空。

这些天每天都跟余烬在一起，早上醒来睁开眼睛就能看到他，忽然回来住，不知道会不会不习惯。

余烬的伤还没有完全好，昨晚沾了水，不知道是不是发炎了。

她摸到床边的包，想给余烬打个电话叮嘱一下，忽然发现包里不知什么时候多了一样东西。

她微微有些发愣，几秒后，心底的蜜意一点点漾出来。

包的夹层里，她的手机旁边，塞着一颗草莓味的阿尔卑斯奶糖。

蒋烟心里很甜，猫抓一样地痒。

余烬还会做这样的事，她以为他能送花已经是突破极限了，不知道他什么时候塞进去的。

她翻了个身，趴在床上，拆开微凉的包装纸，将那颗糖含在嘴里。

香浓甜腻的草莓奶油味道融化在舌尖，像他的亲吻，让人上瘾。

手机里进来一条信息。

余点火：甜吗？

蒋烟嘴角抑制不住地翘起来，回复：你怎么知道我已经吃了？

余烬说：因为我知道，你一回家，一定会忍不住看手机，等我的电话。一翻手机，你自然就会看到那颗糖，你像馋猫一样，一定会马上吃掉。

他太了解她了，一步一步，算得清清楚楚。蒋烟卷着毛毯翻了个身，脑袋埋进毯子里笑了一会儿，随后抬起头，发去一条：太少了，就一颗。

余点火：每天一颗，积少成多。

几秒后，他又发来一条，语气认真：烟烟，我希望以后你吃到阿尔卑斯糖，脑海中浮现的是我，而不是那些不开心的事。

那年他第一次给她糖，她想起去世的母亲，掉了眼泪。

原来他还记得。

余烬打来电话。

"烟烟，到窗口来。"

蒋烟愣了一下，立刻从床上爬起来跑到窗口。余烬的车停在院外那条路上，他靠在驾驶门旁，身姿挺拔，脸庞英俊，微微仰起头，微笑着注视她。

蒋烟心怦怦地跳，问："你怎么还没走？"

"想再看看你。"余烬目光深沉，他又笑了下，"看到了，这次要走了。"

蒋烟握着手机，单膝跪在飘窗上，打开窗子探身往外看，说："你慢点开。"

他"嗯"了一声，说："窗户关上，外面冷。"

蒋烟小声叮嘱："伤口不要沾水。"

"知道了。"他低哑着笑道。

余烬让蒋烟先挂电话，随后又看了二楼那个窗口一眼，才不舍地转身，开车离开。

晚上蒋烟下楼吃饭，还有一会儿才开饭，她拿着手机走去沙发那头。

蒋知涵看到她过来，下意识地往沙发里头缩了缩，说："说好的账一次结清，不带分期付款的！"

"不打你，躲那么远干吗？"蒋烟心情好，懒得理他。

下午那一顿揍，成功让蒋知涵产生了心理阴影，他从来都不知道，蒋烟还有这般战斗力，他遭受了记事以来，亲姐最狠毒的一次"暴打"。

他暗暗发誓，这笔账记着，等以后她和大神哥哥有了孩子……

想到这里，他又有些泄气。他要是敢欺负大神哥哥的孩子，那个比蒋烟还狠的人大概会让他见不到第二天的太阳。

他想来想去，这件事也只能归结到命苦身上。

蒋烟坐在沙发另一头，翻看网络上的驾校报名信息。

余烬受了伤，还要打车才能去医院，浪费时间又麻烦，半夜还要折腾雷子过来接他们。

如果她会开车，以后有什么事也很方便吧。

比如，跟他的朋友们聚会，他喝了酒，也不用叫代驾。

蒋烟这样想着，就有些迫不及待，默默计算时间，现在是一月，可以先考科目一，慢慢学着，等过两个月天气暖一些，再考其他科目。这样到了春天的时候，她就能开车了。

其实蒋烟是有车的，刚回国时，蒋彦峰送了她一辆宝马，让她先开着玩，练练手，等开熟了，再送别的。蒋烟一直懒得去考驾照，反正不常出门，家里也有司机，还可以打车，她那车就一直停在车库闲置着。

蒋烟很快挑了一家驾校报了名，那个驾校位置在城东郊区，练车也在那边，离余烬的车行很近。

蒋知涵凑过脑袋，问："你干啥呢？"

蒋烟瞥他一眼，说："你管闲事的毛病什么时候能改，就你这样，哪个小姑娘能看上你？"

"那就不用你操心了，我在我们学校可受欢迎了，也就你不拿我当宝。"蒋知涵一脸得意。

蒋烟嗅觉敏锐，问："你是不是谈恋爱了？"

蒋知涵上来就捂她的嘴，压低声音："你小点声，别让奶奶听见。"

餐厅那边，奶奶已经就座，阿姨把最后一道菜端上来，朝这边喊："开饭了。"

蒋知涵扭头答应一声，蒋烟拽开他的手，问："你谈恋爱了？"

蒋知涵眨了眨眼睛，说："没有啊！就一起上学，一起吃个午饭什么的，哦对了，还一起去图书馆。"

蒋烟问："是那个'爱心薯条'？"

"人家有名字好吗？"蒋知涵不满。

"那她叫什么？"

蒋知涵转了转眼珠，说："我不告诉你，省得你告密。"他站起来，"你一向只许州官放火，不许百姓点灯。"

"我什么时候放火了？"蒋烟也站起来，两人往餐桌那头走。

"你怎么没有，还好意思说我。那会儿你跟大神哥哥——"

"那会儿我都十八岁了，你今年十几？"她拽蒋知涵，"我可警告你，你现在应该以学习为重，另外，不许欺负女孩子，听到没有。"

蒋知涵"哎呀"一声，回道："是是是，我现在可是好学生呢。再说，你把你弟当什么人了，我还纯洁着呢，听不懂你说的话！"

两人走到餐桌旁坐下，蒋烟忽然想起一件事，问："我爸呢？"

奶奶说："你爸临时有事，去北京了。"

蒋烟松了口气，这一去怎么也要好几天，就算余清山那边跟他说了上午的事，他大概也要回来才能处理，还能拖几天，过几天清闲日子。

第二天，蒋烟早早起床收拾好自己。快九点时，余烬已经等在外面。蒋烟推开别墅的门，一股冷风灌进来，今天气温好像特别低。

蒋烟没有看天气预报的习惯，把脑袋缩进领口，小跑着溜出大门，余烬的车停在老地方，她直接扑进他怀里，问："等多久了？"

"刚到。"余烬抱个满怀，淡笑着拢住她小小的身体，低头看她。

蒋烟忽然发现，他今天围了那条围巾，黑灰色的条纹，跟他整个人的气质特别搭。围巾蓬松柔软，带一股他身上清冽的味道。

她用鼻尖蹭了蹭围巾，说："我没有戴，我回去取。"

她动作利落，转身想跑，被余烬一把拉回来，说："不用那么麻烦。"

他把自己的围巾解下来一半，绕到她脖子上，两人紧紧相连，亲密无间。

余烬低头亲了亲她的唇，说："这样不就行了。"

蒋烟的腰被他紧紧搂着，为了配合他的身高，她的脚尖微微踮起，她仰着头看他，问："今天去哪儿？"

"去医院取药，给师父送去。"

"要去师父家吗?"

"你想去吗?"

蒋烟甜甜地说:"想。"

余烬含笑看她,不知从哪儿摸出一颗阿尔卑斯糖,塞进她嘴里,说:"今日份,吃掉。"

"葡萄味的。"蒋烟含住那颗糖,细细品味,她抬起头,"你买了多少种口味?"

"你慢慢就知道了。"余烬把围巾解下来,全都围在蒋烟身上。

两人上了车,余烬先开车去了一家医院。纪元生这段时间在吃中药调理身体,药一次不能开太多,隔段时间就要过来一趟。

余烬让蒋烟在一楼大厅等,他上楼取药。

蒋烟坐在等候区,没过多久,过来一个挺着肚子的孕妇,旁边已经没有空位,蒋烟把位子让给她,准备找个人少的角落等。

有人跟她擦肩而过,她脚步停下,回头看过去。

那人似乎也有感知,回头看向蒋烟,两人都愣了一下。

是蒋烟以前认识的一个人,交集不多,但印象深刻。

那年蒋彦峰的合作伙伴在拍卖会上拍到一颗鸽血红宝石,为表合作诚意,他将那颗珍贵的红宝石作为礼物送给了蒋烟。

蒋烟从小看惯了好东西,本没太当回事,后来才听说这颗红宝石身上有故事,是一位老爷爷心心念念找了一辈子的东西。

没有多久,有个叫韩江的年轻男人找到她,希望她能割爱,多少钱都行。

蒋烟被那颗红宝石背后的故事感动,将它物归原主,一分钱都没要。

那个叫韩江的男人,就是眼前这位。

两人几年没见,都很意外,韩江指了一下旁边人少的地方,两人走过去。

韩江还是跟以前一样,虽然看起来在笑,但总觉得这不是真正的他。他眼眸深处隐着很深的落寞,不为人知。

"好久不见。"他说。

蒋烟是真的在笑,眼睛弯弯的,说:"嗯,我们是很久没见了,你最近怎么样?我一直在国外,才回来不久,没有听说你的消息。"

韩江说:"还好,你回国内发展了吗?"

蒋烟点头,说:"应该不会走了。对了,那颗宝石镶到凤冠上了吗?我还没有见过。"

"以后有机会给你看。"

蒋烟答应了,又问:"你女朋友回来了吗?"

那时他曾说过,他女朋友去了很远的地方。

"还没有。"韩江目光动了动,瞥向窗外,望向那片无尽的天空。

蒋烟不好多问，宽慰他："她一定会回来的。"

过了会儿，韩江收回目光，问："你呢，不是说要找你的救命恩人，找到了吗？"

提到余烬，蒋烟眼睛都是亮的，她有些腼腆，抿着唇没说话。

韩江了然道："看来你成功了，恭喜你。"

"他就在楼上，我们一起来的。"蒋烟笑得很开心，她看向韩江，"你来这儿做什么，探病吗？"

"来复查。"

蒋烟愣了一下，问："你生病了吗？"

他说得很随意："前两年腿受了点伤，现在已经好了，定期复查，没什么事。"

蒋烟看向他的腿，看不出有什么异样，刚刚走路时也很正常。

"那你快去吧，别耽误你的事。"

短暂的交谈后，韩江先行离开，蒋烟盯着那头看了一会儿，忽然有人拍她脑袋。她回过头，看到余烬拎着满满一大袋中药站在她身后。

"看什么呢？这么入神。"

"没什么。"蒋烟挽住余烬，"我刚刚碰到一个朋友。"

"男的女的？"余烬直接把她的手拽进自己大衣口袋里攥着。

"男的。"蒋烟掐他手指，"你这关注的什么重点？"

"那什么是重点？"外面很冷，他牵着蒋烟走得很快。

蒋烟挤在他身旁，叽叽喳喳地说韩江的事。余烬听了，说："人家的事，你这么操心。"

"可我觉得韩江好可怜，不知道他女朋友什么时候才能回来。"蒋烟有些郁闷。

"我也很可怜。"余烬松开她的手，转而搂住她肩膀，把人拥入怀里，隔绝冷风。

"你哪里可怜？"

"岳父整天给我女朋友介绍男朋友。"

绕口令一样，蒋烟隔着大衣掐他胸口，根本掐不到。

"谁是你岳父，不要脸。"

余烬笑开，走到车旁把药放在后座，打开副驾驶的门让蒋烟上车。

这是蒋烟第一次以女朋友的身份去纪元生家，她买了好多水果和老人家爱吃的东西带给纪元生。

看到蒋烟，纪元生特别高兴，这次他没有认错，直接叫她阿烬媳妇。

"上次你说我病好了就来，我都好了这么多天，你才来，你这丫头说话不算话。"

"我这不是来了吗？我还给您带了好多好吃的，您过来看。"蒋烟挽住师父的手臂，笑得特别甜。

一老一小跑去桌子那边一一验货。蒋烟家里有奶奶，经验丰富，最会哄老人家开心，几句话就把纪元生逗得眉开眼笑。

　　余烬就坐在沙发那头，手臂随意搭着靠背，跷着脚，一副懒散的样子。家里飘着饭菜的香味，生命中最重要的人在身边笑闹。

　　这样的时光大概就是最幸福，最令人向往的生活了吧。

　　吃过午饭，蒋烟和余烬窝在他的床上，用余烬的手机看电影。

　　外面天气有些阴，遮光窗帘也没有拉开，房间里光线很暗。余烬靠在床头，蒋烟挤在他怀里，有余烬这个人工手机支架，她彻底解放了，手脚都藏进被窝里，暖洋洋的，很舒服。

　　不知道他是故意的还是怎么，挑的这个电影有好多亲密镜头，里面的主角一接吻，蒋烟就伸手捂住他的眼睛，不让他看。

　　余烬被她弄得很痒，手摸到她身侧，报复似的挠她痒。

　　蒋烟最怕这个，在被子里滚了几下就要爬出去，被余烬一把捞回来摁在身下，说："还闹吗？"

　　"不闹了。"蒋烟笑得都要流眼泪，不停地求饶。

　　余烬松开她。

　　蒋烟睁开眼睛，对上余烬温柔的一双眼。

　　两人互相看了一会儿，蒋烟伸手搂住余烬的脖子。

　　余烬嗓音很低："帅吗？"

　　"帅。"蒋烟诚实地点头。

　　"喜欢吗？"

　　"喜欢。"

　　"第一次见面你就扯我衣服，是不是那个时候你就喜欢我了。"余烬笑了下。

　　蒋烟眼睛亮亮的，说："我才没有，我只是想知道你是不是他。"

　　余烬语气认真："如果我不是呢？"

　　她立刻说："那我就回学校了，哪还有后面的事。"

　　余烬斩钉截铁地说不会。

　　蒋烟奇怪道："为什么？"

　　他比刚才更认真，说："你被我的美色迷住，一定会留下来。"

　　"哇，你这个人好不要脸，哪有这么夸自己的。"蒋烟被他自信的样子逗笑。

　　蒋烟不老实，一直在被子里乱动，不小心踢到他。余烬脸色变了变，将她两只手摁在两侧，咬着牙说："蒋烟，不要考验我的忍耐力。"

　　昏暗的光线中，蒋烟盯着他的眼睛看了一会儿。

　　他的眉眼那样好看，跟记忆中那个少年一模一样。

　　"我没有让你忍啊。"几秒后，她忽然挺起身子，主动亲了余烬的唇。

　　其实蒋烟对这种事看得很开，两个人相爱，真诚相待，身体和心灵都应毫无保留。

她对未来有可能跟余烬发生的这些事早有心理准备,并不排斥。

她喜欢余烬,愿意跟他在一起,也愿意把自己交给他。

何况他已经三十岁了,正处于男人精力最旺盛的年岁,他又不是会出去玩的人,这么多年过得清心寡欲,应该也很……辛苦吧。

蒋烟立志要做一个合格的女朋友。

虽然她确实有些紧张。

余烬深深地望着眼前的女孩。

她总是这样,全心全意对他,不管是以前,还是现在。

她那么信任他,让人窝心又难受。

这个傻姑娘。

余烬低头轻吻她的唇,很虔诚,很纯粹,他的手克制地扶在她腰侧,并没有乱动。

亲了一会儿,他翻身平躺,将她拢进怀里,一条腿蜷起,深深地舒了口气,说:"今天放过你。"

蒋烟趴在他胸口,有些蒙蒙的,不知道他为什么忽然停下了。

她有些挫败,她都已经这么主动了,他竟然把持得住。

难道作为女人,她对余烬一点吸引力都没有吗?

想到这里,蒋烟就有些郁闷,闷闷的,不说话。

过了会儿,余烬偏头吻她耳侧,她很痒,翻身背过去,余烬低笑一声,又把人捞回来。

他知道她心里在想什么,唇压在她耳畔,低声说:"我比你更想。"

蒋烟的脸烧得慌,现在这样弄得好像她很着急一样。她嘴硬道:"我才不想。"

余烬温热的呼吸萦绕在她颈侧,说:"我的错,没有准备那个,下次注意。"

这是一方面,另一方面她还太小,经历这种事本就会紧张,如果再发生什么意外,是对她不负责。

何况这是在师父家,如果他真的忍不住欺负了她,被人知道,对她也不好。

蒋烟反应了一下才明白余烬说的"那个"是什么,她立刻用手遮住自己的脸,嚷道:"我说了我不想!"

余烬笑出了声,把她拉到身上抱紧,轻拍她的背,说:"知道了,你不想,只有我想。"

他的怀抱很舒服,很踏实,蒋烟趴在上面,听他低声哄她,渐渐有些困了。

慵懒的下午过得很快,快四点时,两人睡醒了。蒋烟迷迷糊糊地坐在床边醒觉,余烬把被子折起来,说:"吃完晚饭再送你回去。"

蒋烟"嗯"了一声,看着他把床铺收拾得整整齐齐。

纪元生这么个单身男人，能把余烬教得这样精致优秀，也是很不容易了。

不知道为什么，蒋烟一直觉得余烬很精致。

他的精致不是西装革履腕表、袖扣那种精致，而是体现在日常细枝末节中的精致。

他好像很不在意生活中的一些小事，但又不自觉地随手做到。

他的工作性质特殊，平时接触的都是需要改装的机车、带着润滑油的零件，但他的衣服和裤脚从来都干干净净，不沾染一丝油渍灰尘，连工作时的工装都能保持原样，时常换洗。

蒋烟觉得，他身上有种融进骨子里的特质——

高贵，骄傲，不染凡尘。

余烬收拾完，转身看到蒋烟一直盯着他。他走到她身边，牵住她的手，问："发什么呆？"

"没有。"蒋烟很依赖地靠在他怀里，"就是忽然觉得，你这么好，值得更好的。"

以他的能力，如果他愿意，应该可以过上更好的生活，而不是在那片老旧的小区里，住一间并不宽敞的小房子，开一家小车行。

蒋烟想到这里，又觉得好像这就是余烬能做出的事。他大概厌烦人情世故，厌烦世俗的生活，他现在选择的，就是他认为最好的生活方式。

余烬搂住她的腰，宽厚有力的手掌扣住她后脑，将她压进自己怀里，说："我有你就够了，还有什么比你更好。"

蒋烟认真想了一下，说："也是。"

两人同时笑起来。

吃晚饭时，纪元生一直嚷嚷心口疼，没有一会儿又说没事了，弄得余烬挺紧张。

师父年岁渐渐大了，身体不如从前。当初在封武，他一个人从一栋倒塌的教学楼里背出好几个孩子也没事，这才过去十几年，就已经变成这样。

余烬心里暗暗决定，尽快让师父搬回城里，这样以后有什么事，去医院也比较方便。

这顿饭吃到一半时，余烬接到蒋知涵的电话，问他俩是不是在一起。蒋烟接过来，蒋知涵非常着急，说："姐，你去哪儿了？快点回来，奶奶进医院了！"

"奶奶怎么了？"蒋烟一下站起来。

"好像心脏病又犯了，具体我也不知道，我还在学校呢，阿姨说你电话打不通。"

蒋烟一边握着手机，一边跑上楼，她的手机还在余烬房里，里面有好几个阿姨的未接来电。

挂了电话,蒋烟非常抱歉道:"纪伯伯,我得先走了,我奶奶进了医院,我得去看看。"

"我送你。"余烬立刻放下筷子站起来。

两人匆忙驱车离开,纪元生站在门口,一直叮嘱他们路上小心。

余烬很镇定,车开得又稳又快,路遇红灯,他握住蒋烟的手,说:"放心,不会有事。"

老太太几年前做过心脏手术,身体一向不太好。

蒋烟的手很凉,她很担心。

老太太一直说女孩比男孩娇气,平时更疼她这个孙女,有什么好东西都第一时间想着蒋烟。她还有对家传的翡翠镯子,成色稀有,很难得,说等以后蒋烟嫁人时要送给她做陪嫁。

两人到医院时,奶奶经过救治,已经脱离危险,躺在病床上睡着了。

蒋烟轻轻进了病房,一直守着的阿姨看到她,心里踏实不少。蒋彦峰得到通知,正从北京往回赶,蒋知涵还在上学,不抗事,蒋烟虽年岁不大,但是个有主意的,万一老太太出了什么事,不至于没个家人在身旁。

蒋烟怕吵醒奶奶,小声询问阿姨。

阿姨压低声音:"医生说没事了,但还是需要在医院观察几天。"

阿姨目光落在床尾的余烬身上,疑惑地看向蒋烟。

蒋烟说:"我男朋友余烬。"

余烬礼貌地跟阿姨问好,又问现在有没有需要帮忙的地方。

阿姨有些意外,从没听说蒋烟有男朋友,她忙说:"不用,她爸已经安排了专门的护工。"

蒋知涵放学后先来的医院,在这儿待了一会儿,阿姨说要回趟家,取一些老太太随身用的东西,再准备些食材,明天给老太太煲汤送过来。

"姐,我明天再来。"蒋知涵跟着阿姨一起回去。

蒋烟回头说:"你好好上学,不用过来,奶奶这儿我看着。"

人都走后,这里只剩蒋烟和余烬。

VIP病房环境条件都很好,负责照顾的专职护工也很专业,但蒋烟还是不太放心,一直守在病房里。

余烬陪在她身边,一步也没离开。

晚上七点多时,余烬去外面打了个电话,问纪元生心口是不是还有些不舒服。

纪元生说:"已经没事了。你帮着你媳妇,好好表现,别在她家人面前失礼。"

余烬说知道,又说:"您顾好自己就行了,过了年搬回城里,跟我一起住。"

这事以前他就提过,纪元生不愿意,他还是喜欢乡下清新的空气和那一院子的花草。

他含糊道："到时再说。"

余烬回到病房时，蒋烟不在，床上的奶奶已经醒了，正费力地想坐起来。

他忙快步过去，帮她把床摇起来，又调整了一下她身后枕头的位置。

"您要做什么，告诉我。"

老太太以为余烬是蒋彦峰派过来照顾她的人，指了下桌子，说："喝水。"

余烬将热水壶里的水倒出半杯，晃了晃，等水变温了才递给她。

"慢点，小心烫。"

老太太接过抿了一口，她精神已经好了很多，环视一圈病房，熟悉的陈设，还是以前来过的那家医院。

她叹了口气，说："老了，不中用了，给你们年轻人添麻烦。"

余烬听着心里不太舒服，接过她手中的水杯放回桌上。

"您别这样说。"他细心地为她掖好被子，"您的家人都很担心您，把身体养好，以后还有很多福气等着您。"

老太太看着眼前这个年轻小伙子，觉得他很会宽慰人，问："你叫什么名字？"

"余烬。"

"哪个烬？"

余烬耐心地回答："烟火余烬的烬。"

烟火余烬。

万物生长，到最后不过化为灰烬，一场空而已。

这名字倒有些意境在里面，不过取名大多图吉利，很少有人用烬这个字做名字。

老太太没有多说什么，合眼继续休息。

没过一会儿，蒋烟回来了，手里提着一些水果。

听到声音，老太太又睁开眼睛。余烬接过蒋烟手里的东西，蒋烟过来坐在床边，喊："奶奶，您醒了。"

"吓坏我孙女了。"老太太笑着拍了拍她手背。

"是啊，吓坏我了，以后不许生病了。"蒋烟撒娇一样地说。

"人老了，哪有不生病的。"老太太故意皱眉，她看向床尾的余烬，"小余，洗一点葡萄。"

余烬答应了，拎出一串葡萄放进一个不锈钢盆里，拿去水龙头那边洗。

蒋烟回头看了眼余烬，小声问奶奶："你们认识了？"

老太太点头道："你爸爸身边总算有个办事稳妥的人，之前那几个，我看都毛毛糙糙，靠不住。"

蒋烟微微愣了下，意识到奶奶误会了。她挪了椅子靠近一些，说："奶奶，他不是……"她凑到老太太耳边，小声说了一句话。

"是他？"老太太十分意外。

蒋烟点头。

知道余烬是蒋烟之前说过的那个她很喜欢的男人,老太太再看余烬的目光中就带了些审视的味道。

长得不错,会照顾人,嘴又甜。

第一印象不错,看起来是懂事又孝顺的孩子,能对蒋烟的家人这样耐心,想必对蒋烟也差不了。

余烬把洗好的葡萄拿过来,老太太笑着看他,说:"不好意思,麻烦你半天,你这孩子,怎么不早跟我说。"

余烬在老人家面前很稳重,不像面对其他人那样冷,也不像跟蒋烟在一起时那么不正经,他把葡萄放在奶奶触手可及的地方。

"没关系,照顾您应该的。"

蒋烟倚在床边,脑袋枕着手臂,歪着头悄悄给奶奶使眼色。

老太太一向跟蒋烟和蒋知涵像朋友一样相处,这会儿她老小孩一样,伸出一只手掩住嘴唇,用只有蒋烟能听到的声音说:"还不错。"

这个晚上,余烬跟蒋烟一同留下。

九点多时,护工拿来明早要用的热水,余烬接过来送进房间,看到蒋烟趴在奶奶床边,脑袋压着手臂,已经睡着。

余烬把水壶轻放在桌上,走到床边把蒋烟抱起来,放在旁边的陪护床上,盖好被子。

病房里有些热,她额头湿潮,余烬伸手替她擦了擦汗,低头吻了她额头一下,随后安静地退出房间,就坐在走廊对面的椅子上。

这个角度可以透过窗子看到病房里面,有什么事也能马上知道。

十点多时,蒋烟从病房里出来,看到余烬守在门口,她有些心疼。

走廊两侧都有窗户,偶尔会有人去开一下,过堂风把那点热气都消耗得差不多了。

"你去附近的酒店开个房间睡吧,这里没事的,有医生和护士在。"她走到余烬身前,手轻轻地搭在他肩上。

余烬拉了一把,让她靠近一些,搂住她的腰,说:"你在这儿,我怎么走。"

"可这里很冷。"蒋烟摸了摸他的脸,低着头看他。

"我在这儿你会很安心吗?"

蒋烟想了一下,回答:"会。"

余烬轻笑道:"那不就行了,你回去睡,有事叫我。"

蒋烟没动,嘴角挂着笑,好像很高兴,说:"我奶奶很喜欢你。"

"是吗?"余烬伸手拢了一下她的衣服,隔绝凉风。

"嗯。"

"过了一关。"他笑。

蒋烟说:"还有一关。"

余烬看着她，问："那关好过吗？"
"也许好过。"蒋烟搂住他的脖子。
两人对视一会儿，都笑了。
蒋烟捧住他的脸，低下头，抵住他的额头，声音软绵绵的："余烬，你真好。"
余烬最受不了她这样讲话，但这里是医院，奶奶还在里面睡着，他不好太放肆，只偏头亲了她脸颊一下，还未开口，忽然察觉不远处似乎站了个人。
他偏头看过去，搂着蒋烟腰的手不自觉地紧了紧。
蒋烟发现余烬的异样，顺着他的目光看过去。
走廊不远处，是风尘仆仆，刚刚从北京紧急赶回来，此刻正静静注视着两人的蒋彦峰。

蒋烟在看到蒋彦峰那一刻，整个人变得紧张起来。
这个初见的场面实在不太妙，她很怕余烬没有在蒋彦峰心里留下好印象。
"别怕。"余烬站起来，轻轻握了握她微凉的手。
蒋彦峰身上还带着外面的寒气，穿一身厚重的高定长款大衣，面露愠色，表情极严肃。他沉稳地走到病房门口站定，蒋烟挡在余烬面前，手背在身后，抓着余烬的手，喊："爸爸。"
余烬拽了一下，把蒋烟拉到自己侧后方，脊背挺直，坦然地与蒋彦峰对视，打招呼道："伯父您好，我是余烬。"他停顿片刻，"蒋烟的男朋友。"
蒋彦峰目光在余烬和蒋烟之间扫视许久。蒋烟微微低着头，没有看他，但手却紧紧攥着余烬的手，并没有躲闪的意思。
周围气压很低，蒋彦峰没有说话，转身进了病房，先去看老太太。
进门前，他再次回头，这次目光直接停留在余烬脸上。
他表情很复杂，有探究，有疑惑，封尘在记忆中的某个片段悄悄冒了头，他暂且放下，悄声进门。
门关上那一刻，蒋烟稍稍松了口气。余烬歪头看了她一会儿，抬手揉了揉她的脑袋，轻笑道："吓成这样。"
"我怕他为难你。"蒋烟牵住他一根手指。
第一次见面就看到他亲自己的宝贝闺女，大概任何父亲都不会高兴。
她愁眉苦脸，好像遇到了天大的难事。余烬忍不住笑了笑，又拍拍她脑袋，说："放心吧。"
几分钟后，蒋彦峰从病房里出来，大约是看到老太太情况不错，他脸色稍微好了一些。
余烬和蒋烟还等在门口，蒋彦峰示意一下，几人走到稍远一些的地方，怕打扰老太太休息。

蒋彦峰看着自己的女儿一脸警惕，紧紧挨着身旁的男人，好像他是洪水猛兽，随时能把她的宝贝男朋友怎么样似的。

他第一次体会到什么叫女大不中留。

"烟烟跟余家说，她有男朋友，就是你？"蒋彦峰看向余烬。

仅凭这句话，余烬便知道余清山并未告诉他自己的身份。这么多年来，余清山一直对外宣称儿子在国外定居，几乎不回国，他不会和盘托出，打自己的脸。

而且余清山一直想缓和父子关系，这两年已有所好转，余烬挑明蒋烟是自己的女朋友，有他在，这门婚事成不了，余清山何苦追究下去，自讨没趣。

"是。"余烬目光没有躲闪。

"烟烟一直反对去见我为她安排的人，也是为了你？"

"是。"

蒋彦峰盯着余烬的眼睛看了几秒，忽然问："你叫什么名字？"

余烬之前已经说过，他又说了一遍："余烬。"

蒋彦峰静默半晌，问："我们是不是在哪儿见过？"

他总觉得余烬很眼熟，但脑子里似乎有张纱网遮在那里，看不清，摸不透。

余烬目光动了动，说："确实见过，不过已经是很多年前的事了。"

也许蒋彦峰对他还有印象，但余烬其实是没有见过蒋彦峰正脸的。

那时蒋彦峰濒临崩溃，徒手去挖那些石块，又下过雨，他脸上身上全是脏兮兮的泥水，非常狼狈，根本认不清模样。

余烬对蒋彦峰有印象，是之前看过杂志上他的专访。照片上的男人精明睿智，气质非凡，根本无法把他跟当年那个跪在地上，苦苦哀求救援人员的可怜父亲牵扯到一起。

蒋烟抬起头，说："爸爸，他就是那年地震，救了我的那个人。"

听到这句话，蒋彦峰的表情瞬间变了。他不可置信地盯着余烬，当年那孩子的身影跟眼前这个年轻男人渐渐重叠在一起。

怪不得觉得眼熟，原来是他。

当年那个男孩救完人便独自离开，他都没来得及说声谢谢。

蒋彦峰似乎有些激动，一时竟不知该说什么好，他有一万句话想问，最终却只说出一句："是你。"

他伸出有些颤抖的手，余烬忙握住他，喊了一声："伯父。"

其实那些年蒋彦峰也曾想过找余烬，但茫茫人海，没有丝毫线索，等同大海捞针。

没想到被蒋烟找到，还成了她的男朋友。

蒋彦峰沉沉地舒了口气，示意蒋烟，说："你先进去。"

蒋烟立刻说："不，你们要说什么，我也要听。"

余烬握了握她的手，低声说："你先回去休息，我一会儿就回来。"

蒋烟不愿意，闷闷的。余烬扳着她的肩膀把蒋烟往房间那边轻推了一下，蒋烟一步一回头，不情不愿地回了病房。

余烬和蒋彦峰一同去了走廊的尽头，那里只有一个窗口和消防通道，很安静，没有人打扰。

两人站定后，蒋彦峰转过身，郑重地向余烬鞠了一躬，说："谢谢你救了我的女儿。"

这一声谢，来得太晚。

他如此懊悔，如果当初蒋烟就那样死掉，他会记恨自己一辈子。

"伯父，您别这样。"余烬忙将人搀起，把人扶到椅子上，"当年的情况，别人遇到也会这么做，您别放在心上。"

两人坐在那里，聊了许多。

那些久远的记忆被勾起，两人依然印象深刻。

蒋彦峰像长辈一样，问："这些年，你都在什么地方？"

余烬老实地回答："就在岳城。"

蒋彦峰叹了口气，说："烟烟是有福的人，当年如果没有你，她可能就没了。我们全家欠你一条命。"

"伯父，您别这么说。"余烬不愿听这些。

蒋彦峰问出心中疑问："你们两个——"

余烬目光望向对面雪白的墙，说："是烟烟先认出了我。"

蒋彦峰了然道："这丫头还不太成熟，像活在童话里，喜欢自己的救命恩人，也很正常。"

余烬没有说话。

"你现在在做什么工作？"蒋彦峰望向余烬。

"在城东，开车行。"

"有什么需要帮助的地方吗？"

"您是什么意思。"余烬隐隐蹙眉。

"你别误会，我没有别的意思，只是这么大一个恩情，我没办法当作什么都没有发生，我很想感谢你，你有什么要求，都可以提，我一定满足。"

这话诚恳，余烬却听出另一层意思。他没有犹豫，说："我不需要。"

两人沉默许久，谁都没说话。

过了会儿，蒋彦峰坦诚地开口："你知道，烟烟才二十岁，思想并不成熟，小女孩有英雄情结，你救过她，她也许一时感动，但不代表你们合适。"

余烬转头与蒋彦峰对视，说："那您觉得，什么样的人跟她合适？门当户对，有钱有势？"

余烬眼神凌厉，问题尖锐，蒋彦峰一时无法回答。过了会儿，他沉声说："等你到了我这个年纪，也做了父亲，就能理解没有一个父亲不希望自己的女儿过得好。"

"什么样的日子才算过得好，你确定你选中的那些人烟烟会喜欢吗？还是你能保证，那些人比我更爱她。"余烬站起来，认真且诚恳，"伯父，我知道您的意思，但我不会放弃蒋烟，至于您顾虑的那些事——您可以放心，我还不至于养不起她。您希望她得到的，我都能给。"

说完这些话，余烬便礼貌地告辞，离开那里。

回到病房门口，余烬透过窗子看进去。蒋烟没有睡觉，坐在陪护床上，两条腿悠悠荡荡，眼睛盯着前面，有些愣神儿。

看到余烬，她立刻跳下床跑出来，紧张道："你们说完了？我爸跟你说什么了，有没有为难你？"

"问题少女，还不睡觉。"余烬笑着摸了摸她的脸，他靠在墙边，牵住她一只手，"伯父在这儿，我就回去了。我问过医生，奶奶病情稳定，没什么事，你也不用熬一整夜，早点睡。"

"那你还来找我吗？"蒋烟有点紧张。

"当然来，明天就来。师父说了，让我好好表现，我怎么能偷懒。"余烬捏了捏她的脸。

蒋烟顿时放下心，他这样说，就表明刚刚他和爸爸没有谈崩，不管爸爸是否同意，总之不是最坏的结果。

蒋烟脸上终于露出点笑容，问："那你的车行没事吗？"

"车行哪有你重要。"

"你就会说好听的话。"蒋烟脸红了红。

余烬偏头看了眼走廊，没有其他人，他低头亲了她一下，说："我走了。"

蒋烟低低地"嗯"了一声，叮嘱："你到家了告诉我。"

"好。"

从那天开始，余烬几乎每天都来，有事时帮忙跑腿，没事就陪老太太聊天。听说她喜欢风筝，余烬还特意回师父那儿拿了好几个微型风筝送给她，把老太太哄得合不拢嘴。

偶尔在病房碰到蒋彦峰，两人也没再提起那天的事，蒋彦峰没有说同意，但也没明确说不行。

这样的结果蒋烟已经很满意，她还以为蒋彦峰那个老古板一定会反对。

除夕的前三天，老太太出院回家。

蒋彦峰把老太太送回房，叮嘱她好好休息，他公司还有事，着急离开，被老太太叫住。

"烟儿和小余的事，你到底怎么想的？"

蒋彦峰叹了口气，说："妈，我跟您说实话，如果是别人，我一定不会同意，但余烬，我开不了这个口。他对咱们家有恩，烟烟又喜欢，我这个恶人，也有些做不下去。"

"你坐。"老太太指了下床边的椅子。

蒋彦峰坐下。

老太太看着他,说:"这些天我看在眼里,小余这孩子不错,是个难得可靠的人,把烟儿交给他,我是放心的。"

蒋彦峰语气深沉:"公司的状况,我已经跟您交底了,不先安排好烟烟,我实在放心不下。"

老太太没说什么,打开床头柜的抽屉,从里面拿出几张卡和一些细软放在床上,说:"这里是我所有的积蓄,我老了,除了身后事,也用不了什么钱,我所有的钱,都留给烟儿和涵涵,让孩子们选择自己喜欢的吧。"

"妈,您怎么说这些不吉利的话。"蒋彦峰眼眶酸涩。

老太太目光深远,说:"当年你要娶烟儿的妈妈,即便知道她身体不好,我也没有阻拦你。人生的路是自己选的,过得好不好,都由自己负责,不后悔就行。被人安排的人生,再好,也会有遗憾。等孩子们将来长大了,回想年少时,不要怨你才好。"

蒋彦峰沉默地坐在那里,没有说话,也没有拿那笔钱。

余烬知道今天蒋彦峰会来接老太太出院,所以他没来。

蒋烟回到房间,趴在床上给他发信息:我到家了。

余烬打来电话:"奶奶怎么样?"

"挺好的。"她用手指卷着自己的头发,"你在做什么?"

余烬说在车行,把年前一些零碎工作结束,准备放假。

蒋烟翻了个身,问:"你什么时候去师父家?"

余烬好像在走路,有东西搬搬抬抬的声音。

他说:"后天陈姨回家,我就过去。"

"哦。"蒋烟蔫蔫的。

"怎么了?"余烬淡淡地笑着。

"那我是不是好久都看不到你了。"

余烬放下手里的东西,靠在门旁专心讲电话,声音里带着笑意:"怎么,怕想我啊。"

蒋烟小声哼道:"不想。"

余烬笑了一会儿,问:"今日份糖果吃了吗?"

"你没给我呀。"

"看看包里。"

蒋烟赶紧去翻,果然有一颗,问:"你什么时候放进去的?"

"秘密。"

这段时间,她每天都能在自己的包里发现一颗糖,不知道余烬都是什么时候偷偷放进去的,她一次都没有发现过。

"明天跟江述吃饭,别忘了。"蒋烟翻了个身,吃掉那颗糖。

"嗯。"

第二天下午,余烬准时出现在蒋家门口,蒋烟出来时,看到他靠坐在越野车车头，他似乎有些冷，点了一根烟。

蒋烟一直没跟他说过，他指尖夹烟的时候，特别有男人味，很迷人。

她飞奔过去，一下扑到余烬怀里。

余烬单手抱她，另一只夹着烟的手挪开一点，怕烫到她。

蒋烟踮脚亲他，余烬偏头躲了一下，说："抽烟了。"

"不怕。"她搂住他的脖子，吻上他薄薄的唇。

余烬安安静静，没有动，任她摆弄。

过了会儿，他有些忍不住，搂着她腰的手往上挪，将她的头摁向自己，深吻下去。

亲够了，余烬低头摸摸她的脸，问："喜欢我抽烟吗？"

蒋烟眼睛亮晶晶的，回答："不喜欢。"

"那为什么不说？"

"我等你自己说啊。"小姑娘很乖地看着他。

余烬淡淡地笑了下，摁灭烟头。

"以前也戒过，没成功。"

蒋烟倚在他身上，微微仰起头，说："你定力这么足，想戒烟还不容易。"

余烬低头瞧她，目光很深，说："你知道，戒烟的人通常嘴里都得有点儿什么，有人喜欢吃糖，有人喜欢抽电子烟，我不一样。我戒烟的时候，喜欢亲人。"

他语气随意道："以前没女朋友，所以戒不成。"

"你诓我吧。"蒋烟觉得他在挖坑。

余烬低笑，搂紧她的腰，唇瓣抵在她耳畔，嗓音喑哑低沉："要不要试试？"

"试什么？"

"帮我戒烟。"

第十章

我们有多配

蒋烟有种不太好的预感,问:"怎么帮?"

余烬扣着她后脑勺把人拉到自己跟前,说:"比如说,我现在就很想吸烟。"他低下头,咬住她唇瓣,吮了几下,又松开她,"懂了?"

蒋烟一下捂住自己的嘴,推了他胸口一下,说:"你干吗,这是在我家门口,也不怕被人看见。"

余烬低头笑了笑,说:"刚才是你先亲我的,这会儿又怕人看。"

蒋烟不接这个话茬儿,说:"走不走,一会儿迟到了。"

江述最近不常在岳城,前天才回来。蒋烟作为他的多年发小,有了男朋友当然要带他见一面,本来蒋知涵也要去,但昨天又说临时有事,去不了,今天一大早就跑得没影儿了,不知道干什么去了。他现在已经放了寒假,每天不着家。

他们约在上次蒋烟和江述见面那家餐厅,还是那个位置。江述到时,蒋烟和余烬已经到了。两个人的脑袋凑到一起看菜单,蒋烟看向余烬时,眼睛会发光,也有小女生的害羞和腼腆。

那是江述不曾在她脸上看到过的幸福和满足的模样。

桌旁的窗台上,叠放着两条一模一样的情侣围巾。

他在不远处停留几秒,目光移开片刻,随后重新落在两人身上。

蒋烟看到江述,冲他招手:"江述这里!"

江述很快笑出来,走到两人对面坐下,问:"什么时候到的?"

"到很久了,一直在等你!"蒋烟对他很不客气,把菜单递给他,"我们点了几个,你喜欢的那个虾饼和汤也点了,你再看看别的。"

江述扫了眼菜单,说:"不用了,这些够了。"他看向余烬,伸出手,"好久不见。"

两人上次在余烬家匆匆见了一面,之后便再没见过。那时蒋烟被余烬带回家,江述对他敌意很大,说话也不是很客气,两人的见面并不愉快。

"好久不见。"余烬笑了笑。

两人短暂地握了一下手,随即松开。

他们都默契地没有再提上次的事,蒋烟说:"你最近怎么这么忙,想找你都找不到。"

江述倒了一杯大麦茶,习惯性地想先给蒋烟,杯子送到半空中,忽然发现她面前已经有一杯了。他的手停顿几秒,随后转向自己,一口喝掉大半杯。他说:"还是北京那头的事,不过也差不多了,年后能好些,那边项目稳定就不用我过去了。"

"还是上学那会儿好,我放假回来随时能见,现在我不走了,你倒忙起来。"蒋烟有些郁闷。

江述看她一眼,说:"怎么,随叫随到把我当苦力的日子还没过够?我可过够了。"他偏头示意余烬,"你的新苦力在这儿呢,以后少烦我。"

"以后想烦你都没机会。"蒋烟瞪他。

菜来了,蒋烟把手旁的筷子递给余烬和江述,转头对余烬说:"记得我第一次去车行吗?我带了辆摩托车,其实那车不是我的,是江述帮我弄的。"

"知道。"余烬夹了一个饭团放在蒋烟面前的盘子里。

蒋烟愣了愣,问:"你知道?你什么时候知道的?"

余烬说:"你一来我就知道了。"

"为什么?"

"那车是我改的。"

"那你一开始怎么没说?"

余烬偏头瞧了蒋烟一眼,抬手把她唇边的一点海苔擦掉,说:"想看看这个小丫头想搞什么名堂。"

蒋烟呆呆地看着他,余烬竟然早就知道。

以他的性格,根本不会理会这种事,大概会交给雷子,说不定会以为她那车来路不明。

他却一直没有拆穿她,陪她演戏。

这是不是表明,从一开始,她在他心里就是不一样的?

蒋烟这样想着,心里就有些高兴,笑意越发忍不住。对面江述看不下去,敲了敲桌子,说:"哎哎哎,行了,这儿还有个大活人呢,控制一下自己。"

蒋烟挽住余烬手臂,说:"怎么了,我愿意笑,不行吗?"

江述说:"行,谁敢管你。"

他闷头吃饭,不再搭理她。

蒋烟觉得很新奇,把余烬介绍给自己的家人,最好的朋友,让他彻底融入自己的世界里,不再是以前那个只会出现在车行,谁都不认识的余烬。

他的身影遍布她的世界，无孔不入。

蒋烟很喜欢这种感觉。

这顿饭的后半段，聊天的主力不再是蒋烟，余烬和江述聊的东西蒋烟没有兴趣，她只顾低头吃饭。

蒋烟意外发现，余烬涉猎的知识范围特别广，什么都懂一点儿。

看来之前他说自己成绩很好，好像也不是随口说说。

几人从餐厅出来时，天已经快黑了，风很大，路也有些滑，余烬牵着蒋烟，江述走在蒋烟另一侧。

江述开口："涵涵那天说奶奶病了，她好些了吗？"

蒋烟点头，回答："她已经好多了，昨天出院了。"

"这几天有事，过了年我去看看。"

正说着，头顶突然传来一声响动，像是什么东西折断，一块很大的广告牌突然从架子上脱落，直冲三人砸下来。

几乎是一瞬间，余烬和江述同时伸手护住蒋烟，拉着她闪身避开，但还是晚了些，被广告牌刮到一点。

牌子砸到地上，发出更大的声响，吸引了路人的目光。

蒋烟勉强站稳，惊魂未定，忽然发现余烬的衣袖被刮破好大一个口子。她吓坏了，紧紧攥住他的手臂，喊："余烬！"

"没事。"余烬伸手扯了一下破损的布料。

蒋烟非常紧张，仔细检查，好在他今天穿了很厚的羽绒衣，没有伤到里面的皮肤，只是这件衣服大概是报废了。

江述站在不远处，静静地凝望蒋烟焦急的背影，她小心呵护，眼里心里，都是那个人。

他默默地将自己的右手藏在身后。

蒋烟这时才想起江述，赶紧又去看他，问："你呢？你伤到没有？"

江述笑了笑，神色轻松道："没事。"

蒋烟松了口气，抬头看那个广告牌，咕哝："这是谁家的啊，怎么这么不牢固，砸到人怎么办。"

余烬抬手把围巾重新系了一下，往上扯了扯，遮住她半张脸，说："大概今天风太大，你就不用操心了，自然会有人来处理。"

虽然这样说，但临走前，余烬和江述还是合力把那块掉下来的广告牌挪到不碍事的地方。

江述的车就停在前面，余烬的车在对面，三人在路口分开。

江述走向自己的车，几步后又停下，转过身，喊了一声："余烬。"

余烬和蒋烟停下脚步。

江述用半开玩笑的语气说："蒋烟这丫头毛病多，又矫情，你让着她点儿。我可是她娘家人，怎么也算她哥了，让我听到你欺负她，我可不饶你。"

两个男人的目光碰上，余烬跟他对视许久。

江述眼睛里的东西，只有蒋烟看不懂。

很奇怪，余烬并没有所谓的危机感，相反，他为蒋烟有这样一个坦荡豁达的朋友感到高兴。

余烬握紧蒋烟的手，郑重地答应："我会的。"

此刻，江述才真正笑出来。

这天过后，除夕很快到来。

除夕当天早上，余烬买了副对联，贴到师父小院子的大铁门外，正房门上也有一副，买的时候他也没太细看，反正都是吉利话。

纪元生从早上开始就催余烬回家，余烬不想回，纪元生说："大过年的，你回去看看，就待一会儿，快去快回，回来时给我带一瓶茅台。"

余烬皱眉道："师父，您不能喝酒。"

"平时都没喝，就今天，只喝一小盅。"纪元生撒娇耍赖。

余烬只好答应。纪元生最近脑子都比较清醒，很少认错人，只是有时会记不得当天做过的事，刚吃完饭，又要去做。

余烬很不放心，叮嘱："那您不要去厨房，回屋休息一会儿，等我回来再弄。"他算了下来回需要的时间，"我最迟下午两点就回来。"

纪元生答应了，余烬往门口走，纪元生又追出来，问："阿烬，你媳妇今天来吗？"

"她得在家过年。"余烬停下脚步。

纪元生不大高兴道："都结婚了，每年都在她家过年啊，今年来咱们家过呗。"

余烬耐心地解释："师父，我们还没结婚呢。"

纪元生疑惑道："不是结婚好几年了？"

余烬把他送回卧室，说："行了，您在这儿好好休息，没事就看会儿电视，我很快回来。"

余清山没想到余烬今天会回来，他很意外，也很高兴，让余烬坐，又让家里阿姨出去买他爱吃的菜。

余烬说："别忙了，我待一会儿就走。"

自从上次余清山生日他回来一次，之后再没回来过，不过这样的频率已经是进步了。

余清山爱喝茶，家里有专门的茶室，客厅里也有简易茶台。他把刚泡好的茶给余烬倒了一杯，说："尝尝这个，上好的君山银针，前阵子刚拿回来。"

余烬接了，问候："您身体还好吧？"

父子两人，几乎没什么话好讲，除了身体，余烬也不知道该问什么。

他随意的一句话，余清山却很受用，说："挺好，你师父还好？"

余烬有个带他入门的师父，余清山是知道的，余烬很孝顺那个师父，他也知道，偶尔还会派人送些补品过去。

余烬从小离家，在外头有个人照顾，余清山很感激。

余烬放下茶杯，并没喝，只说："老样子。"

他坐了一会儿就想走，余清山忙说："在家吃了饭再走吧。"

余家过年向来冷清，只有余清山和范哲珂两个人。

余烬站起来，说："不了，师父一个人在家，我不太放心。"他顿了下，"您注意身体，我过阵子再来。"

范哲珂从楼上下来，看到余烬很意外，问："阿烬，什么时候回来的？"

余烬淡淡地说："要走了。"

看到范哲珂，余烬就想起前阵子余、蒋两家试图联姻的事，他心里不太舒服，转头看向余清山，说："跟蒋家的事以后别再提了，你们生意上怎样合作我都不管，但不要牵扯蒋烟。"

提到这件事，余清山面露愠色，说："你不提，我也不会再跟蒋家有任何瓜葛。"

"什么意思？"余烬微微蹙眉。

余清山冷笑道："我收到消息，蒋彦峰那只老狐狸，公司早就出了问题，一直在死撑，熬不了几个月就会崩盘。他想把女儿嫁到余家，拖我下水，没那么容易。"

余烬有一瞬间的错愕与震惊，蒋家现在竟然已经到了这个地步，可蒋彦峰半点没有表露出来，瞒得滴水不漏，在老太太和一双儿女面前轻松自然，他内心压力有多大，可想而知。

"你跟蒋家那个丫头……"余清山看向余烬。

余烬回神，冷冷地说："我的事，不用你管。"

他转身离开，头也没回。

直到吃完年夜饭，余烬还在想这件事。

电视里播着春晚，纪元生戴着老花镜靠在沙发上，看一会儿，睡一会儿。

余烬看他闭上眼睛，就关掉电视，想让他进去睡，可一碰他，他就醒了，说还要看一会儿，余烬只好又把电视打开。

余烬拿了手机，走到外面的院子里，给蒋烟打电话。

电话那头很吵，有春晚的声音，有蒋知涵吵吵闹闹的声音，还有鞭炮声。

余烬就在这些嘈杂的声音里轻声说："烟烟，你在做什么？"

蒋烟的声音很清脆，听得出她心情很好。

"和蒋知涵打扑克！他耍赖赢了我好几把。"

那头小男孩嚷嚷："你不要诬陷我，明明是你'菜'！"

几秒后，电话里传出蒋知涵的惨叫，大概又被揍了。

蒋烟跑到客厅落地窗那边，这里安静许多。

"你呢？你在做什么？"

"没什么事,陪师父看电视。"

"放烟花了吗?"

余烬低声喊:"烟烟。"

"嗯?"

"我想你了。"

蒋烟靠在窗子旁,一根手指抵在干净透明的玻璃上,小声说:"我也想你。"她看着外面一簇簇升起又炸开的烟花,"你明天几点来?"

之前两人已经说好,大年初一,他来找她。

余烬说:"早上起来就去。"

"那我等你。"蒋烟放心了。

"嗯。"

挂了电话,余烬看向窗子里,纪元生已经不在沙发上,大概进去睡了。

他在原地站了一会儿,随后快步进屋,关掉电视,把纪元生房间的门关上。客厅大灯留着,其他的灯都关掉。

做完这一切,他拿起车钥匙,开车去蒋家。

他现在就想见蒋烟,特别想。

将近十二点时,蒋家的客厅已经不那么热闹,奶奶已经睡了,蒋彦峰去了书房,蒋知涵捧着手机跟朋友聊天,只剩蒋烟一个人对着电视机。

她有些无聊,身体蜷缩在沙发角落,拿着手机在余烬的聊天窗口里编辑信息,准备零点整的时候给他发过去。

她想了好多话,也在网上找了很多,但编辑来编辑去,都不是很满意,最后那一整页的话被她删得只剩一句:余烬,新年快乐。

她看着他头像上的卡通伞发了会儿呆,随后便集中精神,准备掐点发送。

还有三分钟时,余烬忽然先发来一条:烟烟,出来。

蒋烟看着那行字愣了一下,她有些不敢相信,立刻给余烬打过去。

"你在哪儿?"

电话那头是呼呼的风声,余烬说:"你再不出来,就到明年了。"

蒋烟一下从沙发上跳起来,手忙脚乱地往身上套衣服,袜子都没来得及穿就跑出去。

她裹着大衣打开大门,第一眼便看到那辆熟悉的黑色越野车。

余烬依旧靠在车头,是他习惯的姿势。

蒋烟飞奔到他怀里。

"穿这么少?"余烬一下抱住她。

"你怎么来了,不是说好明天见吗?"蒋烟都要哭了。

"我太想你了,离不开你了,怎么办?"余烬把她的脑袋摁在自己胸口,低头吻了吻她的头发。

蒋烟把自己埋进他怀里。

"你是不是给我下咒了?"余烬温热的唇瓣压在她耳边。

蒋烟闷闷道："你才给我下咒了，明明是我更喜欢你。"

"不对。"余烬反驳她，"是我更喜欢你。"

蒋烟从他怀里抬头，刚要说话，余烬忽然从兜里摸出两颗糖塞到她手心，说："一颗是今天的，一颗是明天的。"

"明天的干吗提前给我？"

"因为明天马上就到了。"余烬看着手机上的时间。

倒计时开始，隐约听到远处有人在狂欢。

零点整时，烟花四起，余烬捧住蒋烟的脸，低头吻下去。

"烟烟，新年快乐。"

新年的意义，大概就是跟自己最重要的人在一起。

蒋烟曾一度以为，她和余烬的牵绊已经止于两年前那个夜晚，可她已经满二十一岁了，他还在身边。

她想，这辈子她大概再也不会像喜欢余烬那样去喜欢别人了。

外面很冷，余烬揽着她上车，蒋烟打开后门，看到座位上放了一束火焰玫瑰。

余烬随意说："上次看你好像很喜欢，过年了，应个景，红火一下。"

想送她花，又找这么多理由。

蒋烟坐上车，把那束花抱在怀里。

余烬跟上后座，关了门，语气有些无奈："我是不是失策了，你抱着花，还怎么抱我。"

"可以一起抱。"蒋烟挤过去，连人带花一起搂住。

外面的烟花持续了二十几分钟，快十二点半时才慢慢安静下来。

两人依偎着坐在后座，暖风开着，花香飘着，余烬很惬意，闭着眼睛享受此刻的静谧。

蒋烟窝在他怀里，指尖轻轻拨弄一片橘黄色的花瓣，说："我给师父准备了好多东西，我奶奶说谢谢师父的酱菜，让我给师父拿一盒她做的蛋糕。"

老太太当年未出阁时，喜欢下厨鼓捣一些糕点，后来科技发达，有了烤箱，她也与时俱进，研究起年轻人喜欢的蛋糕。

余烬说："别让奶奶累着了。"

"不会，有阿姨帮忙。"

"嗯。"

两人又安静地待了一会儿，蒋烟把花放到一旁，只抱他。

"余烬。"她柔软的手探入他腰间，紧紧搂住。

"嗯。"余烬心猿意马。

"除了车，你还喜欢什么？"

他没经大脑，脱口而出："你啊。"

蒋烟"哎呀"一声，说："我不是那个意思，就……除了摩托车和我，你还喜欢什么？"

"为什么要除了你？"余烬脑袋一歪，靠在她头上。

"我认真问你呢。"她掐他的腰。

余烬"咝"了一声，身体紧绷，说："别找事。"

他舒了口气，看向窗外，过了会儿他说："自由吧。"

"自由？"蒋烟仰起头看他。

余烬淡淡地"嗯"了一声，解释："我不喜欢受人管束，不喜欢被安排的人生，不喜欢按部就班，活在别人的视线里。"

蒋烟懒懒地靠在他怀里，有些不明白，按部就班和活在别人的视线里有什么关联吗。

她有些发愁，自由这种虚无缥缈的东西，要怎么准备。

再过十几天，就是他的生日了。

两人对视一下，唇不自觉靠近，又亲到一起。

车里都是低沉的呼吸声，余烬把蒋烟推到椅子上，低头亲她，手探进衣服里。

蒋烟不受控制地抖了一下。

余烬离开一点，脸上带着若有似无的笑意，看着她紧闭的双眼，笑问："你在期待什么？"

"啊？"蒋烟睫毛扇动几下，睁开眼睛。

"不是在想跟我做这样那样的事？"

"不是。"她脸已经红了，伸手捂住他的嘴。

"师父还一个人在家，我得早点回去，时间不太够。"余烬温柔地笑了笑，低头啄了她唇瓣一下。

蒋烟不知道这人怎么能用这样平淡的语气说出这种话，都不知道什么叫不好意思吗？

余烬在凌晨一点回了家，第二天早上九点又过来，把蒋烟接到师父那里。

纪元生特别喜欢蒋烟奶奶做的蛋糕，张罗着让余烬给他买个烤箱，说等陈姨回来，让她跟蒋烟家的阿姨学一下。

蒋烟在师父家待了一整天，跟他学做风筝，她说奶奶喜欢风筝，但从没动手做过，她觉得很好玩，想亲手做一个，春天的时候可以带奶奶出去放风筝。

蒋彦峰知道蒋烟去了余烬那里，也没有说什么，他似乎已经同意了，也没有再给蒋烟安排什么人。

那天老太太对他说的话，让他心里很难受。

他知道母亲当年跟父亲在一起是父母之命，父亲在世时，两人一直相敬如宾，从没红过脸，他一直认为母亲这一生是幸福的。

可那天听了她的话，蒋彦峰忽然意识到，也许母亲当年也曾有过遗憾，所以对子女的婚姻，甚至孙女的婚姻，才能设身处地，不愿过多干涉。

而且，蒋烟自己选中的人，竟然是当年救过她的那个人，这也许是他们之间的缘分。

罢了。

就这么一个女儿，勉强她，再记了仇，以后可怎么好。

当年因为那件事，蒋烟心里一直过不去，蒋彦峰是知道的，所以这些年他宠着她，惯着她，尽力弥补，希望有朝一日，她能原谅他。

也许，会有那么一天。

过了新年假期，蒋烟变得很忙，要画商稿，要考驾照，还要跟奶奶学做蛋糕。

那天临走时，她研究着给余烬做蛋糕，做了好几次才勉强能看，口感也不怎么好，她做菜还好，烘焙不行。

但余烬好像很喜欢吃蛋糕，他很挑剔，她很想学好，做给他吃。

初十那天下午，余烬从车行回来，走到三楼拿钥匙开门，忽然听到隔壁有声音。他开了隔壁的门，看到门口蒋烟的鞋。

她说今天很忙，不来车行，也不让他去找她。

余烬轻轻地换了鞋，走到里面，看到厨房里的蒋烟。

她一边对照配料表，一边用电子秤称量面的克数，操作台上打了几个鸡蛋，用小盆装着，打蛋器摆在一旁，还没有用。

蒋烟背对着客厅，腰上系了一条粉格子的围裙。她做饭其实没有系围裙的习惯，这个围裙是那年她还住在这里的时候，网购东西时，店家送的，余烬一直留到现在。

他走到她身后，伸手环住她的细腰，打趣道："谁家的田螺姑娘，偷偷来我家做什么。"

蒋烟吓了一跳，没想到余烬回来得这么早，咕哝："不是五点多才回来？"

"你怎么骗我说不来。"他偏头吻她耳朵一下。

蒋烟有些郁闷，又埋怨道："想给你惊喜的，你回来这么早干什么。"

余烬瞥了眼操作台上的一堆东西，好像刚开始不久。

"做蛋糕吗？"

"嗯。"她扬了扬手里的配料表，"我同学给我传的，说按照这个配方做的蛋糕很好吃。"

她挣了一下，从余烬怀里出来，跑到一旁又拿了另一种面粉过来。

"你今天不忙吗？不是说接了个工作，怎么回来这么早。"

余烬站在她身后，静静地注视她小小的身影。

从认识到现在，她为他做了太多事。

为他学改车，记那些拗口的零件名称，为他学打篮球，被球砸到了眼睛，为他考驾照，那么冷的天还要去学车，现在又在学做蛋糕。

她那么瘦小的身体里，到底蕴藏着多大的能量和精力。她爱一个人的时候，真的会倾注全部力量。

余烬忽然觉得好幸运。

她爱他。

蒋烟注视到他的目光，觉得有些奇怪，用手背蹭了蹭自己的脸，问："我脸脏了吗？"

本来好好的，她一蹭，反倒把面粉蹭上去，脸颊和鼻尖都有，像只小花猫。

余烬靠近一点，伸手将她脸上的面粉一点点蹭掉，说："没有。"他看着她眼睛，"就是……我忽然想吸烟了。"

说完这句话，他低头吻上去，咬了她唇瓣几下，离开一点，看了她一会儿，说："再来一根。"

他又亲下去。

这个姿势有些难受，他伸手在操作台上划拉一下，清掉碍事的瓶瓶罐罐，搂着她的腰稍一用力，把人抱到上面坐着，高度刚刚好。

他偏过头，专心吻她。

蒋烟觉得自从余烬说要戒烟后，简直把她当成了烟，时不时就要亲一下。不过，自从那天往后，她确实一次都没有看到过他抽烟，他兜里和车里也再没看到过烟和打火机。

亲了一会儿，蒋烟有些受不住，手抵在他胸口，把他推开一些。

"你等下，我有事想跟你说。"

他懒懒道："什么事？"

蒋烟说："周末我们去爬山好不好。"

"哪座山？"余烬的手不老实，有一下没一下地捏着她耳垂。

"就上次我表哥他们要去露营的那座。那是岳城最高的山，听说可以把车开到半山腰，然后爬到顶峰，那个地方可以看到整个岳城。"

余烬把她从台子上抱下来，问："你想露营？"

"不是。"蒋烟说，"我想去山顶，看日出，看岳城，我想找找灵感，你陪我去好不好。"

她兴致这样好，余烬自然愿意，点头答应。

蒋烟对这次出行计划很上心，准备了好多吃的用的塞进余烬的后备厢，还给他买了一件厚实的长款羽绒服。上次他的衣服袖口被刮坏，一直没去买新的，穿自己的其他衣服，但好像都没有那一件厚。

临行前一天，她特地去商场给他挑了一件，让他穿着去，说："山上冷。"

余烬觉得蒋烟越来越像一个小媳妇。

这个季节上山的人少，很多都是背着三脚架的摄影爱好者，山上真的很冷，大家都穿得很厚实。

余烬把车开到半山腰的一家民宿门口，绕到后备厢，把一个旅行包和一袋食物拎出来。

蒋烟想拿一个，余烬没给，交代："将后备厢关上。"

她很听话地去关后备厢。

两人进了民宿小店，意外发现这里环境很好，装修很温馨，墙上挂着一个小黑板，写了一些注意事项，还有彩色的粉笔画。

门口有铃铛，他们一进来里面的人就知道，老板很快从后屋出来，从侧边的挡板下钻进前台，晃了一下鼠标解开电脑锁屏，问："有预约吗？"

蒋烟说："没有。"

老板说："身份证，开几间？"

余烬看了眼蒋烟，没说话。

蒋烟低着头从包里掏出两张身份证，递给老板，说："一间。"

余烬扭头看她。

蒋烟像没看到，接过老板递回来的身份证和一张房卡。

"看什么，走啊。"

余烬抿着唇，一声没吭，跟在她身后上了二楼。

从楼梯上来，迎面第一个房间的牌子上写了"望溪"两个字。

蒋烟一路看过去，发现这家民宿的房间名字都很有意境，望溪、听水、筑桥。

他们这间叫"观山"。

蒋烟刷卡进门，余烬跟在后面。房间里只有一张双人大床，整套的原木色家居用品，飘窗旁边有个鸟笼吊椅。

蒋烟把自己的随身包包摘下来扔在吊椅上，说："这里的环境好像还不错，你以前来过吗？"

余烬没有回答蒋烟，放下手里的东西，走到蒋烟身后，拢住她的身体，两人依偎着面向窗外起伏的山峦。

"小丫头，什么意思？"

"什么什么意思？"蒋烟装没听懂。

"你知道我的意思。"

她咬了咬唇，说："怎么了，我是你女朋友，不能跟你睡一间房吗？这地方人生地不熟的，我一个人不敢住。"

余烬"嗯"一声，搂着她腰的手紧了紧。他手掌很热，隔着衣料都能感受到他的温度，他的唇故意贴着她小小的耳垂，说："当然可以跟我睡一间，那我们——"

"你不要多想，你睡这头，我睡那头，考验你毅力的时刻到了。"蒋烟侧过身，伸手捂住他的嘴。

就知道没这么容易。

余烬低笑一声，顺势亲了她手心一下，问："抹什么了？这么香。"

"真烦人。"蒋烟缩回手，嫌弃似的在他胸口的衣料上蹭了一下。

两人稍微休息了一下，戴上围巾、帽子和手套，全副武装，准备上山。

现在已经快一点,爬到山顶怎么也要两点多,那时山顶人少,比较安静,适合蒋烟和余烬这种不爱凑热闹的人。

蒋烟除了手机什么都没带,余烬的羽绒服兜里倒是零零碎碎塞了不少东西,一包纸巾、一包湿巾、几颗阿尔卑斯奶糖,还有她随手丢在床尾的一根黑色皮筋。

除了手机,其他都是蒋烟的。

大概是因为地势的关系,这里半山腰的建筑没有超过五层的,二三层的小楼居多,但装修都还不错,没有商务风那种硬朗的感觉,更多是温柔家居风、田园风,有些度假村的感觉。

岳城不是旅游城市,像这种能休闲度假的地方不多,这里算是大家比较喜欢来的地方之一,很多艺术爱好者也喜欢爬上山顶采风,俯瞰岳城全貌。

岳城的城市宣传片就是在这里取的景。

蒋烟虽然在岳城长大,但从来没来过这里,这会儿兴致很足,爬得很来劲,偶尔还要停在某个景色不错的地方拉着余烬自拍。

余烬不爱拍照,面对镜头表情很不自然,被蒋烟强迫着笑了一下,拍出来的效果意外的好。

余烬这张脸,随便拍一下都很好看,蒋烟脑袋歪在他身旁,笑得很甜。她很满意,把这张照片设置成了自己的手机屏保。

前半段蒋烟很活跃,一度走在余烬前面;到了后半段,她就有些支撑不住,速度慢下来,小脸冻得通红,还死撑着说没事。

余烬一句话没说,直接扯着她的手环住自己,略弯下腰,拢着她腿弯,把人背起来。

蒋烟吓了一跳,紧紧搂住他的脖子,惊呼:余烬你干吗?快放我下来,这是上坡。

"不想摔着,你就老实点。"余烬步伐轻松,稳步走在斜坡上。

附近还有其他人,蒋烟有些脸红,他这样背着她上山,好像她是不懂事的娇气女朋友。

她小声哄他:"你放我下来,有人看呢,我自己能走。"

"看也羡慕不来。"余烬目不斜视。

蒋烟脑袋歪在他肩上,盯着他的侧脸看了一会儿。

两人的围巾紧紧相贴,有着相同的温度。

她忽然凑过来亲了他脸颊一下。

她没有说话,余烬也没回头。两人的脑袋靠得很近,蒋烟帮他把围巾往上拉了拉,遮住他冻红的耳朵。

"余烬。"

"嗯。"

"你会不会觉得我很麻烦,这么冷的天还要爬山,自己又爬不动,还要你背。"

"不麻烦我，你还想麻烦谁？"余烬目光温和，似乎并未被寒冷的天气影响，他颠了一下她小小的身体，背得更稳一些，"你麻烦别人，才是我的麻烦。"

蒋烟笑着把自己的脸埋进他的围巾里。

快到山顶时，有一段比较陡的斜坡，蒋烟坚持要下来自己走，余烬放下她，牵住她的手，两人一起往上爬。

山顶还有些积雪未化，温度也比山下低很多，但只要爬上来的人，都觉得没有白白受累。

太美了。

放眼望去，整个岳城都在脚下，城市的喧嚣似乎离得很远，这里只有清新的空气和开阔的视野。

好像整个人都放空下来，轻松自在。

不远处有人冲着一望无际的天空大喊，宣泄压力，释放自己。

蒋烟拉了拉余烬，说："我们也喊。"

说完，她便跑到护栏边，再往前一步就是陡峭的悬崖，她把两只手放在唇边，冲着远处的山峦和天空大喊。

她几乎用了自己全部的力气，连续喊了几声后，觉得整个人都舒爽了不少。

余烬不知什么时候走到蒋烟身后，把她往回拉了一些，离开危险的峭壁，从后头抱住她。他问："舒服了吗？"

蒋烟兴奋地点头，说："你也喊一下。"

余烬笑了笑，偏头亲她的脸，没有说话。

蒋烟回过头，认真地问他："余烬，有自由的感觉吗？"

余烬目光动了动，低垂着眼睛盯着她。

蒋烟说："站在云端，远离喧嚣，可以随意释放自己，丢掉那些束缚，视线里只有望不到边的远山和天际。"

"我视线里还有你。"余烬深情地望着她。

"嗯，自由吗？"蒋烟趴在他怀里。

他哑声道："嗯，自由。"他摸摸她的脑袋，"你带我来这儿，就是让我看这个。"

蒋烟点头，说："我只能想到这个了，不知道够不够自由。"

余烬低笑了声，说："够了，足够了。"

他拉开自己的羽绒衣，把蒋烟整个人裹进怀里，扯高衣领，遮住两人的脑袋，隐在厚实暖和的羽绒衣里吻她。

回到山腰的民宿宾馆，已经是下午六点多，两人吃完饭回到房间。蒋烟一直坐在吊椅上看在山顶拍的照片，余烬只好先去浴室洗澡。

在山顶，浪漫是真浪漫，冷也是真冷。

洗个热水澡，身体能舒服很多。

余烬出来时，身上只裹了条纯白色的浴巾，他故意逗她，想看看她害羞的表情，结果她根本没在房间。

余烬边擦头发，边走到床头翻看自己的手机，里面果然有一条蒋烟的信息。

小钢炮：我去办点事，待会儿回来。

余烬有些奇怪，在这种地方有什么事可办。

而且，今晚还有什么事比他还重要。

他都洗得干干净净了，她倒跑了。

蒋烟不在，湿漉漉的出浴模样也没人看，余烬没有耐心一点点擦头发，又回到浴室，用吹风机把头发吹干，随后靠在床头打游戏。

蒋知涵一直在游戏私聊里找他：大神哥哥，你啥时候把我加回来啊？找你太费劲了，你知道我这种"社恐"能发信息绝不打电话，没有微信太不方便了！

就他还"社恐"，恨不能全校都混熟了。

余烬不搭理蒋知涵，蒋知涵就一直发。

最后发了一条：姐夫！

余烬看着"姐夫"这两个字，心底有种异样的感觉，这个新鲜的称呼，不知道什么时候能真正用到。

他回了一条：你姐加我就加。

这条信息发过去后，他没再看私信，点到游戏界面开了一局游戏。

玩了一会儿，余烬看了眼时间，九点了，蒋烟还没回来。他有些担心，给蒋烟打了个电话，没有人接。他起身穿了衣服下楼看了眼，大厅里没人，蒋烟在这时打来电话。

他问："你在哪儿呢？"

蒋烟说："我有点事，一会儿就回去，你在房间里等我啊。"

"你到底搞什么名堂，别闹，这里你又不熟，不要乱跑。"余烬皱眉道。

蒋烟立刻笑了，说："不用担心，十二点前我肯定回去，你乖乖等我。"说完，她挂了电话。

余烬在民宿外转了转，没有看到她。

他心里隐隐有种猜测，但又不敢确定，他从没跟她提过。

余烬回到房间，只脱了羽绒衣，没有换别的，心里总是不踏实。他也没有再玩游戏，就坐在椅子上等。

直到还差一分钟十二点，门铃忽然响了。

余烬想都没想，立刻起身快步走到门口，猛地打开那扇门。

他愣住了。

门外是失踪了几个小时的蒋烟，她原本披散的头发随意绾了个团子，鼻间和颈侧还有未擦干净的面粉。

她双手捧着一个十寸大小的草莓奶油蛋糕，笑得满足又开心，说："好险，差点来不及，裱花太难了。"

"烟烟。"余烬极力控制自己的情绪。

走廊很冷，他把人拉进房间，关上门。

蒋烟没有说话，心里默默数着秒，在零点整那一刻，轻声说了句："余烬，生日快乐。"

余烬从来没有过过生日。

他带着母亲的抵触出生，没有得到过母爱，也不配过生日，这一天对他来说不是值得高兴、值得庆祝的日子。

可蒋烟来了。

她让下雪的日子不再悲伤，她让他的生日不再孤独，不再是没有人在意的日子。

蒋烟说："不知道你以前都是怎么过生日的，反正……以后我都给你过。"

余烬把她手里的蛋糕搁在一旁，把人扯过来狠狠吻住。

他用了很大的力气，直到蒋烟的唇瓣都红了。他抵着她额头，说："你是不是偷吃了蛋糕，怎么嘴巴是甜的？"

蒋烟低笑道："我得试吃啊，万一不好吃怎么办。"她理直气壮道，"那年我生日，你最后几秒才对我说生日快乐。现在你的生日，我第一秒就说了，你说，是不是我更喜欢你。"

他低低地"嗯"了一声，说："我努力超过你，争取明年第0.01秒说。"

蒋烟推开他，说："你尝尝，我觉得还挺好吃的。"

余烬没有看那个蛋糕，弯腰一把将人横抱起来，走向那张床，说："先尝别的。"

他直接把人扔到床上，抬手摁灭房间里的灯。

光线消失，蒋烟眼前一片黑暗。

视线里，是余烬昏暗的身影，他站在床边，把自己的衣服随手扔到地上，随后扯过被子，将两人一同裹进去。

他手探进去的同时，蒋烟听到他低哑的声音："你猜你像什么。"

她屏住呼吸。

"你像那年我们在小西山，你很喜欢吃的那个小蛋糕。"

蒋烟烧红了脸，却勇敢地搂住他的脖子。

山里的夜格外静谧。

屋子里暖烘烘的，蒋烟侧身躺着，余烬从后头搂着她柔软的身体，把她整个人拢进胸膛里，鼻间全是她发间淡淡的香味。

她身上还有做蛋糕时沾染的香浓的奶油味道。

四周很安静，安静到那轻轻的、已经平静许多的呼吸声都那么明显。

余烬掌心向上，探到她潮湿的额间，轻柔地抹了一下，唇贴在她耳侧。

"烟烟。"

蒋烟觉得痒,身子缩了缩。

余烬一丝困意都没有,手放回原位,问:"在想什么?"

蒋烟拉住身前的那只手,攥住他一根手指,说:"想我们第一次见面的时候。"

他嗓音很低:"在车行吗?"

"不。"她转过身,搂住他的身体,脸颊贴在他胸口,"是那场地震。"

余烬停顿几秒,随后低下头,轻吻她嘴角,说:"想那些事做什么。"

蒋烟指尖轻轻刮着他,说:"你知道吗,见到你之前,我以为我死定了。"

他默默听着。

"那天,房间里只有爸爸、我和涵涵,地震了,爸爸抱着涵涵逃出去,把我一个人丢在房间里。房子塌了,我被压在下面,怎么叫、怎么哭,都没人应。"

她微微仰起头,在黑暗中看余烬的眼睛,轻声说:"是你救了我。"

余烬心里很触动,也很意外。

他只知道那场地震给蒋烟带来很大的心理阴影,并不知道其中还有这样的事。

蒋烟掉下眼泪,说:"出来后,我再也找不到你,可我永远都忘不掉你的样子。"

那个十八岁的少年,从此以后,成了她生命里的光。

余烬心疼地搂紧她,把她眼角的泪亲掉,说:"以后有我在。我护着你,我疼你。"

蒋烟窝在他怀里,他的温度让人觉得心安。

余烬轻抚她的背,说:"那天我也在,我看到的,和你看到的,可能不一样。"

她睫毛微微颤动,问:"你看到了什么?"

余烬嘴唇贴着她额间的发丝,将那天看到的、听到的,都讲给她听。

那个男人抛弃尊严,跪下央求人家救他的女儿,他濒临崩溃,徒手去挖那些砖石和泥土。

"他是爱你的,烟烟。"

蒋烟第一次知道这些事,蒋彦峰从未对她说过。

她紧紧咬着唇,说:"可他还是选了涵涵。"

余烬轻拍她瘦削的肩膀,说:"我们没办法知道当时的情况,也许当时他无法同时兼顾两个孩子,也许他也很痛苦。"

他想起余笙的母亲曾说过的那句话。

"每个父亲都爱自己的孩子。"

蒋烟许久都没有说话。

余烬不想让她再想这件事,逗弄道:"喂,你这个时候提起这件事,让我觉得你好像真的在以身相许。"

蒋烟低头轻推他一下,说:"你知道我不是这个意思。"

"嗯,我知道。"他静静地凝视她,低下头,吮住她的唇,"现在,你清空脑子,集中精神想我。"

这一次,蒋烟比刚刚放开许多,余烬有些惊喜,但她体力还是不如他,渐渐就有些败下阵来。

余烬这种男人,一旦破了戒,是很可怕的。

直到天都快亮了,蒋烟才晕乎乎睡过去,她实在是一点力气都没有,被子还是余烬扯过来给她盖上的。

这一晚,她第一次没有蒙着头睡觉。

蒋烟再次睁开眼睛时,已经是第二天上午十点,余烬紧紧贴在她身后,拥着她,呼吸绵长,还没有醒。

说好的日出也没看成,日落倒是可以赶上。

蒋烟试着动了动,忍不住皱眉,身上哪哪都疼,散了架一样。

这怎么跟她了解到的东西不一样啊。

不都说跟心爱的人做这种事是很舒服的吗?

她一动,余烬就醒了,他下意识地搂紧她的腰,下巴搁在她肩上,迷迷糊糊地说了句:"再睡一会儿。"

"还睡,都要中午了。"蒋烟推他。

"一会儿有什么安排吗?"他睁开眼睛,寻过来亲了她一下。

"日出都错过了,还有什么安排。"

"那就再躺会儿。"

"你不是最不爱睡懒觉,每天都按时起床吗?"

他又闭上眼睛,声音慵懒又惬意:"早起是病,得治。"

怀里抱着这么个软乎乎的小人儿,他怎么舍得早起。

蒋烟被他箍着不能动,只能躺在那里,像个没有灵魂的大抱枕。她盯着天花板发了会儿呆,忽然冒出一句:"余烬,我觉得我们不太合适。"

余烬瞬间睁开眼睛,顿时精神了。

这丫头脑子里又在琢磨什么乱七八糟的东西,忽然说这种话。

他捏了她的脸一下,问:"怎么不合适?"

她磨蹭许久,似乎是什么难以启齿的话:"就……我们好像不太配。"

余烬想了很久才明白她这话里的意思。他无奈又好笑,不知道她的小脑袋里怎么会有这种想法,他斟酌着用词:"你不懂,这样才舒服。"

蒋烟立刻坐起来,扯着被子盖住自己,愤愤道:"那你怎么这么懂。"

余烬笑意很深,说:"长大了自然就懂了,这是本能。你还太小,等以后你就会知道,我们有多配。"

蒋烟抓起手边的枕头压在他脸上,说:"不许再说了。"

她不让他把枕头拿开,迅速穿好衣服跑进浴室。

门关上那一刻,余烬才丢开枕头,彻底笑出来。

他还有件事没有告诉她，昨晚他说，她像那个小蛋糕。

其实这话不太准确，她比小蛋糕更甜，更香，更可口。

蒋烟靠在浴室门后，轻轻拍了拍心口，平复自己。

昨晚都亲密成那个样子了，现在听他说这些暧昧的话，还是会脸红。

她拧开水龙头，掬了一捧水拍在脸上，盯着镜子里的自己看。

白白净净，漂漂亮亮，跟昨天没有什么不同。

可一夜之间，她已经从女孩变成了女人。

这感觉很奇妙。

她偏头看向右上方，发现她的内衣裤不知道什么时候被他洗了，晾在那里。

蒋烟后知后觉，意识到房间的地面好像也被清理过，他的衣服已经叠好放在床头，用过的套子也不见了。

可她醒来时他还抱着她睡，不知道什么时候起来收拾的。

她靠在墙壁上，慢慢笑出来。

蒋烟洗完澡出来时，余烬已经叫了餐送到房间里。她亲手做的蛋糕也被他切了两块下来，摆在桌上。

"过来吃饭。"他冲她勾了勾手指。

蒋烟走过去，看到他叫了她昨天就想吃的蛋炒饭。

桌子那么大，他偏挨着她坐，还没吃饭，先咬了口草莓蛋糕。

蒋烟有些紧张地盯着他，问："好吃吗？"

过了一夜，口感应该没有昨晚好了。

余烬认真品尝了一会儿，给出评价："好吃。"

蒋烟立刻笑了，说："我做了好久呢。"她指着草莓旁边的几朵小花，"这个好难，老板让我在别的模子上试了好几次才稍微有点像样。"她很有成就感，"我是不是也算有些天赋？也许以后可以研究一下，开家蛋糕店。"

余烬温柔地看她，说："嗯，你是很有天赋，学什么都快。"

蒋烟并没领会到这话里别的意思，探过身，伸手点了点他下巴上一点胡楂，说："又长胡子了，你不是说烦躁的时候才长得快？"

余烬一本正经道："受了刺激长得也快。"

蒋烟觉得自己就不应该提这件事，他现在说话根本没有一句正经的。

余烬把筷子递给她，说："快吃，一会儿凉了。"

桌上余烬的手机响，他看了眼屏幕上的名字，接起来，那边说了几句话，余烬问什么时候到。

几分钟后，电话挂断，蒋烟抬起头，问："怎么了？"

余烬说："我妹妹要回来了。"

蒋烟有些意外，余烬说过，余笙和她的妈妈这些年一直在瑞士，从没回来过。

"怎么这么突然？"

"她外婆病重，情况不太好。"

老人家年岁大了，常年见不到女儿和外孙女，这次她们回来，大概要住上一段日子。

余烬拿起筷子，把配菜里的小咸菜给蒋烟夹了一些，说："她过几天就到，到时介绍你们认识。"

蒋烟用小勺小口喝着汤，心里还有些紧张。

这是除了师父，她第一次见他的家人。

余烬偏头瞧了她一会儿，伸出一根手指逗弄她小巧的耳垂，笑着说："放心，我妹妹很文静，很好相处，她会喜欢你的。"

"谁不放心了。"蒋烟被戳中心思，不想理他。

余烬依着她，笑道："嗯，是我不放心。"

过了中午，两人收拾好东西，退房下山。

没吃完的蛋糕被余烬找了个盒子放进去，准备带回家。

送蒋烟回家的路上，余烬心里就有些郁闷。经过昨晚，他现在只想天天跟她一起，一刻都不分开才好，可她住在家里，这几乎不可能。

他忽然很想念以前她在车行的日子，她总是在他眼前晃，白天见，晚上见。

真是浪费了很多时间。

路遇红灯，余烬踩了刹车，目光随意瞥向窗外。马路对面，一个女人牵着个小女孩走在人群中，背影很眼熟，余烬多看了几眼。

他恍惚觉得那个女人很像一个人，再想仔细看时，已经看不到了。

蒋烟说："我后天要去驾校那边练车，如果结束得早，就去你那儿。"

余烬转头看向她，问："几点？"

"说是上午，但不知道排到我要几点。"

"到时给我打电话，我去接你。"

蒋烟回到家，客厅里只有蒋知涵，茶几上铺了一大堆学习资料，不知他抽什么风，跑到这里学习，没准儿又看上什么东西，表现给老爸看，开口时也理直气壮一些。

蒋烟走过去，摘了围巾扔到沙发上，问："奶奶呢？"

"楼上呢。"

蒋知涵头都没抬，像模像样，面前的演算纸上一大堆公式，看起来不像应付差事。

蒋烟有些奇怪，问："你不是刚开学，怎么这么用功？"

"我们老班说了，过两天排座按小考成绩排，我得抓紧时间往前赶一赶，别坐到最后一排传字条都不方便！"

蒋烟明白了，说："按成绩排，你那'小薯条'得在第一排吧，你能赶上吗？"

"不是从第一排开始坐，是前面的人先选，她说要选中间……"

话说到一半，蒋知涵忽然停下，他指着蒋烟颈侧，说："姐，你那儿怎么了，怎么红了一块？"

蒋烟愣了愣，下意识地摸了一下。

她立刻反应过来那是什么，耳根发烫，头一回不敢跟他对视。她语气随意道："蚊子叮的吧，我也不知道。"

蒋知涵有些疑惑，嘀咕："这时候哪儿来的蚊子啊。"

"山上当然有蚊子了，你懂什么。"

蒋知涵转了转眼珠，说："姐，你跟大神哥哥去看日出，看着了吗？"

蒋烟心虚道："看到了啊。"

蒋知涵笑得很贼，说："今天好像是阴天吧，有日出吗？"

"关你什么事，废话这么多。"蒋烟捞起沙发上的围巾甩了他一下。

蒋知涵乖乖闭了嘴。

果然，对付蒋知涵，还是动手最管用。

蒋烟转身上楼，刚迈两个台阶，身后蒋知涵幽幽地开口："姐，衣服遮着点，可别让爸看见了，他可不像我这么好糊弄。"

蒋烟回头瞪了蒋知涵一眼，蒋知涵立刻伸出两手在身前比了个叉。

"皇姐息怒，我还小，啥也不懂，我可什么都不知道。"

蒋烟回到自己房间，立刻跑到镜子前，扯开衣领检查，除了露在外面的那一个，锁骨下还有几处。她心里暗骂余烬，烦死了，亲得那么重，好像要把她吃掉一样。

估摸后腰上也有，她没有再继续看，转身把自己扔到那张大床上。

她脑袋埋在蓬松的粉色被子里，一闭上眼睛，就想到昨晚。

她从没见过那样的余烬，凶猛，强势，一点即燃，像他文身的那匹狼一样。

也像那束火焰玫瑰，热烈，奔放，毫不掩饰对她的占有欲。

她有任何小动作，都能让他疯狂。

她觉得自己在掌控他，也被他所掌控。

那种感觉，无法形容。

蒋烟脑袋歪在一旁，看到飘窗上那只大棕熊，它眼睛里的那颗小心心，今天格外漂亮。

余烬把蒋烟送回家后，直接开车回了车行。雷子一个人在车行逗猫玩，这猫是隔壁的，主人有事去了外地，店也关了，临时把猫送到这边来让雷子帮忙照顾。那猫不怎么跟他，反倒激发了他的胜负欲，每天琢磨怎么驯服它。

余烬拎着生日蛋糕进屋，雷子正抱着猫玩游戏，看到余烬，他惊讶道："你不是跟蒋烟去爬山了？怎么一天就回来了？"

"爬山还要多久。"余烬把蛋糕放到小屋的茶几上。

雷子跟进来，说："我的意思是，你怎么不跟她多玩两天，你最近又不忙。"

余烬坐在小沙发上,接过雷子怀里的猫,手掌撸了几下猫脑袋。那猫也是奇怪,平时余烬不怎么理它,偶尔兴致好才抱一下,它跟他倒比跟雷子还亲。

雷子看了眼桌上的东西,问:"这是什么啊,生日蛋糕?谁过生日?"他仔细辨认切剩一半的文字,"烬哥,你过生日啊?"

"你不知道?"余烬抬眼看他。

雷子一脸蒙,说:"我哪知道,你从没提过,也从没过过生日啊。"

余烬还以为是蒋烟问了雷子,原来不是,那这丫头是怎么知道的?

他低头揉了把猫咪脑袋,摸出兜里的手机。

雷子笑嘻嘻道:"烬哥,来一块,沾沾喜气。"

"吃吧。"余烬没抬头。

他点开蒋烟的微信界面,最后一条是蒋烟发来的一张照片,两人昨天在爬山路上拍的那张合影,她把这张照片设置成了屏保。

余烬点了保存,直接一键设置了桌面和屏保。

他指尖轻触,发过去几个字:烟烟,在做什么?

一旁雷子切了块蛋糕,吃了几口,啧啧两声:"味道还不错,就是蛋糕师技术差了点,卖相不怎么好,哪家店做的,说出来我避个雷。"

余烬瞥他一眼,把他伸过去要拿第二块的手拍走,接着将蛋糕盒子扣上。

"出去干活。"

雷子嘬了嘬指尖剩下的一点奶油,说:"谈恋爱的男人果然阴晴不定。"

雷子出去后,余烬手机里收到一条信息。

小钢炮:[抓狂][抓狂][抓狂]

小钢炮:都怪你!

余点火:?

小钢炮:我脖子上的痕迹,都让我弟看见了!

小钢炮:我以后还怎么理直气壮揍他,都没有威信了!

余烬不自觉笑起来,发去一条:我身上也有,我都没怪你。

小钢炮:我哪有,你不要胡说。

余点火:要不要给你看看?

小钢牙可有劲儿,一咬一个小牙印。

蒋烟似乎也想起什么,没有底气嘴硬,隔了会儿:[再见][再见][再见]

余烬兀自笑了笑,刚想回复,大森打来电话,问他最近在忙什么,什么时候把小嫂子带过来吃顿饭,聚一下。

余烬打开蛋糕盒子,也没有用刀切,直接用小勺挖了一朵花送进嘴里。他说:"她最近很忙,走不开,过两天我抽空过去看看。"

大森不疑有他,又说了两句就挂了。

接下来的几天,蒋烟几乎天天去练车,余烬每天下午准时去接她,两人在家腻歪一会儿,天黑再送她回家。

蒋烟偶尔结束得早,就自己过去,给余烬做午饭。

每个学驾照的人都有一部血泪史,蒋烟几乎每天都有新的故事或者事故要跟余烬讲,有她自己的,也有同期学员的。

余烬丝毫没有不耐烦,静静听她讲完,随后摸摸她的脑袋,问她累不累,晚上想吃什么。

他特别享受蒋烟靠在他怀里,用细软的声音跟他分享自己的经历。

一星期后,余笙和她的妈妈邱岚回到国内。

当天有邱家的人去接机,所以余烬并没过去。等余笙回家见过外婆,休息几天,适应了时差才带着蒋烟去接她。

第一次见余笙真正有血缘关系的亲人,蒋烟有些紧张,但真正见到余笙,她才觉得之前都是多虑了。

余笙确实像余烬说的那样,温温柔柔,安安静静,她比蒋烟大两岁,但从外表看几乎看不出年龄差,她脸上总是挂着笑,是很可爱的女孩。

两个姑娘很是投缘,很快熟络起来。

知道蒋烟之前在瑞士上学,余笙更觉亲切,两人的共同语言也多了起来。

整顿饭,余烬倒像个外人,插不上话。

余笙有些埋怨的语气:"哥,你什么时候有了这么漂亮的女朋友,也不告诉我,害我一直担心你。"

"担心我什么?"余烬把蒋烟和余笙的杯子都倒上热水。

"担心你一辈子孤独终老啊。"她打量余烬的神色,"不过你现在的状态比那年去瑞士时好多了,谈了恋爱的人果然不一样。"

"去瑞士?"蒋烟微微愣了一下。

"是啊。"余笙点头。

"什么时候?"

余笙想了一下,说:"也没多久,差不多两年前。"

蒋烟看向对面的余烬,他垂目盯着手边那杯温水,指尖在杯沿摩挲,没有说话。

过了会儿,余烬问余笙这次回来住多久。

余笙说:"怎么也要几个月吧。外婆的病情还是不太稳定,我妈妈也很多年没回来了,有一些朋友要见。"

蒋烟问:"那你呢,你应该也有一些同学要聚一下吧。"

余笙有些低落,说:"我没什么朋友的。我身体不太好,不常出门,也离开这里很多年了,以前的同学都没有联系了。"

蒋烟看了她一会儿,伸手握住她的手,说:"没关系,以前没有,以后会有的,我认识很多朋友,可以慢慢介绍给你认识,可以一起吃饭,一起出去玩。"

她看向余烬,说:"下次出来,把我弟和江述都叫上,人多也热闹一些。"

余烬点头答应:"好。"

余笙的身体状况虽然好了一些,但也不宜太过劳累,吃过饭,余烬便开车将她送回外婆家。蒋烟和余笙互换了联系方式,约好下次见面。

离开那栋房子,余烬问她去哪儿。

蒋烟说:"去你家。"

天已经黑了,这个时间去他那儿,待不了多久又要走,但余烬什么都没说,直接打了把方向盘,开车回家。

两人已经几天没在一起,似乎有了默契,一进家门,脱掉大衣,余烬便过来搂住她的腰,一把将人抱起来,托住她,走去卧室。

蒋烟搂着他的脖子,用柔软的唇贴着他耳侧,嗓音低柔:"余烬。"

"嗯。"他把人放到床上。

"你去瑞士做什么?"

"看笙笙。"他吻她的耳朵。

"除了这个呢?"

余烬手臂撑在她身侧,抬手摸了摸她的脸,静静地望着她的眼睛。

不用说什么,蒋烟也知道。

她手指揪住他衣领,小声地问:"你去过我学校吗?"

"我那时并不知道你在哪所学校。"

后来两人在一起,他曾问过她学校的名字,想起自己真的去过那里,但很遗憾,他那时并没看到她。

蒋烟收紧手臂,将余烬压向自己。

原来在她备受煎熬,试图忘掉他的那些日子里,他不远万里,从中国来到瑞士,来到她生活的地方。

她心底的那一块地方,柔软得一塌糊涂。

此刻她也特别庆幸,他们还能在一起。

余烬执着她的手,压向头顶,一颗颗解她的纽扣,说:"我们快一点,时间比较紧迫。"

蒋烟红着脸,凑到他耳边轻声说:"我今天不用回家。"

余烬手指停顿一秒,问:"真的?"

"嗯。"

他目光动了动,眼睛里似乎有光在闪烁。

他松开她的手,滑下去。

蒋烟惊呼:"余烬,你干什么?"

"别动。"他温柔地哄她,"给你舒服。"

第十一章
都是你的

晚上八点多,余烬开了床头灯。

蒋烟懒懒地窝在他怀里,没有睡,也没睁开眼睛。余烬拢了一下她的身体,偏头亲她嘴角,问:"饿不饿?"

"不饿,你饿了?"

"有点儿,一会儿煮碗面。"

蒋烟脑袋动了动,说:"晚上不是吃饭了,没吃饱?"

他一脸正经道:"消耗掉了。"

她咬着唇掐他。

余烬抓住她的手笑了笑,捏捏她指尖,说:"你先去洗澡,我去煮面,要加蛋吗?"

"不想动。"蒋烟的脸贴在他热乎乎的身体上,小猫一样。

余烬无奈地揉了她脑袋一把,翻身起床,弯腰将她从床上抱起来,走去浴室。

他直接站在花洒下,打开水龙头,热热的雾气很快溢满浴室。

本来十分钟就能冲完的澡,硬是将近一个小时才出来。

这回蒋烟是真的饿了。

浴室的门打开,蒋烟裹着浴巾站在门口,看里面的余烬收拾残局。

"我没有内衣换。"

余烬没抬头,说:"卧室衣柜左边第一个抽屉。"

蒋烟抓着胸口的浴巾跑回卧室,拉开那个抽屉,发现里面都是女孩贴身的内衣和内裤,还有一套睡裙和一些袜子,看起来都是新的,但没有吊牌。

"都洗过了,你可以直接穿。"余烬站在门口。

蒋烟扭头看他。

余烬跟她对视一会儿,走过来,从后头搂住她的腰,问:"看什么?"

蒋烟刚刚洗过澡,整个人清清爽爽,她皮肤白,脸上的红晕很明显。

"你什么时候准备的?"

余烬说:"从山上回来我就准备了。"他低笑一下,"我想,以后一定会用到,你来我这儿,总不好随身携带这些东西。"

蒋烟漂亮的双眼低垂着,攥着他一根手指。余烬偏头亲了她耳朵一下,说:"先穿衣服,别着凉,我去煮面。"

蒋烟轻轻点了一下头。

余烬选的都是浅色系,淡淡的颜色,质地柔软,是蒋烟喜欢的风格,她挑了一套穿上,又把那套睡裙也穿上。

她出来时看到面已经下了锅,他还往里打了两个鸡蛋,扔进去几片菜叶。

蒋烟无所事事,索性站在他旁边看着他弄。

余烬用筷子搅拌锅里的海鲜面,指了一下操作台那边,说:"给你凉了杯水,应该变温了,喝一点。"他坏笑一下,"补补水。"

蒋烟听懂他的意思,踢了他一下,嗔怪道:"真烦人。"

吃面时,蒋烟的手机进来一条信息,她看了眼,立刻放下筷子回复那边。

她不知道在说什么事,打了好多字,余烬随意看过去,问:"怎么了?"

蒋烟扣上手机,说:"没事。"她把话题扯到别处去,"我们有时间再叫笙笙出来玩吧,感觉她好像很不愿意闷在家里。"

余烬低头吃面,说:"嗯,她身体不太好,在瑞士那边也是在家里的时间多。"他吃得很快,一碗面已经只剩一点汤,"过几天吧。"

余笙说,余清山明天会过去,接她回余家住几天。

两人吃完面,收拾完碗筷,已经是十点。

时间有些晚,但余烬怕蒋烟吃完东西马上睡觉不消化,搂着她在客厅里看了会儿综艺节目。

蒋烟靠在他怀里,犹豫许久,出声:"余烬。"

他坐姿懒散,指尖摩挲着她耳垂。

"嗯。"

蒋烟小声说:"那天,我跟爸爸说了句早点休息,他好像很高兴。"

余烬指尖停下,偏头看向她。

蒋烟目光望向墙上那座老式钟表,说:"我好像从来都没有关心过他。"

那天,她从客厅上楼,碰到蒋彦峰从三楼下来。

他穿着家常衣服,手里拿着手机和两个文件夹,那么晚了,还在工作。

蒋烟想到那晚余烬说,蒋彦峰跪在地上,苦苦哀求别人救她。

她无法想象,平日高高在上,前呼后拥惯了的男人,跪在别人面前,是什么样子。

也许只有至亲至爱,才能让人放弃尊严。

蒋烟忽然发现，不知道从什么时候开始，蒋彦峰已经有了些白发。

她从没注意过这些。

蒋彦峰听到那句"早点休息"，神色中透着意外与震动。他有些不敢相信，很怕自己听错，但他的女儿就站在楼梯口，仰起头看着他。

他克制着自己的声音，点头答应，随后没有再下楼，把资料放回书房，很听话地去休息。

他眼睛里有掩藏不住的欣喜。

余烬看了蒋烟一会儿，手臂收紧，将她小小的身体压在自己胸口，低头吻她眼睛，表扬道："做得好。"

蒋烟没有再说什么，在他怀里闭上眼睛。

十一点多时，余烬把她抱回房间睡觉。

第二天早上，余烬是被痒醒的。

蒋烟有些不老实，她毛茸茸的脑袋蹭着他下巴。

他伸手拽了下被子，将她露在外面的肩头盖住。

蒋烟睁开眼睛，迷迷糊糊去咬他喉结。

大早上的，余烬哪受得了这个，被子里的手拍了拍她。

"老实点。"

蒋烟不听，又去亲他的锁骨。

余烬手掌用力，一把将人拉到身上，声音都变了："小妖精，想榨干我？"

蒋烟下巴垫在手背上，笑着逗他："余叔叔这把老腰还行吗？"

余烬心口蹿起一股火，咬牙切齿道："你找死。"他猛地翻身，摁住她，"小丫头，哪儿学的？"

蒋烟语气认真道："没吃过猪肉，还没见过猪跑吗？"

"谁是猪，你吗？"

"你。"

他低头亲她颈侧，说："以后少看那些闲书。"

"那你喜欢吗？"她搂住他的脖子。

余烬用实际行动告诉她答案。

这天蒋烟没别的事，准备陪余烬去车行。

虽然已经快三月了，但天气还是很冷，余烬把她裹得严严实实，一丝风都不透，牵着她的手塞进自己的大衣兜里，两人一起去车行。

雷子已经到了，看到蒋烟大早上跟着一起来，立刻猜到是怎么回事，斜着眼睛偷笑。

蒋烟有些不好意思，余烬路过雷子时，抬手拍了雷子脑袋一下，说："干活去。"

雷子不满，转头跟蒋烟告状："看见没，这就是老板，开口闭口干活，也不问问员工有没有吃早饭。"

蒋烟说:"你没吃吗?我带了一些小零食。"

她把拎来的一袋东西放到桌上,让雷子挑。

她现在来这儿跟度假似的,每回都要准备吃喝,然后窝在他的小破沙发上看电影。

雷子拿出一包饼干,说:"还是你够意思,以后当了老板娘,记得罩着我点儿——"

蒋烟立刻摁住饼干,说:"再说不给你了。"

"好好好,我不说了。"雷子把饼干拽出来,拆开袋子往门口走,"小猫呢?不知道小猫吃不吃饼干。"

蒋烟喊:"哎,你别喂它饼干啊,没有猫粮吗?"

"少吃点好像没事。"雷子把角落里藏着的小猫咪揪出来抱进怀里。

他随意看向门外,发现一个穿蓝色羽绒衣的年轻女人,牵着个几岁大的小女孩,站在马路对面。

起先雷子并没在意,但几分钟过去,那女人还在那儿,而且总是看向车行这边。他有些疑惑,回头问:"烬哥,那女的是谁啊,总看咱们?"

余烬正在大厅找什么东西,听了这话走到门口,顺着雷子的目光看过去。

在看清对面女人那一刻,余烬的脸色瞬间变了。

他紧紧抿着唇,身旁蒋烟觉出不对,轻轻拉住他袖口,问:"余烬,怎么了,你认识吗?"

片刻之后,余烬捏了捏她的手,说:"你在这里等我。"

他推门出去。

女人看起来只有二十几岁,五官很漂亮,但脸色不太好,很疲惫的样子,也没有精致的妆容,她看着余烬走到她面前站定。

她眼神里没了昔日的光彩,没了被人宠爱的肆意,只剩落寞与无助,声音很低:"对不起,我实在撑不下去了。"

是几年未见的苏禾。

当年潘在还在时,很宠苏禾,经常把她带在身边,这些兄弟都认识。

余烬跟她交往不深,但也算朋友。

潘在因他而死,苏禾没了依靠,他很内疚,想弥补,但苏禾悄悄离开,谁也没告诉。

余烬看看她,问:"你为什么躲着我们?"

苏禾低下头,轻声道:"不想麻烦你们。"

余烬目光瞥向她身旁的小女孩。

小女孩只有五六岁的样子,眼睛大大的,有些认生,躲在妈妈身后。

苏禾搂住女孩的小脑袋,说:"是阿在的。"

余烬目光动了动,随后蹲在小姑娘面前,轻轻问道:"小朋友,你叫什么名字?"

女孩儿怯生生地看着他,肉肉的脸蛋儿贴在苏禾身侧,没有回答。

苏禾说:"她听不见。"

余烬有些意外,问:"怎么回事?"

"她生下来就听不到声音。"

"去过医院吗?"

苏禾点头,说:"去过,治不好,只能手术植入人工耳蜗,可我——"她咬着唇,接下来的话,她没有说出口。

余烬听懂了。

如果不是因为这个,她大概永远不会来找他。

对于人工耳蜗,余烬并不了解,但应该是越早手术越好,这孩子五六岁了,已经拖得够久。

外面天气很冷,余烬让她们先进屋,让雷子烧了点热水送进来。

蒋烟一直没有问余烬,也没有跟进来,但她明显是有些不安的,她站在门外,目光跟那个小女孩碰上。

女孩眼神有些怯懦,只一秒钟就低下头。

蒋烟静默片刻,转身从袋子里拿出两包零食,走到她旁边,弯腰递给她。

小女孩没接,蒋烟便将零食放在她身旁的沙发上。

蒋烟直起身,听到苏禾说:"我还有一件事,想麻烦你。"说到这里,她停下来,看了蒋烟一下,有些犹豫,像是不好开口。

蒋烟见了,很快转身离开,说:"你们聊,我去——"

"烟烟。"余烬叫住蒋烟。

蒋烟的身影停下,回头看他。

余烬拍了拍身旁的沙发,说:"过来坐。"蒋烟没有动,他朝她伸出手,"过来。"

蒋烟犹豫一下,还是走过去。余烬把她拉坐在自己身边,才转头对苏禾说:"我女朋友,不是外人,你有什么事直接说。"

苏禾和蒋烟对视一眼,两人互相点了下头。

苏禾难以启齿,这么多年都挺过来,她未婚就有了孩子,没有脸回家,能求助的,只有潘在生前这帮兄弟。

这些人里,她最不愿面对的,就是余烬。

可她现在所处的困境,只有余烬有能力帮她解决。

她低着头,慢慢将事情讲出来。

这几年,苏禾一直住在青城长青山脚下。长青山是青城很有名的旅游景点,她在里面的儿童主题乐园门口租了个冰激凌档口为生。

苏禾不放心把女儿一个人放在家,又没有钱请阿姨,只好带在身边,平时就放在配料台旁边的小椅子上。

女儿小雪碧很听话,不吵不闹,自己坐在那个小角落看儿童画册。

她听不见声音,至今不会说话,只会一些简单的词语,发音也不是很准确。

其实几年前苏禾就带她去过医院,医生的建议,尽早做手术,植入人工耳蜗,可费用太高,适合小雪碧的进口人工耳蜗至少要二三十万,她根本拿不出这笔钱。

小孩子的最佳手术年龄是一到三岁,现在她已经五六岁,再拖下去,术后的语言康复训练将会非常困难。

这样的境遇已经很艰难,可前段时间,偏偏又遇到了麻烦。

有个小混混看上苏禾,时常骚扰,最近更是每天跟到家里来,苏禾不同意,他被惹急时还出言恐吓。他是混大的,身边一帮狐朋狗友,苏禾带着小雪碧,没有人护,连家也不敢回。

那晚那人疯狂砸门,她将出租屋里所有的家具都推到门口堵住,抱着小雪碧缩在床头,一夜没睡。

坚强如她,也濒临崩溃。

向前走的路,好像没有一条是通的。

她曾想过放弃,去找她的男人,但她实在舍不得女儿。

小雪碧是潘在唯一的血脉,她不能丢下女儿。

第二天一早,她便带着小雪碧离开青城,回到岳城,打听很久才寻到余烬的车行。

苏禾知道,余烬一定会帮她。

这些事,听起来好像很曲折,很揪心,一个女人,独自带着失聪的女儿生活在他乡,没有依靠,没有底气,这样的日子有多难,可想而知。

可经她口,只有寥寥数句,讲清楚,便没了。

很多事情,她没有说,也没必要说,那些她曾受过的苦,所谓的尊严、脸面,跟女儿的健康比起来,丝毫不重要。

余烬听完,许久没有说话。

他下意识地去兜里摸烟,发现没有,便将茶几上的一支笔拿在手里,拆掉笔帽,又扣上,说:"这些事我会替你解决。你现在住哪儿?"

苏禾垂着眼睛说了一个地址。

"你先回去,明天我找你。"

小雪碧眨着一双漂亮的大眼睛,乖乖地挨着妈妈坐。小猫咪不知什么时候跑进来,就趴在小雪碧旁边,小雪碧用柔软的小手摸它的脑袋。

孩子的世界总是单纯,没有烦恼的。

"余烬。"苏禾牵住小雪碧的手。

余烬握住手里的笔,说:"你放心,阿在的女儿,我不会不管。"

苏禾走后,余烬送蒋烟回家。

一路上两人都没怎么说话,到了蒋家别墅外,余烬把车停下,蒋烟转头看向他。

余烬握住她的手,说:"烟烟,我可能要离开几天。"

"你要去青城吗?"蒋烟抿着唇。

"嗯。"

"我欠潘在的,我不能不管。"他靠近她,把人搂进怀里。

"我能跟你一起去吗?"蒋烟伸手抓住他的衣领。

余烬偏头亲她一下额头,说:"你不是马上考科目二,又有稿子要交。"

蒋烟盯着他整洁干净的领口,说:"她就是你以前一直在找的那个人,是吗?"

"嗯。"他抚上她的脸,拇指在她脸颊上轻蹭,"烟烟,我知道你有很多话想问,等我回来,全都告诉你,好不好?"

蒋烟微微摇头,很不想让他去一样,问:"她说的那个缠着她的人,你也要解决吗?那种无赖,会不会伤人,你会不会有危险?"

余烬轻笑一下,捏捏她的下巴,目光落在她红润的唇上,问:"担心我啊?"

她认真地点头。

余烬偏头吻下来,蒋烟闭上眼睛。

过了会儿,他离开一点,亲了亲她嘴角,说:"你对我这么没有信心,我有多厉害,你不知道吗?"

她生气道:"你打架厉害,很得意吗?万一受伤怎么办?"

余烬看了她一会儿,把人重新抱进怀里,下巴抵着她头顶,说:"我知道了,我会小心。"

他耐心地哄了她很久,她才勉强答应。

她问:"那你什么时候回来?"

余烬想了一下,说:"安排雪碧住院,手术,大概要几天时间,还要处理一些杂事。什么时候能回来,我现在定不下,跟你说了,不按时回来,你不是要生气。"

蒋烟闷闷道:"我就那么容易生气。"

余烬从副驾驶前面的储物箱里拿出一包阿尔卑斯特浓牛奶味的硬糖给她,说:"每天一颗,不许多吃。"

蒋烟捏着糖,说:"那你要每天给我打电话。"

余烬痛快地答应:"当然要打,不让打我还不高兴呢。"他又凑过来吻她一下,"去吧,我看着你进去。"

第二天,余烬跟着苏禾去了青城。

他没来过青城,对这里唯一的认知是罗迹小时候好像在这边住过几年,后来罗迹家里出事,被接回岳城,其他便没有了。

他带的东西不多,黑色的背包里只有一套衣服和一点生活用品。

他先跟着苏禾去了她和雪碧的出租屋。

很简陋的老房子,只有三十几平方米,一间卧室,一个饭厅,厨房在阳台。

余烬想让她们换个地方住,找个条件好一点的房子,他出钱。

苏禾没有同意,说:"这里离长青山很近,我去上班也方便,我和小雪碧够住的。"

余烬没有再说什么,短暂停留后便离开这里,在附近找了家小山楼的连锁酒店住下。

隔天他们一同去医院询问雪碧的病情。

医生还是那句话,要想痊愈,几乎不可能,只能植入人工耳蜗。

医生说:"国产的人工耳蜗有些品牌只适用于大人,另外一些价格稍便宜的——"

"要最好的。"余烬说。

医生点头,说了一个牌子:"目前这个牌子的进口人工耳蜗是最适合她的,但价格可能会贵一些。"

余烬看了眼正低头吃甜甜圈的小雪碧,说:"多少钱都行,什么时候可以手术?"

医生推了推眼镜,说:"这个要先预约,什么时候排到需要等通知。"

能约到就好,余烬没有在价格上犹豫,只求速度,很快填了预约表格,交了押金,接下来需要几天时间等通知,小雪碧也要做一个全面的检测。

余烬每天晚上都会给蒋烟打电话,汇报进展。两人偶尔会视频,他给她看自己住的酒店。环境还不错,浴室是透明玻璃的,他说以后等他们结了婚,主卧的浴室也要做成透明的玻璃,浴缸要挑最大的,这样做什么都很方便,他也可以躺在床上观赏美景。

他还说抽空去了趟长青山,听说那里的缆车是国内最长的,有机会带她来玩。

蒋烟每天都在他的温声细语中睡着。

余烬会等她均匀的呼吸声传过来,才挂掉电话。

几天后,小雪碧的身体检查结果出来,符合手术要求,订购的人工耳蜗也在路上,一切准备就绪,就等过阵子安排手术。

事情太过顺利,苏禾有些不敢相信。

小雪碧在不久的将来,就能听到她的声音了。

她甚至开始后悔,为什么以前自己那么要强,自己吃苦,还带着孩子吃苦,如果早一些求助,也许小雪碧现在已经听到声音了。

余烬把苏禾母女送回家,小雪碧一进门就跑进房间玩余烬给她买的小熊玩偶。

他不太会选小孩子喜欢的东西,想到蒋烟窗台上的那只熊,猜想女孩应该会喜欢,就买了一只差不多的。小雪碧果然喜欢,一直抱在怀里。

余烬从兜里掏出张卡递给苏禾,说:"离手术还有段时间,我还有事,不能一直在这里等,我先回岳城,手术时我再过来。这卡里有五十万,交了手术和人工耳蜗的费用,还能剩一些,你换个好点的房子住,别委屈了孩子。"

苏禾紧抿着唇,眼睛有些湿润,这钱不少,她知道不能要,但小雪碧需要。

她攥了攥拳头,最终接下,说:"谢谢你,余烬。这钱,我以后一定还给你,只是可能会慢一些。"

余烬眼睛瞥向别处,没有直视她的眼睛,说:"不用了,就当我替阿在照顾你们。"

他转身离开,走到门口时,身后苏禾忽然开口:"其实……"

余烬脚步停下。

苏禾看着他的背影,说:"其实,阿在早就知道你的身份。"

余烬眼底骤然激起波澜,他紧紧攥着拳头,没有回头。

苏禾说:"阿在早有意金盆洗手,脱离那个地方,但他知道得太多了,被人牢牢牵制,想走,谈何容易。"

苏禾继续说:"我怀孕后,他更加不愿再做冒险的事。他知道你的身份,但没有戳穿,甚至暗中帮你。除了他想尽快结束一切,还有一个原因,他真的把你当兄弟。阿在说过,你是好人,是可以依靠的人。如果将来他情况不好,甚至可能坐牢,我有事,一定要找你,你会帮我。"

说到后来,苏禾已经在强忍泪水,说:"阿在没有畏罪潜逃,他只是想见我一面。"她掉下眼泪,"我知道不是你的错,我没有怪过你,阿在确实做过错事。我知道,他也不会怪你,所以我没有告诉任何人这件事,一个人离开岳城,重新开始。"

"可是,重新开始太难了,我最终还是找了你。"苏禾目光垂下,看到余烬紧紧攥起的拳头,"你放心,雪碧做完手术后,我不会再找你,不会再打扰你的生活。我就安安心心,跟小雪碧在这里过平静的日子,就很满足了。"

这一晚,余烬许久未能入眠。

他靠着床边,坐在柔软的地毯上,盯着窗外的夜色。

多年来压在心底的那块石头,沉重压抑,卷土重来,再次侵袭他的大脑。

他对潘在,又多了一重歉疚。

他拿出手机,给蒋烟打过去。

电话响了两声后,蒋烟接起来。

"余烬,怎么这么晚?我还以为你睡着了,我给你发晚安你也没有回我。"

"烟烟。"他隐隐克制自己颤抖的声音,"我今晚,可以抽一根烟吗?"

他声音明显不对,蒋烟一下从床上坐起来。

"余烬,你怎么了?"

余烬没有回答她,只是从电话里,她隐隐可以感受到他压抑的情绪和隐忍的克制,他好像很难受。

蒋烟慌了,她不知道发生了什么事,但没来由地,眼泪跟着掉下来。

"余烬,你不要吓我,你说话啊。"

他低泣的声音传过来。

他是在哭吗?蒋烟不敢确定,好像只一瞬,那声音就消失了。

过了会儿,余烬的声音平和许多:"没事,只是忽然有些想你。"

蒋烟沉默一会儿,随后柔声哄他:"你不是说快回来了嘛。"

他嗓音低哑:"嗯。"

"你在酒店吗?"

他又"嗯"了一声。

蒋烟小声问:"你晚上吃饭了吗?"

余烬没有回答。

她意识到他好像没在听自己讲话,说:"那你早点睡,行吗?"

隔了会儿,余烬终于又有了声音,但还是一句"嗯"。

她没有再问什么,挂掉电话。

余烬听了一会儿手机里的忙音,蜷起一条腿,头向后仰,枕在床沿,指尖按向眉心。

听到蒋烟的声音,余烬情绪缓和不少,他很疲惫,手里握着手机,昏昏沉沉地闭上眼睛。

不知过了多久,他猛地从梦中惊醒,再一次梦到自己坠向没有尽头的深渊。

他额头出了一层虚汗,用手背贴了一下,凉凉的。

他看了眼手机上的时间,清晨五点半。

余烬撑起身子从地上起来,简单洗了把脸,收拾东西退房,准备坐最早的车回岳城见蒋烟。

余烬带的东西不多,也没有仔细叠整齐,通通塞进背包里,套上大衣,匆匆走去开门。

门打开那一刻,门口地上一个小小的人被惊醒。

蒋烟抱着膝盖坐在门侧的地毯上,身上只穿了件低领的羊绒大衣,脖子上围着那条他再熟悉不过的围巾。

余烬怔怔地望着地上的蒋烟,刹那间,呼吸几乎停滞。

蒋烟被惊醒,揉着酸麻的腿站起来,拍了拍身上的灰,看向拎着背包的余烬。

她走到他面前,伸手搂住他的腰,靠进他怀里,温柔得像只小猫。

"你醒了。"

余烬几乎不敢相信,他感受着怀里姑娘的心跳声,手不自觉地松了松,背包掉在地上。

片刻后,他猛地抱住她,脑袋深深垂下,埋进她颈窝,用力呼吸,感受她的气息和味道。

"烟烟,你怎么来了?"

蒋烟柔软的手轻拍他的背,安抚他,哄着他:"你啊,打那么一通电话,让我怎么睡。"

他湿了眼眶,闭上眼睛,吻她头发。

两人拥抱许久,蒋烟身子动了动,说:"你不让我进屋吗,我好冷。"

余烬将她搂进房,关上门,直接将人推到门板上,捏着她的脸吻下去。

他用了不小的力气,但蒋烟什么都没说,也没有推他,默默承受他热烈又窒息的吻。

许久,余烬松开她,低下头,额头抵着她,两人的呼吸交缠在一起。

"你什么时候到的?"

"三点半。"

"怎么来的?"

"家里司机送我来的,我让他开房间睡觉去了。"

"你没有睡?"

蒋烟轻轻"嗯"一声,撒娇道:"我想让你睁开眼睛就看到我。"

余烬一颗心被反复碾压,不知怎么爱她才好。他略一弯腰将人抱起走向里面,放在那张大床上,替她脱掉外套、围巾和鞋,用被子裹住她。

"你躺一会儿,暖暖身子。"

蒋烟拉住他袖口,问:"你呢?"

"我马上来。"余烬弯腰亲她一下。

他走到门口的中央空调按钮那里摁了几下,把温度调高几度,随后脱掉外套,去浴室洗了手才出来。

他掀开被子躺进去,蒋烟立刻靠过来,两人搂在一起。

"再睡一会儿?"余烬低头亲她额头。

"我不困。"蒋烟摇了摇头。

他手掌轻蹭她脸颊,问:"你怎么知道我在这儿?"

"你给我拍过房卡,你忘了?"

余烬来到这儿,做什么都喜欢跟她分享。蒋烟对他的行踪了如指掌,连他浴室里配备的沐浴露小瓶子是什么颜色都知道。

余烬没有说话。

蒋烟略偏了一下头,忽然发现他手臂上有一道崭新的伤痕。她一下从床上坐起来,问:"你这是怎么了,怎么受伤了?"

"没事,快好了。"余烬摁住她的手。

蒋烟不依不饶,一定要他说。

余烬被她磨得没办法,只好告诉她。

原来前两天那个小混混又来找苏禾,被他碰个正着。他警告那人不要再来骚扰苏禾，对方说了一些难听的话，被他教训了一顿。

那人吃了亏，不敢再来，只是余烬收拾那人时，不小心刮伤了手臂。

这是几天来，他唯一一件没有告诉蒋烟的事。

余烬连药也不上，就这么硬熬到伤口结痂。蒋烟非常生气，一把推开他，自己躺到床的另一侧，背对他，也不跟他盖一床被子了。

余烬有些无奈，低笑一声，挪过去从后面搂住她。

"别生气。"

蒋烟把他的手推开。

很奇怪，余烬压抑了一整夜的情绪，被她使个小性子，轻松化解。

他又挤过去，用力搂住她，说："你别乱动，我的伤口碰裂了，心疼的还是你。"

蒋烟果然不动了。

余烬赖皮一样把手从她颈下穿过，将人重新搂进怀里。

蒋烟转过来那一刻，他发现她眼睛湿了。

余烬的心被狠狠一揪，立刻低声哄她："我错了，以后一定注意，不让自己受伤。"

"说好要小心的，结果呢，你受伤了不说，还大晚上给人打那样的电话，让人睡不着觉，你故意的是不是？"蒋烟抬手抹了一下眼睛。

"我不好，让你担心了。"余烬低头吻她眼睛，然后搂紧她，"烟烟，你想知道什么，我都告诉你，你别哭。"

蒋烟没有说话，在他怀里抽抽噎噎，肩膀不时动一下，看了让人心疼。

真要说，余烬反倒不知从何说起。

他比蒋烟大了整整十岁，经历的事太多，太复杂，他很矛盾，想让蒋烟了解自己，又不想她知道社会上阴暗的一面。就像当初他在酒吧救了她，却没有提她曾喝过有问题的酒。

他想让她一直活在单纯快乐的世界里，其他东西，他来抵挡。

这个清晨，他抱着怀里的女孩，像说别人的故事那样，从他无意间认识熊队，又怎样被熊队选中参与那件案子，一直到潘在出事，所有能说的，都说了。

他剔除掉一些东西，他曾经历过的某些不好的事，她听了可能会害怕的事，都没有告诉她。

即便这样，蒋烟也一样后怕。

她从没想过，余烬曾经经历过那样可怕又危险的事，这些在她以往的认知中，都是电视里才会发生的事。

可余烬却真切地在那个圈子里生活了那么长时间。

他有多危险，多纠结，面对金钱的诱惑，他要多大的抵抗力才能保持初心。

太难了。

她掉下眼泪，紧紧拥着余烬，说："不是你的错。这样沉重的事，不应该你来担，要怪……应该怪那些做坏事的人。如果没有他们，也不会牺牲那么多人，他们才有罪，应该受到惩罚。"

余烬沉默许久，说："如果当时我没有追潘在，他就不会死。"

蒋烟立刻说："当时的情况，你不追，别人也会去追，结果是一样的。"她摸着他的脸，"余烬，我们改变不了事实，学着接受好不好？我们尽力补偿苏禾，给她和雪碧好的生活。而且现在你不是已经这样做了吗？小雪碧就要手术了，潘在在天有灵，知道她很快就能听见声音，很快就可以学说话，一定会高兴，会感谢你的。"

"会吗？"余烬目光落在她漂亮的眼睛上。

"会的。"蒋烟用力点头。

余烬紧紧搂住她。

两人一直在床上躺到八点多，蒋烟家里的司机打来电话，问她接下来有什么安排。

蒋烟抬起头看余烬，余烬小声问："想在这里玩吗？带你玩两天。"

蒋烟立刻对电话那头说："你先回去吧，我自己坐车回去。"

她叮嘱司机一路小心："辛苦了，回去让阿姨给你做好吃的。"

那头不知说了句什么，蒋烟答应了："知道，我会小心的。"

挂了电话，两人依旧躺在床上没有动。昨晚没有睡好，这会儿两人都有些倦意，蒋烟趴在他怀里又睡过去，直到十一点才被饿醒。

余烬叫了餐送到房间里，两人简单吃了，他才带她出去走一走。

蒋烟也是第一次来青城，没有什么目标，余烬带她去哪儿她就去哪儿。

这里离长青山很近，今天不是周末，人很少，两人索性进去逛。

余烬牵着她的手，也没有按照景区门口规划的线路走，就随便逛，没有多久就看到苏禾说的那个儿童主题乐园。

门口的冰激凌档口里，苏禾正帮焦急等待的小朋友做冰激凌。

狭小的空间里，露出小小的半个脑袋，应该是小雪碧。

余烬牵着蒋烟走过去，抬头看了眼招牌，问："你想吃什么？"

蒋烟认真地选了一下，说："草莓巧克力双拼。"

余烬便对里面的人说："一个草莓巧克力双拼。"

苏禾拿着做好的冰激凌转身，有些意外，说："怎么是你们？"

她以为余烬今天已经走了，更没想到蒋烟会来。

她把手里的抹茶巧克力冰激凌递给摊位前的小朋友，柔声嘱咐："小心拿好，别掉了。"

小朋友乖乖答应，舔着冰激凌跑开了。

"你等着，我给你做。"苏禾笑着看向蒋烟。

里面小雪碧的脑袋探出来，睁着大眼睛盯着蒋烟。

蒋烟伸出手，像小猫爪子一样抓了抓，打招呼："你好呀。"

小雪碧眯起眼睛笑起来。

苏禾给蒋烟做了一个超级大的冰激凌，蒋烟惊道："怎么这么大，我吃不完的。"

苏禾笑了笑，指了指余烬："让他帮你吃。"

余烬看过去，两人对视一眼，谁都没有再提昨天的事。

余烬说："我们路过，你忙。"

苏禾点头。

余烬说："小雪碧做手术前告诉我，我过来。"

"好。"

余烬用手机扫了付款码，苏禾不让，他还是坚持把冰激凌的钱付了过去。

他收起手机，转头看了眼正专心吃冰激凌的蒋烟，问："好吃吗？"

"好吃。"她没抬头。

"少吃点儿，肚子疼。"

她点头，嘴却不停。

余烬凑过来，说："给我尝一口。"

蒋烟下意识地递给余烬，结果余烬张口咬下好大一块，气得蒋烟拍他胸口。

"你干吗？"

太冰了，余烬缓了好久才吃掉，说："正好了。"

蒋烟瞪他一眼，嘟嘴道："真烦人。"

两人整个下午都在长青山闲逛，这个季节能开放的项目他们都试过一遍，还坐了传说中最长的缆车，天快黑才出来。

余烬带蒋烟去这里比较有名的一家烤鱼馆吃饭，蒋烟说蒋知涵最喜欢吃烤鱼，给他拍了好几张照片，故意馋他。

谁知今天这小子特别安静，一直没有回复。

蒋烟觉得有些奇怪，他手机不离手，按理说应该会看到。

但她没有多想，也许蒋知涵的手机又被老师收走了，这个时间他正好在上晚自习。

回到酒店时，已经是晚上八点，两人都有些累，蒋烟瘫在床上不愿起来，余烬拽了几下她也不动，说："你先洗吧。"

余烬只好先去浴室。

他进去后，蒋烟才忽然发现，浴室竟然是透明的玻璃。

他在里面脱衣服，她看得清清楚楚。

蒋烟呆呆地盯着余烬，余烬脱得只剩一件时，才偏头看向玻璃外的蒋烟，他好像早有预料，唇边绽开一抹坏笑，说："不许偷看。"

"谁要看你。"蒋烟哼了一声，扯过被子蒙住脑袋。

闷了一会儿，没听到淋浴的声音，她偷偷把被子掀开一角，猛然发现余烬就站在床边,她吓得尖叫一声。余烬一把将人捞起来抱进怀里,手掌扣住她腰下,两人的身体紧紧相贴,他低头闻了闻,打趣道:"说了不许偷看,还看。"

"我没看。"蒋烟红着脸。

"你看了。"余烬点点她鼻间,"目不转睛。"

蒋烟刚想说谁目不转睛,余烬忽然抱着她转身走向浴室,说:"想看就大大方方地看,都是你的。"

蒋烟不停地挣扎,不想让他得逞。

床上的手机适时响起,她着急地说:"电话电话。"

余烬偏头瞥了眼床上,她的手机屏幕不停地闪烁。

蒋烟趁他分神的瞬间,从他怀里挣脱,跳下来跑回床边,看到是蒋知涵打来的电话。

她接起来,说:"看到照片了?是不是看起来很好吃。"

电话那头,蒋知涵少有的沉稳安静。

"姐。"

蒋烟脸上的笑意渐渐凝固,她听出了不对经儿,问:"怎么了?"

蒋知涵沉默许久,才说:"你回来吧,家里出事了。"

蒋知涵在电话里并没有讲得很清楚,只说他偷偷去蒋彦峰的书房时,无意间听到蒋彦峰在跟别人通电话,事情好像很严重,已经到了考虑公司并购的地步。

并购,是无法找到实力雄厚合作者的无奈之举。

想保住公司,只能让别人吞掉自己。

一直以来,蒋烟对自家公司的事都不怎么了解,也不感兴趣。毕业后她也没有进公司的打算,蒋彦峰没有任何异常,她从没想过公司已经到了这种境地。

在她心里,蒋彦峰虽然不是完美的父亲,但其他方面,他是很厉害的。

蒋烟握着手机,站在床边许久。

蒋知涵说:"姐,咱家会不会破产啊?"

蒋烟回神,语气严肃:"别胡说。"

通话声音不小,余烬隐约听到一些,他身体靠近,握住蒋烟微凉的手。

蒋烟问蒋知涵:"爸看到你没有?"

"没有。"

"别跟爸说。他不告诉咱们,也是不想咱们担心。咱们帮不上忙,不要添乱。"

蒋知涵郑重地答应:"知道了。"

挂了电话,余烬轻轻地把人拢进怀里,手掌将她额间的碎发拨到后面。

"没事吧?"

蒋烟表情凝重,担忧的神色很明显,她脸颊轻轻贴在他胸口。

"余烬,我想回家了。"

余烬柔声道:"明早我们就走。"

他不再闹她,抱她去洗澡,随后两人躺在床上,他用柔软的被子把她裹住,关了床头灯。

余烬什么都没问,但蒋烟不想瞒他,小声把蒋知涵听到的事情告诉了他。

情况跟余烬之前了解的差不多,但他没想到会这么快。

他吻她的眼睛,说:"也许事情没你想得那么严重,伯父不是在想办法解决吗?"

蒋烟虽然不懂生意,但也知道并购意味着什么。

蒋家的公司不再姓蒋,蒋彦峰也不再说了算,蒋彦峰从父亲手里接下公司,一定不愿看到这样的结果。

而且,以蒋彦峰的性格,恐怕也不会甘愿屈居人下。

蒋烟沮丧道:"余烬,我觉得我很没用,家里出了这么大的事,我一点忙都帮不上,还总是惹他生气。"

余烬轻拍她的背,温柔地哄她:"别担心,真有什么事,不是还有我吗?有我在你怕什么。"

蒋烟将脑袋深深埋进他怀里。

她知道余烬在安慰她,蒋家这么大的摊子,放眼整个岳城也没有几个人能吞下,余烬就算有些人脉,也不见得能帮上忙。

第二天一早余烬便退了房,带着蒋烟坐最早一班车回岳城。

他把人送到蒋家别墅门口,轻揉了她一下,说:"遇到事情别着急,先给我打电话。"

"你到家告诉我。"蒋烟点头。

"嗯,去吧。"

蒋烟看着余烬离开才转身进了大门。

蒋知涵还没放学,奶奶应该在楼上休息,一楼只有餐厅有声音,阿姨在操作台那边不知道在研究什么菜式,她的电话放在一旁公放,里面传出陈姨的声音。

自从两人互相学了做酱菜和蛋糕,就成了好朋友。

她们没见过面,但常常通电话,像网友一样,偶尔交流做菜心得,研究给两边的老人做什么菜品。

师父和奶奶常常吃到同一种菜,都是她们两个聊天聊出来的,什么东西对老人家好,什么东西好久没做过,一个说了,另一个就要去买。

蒋烟跟阿姨打招呼,阿姨的神情并没异样,还在笑。

"烟烟回来了,冰箱有水果,自己去拿。"

蒋烟点头,问:"我爸呢?"

"先生不在家,但说晚上会回来吃饭。"

蒋烟在原地站了一会儿，转身回房。

路过奶奶房间时，她轻推开门往里看了眼。

老太太侧躺在床上，闭着眼睛在休息。

一旁的床头柜上，还有上回住院时，余烬给她带过来的风筝模型。她很喜欢，一直摆在床头柜上。

蒋烟没有打扰她，悄声离开。

晚饭时，蒋彦峰回来了，蒋知涵在学校上晚自习，不在家吃饭，餐桌上只有祖孙三人。

蒋彦峰像平日一样，吃饭的时候话很少，蒋烟坐在对面，盯着他的脸看。

她很久没有这样认真看他，她发现除了鬓角的几根白发，他眼角也长了一些皱纹。

她印象中年轻英俊的爸爸，也有了皱纹。

蒋彦峰注意到女儿的目光，抬头看过来，问："怎么了？"

"没事。"蒋烟低下头，扒着碗里的饭。

有人给蒋彦峰打来电话，蒋烟一阵紧张，紧紧盯着他。

电话那头不知说了什么，蒋彦峰应了一声："拿进来吧。"

没有多久，他的生活秘书进了大厅，手里拎着一个纸质包装袋。

"蒋董。"

蒋彦峰接过来，问："吃了吗？"

秘书点头，回答："吃过了，没什么事我先回公司。"他看了蒋烟一眼，声音小了些，"明天需要的资料已经整理好，早上就能用。"

"知道了，弄完早点下班，去吧。"

秘书走后，蒋彦峰打开纸袋看了一眼，先拿出一包无糖糕点递给老太太，随后将里面剩下的两包放到蒋烟面前，说："前阵子你说爱吃的那家酥饼，小陈办事路过，我让他带了两包回来。"

说完，他便继续吃饭，并不觉得这有什么。蒋烟却望着那两包酥饼，眼睛泛酸。

蒋彦峰抬眼看她，问："怎么，买错了？"

蒋烟摇头，拿出一块糕点咬在嘴里，说："没买错，谢谢爸爸。"

她话音落下，老太太和蒋彦峰同时看向她。

这么多年，蒋彦峰已经习惯蒋烟对他不冷不热，上一次她这样认真谢他，还是两年前，他送她出国，在机场时，答应照顾她朋友的母亲。

这样的气氛太难得，老太太很高兴，不停地给儿子和蒋烟夹菜，说："多吃点，今晚菜不错。"

蒋烟低头吃饭，过了会儿，慢慢笑出来。

世界上没有不透风的墙，蒋彦峰瞒得再紧，外界还是有一些传闻。

传言有真有假，不好分辨，但股价的变动是实打实的，外人都说，蒋家撑不了多久了。

蒋彦峰也越来越忙，有时几天都不回家。

那天，余笙一连给余烬打了几个电话，要他晚上一定回家吃饭。

余烬看了眼时间，吃完饭也来得及去蒋家接蒋烟，就答应了。

两人之前说好，晚上接她去车行那边住。

余家很少这么热闹，三个儿女多年来第一次聚齐，余清山很高兴，想喝一点。但余笙不能喝酒，余烬要开车，最后只有范哲珂陪他喝了几杯。

余笙有意帮助余烬父子修复关系，一直在找话题聊。

余烬偶尔配合，却也没说太多，他给余笙夹菜，问："这几天你去哪儿玩了？"

余笙说："哲哥带我出去走了走，不过我有点不想出门，想在家待着。"

她一直叫范哲珂"哲哥"，从不直接叫哥，亲疏远近分得很清楚。范哲珂也不介意，给她买了不少女孩喜欢的东西，说小妹难得回来，会多抽时间陪她玩。

中途余清山和范哲珂说起蒋家目前的处境："蒋氏的资金链早就断了，蒋彦峰撑不了多久，不想破产，就只能被兼并。如今在岳城，能吞下这块肉的人不超过三个，一个跟蒋彦峰有过节，另一个小山楼，目前手头有另外一个项目，资金都压着，拿不出来。"

范哲珂说："蒋彦峰找过您？"

余清山冷笑道："合作我能得到多少，收购又能得到多少。我又不是菩萨，他心里很清楚，只不过不死心，想探探底，看是否有合作的可能。"

范哲珂给他倒了一杯酒，问："那您如何打算？"

余清山问："再拖一拖，等到最后关头，以最低价收购。"

说完这话，余清山看了眼余烬。

余烬像是没有在意，吃了一口菜，偏头看向余笙，叮嘱："天气好的时候，你还是多出去走走。"

余笙不知他们刚刚说的蒋家就是蒋烟家，她眼睛亮亮的，说："你陪我吗？把你女朋友也带上吧。"

余清山略蹙眉，问："笙笙见过蒋家那丫头？"

"嗯。"余烬没什么表情。

"你们两个现在——"

"我们两个的事不劳您费心。"

话题刚刚打开，就好像有点火药味，余笙不知道中间发生过什么事，不敢说话。

吃完饭，余烬没有多留，眼睛只看余笙，问："你什么时候回你外婆那儿？"

"后天。"余笙对刚刚的状况还有些蒙。

"嗯，等你回去再接你出来玩。"

说完，他转身离开，头也没回。

余烬上午说晚上会来，吃过晚饭，蒋烟就站在二楼窗口等他。

没有多久，别墅院外的小路上走过来两个学生模样的人，蒋烟仔细看过去，发现是蒋知涵。

距离很远，蒋烟看不清蒋知涵旁边女孩的模样，但感觉应该是很乖的那种小姑娘。

小姑娘个子不高，头发齐肩，带一点儿刘海儿，校服领口整整齐齐。

两人站在门口讲话。

蒋知涵这几天情绪一直很低落，他好像一夜间长大了，再不像以前那样没心没肺。

女孩微微仰起头，不知在说什么，随后好像哄他一样。

蒋知涵听了她的话，心情好了一些，接过她的书包自己拎着，送她去坐车。

两人渐渐走远。

余烬的车与他们擦肩而过。

蒋烟快速跑下楼。

余烬刚把车停稳，还没打电话，就看到蒋烟从院子里跑出来。

蒋烟踩着专门为她定制的小踏板上了车，余烬抬手揉了揉她的脑袋，说："怎么这么快？"

蒋烟说："我看到你的车就下来了。"

余烬没再说什么，启车离开。

车开了没多久就看到蒋知涵和那女孩的背影，余烬想停车载他们一段，被蒋烟拦住，说："让他们自己走吧。"

车驶过两人，蒋烟看向后视镜，终于看清女孩的脸，确实是很乖的类型，也很漂亮，温温柔柔，没有攻击性。蒋知涵性子闹，没有安静的时候，嘴又贫，两人一静一动。

蒋家的孩子，一旦喜欢上谁，就会真诚表达，从不遮掩。

余烬直接把车开到车行那边，牵着蒋烟回家。

路过楼下超市，他进去拿了一盒鸡蛋、两棵油菜，还有一袋手擀面。

他说没吃晚饭，要蒋烟陪他吃一点。

蒋烟最近胃口不好，吃得很少，摸着明显瘦了，如果余烬说吃了，她一定不吃。

两人去了蒋烟以前住的那个房子，余烬推她去沙发那边坐，说："我煮面，一人两个鸡蛋好不好？"

蒋烟走到小沙发那边坐下，对面的床上还铺着她以前留下的粉色床单。

小碎花的四件套，是那年房屋漏水后，她去商场新买的，她很喜欢，一直在用。

她靠在沙发上坐了一会儿，有些待不住，跑到厨房去看余烬。

面和鸡蛋都下了锅,水煮沸了,咕嘟咕嘟地冒泡,余烬就在这样充满烟火气的香味中发呆。

"面什么时候好?"蒋烟挤到他身边。

余烬伸手搂住她肩膀,把人夹进怀里,说:"三分钟。"

"你笑一笑。"他摸摸她的脸。

她闷闷道:"笑不出来。"

"高兴一点儿,不然把你丢到锅里。"余烬捏她的脸。

蒋烟的唇被他捏得噘起来,含混不清道:"丢吧,煮熟了吃。"

余烬捏捏她耳朵,把火关小了些,将油菜丢进去,随后手臂用力,将她抱起来放到操作台上,低头闻了闻,说:"生的也能吃。"

蒋烟知道他在逗她,想哄她开心,她搂住他脖子,喊他:"余烬。"

"嗯。"余烬正经了一些,环住她的腰。

"我觉得有些不好。"

"什么不好?"

"我爸爸把所有的路都试过了,还是不行。他那么骄傲的人,以前都是别人求他,现在他每天去求别人。"蒋烟眼睛湿了,有些说不下去,"我刚刚才有些喜欢他,为什么会变成这样?"

余烬静静地凝视她,抬手将她脸上的眼泪擦掉,说:"你心疼他,是不是?"

她低着头没有作声,过了会儿,轻轻点了下头。

蒋氏没了,蒋烟不再是天之骄女,身份的转变、心理的落差、需要承受的东西,外人不会知晓。

她可能不在乎,但余烬在乎。

他太了解,天上和地下的区别。

余烬把人搂进怀里,将她的头摁在自己胸口,说:"烟烟,你信我吗?"

"什么?"蒋烟微微抬起头。

余烬垂着眼睛看了她一会儿,忽然笑了,他亲了亲她的唇,说:"没事。就是忽然觉得,自由好像也没那么重要。"

蒋烟还是没有听懂,余烬没再说什么,用指尖轻弹她鼻尖。

"面好了。"

他把人抱下来放在地上,走到那边用汤勺把浮沫撇净,又用筷子搅了搅,关掉火,把面分别盛在两个碗里。

"拿两罐饮料。"他将面端去餐桌。

蒋烟转身去冰箱拿饮料。

这碗热气腾腾的面,是蒋烟这几天吃过的最舒服的一顿饭。

余烬知道她大概没有那个心情,只抱着她睡,没有做别的。他们也没回隔壁,就睡在她的床上。

粉色的被子裹着两人,蒋烟呼吸间全是余烬身上独有的味道。

很令人眷恋，让人安心。

第二天早上，蒋烟被手机铃音吵醒。她有些烦躁，把被子蒙在头顶，不想管。余烬越过她，探身到床的另一侧，拿到手机看了眼。

"画画。"

听到这个名字，蒋烟一下睁开眼睛，夺过手机，爬下床光着脚跑到浴室门口，身后余烬皱眉，喊："蒋烟！"

蒋烟赶紧又跑回来把拖鞋穿上，说："我接个电话，你接着睡。"

她不在，余烬一个人也睡不着，睁着眼睛盯着天花板。他这样刚劲冷酷的人，躺在粉色的床单上，身上盖着粉色的被子，总有些怪怪的，但没办法，谁让她喜欢。

蒋烟的声音隐约从浴室传出来："真的？"

她语气雀跃，好像很高兴。

后面她可能控制了一下，声音小了些，余烬便再没听到其他的话。

这个时候，不知道还有什么事能让她高兴。

蒋烟出来时，看到余烬已经起来了。床已经铺好，他在穿衣服。

"你想吃什么？我下楼去买。"他问。

蒋烟想了一下，说："豆浆油条。"

也是奇怪，蒋烟在国外生活多年，却对中国的豆浆油条格外青睐，怎么都吃不腻。尤其喜欢吃刚出锅的油条，香喷喷，酥酥脆脆，她最喜欢听油条咬在嘴里的声音。

余烬答应了，又问："别的呢？"

"别的不要了。"

蒋烟穿着拖鞋乖乖地站在门口，叮嘱："去第一家买。"

"知道了。"

路口有两家早餐摊儿，第一家炸的油条尤其好吃，以前蒋烟住在这里时，常常去吃。

十分钟后，余烬拎着早餐回来，看到蒋烟已经穿好衣服，也洗漱过了。她脸色有些严肃，手里握着手机。

余烬察觉有事，问："怎么了？"

她抿着唇，说："我爸爸让我们回家。"

"我们？"

"嗯。"

他在原地站了几秒，回手关上门，说："行，先吃饭。"

"他会跟我们说什么？"蒋烟跟着余烬往餐桌那边走。

余烬似乎并没把这个当回事，把早餐从袋子里拿出来，说："你爸要说什么，一会儿我们不就知道了。快趁着油条还酥，你赶紧吃。"

蒋烟心不在焉地咬了一口，总是有些担忧。

蒋彦峰确实没说过不同意她和余烬的事，但也从没明确说接受他。

两人在一起后，她也没有太约束自己，总是跑来车行这边，偶尔还

— 300 —

住一晚。

现在想想，确实有些放肆了。

如今在蒋家出事这个当口，蒋彦峰找余烬，显然不会是什么好事。

相比下来，余烬反倒平静许多，慢条斯理地吃了饭，收拾了垃圾，又洗了手，回自己那头重新换了套衣服，这才牵着蒋烟下楼。

上午十点时，余烬的车停在蒋家别墅门口。

大门敞开，阿姨冲他招了招手，他没熄火，直接把车开进去。

这是他第一次把车开进蒋家的院子。

来的路上，余烬买了很多礼品和补品，上到老太太，下到蒋知涵，通通有份。

这毕竟是他第一次来蒋家，尽管可能是鸿门宴，但该有的礼数不能少。

大厅没人，阿姨说："先生在书房等您。"

余烬把东西放下，说："谢谢。"

蒋烟要跟着一起上楼，被阿姨拦下，说："你爸说不让你去。"

余烬转过头，捏了捏蒋烟的手，说："你在楼下等我。"

蒋烟虽然不放心，但还是止步在一楼，看着余烬消失在楼梯口。

余烬在书房待了整整半个小时。

蒋烟在楼下坐立不安，几次都想上去看看，最后终于忍不住，她上到二楼时，忽然听到三楼有声音，余烬恭敬地叫了声伯父，然后说："那我先走了。"

蒋彦峰沉稳的声音传过来："好。"

蒋烟迎上楼，抓住余烬的手，问："怎么样？"

他淡淡地笑道："什么怎么样？"

蒋烟急死了，说："你跟我爸都说什么了？他有没有为难你，有没有不让我跟你在一起？先说好，我不分手，你要是敢提分手，我就永远不理你了！"

余烬低垂着眼睛看她，抬手摸了摸她的脑袋，说："我提分手，你永远不理我，不是正合我意。"

"你正经点，快说。"蒋烟推他。

余烬牵着她下楼，离开蒋家。

两人上了车，他一路都没说话，把车开到江边，牵着她的手沿着江边漫步。

蒋烟感觉很不好，问："是不是我爸不同意我们在一起啊？"

"嗯。"余烬停下脚步，目光落在她脸上。

"他怎么说的？"蒋烟呼吸一滞。

"他说我只是个修车的，没办法让你过好日子。"

蒋烟一下急了，说："你是改装车，改装，改装跟修车不一样的好嘛！他根本不懂，你没跟他解释吗？你有多厉害，好多人都很崇拜你，他不知道吗?"

余烬静静地盯着她,她着急为他辩解的样子让人心动。

他低下头,吻住她的唇。

过了会儿,他松开她。

蒋烟抱住他的身体,委屈道:"余烬,我该怎样才能让爸爸相信,跟你在一起,我也能过得很好、很幸福呢。"

"你想好了,真要跟我?"余烬握住她肩膀,让她直视他的眼睛。

"嗯。"她用力点头。

余烬注视她的眼睛,说:"没有大房子住,没办法过在蒋家那样的生活,也愿意?"

她再次用力地点头,说:"愿意,我不喜欢大房子,我就喜欢我们的小房子,只要能跟你在一起,我什么苦都能吃。"

说完这句话,她停顿一下,反驳自己:"不对,跟着你怎么是吃苦呢。你这么厉害,改一辆车赚的钱够我们花好久,我自己也能赚钱啊,我要价可贵呢,好多人找我画画。"她把脑袋埋进他怀里,"我们两个都很厉害,饿不着。"

余烬觉得,世界上再也没有哪个女孩能像蒋烟一样,带给他这样的感觉。也再没有哪个女孩能像她一样,毫无保留、不计后果,把自己的未来完完全全交给他。

"傻丫头,我怎么舍得让你吃苦。"余烬低头吻她头顶。

两人在江边散步许久,余烬把蒋烟送回家,车停在门口的老地方。

"明天做什么?"

蒋烟说:"要参加一个慈善拍卖会。"

这是早就定好的,岳城有头有脸的人物都会来,那时外面还没有蒋家的传闻,现在所有人都盯着蒋家的一举一动,如果不去,不知道又要被传成什么样子,她只好硬着头皮去。

蒋烟不喜欢这种场合,好在江述说也要去,她有个伴儿,才答应。

余烬没说什么,只道:"我晚上有事,不来找你了,明天见。"

蒋烟乖乖点头,说:"明天见,我从拍卖会出来就给你打电话。"

"嗯。"

余烬目送蒋烟进屋才走。

整个下午,一直到晚上,蒋烟心里都不踏实。她还是觉得应该跟蒋彦峰好好聊一聊这个事,他们在房间里待了那么久,不知道他有没有对余烬说一些过分的话。

就算说了,余烬也不会告诉她。

蒋烟端着一盘水果上了三楼。书房的门没有关严,她透过缝隙看进去,看到蒋彦峰坐在桌子后,拿着妻子的相框看。

他常常这样,妻子的相框从来都干干净净,一尘不染,他每天都擦。

蒋烟刚想敲门，忽然听到蒋彦峰说："你的愿望，都达成了。"

蒋烟的手顿住。

蒋彦峰用手指轻抚照片中那个美丽女人的脸，说："那年你说，想去瑞士游学，后来怀了烟烟，没有去成，这是你一直以来的遗憾。我把烟烟送去瑞士，让她替你看阿尔卑斯山，你高兴吗？"他凝视那张温柔的脸，用指尖点点女人的鼻尖，"你这么久不来梦里见我，是不是还在生气，气我地震时丢下烟烟。"

他嗓音有些苦涩："可我没有办法，房子要塌了，涵涵就在我身边，如果我冒险去救蒋烟，可能我们谁都逃不出去，连涵涵也没了。他们两个都是我们的孩子，我怎么舍得丢下任何一个。"

蒋彦峰从桌上抽出一张纸巾，仔细擦拭相框边沿，说："烟烟怨了我这么多年，最近好像好一些了，大概是因为交了男朋友。她心性定下不少，也懂事了。"他停顿一下，"那个年轻人很不错，他——"

门口有动静，蒋彦峰看过去，问："谁在那里？"

蒋烟转头抹掉眼泪，深深地舒了口气，回答："是我，爸爸。"她推门进来，手里还端着一盘水果，"阿姨刚切的。"

蒋彦峰已经恢复了平时的模样，示意桌上，说："放那儿吧。"

蒋烟放下水果，转身想走，蒋彦峰叫住她："对了，小山楼的韩江你认识吗？"

蒋烟回头，不明白他为什么忽然问这个。

蒋彦峰把桌上的一张支票推过来，说："韩江无偿给了公司一笔钱，让我们用来临时周转，他说是你的朋友。"

蒋烟愣了愣，说："认识。"她顿了下，"之前阴氏送我的那颗红宝石，我给他了。"

原来如此，蒋彦峰只知道红宝石被蒋烟送了人，但没有问过她送了谁。

原来是给了韩江。

那就说得通了，大概是韩江还记着这件事，想帮忙。

之前蒋彦峰就知道，小山楼最近也很紧张，手头压着几个大项目，没有能力帮他，现在能主动拿出这笔钱，已经很不容易。

虽然这笔钱对整个蒋家目前的状况来说根本不算什么，但这份雪中送炭的情谊，很难得。

从蒋彦峰书房出来，蒋烟回了房间，她想了一下，还是给韩江打了个电话。她不确定他有没有换号，只是打一个试试。

那边接起来，是韩江。

蒋烟很感激他。

"谢谢你，韩江。"

韩江笑了笑，说："谢什么，就当是焰离的钱。"

蒋烟说："焰离不值这么多钱。"

电话那边的人沉默一会儿，说："在我心里它值。"

一时间，两人谁都没说话。

过了会儿，韩江恢复过来，说："别有负担，这不算多，应该也解决不了你们家的实际问题，暂时周转一下还是可以的。"

蒋烟不知道说什么好，只能再次道谢："等过了这一阵，我请你吃饭。"

韩江笑道："好。"

挂了电话，蒋烟躺在自己的大床上。

她脑子里都是蒋彦峰刚刚那些话，多年来压在心头的那些郁结，那些不解，好像不知什么时候消散得无影无踪，如今只剩担忧与心疼。

她闭上眼睛，在纷乱的思绪中沉沉睡去。

第二天上午，蒋烟换上适合宴会的礼服，外面套了件长款毛呢大衣，化了点淡妆，乘车去举办慈善拍卖会的酒店。

她低着头给余烬发信息：我过去了，大概两个多小时结束。

余烬那边没有回复。

酒店到了，她把手机塞进随身包包里。

门口来来往往很多人，有同样来参加宴会的人在门口碰上，互相寒暄几句。

江述可能会晚点儿到，蒋烟一个人先进去。

走到门口时，忽然有个女人在她身后说了句："这不是蒋家的大小姐吗？蒋家现在这个样子，还有钱让大小姐来拍卖会拍东西吗？"

另一个女人小声说："大概不是拍东西，是卖东西吧。"

两人一起笑起来。

蒋烟停下脚步，回头看过去。

她眼神厉害，盯着那两个女人看。她有些眼熟，以前应该见过，但不记得名字。

富二代也分三六九等，她们根本上不了台面，跟蒋烟不是一个层次。

这种人，最喜欢看人从高楼跌落，内心有种变态又隐秘的快感。

蒋烟刚想反驳她们两句，忽然听到远处一阵喧闹。

众人同时看过去。

几辆车从远处疾驰而来，引擎轰鸣，声势浩大。

最前面那辆劳斯莱斯最引人注目，缓缓停在酒店门口。副驾驶下来一个穿黑色西服的健壮男人，他打开后座的门，手抵在车沿，恭敬地请出里面的人。

所有人的目光都落在那个人身上。

他身材高大，面色冷峻，一身黑色高定西装剪裁得体，整个人气质非凡，强大的气场令在场所有人都噤了声，猜测这是何方神圣，在岳城好像没有见过这号人物。

后面车里紧跟着下来几个人，都穿着黑色西装，站在他身后。

那人目光在人群中扫过，最终定在呆呆望着他的蒋烟身上。

他嘴角动了动,缓步走向她。

沿路的人不自觉后退两步,为他让出一条路。

男人在蒋烟面前站定,面带微笑,牵住她的手,温柔地说:"说好一起来,你怎么不等我?"

第十二章

烟火余烬

所有人的目光都落在蒋烟身上。

蒋烟愣愣地盯着余烬,脸上是震惊,是无措,是不敢相信,她惊得说不出话。

她从没见过这样的余烬,西装革履,挺拔精致,气场十足。

以前她就觉得,余烬骨子里隐隐有种特质,不染世俗凡尘,即便穿着工装,也像骄傲的贵公子。

当他真正换上这样一套行头,是那么契合匹配,好像他本该这样。

没有人比他更耀眼。

余烬目光温柔,耐心地等她适应。他捏了捏她的手,用只有两人能听到的声音问:"怎么,不认识了?"

蒋烟回神,小声说:"你怎么回事?"

他唇边露出一抹淡笑,抬手将她礼服的领口整理好,姿态亲密,毫不掩饰。

先前对蒋烟出言不逊的两个女人看到这样一幅情景,又酸又羡慕,小声轻嗤:"这是谁啊?"

余烬眼睛微微眯起。

他身后穿黑色西装,平头,眼神有些凶的男人冷冷地说:"看清楚,这是城南余家的太子爷,余烬。"

话音落下,激起周围一片讶异与惊叹。

蒋烟猛地抬起头。

很多人都知道,城南余家除了一直留在余清山身边的养子,跟着前妻去了瑞士的女儿,还有一个亲生儿子,听说他一直在国外生活,谁都没见过,很神秘。

今日他突然现身,着实令人意外。

身后人在余烬耳边低语几句,他转过头,目光落在那两个女人身上。

他上下打量,眼神不冷不热,没有波澜,但莫名让人觉得心里发虚。

两个女人下意识后退半步,避开他的目光。

片刻后,余烬淡淡地说:"记一下这两位漂亮的小姐是哪家千金。"

身后有人应了一声。

其中一个心里一惊,抬起头,壮着胆子问:"你想干什么?"

余烬面带微笑,说:"听说刚刚你很照顾我的未婚妻,为表感谢,我自然也要照顾一下令尊的生意。"

女人面色惨白,吓得一句话不敢说。

余烬没再看其他人,将自己身上的大衣脱下披在蒋烟肩上,嘴唇凑到她耳边,说:"待会儿跟你解释。"

他稍离开一些,冲她笑了笑,牵着她的手,率先走进酒店大堂。

慈善拍卖会所拍卖的物品都由各家企业自愿捐赠,所筹善款有专门的机构负责保管,用作岳城的慈善事业。

这种事,蒋家从不缺席,如今的境遇虽无力高价拍藏品,但捐赠的物品还是拿得出来的。

蒋烟今天带了两样东西,一个是蒋彦峰收藏多年的一只乾隆年间的翡翠碗,另一个是蒋烟在瑞士读书时偶然得到的一幅大师名画。

拍卖品都提前公示过,很多人对这两样东西感兴趣。

余烬牵着蒋烟在前排落座,他身旁的人接过两人的大衣。

直到现在,蒋烟依旧没有缓过神来。

她那个住着小破公寓,三天打鱼两天晒网地经营一家车行的男朋友,怎么忽然就变成了传说中的余家太子爷?

她偏头看向余烬,余烬也正巧在看她。

或者说,余烬一直在看她。

两人目光碰上,蒋烟欲言又止,最终却什么都没问,转头看向前面。

拍卖会很快开始,几十件藏品一个个拍卖,余烬兴致缺缺,一次都没有举过牌,手臂撑着扶手,一直在看蒋烟。

这里这么多人,蒋烟被他盯得脸有些发烫,悄悄推他一下,嗔怪道:"看前面。"

他把玩着她软若无骨的手指,一点点捏着。

台上已经在拍第十三件藏品,是蒋彦峰的那只翡翠碗。

虽然标价不低,竞价的人却不少,余烬一直懒懒地靠在椅背上,等价格达到一定高度,已经没有人再竞价时,他才懒洋洋地举起牌子,一口气加了二十万。

蒋烟立刻扭头看他,惊道:"你干什么?"

这个价格已经远远超出那只碗的价值,现场没有人再举牌,而且出手的人是余烬,余家最不缺的东西,大概就是钱了。

最终那只碗被余烬拍下,他靠过来悄声说:"伯父的东西,还是还给他比较好。"

下一件藏品就是蒋烟那幅画。这次余烬没有等，第一个举牌，直接把价格抬到了一个没有人会跟他竞价的高度。

众人心中了然，余家公子对这幅画势在必得，自然不会有人跟他抢。

最终，蒋烟带来的两样东西，都被余烬拍下。

余烬也变相地告诉其他人，余家和蒋家关系匪浅，那些企图落井下石，看蒋家笑话的，可以歇着了。

拍卖会后是午宴，这种时候是各企业相互联络寻求合作的好机会。

余烬身后的男人一一为他引荐介绍，余烬厌烦应付这种事，但丝毫没有表现出来，对业内长辈十分恭敬，并且走到哪儿都带着蒋烟，介绍她是自己的未婚妻，给她撑足了脸面。

那些因蒋家最近的事看轻她的人，再没敢说一句话。

余烬被众人簇拥，不知什么时候身边没了蒋烟。他在场内环视一圈，看到她站在角落的一张自助餐桌旁，在吃一块蛋糕。

他好不容易从人群中脱身，走到她身边。

余烬斜斜地靠着一旁的架子，歪着头看了她一会儿，说："你想问什么，问吧。"

蒋烟抬起头，对上他的眼睛。他换了一身皮，眼神还跟以前一模一样，看她的时候，永远是卸下面具与防备的状态，放松且温柔，跟别人都不一样。

她觉得他熟悉又陌生。

"你是余家的儿子。"

余烬盯着她眼睛，说："我是余烬，你男朋友。"

蒋烟端着奶油蛋糕的手动了动，问："你为什么不早告诉我？"

"生气了？"他牵住她的手，低头看她。

蒋烟紧抿着唇，没有说话。

他靠近她，将人半拢进怀里，声音很低："烟烟，我不是故意瞒你。只是我跟父亲的关系并不好，我很早就离开了那个家，已经在外二十年。那里对我来说并不是家，是桎梏，是牢笼，我从没想过要回去。"他捏紧她手腕，"我心里的家，是我们两个的家。"

蒋烟心里隐隐有种感觉，但并不敢确定，问："那现在你为什么要回去？"

余烬没有说话。

"是为了我吗？"蒋烟很难受。

过了会儿，余烬低低地"嗯"了一声。

蒋烟眼睛湿了，一颗晶莹的泪珠掉下来，砸在余烬的手背上。

"可我不想让你过自己不喜欢的生活。"

他认真地看她，说："我只是希望你能有个安稳的家。"

"你说过你喜欢自由。"

他毫不犹豫道："我更喜欢你。"
话音落下，两人都没了声音。

这句话，带给蒋烟极大的震撼。
她太知道，对余烬来说，失去自由，活在别人的视线中，意味着什么，又失去了什么。
她眼泪一颗接一颗地往下掉，停不下来。
余烬微微低下头，捧住她的脸，一遍又一遍地擦掉她的泪珠。
"不哭了，不喜欢你哭。"他把蒋烟的头轻轻按在怀里，嗓音低缓，"烟烟，你知道吗？我曾无比憎恶，无比排斥有目的的商业婚姻，我母亲深受其害，我也是。可我现在忽然觉得，如果对方是你，也没那么难以接受。我甚至很兴奋，隐隐期待，我们结婚后的生活。我们跟别人不一样，我们有爱，我们一定不会重蹈覆辙，不会是我父母那样的结局，我们会很幸福，很幸福。"
宴会结束，余烬送蒋烟回家。
蒋烟坐在他的车里，蒋家的司机跟在后面。
一路上，蒋烟的情绪都不怎么高，并没有因为未来的一段时间内余家会不遗余力帮助蒋家渡过难关而感到高兴。
路过江边时，她忽然说："我想下去走走。"
余烬什么都没问，示意司机停车。
他的大衣还披在她身上，他牵着她的手，两人沿着江边漫步。
已经初春，但天气依旧很冷，风将她的头发吹乱。
蒋烟走到一块大石头旁坐下，看着平静的江面发呆。
余烬绕过来蹲在她面前，握住她的手，问："怎么了？"
蒋烟低下头，声音很小："对不起，是我拖累你。"
"我只是回家而已，又不是去捡垃圾，怎么能叫拖累。"他笑得有些无奈，他扳过她的头，让她面对自己，"烟烟，你知道这辈子我做得最对的一件事是什么吗？是我在十八岁那年，从废墟中救出你。"
他继续说："我偶尔会想，如果当年我没救过你，那年你就不会来到车行，我们大概也不会有机会相爱。"他凑过去吻她的唇，"好险，是不是？"
蒋烟泪眼汪汪地看着他，过了会儿，很认真地点了点头。
余烬看了她一会儿，忽然问："那你现在告诉我,你愿不愿意嫁给我？"
蒋烟想了很久，摇了摇头，随后又点了点头。
"这是愿意还是不愿意？"
她抹了把眼泪，点头。
余烬拢着她身体的手顿住，心底漾起阵阵波澜。
蒋烟对他的爱，从不遮掩，给他十足的安全感。
他抬手轻抚她的眉眼，忽然笑了。

蒋烟看着他，问："你笑什么？"

余烬亲了她额头一下，轻声说："其实，我跟爸爸谈的条件是，我回家，他帮蒋家，跟我们的婚姻没有关系。我刚刚说你是我的未婚妻，只是想让他们重视你，重视蒋家。"

蒋烟怔怔地望着他。

余烬把她的手攥在掌心，说："烟烟，你还小，还这么年轻，经历的事少，经历的人也少，也许几年后，你会碰到一个很喜欢很喜欢的人，觉得我不过如此，要离开我。如果真有那么一天，我——"

蒋烟紧张地问："你怎么样？"

余烬话锋一转："我会狠狠揍他一顿，再把你关在家里好好收拾。"他笑着抬手摸摸她的脑袋，"好了，不逗你了，我只是不想让你有压力，不管我们的关系如何，我都会帮蒋家。"

他把人搂进怀里，说："这辈子，我余烬一定会娶蒋烟，这件事无关金钱和交易，你什么时候想嫁，通知一声就好。"

蒋烟默默环住他的腰，声音很轻："余烬，我很喜欢很喜欢的人，就是你啊。"

两人对视许久，同时笑起来。

蒋烟目光向下，盯着他精致的西装，说："我从没见过你穿这种衣服。"

他问："帅吗？"

"帅。"她认真地点头。

蒋烟伸出一根手指，轻点他的唇，随后慢慢下滑，直到停在他有些性感的喉结上，说："你刚才忽然出现在会场门口，身后还跟着几个穿黑衣服的人，特别酷，就差墨镜和防弹大黑伞了。"

"你是想说浮夸吧。"余烬用指尖弹了她脑门儿一下。

"是挺浮夸的。"蒋烟没忍住笑了。

余烬起身，顺手把她拽起来，说："我要给你撑腰，不浮夸点儿怎么吓唬他们。"

他把蒋烟裙子上的灰拍干净，目光从下往上扫了几圈，最终停在她锁骨下。

"我也没见过你穿这种衣服，还……挺好看的。"

蒋烟觉得他眼神不对，说："你瞎琢磨什么呢。"

他笑得很坏，说："你是不是垫东西了，感觉跟平时不一样。"

"你什么意思！"蒋烟小脸微红，使劲儿拧他。

余烬顺势捉住她的手，说："吹够风了吗？很冷，我们回车上去。"

"不要转移话题，你是不是嫌弃我？"蒋烟不依不饶。

余烬忍着笑，有些无奈地扣住她的腰，把人往怀里按，不让她乱动。

"我不嫌弃你。"

她一下抓住他把柄，说："哦，意思是你确实觉得我小。"

她扭头就走，余烬一把将人扯回来，摁住她双手。

"蒋烟，你是不是找事儿。"

"你以前就说过我小。"

他完全没印象，问："我什么时候说过？"

蒋烟指控他："那年我家漏水，我睡你沙发上，你亲口说的，对我这种小孩没有兴趣。"

余烬捏住她两腮，把她的唇捏得噘起来。他说："翻旧账这个毛病可不怎么好，需要惩罚一下。"

蒋烟刚想问怎么惩罚，余烬便低头堵住她的嘴。

她"呜呜"了几声，随后便软了身子，靠在他胸口。

两人伴着冷风亲了好久余烬才松开她，手掌拍拍她腰下。

"回去吗？"

她耍赖道："脚疼，不想走。"

蒋烟八百年不穿一回高跟鞋，今天穿了一上午，很不舒服。

余烬没说什么，解开一颗西服扣子，蹲下去，把自己的后背亮给她。

"上来。"

蒋烟也不客气，一下蹿上他的背，紧紧搂住他的脖子。

余烬将她两条腿拢在身侧，背着她慢慢往车那边走。

女孩热乎乎的气息萦绕在他耳畔。

"余烬。"

"嗯。"

"你回家了，以后是不是就不住那儿了，车行还开吗？"

余烬低笑着逗她："怎么，怕以后不能去我那儿住？"

蒋烟"哎呀"一声，嗔怪道："你正经点。"

余烬已经走到劳斯莱斯旁，但没上车，沿着这条马路向前走，劳斯莱斯缓慢行驶，跟在他身后几米处。

蒋家的车已经提前离开。

余烬说："我说的回家，是答应我爸尝试跟他像普通父子那样相处，可能会搬回去住，但我喜欢做的事，他不会拦我，也拦不住。"

他继续说："车行我留给雷子，以后偶尔也会回去看看。咱们住过的两套房子，我准备买下，什么时候你想回去，我就陪你去。"

蒋烟趴在他肩上，声音有些闷："那你会接手公司吗？"

余烬停顿一下，说："暂时还没说到这个问题，但他知道我不感兴趣。"

余烬在外多年，一直过着自由自在的日子，野惯了，让他每天困在公司，面对那些人情世故，人际往来，枯燥的报表，实在有些折磨。

而且经营一家这样规模的公司并不容易，余烬不是相关专业，需要花费大量的时间和精力去了解学习。

余清山很清楚这一点，也并没有急于安排他进公司，很怕逼紧了，适得其反。

对这个儿子，余清山很了解，如果不是为了蒋烟，余烬根本不会妥协，接管公司的事，只能暂缓，日后再议。

余烬背着蒋烟沿着这条路走了很久，两人都没感觉到冷，反而觉得暖洋洋的，很舒服。

蒋烟很轻，余烬背了她许久，一点都不觉得累。

直到散步散够了，两人回到车里，蒋烟才想起江述。

江述说会晚点来，但整个拍卖会和午宴都没看到他。蒋烟给江述打电话："你来了吗？我没看到你。"

电话那头有一瞬间的静默，随后传来江述的声音："我临时有事，没去。"

"哦。"蒋烟挤在余烬身旁，玩他的手指，"我还有事想让你帮忙呢，等你不忙再说吧。"

江述问："什么事？"

"我想送余笙一条项链，国内没有卖的，想让你帮我问问你国外的朋友。"

上次两人见面，余笙说蒋烟戴的那条锁骨链很漂亮。

那是去年蒋彦峰送她的生日礼物，很奢侈的品牌，全球限量，现在好像只有江述那个朋友所在的国家还有货。

江述说："余笙是谁？"

"余烬的妹妹。"

江述沉默几秒，说："我知道了，你拍个照片发我，我给你问问。"

挂了电话，余烬将人搂进怀里，捏她耳朵，笑着说："你和余笙什么时候这么熟了？"

蒋烟很痒，拨开他的手，说："我们女孩的事你不懂。"

那天吃饭后，两人时常在微信里聊天。余笙掌握一手资料，知道好多余烬小时候的事，蒋烟特别爱听，两个女孩很快成了好朋友。

余烬没有再问，偏过头，轻吻她的眉心。

余烬的出现，在岳城商圈引起不小波澜。余家家大业大，与各界牵连甚广，以后由谁掌舵，企业发展方向是否改变，太过重要，直接影响一些深度合作商的口袋。

很多人明里暗里关注着余烬，探听消息。

传言很多，关于余烬这些年到底在哪儿，关于余家父子的关系，关于余烬忽然现身的目的。

有真有假，无从辨别。

有人说，很早以前曾见过余烬，他是改装界的大神，圈子里很多人知道他，他并不是传闻中的那样，从小生活在国外。

但这样的话只过了几天便沉寂得无影无踪，无人再提。

余清山的家事一向神秘，从不对外人言，他说儿子去了国外，就是去了国外，没有人闲着没事刨根问底，惹到余清山，半点好处都没有。

那天，余烬来蒋家接蒋烟。

蒋烟规规矩矩，穿得很正式，临上车前还一直问余烬，自己这样行不行。要见余清山，她很紧张，早就听说他是很严肃很厉害的人，这次余烬又因为她，半胁迫地让余家冒那么大的风险跟蒋家合作，蒋烟有些无所适从，不知道见面应该说什么。

余烬知道她心里在想什么，单手搂住她，亲昵地拍了拍她腰下。

"怕什么，他不会为难你，他谢你还来不及。"

蒋烟揪住他大衣口袋的纽扣，问："谢我干什么？"

"没有你，我根本不会回家。"

蒋烟怔怔地望着余烬，说："可那么大一笔资金，万一项目赔了——"

"他不缺钱。"余烬直白地说，他摸摸她的脸，"你不要有压力，也别顾虑那么多，今天带你见他，只是简单吃顿饭，而且我在你身边，你怕什么。"

余清山说想见蒋烟，他就同意了。

余清山毕竟是他的父亲，以后他和蒋烟会长久在一起，总有见面的时候，晚见不如早见。他也料定，余清山不敢为难蒋烟。他们父子的关系刚刚有所缓和，余清山不会在这时候惹麻烦。

这场父子间的博弈，看似是余烬向余清山妥协，实则余清山处处落下风，半点不敢违背他的心意，生怕他那个倔脾气一犯，不管不顾又跑了。

余烬所料没错，余清山对蒋烟很客气，甚至可以说非常好。

虽是家宴，但菜式也不简单，很丰盛，半点没有怠慢的意思。

范哲珂在公司有事回不来，桌上只有他们三人。

余清山像其他家长那样，问她多大了，在哪里上学，是不是回国发展，再不走了。

余烬在一旁安静地吃饭，觉得余清山完全在没话找话。

蒋家的事，余清山早调查得清清楚楚，还用这么问。

余清山问什么蒋烟答什么，一点没有不耐烦。余清山暗忖，蒋彦峰那只狡猾的老狐狸，生出的女儿倒很乖巧懂事。

他倒真有些喜欢这姑娘了。

蒋烟在见到余清山的第一眼，就觉得他眼熟。

她曾在企业家杂志上见过他，但这种眼熟是另外一种感觉，好像在其他地方也曾见过。

余烬见蒋烟有些出神，以为是余清山问得太多了，便道："爸，您让她好好吃顿饭，以后还有机会见，不用一次性问完。"

蒋烟听了赶紧推余烬的手臂一下，说："伯父，没关系的，您别听他说。"

余烬给蒋烟盛了碗汤。

两人这点小动作，余清山看得清清楚楚。余清山有些意外，也很好奇，余烬这样冷冰冰的性子，怎么就被这个小他十岁的丫头收拾得服服帖帖。

不管怎样，这顿饭还算圆满，晚上余烬送蒋烟回家，余清山问他今晚回不回来住。

之前他已经给余烬收拾出一个房间，余烬也简单搬了一些东西回来，但不是每天都住这边。

余烬看了蒋烟一眼，说："不一定。"

余清山点头，说："我让他们给你留门吧。"

余烬"嗯"一声，牵着蒋烟出门。

蒋烟忙回头跟余清山道别。

回去的路上，蒋烟明显轻松许多，话也多起来，好像过关了一样兴奋。

余烬心情也不错，一边听她叽叽喳喳，一边开车。

他现在还开着自己的黑色越野车，那辆劳斯莱斯太招摇，没什么必要的场合他应该不会再用。

到了蒋家院外，余烬熄了火，却没让蒋烟下车。

自从他搬回余家住，琐事太多，两人已经很久没有在一起，今天他一看到她，就心里发紧。

她好像每一天，都比昨天更吸引他。

余烬解了安全带，压过来亲她。

车里没开空调，但很热，蒋烟搂紧他脖子，咬了他耳朵一下。

"烟烟，要不要试试？"余烬呼吸很重。

"试什么？"

余烬极力克制自己，坐直身体，重新启车，掉头开出去，驶进附近一条僻静的小路上。那里没有住宅，连路灯都坏了一半，特别黑……

月亮升起后，一切回归平静。

副驾驶的座位还处于放倒的状态，余烬和蒋烟却已经挪到后座。

余烬一只手臂撑在左侧的车窗上，把蒋烟困在一个很小的空间里，他用拇指一点点蹭着她有些发红的唇瓣，嗓音里还带着一丝性感的沙哑："累吗？"

蒋烟瞪着他不说话。

余烬简直太喜欢这个时候的蒋烟。

她总是有求必应，给他最好的体验，劲头上来时她像只小狐狸，勾人又上头，过后又脸红不好意思，好像刚才那人不是她。

女孩该有的大方和羞涩，她都有。

余烬这样想着，心里又痒痒，凑过去亲她。

蒋烟躲了一下，他只亲到她嘴角。

余烬笑得舒畅，身体靠在椅背上，一把将人拢过来搂进怀里，拽过堆在旁边的大衣裹在她身上。

蒋烟趴在他胸口，两人感受着彼此的呼吸。

她瞥到座位下扔着的那个用过的东西，咬着唇说："你竟然随身携带这种东西，没安好心。"

余烬很坦然，不觉得这有什么问题，说："有备无患总是好的。"

蒋烟哼了一声，小声说了句什么。

"什么？"余烬没听清，捏捏她耳朵。

蒋烟闷闷道："我说，你一看就很有经验。"

余烬听了，有一会儿没说话。

其实早在他们第一次时，蒋烟就有这种感觉。

而且他都三十岁了，又长了这样一张脸，在她遇见他之前的那些年里，怎么也应该有几段过去。

蒋烟并不介意这个，每个人都有过去，她只是有些遗憾，没有早一点儿找到他。如果早早遇见他，她一定把他看得牢牢的，不让别的女人碰他，看一眼都不行。

车里很安静，蒋烟把身上的大衣拽下来，套上自己的衣服，扒住驾驶座的靠背起身，余烬搂着腰将人拖回来。

"哪儿去？"

"回家啊。"她扭了一下身子。

余烬有些无奈，浅浅地叹了口气，说："我还有话没说。"

蒋烟偏头看他。

余烬凑到她耳边，低声说了句话。

蒋烟眼睛慢慢睁大，好像听到什么了不得的事。

"骗人，我不信。"

"不信算了。"余烬懒散地靠在椅背上，"这是本能好吗？"

她脸红扑扑的，盯着他好一会儿没说话。

莫名地，余烬觉得这个时候的蒋烟比任何时候都美，刚刚她脸上那点儿心酸、不甘、委屈、别扭，瞬间消失得干干净净。

她大概早就想问，又一直不敢问。

余烬淡淡笑着，手背在她脸上划过，说："你是不是该对我负责，嗯？"

蒋烟憋了一会儿，伸手推他一把，说："你才要对我负责，不要脸，老男人。"

她一下迈到前面去，余烬再次轻松地将人捞回来，大手扣着她的腰，咬了一下她白嫩的耳垂。

"再说一遍。"

她挺着身子，说："老男人！"

"惹我是要付出代价的，那玩意儿车里还有。"

蒋烟挣扎好久，怎么都摆脱不掉他，只好求饶："我错了。"

"哪儿错了？"

"你一点都不老。"

"是吗?"

"是啊!"

蒋烟说得特别大声,一脸真诚。余烬这才放过她,拽了拽她衣服下摆,说:"又弱又喜欢挑事儿。"

蒋烟不敢惹他,说:"送我回家啊。"

余烬看了眼时间,已经晚上九点多,确实磨蹭了挺久。他没再逗她,很快开车驶离这里,把蒋烟送回家。

到了门口,蒋烟下车,转身趴在窗口,问:"小雪碧什么时候手术?"

余烬说:"下月月初。"

"过来。"他看到她脑袋上有撮头发翘起来,冲她勾勾手指。

"嗯?"

"到这边来。"余烬示意驾驶位这边的窗子。

蒋烟绕过去站在驾驶座门旁,她走路很慢,也不知道是不是不舒服。余烬把手伸出窗外,抚了抚她头顶,把那撮头发理顺。

两人对视一会儿,蒋烟笑眼弯弯,问:"好了吗?"

他哑声道:"好了。"

"那我进去了?"

"嗯。"

蒋烟又冲他笑了笑,转身离开。

余烬望着她的背影,忽然有些后悔。

那天他不应该跟她说实话的,就应该一并把婚事定下,反正是迟早的事。

这样每天送她回家,看着她背影的日子,什么时候是个头儿。

蒋烟回到家,客厅里只有蒋彦峰一个人,他坐在沙发上,对面电视里在放本市经济新闻。

蒋烟走过去,喊:"爸爸。"

蒋彦峰看向她,伸手拍拍旁边的位置。

"过来坐。"

蒋烟走过去,坐在他旁边。

自从蒋彦峰得知余清山答应跟蒋家合作,心里就一直不太舒服。

自己的女儿跟人家儿子谈恋爱,这样一来,他总觉得像在用女儿换取公司的平安。

他双手握在一起,撑在膝盖上,头略微低下,问:"烟烟,你怪爸爸吗?"

"没有。"蒋烟立刻摇头。

"是爸爸没用。"蒋彦峰情绪低落。

蒋烟眼睛酸涩,说:"爸爸,你不要这样想。余烬说了,我们的事跟两家合作的事没有关系。"

蒋彦峰想到那天他和余烬那场谈话,余烬表明身份,目光那样坚定,说会一辈子照顾蒋烟。

他再一次，欠了余烬的。

蒋彦峰说："余烬是好孩子，你跟着他，爸爸放心。"

蒋烟湿了眼眶，说："对不起爸爸，这些年我太任性，总是惹你生气，我……"

"你心里有怨气，爸知道。"蒋彦峰忽然说。

蒋烟紧紧咬着唇，掉下眼泪。

蒋彦峰看了她一会儿，抬手轻抚她的头发，说："你应该生气，换作是我，我也会生气，但是——"他忍不住哽咽，"你要相信，爸爸是爱你的。"

蒋烟上前搂住他的脖子，泪珠落在他肩上，说："我以后再也不别扭了，再也不想以前的事了。我们都向前看，好不好爸爸？"

这是十几年来，她第一次拥抱父亲。

蒋彦峰身体微微僵硬，愣了许久，随后他慢慢伸出略微颤抖的手，搂住女儿的身体，轻拍她的背，说："好。"

父女之间，从没有如此坦诚沟通过。

一个憋着气，却不直白质问；一个从不解释，不愿给自己的过错找任何借口。

今天忽然发现，说开这件事，只需要这么简单的几句话而已。

而他们却花了十几年的时间才走到这一步。

这一晚，父女两个聊了很多，包括蒋烟去瑞士留学那些年，她从未跟他提过的一些事。

都是些无关紧要的小事，蒋彦峰却听得很认真。

他缺失了太多女儿成长过程中的细节和变化，恨不能一下子全都补上。

蒋彦峰回房休息后，蒋烟依旧坐在客厅的沙发上。

已经是深夜，经济频道反复重播之前播过的新闻，蒋烟眼睛盯着电视，思绪却飘到别处。

记得那年从震区回来，小小的蒋烟心理受了很大创伤，她有那么一段时间不爱说话，也不爱搭理人。

尤其不愿搭理蒋知涵。

蒋彦峰为了蒋知涵丢下她，她心里别扭，这是人之常情。

可那时年纪更小的蒋知涵不懂这些，也不清楚发生了什么事，只知道他最喜欢的姐姐忽然不理他了。

他一股脑儿把自己最爱吃的零食和最心爱的玩具统统抱到蒋烟的房间，全都给了她，拉着她的小手求她不要生气。

蒋烟依旧不理，他也不恼，锲而不舍地哄她，讨好她，晚上偷偷抱着被子跑到她房间跟她挤着睡。

后来有一次，蒋烟惹了个不小的祸，蒋彦峰没有忍住，说了她两句。

蒋知涵挡在蒋烟面前，生怕蒋彦峰打她，哭得比她还凶。

也许是血浓于水吧，从那以后，姐弟两个的感情慢慢恢复，越来越好，甚至比之前还好。

后来渐渐长大，蒋知涵的力气早就超过蒋烟，但蒋烟揍他时，他从不还手。

他平时嬉皮笑脸，其实心地柔软，是最善良、最温柔的男孩子。

这次蒋家平安渡过危机，蒋知涵慢慢又恢复成原来爱笑的模样，性格却沉稳了许多，学习上也非常努力。

他好像一夜间长大，想快些让自己变得强大，以后不至于在家里遭受危机时，只能眼看着干着急，帮不上忙。

电视里的声音拉回蒋烟的思绪，她回过神，发现里面正在播出余清山以前的一段采访。

面对外界，他一贯严肃，不苟言笑，可白天他们一起吃饭时，他却像个最普通不过的长辈一样，甚至还隐约带了一丝小心翼翼。

他是真的很看重余烬这个儿子。

蒋烟起身，拿了遥控器想关掉电视。她最后看了一眼余清山，莫名地，脑子里忽然有什么东西闪过。

她终于想起为什么会觉得余清山眼熟。

上次在余烬师父家，纪元生给她看以前的老相册，里面有张他和另一个人的合影。

那个人，好像就是余清山。

蒋烟对这个发现感到非常意外。

印象中照片里两个男人很年轻，起码是二三十年前了，难道他们早就认识？

她心底有种隐隐的猜测，但不敢确认。

也许，余清山比他们看到的表象，更加关心在乎余烬。

四月初，小雪碧做了人工耳蜗植入手术。手术很成功，等她恢复后便可以开始下一步的语言康复计划。

余烬松了一口气，也算了却一件心事。

余烬又给了苏禾一笔钱，苏禾说什么都不要。余烬把卡塞给她，说："以后用钱的地方还很多，小雪碧还要上学，你们也该换个大一点的房子住。"他顿了下，"我替阿在给，你收下。"

苏禾沉默一会儿，接下那张卡，说："这是最后一次，以后不要再给了。"

余烬点头答应。

苏禾抬起头，问："你明天回岳城吗？"

"回。"

"我跟你一起回去。"

余烬不解，苏禾的眼神闪过一丝微弱的光，说："明天是阿在的生祭，我想去看看他。"她抿了下唇，"我想告诉他女儿的事。"

余烬看了眼病房里的小雪碧，问："谁照顾她？"

苏禾说："我拜托了邻居阿姨，我只回去一天，后天就回来。"

余烬没再说什么，只道："那明天我过来接你。"

"嗯。"

自从几年前离开岳城，苏禾再没回来过。上次带着小雪碧回来找余烬，她也没有去过潘在的墓地。她没有能力为女儿治病，没有给女儿好的生活，不知道该怎样面对潘在。

这一次，小雪碧马上就能听到声音了，她很想告诉潘在这个好消息。

也很想他，想看看他。

余烬把人带到潘在的墓地，没有过去打扰。

他站在不远处等她。

这个地方，余烬以前来过不知多少次，每次都很难受。

现如今，他能为苏禾母女做一些事，多少也能宽慰自己的心。

希望潘在在天之灵，能安心才好。

过了许久，苏禾红着眼睛回来，她知道余烬也有话说，说："我在这里等你。"

余烬看了眼不远处那块他亲手立起的墓碑，从兜里拿出一瓶潘在生前最爱喝的酒。

他慢慢走过去，坐在墓碑旁。

他没有说话，把酒倒进一个小酒杯里，轻轻放在苏禾带来的鲜花旁。

"阿在。"他说，"你应该已经知道，雪碧做了手术，以后能听到声音了，我总算还了一点儿。"

他望着墓碑上那个熟悉的名字。

"我欠你的，永远还不完，所以你放心，我会一直替你照顾她们母女。

"她说你早就知道我的身份，她说你没有怪我，我自私地希望，她说的是真的。

"这些年，我一直放不下这件事，它像一座大山压在我心上，让我喘不过气。可我女朋友说，改变不了事实，就要学着接受。"

余烬抬手拂掉墓碑上的灰尘和杂草，说："阿在，我以后可能不会再来了，我想尝试放下过去，活得轻松一些。我会永远记得你，记得你是我最好的兄弟。"

身后不远处有杂草踩踏的声音，余烬回头看过去，没有人影。

他转过身，把酒和酒杯放好，站起来，略微弯腰，行了一个礼。

做完这一切，他离开那里，苏禾等在不远处。

苏禾惦记小雪碧，等不及明天回去，坐傍晚的动车连夜赶回青城，余烬将人送到车站后便驱车回车行。

蒋烟今天考驾照最后一科，顺利通过，但排队的人很多，她到下午四点多才拿到驾照。驾校离车行很近，他们约好在车行见。

蒋烟在车行等了很久也没看到余烬，已经到了晚饭的时间，她有些无聊，跑去超市买了些新鲜的食材，去以前住的公寓里做了两道余烬爱吃的菜。

蒋烟把菜端上餐桌时，余烬还没回来。

蒋烟给他打电话，没有人接。她以为他在开车，洗了手，套上外套，慢慢往车行那边溜达。

余烬的车竟然停在车行门口。

她有些奇怪，他到了怎么不给她打电话。

她推门进去，喊："余烬。"

话音落下，蒋烟意外发现屋子里有很多人。

其中几个有些眼熟，好像是余烬城西那个洗车行里的朋友，上次她见过一次，还有些印象。

他们把余烬团团围住，不知道在干什么。

听到声音，所有人都看向门口。

余烬越过那些人，目光落在蒋烟脸上，眉头隐隐蹙紧。

他喉结滚了滚，攥紧的拳头慢慢松开。几秒后，他目光转为平淡，说："怎么空手来了。"

蒋烟微微愣了下，问："什么？"

余烬盯着她眼睛，说："你不是说要把你妹给咱们那瓶红酒拿过来。"他示意外面，"你回去取吧，大森他们爱喝。"

时间仿佛按下暂停键。

大森一众人没有动，只用眼睛盯着蒋烟，屋里氛围似乎格外凝重。

蒋烟和余烬四目相对，片刻，她露出笑容，说："好，我回去拿，你们聊。"说完这句话，她转身推门离开。

余烬一颗悬着的心落下。有人要跟出去，他将手里唯一可以自保的一把扳手狠狠砸在那人脚下，生生将人逼停。

"我的事，跟蒋烟没关系，她什么都不知道，你敢找她麻烦，别怪我不念旧情。"

那人冷笑一声："你都自身难保了，还有心思管别人。"

余烬面前的大森恢复狠戾模样，亮出刚刚藏在身侧的铁棍，直抵余烬咽喉，将他的皮肉压出一道凹痕，说："余烬，你够狡猾，竟然瞒了我们这么多年。如果不是今天在哥生祭，阿左去看他，我怎么都想不到，当年出卖我们、害死在哥的人是你！"

余烬没有躲，也没皱一下眉，他平淡地看着大森，说："阿在的事是意外，我已尽力弥补，至于其他，我不后悔。成万里不除，还会有多少人受他侵害，你应该比我清楚。那些年，你和兄弟们过的什么日子，相信你也不会忘，你睡过一个安稳觉吗？敢结婚生子，敢回老家面对父母吗？"

大森握紧手中的铁棍，死死地盯着余烬。

"不错，最开始我是有目的地接近你们，可我看得很清楚，你们讲义气，重感情，只是当初走错了路。"

"现在的生活不好吗？平淡安宁，你们也都快要成家，"余烬眯起眼睛，微微摇头，"不要一时冲动做错事，失了好不容易挣来的安稳生活。"

他说这些话时，其他几人已按捺不住，喊道："森哥，还跟他废什么话，他耍了咱们这么多年，今天我非给他开瓢不可！"

这话像一个开关，瞬间激起众人怒气，大森也从恍惚中清醒，想起昔年种种，瞬间扬起铁棍朝余烬砸过去。

这帮人混惯了，打架不要命，招招下死手，可余烬只防守，并不进攻。这里所有人都无比了解他的身手，看出他在收着力，只觉受到轻视，将他团团围住，让他不能脱身。

整个车行乱成一团，能砸的东西全砸了。

大森打红了眼，冲余烬嘶吼："你还手啊！"

余烬闪身躲避袭击，说："我拿你当兄弟。"

大森抖着手，吼道："狗屁兄弟！你骗了我这么多年！"

他扬起铁棍朝余烬脑袋砸下去，余烬紧紧抿着唇，没有躲闪，一动不动地盯着他。

余烬觉得自己疯了，但他仍然愿意相信大森，赌这一把。

铁棍在余烬头顶一厘米处骤然停下，大森双眼通红，一双手不住地颤抖。

所有人都不约而同地停下动作，目光落在大森和余烬身上。

大森死死地盯着余烬，嗓音里透着失望："姓余的。"

街口警笛声不断，很快有警车停在车行门口。

众人瞬间慌了神。

"森哥！"

大森在民警冲入大厅时说："我这辈子做过的最后悔的一件事，就是掏心掏肺，真把你当成了兄弟。"

屋子里叫嚷声不断，民警很快将所有人控制住，拍照取证现场，没收斗殴工具。

蒋烟从他们身后跑进来，一下扑进余烬怀里。

她吓坏了，声音都在发抖："余烬，你没事吧？"

众人被押上警车，余烬目光与大森碰上。

大森什么都没说，扭头上了车。

蒋烟不知道发生了什么事，但她觉得余烬整个人的状态都不对。她捧住他的脸，轻唤他："余烬，你还好吗？有受伤吗？"

余烬目光从外面收回，落在蒋烟脸上。

她一双眼那样清澈，有种安定人心的魔力。

他伸手环住她的腰，将人抱进怀里，低下头，脑袋埋在她颈窝，深深吸了一口气,鼻息间全是她身上淡淡的香味。

他的心瞬间落入柔软的温床,那股浓烈的酸楚顷刻被冲散大半。

余烬偏头贴了贴她耳侧,说:"听懂我的话了?"

她趴在他怀里,"嗯"了一声。

"这么聪明。"

蒋烟指尖轻触他喉结,说:"我哪有妹妹啊。"

她似乎摸到什么,从他怀里退出来一点,看向他喉结下面那一点红痕,痕迹边沿有淡淡的血迹,是刚刚铁棍抵得太用力,锋利的边沿刮破的。

"疼不疼?"蒋烟特别心疼。

"没事,还没你弄得疼。"余烬捉住她的手。

蒋烟气得推他一下,嗔怪道:"什么时候了还开玩笑。"

余烬要跟去派出所做笔录,蒋烟要一起去,他没让,交代她:"你在这儿等我,这里的东西不用收拾,待会儿雷子回来会看着处理。"

蒋烟不太放心,说:"我不进去,我就在外面等你。"

他手掌扣住她后脑勺,捏捏她脖子,说:"听话,我很快回来。"

他这样说了,蒋烟不好再坚持,只能看着他跟那些人一起上车,很快消失在路口。

最终余烬没有追究这件事,但大森他们寻衅滋事,还带了棍棒动了手,事实摆在眼前,他们也没有否认,最后被关了几天。

放出来那天,余烬没有去,大森他们也没再找余烬。

后来余烬听说,城西的洗车行关门歇业,店铺外面贴了出兑的告示。

他很清楚,大森以后不会再来了,他们可能也不会再有机会见面。

二十几岁的那一年,余烬过得很不平凡。

而现在,他的生活与那年的牵扯越来越少。

他大概真的可以开始新的生活了。

四月中旬,余笙的外婆去世了。

余笙很伤心,连带身体也受到影响。余笙的妈妈在悲痛中办完丧事,很快办了手续带余笙回瑞士。这些年余笙一直在那边治疗,她的病情也只有那边最了解。

余烬和蒋烟把两人送到机场,两个女孩很不舍。蒋烟说:"我要送你的那条项链还没到,等到了,我给你寄过去。"她有些遗憾,"这段时间太忙了,我还想介绍几个朋友给你认识,一起吃个饭呢。"

余笙的精神状态不是很好,脸色也有些苍白,但她依旧在笑。她说:"项链不是很重要,吃饭也不重要,我只是想知道,之前问你的事什么时候兑现?"

蒋烟没想起来,问:"什么事?"

余笙凑到她耳边,轻轻道:"你什么时候做我嫂子?"

蒋烟的脸瞬间红了。余笙小声说:"你不知道我有多愁,我哥那个性子,好不容易找个女朋友，大概也不会做什么浪漫的事。但我看得出来，他真的很喜欢你，你考虑一下下啊。"

时间已经差不多，余笙的母亲温声地提醒："走吧，来不及了。"

蒋烟赶紧把余笙交给她，说："阿姨，一路顺风，到了给我们报个平安。"

蒋烟目送余笙母女二人离开，余烬从后头抱住她，把她两只手臂也禁锢在怀里，问："你们俩刚刚说什么呢？"

蒋烟偏过头，脸颊蹭到他的唇。余烬顺势亲了她一下，问："是不是在说我？"

蒋烟轻轻地挣扎了一下，想从他怀里出来，说："你不要自作多情好不好，快走吧，一会儿晚高峰要堵车了。"

余烬将车开去城东的公寓。

虽然两人已经不住这里了，可这边一切陈设都没变。余烬那次说过后，没有多久，真的把这两套房子买了下来。

这里承载着太多他和蒋烟的回忆，他舍不得，蒋烟也是。

小区院里那个篮球架还在，蒋烟起了兴致，拉着余烬跑过去。

篮球架下有一个不知是谁落下的篮球，蒋烟抱起来颠了颠，有模有样地在地上拍了两下。她兴奋道："余烬你还记不记得，那年我学篮球，你还教我来着。"

余烬淡淡地说："嗯，你还让江述教过。"

话里透着股酸劲儿，蒋烟哼了一声，拍了几下篮球，跳起来投过去。

篮球砸到篮球架上，连篮筐的边儿都没碰到。

她也不着急，兴致勃勃地跑去捡球，一个人玩得很来劲。

余烬就坐在一旁的石阶上看着她玩。

记得那年蒋烟也是坐在这个地方，看他打篮球。

那时她还小呢，才十八岁，眼睛不会撒谎，就差把喜欢他这几个字写在脸上了。

他把衣服脱掉扔给她，她一下抱在怀里，特别高兴。

余烬从没说过，其实那会儿他一点都不热，他只是想让她帮他拿衣服而已。

余烬在石阶上坐了一会儿，看她跑得都喘了还一个球都没投进去，她似乎有些懊恼，脾气上来，非要投进去一个不可。

余烬起身走过去，在她踮脚时直接弯腰把人扛起来，让她坐在自己肩上。

他走到篮球架旁，握紧她的腰让她坐稳，说："投吧。"

蒋烟又怕又兴奋，篮筐就在眼前，她轻松地将球投进去。

不远处两个女孩投来羡慕的目光。

蒋烟心里很甜，注意力立刻被余烬吸引，不再去管那个篮球。她搂住他的脖子，身子往下滑了一点儿。余烬顺势托住她，把人转了个方向，抱进怀里。

蒋烟好像奖励一样亲了他一下,说:"你真好。"

"不够。"余烬摇了摇头。

她又亲一下,余烬有些不满道:"我教了你这么久,也实践过很多次,你怎么还是学不会,接吻不是这样接的。"

他往前走了两步,将她抵在篮球架上,空出一只手摁住她的脑袋,偏头深吻下去。

过了好久,他终于离开一点,低声问:"学会了吗?"

蒋烟的气有些不够用,微微喘着。余烬摇了摇头,说:"看来运动量还是不够,需要加强练习。"

他抱着人转身往家走。

蒋烟趴在他肩上,问:"我们去哪儿啊?"

"锻炼身体。"

蒋烟乖乖地趴在余烬身上,声音软得像只小猫:"你是不是脑子里一天到晚就在想这种事?"

他倒是很坦然,一点都没觉得不好意思:"对。"

"你就不能含蓄点?"

他托着她的腰迈上楼,说:"跟自己女朋友有什么可含蓄的。"他笑得很坏,"你不是也挺喜欢?"

"我什么时候喜欢了。"她张口咬了他肩膀一下。

"不喜欢你哼唧什么。"

"余烬!"她急了。

已经上到三楼,余烬摸出两把钥匙,问:"去哪边?"

蒋烟憋着气,说:"哪边也不去,我要回家。"

余烬不听她的,打开左边的门,说:"还是去我那儿吧,床比较大。"

他抱着蒋烟走进客厅,蒋烟忽然低头狠狠咬了他颈侧一口,挣扎着从他怀里跳下来,抢了隔壁的大门钥匙就跑。

她迅速开了门,把余烬关在外面,气哼哼地道:"你自己慢慢含蓄吧!"

余烬低笑着摇头,特别无奈,这丫头睚眦必报,真能记仇。

他一手撑在门板上,另一只手叩了几下门,喊:"烟烟,出来。"

"不出,有能耐你进来啊。"

蒋烟信心十足,他只有一把这边的钥匙,总不会撬门。

余烬深深地舒了口气,提醒她:"蒋烟,你再不开门,让我抓到你,不要后悔。"

门里头,小姑娘特别得意,说:"那你试试啊,看抓不抓得到我。"

余烬什么都没说,转身进了隔壁的门。

他径直走向阳台,扒住栏杆,一脚迈上去,轻而易举跳到隔壁。蒋烟听到阳台拉门打开的声音时已经晚了。

她尖叫着被余烬一把拦腰扛起来,丢在床上。

余烬将她两只手控制得牢牢的,她一动都不能动。

他眯着眼睛,说:"你现在说说,我抓不抓得到你。"

蒋烟挣扎了几下,根本挣不开,嗔道:"你耍无赖,哪有走阳台的,你私闯民宅。"

"谁规定不能走阳台了,"他盯着她红润的唇瓣,视线慢慢下移,"而且这好像是我的房子。"

"我要叫救命了!"

他低头啄了她嘴角一下,笑道:"随便叫,越大声越好。"

蒋烟还要说什么,却被他堵住唇,再也说不出来……

晚上将近十点时,蒋烟被余烬从浴室里抱出来。

两人晚上都没吃饭,这会儿饿得很,家里什么都没有,只剩之前落下的两包海鲜味的方便面。余烬把两包混在一起煮,又从冰箱里拿了两罐凉凉的饮料。

饿的时候,什么都好吃。

蒋烟穿着余烬的黑衬衫,宽宽大大,像条短裙。她低头吃得很香,余烬不怎么专心,一边吃一边看她。

蒋烟很快喝掉一罐饮料,问:"你看什么?"

余烬把自己那罐饮料推到她那边,说:"少喝点。"

蒋烟把他那一罐又拿起喝了一口,说:"'快乐水',喝了会很快乐。"

"刚才不快乐?"

蒋烟瞪他一眼,低头吃自己的,不理他。

桌上蒋烟的手机进来一条信息,是蒋知涵发来的:姐,门口柜子上那个快递是你的吗?

蒋知涵早就用一大堆游戏装备换回亲姐的微信加回权。

还买一赠一顺带加回了未来姐夫。

蒋烟瞬间直起身子,迅速打了一行字过去:是我的,你不要乱动,不许拆我快递。

番茄酱:您可真会说笑,我哪敢动您快递,我活腻了吗?

烟:你才回家?都几点了?

番茄酱:您今晚是不打算回家了吗?都几点了?

烟:我看你是欠揍了,爸知道小薯条吗?

蒋知涵一点也不怕:爸要是知道她天天看着我做题,比老师还上心,大概会感谢她。

蒋烟:……

第二天两人都没什么事,也没有着急起床,懒懒地睡到九点多。

后来还是余烬怕蒋烟饿,先起来下楼去买了早餐,回来时看到蒋烟站在阳台那边打电话。

他把早餐放在餐桌上，去厨房拿了盘子和碗分别装进去。

蒋烟挂了电话从阳台回来，问："买了什么？"

余烬给她盛了一碗小米粥，又把唯一一根油条放在她面前，说："太晚了，快收摊儿了，只剩一根油条了。"

蒋烟接过来，顺手撕成两半，把其中一半放在他面前的盘子里，说："够了。"

两人安静地吃饭。

蒋烟小口咬着油条，偶尔看他一眼。

过了会儿，她说："余烬，今天你有事吗？"

"怎么了？"余烬喝了一口粥。

"我们去看师父好不好，好久没去，我有点想他了。"

余烬低笑一声，好像看透她一样，说："你是想师父，还是想陈姨包的饺子？"

蒋烟眼珠转了转，说："都想。"

余烬拿她没有办法，而且也确实有阵子没去了。师父脾气倔，不肯搬到城里，现在已经是春天，乡下的花开得特别早，他每天最喜欢做的事，就是坐在他那个挂满藤蔓的小院子里晒太阳。

两人简单收拾一下，开车去师父那边。

路上余烬给纪元生买了不少他爱吃的糕点，还有一箱牛奶和一些干果。

车开到师父家那个小院外时，意外看到门口还停了一辆车。

车牌号是相同的数字，张扬着霸气，整个岳城也没有几辆。

是余清山的车。

余烬盯着那车看了一会儿，不知道他来干什么。

蒋烟先下了车，她走到门旁，却没进去，隔着铁门的缝隙看到纪元生和余清山在院子里下棋，旁边还摆了一张小木桌，上面放了一壶茶和两个茶杯。

余烬跟在蒋烟身边，没有作声。

两位长辈没有客套，没有疏离，下着棋，喝着茶，偶尔聊两句，好像已经认识许久。

这局纪元生似乎占了上风，很高兴，像个老小孩一样，说："阿烬，你怎么能走那儿，你看我吃了你一子，旁边那个也危险了。"

他将余清山错认成余烬，余清山一点都不意外，也没有纠正他，只道："下你的吧，管我怎么走。"

纪元生摇头，说："你爸就是个臭棋篓，你随他。"

余清山面色温和道："你这个老糊涂，就不能记我点儿好。"

门旁的余烬已经听出异样，他紧抿着唇，眼睛紧紧盯着院子里的两个人。

蒋烟悄声握住他的手。

余清山手里握着一枚棋子,悬在空中许久,最终落在一个无关紧要的地方。他说:"阿烬已经回家了,他跟你说了吗?"

纪元生专注下棋,像没有听到。

余清山似乎也不指望他能听懂,继续说:"虽然我知道,他不是心甘情愿回家,但他愿意走出这一步,我也很高兴。

"以后可以常常看到他,他偶尔能陪我吃顿饭,我就满足了,不用再像以前一样,想看他,还要跑到你这里偷着看。"

他笑得有些苦涩,说:"我给他收拾房间时,甚至还往他柜子里放了一些他小时候喜欢的玩具,他应该还没有发现,他不常回来住。

"我太傻了是不是,他都已经三十岁了,一定早就不喜欢那些东西。

"我应该趁他不在家时给拿出来。"

余清山看向对面还在苦思冥想,不知该往哪里落子的纪元生,沉稳的嗓音里带着些沧桑与感激:"老伙计,谢谢你帮我把儿子养得这么好。"

余烬很久都没有说话,牵着蒋烟的手不自觉地攥紧,蒋烟抬起头,看到他眼角微微泛红。他瞥了别处一眼,舒了口气,似乎想努力缓解积压在心口的情绪。

过了会儿,他低声开口:"你早知道,所以故意把我带来。"

蒋烟看向院子里,目光落在那个陈旧的茶壶上。她说:"我没有权利决定你的选择和态度,但我觉得,你应该知道这件事。"

余烬没有说话,但他的手动了动,探进她指尖,与她十指相扣。

那边,余清山有些无奈地笑了笑,说:"现在儿子把你当成亲生父亲一样孝顺,比对我强了不知多少倍。你这个老小子,是不是在心里透着得意呢。"

花园里的花已经开了不少,剩下一些含苞待放。

他依旧在说,但余烬没有再继续听,牵着蒋烟离开了那里。

当晚余烬回了家,余清山已经到家,范哲珂也在,两人在餐厅那边吃饭。

以往余烬回来,大多都在外面跟蒋烟吃过,不常在家吃,余清山想问问他吃过没有,话到嘴边还是犹豫了一下。

还没等余清山问出口,余烬却主动走过来。他坐在范哲珂对面的位置,看了眼桌上的菜,问:"还有饭吗?"

余清山愣了愣,一时没反应过来,还是范哲珂先回神,叫来家里的阿姨,说:"再添一副碗筷。"

阿姨看到余烬,心里高兴,赶紧回厨房取了一副碗筷放到余烬面前。

余烬接了碗,说:"谢谢。"

他自己从桌上的饭盆里盛了一碗饭,自顾自地吃起来。

隔了会儿,余烬抬眼看到余清山和范哲珂都盯着他,随意道:"吃啊,看我干什么。"

"吃……吃着呢。"余清山脸上是久违的欣喜与意外,忙拿起筷子。他把菜往余烬那边推了推,"你也吃,多吃点。"

这顿饭,余清山格外高兴,连带着也多吃了一些。

晚上余烬下楼倒水时,看到范哲珂也在厨房,他手里拿一瓶还没开封的苏打水,看到余烬,抬手示意一下,问:"要吗?"

余烬点头,范哲珂把手里那瓶隔空扔给他,自己又重新取了一瓶。

两人分别站在操作台两侧,范哲珂拧开那瓶水喝了一口,说:"回来这么久,还习惯吗?"

余烬"嗯"了一声:"还好。"

范哲珂摩挲着瓶身,说:"这段时间公司事情比较多,等下个月我闲一些的时候,你过来看看,我带你熟悉一下,也认识一下公司的元老们,以后你接手时也能顺利一些。"他淡笑一下,"你不用担心,我会帮你。"

余烬静静地审视他。

他一向对父亲的这个养子没什么感觉,不喜欢,也不讨厌。

可现在他真的对范哲珂有些好奇。

余烬说:"你这样活着不累吗?"

范哲珂有些意外,问:"我怎样活着?"

"生活中没有自我,只有余家,只有公司,隐藏自己的情绪和本能,不觉得枯燥无趣,不觉得束缚压抑吗?"

多年来,范哲珂对余清山唯命是从,从不忤逆,替余清山打理公司,听从余清山的安排跟蒋烟见面,即便他当时已经有喜欢的女人。

现在余烬回来了,他又主动退回他原本的位置,心甘情愿地辅助余烬。

这种心理上的落差,常人都无法忍受,可范哲珂好像什么事都没有。

无论是他介意但没表现出来,还是他真的不介意,他都是个非常不简单的人。

范哲珂目光望向窗外。

那里伸手不见五指,漆黑一片。

过了会儿,他忽然问:"你去过孤儿院吗?"

余烬目光动了动,没有说话。

范哲珂将那瓶喝了一半的苏打水放在桌上,说:"你不了解我们这种孤儿,没有家,没有亲人,每天和一大群同样身世的孩子生活在一起,互相取暖。吃饭时,一碗吃不饱,都不敢说话,很怕惹人厌烦。"

"像我们这样的人,能遇到爸爸这样的人,可以让我吃饱穿暖,可以供我读书,让我活得像个人,有多难。"

他平静地说:"爸爸在我心里,像神一般,无所不能,"我现在的一切都是他给的,要我为他做什么都行。就算哪天他真想收回去,我也没有怨言。"

余烬静静地听范哲珂讲完,沉默地喝水。

人生的境遇很奇妙，人的选择也太重要。

如果是别人，也许会失落，会嫉妒，甚至耍手段，以保全自己现有的一切。

范哲珂却能做到如此地步。

也许懂分寸，不争抢，也是一种人生态度。

大千世界，每个人都不一样，遇到事情时的选择也不一样。

正是因为不同的人做出不同的选择，才造就出这样纷繁复杂的社会和人性。

善良的人总是有的。

余烬拎着没喝完的半瓶水转身离开厨房，走到楼梯口时，他停下，说："我散漫惯了，不习惯待在公司那种地方，你擅长的事，还是由你来做吧。"

说完这句话，他没有回头，直接上了楼。

从那天开始，余烬回家住的次数比之前多了些，也偶尔会跟余清山吃顿饭。

他没提过那天看到的事，也不打算提。

他也照常去师父家，给师父带小糕点，对师父比以前还好。

5月20日这天，余烬和蒋烟像往常一样，窝在车行的小沙发上看电影。

像"520""521"这样比较特殊的日子，他们好像都不是太在意，也不爱往人多的地方挤，这样两个人安安静静地待在一起看场电影，就很舒服。

前面的小桌上摆了一盘草莓，蒋烟蜷起腿，整个人缩成小小一团挤在他怀里，草莓自己吃一半，喂他一半。

蒋烟仰起头看余烬，问："师父是明天来还是后天来？"

自从师父生病搬到乡下，还没来过余烬的车行，那天他心血来潮，说想来看看。他糊里糊涂，却还记得余烬那辆最宝贝的摩托车，当年余烬为了买那辆车，攒了很久的钱。

余烬把她手里的草莓一口吃掉，说："明天。"

"那我们用不用准备什么东西？"

他偏头笑道："师父又不是外人，准备什么。"

蒋烟掰着手指数，说："桃酥、蛋糕，还有师父最爱喝的茶。对了，我今晚回家让阿姨做一点奶奶之前做过的那种小蛋糕，师父很爱吃。"

余烬盯着她的眼睛看了一会儿。

蒋烟不知道他看什么，问："怎么了，少了什么吗？"

"没有。"余烬偏过头，压低身子亲她，把她唇上那点草莓汁都吻掉，"考虑得很全面，像个居家小媳妇。"

"谁是小媳妇。"蒋烟脸红了红。

余烬笑了笑，继续看电影。

蒋知涵忽然打来电话："姐，你在哪儿呢？"

"车行,干吗?"
蒋知涵很着急,说:"江述哥要走了!"
蒋烟愣了愣,身子坐直一点儿,问:"走哪儿去?"
"去瑞士,好像要长期驻扎在那边,盯着他们家那个项目了,就一个小时后的航班!"
蒋烟微微皱眉,问:"你怎么知道的?"
"我刚给他打电话约他打球来着,他说已经在去机场的路上了。"蒋知涵有些气愤,"他也太不讲义气了,这一走怎么也得两三年才回来吧,连声招呼都不打!"
蒋烟拉了余烬一把,从沙发上下来穿鞋。
余烬顺手捞过车钥匙,用口型问她怎么了。
"去机场。"蒋烟说完,又对着手机说,"我现在过去,先挂了。"
两人匆忙上车,蒋烟坐上车才告诉余烬,是江述要走了。
余烬什么都没说,用最快的速度赶去机场。

半个小时后,他们在机场的安检口看到江述。
蒋烟隔着很远的距离喊江述的名字。
江述的背影停顿几秒,随后转过身。
看到蒋烟时,他目光中隐隐透出意外与欣喜,还有一些其他说不清的东西。
蒋烟跑到江述面前,余烬跟在她身后。
她生气道:"你干吗一声不响就走,是不是不把我当朋友!"
江述低垂着眼睛看她。他很少这样直白地盯着她眼睛看,过了会儿,他收回目光,说:"我又不是永远不回来,有什么好说的。"
"涵涵说你两三年都不回来。"
江述没有说话。
蒋烟隐隐红了眼睛。
对她来说,江述是特别的,是最好最好的朋友,有时甚至比蒋知涵还要好。他像她的哥哥一样,罩着她,保护她,她有了麻烦,第一时间就会想到他。
从小到大,他不知帮她处理掉多少麻烦,她早就把他当成亲人一样看待。
蒋烟走到江述身边,轻轻抱了他一下,说:"你在那边要好好照顾自己,按时吃饭,不要总是随便对付。赶紧找个女朋友,不要老是一个人了。"
江述垂在身侧的手动了动,犹豫许久,最终还是抬起来,轻轻拍了拍她的脑袋,说:"不告诉你,就是怕你这样哭哭啼啼,烦死了。"
蒋烟抹了一把眼泪,瞪他一眼。
江述叹了口气,说:"你管好自己就行了,少管我的事。"
他看向蒋烟身后的余烬,说:"要是他欺负你,你告诉我,我飞回来给你撑腰。"

蒋烟点点头。

江述再次看向余烬。

两个男人对视一眼,余烬明白他的意思,说:"放心。"

江述嘴角浮现一抹淡淡的笑,没再说什么。

时间已经差不多,江述要走了。

蒋烟忽然想起什么,从随身包包里拿出一条锁骨链。链子用漂亮的小盒子装着,小巧精致,她递给江述,说:"给余笙的项链,我前天才收到包裹,还没来得及寄出去,你帮我带给她吧,地址待会儿我发给你。"

江述接过装项链的小盒子,扔进自己身后的大背包里,随后冲两人摆了摆手,说:"走了。"

他转身走向安检口,直到他的身影消失在那条通道里,他都再没回头。

余烬搂过蒋烟的肩膀,把人拢进怀里,吻了吻她的额头。

"最讨厌分别了。"蒋烟闷闷地靠在他怀里。

"那我们就不要分别。"他说。

蒋烟在他怀里抬起头,说:"你不许离开我。"

他伸手捧住她的脸,认真地说:"我答应你,不离开你。"

这一晚,蒋烟回家睡,两人说好,隔天早上余烬去师父那儿接他,蒋烟带着小蛋糕自己去车行等。

本来一切安排得好好的,可第二天早上余烬接到师父,在回来的路上忽然接到蒋烟的电话,说奶奶得知余烬的师父要来城里,也想跟蒋烟一起去车行。

老太太说吃了人家那么多酱菜,还没好好谢谢他,而且他是余烬的师父,也算半个长辈,按理说他们也应见一见。

余烬知道这件事时,没有什么反应,只说让蒋烟带奶奶过来的路上小心。

反倒是纪元生紧张起来,一直在用手机相机照镜子,说早知道应该打扮得精神一些,穿那套更庄重一点儿的衣服,见阿烬媳妇的家人,不要失礼才好。

余烬的黑色越野车一路开到车行门口,那里已经停了一辆车,蒋烟应该已经到了。

纪元生下了车,整理了一下自己的衣领,挺了挺腰板,跟着余烬走进车行。

大厅里,蒋烟正和奶奶站在那面照片墙旁,蒋烟给她介绍,这些都是余烬改过的车。

说这话时,蒋烟的语气里满是自豪,奶奶点了点头,说:"是不错。"

门口有声音,两人回头看过去。

余烬礼貌地跟老太太打招呼:"奶奶,您来了。"

老太太笑得和蔼，说："回来了。"

余烬用手虚扶着纪元生，向她介绍："这是我师父，纪元生。"他又看向身旁的人，"师父，这是蒋烟的——"

"阿枝。"纪元生忽然开口。

余烬以为他又在叫蒋烟，耐心地解释："师父。"

他还没有说完，对面的老太太紧紧地盯着纪元生，颤着声喊："元生。"

余烬愣了愣，他看向蒋烟。蒋烟冲他摇了摇头，表示不清楚怎么回事，她同样震惊，不知所措。

两个老人慢慢靠近对方。

纪元生伸出苍老的手，紧紧握住她："阿枝，是你吗？"

老太太眼睛含了泪，说："多少年没见，你还好吗？"

"好，好。"纪元生点头。

老太太注视纪元生的眉眼，叹："你老了。"

他却说："你还是那么年轻，漂亮。"

老太太笑了，像小女孩，说："老太婆了，还漂亮什么。"她松开他的手，"你的家人可好，老伴和孩子可好？"

纪元生怔了一瞬，随即应着："好，都好。"

老太太心中隐隐一块石头落地，惦记了大半辈子，总算得知他一切都好。

余烬拉了一下蒋烟，两人走到外面去。

今天天气特别好，岳城的天已经很久没有这么蓝了。

两人依偎着靠在越野车副驾驶那侧的车门旁，直到现在，还觉得这件事有些不可思议。

师父心心念念了大半辈子的阿枝婆婆，竟然是蒋烟的奶奶。

怪不得师父一见蒋烟，就将她错认成阿枝。

余烬用拇指蹭了蹭她的脸颊，说："你长得一定跟奶奶年轻时很像。"

蒋烟微微抬起头，说："我奶奶年轻时很漂亮的。"

他望着她眼睛，说："你也很漂亮。"

两人互相看了一下，同时笑出来，安静地拥抱。

一阵风吹来，蒋烟耳侧的几根碎发被吹散，她小声说："余烬。"

"嗯。"

"今天是5月21号。"

"然后呢。"

"'521'哎。"

他"嗯"了一声，回应："我也爱你。"

蒋烟抬起头，说："我是说'521'，没有说我爱你。"

他又"嗯"了一声，说："我也爱你。"

蒋烟急了，身子动了动。余烬摁住她，不再逗她，说："好，521，然后呢？"

她眼睛亮亮的，说："我有一个礼物要送给你。"

余烬注视着她的眼睛，蒋烟从包里拿出一本精致漂亮的画册。

余烬看到那画册的名字时，心底微微颤动。

蒋烟将画册翻开，第一页无比熟悉，碎石尘埃，一片废墟，十八岁的少年，救了一个女孩。

她一页页地往后翻，每一页都那样熟悉，是刻印在余烬骨子里的画面。

蒋烟竟然把画他的那本手绘本，出版成了一本真正的画册。

他是画册的主角，也是她生命中的主角。

蒋烟合上画册，踮起脚尖，轻吻他的唇，轻轻说道："送给你，我的男主角。"

余烬的心被反复研磨，他想，这辈子他大概是栽在这个小丫头身上了。

他将她的头扣在自己胸口，手摸到车门悄声打开，从里面取出一样东西。

他低头深吻她，说："谢谢你，烟烟。"他搂住她的腰，把人抱紧一些，"我也给你准备了一个礼物。"

说完这句话，他摁了一下按钮，一把奶白色的遮阳伞撑在两人头顶。

蒋烟微微抬起头，问："你要送我什么？"

她看到那把伞，说："不是很晒，干吗撑伞？"

话音落下，她好像意识到什么，微微愣了一下，重新看过去。奶白色的遮阳伞，零星点缀着金色的爱心，这伞似乎有些眼熟。

她立刻去检查伞柄，上面果然有她专属刻印的图案，一个大写的字母"Y"，后面跟着一颗小心心。

她十分意外，问："你怎么会有这把伞？"

"是你的吗？"余烬凝视她的眼睛。

她点头。

"你给谁了？"

蒋烟望着他，回想起几年前那个狂风骤雨的夜晚，喃喃着："那年我出国读书，在去机场的路上看见一个人——"她慢慢睁大眼睛，"是你吗？"

他捧住她的脸，低下头，抵住她的额头，轻轻说道："嗯，是我。"

人生的际遇真的很奇妙。

两个人有缘，不管相隔多久，不管错过几次，不管以怎样的形式，终会相见。

余烬将人搂进怀里，两人撑着伞，望向不远处的山峦。

蒋烟轻轻闭上眼睛，静静感受此刻的安宁静谧。

"余烬。"

"嗯。"

"你闻到了吗?"

"什么?"

"风的味道。"

余烬目光温柔,说:"我只闻到你的味道。"

蒋烟没有说话。

过了会儿,余烬忽然说:"你不会让我等太久,对吧?"

"什么?"

"少装糊涂。"

"听不懂。"蒋烟抿着唇。

余烬低头用力吻她一下,问:"懂了吗?"

"没。"

他又吻她。

"不懂。"

余烬笑出来,说:"诓我亲你呢?"

蒋烟没有等他再说别的,环住他的脖子,主动吻上去。

风似乎都带着清甜的味道。

余烬搂着她的腰,手里还拿着那本画册。

晴空万里,阳光洒在那本画册的封面上。

画册的名字闪闪发光,是蒋烟亲手写的四个字:

烟火余烬

名字下方有一行小字:

烟火将世俗烧成灰烬,只剩爱情。

(正文完)

番外一

那些比风温柔的日子

《烟火余烬》大卖后,蒋烟成了圈内小有名气的插画师,甚至好多以前对插画不太感兴趣的人也被吸引,纷纷在网上围观最主要的那几幅画。

废墟中的一缕阳光,篮球架下的少年,睡在火车下铺的男人。

最受关注的是那幅医院中的草莓吻。

那是第一次也是唯一一次有其他人入镜。

很多人都说,这本画册按照画的顺序看到结尾,更像是一个完整的故事。

第一视角的镜头带着大家与男主角在地震废墟中初遇,相知,相许,最终在一起。

但他们不知道,这中间有多少曲折。

蒋烟展示给大家的,是最美好爱情的样子,没有分别,没有误会,没有遗憾。

爱情本该如此。

小女生们对画中的男主角格外感兴趣。

有的说这只是作者创作的虚拟人物,有的说画面太真实,一看就有原型,还有的说这男人看着有些眼熟,但想不起在哪儿见过。

不过她们讨论来讨论去,最终都会归结到同一个话题上。

这男人太帅了。

真的就是画中的男人才会给人这样的感觉,随便一个眼神都很有味道。

而此时这位"画中的男人"正靠在床边,刷蒋烟微博下的评论。

——我宣布这帅哥是我二次元老公了。

——出本续集吧!

——同上,我先预订十本。

——求同款笔刷!

——楼上,这不是软件画的。

——老婆什么时候返场？想要签名！
——老婆你已经三天没更新微博了。
……
余烬看到"老婆"两字，心想，现在的小姑娘都是这样表达自己的喜欢吗？
老婆。
他都还没叫过。

余烬起身走到桌旁，拿起那本画册随手翻阅。里面的每一页他都已经看过很多次，大多场景都是真实发生过的，那些一闪而过的瞬间，有些他自己都不记得，却被蒋烟深深印在脑海中，落在笔尖。
记得那时他还送她去买笔，却没想过是用来画他。
桌上的一摞书下，压着她的原始画册。
余烬从最底下将其抽出，翻开一页页地看，印刷版再精美，也没有她的手绘稿触感温柔真实。
他翻到后面，发现比之前多了几张，大概是后来她又画了一些。
余烬的目光被其中一张吸引。
那是一幅出浴图。
男人只在腰间围了一条纯白色的浴巾，裸着上身，肩宽腰窄，八块腹肌，冷峻的面庞，潮湿的头发，眼角眉梢隐隐还有些未擦净的水珠。
这样一幅画，野性十足，荷尔蒙十足，他从没见过。
两人恋爱这么久，这样坦诚相见的时候不少，但这幅画似乎不太一样。
男人身后的家居陈设，很像几年前那间小破公寓。
那时他们还没有恋爱，他更没有以这样的形象出现在她面前。
浴室的门被拉开，蒋烟身上裹着浴巾，一边擦着湿漉漉的头发，一边走出来。
余烬眯起眼睛，眼神从上到下，又从下到上扫视她。
她这副水嫩模样，跟画里的他简直绝配。
他眼神直白炽热，看得蒋烟浑身发毛，她低头瞅了瞅自己，问："怎么了？"
余烬扬起画册，将那一页亮给她看。
蒋烟的目光移过去，看清他手里的东西时，一下急了，抓紧胸口的浴巾跑过去，踮脚抢他手里的画册。她嗔怪道："干吗偷看我东西？"
余烬那只手扬得老高，不让她碰到画册，另一只手揽着她的腰把人搂在自己身上，说："画的是我，我不能看？"
"给我。"她耳根发红。
"不给。"蒋烟抹了身体乳，整个人香喷喷的，余烬忍不住低头偷亲她一下，"什么时候画的，我怎么没见过？"
"就没事的时候画的。"

他手臂力气很大,箍着蒋烟的身体,她动都不能动,而且她现在只围了一条浴巾,一用力就会滑落下去。

余烬单手合上画册,把它扔回桌上,两手一起环着她的腰,低头看她,说:"那个时候我好像没有在你面前洗过澡。"

"有过。"蒋烟有些不满,"你都忘了。"

余烬仔细回想,好像只有一次,她家里被水淹,她借住在他那里时,他怕冒犯人家小姑娘,特意穿戴整齐才从浴室出来。

"那会儿我可是穿了衣服的。"他说。

蒋烟红着脸不说话。

余烬盯着她的眼睛看了一会儿,抬手捏捏她脸蛋,低笑一声:"所以那个时候,你很期待我这个样子出来见你?"

"不是。"她辩解得有些无力,索性伸手推他,"松开啊,我换睡衣。"

余烬被她的手抓得痒痒的,略一弯腰就把人抱起来丢在床上。

"不用换了,这样更方便。"

许久后,余烬打开床头灯。

浴巾堆在床角,早上刚换的床单有些凌乱,蒋烟趴在余烬身上休息。不管春夏秋冬,他身上总是热热的,舒服又安全。

余烬指尖在她光洁的肩头划过,问:"这张怎么不放进出版画稿里?"

蒋烟脑袋埋在他肩上,视线里,是余烬肩头的文身,此刻文身上已经有了几个小小的牙印。情浓时,或是故意逗他时,她总是喜欢咬他肩上的文身,每次都能成功勾起他心底的火。

他最受不了她这样。

蒋烟嗓音软得像小猫,说:"好东西当然要留着自己看,发出去,不是便宜她们了。"

这话很中听,余烬很满意,张口咬她耳朵,问:"还有别的呢,要看吗?"

他精力旺盛,蒋烟有些怕了,说:"别闹了,睡觉好不好,明天还要赶飞机。"

蒋烟要去北京参观一个画展,是她很喜欢的一个画家,第一次在国内办画展,她已经期待很久。

提到这件事。余烬就有些不高兴,问:"你不能晚两天再去?"

他早已答应朋友帮忙改装的车,马上就要交车,不好推迟。

蒋烟搂住他脖子,说:"看完画展还要顺便见个品牌商,聊一下下个季度的方案,已经约好时间了,不能改。"她哄着他,"只有两天而已,周一我就回来了。"

事情已经这样,余烬不好再说什么,再不情愿,第二天也还是准时把人送到机场。

自从两人在一起,虽然也有两三天不见的情况,但还是头一回放她一个人在外地过夜。余烬有些不放心,叮嘱她关好门窗,晚上不要出去乱跑。

蒋烟觉得有些好笑,点点他唇瓣,说:"干吗这么紧张,以前我一个人在国外那么多年,早就练出来了。"

余烬表情严肃道:"我没跟你开玩笑。"

蒋烟抬起头看了他一会儿,踮脚亲他的唇,说:"我知道了,我会小心。"

这次北京的行程很顺利,第一天下午她先见了品牌商,第二天上午才去画展。

在画展中那些可以拍照的区域,蒋烟拍了很多,挑了一些给余烬发过去。他好像随时守着手机似的,很快回复了一条:逛完了?累吗?

蒋烟站在过道不碍事的地方给他回消息:不累,再转转就出去。

余烬:之后做什么,回酒店吗?

蒋烟:下午约了几个同学吃饭,吃完才回去。

北京这边有几个跟她一同在瑞士留学的同学,现在也都回来了,知道她过来这边,特意给她接风,一起聚一下。

起先余烬不觉得有什么,只叮嘱她不要多喝酒,晚上早些回酒店。

但放下手机那一刻,他忽然想起一件事。

之前蒋知涵好像提过,有一个北京的瑞士留学生追过蒋烟,当年还来岳城找过她。

蒋知涵还说过什么来着?

那男生可执着了,还帅。

余烬深吸一口气,觉得这丫头真是有本事,不在他身边,也能让他吃不下饭。

事实证明,男人的第六感也很准。

那个追过蒋烟的男生确实也参加了下午的同学聚会。

其实当初蒋烟对他的态度一直很明确,拒绝过好多次,是他一直不死心,直到蒋烟回国前,他最后一次表白,再次被拒绝,这才死了心。

半年后他也回了国,之后一直在北京发展,也没有再找她。

现在他已经有了女朋友,听说快结婚了,过得也很幸福。

他们几个当年在国外一直互相照顾,关系很好,在北京的这几个也很少有机会聚,大家想起了很多当年在瑞士时发生的事,聊得很开心。

吃完饭有人提议去唱歌,蒋烟也跟去了,闹哄哄的直到晚上八点多才完事。

为了照顾蒋烟,他们唱歌的地方就在她住的酒店附近,散场后,几个同学一同把她送回酒店。

大家互相道别,下次再见,不知道又要到什么时候。

今晚蒋烟喝了一点酒,但不多。她乘电梯上楼,心里琢磨着回去先洗个澡,给余烬打个电话,然后早早睡觉。

明天是下午的航班，上午还有一些时间，她想早点出去，给家人和师父带一些特产。

电梯很快到了蒋烟住的那层，她的房间就在电梯不远处，一开门就看到一个高大的身影立在门旁。

她有点发愣，以为自己看错了，要么就是酒喝多了有些晕。

怎么那人那么像余烬？

直到电梯门自动关上，蒋烟才重新按了开门按钮，从电梯里走出来。

余烬手里握着手机，脚边一只黑色的旅行包，瘪瘪的，没带什么东西的样子。

他微微低着头，眼睛瞥向蒋烟，似笑非笑地看着她。

蒋烟慢慢走到那人面前，这才真切意识到，余烬来了。

她愣愣地看着他，出声："你怎么——"

余烬偏头在她颈间闻了闻，问："喝酒了？"

"嗯，跟大家好久没见，喝了一点。"

"一点都不乖。"

蒋烟好像才反应过来似的，一下抱住他的腰，仰起头看他，有些激动，也有些兴奋，说："你怎么来了？不是说好明天去机场接我吗？"

余烬有些无奈地弹了她额间一下，拿过她手里的房卡开门，搂着腰把人带进房间，说："还不是因为你，出了门也不让人省心。"

蒋烟想问什么事不让他省心，但他没给她机会，连灯也不开就低头亲她。

两天没见，两人有些迫不及待，连蒋烟都主动许多，急匆匆地踢掉鞋子，被余烬抱上床。

耳畔全是他的呼吸声，恍惚间蒋烟忽然听到他问："那个追过你的留学生也来了？"

蒋烟怔了怔，神思立刻清明不少，双手抵在他胸口，把人推远一些，说："所以你忽然跑来，就是因为这个？"她有些哭笑不得，"这种陈年老醋也吃，你干脆泡到醋缸里算了。"

余烬也不反驳，低着头有一下没一下地啄她唇瓣，说："算是其中一个原因吧。"

"还有别的？"

他抬手扯过一旁的被角遮住她眼睛，只露出她那两瓣饱满娇嫩的唇，他毫不犹豫地低头吻下去。

"我烟瘾犯了。"

蒋烟被他亲得晕乎乎的，说："你这烟戒多久了，还没戒掉？"

"嗯，不好戒。"

"还要多久？"

"要很久。"

蒋烟不太老实，一直在动，说："等下，还没洗澡。"

"待会儿再洗。"他说，"来不及了。"

番外二
一弯彩虹

清晨,蒋烟迷迷糊糊地翻了个身,手无意识地触摸身旁,却摸了个空。她睁开眼睛,发现余烬已经起来了。

她从床上坐起来,脑子还不太清醒,看清房间里的陈设时,才想起他们昨晚是在郊区的老房子里睡的。

其实最开始他们并没打算在这儿睡,只是有段时间没回来,想看看车行和两套老房子。

谁知看着看着就看到床上去了。

蒋烟有些郁闷,又有些不服气,明明两人差不多时间睡觉,折腾成那个样子,怎么他每次都能精神十足早早起床,她却需要多睡很久才能缓过来?

卧室门被余烬推开,看到坐在床上睡眼惺忪的蒋烟,他下意识地低笑一声,走过来单膝跪在床上,探身过去轻轻啄了她唇瓣一下。

"醒了。"

他身上有淡淡的沐浴露香味,头发也半干,应该是刚冲了澡。

香味很熟悉,是两人都在用的一个牌子,那时蒋烟说喜欢,他就多买了几瓶,在这里也放了一瓶。

蒋烟环住他脖颈,嗓音哑哑地问:"几点了?"

"七点多,不睡了?"

蒋烟摇了摇头。

余烬顺势揽住她的腰,另一只手探进她腿窝,将人抱去浴室。

每次她累着了,第二天早上余烬总是喜欢这样抱她去浴室。她身材娇小,软绵绵地躺在他怀里,像只乖顺的小猫咪。

他很着迷这时候的她。

余烬陪着她又冲了一次澡。

快九点时,两人吃完早餐,余烬把蒋烟带去车行。

车行现在已经交给雷子打理，这小子最近交了女朋友，忙得很，时常不在店里。

　　蒋烟说余烬身上的坏习惯全被雷子学去了，余烬那会儿也是这样，不高兴了关几天门，谁来也不管。

　　车行的陈设跟余烬在时几乎一样，没什么变动，墙上还挂着他曾改过的车的照片，小屋的茶几上放着几本零件图册。

　　蒋烟随手翻阅，上面还有当初她用铅笔做的一些笔记。

　　大厅的玻璃隔断里只剩一辆摩托车，余烬那辆已经被他取走，他偶尔会骑车带蒋烟去郊外兜风。

　　另一辆车应该也快被取走了。

　　余烬端了盆水，拿了一些工具放在门口，回头叫她："烟烟。"

　　蒋烟搬了两个小马扎跑过去。

　　阳光下，余烬的侧脸格外清隽，蒋烟坐在小马扎上，手掌托腮，就这么盯着他看。

　　他认真专注的样子，蒋烟最喜欢。

　　余烬目光没动，细致地擦拭手上的工具，问："看什么？"

　　蒋烟将脸颊贴在手背上，说："你为什么这么喜欢擦工具？"

　　她已经看过他很多次这样做，有时工具并不脏，他也会拿来擦一擦。

　　他的东西永远干净整洁。

　　为什么喜欢擦工具？

　　余烬从没想过这个问题。

　　这习惯是很久以前留下的。那时还没有蒋烟，他偶尔烦闷，不想闲着，就会把这些东西拿出来折腾一遍，好像这些银白色的金属干净了，他的心也跟着痛快起来。

　　后来有了蒋烟，他不再需要这样的排解方式，这个习惯却延续下来。

　　余烬用手背蹭了蹭她的脸，把上面不知道在哪里弄脏的地方擦净。

　　"习惯了。"

　　蒋烟把小马扎挪近一些，跟他挨着坐，说："我跟你一起擦吧。"

　　余烬递给她一块抹布。

　　周围很安静，只有工具碰撞的金属声和随风摆动的树叶声。

　　两人没有说话，只这样安静地待在一起，哪怕只是擦擦工具，都很舒服。

　　隔了会儿，余烬忽然问："想看彩虹吗？"

　　"什么？"蒋烟抬起头。

　　余烬重复一遍："彩虹，想看吗？"

　　"天上的那种？"

　　"嗯。"

　　蒋烟不太明白余烬为什么这样问，就算想看，现在又没有下雨，难道他还能凭空变出不成。

虽然这样想，但蒋烟还是很配合地点头，说："想看。"

余烬什么都没说，起身回了大厅，不到一分钟，他从里面扯出一把洗车水枪。

蒋烟知道车行有这个，余烬偶尔用来洗他那辆黑色越野车。

她忽然意识到他想做什么了。

余烬将水枪对准前方的空地。

阳光下，清亮透明的水雾肆意喷洒，在空中划出最美的弧线。余烬不断调整水流的角度和方向，没有多久，那里竟真的生成了一道小小的彩虹。

余烬真的给她造出了一弯彩虹。

蒋烟怔怔地望着那里，意外又惊喜，她说不出话。

余烬拉住她手腕，将她带进怀里，从身后环住她，牵着她的手一同握住手柄，他唇瓣贴在她耳侧，嗓音很低："喜欢吗？"

许久后，她说："喜欢。"

余烬满意了，扳过她的脸，低头吻下去。

番外三
落入凡尘的仙女

　　余烬和蒋烟虽然还没有结婚,但两家人都已经认定了这桩婚事,所以余烬在蒋家的待遇很高。有时送她回家,碰到蒋彦峰,他还会被留下吃晚餐。

　　有余烬在的晚餐,总是格外丰盛。

　　那天吃完饭,余烬没走,一对小情侣躲在楼上蒋烟的房间里聊天。

　　蒋烟明天要参加婚礼,当伴娘。她第一次当伴娘,有点兴奋,躺在余烬怀里一直跟闺蜜语音,讨论明天的流程。

　　余烬一只手垫在脑后,一只手搂着她,指尖轻捻她肩头柔软的衣料,眼睛望向雪白的天花板。

　　他一条长腿蜷起,搭在浅粉色的床单上。

　　蒋烟真的很喜欢这种粉嫩的颜色,以前她住在郊区的房子里床单也是粉色的,带一点小碎花,他那么大个男人躺在上面,气质完全不搭。

　　听着她细致温柔的声音跟电话那边确认细节,余烬心里有种异样的感觉。他想到以后,如果他们也结婚了,那他们的卧室大概也会被她布置得粉粉嫩嫩。再往后,如果他们有了小宝宝,那他希望是个女儿,以蒋烟的性格,大概会每天跟女儿穿亲子装,穿同款的漂亮裙子。两个小倔丫头在一起,万一吵架,他都不知道要帮谁……

　　余烬想得有些出神,忽然听到蒋烟叫他。

　　"什么?"余烬回神。

　　蒋烟跪坐在他旁边,问:"伴娘服昨天到了,你要不要看?"

　　余烬拽了个枕头垫在脑后,笑得很痞,说:"伴娘服有什么好看的,什么时候你穿新娘服再给我看。"

　　蒋烟不理他,跳下床去懒人椅那边把纸袋里的伴娘服拿出来,跑去浴室换。

　　余烬看着她纤瘦的背影消失在浴室门口,轻笑一声。

不知道看过多少次了，她换个衣服还要躲去浴室。

蒋烟从不在余烬面前换衣服，余烬曾提过这件事，那时蒋烟一本正经地说：那个的时候和换衣服的时候不一样，要保持距离，保持新鲜感。

余烬对此颇有微词。

对她，他看多少次都不会厌烦。

浴室的门开了，蒋烟从里面走出来。余烬看过去，微微怔住。

豆沙粉的薄纱长裙，肩头点缀着晶莹的碎钻，她特意把头发也散开，长发搭在肩头，蓬松柔软，像落入凡尘的仙女。

"好看吗？"蒋烟拎着纱裙裙摆转了一圈。

余烬坐起来，把手伸向她。

蒋烟走到床边，余烬将人拉进自己怀里，让她坐在他的腿上。他搂着她纤细的腰，目光在她身上一点点扫过，喉结滚了滚，低声说："你这个样子，我有点儿不敢放你出去了。"

他这样说，就是觉得很好看了，蒋烟心里很甜，伸手环住他的脖子。

余烬手臂拢了拢，将人抱紧，语气随意："你比人家早恋爱，现在别人都要结婚了，反省一下你自己。"

蒋烟低低笑着，额头抵着他，说："你什么意思啊，余老板。"

她嗓音懒洋洋的，勾得余烬心痒，他没有给她逃跑的机会，偏头含住她的唇。

他下巴有短短的胡楂，故意扎她，弄得她又痒又疼。她忍着笑推他，嗔怪道："别闹，裙子压皱了，明天还要穿呢。"

余烬偏头看向窗外。

天黑了，他该走了。

蒋烟从他身上起来，整理裙摆。她转身时，看到余烬还盯着她看。她过去拉他起来，说："早点回去吧，晚上路不好走。"

余烬走到门口，伸手撑住门边，低头瞧她，说："那我走了。"

她"嗯"了一声。

"真走了？"

"走吧。"蒋烟低着头。

余烬看了她一会儿，他的手还撑在门边，几秒后，他忽然摁灭了房间里的灯。

蒋烟只觉眼前一片昏暗，他温热的唇落在她唇上。

他上来就是深吻，对她的探索，他永远不够。

呼吸间都是彼此的味道，蒋烟慢慢踮脚，搂住他的脖子。

许久，余烬终于亲够，离开她湿软的唇瓣，在她嘴角轻吻一下。

"明早我来接你。"

"嗯。"黑暗中，蒋烟紧紧抓着他胸口的衣料，平复自己。

"明天见。"

番外四

与他的春夏秋冬

那一年的盛夏,蒋烟终于见到师父的满园鲜花。

她也终于明白,为什么师父在这里一住就是这么多年,再不愿回到城市里。

这儿太美了。

置身花海中,好像一切烦恼都不复存在,空气中都是花的味道,是最自然的清香。葡萄架下的石板路隐隐晃动着斑驳的光影,那个藤椅还摆在原地。

后来的几年,每到这个季节她来的次数总是最多,有时赖在这里几天都不肯走。

有一年,蒋烟画了一套插画,是春夏秋冬四季的小院,角度相同,从春意盎然到冬日暖阳,从鲜花盛开到枝丫挂满冰霜。

她把这组画发到微博上,配了一行文字:与他的春夏秋冬。

这一次,奶奶也来了。

纪元生高兴得像什么似的,话比以前多很多。

他依旧叫老太太"阿枝"。

"阿枝,你又走错了,我跟你说过很多次,马走日,象走田。"

"阿枝,你要的那个青色尾巴的风筝,我给你做好了,你看看。"

"阿枝,你好几天都没来找我,是不是你爸又不让你出门了。"

他糊里糊涂,以为他们还在年少时。

每次见面,他翻来覆去只有这几句话。

院子里,在余烬之前搭建帐篷的地方支起了一个小炉子,两个人围着炉子烤红薯。

两个小马扎紧挨着,蒋烟往旁边挪一点,余烬就跟过来一点,她"哎呀"一声:"热。"

余烬抬手抹掉她鼻间蹭得黑黑的地方,说:"非要自己烤的时候怎么不觉得热？"

"没烤过嘛，师父和奶奶都爱吃。"

她认真地给红薯翻了个面，看了藤椅那边一眼，说："这次过来，感觉师父的身体好像差了一些。"

"嗯，陈姨给我打过电话，说他最近睡眠不太好，晚上只要醒来，就坐在院子里看星星，一整夜都不睡。"

"房子收拾好了吗？"

余烬一直想让师父搬到市区，也准备了一套房子给他。那里交通便利，生活和就医都很方便，小区旁边就是公园，吃完晚饭可以去那边遛弯。

"上个月就可以住了，他一直不肯去。"余烬把烤好的红薯拎起来扔进一旁的小筐里。

"哎，烫！"蒋烟叫了一声，刚刚她不小心碰到，手指到现在还疼。

"没事。"余烬戳了戳之前烤好晾在一旁的红薯，"这个能吃了，你尝尝。"

蒋烟掰了一小块尝了尝，软糯香甜，跟外面大烤炉里的一样好吃。她很有成就感，迫不及待地将最软最香甜的红薯掰开，小跑着递给纪元生和奶奶。

纪元生让蒋烟把大的那块给老太太吃。

回来后，余烬已经剥好另一个红薯的皮，只留一小部分让蒋烟拿着，说："这个好像也不错。"

蒋烟接过来，咬了一大口。

余烬拿过一旁的纸巾，温柔地将她那只脏脏的小手擦净。

他做这件事时那样认真专注，像对待他的摩托车。

他让人觉得，被他放在心里是一件很幸福的事。

蒋烟目不转睛地盯着他。

余烬注意到她的目光，抬手弹了她额头一下，问："看什么？"

"你知道什么地方的红薯最甜吗？"蒋烟搬了小马扎凑近一些。

余烬不知道她又玩什么花样，但还是无比耐心地顺着她的话问："什么地方？"

她忽然凑过来，在他唇上啄了一下，笑嘻嘻道："这里的最甜。"

她唇齿间红薯的香气未散，沾染着她的味道，一同裹挟着他。

余烬微怔几秒，随后笑意从眼角眉梢慢慢化开，藏都藏不住。

在一起已经几年，他仍旧会为她心动，轻易被她的小动作攻陷。

他趁葡萄架下的两个老人不注意，大手偷偷从她腰间穿过，不轻不重地捏了捏，她低声说："小丫头，谁教你的？"

他手不老实，蒋烟一边忍着笑一边推他，说："跟你待久了，什么学不会。"

她受不了他越来越放肆的手，很快跑开。

她总是这样，喜欢故意惹他，惹出火就跑。

余烬拿她没办法的样子最可爱。

午饭后，余烬开车带他们去了附近一片空旷的草地上。

越野车顶绑了一只超大的风筝，几米长的青色尾巴，是几十年前，纪元生答应送给阿枝的那一个。

蒋烟特别兴奋，搬出两个折叠椅安顿好两个老人家后，就拉着余烬往空地中间跑。

这里是自然生长的一片草地，有的地方草长得很高，看不清底下的碎石和坑洼，余烬反手握住她，控制她的速度，喊："慢点。"

蒋烟已经很多年没放过风筝，有些生疏。余烬从身后环着她，将她小小的身体拢在自己身前，握着她的手，带着她一点点放线。

风筝很快飞得老高。

余烬放手后，蒋烟一个人扯着那根线在草地上奔跑，笑闹。

空气中满是欢乐的味道。

没有多久，蒋烟跑回来拉奶奶。

老太太赶紧摆手，说："我可不行，老了，跑不动了。"

蒋烟抱着她的胳膊，撒娇道："来吧试一试，您不是好多年没放过了吗？我放好线您拉着就行。"

老太太拗不过孙女，被她拉走。

余烬从车里拿出几瓶水，递给纪元生一瓶，喊："师父。"

纪元生没接，眼睛一直盯着远处放风筝的阿枝。

"阿烬。"他说。

余烬忙答应："在呢。"

纪元生指着远处的老太太，问："那个丫头是谁啊，长得真漂亮。"他眼神有些陌生，又有些迷茫，随后渐渐生出些羞涩之意，"我想娶她当老婆。"

余烬不知该怎样形容现在的感觉，他心里一阵难受，握住纪元生的手臂，只喊了一声："师父。"

他没有说别的，也不知道还能说什么。

老人家的身体到底还是不行，没多久老太太就有些累。蒋烟把风筝递给余烬，换余烬和纪元生去放。

祖孙俩坐在阴凉的树荫下，纪元生很会放风筝，他放得很高，比任何人都高。

蒋烟转头看向奶奶。

老太太虽然年事已高，但依旧神采奕奕，眉眼间透着极高的涵养与气质。

她是真正的大家闺秀。

她的丈夫很早便去世了，她为蒋家操劳了一辈子，没有一句怨言。

蒋烟忽然说："奶奶，您有没有想过，以后一直陪着师父。"

这话很委婉，但老太太听懂了，她像听到多么不可思议的事，说："你这孩子，胡说什么。"

蒋烟很认真地说："为什么不能说？"

"我都七老八十了，还想这个，会让人笑话。"

蒋烟蹲在老太太面前，伏在她的膝间，说："为什么要笑话？有谁规定，年纪大的人不可以追求自己的幸福？"

她说："奶奶。师父等了您一辈子，他一辈子都没有娶妻生子。"

老太太没有说话。

那年在车行重逢，他说妻儿都好，她一度放了心。

后来才知道，原来他一辈子都没有成家。

年少时他曾说过，非她不娶。

她也说过，非他不嫁。

但她终究违背了誓言，嫁了别人，而他却孤独地守着他的诺言过了一辈子。

他生病，忘了所有人，却从未忘记她。

蒋烟握着老太太的手，说："奶奶，为自己活一次吧。

"在这个世界上，您不只是我的奶奶，不只是爸爸的母亲，不只是蒋家的媳妇，您还是您自己啊。

"您是阮绫枝。

"是师父的阿枝。"

那天夕阳很美。

把两位老人送回去后，余烬牵着蒋烟沿着乡间小路慢慢散步。

两人坐在田埂间，看绚丽的晚霞。

城市里很少能见到这样美的落日，蒋烟靠在余烬怀里。

"你说，如果我们追着夕阳一路往西，是不是就能一直看到这样美的落日？"

余烬似乎有些心不在焉，说："是吧。"

"但如果这样，就看不到月亮了。"

"嗯。"

"也看不到星星。"

"嗯。"

她懒懒地趴在他怀里，问："余烬，你在想什么？"

余烬望着天边仅剩的一点云霞，说："我在想，不如我们结婚吧。"

怀里的人忽然安静了。

他偏头看过去，对上她那双黑亮的眼睛。

蒋烟坐直身体，心跳得有些快。

余烬讲话很慢，但每个字都清晰地敲打在她心里——

"从你八岁那年算起，我们已经认识十六年了。那年我说过，不会着急让你跟我结婚,那时你还小,见过的人少,经历的事也少,我怕你早早迈入婚姻,会后悔。"

他抬手抚摸她的脸,说:"可你今年已经二十四岁了,我觉得,我给你的自由时间已经够多。"他的侧脸映着一层橘色的光晕,比任何时候都温柔。

他说:"烟烟。我怕了。"

蒋烟沉浸在他那样动听的话中,无意识地靠近他,轻声问:"怕什么?"

余烬握住她手腕,将人拉进怀里,吻她头顶,说:"看着师父,看着奶奶,我怕了。

"错过,是多可怕的一件事。

"我怕错过你,烟烟。"

蒋烟的脸颊紧紧地贴着他胸口,很久都没有说话。

天渐渐黑了。

蒋烟掉下眼泪。

余烬抬手触碰她的眼睛,摸到湿湿的泪珠。他温柔地哄她:"怎么不说话,你愿意吗?"

蒋烟觉得他太傻了。

她怎么可能不愿意?

他是刻进她骨血里的男人啊。

蒋烟窝在他怀里,看着天上若隐若现的星星。

"你给我买戒指了吗?"

戒指买了,但他没带在身边。

余烬摸向一旁的草丛,拔掉一把小草,从中挑了一根最漂亮的出来,擦干净,圈成几圈,编成一枚小小的"戒指"。

他搂着蒋烟,牵着她的手把戒指一点点套进无名指,说:"套牢了,你跑不掉了。"

蒋烟对着天空伸出那只手,星星一闪一闪,像在指尖跳动。

她反复看了很久,赞叹:"好看。"

余烬扳过她的脸吻下去。

余烬曾说过,这辈子做过的最正确的一件事,就是十八岁那年,从废墟中救出蒋烟。

她的出现,让下雪的日子不再悲伤,让他的生命中充满无限可能。

蒋烟说,他是她的一束光。

但余烬知道,她才是他生命中的光。

他将倾尽所有,护她,爱她,让她可以永远不用长大,永远是他心里那个十八岁的小姑娘。

他的十八岁,与她相遇。

她的十八岁，与他重逢。

这是上天最美的安排，幸而他们没有错过。

愿往后余生，岁岁常相见，时光流转，不负韶华。

番外五
嫁给他

清晨,余烬早早起床,简单地收拾好自己,又准备了早餐,时间刚过六点,蒋烟还没起。

他把熬好的粥盛在一个大瓷碗里凉着,轻轻推开卧室的门。

起床时他没拉窗帘,这会儿房间里还暗着,他走到窗口拉开一半窗帘,只留里面那层纱帘。

温和的光线照进来。

蒋烟喜欢睡左侧,但每天早上都会在右侧醒来。

余烬说,她一睡着就像只小八爪鱼,挤他缠他,腿横在他肚子上,拿他当抱枕,好几次他都险些掉在地上。

蒋烟不信,但第二天早上还是会抱着他醒来。

余烬低下头,温柔地吻她脸颊,喊:"烟烟,起来了。"

蒋烟小猫一样哼唧两声,翻了个身,把脸埋进被子里。

余烬单膝跪在床上,压低身子耐心地哄她:"乖,我们得早点出门。"

今天是他们领证的日子。

自从那天在师父家,两人决定结婚,余烬就很急,恨不得第二天就拉着人去领证。但两边家里的长辈都不同意,一定要选一个黄道吉日,做生意的人很信这个。

等了两个月,终于等到这一天,昨晚余烬有些兴奋,一整夜都没怎么睡。

他睡不着就折腾蒋烟,弄得她也没睡好。

所以她现在真的很困。

余烬把蒋烟从床上拉起来,捏她的脸,说:"去收拾一下,粥晾好了。"

蒋烟睡眼蒙眬,问:"几点了?"

"六点半。"

她有些蒙蒙地出声:"才六点半?"

那她才只睡了四个小时啊……

这个人精力这么充沛的吗，都不用休息？

"早点去，争取第一对儿登记。"余烬把床尾早为她准备好的白衬衫和小裙子递过来，随后将窗帘全部拉开，让阳光照进来，免得房间昏暗，又惹她犯困。

蒋烟站在穿衣镜前，看着镜子里两人身上干净整洁的白衬衫，歪了歪脑袋，说："为什么拍结婚照要穿白衬衫？这样不是大家都一样了。"

余烬从身后搂住她的腰，头低下，轻笑着在她耳边蹭了蹭，说："没有要求一定穿白衬衫，大概因为背景是红色，白衬衫比较配。"

他目光向下，透过镜子看向蒋烟那双笔直细白的腿，有些后悔替她选了这条裙子，这样的一双腿，留给他自己看才好。

"你如果不喜欢，我们换别的？"

蒋烟想了一下，说："不用。"

她跑到书房的抽屉里拿出一枚印章，回到穿衣镜前比画几下，在衬衫的领口处印了一个图案。

是跟她那把伞一模一样的图案，一个字母Y，后面跟着一颗小心心。

"这样是不是特别一点儿？"

蒋烟仰起头，手里还捏着那枚印章，问："你要不要？"

余烬搂着蒋烟的身体轻松地把人托起来抱在怀里，蒋烟的腿习惯性地圈住他劲瘦有力的腰，这个角度，她可以俯视他，也更方便印章。

"我整个人都是你的了，你想对我做什么都行。"

蒋烟今年二十四岁，他们在一起也进入了第四个年头，这么长时间过去，余烬对她说这样的话，她还是会忍不住心跳加速。

她故意忽略掉他的话，低着头，一只手拽着他的衣领，另一只手捏着印章，在跟她领口同样的位置给他也印了一个，她仔细端详一番，觉得很满意。

余烬的目光一直没离开她的脸，她穿着白衬衫，干净得像个高中生。

他动了念头，凑过去吻她。

"你干什么？"蒋烟一下捂住自己的嘴。

余烬停在那里，问："怎么了？"

"涂口红了。"

余烬有些无奈道："饭都没吃，涂什么口红？"

蒋烟摸摸自己的小肚子，说："不吃了，领完证再吃。"

余烬知道她那点小心思，不过是怕拍照不好看。

他耐心地哄她："你很瘦，看不出来。"

蒋烟从他怀里跳下来，说："不行，这条裙子很考验身材，这么重要的日子，我不要吃饭。"她好像对他有些不满，"都怪你，最近给我吃太多了，我重了好几斤。"

余烬目光扫过去,落在她平坦的小腹上。

她那么瘦的腰,一手就能搂过来,哪有一丝赘肉。

最终余烬也没能说服蒋烟,只好随她。

出门时他带了面包和小零食放在车里,想着等领完证出来先给她垫垫肚子再带她去吃饭。

以前蒋烟常常不吃早餐,这几年两人在一起,余烬已经扳正了她这个毛病,习惯了吃早餐,偶尔不吃,一定会觉得饿。

两家长辈商量出的这个好日子果然不错,最近一直下雨,昨晚还是阴天,谁想到这会儿竟然放晴了。雨后的空气特别新鲜,路边的建筑被雨水冲刷过,显得特别干净透亮。

余烬开着他的黑色越野车,载着他的小媳妇,直奔民政局。

不知是不是大家都看的同一本皇历,今天领证的人特别多。

民政局门口的停车位十分紧张,余烬开车转了两圈才找到一个可以停车的地方。

大概这边地势比较低,积水严重,所以没有车愿意停在这边。

蒋烟下车绕到车头,看向通往民政局办公楼的这条必经之路,几乎三分之二的地面都是水洼,根本没办法走路。如果蹚水过去,那她这双精挑细选配白衬衫和裙子的小白鞋就废了。

她站在原地,正琢磨着怎么绕路,忽然身子一轻,下一秒她就被余烬轻松地横抱起来,稳步迈入水中。

蒋烟吓了一跳,赶紧搂住他的脖子,惊呼:"余烬。"

余烬低笑一声,说:"为了美连饭都不吃,这小白鞋要是湿了,你不是要哭了。"他偏头看她一眼,"今天可不能哭。"想了一下,他又坏笑,"要哭也是晚上哭。"

蒋烟听明白他的意思,脸一红,忍不住掐他,气呼呼地说:"你脑子里整天就想这些乱七八糟的东西。"

余烬坦然道:"对着我的女人不想这些想什么。"

蒋烟一本正经地道:"你这个年龄要学着控制,不要太放纵,对身体不好。"

余烬气得脑仁儿疼,说:"我什么年龄,我正当年好吗?昨晚没让你满意?"

已经走到干净的地面,蒋烟挣扎着从他怀里跳下来想跑,被余烬扯住手腕拽回来,死死扣进怀里。他低着头,抬手捏她下巴,恨不能立刻堵住这张整天气他的小嘴,咕哝着:"放心,我身体目前还不错,还够你幸福个百八十年。"

蒋烟忍不住笑出来,说:"百八十年,那时候我们岂不是一百多岁了?那不成老妖怪了。"

余烬盯着她的眼睛看了一会儿,说:"一百年后,你就是小老太太。"

她不服气道:"那你还是老头呢。"

他拇指在她眼尾蹭了蹭,轻声道:"一百年后,我们还在一起。"

蒋烟忽然想起一些往事。

那年她在去机场的路上看到余烬,追到车行,那天也是刚下过雨,地面干净,空气清新。

雷子说,他叫余烬。

那是蒋烟第一次知道他的名字。

而现在,这个名字即将跟她印在结婚证上,永远都不分开。

蒋烟有些出神,余烬摸摸她的脸,温声问:"怎么了?"

蒋烟回神,冲他笑了一下,说:"没事,我们走吧。"

今天这个好日子,好多人提前排队,第一对儿是不太可能了,余烬牵着蒋烟坐在等候区,大概过了半小时才轮到他们。

签字时,蒋烟莫名有些紧张。

她握紧那支笔,郑重地在那张纸上签下自己的名字。

蒋烟。

他的名字就在她旁边,余烬。

烟是烟火的烟。

烬是烟火余烬的烬。

她终于嫁给他了。

一切好像尘埃落定,又像万物初始,从今往后,一切都是新的开始,他们有了新的身份,新的期待。

拍照时,余烬特别配合。他不怎么爱笑,也不常拍照,大多是在蒋烟的胁迫下拍几张,拍完就完成任务要奖励般把手机丢到一旁,压着人这样那样。

今天他特别有耐心,很听摄影师的话,两人的肩膀轻轻靠在一起,领口印着同样的图案,那么多穿白衬衫的新人,只有他们的最特别。

两人的眼睛里蕴含着晶莹的光亮和蜜意,连摄影师都说,他们是今天拍得最好的一对儿。

等照片时,蒋烟凑到余烬耳边,小声道:"刚刚摄影师夸你来着。"

他温柔地看她,问:"夸什么?"

她挺直腰板,得意道:"他说:'你老公长得真帅。'"

老公。

余烬仔细品味这个称呼,觉得很新鲜。

她还从没这样叫过他,还跟以前一样,每天"余烬余烬"地叫。

他装作没听清,问:"谁帅?"

"你。"

"我是谁?"

蒋烟知道他的意思,换作以前,她一定故意说反话逗他,但今天她很想让他如愿。

她亮着眼睛，认真地说："老公。"

余烬低低地笑着，掩藏着翻涌不停的心绪。

从民政局出来时，太阳挂在天上，早上的一丝凉意渐渐消退，温和的风拂过蒋烟的脸。

她抬起头，看向万里晴空。

"老公。"

余烬"嗯"了一声。

"老公？"

他又"嗯"了一声。

蒋烟好像上了瘾，抱着他手臂又叫了好几声。

余烬搂着她，翻开小红本，盯着照片和他们的名字反复看了很久，随后拿出手机，对着结婚证拍了一张照片，万年难遇地发了一条朋友圈。

配图是新鲜热乎的两本结婚证和一张蒋烟的单人照片。

照片上方是短短的几个字：

我老婆。

番外六
甜蜜的小时光

余烬生日那天,发现老婆和孩子双双失踪。

那天是假期,中午陪小朋友午睡前还好好的,一觉醒来那两个人已经不见踪影。

那年领证后,没多久蒋烟就查出怀了小宝宝,算算时间,差不多就是领证前那晚的事。其实自从决定结婚,两人就没做什么措施了,余烬年龄不算小了,蒋烟也不排斥这件事,她甚至比余烬更期待他们的小宝宝。她最常说的一句话就是:"再过几年,你就是老来得子了。"

当然,每次她说这句话都会伴随着余烬的"惩罚"和"报复",蒋烟只是嘴上痛快,占不到一点儿便宜,每次都被他收拾得服服帖帖。

小朋友长到三岁时,模样性格跟蒋烟小时候一模一样,翻出家里的老照片,活脱脱一个翻版小蒋烟。

有时余烬觉得,自己好像在同时养两个女儿。

已经快下午两点,这两个被他宠坏的小东西不知又跑到哪里去了。

她们应该不会走远,余烬在小区里转了一圈,没看到,又从西侧的小门穿出去,走到那条他们常去的街上。这边有很多零食店和小吃摊,很吸引小孩子们。

没走两步,余烬果然在一个卖玉米的摊位前看到了一大一小两个姑娘。

蒋烟穿着浅绿色的羽绒衣,灰色雪地靴,戴一顶毛线帽子,一手拎着一个蛋糕盒子,一手牵着余星冉小朋友。那个身高还不到蒋烟腰的小姑娘正费力地踮脚,小手攥着一张纸币递给老板。

她身上的衣服跟蒋烟同色系。

蒋烟很喜欢亲子装,喜欢把女儿打扮得跟自己一模一样。

卖玉米的老板接过余星冉手里的钱,笑着说了句什么,似乎是在夸她。小丫头特别高兴,一声"谢谢阿姨"喊得老大声,连不远处的余烬都能听到。

大概玉米太香,蒋烟忍不住啃了一口,余星冉也要吃,踮脚抱着蒋烟的腿撒娇。蒋烟剥下煮得最软最嫩的几粒递给她,她心满意足地接了,低着头往嘴里塞。

蒋烟牵着余星冉走到旁边避风又不碍事的地方,两个人就这么站在街边啃玉米。

余烬有点无奈,又忍不住笑。他靠近几步,想吓她们一下。蒋烟忽然蹲下了,她把蛋糕盒子放在脚边,抬手帮余星冉戴好帽子,说:"妈妈教你的话记住没有?"

蒋烟蹲下,余星冉也跟着蹲下,两条小短腿蜷在一起,整个人团成小小一团,一边嚼玉米粒一边仰起头,让人忍不住想揉两把她肉肉的小脸蛋。

她奶声奶气地认真地回答:"记住了。"

余烬停下脚步,悄悄躲在广告牌后。

蒋烟说:"待会儿爸爸问起我们去哪儿了,要怎么说?"

"坐摇摇车去了。"

"吹蜡烛后要怎么说?"

"爸爸生日快乐!我爱你爸爸!"

蒋烟很满意,又问:"《生日歌》学会没有?"

余星冉眨眨眼睛,小手一伸,蒋烟又剥了几粒玉米放进她的小手里。

"祝你生日快乐,祝你生日快乐,祝爸爸生日……"

冬日暖阳里,小姑娘软糯的声音能把人的心化掉。

余烬没有打扰她们,转身一个人回了家。

自从他们在一起,每年的生日蒋烟都会提前很久准备。今年一直没有动静,他还有些奇怪,原来是联合了她的"小盟友"想给他一个惊喜。

去年他生日时,余星冉小朋友送余烬的生日礼物是清晨的一只小香脚。

不知她怎么睡的,那天早上醒来时已经头朝下,脚丫直接蹬在他脸上。

看到那一幕时,蒋烟趴在被子里笑个不停。

外面再厉害、再严肃、再不好惹的余烬,在家里还是要被她们母女两个欺负。

蒋烟带着余星冉回家时,客厅没人。她指挥余星冉去卧室打探,小丫头屁颠颠地跑过去,踮脚拧了下门把手,小脑袋探进去,过了会儿回头,冲蒋烟挤挤眼睛,小声说:"爸爸还没醒呢。"

蒋烟放心了,把门外的蛋糕拎进来藏到厨房的储物柜里,洗了手出来,问:"你还困不困?"

余星冉小朋友回答:"不困。"

"那你自己去那边玩一会儿。"

家里客厅很大,蒋烟买了围栏圈出一块地方,里面铺了垫子,堆满玩具，是余星冉小朋友的专属领地。

余星冉从小就乖，又聪明，只要有玩具，她可以一个人安静地玩几个小时，很好带。

蒋烟悄悄地进了卧室。

余烬今天好像比平时午睡时间都久，薄毯盖着小腹，脸冲着窗口的方向，呼吸平稳。

蒋烟上了床，爬到他身边，探过头想看看他，下一秒整个人就被余烬扯进怀里。他翻了个身，把她抱向床的另一侧，将她一半身体都压在身下，说："乱动什么。"

"你醒了？"蒋烟的手顺势钻进薄毯里，搂住他的腰。

他嗓音慵懒："嗯。"

"你今天睡了好久。"

他睁开眼睛，语气玩味："是谁早上还不放过我？不好好补觉，晚上怎么让你满意。"

蒋烟咬着唇，娇嗔："无赖，早上明明是你先……"

"先什么。"

她不想继续这个话题，挣扎着想起来，被余烬摁着不能动。他俯身过来吮她的唇，好一会儿才离开。

"你的宝贝女儿呢？"

蒋烟被他弄得气息有些不稳，说："你的宝贝女儿在客厅玩呢。"

"这么乖？"

蒋烟咬了咬唇，翻过身，趴在他旁边，喊："老公。"

"嗯？"

"今晚我做饭。"

两人婚后没多久蒋烟就怀了孕，生下宝宝后更加辛苦，余烬哪里舍得让她做饭，所以这几年只要两人在家吃，多数是余烬在做。

后来余星冉小朋友稍大一点儿，可以睡整觉，蒋烟就等她睡着后自己跑去厨房研究好吃的。

夫妻两个常常半夜三更偷偷吃东西，有一回余星冉睡到一半醒了跑出来找人，差点被她发现。余烬半道把人截住，一把抱起来将人送回卧室，哄睡了才出来。

他没多问，只说："准备做什么？"

蒋烟不告诉他，神秘道："到时你就知道了。"

余烬也不戳穿，说："那我可等着你现成的了。"

两人在床上腻了一会儿，蒋烟才爬下去准备晚餐。

其实不难准备，家里只有三个人，其中一个还是个几粒玉米就能打发的小朋友。蒋烟精心准备了四菜一汤，怕吃不完浪费，每盘分量都不多，都是余烬爱吃的菜。

蛋糕拆了精致的包装盒，放在余星冉小朋友的遥控车副驾驶座上。

不知是不是因为遗传了余烬的基因，余星冉虽然是个女孩，却从特别小的时候就对车很感兴趣，几个月前余烬从商场扛回来一辆敞篷越野遥控车，黑色的，跟他那辆很像。

余星冉见到了，兴奋到尖叫，围着车转了不知多少圈。

蒋烟看着他把孩子抱上驾驶位，有点发愁，她还想把女儿往温柔淑女的方向培养呢，难道要变成酷酷的小姐姐吗？

考虑到小朋友的安全问题，那车的方向盘虽然可以活动，但遥控器却在大人手里，想让车去哪儿，车就去哪儿。

余烬为了配合她们两个，几乎一下午都没出房间，懒洋洋地躺在床上打游戏。这样的日子太惬意，外面他爱的两个女人正为他准备生日宴，他心情特别好，一连送了蒋知涵好几个昂贵的游戏装备。

蒋知涵在小窗口敲他：姐夫？

余烬：不够还有。

蒋知涵：……

二月的天，四点多天就已经暗下来，蒋烟叫余烬出来吃饭。

余烬出去后，看到一桌四菜一汤，并没有生日蛋糕，余星冉也不在。

他坐在蒋烟对面，问："冉冉呢？"

蒋烟笑眯眯地看着他，一脸神秘的样子，像模像样地拍了一下手，像个暗号一样，随后他拿起桌上的遥控器，余星冉小朋友就握着方向盘，载着爸爸的生日蛋糕，伴着玩具车喇叭的鸣笛声突突突地从儿童房驶出来。

余星冉用奶萌萌奶萌萌的声音大声喊："爸爸生日快乐！"

蒋烟站起来，绕到余烬那侧，弯腰亲了亲他的脸，温柔道："老公，生日快乐。"

余烬从恍惚中回神。

这一下午，他想象过很多种情景，猜测她们会把蛋糕藏在哪里，却没想过竟然是这样的出场方式。

他起身揉了把蒋烟的脑袋，亲了她嘴角一下，低声说："谢谢你，老婆。"

随后他又走到玩具车前，也亲了女儿肉肉的脸蛋一下，说："也谢谢我的宝贝。"

余烬把余星冉从玩具车里抱出来放在儿童餐椅上，蒋烟暂时先把菜挪到一边，把生日蛋糕放上去，插上蜡烛，点燃。

"冉冉。"

余星冉得到指令，立刻坐直身体，像背书一样一本正经地唱："祝你生日快乐，祝你生日快乐，祝爸爸生日快乐……"

小朋友的音调还不太稳，但谁能拒绝得了这样的小奶音呢？

蒋烟也跟着唱。

一首《生日歌》唱完，蒋烟说："先让爸爸许愿好不好？"

余星冉跟着催:"爸爸快许愿!"

她还有台词没说呢。

餐厅的灯被关掉,一家三口围在生日蛋糕旁。

余烬很听话,让做什么就做什么。他双手合十,闭起眼睛许愿,随后带着蒋烟和女儿一起把蜡烛吹灭。

余星冉带头鼓掌:"爸爸生日快乐!我爱你爸爸!妈妈也爱你!"

蒋烟有些意外,她没教过女儿说这句。

这个生日,余烬很难忘。

这是余星冉小朋友长大后,一家三口真正意义上一起过的第一个生日。

以前她还小,还不能完整表达自己的思想。

那句"爸爸我爱你"有多珍贵,也许只有做父母的才能体会。

这个晚上,余烬破天荒地多让她玩了一个小时才去睡觉。

余星冉还不太想睡,嘟囔着要是爸爸每天都过生日多好。

余烬让她一个人去浴室洗漱,蒋烟不放心,要跟进去,被余烬拦在浴室门口。他说:"她可以的。"

他忍了一天,已经有些忍不住,把蒋烟推到浴室外过道的墙上,低头吻她。

他的手有些不老实,从她衣摆下钻进去,手法娴熟,诱惑道:"今晚……"

蒋烟的注意力全在浴室,一个劲儿地推他,说:"你先别闹,冉冉一会儿看到了。"

正说着,余星冉小朋友的声音就从浴室里传出来:"爸爸!我够不到水龙头!"

余烬低着头,有一下没一下地啄蒋烟耳垂,说:"自己搬小凳子。"说完又补了一句,"爸爸小时候也够不到,我以为冉冉可以。"

余星冉像是受到了刺激,马上说:"我可以!"

没有多久就听到挪动小凳子的声音,随后传来流水的声音。

小朋友在乖乖刷牙。

蒋烟抬起头,说:"爸爸真狡猾。"

余烬盯着她的眼睛,问:"妈妈不喜欢吗?"

没有多久,小朋友洗漱完,浴室里又传出搬凳子的声音。

蒋烟推开余烬。

余星冉穿着小拖鞋走出来,还没说话,余烬便发布指令:"余星冉小朋友。"

她下意识地站直身体。

余烬说:"向后——转。"

余星冉下意识地转身。

"齐步——走。"

余星冉往前走了几步才挠了挠脑袋,转回身,问:"爸爸,我上哪儿去?"

余烬一本正经地说:"如果你现在一个人乖乖回房间睡觉,明天爸爸就带你去游乐场,吃冰激凌。"

"真的?"余星冉眼睛一亮。

余烬点头。

两秒不到的时间,余星冉飞奔回房间,消失在客厅里,生怕爸爸反悔一样。

余烬直接把蒋烟推进浴室。

两个小时后,余烬把累到站不住的蒋烟从卧室里抱出来,回到主卧。在这方面,蒋烟从来不是他的对手,也不知他哪里来的那么多花样。

两人躺在床上,余烬扯过被子给她盖好。

蒋烟有些不放心,想去看看余星冉,被余烬摁住。他说:"老婆大人,今天是我的生日,你的精力要多花在我身上。"

蒋烟愤愤的,这人也不看看几点了,还要怎么才够?

余烬摸摸她的头,像哄小朋友一样:"好了,你先躺一会儿,待会儿我去。"

蒋烟这才安静下来。

余烬把人抱进怀里,温热的手掌蹭着她细腻的肩膀。

"烟烟。"

蒋烟懒懒地回应:"嗯。"

"有件事我一直想问你。"

蒋烟从他怀里抬起头,问:"什么事?"

余烬说:"当年你是怎么知道我生日的?"

他不记得告诉过她。

蒋烟重新趴在他胸口,思绪飘回多年前那个冬日。

那年他们曾一起去过小西山,在小西山的宾馆前台,他曾拿出过身份证。

只一眼,蒋烟就记住了那串数字。

2月12日。

他的生日。

那时她已经在期待那个日子,在想要给他准备什么礼物和惊喜才好。

可没过多久她就回了瑞士,没能赶上他的生日。

余烬听完,沉默许久。

那些年的往事他们不常想起,现在他们已经结婚,有了一个可爱的女儿,再没有比现在更幸福、更满足的日子。

余烬吻了吻她额头,将人抱紧。

蒋烟和女儿是上天送给他最好的礼物，有了她们，他不再回想过去那些不好的回忆。那些久远的记忆，随着时光飞逝，岁月更迭，已经渐渐被蒋烟和女儿的欢笑陪伴淹没。

　　他不再回头，只看当下和未来。

　　卧室的门被推开，余星冉小朋友顶着一头乱发，揉着眼睛，可怜兮兮地道："爸爸，我睡不着。"

　　余烬和蒋烟相视一笑，同时向女儿张开双臂。

　　他们的幸福生活，才刚刚开始。

（全文完）

本书由鹿随委托长沙大鱼文化传媒有限公司正式授权花山文艺出版社，在中国大陆地区独家出版中文简体版本。未经书面同意，本书的任何部分不得以图表、电子、影印、缩拍、录音和其他手段进行复制和转载，违者必究。